KB083400

전후 오키나와 문학과 동아시아

반反폭력의 감수성과 소수자의 목소리

전후 오키나와 문학과 동아시아 반폭력의 감수성과 소수자의 목소리

초판인쇄 2022년 3월 15일 **초판발행** 2022년 3월 31일

엮은이 손지연

펴낸이 박성모 **펴낸곳** 소명출판 **출판등록** 제13-522호

주소 서울시 서초구 서초중앙로6길 15, 2층

전화 02-585-7840 **팩스** 02-585-7848

전자우편 somyungbooks@daum.net **홈페이지** www.somyong.co.kr

값 31,000원

ISBN 979-11-5905-675-8 93830

ⓒ 손지연, 2022

이 저서는 2019년 정부(교육부)의 재원으로 한국연구재단의 지원을 받아 수행된 연구임

(2019S1A5A2A03034606)

총서 003
경희대학교
글로벌류큐오키나와연구소

전후 오키나와 문학과
동아시아

반反폭력의 감수성과
소수자의 목소리

Review on Post-War Okinawan's Literature and East Asia:
Sensibilities of Anti-Violence and Voice of Minorities

손지연 엮음

손지연
곽형덕
조정민
고명철
김동윤
김동현
하상일

고^故 오시로 다쓰히로 작가

나하시 자택에서

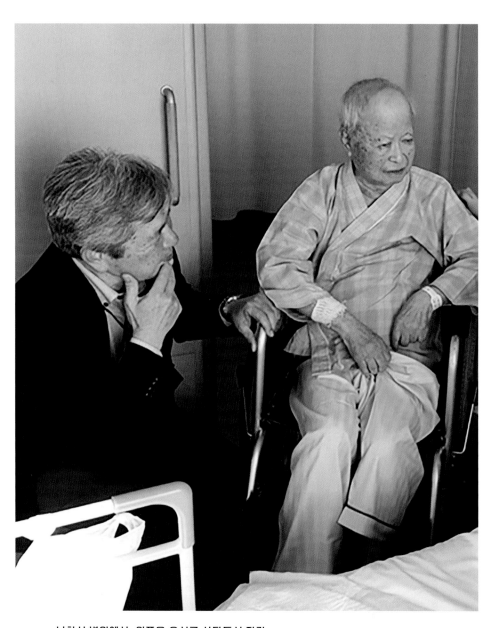

나하시 병원에서. 왼쪽은 오시로 사다토시 작가

나하시 호텔 커피숍에서

오시로 사다토시 작가

경희대 국제학술대회에서

사키야마 다미 작가

제주 강연에서

류큐대 인근 카페에서. 왼쪽은 비평가 나카자토 이사오

제주 강연에서

책머리에

이 책은 '전후 오키나와문학과 동아시아' 연구팀의 연구성과다. 연구진들이 오키나와문학을 접하게 된 계기는 다양하다. 그중에는 일본문학 전공자도 있고, 한국문학 전공자도 있다. 일본문학과 한국문학이라는 장에서 개별적으로 오키나와문학을 읽어왔던 연구진들은 동아시아라는 지리적 자장 안에서 오키나와문학, 나아가 한국에서 오키나와문학을 읽는다는 것의 의미를 함께 찾고자 하였다. 이른바 지역의 상상력으로서 오키나와문학에 주목한 이유도 여기에 있다. 연구팀은 전후 오키나와문학을 식민주의와 냉전의 세계질서 안에서 읽어가고자 하였다. '반反폭력의 감수성과 소수자의 목소리'에 주목하여 오키나와문학을 '오키나와'라는 지역에 국한해서 읽는 것이 아니라 동아시아라는 '세계성'의 자장 안에서 읽어가면서 동아시아라는 세계성이 지니고 있는 폭력과 응전의 양상을 살펴보고자 하였다.

길지 않은 연구기간 동안 오시로 다쓰히로大城立裕, 마타요시 에이키又吉栄喜, 오시로 사다토시大城貞俊, 사키야마 다미崎山多美, 메도루마 슌目取真俊 등의 작가들과 여러 차례 만나면서 오키나와문학의 내밀한 속내에 다가가려 하였다. 일본문학의 오키나와문학이 아니라, 오키나와문학의 독자성을 적극적으로 살피고 오키나와문학을 '지금-여기'의 자리에서 읽는 의미가 무엇인지 고민하였다.

냉전이라는 세계 질서의 폭력적 재편 과정에서 오키나와문학이 보여주었던 다양한 문학적 응전들을 살피면서 연구팀은 동아시아 세계성에 대응하는 지역적 사유의 가능성이 무엇인지 깊은 고민을 하지 않을 수 없었다. 이번 연구서는 그러한 고민의 일단을 보여주는 결과물이라고 할 수 있다.

본 연구팀이 오키나와문학에 주목한 이유는 폭력성에 대한 오키나와 문학의 예민한 감수성 때문이기도 하였다. 그것은 한때 류큐왕국琉球王国 이었고, 태평양전쟁 당시 일본 유일의, 세계 역사상으로도 유례를 찾아 보기 힘들 정도로 비극적인 전장으로 변모했던 오키나와 전투沖繩戰, 그리 고 굴곡진 오키나와 근현대사와 깊은 관련이 있다. 이른바 '류큐처분琉球 処分' 이후 일본의 속국이 된 이후 오키나와는 일본 제국주의 근대성이 지 니고 있었던 폭력성과 대면할 수밖에 없었다. 일본이 되어야 했고, 결코 일본인이 될 수 없었던 역사는 오키나와의 정체성을 위협하는 폭력의 아 이러니를 잘 보여준다. 그 정점은 오키나와 전투에서의 이른바 '집단자 결集団自決'이라 불리는 강제집단사였다. 일본 제국에 의한 폭력은 오키나 와인들의 내면에 깊은 상흔을 남겼고 이는 전후 미군기지 문제로 이어져 왔다. 지금도 계속되고 있는 미군기지 반대 투쟁은 동아시아 냉전의 폭 력성을 오키나와 스스로 예민하게 받아들이지 않으면 안 되는 배경이 되 고 있다. 본 연구팀이 반폭력으로서 오키나와문학을 바라본 이유이기도 하다.

또한, 한국문학과 오키나와문학의 마이너리티성에 주목하고자 하였 다. 한국문학과 오키나와문학의 마이너리티성은 제국주의에 대한 저항 과 포섭, 협력과 저항이라는 선분 속에서 탄생하였다. 그렇기 때문에 한 국에서 오키나와문학을 연구하는 것은 오키나와문학의 마이너리티성이 형성되어온 과정을 이해하는 동시에 한국문학의 보편성을 탐구하는 작업이기도 하다. 동아시아의 근대가 제국의 폭력성에 맞서는 자기 존재의 증명 양식이라고 할 때 이러한 마이너리티성에 대한 탐구는 제국의 질서가 구축해온 세계질서의 한계를 내파하고 새로운 세계문학의 가능성을 타진하는 의미가 있다고 생각하였다.

오키나와문학이라는 낯선 세계와 만나면서 많은 시행착오도 있었다. 일국적 차원의 문학장에 매몰되지 않되, 한국과 오키나와라는 지역성을 어떻게 바라볼 것인지에 대해 열띤 토론도 벌였다. 아울러 오키나와문학을 일본문학의 내부를 충족시키는 일방향적 사고에서 벗어나고자 애썼다. 오키나와문학이 들리지 않는 목소리, 보이지 않는 아우성들을 문학적 사유로 구축해나가는 과정은 그것이 문학적 보편으로 자리매김할 수 있는 하나의 가능성이라는 사실을 보여주었다.

무엇보다 우리의 오키나와문학 독해가 해답을 찾는 과정이길 바랐다. 결론을 도출하기 위한 수단이 아니라, 오키나와를 이해하기 위한 과정으로서의 진실이 우리의 연구 태도가 되기를 기원하였다. 그 소박한 기원이 소기의 성과를 얻었는지는 여전히 미지수다. 하지만 우리는 우리의 연구가 동아시아의 세계성을 이해하기 위한 작은 디딤돌이 되었으리라 믿는다.

연구를 진행하는 과정에서 많은 우여곡절이 있었다. 오키나와를 중심에 두고, 제주, 베트남, 타이완 등으로 연구를 확장하고자 했으나 갑작스러운 코로나19로 현지답사를 포기해야만 하였다. 작품을 '번역하고', '읽는 것'만으로는 해결되지 않는 지역의 현재성을 마주하려 했던 계획에 불가피한 차질이 빚어진 것이다. 그럼에도 불구하고 오키나와 현지답사만큼은 지장 없이 수행할 수 있었다. 큰 행운이라 생각한다. 그동안 여러 차례의 현지답사를 거쳤지만 그때마다 환대와 후의를 베풀어준 오키나와 문인들과 연구자분들께 이 자리를 빌려 깊은 감사의 말을 전한다. 한국의 낯선 연구자들을 오래된 친구처럼 대해준 그분들의 환대가 없었다면 이번 연구성과는 불가능하였다. 모쪼록 이 연구가 한국에서 오키나와문학을 이해하고, 또 동아시아 여러 나라의 문학과 만나는 작은 징검다리가 되길 희망한다.

2022년 3월
저자들을 대표해서
손지연

차례

제2부 '소수자'로 읽는 오키나와문학

제1부

'반反폭력'으로 읽는 오키나와문학

국가폭력의 전후적 기억,
국가폭력을 내파하는 문학적 상상력

메도루마 슌과 오시로 다쓰히로의 대비를 통해

손지연

메도루마의 작품을 읽는다는 것은 전쟁과 점령의 상흔을 통해 오키나와와 아시아의 관련성을 강하게 의식하는 것이기도 하다. 바로 그렇기 때문에 메도루마 작품이 아시아에서 번역되어 읽히는 것에 주목해야 한다.

나카자토 이사오仲里効[1]

1. 국가폭력을 내파하는 두 가지 상상력

일본과 미국으로 대변되는 '타자'와 오키나와 '내부'의 폭력성을 동시에 감지하는 오키나와만의 감수성과 이를 비판하는 지적 상상력 면에서 단연 돋보이는 작가는 오시로 다쓰히로와 메도루마 슌이다. 이 두 작가

---

[1] 目取真俊·仲里効,「行動すること, 書くことの磁力」,『越境広場』4号, 2017.12, 26쪽.

는 결은 다르지만, 오키나와 전투와 뒤이은 미군의 폭력적 점령정책으로 인한 외상에 누구보다 민감하게 반응해 온 작가라고 할 수 있다. 두 작가의 차이를 서둘러 말하면, 오시로 작품에는 보이지 않고 메도루마 작품에는 보이는 '대항폭력counter violence'이라는 개념이다. 이 용어는 『대지의 저주받은 자』에서 프란츠 파농이 제기한 것을 차용한 것인데, 잘 알려진 것처럼 파농은 제3세계를 향해 인간성 타락의 주범인 식민지배자들에게 대항할 것을 호소하여 큰 호응을 얻었다.

메도루마는 이러한 파농의 인식을 현 오키나와 사회가 직면한 폭력적 점령시스템과 연결시켜 사유하거나, 식민주의적 폭력을 어떻게 기억할 것인 가에 매우 성찰적으로 접근한다.

그에 비해 오시로의 경우는, 미국과 오키나와의 관계를 규정함에 있어 메도루마와 조금 다른 방식으로 대응한다. 오키나와 최초의 아쿠타가와상芥川賞 수상작으로도 잘 알려진 『칵테일파티カクテル·パーティー』1967에서는, 미 점령하의 미국과 오키나와의 관계, 그 사이에 일본 본토와 중국의 관계까지 포함시켜 4자 간에 가로놓인 차별적 권력구도를 대단히 섬세하게 파헤쳐 보인다. 또한, 상하이 동아동문서원東亜同文書院 유학시절의 경험을 모티브로 한 『아침, 상하이에 서다朝. 上海に立ちつくす』1983에서는 일본의 패전이 임박한 시기의 오키나와, 조선, 중국, 타이완 청년들의 서로 다른 시대인식을 예리하게 포착하고 있다. 그런데 미국과 오키나와 양자관계로 의미망을 좁혀보면, 미국, 미군의 이미지는 스테레오타입을 벗어나지 못하는 측면이 있다. 미 점령하라는 상황을 전면에 내세우고 있지만 그의 관심은 이미 '점령 이후'에 다가가 있었기 때문이다. 오시로의 관

심이 미국에서 완전히 벗어나 온전히 일본 본토로 향하고 있음은 『칵테일파티』로부터 1년이 지난 1968년에 간행한 『신의 섬神島』을 보면 한층 명확하다. 더 정확히는 「2세二世」1957로 첫 집필활동을 시작하는 1950년대와 『칵테일파티』로 아쿠타가와상을 수상하는 1960년대 후반을 경계로 나눌 수 있으며, 특히 1960년대 후반이라는 시기는 일본 본토로의 '복귀復歸'가 임박한 만큼 미국과의 관계에서 일본 본토와의 관계로 관심이 옮겨가는 모습으로 나타난다.

그렇다면 시선을 미국에서 벗어나 일본 본토로 향하고 있다는 『신의 섬』은 어떨까. 오키나와 전투沖縄戦에서의 '집단자결集団自決'을 모티브로 한 이 소설은 실은 일본 본토에 대한 판단은 상당 부분 유보되어 있다. 그도 그럴 것이 '복귀'가 가시화되고 있긴 하지만 '복귀 이후'를 섣불리 예측하기 어려웠기 때문이다. 무엇보다 오랜 세월 일본 본토는 물론이고 오키나와 내부에서도 금기시되어 온 '집단자결' 문제를 문학이라는 공론의 장場으로 이끌었다는 것, 그 자체만으로도 높은 평가를 받을 만한 작품이다. '집단자결'이라는 사태의 책임을 본토에만 묻지 않고 오키나와 내부로 깊숙이 파고들면서 가해와 피해, 억압과 저항, 자발과 강제라는 일면적인 이항대립 구도를 낱낱이 해체해 가는데, 이것은 앞서 『칵테일파티』에서 보여주었던 것과 유사한 패턴이라고 할 수 있다. 이 가운데 '오키나와인도 가해자일 수 있다'라는 설정은 문학적 상상력을 넘어 전후 오키나와 특유의 성찰적 자기서사의 근간을 이루는 매우 중요한 사유 체계라 할 수 있다. 이 '오키나와인도 가해자일 수 있다'라고 하는 설정은 오시로 다쓰히로 이후라고 정확히 규정하기는 어려우나, 이후 오키나와

작가들에게는 더 이상 새로운 사유가 아니게 된다.[2]

오시로 다쓰히로1925년생와 세대 차이는 커 보이지만 메도루마 슌1960년
생의 작품세계에도 그러한 고민의 흔적이 짙게 자리한다. 그 공통의 고민
흔적을 한 마디로 정의하자면, 오키나와 전투로 거슬러 올라가 국가폭력
에 맞서는 오키나와인의 자기존재 증명 양식이자, 그것을 내파하는 문학
적 방법으로서의 '기억'의 문제라 명명할 수 있다.

오시로에 이어 오키나와문학사상 네 번째 아쿠타가와상을 수상한
『물방울水滴』1997을 비롯한 「이승의 상처를 이끌고面影と連れて」1999, 「풍음風
音」2004, 「이슬露」2016 등의 작품은 모두 오키나와 전투에서 촉발된 심리적
외상 혹은 암묵적으로만 존재해 오던 오키나와 내부의 불가항력적인 불
신을 가감없이 묘사하고 있으며, 무엇보다 전쟁의 기억을 잊지 않고 계
승해 가겠다는 작가 메도루마의 의지가 돋보인다.

다만, 앞서도 언급했지만 오시로와 메도루마의 작품세계는 유사한
듯 보이지만 결코 같은 결이 아니다. 예컨대, 『평화거리라 이름 붙여진 거
리를 걸으며平和通りと名付けられた街を歩いて』1986, 이하『평화거리』로 약칭, 「1월 7일―
月七日」1989 등의 작품 안에는 오시로 작품에서는 찾아보기 힘든 '대항폭
력'으로 충만하다. 그것도 정면에서 다루기 어려운 천황(제)을 정조준 한
다. 미국도 예외가 아니다. 『기억의 숲眼の奥の森』『전야(前夜)』2004~2007에 연재된 후,
2009년 가게쇼보(影書房)에서 단행본으로 간행에서는 오키나와 전투 당시 미군에 의한

---

2   예컨대, 메도루마 슌의 『기억의 숲』에서는 사요코의 아버지, 구장을 비롯한 마을 남성
     들 간의 첨예한 갈등을 통해 권력에 복종하고, 타협, 협력하는 오키나와 공동체 내부
     의 모순 또한 드러내 보인다.

오키나와 여성 강간사건이 비중 있게 다루어지는데, 작품 전반에 흐르는 대항폭력의 양상은 정확히 미군을 향해 있다. 유년 시절부터 흠모하던 사요코小夜子가 미군에게 성폭행을 당했다는 사실을 접하고 바다로 뛰어들어가 가해자인 미군들을 향해 작살 공격을 감행하는 오키나와 청년 세이지盛治의 행동은 이 소설의 클라이맥스이자 메도루마식 대항폭력 양상이 가장 돋보이는 장면이라 할 수 있다.

이러한 측면은 오시로의 『칵테일파티』나 「2세」 등 미군을 소재로 한 작품과 대비시켜 볼 때 그 차이는 더욱 선명해진다. 한 가지만 지적하자면, 오시로나 메도루마나 오키나와 전투의 기억을 기점으로 선명해진 오키나와 공동체 내부의 균열과 모순을 드러내는 방식은 크게 다르지 않지만, 미군의 점령정책이나 본토에 대응하는 방식에 있어서는 적지 않은 차이를 보인다는 것이다. 메도루마의 경우, 전시-전후로 이어지는 국가폭력에 대한 비판적 시점이 일관되고 명확한 반면, 오시로는 앞서 언급한 것처럼 '복귀' 이전과 이후, 그리고 시기를 훌쩍 건너 뛰어 미일 양국 주도하의 기지경제에 포섭된 오키나와의 현재를 바라보는 시야에도 미세한 변화가 감지된다. 앞서 언급한 오시로 작품에는 보이지 않고 메도루마 작품에는 보이는 '대항폭력'이라는 개념이 아마도 두 작가의 작품세계를 갈라놓은 분기점이 아닐까 한다.

이 글에서는 지금도 여전히 일상이 전장화되고 있는 현실을 폭로하고, 일상에 내재한 폭력에 맞선 저항의 불/가능성을 지속적으로 표출해 온 두 명의 오키나와 출신 작가 메도루마 슌과 오시로 다쓰히로에 초점을 맞춰 생각해 보려고 한다. 궁극적으로는 제국의 식민지 이후, 전'후'를 살아가는 마이너리티 민족의 서사적 응전의 가능성과 한계를 전후 오키나와문학을 통해 짚어보는 일이 될 것이다.

우선 오시로의 『후텐마여普天間よ』와 메도루마의 『평화거리』를 통해 그러한 사정에 좀더 가깝게 다가가 보자.

2. 『평화거리』와 『후텐마여』의 '거리'

『평화거리』는 1983년 7월 12일부터 13일까지 황태자아키히토 천황 부부가 나하那覇를 방문하면서 벌어지는 이틀간의 이야기를 담고 있다. 오키나와 주민의 헌혈을 독려하는 이른바 '헌혈운동추진전국대회'에 참가하기 위한 목적이 있는 방문이었다. 황태자 부부의 방문일에 맞춰 경찰 당국은 이들을 경호하기 위해 사전에 동선을 철저히 계산하고 경비태세를 갖춘다. '과잉경비'라고 할 만한 데에는 이유가 있다. 1975년 오키나와에서 개최된 국제해양박람회오키나와의 일본복귀를 기념하기 위한 사업의 일환를 찾았던 황태자 부부가 화염병 테러에 급습당한 사건이 있었기 때문이다. 이 소설의 클라이맥스는 치매를 앓고 있는 '우타'가 "무시무시할 정도의 경비 태세"와 황태자 부부를 환영하는 인파 사이를 뚫고 두 사람이 탄 차량에, 그것도 얼굴 부위를 정조준한 듯한 '황갈색 손도장', 즉 자신의 배설물을 뿌려 더럽히는 장면이다.

그것은 우타였다. 자동차 문에 몸을 들이대고 두 사람이 보이는 창문을

손바닥으로 큰 소리를 내며 두들기고 있다. 검고 흰 얼룩진 머리카락을 산발한 원숭이 같은 여자는 우타였던 것이다. 전방과 후방에 있던 차에서 뛰쳐나온 다부진 남자들이 우타를 차에서 떼어내더니 순식간에 황태자 부부가 탄 차를 몸으로 에워쌌다. 길바닥에 내동댕이쳐져 기모노 앞섶도 다 풀어헤쳐진 우타 위로 사파리 재킷을 입은 남자와 공원에서 라디오를 듣고 있던 부랑자 같은 남자가 덮친다. 양쪽 팔을 제압당했음에도 우타는 노인이라고 여겨지지 않을 만큼 난폭하게 날뛴다. (…중략…) 개구리처럼 사지를 늘어뜨리고 버둥거리는 비쩍 마른 다리 사이로 황갈색 오물로 범벅된 빈약한 음모와 벌겋게 짓무른 성기가 보인다. (…중략…) 정차해 있던 두 사람이 탄 차가 허둥지둥 떠난다. 미소 짓는 것도 잊은 듯, 겁먹은 표정으로 우타를 바라보던 두 사람의 얼굴 앞에 두 개의 황갈색 손도장이 찍혀 있던 것을 가주カジュ는 놓치지 않았다. 그것은 두 사람의 뺨에 찰싹 들러붙어 있는 듯했다.[3]

위의 인용문의 우타의 행동은 신성한 천황(제)에 대한 반기를 든 것임이 명백하다. 우타 이외에도 천황의 방문에 불편한 심기를 표출한 이들은 더 있다. 후미의 아들 세이안正安은 황태자 부부를 환영하기 위해 작은 일장기 깃발을 흔들며 이토만糸満 가도를 가득 매운 인파, 이들에게 미소로 화답하는 황태자 부부의 모습, 그리고 이들이 남부 전적지의 국립 전몰자묘원, 오키나와 평화기념당을 참배하고, 과거 오키나와 사범학교 여학생, 직원 등 224명이 합사된 히메유리 탑을 참배했다는 내용이 실린

3   目取真俊, 「平和通りと名付けられた街を歩いて」, 『沖縄文学全集』 9, 国書刊行会, 1990, 110쪽.

신문 기사를 읽다가 집어 던지며, "전쟁에서 그만큼 피를 흘리게 해 놓고 무슨 얼어 죽을 헌혈대회야"[4]라는 뼈있는 일침을 가한다. 세이안이 에둘러 표현한 말 속에서 '헌혈운동추진전국대회' 이면에 자리한 국가폭력의 깊은 내상, 천황(제)으로 상징되는 일본 본토의 위선적 평화의 제스처를 발견하는 일은 그리 어렵지 않을 것이다. 우타와 마찬가지로 평화거리에서 노점상으로 잔뼈가 굵은 후미의 표현은 세이안의 그것보다 훨씬 더 직접적이고 구체적이다.

무슨 얼어 죽을 황태자 오키나와 방문 환영이라는 거야? 모두 과거의 아픔 따윈 잊었군. 후미는 뒤이어 오는 자동차를 무시하고 엉금엉금 기어가는 우익 선전차에 돌이라도 던지고 싶었다.

(…중략…)

어젯밤의 일이다. 구장区長 니시메 소토쿠西銘宗徳가 일장기日の丸 깃발 두 개를 가져왔다.

"뭐야 그건?"

술이라도 마신건지 불콰해진 얼굴을 번들거리는 소토쿠를 후미는 차갑게 바라봤다.

"내일 황태자 전하와 미치코 황태자비가 오시는 날이잖아. 모두 환영하러 나간다고 해서 깃발을 나눠주러 왔어."

"왜 우리가 깃발을 흔들어야 되는 건데?"

---

4   위의 책, 101쪽.

"그거야 마음의 표현인거지. 마음."

"마음이라고?"

"황태자 전하를 환영하는 마음이랄까."

"환영? 그게 말이 된다고 생각해? 전쟁에서 너희 형과 누나 다 잃었잖아. 그런데도 환영할 마음이 들어? 나는 네 누나가 아단阿丹 잎으로 만들어준 풍차를 아직도 기억해. 기쿠キク 언니는 상냥하고 좋은 사람이었어. 그런데 언니는 여자정신대에 끌려가서 아직 유골도 찾지 못했어. 너도 알잖아. 네 누나가 널 얼마나 예뻐했는지…….”

(…중략…)

후미는 깃발을 거칠게 잡아채더니 마당에 내동댕이쳤다.[5]

천황(帝)에 반기를 든 우타가 정상적인 사고가 불가능한 '치매'라는 설정이라면, 후미는 우타와는 딸뻘 되는 나이 차이이지만 그것에 매우 자각적이며 예리한 성찰력을 갖춘 존재로 그려진다. 앞서 우타의 행동이 치매를 앓는 병약한 노인의 돌발적인 행동으로만 치부될 수 없음을 증명하는 존재가 바로 이 후미인 것이다. 이 소설에서 후미의 역할은 표면적으로는 평화거리를 온통 자신의 배변으로 더럽히며 헤매고 다니는 우타에게 얼굴을 찌푸리는 사람, 호기심 어린 시선을 보내는 사람들로부터 우타를 지켜내는 일이지만, 실은 우타의 불완전한 기억, 즉 오키나와 전투를 기억하고 계승하는 역할이 부여되고 있음을 소설 곳곳에서 간파할 수 있다.

---

5   위의 책, 97~98쪽.

오키나와 북부 얀바루山原 출신인 우타는 오키나와 전투 당시 방위대에 동원되었다가 행방불명이 된 남편과 어린 나이의 장남을 잃었다. 이후 둘째 아들 가족과 함께 나하로 내려와 평화거리에서 생선 좌판을 열어 생계를 꾸려오고 있다. 한때 시장 상인들의 돈을 갈취하는 폭력단에 맞설 정도로 평화거리의 소문난 여장부였던 우타를 후미는 누구보다 잘 따랐고, 장남을 잃은 슬픔을 내색하지 않았지만 그녀의 슬픔에 깊이 공감하는 인물로 등장한다. 또한, 자세한 설명은 생략되어 있지만 후미 역시 전쟁에서 아버지와 오빠를 잃은 것으로 묘사된다.

우타의 기억이 남편과 아들을 잃은 비극적인 오키나와 전투 당시로 소환되었다면, 후미는 그 기억을 1983년 '지금' '여기'로 끌어와 현재화시켜 보인다. 후미가 이끄는 대로 따라가다 보면, 1983년 현재, 아직 도래하지 않은 오키나와의 전'후' — 메도루마식 표현으로 말하면 '전후 제로년戦後ゼロ年' — 의 일상과 마주하게 된다.

우리 아버지도 오빠도 천황을 위해서라며 군대에 끌려가서 전쟁에서 죽었어. 천황이든 황태자든 내 눈앞에 나타나기만 하면 귀싸대기를 날리고 싶다구. 그래도 말이지 아무리 그렇다 해도 내가 설마 칼로 찌르기야 하겠어? 그놈들도 사람인데. 그런데 그 남자가 얼마 전에 나한테 뭐라고 한 줄 알아? 너도 옆에서 들었잖아. 아주머니야 안 그런다고 해도 누군가 아주머니의 칼을 빼앗아서 찌를지 모르지 않느냐고. 썩을 놈. 누가 내 소중한 칼을 그런 일 따위에 쓰겠어. 그런 말도 안 되는 소릴 듣고 있으니 우릴 더 우습게 아는 거야. 난 무슨 일이 있어도 장사 나갈 테야.[6]

황태자 부부에게 위해를 가하는 요소를 사전에 차단하기 위해 치매에 걸린 우타를 비롯한 시장 상인들을 지속적으로 감시했을 뿐만 아니라, 차량 행렬이 지나가는 당일은 휴업할 것을 강요하지만 후미는 이를 완강히 거부한다. 경찰 당국의 휴업 경고를 무시하고 평소대로 생선 좌판을 열겠다는 후미의 의지를 국가권력에 대한 저항 내지는 도전으로 읽어내는 것은 그리 과도한 해석이 아님을 알 수 있을 것이다. 고명철의 지적대로 두 여성이 생선 장사로 생계를 이어가는 평화거리는 역설적이지만 "전쟁의 트라우마를 잠시 잊고 살아남은 자들의 삶을 유지시켜 주는 신생의 터전"이자, "잊힐 만하면 그때의 참혹한 기억이 소환되는 그리하여 억압된 것이 귀환하는 역사의 현장"[7]이기도 한 것이다.

「1월 7일」의 경우는 『평화거리』보다 한층 더 사적인 일상 속으로 파고든다. 제목 그대로 1월 7일의 하루를 다룬다. 이 작품이 발표된 해가 1989년이므로, 작품 속 배경은 정확히 1989년 1월 7일이 될 것이다. 이날은 쇼와 천황昭和天皇이 세상을 떠난 날이기도 하다. 일본 본토에서는 결코 평범할 수 없는 이날을 메도루마는 어떻게 그리고 있을까?

소설 첫 장면에서 젊은 남녀의 섹스 장면과 함께 "천황 폐하가 죽었대"[8]라며 아무렇지 않게 천황의 '붕어崩御' 소식을 전한다. 젊은 두 남녀는 텔레비전 뉴스에서 흘러나오는 검은 상복 차림을 한 아나운서의 '붕어'라는 말뜻을 이해하지 못하는 것은 물론, 천황이 아직도 살아있냐며 반

---

6 위의 책, 107쪽.
7 고명철, 「'해설' 문학적 보복과 문학적 행동주의」, 메도루마 슌, 곽형덕 역, 『어군기』(메도루마 슌 작품집1), 문, 2017, 300쪽.
8 目取真俊, 「一月七日」, 『魚群記』(目取真俊短篇小說選集1), 影書房, 2014, 314쪽.

문하기도 한다. 무료함을 달래기 위해 집을 나선 남자는 파친코 가게를 찾았으나 "천황 폐하가 붕어함에 따라 오늘은 폐점합니다"[9]라는 문구를 접하고, 여전히 '붕어'라는 한자를 읽지도, 이해하지도 못한다. 그런 건 관심 밖이고 천황 폐하가 죽으면 어째서 파친코 문을 닫아야 하는지 그 이유가 더 궁금할 뿐이다. 남자는 천황 폐하가 필시 일본 파친코 조합 명예 회원이었을 거라고 마음대로 추측하고 납득해 버린다. 그리고 발길을 돌려 성인영화관에서 새벽 3시까지 포르노를 즐긴다. 여기까지의 남자의 하루는 같은 날 본토 젊은이들의 일상과 그렇게 멀지 않은 곳에 있다고 하겠다.[10]

그러나 다음 장면에 이르면, 천황의 죽음이 오키나와인에게 어떤 의미인지 되묻지 않을 수 없게 된다.

엉겁결에 박수를 친 순간 총성이 울리더니 내지인 아가씨와 애정 행각을 벌이던 미국인이 연속해서 총알을 다섯 발 쏜다. (…중략…) 오가네쿠大兼久는 새빨갛게 물든 몸에서 젖 먹던 힘까지 다 짜내서 "천황 폐하 만세"를 외치더니 죽 늘어선 기동대의 두랄루민 방패로 돌진하며 쇼윈도를 뛰어넘으려다 그만 길바닥에 고꾸라져 숨이 끊긴다. "너희들은 완전히 포위됐다. 쓸데없는

---

9   위의 책, 317쪽.
10 가노 미키요(加納実紀代)에 따르면, 일본 정부는 쇼와 천황의 사망을 기해 '가무음곡 자숙(歌舞音曲自肅)'이라는 경고를 내거는 등 '자숙' 분위기를 유도했지만 자숙은커녕 평소보다 열기가 고조되었다고 한다. 당시 유행하던 "천황 폐하도 그편을 더 기뻐하실 것이다"라든가 "천황 폐하가 기뻐하지 않으실 것이다"라는 말은 당시 '자숙'을 원치 않던 국민들에게 좋은 명분이 되었다고 한다. 가노 미키요, 손지연 외역, 『천황제와 젠더』, 소명출판, 2013, 107~108쪽.

저항은 멈추고 즉시 나오라." (…중략…) 갑자기 확성기 소리가 바뀌더니, 미국인의 발음인 듯한 우치나 야마토구치沖縄大和口로 "나오시오. 아무 일도 없을 겁니다. 어서 나오시오"라며 호소한다. "거짓말이야" 갑자기 뒤쪽에서 큰 소리가 들려온다. "모두 속으면 안 돼. 나가면 남자는 고환을 뽑히고 여자는 폭행당하고 살해될 거야"라며 50이 넘은 남자가 자리를 박차고 일어나 소리를 지른다.[11]

총성이 울리고 난투극이 벌어지는 위의 장소는, 남자가 허기를 달래기 위해 찾은 국제거리国際通り에 자리한 맥도널드다. 평소라면 '미국인', '내지인일본 본토인', '오키나와인'이 함께 모여 있어도 위화감이 없는 곳이지만, 천황이 세상을 떠난 이날의 맥도널드 공간은 1945년 오키나와 전투 당시로 되돌려진다. 미국인의 총에 맞아 죽음에 임박한 오가네쿠가 "천황 폐하 만세"를 외치는 장면은 오키나와 전투에서 "천황 폐하 만세"를 외치며 죽어간 오키나와 주민들을 상기시킨다. 오키나와 방언과 일본어가 뒤섞인 미국인의 발음인 듯한 '우치나 야마토구치' 사용자의 호소를 믿지 못하는 50대 남자. 이 50대 남자는 미군에게 포로로 잡혀 수치를 당하느니 천황 폐하를 위해 '옥쇄玉碎'하라는 일본군의 명령을 충실하게 재현한다. 이 짧은 문장은 전전-전시 오키나와인에게 가해졌던 구조적 폭력의 양상을 해학적으로 승화시킨 것으로 높은 평가를 받고 있는 지넨 세이신知念正真의 희곡『인류관人類館』1976을 응축시켜 나타내 보인 듯하다.

11 　目取真俊, 「一月七日」, 앞의 책, 324~325쪽.

천황 폐하가 세상을 떠났다는 사실조차 알지 못하며, 젊은 남자의 무심한 반응은 그렇다 하더라도, "아하. 동쪽 섬의 그 천황 폐하 말이구나. 그래 그 사람이 죽었다더냐. 언제?"[12]라고 되묻는 (전화의 비극 한가운데를 뚫고 살아남았을) 한쪽 귀를 잃은 남자의 친척 할아버지의 무심한 반응을 액면 그대로 무심히 넘길 수 없는 이유다.

전후 40여 년이 지나고 있지만 여전히 일상적이고 개인적인 부분에까지 국가권력이 미쳤던 1983년·오키나와라는 시공간. 그리고 1989년 1월 7일, 쇼와 천황이 세상을 떠난 날의 오키나와 번화가의 하루. 이 평범해 보이지만 특별한 오키나와의 전후의 일상은 오시로 다쓰히로의 작품에서도 찾아볼 수 있다.

『후텐마여』의 배경은 지금은 후텐마 기지가 자리하고 있는 옛 기노완 宜野湾村, 현 기노완시에서 옆으로 밀려나 새롭게 조성된 마을로, '기지 속 오키나와'를 살아가고 있는 이들의 일상 속으로 깊숙이 파고든다. 『평화거리』의 우타와 후미의 관계와 마찬가지로 오키나와 전투를 경험하고 현재 가벼운 치매 증세를 보이는 할머니와 손녀 '나'신문사 사장 비서, 25세가 이야기의 중심축을 이룬다.

'나'는 미군에게 점령당해 지금은 자유롭게 드나들 수 없는 후텐마 기지 ― '시설 내 입역허가신청서施設内入域許可申請書'를 받아야만 제한적으로 입역이 허가된다 ― 안에 파묻어 놓았다는 선조 대대로 내려온 '별갑 빗龜櫛'을 되찾고자 하는 할머니의 의지에 강한 힘을 실어 주는 인물이다.

---

12   위의 책, 319쪽.

그런 할머니의 의지를 미군에 대한 저항으로 받아들였던 '나'와 달리 아버지의 반응은 회의적이다. 그는 젊은 시절 "오른쪽 귀로는 미국 비행기의 폭음을 듣고, 왼쪽 귀로는 복귀운동을 외치는 소리를 듣는"[13] 조국복귀운동에 앞장서 온 인물이지만, 지금은 조국복귀운동이든 기지반환운동이든 사사로운 일에 얽매이기보다 큰 틀에서 생각해야 한다는 다소 유연해진 모습으로 바뀌었다. 무엇보다 기지경제의 혜택, 군용지 사용료의 수혜를 둘러싼 갈등이 부모 자식 세대를 넘어 계속되고 있는 현실 앞에서 자신이 나아갈 방향성을 잃어버린 위축된 모습으로 그려진다.

『평화거리』에도 이와 유사한 상황이 묘사되어 있다. 이를테면, 황태자 부부를 환영하기 위한 일장기를 나눠주러 온 소토쿠와 그런 그의 행동을 호되게 꾸짖는 후미의 대화에서, "일장기를 흔들며 일본인의 한 사람으로서 '황태자 전하'를 환영하자는 소토쿠와 황태자 역시 전범과 다름없다고 생각하는 후미는 같은 대상을 바라보면서도 큰 시차視差를 보이고 있"[14]음을 간파할 수 있다. 군용지 사용료의 수혜인 구장 소토쿠는 "이 냉장고, 이 부엌, 이런 물건들을 사들이는 데 기지 덕이 없었다고 말할 수 있냐"[15]며 기지반대운동에 불편한 심기를 표출했던 『후텐마여』의 히가比嘉를 연상시킨다.

이에 더하여 주의를 요하는 것은, 『평화거리』의 우타와 후미로 이어지는 저항 방식과 할머니와 '나'로 이어지는 저항 방식의 차이다. 여기서

13   오시로 다쓰히로, 손지연 역, 「후텐마여」, 김재용 편, 『현대 오키나와문학의 이해』, 역락, 2018, 320쪽.

14   조정민, 『오키나와를 읽다』, 소명출판, 2017, 199~200쪽.

15   오시로 다쓰히로, 손지연 역, 앞의 책, 355쪽.

저항 방식이라는 표현은 전시-전후로 이어지는 국가폭력의 기억을 계승해 가는 방식으로 바꿔 말해도 무방하다. 할머니의 '별갑 빗 찾기'의 불/가능성은 기지와 일상을 공유해야 하는 이른바 '기지 속 오키나와'의 현실 그 자체를 상징하기도 하지만, 기지 피해의 최전선에서 벗어날 탈출구를 찾지 못하고(혹은 찾고서도) 물러서지도 앞으로 나아가지도 못하고 '현실' 앞에 멈춰서버린 듯한 작가 오시로를 대변하는 것이기도 하다. 주민들의 출입이 제한된 후텐마 기지 안에 자리한 돈누야마殿の山에서 '별갑 빗'을 찾겠다는 할머니에게서 더 이상 '증오의 그림자'를 찾아볼 수 없으며, 시끄러운 군용기 소음의 방해에도 류큐 전통 무용을 끝까지 완벽하게 소화해 내는 '나'의 모습 등은 확실히 『평화거리』의 우타와 후미의 파격적인 행보와는 거리가 멀어 보인다. 천황의 존재, 후텐마 기지 모두 오키나와 안의 금기의 영역이자, 국가폭력으로 점철된 신식민지적 상황의 오키나와를 상징한다고 할 때, 한쪽은 천황의 얼굴에 똥칠을 한다는 파격적이고 '불온'한 상상력이, 다른 한쪽은 기지 피해에 최전선에 서 있지만 이에 굴복하지 않겠노라고 다짐하는 '현실'에 방점을 둔 상상력이 작동한 데에서 두 작가 사이에 가로놓인 두터운 장벽을 가늠할 수 있을 것이다. 이어지는 장에서 그에 대한 실마리를 찾아보자.

3. 국가폭력에 맞선 저항의 불/가능성

1) 오시로 다쓰히로 vs. 아라카와 아키라·메도루마 슌

1996년 오시로 다쓰히로는 「광원을 찾아서光源を求めて」라는 제목의 자전적 에세이를 발표한다. 이 글은 이후 아라카와 아키라新川明를 비롯한 문인, 평론가들의 거센 반발에 부딪히게 된다. 메도루마 슌도 『게시카지けーし風』 지상에 오시로 글이 안고 있는 문제점들을 다음과 같이 통렬하게 비판한다.

> 오시로 다쓰히로가 오키나와타임스沖縄タイムス 지상에 「광원을 찾아서」라는 자전적 에세이를 연재하고 있다. 매일 아침 이 에세이를 읽고 있자면 종종 헛웃음이 터져 나온다. 문장 전체를 덮고 있는 자기만족적인 어조에다 넉살좋게 여기저기 늘어놓은 자기자랑들. 분명 전후 소설뿐만 아니라 문화 상황 전반에 걸쳐 오시로가 미친 영향과 성과는 크다. 그러나 아무리 자전적 에세이라고 해도 때로는 스스로를 냉철하게 바라보고 과거의 비판에 대해서도 진지하게 재검토하는 자세를 갖지 않는다면 점점 자기자랑에 도취되기 마련이다.
>
> 아울러 이 에세이를 읽으면서 오시로와 동시대를 살아온 시인이나 소설가, 비평가들은 왜 아무런 비판이 없는지 의문이다. 많지 않은 오시로 비판자로 알려진 아라카와 아키라와 가와미쓰 신이치川満信一의 담론을 요시모토 다카아키吉本隆明의 영향이라고 한마디로 정리해 버린다거나, 해양박람회 당시 쏟아졌던 비판에 대한 울분을 털어버리기라도 하듯 '대교역大交易 시대'를 강

조하며 피력하는 것 등은 논쟁을 불러일으킬만한 발언이다. 천황의 치졸한 류카琉歌를 상찬하고, 훈장을 받고 기뻐하는 것은 보이지 않는 곳에서 혼자 웃어 넘겨버리면 그만이다.

그런데 언젠가는 역사의 한 증언으로 남게 될 에세이다. 아무런 비판 없이 유통된다면 50년대, 60년대 등을 아주 먼 과거로밖에 인식하지 못하는 세대에게는 오시로가 쓴 글이 액면 그대로 당시의 사정이라고 받아들여질 수 있을 것이다. 동시대를 살아온 사람들이 다른 각도에서 증언과 비판을 가하고, 거기에서 논쟁이 불거져야 비로소 오키나와 전후 문학사의 건전한 검증도 가능하게 될 터이다.[16]

메도루마가 오시로와의 논쟁의 필요성을 촉구하는 대상은 1950년대에 류큐대학 동인지 『류대문학琉大文学』을 함께 이끌어간 아라카와 아키라, 가와미쓰 신이치 등이다. 위의 발언과 거의 동시에 아라카와 아키라는 「오시로다쓰히로론 노트大城立裕論ノート」라는 제목으로 「광원을 찾아서」를 둘러싼 비판을 전개한다. 가장 문제가 된 것은 50년대 『류대문학』활동이 문학에 어떤 공헌을 했는지 물으며 "문학의 가능성의 싹을 모조리 뽑아내버린 죄는 크다"라며 아라카와 아키라로 대표되는 동인들을 전면 부정하는 듯한 내용이다.[17]

오시로와 아라카와를 비롯한 동인들의 주의주장이 크게 엇갈리는 지점은 바로 이 50년대 『류대문학』의 행보와 깊은 관련이 있다. 정확히는

---

16   目取真俊, 「沖縄の文化状況の現在について」, 『けーし風』 13号, 1998.12, 28쪽.
17   新川明, 『沖縄·統合と反逆』, 筑摩書房, 2000, 153쪽.

1956년 미군의 탄압을 받은 대학 당국이『류대문학』을 발행정지 처분을 내린 데에 기인한다. 아라카와가 밝히고 있듯 이 시기는 '암흑시대'를 거쳐 미군지배에 대한 총반격의 성격을 띤 '섬 전체 투쟁島ぐるみ闘争'의 시대로 그야말로 오키나와 전역이 격동하는 시대였다. 1954년 오키나와를 무기한 관리한다는 아이젠하워 미 대통령의 발언을 시작으로, 미국 민정부의 군용지 사용료 일괄지불 방침과 이에 대응하는 류큐입법원의 '토지를 지키는 4원칙' 등이 연이어 발표되었다.『류대문학』이 발행정지 처분을 받게 되는 1956년을 전후한 시기도 군용지 문제를 둘러싸고 '섬 전체 투쟁'이 격화되던 때와 맞물린다. 류큐대학 학생회도 프라이스권고 반대 운동 등에 적극적으로 나서자 미국 민정부는 대학 당국을 압박해 반미 성향을 보이는 학생들을 제적이나 근신 처분하고, 그 과정에서『류대문학』도 발행이 금지된다. 복간되는 것은 이듬해인 1957년 4월, 12호부터다. 이 12호에 오시로가「주체적인 재출발을主体的な再出発を」이라는 제목의 글을 싣는데, 그 안에서도『류대문학』의 문학적 유효성을 부정하며 주체성을 회복하자는 취지의 발언을 한다. 이에 대해 아라카와는 오키나와의 엄혹한 현실을 문학에 반영하는 것이야말로 '문학하는 자의 주체성'이라는 취지의 반박문을『오키나와문학沖縄文学』에 발표한다.[18]

　「광원을 찾아서」를 둘러싼 논쟁이나 그 불씨가 된 1957년의 문학자의 '주체성'이라는 문제는 간단치 않지만, '문학과 정치를 분리하는 것이 문학자의 주체성을 찾는 길'이라는 오시로의 입장과 '정치적 현실을 문학

18　新川明,「『主体的出発』ということ―大城立裕氏らの批判に応える」,『沖縄文学』2号, 1957.12.

에 반영하는 것이 문학하는 자의 주체성'이라는 아라카와의 입장으로 거칠게 나눌 수 있을 것이다. 그런데 아이러니하지만 오키나와가 직면한 정치적, 사회적 현실과 동떨어진 오시로 문학을 생각하기 어렵다는 것이다. 그에 대한 답은 앞서 살펴본 『평화거리』와 『후텐마여』의 차이, 다시 말해 국가폭력을 내파하는 문학적 상상력의 차이에서 찾을 수 있을 듯하다.

메도루마가 오시로의 「광원을 찾아서」를 일갈하며 언급한 해양박람회, 천황, 훈장 수여 등의 글귀는 『평화거리』가 발신하는 메시지를 상기시키기 충분하다.[19] "당시 쏟아졌던 비판에 대한 울분을 털어버리기라도 하듯"이라는 표현에서 오시로가 깊이 관여했던 오키나와 국제해양박람회에 대해 메도루마 역시 비판적인 입장임을 분명히 하고 있다. 당시 비판의 목소리는 아라카와의 앞의 저술에 자세한데, 해양박람회를 문화문제로 바라봐야 한다는 오시로의 입장과 정치문제이자 경제문제로 바라봐야 한다는 아라카와, 가와미쓰 등 『류대문학』 동인들의 이해가 충돌한 것으로 읽을 수 있다. 중요한 것은 메도루마가 동인들의 반론을 촉구할 만큼 오시로의 글에 강하게 불만을 느끼고 있다는 사실이다. "천황의 치졸한 류카를 상찬하고, 훈장을 받고 기뻐하는 것은 보이지 않는 곳에서 혼자 웃어 넘겨버리면 그만"이라는 메도루마의 뼈있는 일침 또한 그리 새롭지 않다. 「광원을 찾아서」가 나오기 전, 정확히 10년 전인 1986년, 메도루마는 이미 우타의 불완전한(혹은 완전한) 기억을 후미가 완벽하게 보완하며 오키나와 주민의 일상 속으로 파고든 천황(제)으로 상징되

---

19 오시로는 1990년과 1996년에 각각 자수포장(紫綬褒章)과 훈4등욱일소수장(勳四等旭日小綬章)을 수여하였다.

는 국가권력을 무력화시켜 보인 바 있기 때문이다.

　오시로를 비판하는 이들도 입을 모아 인정하듯, 오시로가 전후 오키나와문학에 끼친 영향은 실로 다대하다. 오시로를 누구보다 통렬하게 비판했던 아라카와 또한 오시로의 아쿠타가와상 수상을 오키나와 근대 문학사상, 민중정신사상 그 유례를 찾기 어려울 만큼 역사적 의미가 있는 것으로 평가한다.[20] 마찬가지로 메도루마 슌이라는 작가 또한 오키나와 문단에서 빼놓을 수 없는 존재라는 것은 새삼 언급할 필요도 없을 것이다.

　이상의 1950년대와 1990년대의 오키나와의 문단 사정은 두 작가의 커다란 입장 차이와 함께 국가폭력의 전후적 기억 혹은 국가폭력을 내파하는 문학적 상상력이 어디에서부터 배태되었는지 가늠케 한다. 그렇게 배태된 그들의 문학은 궁극적으로 어디로 향하고 있을까?

2) 메도루마 슌 문학이 향하는 곳 – 오키나와와 조선인 '위안부'

　오키나와문학이 우리에게 시사적인 것은 무엇보다 한국, 중국, 일본, 타이완, 재일 등 동아시아와의 깊은 관련성을 놓치지 않는 중층적이고 복안적인 사유로 충만하기 때문이다. 이 가운데 조선인 '위안부'와 군부를 오키나와 내부의 문제와 불가결한 것으로 묘사해온 방식은 우리에게도 적지 않은 시사점을 던져준다.

　조선인 '위안부'와 군부의 모습은 오키나와 소설에 매우 자연스러운

20　新川明, 앞의 책, 153쪽.

형태로 녹아들어 있다. 예컨대, 오시로 다쓰히로의『신의 섬』1968, 마타요시 에이키又吉栄喜의『긴네무 집ギンネム屋敷』1980, 메도루마 슌의『나비떼 나무群蝶の木』2000, 사키야마 다미崎山多美의『달은, 아니다月や, あらん』2012,『운주가, 나사키うんじゅが, ナサキ』2016 등의 작품을 들 수 있는데, 이들 작품 가운데『나비떼 나무』와『신의 섬』에 주목해 보자.

아래의 인용문은『신의 섬』에서 발췌한 조선인 '위안부'와 군부에 대한 묘사이다.

　　"이 벼랑 위에 서 있으면요 선생님, 아래에서 불어오는 바람에 조선인 군부나 위안부의 외침이 실려와 들려오는 것 같은 느낌이 들어요."

　　(…중략…)

　　"그 안에 조선인이 섞여 있었어요. 군인이 아닌 군부와 위안부 말이에요."

　　"그들도 도민을 내쫓았다는 건가?"

　　"모르겠어요. 어쩌면, 있었을지 모르죠……."

　　"그게 무슨 의미지?"

　　"도민과 조선인 사이에 갈등은 없었을까 하는 생각이 들어서……."

　　"과연. 그렇다면, 저기에서 불어오는 조선인의 외침이라는 것은 도민들로부터 반격을 받아서……?"

　　"그럴지도 모르죠. 군인에게 학대당한 고통의 외침이기도 하지 않을까요? 그리고 저 군인 가운데엔 야마토인도 오키나와인도 있고……."

　　"말하자면 야마토인과 오키나와인, 조선인이라는 3파 갈등이라는 건가.

자네 영화는 그런 것도 다루나?"[21]

'섬 전몰자 위령제'를 둘러싸고 다미나토田港와 요나시로与那城가 대화를 나누고 있는 장면이다. 섬 초등학교 교사 출신인 다미나토는 위령제에 초대받아 섬을 떠난 지 23년 만의 방문이었고, 카메라맨인 요나시로는 오키나와를 배경으로 영화를 제작하기 위해 섬을 찾았다. 요나시로는 오키나와 전투에서 희생된 이들을 기리는 위령제가 가해자와 피해자의 구분 없이 치러지는 데에 비판적이다. 그런 요나시로가 오키나와 전투 당시 피난해 있던 방공호를 가리키며, 저곳에 일본군이 들어와서는 안에 있던 주민들을 내쫓고 점거했다는 이야기를 들려준다. 개중에는 조선인 군부와 위안부도 있었는데, 그들도 주민들을 내쫓는 데 가담하지 않았으리라는 확신까지는 아니지만 의심을 거두지 않는 듯한 발언도 이어진다.

위의 대화에서 요나시로가 피력하고자 하는 바는, 다미나토가 꿰뚫고 있듯 "야마토인과 오키나와인, 조선인이라는 3파 갈등"에 다름 아니다. 그렇다고 할 때, 이 요나시로의 포지션은 가해자와 피해자를 구분하자는 쪽인지, 그 반대인 건지 상당히 애매해진다. 거기다 "위령제의 영령을 섬사람들만으로 독립시키"[22]자는 주장까지 겹쳐지면서 요나시로라는 인물에 대한 평가는 한층 곤혹스러워진다. 그러나 한 가지 분명한 것은, 작가 오시로의 관심은 애초부터 조선인 '위안부'나 군부 그 자체에

---

21   오시로 다쓰히로, 손지연 역, 「신의 섬」, 『오시로 다쓰히로 문학선집』, 글누림, 2016, 188~189쪽.
22   위의 책, 191쪽.

놓여 있지 않았다는 것이다. 그보다는 가해와 피해의 구도가 복잡하게 뒤엉킨 역설적 함의를 다양한 각도에서 드러내기 위함이며, 그 과정에서 조선인 위안부와 군부가 '포착' 내지는 '발견'된 것으로 보아야 할 것이다.

반면, 『나비떼 나무』의 경우는 사정이 조금 다르다. 이 소설의 주인공은 고제이ゴゼイ다. 고아로 자란 고제이는 창관娼館에서 잡일을 도맡아 하면서 노래와 산신三線을 익혔고, 나이가 들어 "남자에게 교태와 몸을 팔며"[23] 보내다 어느덧 23살이 되었다. 오키나와 전투가 발발하면서 나하의 유곽에 있던 고제이도 얀바루에 있는 일본군 장교 위안소로 끌려가게 되고, 그 안에서 하급 병사들을 상대하는 조선인 위안부들을 접하게 된다. 그 후로 고제이에게 혹독한 나날들이 이어졌는데, 유일한 낙이라면 마을 청년 쇼세이昭正와 유우나ユウナ 나무 아래에서 만남을 갖는 것이었다. 지능이 떨어져 보이는 쇼세이는 징병을 피하기 위해 스스로 손목을 자해한 탓에 왼팔이 불편하고 오른쪽 다리도 절면서 다닌다. 일본의 패배가 확실시되는 가운데 고제이와 조선인 '위안부'들은 위안소에서 십수 명의 일본군 부대원과 함께 마을 남쪽 산속으로 이동해 가던 중, 쇼세이가 일본군에게 양팔을 결박당하고 무릎을 꿇린 채 고문당하는 모습을 고제이는 고통스러운 심정으로 목격한다. 고제이와 조선인 여성 한 명은 가까스로 살아남았지만 나머지는 생사를 달리했다.

---

23   目取真俊, 『群蝶の木』, 朝日新聞社, 2001, 24쪽.

가까이서 조선인 여자의 신음소리가 들린다. 맞고 있는 건지, 능욕당하고 있는 건지, 이런 깊은 산속 동굴까지 도망쳐 와서 미군에게 일방적으로 당하기만 하는 겁쟁이 주제에 여자 몸을 희롱하는 건 여전한 썩을 놈들. 위안소에서 끌려온 조선인 여자는 처음엔 네 명이 있었는데 한 명은 도중에 어디론가 사라지고, 두 명은 함포사격 파편에 맞아 내장과 목이 파열돼 사망했다. (…중략…) 손을 더듬어 조선인 여자를 찾아 동굴 속 냉기로 차갑게 식은 서로의 몸을 데운다. (…중략…) 조선인 여자는 몸을 떨면서 고제이에게 달라붙는다. 아직 열일곱이나 열여덟 정도의 여자였다. 이름도 모르는, 삐ピー라고 불리는 그 여자를, 고제이는 자신의 처지보다 더 힘들었을 거라며 안쓰러운 마음에 등과 팔을 어루만져주었다.[24]

그 고제이도 장교 녀석들을 상대하는 위안부였지……산에 피난했을 때도 계속 장교들과 함께 했다는 것 같은데……전후에는 고제이 혼자 마을에 남았어. 그 조선인 여자들은 어떻게 됐을까…….[25]

들것에 실려 가고 있을 때, 햇볕 때문에 눈도 몸도 아파 견딜 수 없었다. 조선인 여자가 가까이 다가와 머리카락과 뺨을 어루만지고 손을 꼭 잡으며 무언가 말을 건넸는데, 들을 기력조차 남아있지 않았다. 이름도 모른 채 헤어졌던 것이 가슴 아프게 다가온 것은 아주 오랜 시간이 흐른 후였다.[26]

---

24 위의 책, 210쪽.
25 위의 책, 216쪽.
26 위의 책, 220쪽.

이 소설에서 특히 눈에 띄는 것은, 일본군 '위안부'로 이리저리 끌려다니며 성적 착취를 당하는 고제이의 고통스러운 모습과, 그런 고제이를 묘사하는 장면에 어김없이 등장하는 같은 처지의 조선인 여성이다. 엄밀히 말하면 조선인 여성들은 고제이와 같은 처지라기보다 고제이보다 더 열악한 상황에 놓여 있음을 반복해서 묘사한다.

조선인 '위안부'를 향한 고제이의 시선을 앞서의 요나시로의 시선과 겹쳐 읽을 때, 오시로와 메도루마의 서로 다른 포지션은 더욱 명확해진다. 오시로에게 있어 마이너리티와 마이너리티 사이에 존재하는 미세한 차이와 균열을 읽어낸다는 것은, 곧 '오키나와인은 누구인가' '일본인은 누구인가'라는 근원적인 물음 앞에서 끊임없이 분열하는 자신의 모습을 확인하는 일이었던 듯하다. 요나시로로 하여금 오키나와 주민과 조선인 '위안부', 군부, 일본군을 '3파 갈등'이라 명명하며 미세하게 구분하려 한 것도 그런 이유에서가 아닐까. 다만, 이 소설이 발표된 시기가 1960년대라는 이른 시기임을 감안할 필요가 있다. 그로부터 20여 년 후 『아침, 상하이에 서다』에 등장하는 조선, 중국, 타이완 등 피차별 마이너리티 민족 간 양상은 이전과 조금 다르게 표출된다. 소설이 전개되는 내내 주인공 '지나知名'(=오시로 자신)는 피차별 마이너리티 민족과 거리를 두며 '오키나와=일본인'임을 확인하는데, 조선 출신 '가나이金井'는 그것을 비추는 반사경이 된다. 이 또한 『나비떼 나무』에서 고제이가 보여준 조선인 '위안부'와의 교감과는 거리가 있다.

4. 오키나와와 아시아의 관련성을 의식한다는 것

메도루마는 최근 『얀바루의 깊은 숲과 바다에서ヤンバルの深き森と海よ
り』影書房, 2020라는 제목의 에세이집을 간행했다. 이 안에는 2006년부터
2019년 5월까지 신문, 잡지 지상에 발표했던 시평과 평론이 실려 있다.
그 첫 페이지를 장식한 글은 「오키나와 전투의 기억」『文學界』, 2006.5이라는
제목의 자신의 고모에게서 전해들은 전쟁체험담이다. 당시 17살이던 고
모는 메도루마가 나고 자란 오키나와 섬 북부 나키진今帰仁에서 전쟁을 맞
았고, '우군일본군'이 접수한 초등학교에서 취사 노동에 동원되었다고 한
다. 아울러 마을 병원을 '위안소'로 개조해 '여관'에서 일하던 오키나와
여성들을 일본군 '위안부'로 삼았다는 이야기도 등장하는데, 이것을 『나
비떼 나무』의 고제이의 인물조형에 반영했다고 밝히고 있다.[27] 당시 오
키나와 중남부는 극도의 빈곤으로 어린 자식을 여관 등지로 팔아넘긴 사
례가 빈번했는데 '고제이'는 이처럼 오키나와 안에서도 더 한층 취약한
처지에 놓여 있던 여성을 대변하는 것이리라. 작가의 고모가 취사 노동
에 동원되었던 것은 '고제이'로 형상화된 극빈층 여성들에 비해 환경이
그나마 나았음을 의미하는 것이기도 하다. 무엇보다 일본군의 패전 이후
에도 여전히 미군을 상대로 한 미군용 '위안소'에서 끝나지 않은 전'후'=
전후 제로년을 살아가야 했던 이들 여성의 문제가, 일본 본토가 그러했
듯 마을 여성들을 미군으로부터 보호하기 위해 마을 대표들이 이에 앞장

---

27   目取真俊, 『ヤンバルの深き森と海より』, 影書房, 2020, 10~12쪽.

서거나 묵인한 데에서 파생한 것임을 분명히 한다. 더 나아가, 그 가운데에는 적지 않은 수의 조선인 여성들이 포함되어 있으리라는 점을 지적하며, 오키나와인의 피해만이 아니라, 가해 사실에 대해서도 철저히 밝힐 것을 촉구한다. 이 글의 집필시기보다 훨씬 앞선 1996년, 「광원을 찾아서」를 둘러싼 일련의 사태를 목도하며 "최근에는 본토 지식인도 친절하고 상냥한 사람들이 많아져서 오키나와에 대해서라면 찬미 일색으로, 신랄한 비판이 없다. 우치난추 또한 정말은 자신 없으면서 묘한 자신감에 빠져 있다"[28]라며, 본토와 오키나와 모두 지난 전쟁에 대한 비판적 사유가 절대적으로 결핍되어 있음을 성토한다.

이 글은 두 문학자의 공과功過를 논하고자 함이 아니다. 문제 삼고 싶었던 것은 모두冒頭 부분에서 밝혔듯, 오시로의 작품을 보조선으로 삼으면서 메도루마 문학의 특징을 규정짓는 요소가 무엇인지 살펴보는 것이었다. 메도루마 문학의 여러 특징 가운데 가장 크게 꼽을 수 있는 것은, 국가폭력에 타협하지 않고 정면에서 맞서온 것을 들 수 있을 것이다. 또한, 전시와 전후를 관통하며 자리해 온 한국, 타이완, 베트남 등 동아시아의 폭력의 상흔과 징후들에 누구보다 자각적으로 대응해 온 것도 메도루마 문학의 특징 중 빼놓을 수 없을 것이다. 오키나와와 조선인 '위안부' 문제를 정면에서 다룬 『나비떼 나무』를 비롯해 천황(제)에 대한 '불온'한 상상력을 거침없이 발휘한 『평화거리』와 「1월 7일」 등의 텍스트는 국가폭력에 누구보다 강력하게 대응해 온 그의 문학이 어디를 향하고 있는

---

28   目取真俊, 「沖縄の文化状況の現在について」, 앞의 책, 29쪽.

지, 그의 비판적 사유가 어디로 향하고 있는지, 그 궁극의 지향점을 매우 분명한 형태로 보여준다고 하겠다.

'전후'의 폭력에 맞서는 마이너리티의 기억과 투쟁

오키나와문학과 재일조선인문학을 중심으로

곽형덕

1. 머리말

제2차 세계대전의 종결은 일본 제국의 구舊 식민지였던 조선과 오키나와에 일대 변화를 불러왔다. 두 지역은 일본 제국의 식민지라는 공통점이 있었지만, 일본이 패전하면서 각기 다른 '해방'을 맞이했다. 일본이 패전하면서 식민지 조선이 일시적으로나마 '해방'의 기쁨을 누렸던 것과 달리, 오키나와는 '일본과 미국 최후의 격전장'[1]으로 일본군'우군'의 핍박을 받고 미군에 점령되면서 고통이 배가됐다. 다시 말하자면, 일본이 패전한 것은 일본 제국의 다른 식민지에서는 '해방'을 의미했지만, 오키나와에서는 잠시도 '해방'으로 불릴 수 없는 또 다른 점령 상태를 의미할 뿐이었다. 오카모토 게토쿠岡本惠德는 오키나와 전戰에서 일어난 비극은 "일

---

1   손지연,『전후 오키나와문학을 사유하는 방법 – 젠더, 에스닉, 그리고 내셔널 아이덴티티』, 소명출판, 2020, 24쪽.

본 국민이 되려는 노력과 고향인 오키나와를 지켜야 한다는 결의"[2] 속에서 발생했다고 설명하고 있는데, 이는 일본의 패전 이후 우치난추오키나와인/오키나와민족가 직면했던 아이덴티티의 굴절과 모색의 일단을 설명하는데도 유효하다. 전근대 시기부터 양속체제에 속해 확고한 아이덴티티를 확립할 수 없었던 우치난추는 명/청과 에도막부 사이에서 위태로운 줄타기를 해나갔지만, 폐번치현1879 이후에는 일본의 그 어떤 식민지보다도 동화同化와 황민화皇民化의 길로 나아갔다. 그런 만큼 일본의 패전 이후 해방이나 독립의 길이 아니라, 일본 제국보다 더욱 강대한 미국에 의해 강행된 점령/식민지화는 1615년 이후 300년 넘게 지속된 예속 상태라는 트라우마를 우치난추에게 각인시키는 것이기도 했다.

일본이 패전한 이후 오키나와문학과 재일조선인문학은 각기 다른 역사적 상황 속에서 과거의 '유산'과 현재의 '과제'와 마주할 수밖에 없었다. 재일조선인이 일본의 패전과 함께 '해방'을 맞이하는 순간에도 오키나와는 오키나와전의 상흔과 미군의 점령으로 더욱더 엄혹한 상황을 맞이했다. 재일조선인 또한 일본의 패전 이후 잠시 해방을 누렸을 뿐, 미소 냉전이 격화됨에 따라서 미군과 일본 정부에 의해 사상의 탄압을 받았고, 한국전쟁을 거치며 냉전의 한복판에서 동족 간의 극단적인 이념대립을 겪었다.[3] 그런 가운데 오키나와문학은 근대 이후 이민족의 점령이 거

---

2   위의 책 30쪽에서 재인용. 원문은 谷川健編, 『沖縄の思想』, 木耳社, 1970 수록 岡本恵德 「水平軸の発想」이다.

3   이와 관련해서는 다음 두 권의 역사서를 참조했다. 문경수, 고경순·이상희 역, 『재일조선인 문제의 기원』, 문, 2016; 미즈노 나오키·문경수, 한승동 역, 『재일조선인 – 역사, 그 너머의 역사』, 삼천리, 2016.

듭되는 가운데 자신의 아이덴티티를 정립해야 하는 난제難題와 직면했다. 다시 말하자면, 일본 제국주의로의 자발적/비자발적 동화가 일본의 패전과 함께 끝났지만, 더욱 강대한 미국의 지배를 받게 되면서 오키나와인의 아이덴티티를 다시 확립하는 것은 긴박한 과제일 수밖에 없었다. 이와 달리 재일조선인은 이 시기에 조선인의 아이덴티티를 규명하려 했다기보다는 일본 내에서 민족교육을 강화하고 한반도의 새로운 민족국가를 건설하는 등의 현실 투쟁에 더 촉각을 곤두세우고 있었다. 물론 재일조선인에게도 민족적 아이덴티티를 확립하는 것은 긴박한 과제로 추후 다가온다. 하지만 1945년에서 1960년까지를 시야에 넣으면, 재일조선인은 한국전쟁과 남북분단이 고착화되는 과정 속에서 존재 규정보다는 현실과의 투쟁 쪽에 초점이 맞춰질 수밖에 없었다.

이는 1945~1960년 사이를 기준으로 해서 오키나와문학은 오키나완 아이덴티티에, 재일조선인은 현실 투쟁에 모든 역량을 집중했다는 식의 이항대립 구도를 설정하기 위한 것은 아니다. 그것보다는 해방 직후 두 문학이 각기 다른 조건 속에서 어떻게 전후의 평화담론과 냉전 체제 속에서 격투했는지를 보다 구체적으로 살펴보고자 한다. 이를 위해 본고는 일본이 제2차 세계대전에서 패배 후부터 약 15년 동안 '일본어'로 창작된 오키나와문학과 재일조선인문학의 대표작을 비교 검토함으로써 마이너리티의 기억과 투쟁을 구체적으로 검토할 것이다. 다만 이 시기에 나온 방대한 문학 작품의 계보를 정리하고 추적하는 방식이 아니라, '전후'의 국가폭력에 맞서는 마이너리티의 기억과 투쟁을 몇몇 작가의 텍스트에 집중해 분석할 것이다. 특히 일본의 '전후' 평화 담론이 힘을 얻어가고 미소 냉전이 격화돼 가는 가운데 오키나와와 재일조선인 작가가 과거 일본 제국주의 시기와 현재일본의 패전 이후를 각기 달리 어떻게 인식했는지를 알아 보는 것이 핵심이다.

2. 오키나와문학의 기억과 투쟁 __ 아이덴티티의 행방

미군 점령기의 오키나와문학은 흔히 '미민정부米民政府 시대의 문학'[4] 으로 불리며 세 시기로 분류돼 왔다. 1945년 패전으로부터 1951년까지 를 제1기, 1952년부터 1961년까지를 제2기, 1962년부터 1972년까지 를 제3기로 흔히 나눈다. 제1기에는 오키나와전 이후 주민들이 수용소 에서 생활했던 시기부터 시작됐다. 1945년 7월 『우루마신보ウルマ新報』 가, 1949년 2월 『월간타임스月刊タイムス』 창간되면서 오키나와문학은 발 표 매체를 확보했다. 제2기에는 1953년 7월 류큐대학 학생에 의해 『류 다이문학琉大文学』이 창간된 것을 기점으로 하며 1956년 4월 아라카와 아 키라, 가와미쓰 신이치川満信一에 의해 '오키나와문학의 모임'이 결성돼 6

---

4 미민정부라는 용어는 약간의 설명을 필요로 한다. 오키나와전 이후 오키나와에 들어
   선 최초의 민정부는 1946년 4월에 만들어진 오키나와민정부(沖縄民政府)이다. 오키
   나와민정부는 명목뿐으로 오키나와전과 함께 1945년 4월 1일에 만들어진 류큐열도
   미국군정부(琉球列島 米国軍政府)의 지배하에 있었다. 오키나와민정부와 류큐열도미
   국군정부는 류큐열도미국민정부(琉球列島 米国民政府, USCAR)가 1950년 12월에 만
   들어지면서 사라졌다. 류큐열도미국민정부는 오키나와가 일본으로 복귀한 1972년 5
   월에 막을 내렸다. 미민정부 시기라는 분류는 류큐열도미국군정부 시기부터 류큐열
   도미국민정부 시기를 포함한 것이라고 볼 수 있다.

월에 잡지 『오키나와문학沖繩文学』이 창간됐다. 제3기는 1966년 4월 『신오키나와문학新沖繩文学』오키나와타임스사 창간된 후부터 오키나와의 '일본 복귀'1972.5.15까지이다.[5] 오키나와 전후문학은 일본 제국주의나 군국주의로부터 벗어나 "일본문학 추수적인 전전戰前과는 다른 새로운 문학공간이 출현할 조짐"[6] 속에서 시작돼 전개됐음을 알 수 있다. 이는 전전의 오키나와문학이 폐번치현 이후, "자기부정自己否定의 심연을 헤매는 우치난추오키나와 사람/민족의 비극과 그로부터의 부상浮上"을 담고 있었던 것과는 변별된다.[7] 일본 제국주의에 의해 멸망과 애수의 상징으로 각인됐던 우치난추의 전통과 역사는 미군 점령기가 되자 일본과는 변별되는 독자성의 상징으로 자리매김하게 됐다고 할 수 있다.

이와 함께 일본 제국주의 하에서 무비판적으로 일본인에 동화됐던 과거와 전쟁 책임 문제 또한 일본의 패전 이후 오키나와문학계에 부상했다. 이번 장에서 중심적으로 살펴볼 오타 료하쿠太田良博와 오시로 다쓰히로大城立裕는 1기가 거의 끝나는 시점에 신인으로 등장해 2기 이후부터는 전후 오키나와문학을 대표하는 작가로 자리매김해 나갔다. 특히 오타 료하쿠의 「흑다이아몬드」『月刊タイムス』 1949.3와 오시로 다쓰히로의 「2세」『沖繩文学』 1957.11는 '미민정부 시대' 오키나와문학의 흐름을 잘 알 수 있는 첨

---

5   시기 구분은 메도루마 슌(目取真俊)이 기술한 다음 책의 내용을 요약 정리한 것이다. 메도루마는 오카모토 게도쿠(岡本恵徳)의 시기 구분을 참조했다. 岡本恵徳, 目取真俊, 与那覇恵子, 『岩波講座 日本文学史 第15巻・琉球文学, 沖縄の文学』, 岩波書店, 1996, 192~203쪽.
6   武山梅乗, 加藤宏, 『戦後・小説・沖縄―文学が語る「島」の現実』, 鼎書房, 2010, 263쪽.
7   곽형덕 편역, 『오키나와문학 선집』, 소명출판, 2020, 4쪽.

예한 내용을 담고 있다. 특히 이 두 작품은 '전후=평화[8]'라는 일본인들의 인식에 감춰진 수많은 균열을 드러내는 것만이 아니라, 오키나와가 일본 본토로부터 분리된 이후 우치난추가 직면했던 아이덴티티를 둘러싼 굴절과 모색을 드러낸다.

오타 료하쿠의 「흑다이아몬드」『月刊タイムス』1949.3[9]는 전후 오키나와문학의 시작을 알린 작품으로 알려져 있다. 이 소설은 오타 료하쿠가 인도네시아에서 병사로 지냈던 일제 말부터 일본의 패전까지의 4년 정도의 실제 체험을 작품화한 것이다. 오타 료하쿠가 "황폐한 전후 오키나와의 상황 속에서 무르데카독립의 열기에 소용돌이 치고 있는 인도네시아를 동경하는 마음이 집필 당시 내 마음 속에 있었던 것만은 부정할 수 없다"[10]고 쓰고 있는 것에서 알 수 있듯이 오키나와가 미군정 하에 있는 상황을 인도네시아와 겹쳐보면서 '무르데카'를 향한 열망을 간접적으로 담아냈다.

아시아가 선다. 우리가 일어선다.

우리의 향토는 우리 손으로 지켜야 한다.

나아가라. 나아가!

---

8   山本昭宏, 『教養としての戦後〈平和論〉』, イースト・プレス, 2016.8, 참조.

9   「흑다이아몬드」의 간략한 스토리는 다음과 같다. 이 단편소설은 일본군의 일원으로 참가한 우치난추 병사인 '나'를 시점화자로 해서 전개된다. '나'는 파니만이라고 하는 의용군 지원자와 친해진다. 파니만은 일본군이 인도네시아를 점령한 상황에서 일본군을 도와 치안을 담당하는 '원주민 방위의용군'의 일원으로 활동한다. 이후 일본이 2차세계대전에서 패배하고 인도네시아에는 독립의 기운이 무르익는다. 파니만 또한 인도네시아 해방군의 일원으로 참가한다. '나'는 그런 파니만을 길에서 우연히 만나고 그들이 부르는 노래 소리를 들으며 애상에 잠긴다.

10 곽형덕 편역, 앞의 책, 107~108쪽.

방위의 전사. 아시아의 전사.

인도네시아의 전사.

한 무리의 병사들이 부르는 그 행진곡에 침통함과 애상함을 느끼면서…….

나는 아연히 그 자리에 내내 서 있었다.

그로부터 사 년이라는 세월이 흘렀다…….[11]

1945년 인도네시아가 외세의 침략을 떨쳐내고 독립으로 향해가는 과정을 지켜보는 주인공 '나'우치난추 일본군 병사의 시선은 작품이 세상에 나온 1949년이라는 시점과 겹쳐 읽기를 해보면 그 의도가 명확해진다. 나카호도 마사노리仲程昌德는 "오키나와의 상황과 인도네시아의 상황을 직접 비교하는 것은 불가능하지만, 오키나와에 사는 사람이 미국의 점령을 기분 좋게 받아들였다고 보기는 힘들다. 특히 인도네시아사의 독립운동을 눈앞에서 본 사람에게는 '고양이'가 허용하는 범위에서만 놀아야 하는 '쥐'와 같은 상태는 참기 어려웠을 것임이 틀림없다"[12]고 쓰고 있다. 오타는 이처럼 답답한 오키나와의 현실을 일제 말 인도네시아의 격동하는 현장을 기록하면서 조금이나마 해소해보려 했던 것은 아니었을까. 하지만 당시 오키나와문학계는 「흑다이아몬드」를 침략자인 일본군의 일원으로서의 '나'에 초점을 맞춰 호되게 비판했다. 아라카와 아키리新川明는 「흑다

---

11 위의 책, 140~105쪽.

12 仲程昌德, 「「ソロの驟雨」と「黒ダイヤ」をめぐって―インドネシアへの進駐・再訪・居住」, 『日本東洋文化論集』, 琉球大学法文学部紀要(18), 2012, 37쪽. 여기서 고양이는 '미국'이고 쥐는 '오키나와'를 말한다. 제임스 왓킨스(James Watkins) 소령은 1946년에 "쥐는 고양이가 허용하는 범위에서만 놀아야 한다"며 오키나와의 종속성을 강조했다.

이아몬드」를 비교적 잘 짜인 단편소설이라고 인정하면서도 인도네시아 민족해방운동을 좁은 시야에서 포착하고 있는 것과, 주인공이 "(본질적으로는) 침략자였던 일본군의 편에 서서 인도네시아 해방군을 '적'으로 의식"[13]하는 상태에서 쓰고 있음을 비판했다. 이어서 아라카와는 「흑다이아몬드」뿐만 아니라 전후 오키나와문학의 정곡을 찌르며 다음과 같이 쓰고 있다.

그들 인도네시아 청년과 민족해방을 위해 싸우는 고뇌는 그대로 우리의 고뇌이며, 우리가 느끼는 동일한 괴로움을 인도네시아 소년 파니만에게 적용해서, 행동과 실천을 하는 청년의 한 전형으로 그려야 했던 것이 아니었을까. 물론 파니만에게 그런 모습이 전혀 보이지 않는다는 것은 아니다.[14]

아라카와는 민족해방을 위해 싸웠던 인도네시아 청년들의 고뇌를 1950년 전후 오키나와 청년들의 고뇌와 겹쳐 읽는다. 이는 오키나와가 종속적인 상황에 처해 있으며 민족해방운동을 위해 나아가야 한다는 것에 다름 아니라는 점에서 소설 자체를 비평했다기보다는, 소설을 메타로 전후 오키나와 사회와 지식인을 질타한 것이다. 그런 의미에서 「흑다이아몬드」는 전후 오키나와문학이 예리하게 포착해낸 '가해자로서의 오키나와'만이 아니라 미국에 종속된 오키나와의 답답한 현실을 상기시키는 작품이었다.

한편 오시로 다쓰히로의 「2세」는 오키나와전에 참전한 하와이 출신

---

13 新川明, 「戦後沖縄文学批評ノート—新世代の希うもの—」, 『流大文學』 7, 1954, 32쪽.
14 위의 글, 33쪽.

일계 '2세'를 주인공으로 내세운 중편 분량의 소설이다. 마이너리티의 이중의식double consciousness과 아이덴티티라는 첨예한 문제를 '패전'으로부터 불과 12년이 지난 시점에서 날카롭게 형상화한 작품으로 전후 오키나와 문학이 배출한 수작 중 하나라는 평가를 받는다. 시점 인물은 '헨리 도마 세이치'이다. 그는 우치난추지만 하와이에서 자란 일계인日系 미국인 '2세'로 제2차 세계대전에 '자원' 입대했다.[15] 나카호도 마사노리가 예리하게 포착하고 있는 것처럼 헨리는 "미군 병사이면서 오키나와인이며, 승자에 편에 속하면서, 패자의 편에"[16] 서 있어야만 하는 고뇌를 안고 있다. 더구나 헨리는 미군에 자원입대한 일본인야마토민족 2세 병사보다 더욱 복잡한 상황 하에 놓여 있다. 일본 대 미국의 전쟁이 오키나와를 전쟁터로 해서 벌어지면서 우치난추 출신의 2세 미군 병사, 헨리의 심정은 한층 복잡

---

15 「2세」의 간략한 줄거리는 다음과 같다. 헨리 도마 세이치는 2세 병사로 미군에 자원해 오키나와전에 참전한다. 그는 오키나와에 와서 전쟁에 신음하는 '동포'를 향한 연민과 그들을 죽음으로 몰아넣은 일본에 대한 원망 속에서 흔들린다. 물론 2세 병사 모두가 헨리와 같이 정체성의 위기를 겪은 것은 아니다. 같은 2세 병사인 존 야마시로도 우치난추로 하와이에서 나고 자란 '2세'지만, 그는 일본인/우치난추로서의 아이덴티티를 극렬히 거부하고 미국인으로서의 자화상을 확고히 정립한 인물이다. 헨리는 양쪽 언어를 다 할 줄 알기에 동굴 등에 숨어 있는 우치난추를 찾아서 투항하게 하는 임무를 받는다. 그는 내심 전쟁중에 소식을 듣지 못 한 친동생 도마 세이지를 구할 수 있을 것이라고 생각한다. 아라사키 겐지는 현지의 기후나 지리에 익숙하지 않은 헨리를 도와 함께 다닌다. 둘은 길가에서 심하게 다쳐 얼굴을 알아볼 수조차 없는 오키나와인 청년을 구해 병원에 입원시킨다. 아라사키는 다친 청년의 명찰을 보고 그가 헨리의 동생임을 알린다. 의식을 회복한 도마 세이지는 친형이 자신을 찾아오자 그를 강하게 거부한다. 실의에 빠진 헨리는 차를 몰고 가다 오키나와 여성의 비명소리를 듣는다. 오키나와 여성이 미군에게 강간을 당하기 직전에 그녀를 구해준다. 하지만 여성은 헨리를 보자 기겁을 하고 도망친다.

16 仲程昌徳, 『アメリカのある風景―沖縄文学の一領域』, ニライ社, 2008, 41쪽.

할 수밖에 없었다. 헨리의 분열된 의식은 「2세」 텍스트 곳곳에 드러난다.

　　오키나와전쟁은 1945년 6월 23일에 종식됐다. 며칠 후 오후였다. 섬 중
앙부 R지구에 있는 수용소 언덕 위에 있는 소장실에서 육군보병 하사, 헨리
도마 세이치ヘンリー・当間盛一는 직립부동 자세로 여름 더위를 견디고 있었다.
(…중략…) "그럼 좋아. 합중국의 양심이 자네들 2세 병사들에게 거는 기대는
대단히 크네. 국제적 이해의 발판 역할을 해야 할 사명은 자네들이 짊어질 영
광스러운 짐이네. 하지만 그 사명은 자네들이 합중국 군인으로서의 자각에
근거해 행동할 때에만 달성될 수 있네. 그걸 오늘 하루 잘 생각해 보도록."[17]

　　미군 안에서 헨리 도마 세이치는 신뢰받는 존재가 아니다. 제2차 세
계대전 당시 미군에 자원입대한 일본계 미국인 2세 병사의 수는 "대략 3
만 3,000명"[18]으로 알려져 있다. 다카하시 후지타니의 연구에 따르면 일
본의 진주만 공습 이후 일본계 미국인들은 수용소로 보내져 그곳에서 조
사를 받았다. 자원입대한 일본계 미국인 청년들은 수용소에서 미국에 충
성을 서약하는 앙케트 조사를 통과한 후에 입대 자격이 주어졌다.[19] 이들
은 미합중국의 시민으로서의 자격이 의심 받는 상황에서 자원입대 하는
것을 "충성을 증명할 극적인 기회"[20]로 생각했지만, 미국은 이들에게서

17　곽형덕 편역, 169~170쪽. 이하 인용문에서는 쪽수만 인용문 뒤에 표시한다.
18　다카하시 후지타니, 『총력전 제국의 인종주의―제2차 세계대전기 식민지 조선인과
　　일본계 미국인』, 푸른역사, 2018, 60쪽.
19　위의 책, 2부 「'미국인'으로서의 일본인」.
20　위의 책, 316쪽.

의심의 눈을 거두지 않았기에 2세 병사의 충성은 '조건부 충성'일 수밖에 없었다.[21] 다시 말하자면, 일본계 미국인 병사는 양쪽일본과 미국에 속해 있기에 어느 쪽에서도 신뢰받지 못하는 존재였다.

「2세」보다 3년 전에 나온 아가와 히로유키阿川弘之의 「2세 병사二世の兵士」『別冊 文藝春秋』 42호, 1954.10에는 흥미롭게도 일본군에 속한 미국계 일본인이 등장한다.[22] 이들 2세 병사는 소설에는 명확히 나와 있지 않으나 시대 상황으로 보면 진주만공습 이후 미국에서 일본으로 귀국해 징병됐을 것이다. 소설의 시점화자인 '나'는 중국 양자강 연안의 어느 마을에 있는 해군근거지에서 있었던 일을 패전 후 9년이 지난 1954년 시점에서 회상하고 있는데 회상의 중심은 이들 2세 병사에 관한 것이다. 이들 2세는 "항공기나 기지 사이의 무선 전화에 의한 영어 회화를 감청하고 번역해 기록"초출, 188쪽하는 일을 했지만, 부대 내에서는 미국이 승리하길 내심 바라는 게 아니냐는 식의 비아냥에 시달렸다. 그런 반응 속에서 2세 병사는 "미국에서는 일본계라고 주눅이 들고, 가까스로 일본에 돌아오자 이번에는 미국계라고 하니 저희들도 그리 좋지는 않습니다"초출, 190쪽라고 말한다. 일본군 내의 2세 병사들도 미군의 스파이일지도 모른다는 의심을 받으며 생활하는데, 더욱 충격적인 것은 이 소설에 '(일본)육군의 2세 말살 계획'이 등장한다는 것이다. 일본이 패전한 후, 육군은 2세를 믿을 수 없는 존재로 보고 이들을 말살할 계획을 세우지만, 해군의 반대로 무산된

---

21   위의 책, 2부 「'미국인'으로서의 일본인」.

22   오오카 쇼헤이의 『포로기』에도 미군의 일원으로 참전해 일본군 포로를 취조하는 일본계 미국인 병사가 등장한다. 『포로기』에서는 포로가 된 일본 병사들이 그런 2세 병사를 보며 패배를 더욱 절감하게 된다.

다. 사실 여부를 떠나서 이러한 설정은 2세 병사가 본질적으로 어느 쪽에서도 완전히 신뢰받지 못했음을 보여준다.

2세 병사는 이처럼 일본군 내에서도 미군 내에서도 이중 삼중으로 구속돼 있으면서 이중 삼중으로 부정당하는 존재였다. 헨리는 일본인, 미군, 우치난추 사이를 오가지만 그가 속한 미군에서도, 같은 민족 집단인 우치난추에게도, 그리고 그의 가족의 국가인 일본 제국 어디에서도 신뢰받는 존재가 아니다. 헨리의 분열된 의식은 같은 민족을 향한 의식의 분열로 이어진다.

> 식량은 자급해서 먹는 고구마 외에 군대 전투식량이나 통조림이 배급됐다. 한 집안의 주부나 딸이 맡은 중요한 임무 중 하나는 소장실 옆 언덕에 세운 배급소에 종이상자나 빈 깡통을 안고서 목장에서 사육되는 가축처럼 떼를 지어 모여 있는 것이었다. 170~171쪽

> 나는 미국에서 진실한 신의 무릎 아래에서 생활했으니 지금부터 거짓 신을 위해 뒤틀린 오키나와에서 사자로서 봉사하는 것이라고 호기를 부렸다. 그는 수용소에서 본 오키나와 민중의 무질서, 비非 문명을 혐오했지만 그것은 그의 오키나와를 향한 사랑과 공존했다. 동생과 적이 돼 싸우는 비극도 그에게는 이미 '동생과 만나면······'이라는 로맨틱한 연극으로 바뀌어 있었다. 197쪽

2세인 헨리는 동족인 오키나와 민중을 혐오하면서도 사랑하며 그것은 형제와 가축이라는 큰 낙차로 표현된다. 이러한 낙차는 우치난추가

헨리를 동족의 적으로 인식하고, 미군이 헨리의 충성심을 끊임없이 의심하는 것의 반작용이기도 하다. 헨리의 모순된 인식은 '이중적 분열감'에서 비롯된 것이다. '이중적 분열감'이나 '이중의식'은 듀보이스가 아프리카계 미국인이 백인들의 인종차별에 의해 직면한 의식의 분열과 고통을 표현한 용어이다. 듀보이스는 아프리카계 미국인이 "자신을 타인의 눈으로 응시"하며 "이중적 분열감two-ness을 느낀다. 검은 몸뚱이에 미국인과 흑인, 두 가지 정신과 사상, 양쪽에 속해 있다는 느낌을 지니고 살며, 조화되지 않는 갈등, 이상ideals은 격투중이며 강인한 힘만이 몸이 갈기갈기 찢기는 것을 막아주고 있다"[23]고 썼다. 「2세」의 헨리는 어쩌면 이보다 더하다 할 수 있는 '삼중적 분열감'(일본-우치난추-미국) 속에서 '타인미국인과 일본인, 심지어는 동족'의 눈으로 자신을 응시한다.

동생을 미워하고 싶었다. 나는 정말로 사랑을 쏟으려 노력했다고 그는 자신했다. 그것을 무참히도 거부한 것은 동생이다. 할머니를 살해한 것이 나라니? 근거도 없는 말이다. 누가 잘못 쏜 탄환이 할머니를 쓰러뜨렸는지 어떻게 안단 말인가. (…중략…) 나는 일본 군벌이 장악한 나라를 증오했지만, 거짓신에게 지배된 오키나와 민중을 증오할 수는 없었다. 그들을 해방시키려 왔다. 그 민중 가운데 동생도 할머니도 속해 있다. 아라사키가 말했던 것처럼 나는 실로 동생을 위해서 오키나와에 왔던 것인데. 내가 오키나와 민중을 사랑하고 그들을 위해 바삐 일한다는 것도 동생을 위해서였는데. '조국을 위해서

---

23   W. E. B. Du Bois, *The Souls of Black Folk*, A. C. McClurg & Co., Chicago, 1903. 이 책은 The Project Gutenberg EBook에서 인용해 페이지 번호가 없다. 번역은 인용자가 한 것이다.

이기도 하다!' 229~230쪽

헨리는 병상에서 의식을 찾은 동생에게 강하게 거부당한 후, 2세 병사로서의 사명과 아이덴티티의 극심한 혼란에 빠진다. "그들을 해방시키려 왔다"는 헨리의 사명은 수용소에서 거듭된 앙케트 조사와 충성 선언을 하며 쌓아올린 명분이기도 하다. 그에 반해 오키나와 민중을 향한 사랑은 같은 민족을 향한 뿌리 깊은 울림으로 그가 완전히 거부할 수 없는 존재의 근원이기도 하다. 헨리의 '이중적 분열'은 미국과 일본, 미국과 오키나와 사이에서 타인의 눈으로 자신을 응시하는 가운데 비롯된 것이다. 전술한 것처럼 동포에서 가축으로서 동족을 응시하는 모순이 상존할 수 있는 이유다. 하지만 그렇다 하더라도 헨리의 무의식은 미국인보다는 일견 '일본인' 쪽에 더 닿아 있는 것처럼 보인다.

눈이 캄캄해질 정도의 타격을 얼굴에 느끼고 이어서 땅으로 뻗어 있는 나무뿌리에 세게 엉덩방아를 찧고 의식을 잃을 정도로 녹초가 됐다. 하지만 그의 귓가에 날아든 말이 의식을 흔들어 깨웠다.

"God dem jap(젠장할, 재프 놈)!"

헨리는 힘껏 눈을 뜨고 초점을 맞췄다. 상대방 미군 둘이 그를 증오스럽다는 듯 내려다보고 있었다.

"Yah, I'm a Japanese(그래 난 일본인이다)! And you are……(그리고 너희들은…)."233쪽

헨리는 오키나와인 여성을 강간하려는 미군 병사를 제지하려 그들과 몸싸움을 벌인다. 그러자 미군 병사는 헨리를 멸칭인 'jap'으로 부르고, 헨리는 자신을 'Japanese'로 규정한다. 헨리는 여성을 구한 후 그녀의 얼굴에서 "할머니 얼굴이 이런 모습이 아니었을까" 하고 떠올린다. 이는 헨리가 자신의 아이덴티티의 근거를 "궁극적으로는 일본, 더 나아가 일본 본토와 구별되는 '오키나와'에 두고"[24] 싶다는 해석으로 이어질 수 있지만 그의 기대는 소설의 끝부분에서 무참히 부서진다. 왜냐하면 그가 미군 병사로부터 구해준 동족 여성은 그가 아무리 불러도 미군인 그로부터 계속 도망갈 뿐이다. 소설에서 이 여성은 헨리의 동생으로 겹쳐지지만, 오키나와-우치난추라는 민족적 정체성으로 치환해서 읽을 수 있다. 헨리는 미군인 동시에 우치난추라고 하는 이중적 분열감 속에서 아이덴티티를 동족과 오키나와에서 찾으려 하지만, 이미 그는 외부인이며 전승국인 미군의 일원일 뿐이다. 헨리가 사명감을 품고 구하려한 일본/우치난추의 상징인 친동생으로부터 거부를 당한 것은 그가 미국과 일본, 미국과 오키나와 그 어디에도 온전히 소속될 수 없는 존재임을 명확히 드러낸다.

---

24 손지연, 앞의 책, 129쪽. 손지연은 이 장면에서 헨리가 그의 정체성을 '오키나와'에 두고 있음을 충분히 짐작할 수 있다고 해석하고 있다. 하지만 이는 헨리의 무의식의 향방으로, 그의 희망은 소설의 끝부분에서 무참히 거부당한다.

3. 재일조선인문학의 기억과 투쟁 ___ 김석범과 김시종 문학

해방 직후 재일조선인문학은 아이덴티티 문제에 천착했던 일제 말 식민지 조선문학과는 달리 긴박한 동아시아 정세와 한반도 문제를 사고의 축으로 삼아 전개됐다.[25] 이는 일제 말 조선인이 일제의 동화/황민화 정책으로 아이덴티티의 위기를 겪었던 것과는 전혀 다른 상황이 해방 후에 펼쳐졌음을 의미한다. 해방 후 재일조선인은 일제 말과는 달리 동화/황민화할 대상이 아니라 일본 사회의 안전을 해치는 '외국인'으로 분류됐다. 해방 후 재일조선인은 일제 말에 비하면 조선어를 쓸 자유는 생겼지만, 일본 국적을 박탈당함으로써 불안정한 상황 속에서 남북분단과 냉전의 심화에 대응해나갔다. 이 시기 재일조선인문학의 핵심적인 주제 또한 해방 이후 재일조선인의 삶과 한반도 정세였다.

하지만 이 시기 재일조선인문학을 다른 국민국가의 문학사처럼 자명한 것으로 기술하는 것은 어려운 일이다. 송혜원이 예리하게 지적하고 있는 것처럼 "내셔널적 권위와 친근성"[26]을 지닌 문학사에서 재일조선인문학은 비켜나 있으며 그렇기에 "통사적이며 망라된 문학사"[27]는 성립되기 어렵다. 물론 재일조선인문학을 여러 기준을 세워 문학사로서 정립하려 했던 시도는 한일 양쪽에서 있었지만, 한국문학사나 일본문학사처럼

25　일제 말, 창씨개명과 일본인으로의 동화/황민화 정책은 조선인 작가들에게 아이덴티티와 관련된 심도 깊은 고민을 안겨줬다.

26　송혜원, 『'재일조선인 문학사'를 위하여 - 소리 없는 목소리의 폴리포니』, 소명출판, 2019, 15쪽.

27　위의 책, 16쪽.

정설로 내세울 수 있는 문학사는 정립되지 않았다. 이는 재일조선인문학이 주류로 확립된 국민국가의 문학사를 보충하는 소재로 취급됐기 때문이라기보다, 언어와 작가의 국적 등을 둘러싸고 재일조선인문학 그 자체가 하나로 통칭될 수 없는 분열 속에 놓여 있었기 때문이라고 하는 편이 맞을 것이다. 이는 단적으로 재일조선인문학의 창작언어가 조선어와 일본어로 나뉘어져 있는 것으로도 알 수 있다. 재일조선인문학은 남과 북한국과 조선민주주의인민공화국 사이에서, 혹은 남과 북을 모두 인정하지 않으며 전개됐기에 창작 언어 또한 정치적 선택일 수밖에 없었다. 재일조선인문학사 또한 어느 쪽에서 문학사를 기술하느냐에 따라서 조선어 작품을, 혹은 일본어 작품을 넣거나 배제하는 식으로 기술될 수밖에 없었다.

그렇다면 전후 직후 재일조선인문학은 어떻게 시기 구분을 할 수 있을까? 재일조선인문학은 오키나와문학처럼 한 지역만을 대상으로 한 것이 아니기에 오키나와전에서부터 1972년 일본복귀까지라는 식으로 분류하는 것은 어렵다. 다만 해방과 남북분단, 조선총련의 창립, 한일기본조약 등 재일조선인을 둘러싼 역사적 상황의 변화를 염두에 둔다면, 해방에서부터 조선총련 창립까지를 제1기, 조선총련 창립부터 한일기본조약 체결까지를 제2기, 한일기본조약 체결에서부터 1970년대까지를 제3기로 볼 수 있을 것이다.[28] 이번 장에서는 제1기에 창작된 김석범의 「1949년 무렵의 일지에서-「죽음의 산」의 한 구절에서」이하, 「죽음의 산」으로

---

28 이 분류는 문학사적인 합의를 이룬 것이라기보다, 전후 오키나와문학과 재일조선인문학을 비교하기 위해 필자가 임의로 설정한 것이다. 다만 조선총련의 창립과 한일기본조약의 체결 등은 재일조선인 사회를 뒤흔든 사건이었다는 점에서 근거가 전혀 없는 분류는 아니라 하겠다.

약칭한다[29]과 김시종이 서클지『진달래』를 결성하고 첫 시집『지평선』大阪朝
鮮詩人集団刊, ヂンダレ発行所, 1955.12을 간행하기까지를 중심으로 재일조선인문
학[30]이 냉전과 분단에 대응해 간 양상을 구체적으로 살펴보려 한다.

　　남과 북이 분단되는 과정에서 일어난 '제주4·3항쟁'과 학살의 비극
은 재일조선인문학에 큰 영향을 끼쳤다. 김석범과 김시종에게 이 항쟁
과 학살의 비극은 그들의 존재 근거를 평생 되묻는 준거로 남아 있었다
고 해도 과언이 아니다.[31] 김석범과 김시종이 '조선적朝鮮籍'을 유지하며
남과 북 어느 쪽에도 온전히 속할 수 없는 망명 상태에서 작품 활동(=정
치적 투쟁, 상상된 통일을 위한)을 지속한 것은 '제주4·3항쟁'을 빼면 설명하
기 힘들다.[32] 이는 '이중적 분열감'이나 '이중의식' 등의 개념만으로는 설
명할 수 없는 도래할 미래를 향한 지난하지만 줄기찬 투쟁에 다름 아니
었다. 시기를 해방 직후로만 한정한다면 재일조선인은 '이중적 분열감'
이나 '이중의식'을 야기한 민족차별에 절망했다기보다는 역사적 사명감
속에서 도래할 민족국가 건설에 들떠 있었다. 물론 남과 북에 각각의 정
부가 만들어지면서 분단과 냉전이 격화돼 갔지만, 그렇다고 하더라도 적

29　초출은『朝鮮評論』(창간호, 1951.12). 박경식 편,『在日朝鮮人関係資料集成〈戰後編〉
　　제9권』, 不二出版, 2001 수록.

30　이 글에서 말하는 재일조선인문학은 전후 일본에서 조선어와 일본어로 창작을 한 모
　　든 작가의 문학을 말한다.

31　이와 관련된 기록으로는 김석범과 김시종의 대담을 묶은『왜 계속 써왔는가 왜 침묵
　　해 왔는가』(김석범·김시종, 문경수 편, 이경원·오정은 역, 제주대 출판부, 2007.11)
　　가 대표적이다.

32　김시종은 2003년에 한국 국적을 취득했다. 조선적이 지닌 상징성과 사상으로서의
　　가치와 관련해서는 나카무라 일성이 쓴『사상으로서의 조선적』(정기문 역, 보고사,
　　2020)에 자세하다.

어도 1950년대에는 아이덴티티의 위기보다는 남과 북 어느 한편에 서거나, 도래할 통일을 위해 지난한 투쟁을 해나간 과정이었다. 한국전쟁6·25으로 재일조선인 사회의 갈등은 극에 달했으며, 1965년 한일기본조약이 체결되면서 '국적'을 둘러싼 충돌도 곳곳에서 빚어졌다.

김석범의 첫 소설인 「죽음의 산」1951[33]은 '제주4·3항쟁'과 학살의 비극을 놀랍도록 이른 시기에 형상화한 작품이다. 이 소설은 『화산도』[34] 등과는 달리 재일조선인 '나'를 주인공으로 내우고 "방관자적 시점에서 제주도에서의 학살을 담담하게"[35] 그리고 있다.

이것은 그지없이 소극적인 '나'라는 인간의 눈을 통해 볼 수 있었던 사소한 하나의 현실입니다. 제주도 사건의 한 단면……. 「죽음의 산」에서 한 구절을 떼어내 앞뒤 맥락이 뒤죽박죽이라는 느낌을 지울 수 없어 우선 '1949년

---

33 신양근이 김석범이라는 필명을 사용하기 전에 박통(朴桶)이라는 필명으로 27살에 쓴 첫 소설이다.

34 김석범의 장편소설 『火山島』는 「一九四九年頃の日誌より―「死の山」の一節より」(『朝鮮評論』創刊号, 1951.12)과 「鴉の死」(『文芸首都』1957.12)에서부터 그 원형을 찾아볼 수 있다. 이후 조선총련 조직의 문학잡지 『문학예술』에 조선어로 발표된 「화산도」(1965.5~1967.8, 총9회[중단])를 거쳐, 일본어로 『文學界』에 1976년부터 1997년까지 20년에 걸쳐 연재됐다. 연재 도중인 1983년 6월부터 문예춘추사에서 단행본으로 간행해서 1997년 9월에 전 7권으로 완간됐다. 이미 알려진 것처럼 단행본으로 출간될 때 부분 개작이 이뤄졌다. 이와나미서점에서 주문 제작 방식으로 2015년 10월 『火山島』(1~7)를 다시 출간했다. 또한 김석범의 많은 작품이 『火山島』와 직간접적으로 이어져 있다. 김석범의 『화산도』에 관해서는 이미 두 편의 논문에 다뤘던 바, 본고에서는 「죽음의 산」에 집중한다.

35 宋惠媛, 「「一九四九年頃の日誌より―「死の山」の一節より」について―」, 『金石範作品集〈1〉』, 平凡社, 2005, 561쪽.

무렵의 일지에서'라는 가제를 붙였습니다. 이것은 일기도 아니고 기행문도 아닌, 그저 작문 정도의 글입니다.³⁶

「죽음의 산」의 모두冒頭다. 김석범이 26살에 쓴 첫 소설인 만큼 미숙함이 느껴지지만, 터부로 여겨진 '제주4·3항쟁'을 정면에서 응시하려 했다는 점에서 그 의의는 아무리 강조해도 지나치지 않다. 「죽음의 산」은 김석범 일생의 대작인 『화산도』로 이어지는 문제의식의 발단이며 촉매였다고도 할 수 있다. 다만 이 소설이 1951년에 발표됐다는 것을 염두에 둔다면 당시 소설을 읽은 독자가 과연 얼마나 실체적으로 '제주4·3'을 이해했을지는 의문이 든다. 김석범이 "사소한 하나의 현실", "그저 작문 정도의 글"이라고 하며 시작되는 「죽음의 산」은 해방된 국가에서 벌어진 일이라고 믿을 수 없는 비극적인 학살의 기록으로 가득하다.

어딜 가든 소곤소곤하는 목소리가 멎지 않았다. 곁눈으로 힐끗 혹은 흘끔, 배뚜로 주고받는 시선에 사람의 숨을 읽는 예민한 훈련이 깃들어 있었다.
……어제는 아무개가 죽임을 당했다. 농학교에서 서른 명이 처형을 당했다. 오늘도, 아직 늦지 않았을 테다. 오늘은 몇 명 정도일까. 쉰 명일까, 내일은……. 어제도, 오늘도, 내일도 숨을 거둔다. 죽으면 더 이상 걱정을 할 일도 없겠네만. 이렇게 말하며 서로 얼굴을 마주 본다. 이런 얘기가 끊이지 않았다. ^{553쪽}

---

36   金石範, 『金石範作品集 1』, 平凡社, 2005, 551쪽. 「죽음의 산」 번역문 인용은 『제주작가』 2021년 봄호에 실린 조수일(동국대)의 글에서 발췌한 것이다.

김석범은 주인공 재일조선인 '나'를 '제주4·3' 학살 현장에 세워두고 해방공간에서 벌어진 믿을 수 없는 동족 학살을 형상화했다. 「죽음의 산」을 쓰며 김석범은 자신이 체험하지 않은 비극의 현장을 바다 건너 일본에서 일본어로 일본어 독자를 향해 오사카조선인문화협회 기관지인 『조선평론』에 썼다. 더구나 한국전쟁이 한창일 때 '제주4·3'을 쓰는 것으로 부채의식을 조금이라도 떨쳐내려 했다. 「죽음의 산」에서 김석범이 전경화한 것은 민족 내부의 분열과 비극이었다.

> 자기들 형제가, 부자가, 혹은 젊은 모녀가 모여 있는 한라산의 궁핍함, 식민지를 침략하듯 속속 증원되어 바다를 건너오는 이승만의 군대, 포학무도한 '서북청군백골부대'의 광기. 조용한 긴장 속에서, 하지만 부드럽게 이런 얘기들을 나눴다. 죽음을 맞이하는 것 외에 이 지옥의 종언을 보는 것은 불가능한 것일까, 우리의 빨치산은 섬처럼 고립무원의 상태인 것일까, 우리 내부의 자들이 조국의 자유와 통일을 이토록 방해하고 박멸하려고 하는 것은 이제 슬픈 웃음에 가깝다. 이승에서 일어날 수 있는 일이 아니다. 554쪽

김석범은 "내부의 자들이 조국의 자유와 통일"을 방해하는 아이러니를 "슬픈 웃음"이라 표현하고 있다. 이러한 문제의식은 『화산도』에서 해방 직후부터 '제주4·3'까지를 시야에 넣고 "조선 근현대사에 농락된 조선인"[37]들을 세밀하게 그리는 것으로 나타나 있다. 다만 '역사의 아이러

---

37 송혜원, 앞의 책, 415쪽.

니'[38]는 동족 간의 살육에 의해 돈좌된 통일된 민족국가 수립의 실패만
을 의미하는 것이 아니라, 남과 북 어느 편을 들지 않고 '사상으로서의 조
선적'을 관철했기에 「죽음의 산」으로부터 『화산도』를 쓸 수 있었던 것을
나타내기도 한다. 그런 의미에서 「죽음의 산」은 망명작가 김석범 문학
의 시작을 알린 작품이기도 하다. 김석범의 망명은 직접 참여하지 못한
실패한 혁명을 이국땅에서 계속 살아가는 것이었다. 그런 의미에서 김석
범의 삶과 문학은 동서냉전의 격화 속에서 벌어진 분단체제남북의 극단적 대치
와 갈등는 물론이고, 냉전을 비가시화한 전후 일본의 평화담론에 끊임없이
균열을 일으켰다고 평가할 수 있다.

한편 '제주4·3항쟁' 당시 남로당 당원으로 활동하다 목숨을 구하기
위해 밀항해 오사카 이쿠노로 온 김시종 문학의 출발점은 김석범과는 결
이 달랐다. 김석범이 해방 이후 한반도 역사의 최대 비극이라 할 수 있는
'제주4·3'에 집중했다고 한다면, 김시종의 문학은 패배한 혁명을 뒤로
하고 분단과 냉전의 새로운 지평을 '재일'의 조건 속에서 탐색해나갔다.
물론 1950년대 초 무렵 한국전쟁의 소용돌이 속에서 김석범과 김시종은
대한민국이 아니라 조선민주주의인민공화국이하 공화국으로 약칭한다 쪽에 몸이
훨씬 더 기울어져 있었다.[39] 김시종이 오사카조선시인집단 진달래를 조

---

38 김석범, 김환기·김학동 역, 「한국어판 『화산도』 출간에 즈음하여」, 『火山島』 1, 보고사,
    2015, 7쪽.
39 널리 알려진 바대로 1955년 조선총련이 창립된 이후 재일조선인작가와 조직에 대한
    평양의 직접적인 통제가 강화되면서 '진달래'를 이끌던 김시종은 공화국의 탄압을 받
    고 그로부터 멀어졌다. 이는 김시종이 밀항해 일본에 간 목적이 공화국으로 들어가려
    고 했던 것과, 공화국이야말로 그 당시 김시종이 사는 목적이었던 것을 생각해본다면,
    그의 삶을 뒤흔드는 일대 사건이었다.

직하고 서클지『진달래』를 발행했던 것도 일본공산당과의 직접적인 관련은 있겠으나 공화국을 민족의 희망으로 보았던 당시 좌파 지식인들의 시대 인식을 빼놓고는 설명하기 힘들다.

　　해방 후 재일조선인 운동에서는 좌파가 압도적으로 우세했습니다. 그리고 조선인공산주의자는 코민테른 시대의 일국 일당주의 원칙을 답습해서 일본공산당에 입당해 그 지도를 받았습니다. 일본공산당 내에는 조선인 당원을 지도하는 민족대책부약칭 민대라는 조선인 당원으로 구성된 섹션이 있었다. (…중략…) 민대 중앙에서 내려온 지령은 "문화 서클을 만들어서 정치에 무관심한 청년을 조직화하라", "서클잡지를 발행해서 조선전쟁에서 공화국의 정당성과 우월성을 선전하라"라는 내용이었을 겁니다.『진달래』가 민대 중앙으로부터의 톱다운 지령으로 창간된 서클잡지였다는 것은 사실 관계로서 파악해둘 필요가 있습니다.[40]

　　『진달래』는 형식적으로는 일본공산당 민대의 지령을 받고 창간됐지만, 어디까지나 공화국과의 관련이 더욱 깊은 서클지였다. 인용문에서 확인할 수 있듯이 일국일당의 원칙에 따라 김시종 시인도 이 당시는 일본공산당의 당원이었기에 그 지령을 따랐던 것이지만, 그것은 형식상일 뿐 실제로는 민전在日朝鮮統一民主戦線 소속으로 공화국과 더 밀접하게 연관돼 있었다고 봐야 할 것이다. 이는「창간의 말」『진달래』 창간호, 1953.2에서도 확인할 수 있다.

40　ヂンダレ研究会編, 『「在日」と50年代文化運動－幻の詩誌『ヂンダレ』『カリオン』を読む』, 人文書院, 2010, 18~19쪽. 인용 부분은 우노타 쇼야(宇野田尚哉)의 발언이다.

우리가 쓰는 시가 아니라면 그것도 좋다. 백년이나 채찍 아래 살아온 우리다. 울부짖는 소리는 반드시 시 이상의 진실을 전할 수 있을 테니! 우리는 더 이상 어둠에서 떨고 있는 밤의 아이가 아니다. 슬프기 때문에 아리랑을 부리지 않을 테다. 눈물이 흐르기에 도라지를 부르짖지 않을 테다.

(…중략…) 자 친구여 전진하자! 어깨동무를 하고 드높이 계속 노래하자. 우리 가슴 속의 진달래를 계속 피우자.

조선시인집단 만세! 1953년 2월 7일 빛나는 건군절을 앞두고.[41]

『진달래』 동인들은 창간호에 공화국의 건군절을 기념하며 '혁명을 위한 문학'의 기치를 내걸고 있다. 『진달래』 창간호에 실린 김시종의 일본어 시 「아침 영상─2월 8일을 찬양하다」는 그가 한 때 열렬한 공화국의 지지자였음 보여준다. 김시종은 "우리 인민 군사는 일어섰다. // 인민을 위해서 / 오로지 인민을 위해서 / 평화로운 조국을 지키기 위해 // 젊은 피를 끓어 올려 / 새벽녘 언덕에서 / 큰 발자취로 우뚝 / 서있다"[42]라고 쓰면서 공화국을 향한 굳은 믿음을 보여준다. 하지만 그의 믿음은 조선총련이 창립1955.5된 후부터 시작된 『진달래』 탄압으로 크게 흔들렸고 이후 산산이 부서졌다. 그렇게 본다면 김시종이 공화국을 향한 믿음을 지녔던 무렵에 썼던 시는 시기적으로는 첫 시집인 『지평선』1955.12까지였다고 봐야 할 것이다. 하지만 『지평선』에 공화국을 노골적으로 찬양하는

---

41 재일에스닉잡지연구회 역, 『오사카 재일 조선인 시지 진달래 가리온』, 지식과교양, 2016, 12~13쪽 원문을 참조해 가며 번역문을 조금 더 자연스럽게 고쳤음을 밝혀둔다.
42 위의 책, 23쪽.

시가 빠져 있는 것을 감안하다면, 『지평선』 간행 이전부터 공화국을 향한 믿음에 균열이 왔음을 추정할 수 있다.

오세종이 비평하고 있는 것처럼 『지평선』은 조선총련이 결성된 직후에 간행된 것도 있어서 "재일조선인 조직의 변천 과정에 민감하게 반응"[43]하며 출판됐다. 하지만 『지평선』 출간 전부터 조선총련이 "조선어 사용, 그리고 '조국' 북한을 찬양하는 내용을 쓰라는 요구"[44]를 『진달래』에 해오면서 김시종은 공화국의 문화정책에 이의를 제기하고 조선총련과 극심하게 대립하기 시작했다. 이는 첫시집 『지평선』이 이미 증명하고 있는 것처럼 김시종의 시세계가 냉전과 분단에 맞서 재일在日을 살아가는 '유민流民'의 존재론적 자각을 바탕으로 하고 있었음을 보여주는 것이기도 하다.[45] 그렇기에 조선총련이 창립된 이후 주체성과 자율성을 압박해 들어오자 김시종은 "누가 뭐라 해도 아닌 것은 아니"[46]라고 단호히 거부했다. 서클지 『진달래』, 『지평선』에서 김시종은 샌프란시스코 강화조약과 한국전쟁 이후 더욱 심화되는 냉전과 분단만이 아니라, 반전반핵과 미군의 오키나와 점령을 시야에 넣음으로써 냉전의 폭력에 저항하고 제3세계적 지평을 새겨놓았다. 이는 실로 '전후'의 폭력에 맞서는 마이너리티의 기억과 투쟁에 다름 아니었다.

---

43 오세종, 곽형덕 역, 「해설-위기의 지평」, 『지평선』, 소명출판, 2018, 217쪽.

44 위의 글, 216~217쪽.

45 김시종의 『지평선』에 관해서는 이미 다음 비평에서 자세히 논했으므로 여기서는 핵심만을 다뤘다. 곽형덕, 「김시종과 끝나지 않은 혁명」, 『김시종, 재일의 중력과 지평의 사상』, 보고사, 2020.

46 ヂンダレ研究会編, 앞의 책, 77쪽.

4. 맺음말

본고는 '전후'의 폭력에 맞서는 마이너리티의 기억과 투쟁을 전후/해방 직후 오키나와문학과 재일조선인문학을 중심에 놓고 살펴봤다. 일본이 제2차 세계대전에서 패배 후부터 약 15년 사이에 활동한 오키나와문학과 재일조선인문학 작가의 문학 활동을 비교 검토함으로써 마이너리티의 기억과 투쟁이 지니는 의미를 분석했다.

2장에서 살펴본 오타 료하쿠의 「흑다이아몬드」와 오시로 다쓰히로의 「2세」는 오키나와문학이 전쟁 직후부터 강대국의 폭력적 지배에 맞서 오키나와인의 아이덴티를 궁구하며 '과거'에 대한 성찰을 시작했음을 보여준다. 「흑다이아몬드」는 오키나와가 미군의 압도적인 힘 앞에서 신음하던 1949년에 일제 말 인도네시아의 독립운동을 호출한다. 이 소설의 '나'는 비록 인도네시아를 침략한 일본군의 일원이지만 인도네시아가 독립을 향해 나아가는 과정을 애수에 찬 시선으로 응시한다. 비록 이 소설이 직접적으로 오키나와의 독립을 외친 것은 아니라 하더라도 인도네시아 독립을 향해 '나'가 보여준 연대의 감정은 강대국의 국가폭력에 신음하는 오키나와의 답답한 현실을 향한 작은 외침이라고 평가할 수 있을 것이다. 이와 비교해 「2세」는 미군의 일원으로 오키나와전에 참전한 2세 병사를 주인공으로 내세워 '이중적 분열' 속에서 오키나와인은 누구인가라는 문제를 예리하게 물었다. 이는 단순히 오키나와전과 전쟁 이후의 2세 병사의 비극만을 드러낸 것이 아니라, 전근대 시기 이후 강대국에 의해 이중구속과 이중부정의 늪에 빠져 있는 오키나와의 역사와 전쟁 이후 오키나와의 현실을 날카롭게 비평한 것이라고 해석할 수 있다.

3장에서는 재일조선인문학 작가 김석범과 김시종의 삶과 문학을 해방 직후부터 1955년까지에 초점을 맞춰서 살펴봤다. 같은 시기 오키나와문학이 해방 없는 점령이 지속되는 가운데 오키나와인의 아이덴티티 규명에 집중했다고 한다면, 재일조선인문학은 긴박하게 전개되는 한반도 정세에 반응해 현실 투쟁 쪽에 추가 더 기울어져 있었다. 특히 '제주4·3'에서 한국전쟁, 그리고 그 이후의 상황은 냉전이 심화되고 남북분단이 고착화돼 가면서 재일조선인에게 어느 편에 설 것인지를 끊임없이 요구했다. 김석범과 김시종의 삶과 문학은 그 한복판에서 한때는 공화국의 체제를 선이라 믿었지만 차차 그로부터 이탈해 남과 북의 분단을 거부하고, 냉전과 분단을 거부해나갔다. 김석범의 「죽음의 산」은 '제주4·3항쟁'과 학살의 비극을 한국전쟁이 채 끝나기도 전에 "내부의 자들이 조국의 자유와 통일"을 방해하는 아이러니를 아로새겨 놓았다. 그것은 대작 『화산도』로 이어지는 김석범 문학의 출발점인 동시에, 해방 후 일본어로 창작된 재일조선인문학이 일본문학에서 비가시화돼 갔던 냉전과 분단을 가시화해 갔음을 보여주는 것이기도 하다. 한편 '제주4·3항쟁'의 생존자이며 밀항자인 김시종은 1953년에 오사카조선시인집단 진달래를 결성하고 냉전 문화정치의 한복판에 뛰어들었다. 하지만 조선총련이 『진달래』의 발행에 개입하기 시작하자 김시종은 공화국의 문화정책에 이의를 제기하고 조선총련과 극심하게 대립하기 시작했다. 『지평선』이 남북분단만이 아니라, 반전반핵과 미군의 오키나와 점령을 형상화한 것은 냉전의 고착화에 맞서는 김시종이 보여준 불굴의 의지였다고 평가할 수 있을 것이다.

이처럼 오키나와문학과 재일조선인문학은 다른 양상으로 전개됐음을 알 수 있지만, 전후의 평화담론과 냉전의 고착화에 투쟁해 나갔다는 점에서는 공통점을 찾을 수 있다. 이는 일본 제국의 식민지였다는 체험과, 그로부터의 탈식민화라는 공동의 목표가 있었기에 나타난 현상이었다. 물론 전후 오키나와문학이 오키나와의 자립과 독립을 추구했던 것과 달리, 재일조선인문학은 남과 북이 분단되면서 보다 복잡한 양상으로 전개될 수밖에 없었다는 차이는 여전하다. 이는 해방 이후 제주4·3에서 한국전쟁, 그리고 그 이후에 이어진 냉전의 심화와 분단체제의 고착화가 재일조선인문학에 남긴 상흔이다.

반폭력의 방법으로서의 기억과 목소리

사키야마 다미의 『해변에서 지라바를 춤추면』을 중심으로

조정민

1. 오키나와를 이야기하는 방법

역사학자 나리타 류이치成田龍一는 『'전쟁 경험'의 전후사「戦争経験」の戦後史』岩波書店, 2010에서 전후 일본사회에서 전쟁 경험이 서사되는 양상과 추이를 다음과 같이 구분하고 있다. 먼저 전쟁 중의 경험을 '상황'으로 서사하는 시기1931~1945와 '체험'으로 전쟁을 서사하는 시기1945~1965, 그리고 '증언'으로 전쟁을 서사하는 시기1965~1990, 마지막으로 '기억'으로 전쟁을 서사하는 시기1990년 이후이다. 이와 같은 구분은 전쟁에 대해 이야기하는 화자와 그것을 듣는 청자의 구성 환경과도 밀접하게 관련되어 있다. 다시 말해 전쟁을 경험한 화자가 청자에게 이야기할 때 그 경험의 전제를 어디까지 그리고 언제까지 할 수 있는가 하는 문제와 전쟁 서사의 추이는 중첩되는 것이다. 또한 총력전으로서의 아시아태평양전쟁이 한국전쟁이나 베트남전

---

1   成田龍一, 『「戦争経験」の戦後史』, 岩波書店, 2010, 12쪽.

쟁, 혹은 이란·이라크전쟁과 같은 전후의 전쟁 가운데서 소환되는 상황과도 전쟁 서사의 추이는 연동된다.[1]

전쟁을 서사하는 방법과 그것이 수용되는 환경을 계보학적으로 정리한 이 책을 참조할 때, 전후 오키나와문학에서도 역시 비슷한 양상을 보이는 것을 알 수 있다. 예컨대 1925년생으로 1967년 소설『칵테일 파티カクテル·パーティー』로 오키나와에서 처음으로 아쿠타가와상芥川賞을 수상한 오시로 다쓰히로大城立裕는 17세가 되던 1943년에 상하이로 건너 가 동아동문서원東亞同文書院에서 수학하던 중에 패전을 맞아 1946년 봄에 오키나와로 돌아 온 경험을 가지고 있다. 상하이에서 수학하고 있던 탓에 오키나와 전투를 직접 겪지는 않았지만 상하이에 체류하면서 그는 자신이 '중국에 대해서는 가해자'라는 인식을 가지게 되었고 이를 바탕으로 미국이라는 가해자에 대해 맞설 수 있는 근거를 마련해『칵테일 파티』라는 작품을 내놓을 수 있었다. 스스로를 전형적인 전중세대라고 규정하는 오시로는 그러한 세대적 경험을 바탕으로 전쟁이나 미군 기지에 관한 작품을 쓰고 싶다고 밝힌 바 있고 또 사회가 전쟁과 미군 기지를 문학화하는 것을 요청하기도 했었다고 고백했다.[2] 말하자면 전중세대인 오시로는 '체험'으로서 오키나와를 서사하고 있었다고 볼 수 있는데, 그보다 한 세대 아래에 해당하는 마타요시 에이키又吉榮喜는 전후세대에 속하는 작가로서 그가 문학적 과제로 삼은 것 가운데 하나는 전후 미군 지배 하의 오키나와의 현실을 핍진하게 그리는 데 있었다. 1947년 우라소에浦添에 위

---

2   大城立裕,「沖縄という場所から-私の文学-」, 立教大学異文化コミュニケーション研究科 2012年度 第2回 公開講演会(https://rikkyo.repo.nii.ac.jp/).

치한 피난민들의 텐트촌에서 태어난 그는 미군기지와 미국인 하우스, 외국계 회사, A사인 바[3] 등과 같은 미국 점령과 관계된 시설과 우라소에 왕릉, 투우장, 돼지 막사 등과 같은 오키나와의 토착적인 장소를 동시에 보고 자랐다. 이 모든 시설은 우라소에로부터 반경 2km 내에 자리하고 있었고, 미국과 오키나와의 갈등과 분쟁, 교류와 교섭을 일상적으로 접한 그는 「조지가 사살한 멧돼지」, 「긴네무 집」과 같이 포스트콜로니얼적 폭력이 끊임없이 발동되는 장소로서 오키나와를 포착하는 한편 「돼지의 보복」과 같이 오키나와의 풍속과 문화를 그리는 데 주력해 왔다.[4] 즉 마타요시 에이키는 오키나와와 미국의 불균형한 위계관계와 전후 이후에도 여전히 전쟁을 살고 있는 오키나와의 상황을 고발하는 것을 문학적 소명으로 삼고 있었던 것이다.

전중 및 전후를 대표하는 작가 오시로 다쓰히로와 마타요시 에이키가 등단한 이후, 오키나와문학의 전쟁 서사는 1990년대에 이르러 큰 변곡점을 맞이하였다. 예를 들면 사키야마 다미崎山多美, 1954년생나 메도루마 순目取真俊, 1960년생 등은 직접 전쟁을 체험하거나 전후적 상황의 직접적인 영향권 아래에 있지는 않았지만 오키나와 전투나 오키나와의 전후적 상황에 대해 각각 깊은 고민과 성찰을 거듭해 왔다. 특히 두 소설가가 공통적으로 사용하는 문학적 방법론 중 하나는 소리나 영혼처럼 환상적인 형

---

3   미군 점령 하의 오키나와에서는 일정한 위생 검사에 합격한 음식점이나 유흥시설만이 미군을 상대로 영업할 수 있었다. 이에 관한 전반적인 제도를 A사인 제도(Approved Sign for U.S. Military Force)라고 하는데, 영업허가를 받은 가게는 'Approved'의 머리 글자인 'A'사인을 가게 앞에 걸어두고 영업해야만 했다.

4   마타요시 에이키, 곽형덕 역, 『긴네무 집』, 글누림, 2014, 249~255쪽.

태로 등장하는 인물을 통해 오키나와 전투를 기억하려는 것이었다. 사키야마 다미의 『달은, 아니다月や、あらん』なんよう文庫, 2012에는 오키나와에 존재했던 조선인 위안부를 환기시키기 위해 시공간을 초월하는 환시와 환청이 끊임없이 반복되고 있으며, 메도루마 슌의 「풍음風音」『沖縄タイムス』 1985.12.26~1986.2.5이나 「물방울水滴」『文学界』1997.4도 바람 소리나 물방울을 통해 전사자들을 소환하고 있었다. 죽은 존재가 죽지 않은 존재로 되살아오게 만드는 이러한 환상의 방식은 문화적으로 비가시적인 것, 그리고 부정과 죽음으로 쓰인 것들을 가시적인 것으로 만듦으로써 부재를 끌어안게 만드는데,[5] 때문에 전쟁을 경험하지 않은 이들 작가들은 각자의 방식으로 환상성을 일종의 전쟁 서사의 방법론으로 취하고 있었던 것이다.[6]

이와 같이 경험이나 증언을 대신하여 새롭게 등장한 '기억'과 '목소리'라는 사유 방식은 기존의 역사에서 배제되어 있던 타자들의 목소리를 부활시키고 복원시키는 또 다른 방법이 되고 있다. 특히 오키나와 전투를 기억하고 전승하는 행위는 전쟁 기억의 집합 구성물이 현재적 시점에서 어떤 의미를 가지며 어떤 방향성을 제시하는가를 고민하는 데 있어서 매우 중요한 부분을 차지한다. 왜냐하면 오키나와 전투를 소재로 전쟁이

5 　로즈메리 잭슨, 서강여성문학연구회 역, 『환상성 - 전복의 문학』, 문학동네, 2001, 89쪽.
6 　메도루마 슌은 2018년 4월 27일 '제주4・3 70주년 기념사업위원회'가 주최하고 '한국작가회의 제주도지회'가 주관하는 '전국문학인 제주대회'의 국제 문학 심포지엄 "동아시아의 문학적 항쟁과 연대"에 참석한 바 있다. 이 자리에서 그는 오시로 다쓰히로와 같이 전쟁을 직접 경험한 작가와 자신처럼 전쟁을 직접 겪지 못한 세대 사이에는 전쟁의 문학적 형상화에 차이가 드러날 수밖에 없지만, 그럼에도 역사적 사건에 대한 작가들의 추체험을 통해 과거가 재창조되는 작업이 앞으로도 지속되어야 함을 이야기하였다. (http://www.news-paper.co.kr/news/articleView.html?idxno=26562)

라는 폭력을 재구성하고 그것을 다시 재사유, 재전유하는 일은 궁극적으로 전쟁이라는 폭력의 기억을 통해 반폭력 혹은 비폭력의 사상을 만들어내는 과정의 한 부분이기 때문이다. 나아가 이는 현대 오키나와문학의 전쟁·전후책임 혹은 식민지책임 논의와도 연동된다는 측면에서 주목하지 않을 수 없는 대목이기도 하다.

이에 본고에서는 1990년대 이후부터 본격적으로 시도되고 있는 '기억'과 '목소리'로 구성된 전쟁 서사의 사상을 검토하고자 사키야마 다미崎山多美[7]의 소설『해변에서 지라바를 춤추면うんじゅが、ナサキ』[8]花書院, 2016.11에

---

7   이 글의 이해를 돕기 위해 사키야마 다미의 작품 경향에 대해 간략히 소개하고자 한다. 1954년 이리오모테섬(西表島)에서 태어난 사키야마 다미는 '섬'을 주제로 소설을 쓰기 시작했다. 「수상왕복(水上往還)」(1988), 「섬 잠기다(シマ篭る)」(1990), 「반복하고 반복하여(くりかえしがえし)」(1994) 등이 대표적인 작품으로, 여기에서 '섬'은 실체가 모호하거나 환상적인 공간이다. 이후 사키야마는 작가 특유의 '섬 말'이 난무하고 청각 묘사를 중시한 「무이아니유래기(ムイアニ由来記)」(1999), 「유라티쿠 유리티쿠(ゆらてぃくゆりてぃく)」(2000) 등과 같은 작품을 발표하였다. 2006년부터는 잡지『스바루(すばる)』에 오키나와 본섬에 위치한 고자시(コザ市)를 배경으로 한 연작물을 쓰며 여성들의 이야기에 초점을 두기도 했다. 한편 2012년에는 오키나와의 조선인 위안부 문제를 다룬 「달은, 아니다(月や、あらん)」를 발표하였으며 본고에서 다루는 「해변에서 지라바를 춤추면(うんじゅが、ナサキ)」에서는 오키나와전투와 그 희생자들을 기억하고 전승하는 방식을 묻고 있다. 특히 최근에 발표된 두 작품은 과거의 역사를 다루고 있으면서도 목소리 없는 자들의 몫을 환기시키는 데 무게가 있다고 평가할 수 있을 것이다.

8   2012년부터 2016년까지 문예잡지『스바루』에 발표한 여섯 편의 단편소설을 수합하여 2016년에 단행본으로 간행하였다. 여섯 편의 초출을 소개하자면 「운주가, 나사키(うんじゅが、ナサキ)」(『스바루』2012.12), 「가주마루 나무 아래에서(ガジマル樹の下に)」(『스바루』2013.10), 「Q마을 전선a(Qムラ前線a)」(『스바루』2014.5), 「Q마을 전선b(Qムラ前線b)」(『스바루』2014.9), 「Q마을 함락(Qムラ陥落)」(『스바루』2015.6), 「벼랑 위에서의 재회(崖上での再会)」(『스바루』2016.1) 등이다. 동일 인물이 각 단편에 등장하기 때문에 연재소설로 보아도 무방하며, 단행본으로 간행하면서 제목을 세분화하여 모두 일곱 개의 에피소드로 구성하였다. 오키나와 방언으로 제시

주목하고자 한다. 기억과 기록, 목소리 등으로 실험한 사키야마 다미의 전쟁 서사 방법론이 폭력이 난무하는 오늘날의 세계적 상황에 어떠한 시사점을 제시하는지 고찰해 보고자 한다.

2. 기록 너머의 '기록'

사키야마 다미의 소설 『해변에서 지라바를 춤추면』은 '기록' 혹은 '재현'의 정치성에 대해 묻고 있는 작품이라고 말할 수 있다. 홀로 사는 직장인 여성 '나'에게 배달된 의문의 상자 안에는 '기록z', '기록y', '기록x' 등과 같은 파일이 담겨 있고「배달물」, '나'는 내용의 일부가 지워지거나 뭉개져 알아볼 수 없는 이 불완전한 기록물의 공백을 메우고자 낯선 여행에 나서게 된다. '나'의 낯선 여행을 돕는 자는 정체를 알 수 없는 사람이거나 혼령, 혹은 목소리로서, 이들은 '나'를 방파제 앞 해변으로 데려 가 여섯 개의 사람 그림자가 춤추는 듯한 묘한 움직임을 보여주는가 하면「해변에서 지라바를 춤추면」, 오래된 저택으로 이동시켜 약 70년 전에 목숨을 잃은 자들이 벌이는 '목숨의 축하의식'에 함께 참가하도록 만든다「가주마루 나무 아래에서」. 또 Q마을로 안내해 이 마을에 정착한 동지들의 비밀계획을 전수하며

된 작품 제목 『운주가, 나사키』는 '당신의, 정' 정도로 바꾸어 말할 수 있는데, 국내에는 두 번째 에피소드의 제목을 차용하여 『해변에서 지라바를 춤추면』이라는 제목으로 번역되어 손지연·임다함 역, 『일본 근현대 여성문학 선집 17 사키야마 다미』, 어문학사, 2019에 수록되어 있다. 이 글에서는 이 번역서를 활용하고자 하며 작품 인용은 별도의 각주 없이 쪽수만 표기하도록 하겠다.

관자놀이를 때리고 심장을 얼어붙게 만드는 소리의 유래를 기억해 내라고 종용하기도 한다「Q마을 전선a」, 「Q마을 전선b」, 「Q마을 함락」. 이렇게 환상과 실재를 넘나드는 오랜 여행을 마친 후에야 '나'는 겨우 기록물의 공백을 단 몇 줄이라도 메울 수 있었다「벼랑 위에서의 재회」. 이렇게 총 일곱 편의 에피소드로 구성된 『해변에서 지라바를 춤추면』은 의문의 기록물을 수령한 '나'가 기록물의 지시와 정체불명의 낯선 자들에게 이끌려 이계異界를 경험한 뒤 기록물을 부분적으로나마 완성해 가는 일련의 과정을 담고 있는 것이다.

평범한 독신 직장인 여성 '나'가 출처가 불분명하고 의미가 온전히 전달되지 않는 기록물을 어떻게든 완성하기 위해 고군분투하는 이유는 기록물을 읽어버린 행위 그 자체만으로도 기록물과 '나'가 매우 밀접하게 연루되어 있음을 직감했기 때문이었다. 이들 기록물을 "우연히 읽어버리고는 안 읽은 척 하거나 무시하는 건 무엇보다도 이 기록에 대한 모독이자, 사람으로서의 인의를 저버리는 것이다. 급기야는 이렇게 읽어 버리게 된 나 자신까지 죽여 버리는 자멸행위라 여길 만큼 갑작스러운 강박관념에 사로잡혀"12쪽버리고 말았던 것이다. 다시 말하자면 '나'는 미완의 기록물을 어떠한 방식으로든 완성해야만 한다는, 일종의 재현의 의무를 지닌 인물로 등장한다.

그런데 여기에서 문제가 되는 것은 '나'의 재현 능력보다 기록물 자체가 가지고 있는 특수성, 그리고 '나'의 글쓰기를 돕기 위해 등장하는 인물들과의 교감이나 교류가 역설적으로 재현을 가로막고 있다는 점일 것이다. 우선 애초부터 '나'에게 전달된 기록물들은 의미 전달을 분명히 하는 데 커다란 한계를 가지고 있었다. "눈에 띄게 오른쪽으로 올려 쓰는 버릇이 있고 힘 있는 글씨체여서 같은 사람이 쓴 것은 아닌 걸"11쪽로 보이는 데다 "의도적으로 삭제한 건지, 그냥 때가 타서 지워진 건지, 볼펜의 검은 잉크가 뭉개져 알아 볼 수가 없"12쪽는 부분이 산재했다.

그뿐만이 아니다. Q마을 입구에 도착한 '나'는 이 마을에 정착한 동지들의 비밀계획이 담긴 기록을 확인하려 하지만 거기에는 "구체적인 것은 아무 것도 적혀있지 않"은 데다 "망상으로 가득 찬 문구가 몇 줄 이어지고 그 뒤는 A4사이즈 용지 30장 정도의 빈 페이지가 이어져"62쪽 있을 뿐이었다. Q마을에 관한 기록물 첫 머리에는 "Q마을 입구에 서면 한 남자가 말을 걸어 올 것이다"61쪽라고 적혀 있었지만, '나'는 "독자가 액면 그대로 읽어주기를 바라고 쓴 글은, 말도 안 되는 큰 거짓말을 안고 있다. 그걸 깜빡 잊고 글쓴이의 의도대로 읽어버린 독자는 얼마 안 있어 배신감과 마주하게 된다"63쪽며 기록물 자체를 신뢰하지 않는 모습을 보이기도 한다. 그럼에도 '나'는 기록물의 빈 페이지를 조금이라고 메우고 싶은 욕망에 사로잡혀 분신처럼 여기는 노트와 펜을 단단히 준비하고서 Q마을에 대해 이야기해 줄 한 남자아이를 기다린다. 하지만 그 남자아이는 "앗 안 돼, 손에 든 그 노트랑 펜은, 그 갈퀴덩굴 가시 위에라도 던져버려 응. 그건 안 가져가는 게 나아. 그런 걸 보게 된다면 동지들은 아무 말도 하지 않을 테니까"72쪽, "듣는다는 건 눈으로 보는 것보다 진실을 깨닫는 데 있어서 무지 중요한 기능이니까. 그래 거기 거기에 앉아서 정신 차리고 귀 기울여"73쪽라고 조언한다. 이후부터 '나'는 문자가 아닌 듣고 기억하는 것으로 기록 매체를 바꾸게 된다.

여기에서 더욱 주목해야 할 부분은 '나'의 듣는 방식 혹은 태도일 것이다. Q마을에서 남자아이를 만난 이후 이어서 '나'는 몸집이 마른 청년 같은 혼령과 만나게 되는데, 그는 Q마을의 동지들이 기획했던 비밀계획을 파악하려는 '나'에게 "당신은 모든 사념을 버리고 마음을 비워주세요. 심신 일부에서 아주 조금이라도 사념이나 걱정, 얄팍한 상상력에서 오는 비웃음, 굳어버린 선입견에서 오는 우월감, 비굴한 시선 같은 것이 조금이라도 감지된다면, 모든 것이 단번에 붕괴해버리거든요. 부디 그 사실을 명심해 주세요"95쪽라고 당부한다. 이는 기록자인 '나'의 서사의 정치성을 의식한 발언으로, 재현 행위에 부수하기 마련인 자의적이고 임의적인 의미의 재구성을 강력하게 경계하고 있는 대목으로 읽힌다.

한편 시간 여행을 마친 후 마지막에 '나'는 두 단으로 나란히 쌓인 나무 상자 일곱 개를 발견한다. '나'는 이 여행에서 찾고 있던 모든 것, 즉 "누구에게도 이야기하지 않고 쓰지도 않고 그러니까 누구도 알 수 없었던 존재하지 않는 역사, 보이지 않는 과거, 소멸한 미래를 이야기하는, 목소리 없는 수많은 목소리를 뛰어난 기교를 구사하여 써 내려간 여러 기록들이 비밀리에 보관되어 있는 것은 아닐까"138~139쪽 기대하며 상자를 열었지만 맥없이 열린 상자 안에는 그저 돌멩이만 가득 들어 있을 뿐이었다.

이와 같이 『해변에서 지라바를 춤추면』은 수수께끼투성이인 기록물들의 전모를 밝히고 미완의 서사를 보완하기 위한 '나'의 갖은 노력이 주된 흐름을 가짐에도 불구하고 각 에피소드에는 '나'의 이해를 돕기보다는 더욱 복잡하고 난해한 환상의 세계가 제시되어 있으며 그에 따라 '나'의 글쓰기도 혼선을 빚게 된다. 다시 말하면 기록하려는 욕망을 가진 사람과 그 기록을 저지하려는 자 사이의 긴장과 갈등이 매번 반복되는 셈인데, 결론적으로 말하자면 이러한 양자의 길항관계는 궁극적으로 오키나와 전투라는 역사적 경험의 재현에 부수하기 마련인 인식론적 폭력을 경계하기 위함이라고 지적할 수 있다.

기록물에 쓰인 대로 '묘지'를 찾아 나선 '나'가 만난 이들은 바로 오키나와 전투에서 희생된 사람들이었다. 그것은 예컨대 '기록y'나 '기록Q'에서 충분히 짐작할 수 있는 바이다. 우선 '기록y'에서 '나'는 마요眞夜라는 본명 대신 치루チルー라고 불린다는 한 소녀를 만나 그녀가 안내하는 오래된 저택에 도착한다. 소녀는 70년 전에 이 마을 전체가 불에 타 폐허가 되고 이 집에 살던 사람도 모두 죽고 말았다는 말을 남기고서는 홀연히 사라져 버린다. 이어서 나타난 중년의 신사는 '나'를 '치루'라고 부르며 바다가 보이는 절벽으로 이동시키는데 이곳에서 '나'는 목숨을 잃은 30여 명의 소녀 '치루'들과 함께 '목숨의 축하의식'에 참가하게 된다. 여기에서 바다로 뛰어드는 소녀들의 집단적인 자결은 오키나와 전투에서의 히메유리 학도대ひめゆり学徒隊[9]의 희생을 연상시키기에 충분하며, 전장에

---

9   오키나와 사범학교 여자부와 오키나와 현립 제1 고등여학교의 학생, 교사 등 총 240명으로 구성된 학도대로서 일본 육군에 소속되어 부상병 간호를 담당하였다. 대부분의 학생들은 슈리 주변에 위치한 나하 육군병원 방공호에 배치되어 있었으나, 일본군 총사령부가 있던 슈리가 함락되면서 패잔병, 피난민과 함께 섬의 남쪽으로 이동하였다. 미군의 격렬한 포격이 계속되는 가운데 1945년 6월 18일 일본군은 미군에 포위당한 채 방공호에 갇혀 있던 히메유리 학도대에게 급작스럽게 해산명령을 내린다. 이는 총탄이 빗발치는 전장에 학생들을 버린다는 선언이나 마찬가지였다. 결국 학생들은 약 1주일간 아무런 보호도 받지 못한 채 전쟁 사격이나 폭격으로 숨을 거두거나 스스로 목숨을 끊었다. 전체 사망자의 80%가 이 1주일 동안 발생했으며 미군에 수용된 이후에도 전에 입었던 부상이 악화되거나 쇼크사하는 경우도 있었다. 학도대 240명 가운데 136명이 사망한 것으로 알려져 있다.

서 목숨을 거둔 자들이 '목숨의 축하의식'을 거행한다는 것은 의미상 모순되지만 이는 역설적으로 '목숨이야말로 보물命ど ぅ宝'이라는 오키나와의 반전평화 메시지를 강력하게 전달하는 방법이기도 할 것이다.[10] 그러나 '치루'라고 불리는 소녀들은 자신들의 죽음이나 '목숨의 축하의식'의 의미가 '나'에게 온전히 전달되어 기록의 일부로 남는다는 것이 이미 불가능함을 감지하고 있었다. "아, 슬프네요. 이렇게 말을 하고 있어도 우리들의 목소리가 당신에게 가 닿는다는 보장은 아쉽지만 없는 거라서요"[51] 쪽라는 고백은 그 단적인 예이며, 때문에 소녀들은 '나'에게도 '치루'가 되기를 요청하며 함께 아픔을 나누자고 제안하고 있었다.

　　이리 융통성이 없어서야, 치루 씨. 치루 씨라는 사실이 우리들을 이렇게 연결해주고 있는 거니까요. 여기에 이렇게 온 이상, 당신은 치루라는 사실을 분명하게 자각해야 해요. 그리하면 우리들과 치루의 '아픔 나누기'가 가능해져요. 당신의 아픔을 우리에게 나눠주고 우리들의 아픔을 당신이 받아들일 수 있다면, 그만큼 치루의 아픔을 서로가 덜어낼 수 있게 되는 거죠. 덜어낸다고 해도 아주 아주 조금, 약간의 아픔만 나누는 거지만요. (…중략…)

　　당신의 상처와 우리들의 상처를 백일하에 드러내고 서로의 상처를 포개는 것, 단지 그뿐이에요.[54~55쪽]

　　이제부터 미야라비들은 그 몸에 남겨진, 치루의 아픔이 각인된 상처를 우

10　소명선은 이 장면을 일본 제국을 위해 기꺼이 목숨을 바치는 것이 아니라 소중한 목숨을 지키고자 하는 의지로 읽고 있다. 소명선, 「사키야마 다미의 『당신의 정』론 - 기억의 계승을 위한 문학적 상상력」, 『동북아문화연구』 제52집, 2017, 304쪽.

리들에게 드러내고 '아픔을 나누는' 의식을 시작하려 한다. (…중략…) 싱싱한 피부에 매혹되어, 슬쩍 다가가서 한 사람 한 사람의 등이나 어깨나 팔을 더듬듯 응시했다. 역시, 그럴듯한 상처의 흔적은 발견할 수 없다. 치루들이 받은 상처는 등 쪽이 아니라 바다 쪽을 향한 가슴이나 배에 있는 것일까. 아니, 그녀들의 상처와 아픔은 눈에 보이는 신체의 어딘가가 아니라, 사람의 눈으로는 볼 수 없는 장소에 숨겨져 있는 것일지도 모른다. 56~57쪽

집요하고도 은밀한 운율에 격한 거부감이 일었지만 걸음을 멈출 수 없었다. 미야라비들이 하듯 나도 그렇게 하는 것이, 치루로서 자각하게 하고, 그녀들과 '아픔 나누기'를 실천하는 길이라는 걸, 두려움과 황홀함 속에서 이해할 수 있었다.58~59쪽

위의 인용문에서 보듯이 '치루'라고 불리는 소녀들은 자신들에 대한 서사를 기록으로 남기는 대신 '아픔 나누기'를 통해 자신들의 상처와 고통을 전승하고자 했다. 수많은 '치루'들의 목숨이 스러져가는 장면을 관찰자로서 바라보며 재현하는 것이 아니라 '나' 역시 '치루'가 되어 자신의 신체에 아픔을 기입하는 행위는 그 자체로 또 하나의 기록이 된다. 이는 균질하고 매끈하게 타자를 재현하려는 지식인의 위치를 의문시하며 결코 단일하게 호명될 수 없는 타자를 동일하게 표상하고 마는 지식인의 인식론적 폭력을 경계한 대목과 맞닿아 있다고 볼 수 있다.[11]

이렇게 '나'는 타자에 대한 인식론적 폭력을 피하면서 표상체계 너머

---

11 가야트리 차크라보르티 스피박 외, 태혜숙 역,『서발턴은 말할 수 있는가? - 서발턴 개념의 역사에 관한 성찰들』, 그린비, 2013, 75쪽.

의 존재들을 표상하기 위한 과제를 떠안은 셈인데, 이 같은 사정은 '기록 Q'에서도 동일하게 반복되었다. '기록Q'에 등장하는 Q마을의 Q는 수수 께끼라는 정도의 의미를 가지지만 실상은 "적에게서 몸을 지키는 보호구 역, 싸울 준비를 위한 요새 같은 곳"74쪽으로, 이 요새는 "공안公安이나 민병 民兵이나 GHQ에게 발각되지 않도록 몇 년이고 몇 년이고 몰래 판"74쪽 구 덩이였다. 이 지하 구덩이에 남아있는 동지들의 자취는 "진흙투성이 모 포랑 갈가리 찢어진 옷, 빈 캔, 깨진 병, 비닐봉지, 녹슨 밥상", "쇠파이프 며 탄피들" 그리고 "담배 냄새랑 암모니아랑 방부제 냄새가 썩은 고기냄 새에 뒤섞은 것 같다고 할까, 코를 찌르는 듯한 죽음의 냄새"75~76쪽로 확 인할 수 있다. 모포와 옷, 밥상 등과 같은 일상을 상징하는 물건들이 모조 리 망가지고 온갖 역겨운 냄새로 뒤덮인 이곳 지하 세계는 오키나와 전 투 당시에 주민들이 포탄을 피해 몸을 숨겼던 동굴인 가마ガマ를 말한다. 이곳 가마로 '나'를 안내한 남자아이는 "이 냄새를 자알 맡아야 해. 제대 로 맡고 상상력을 펼치지 않으면 동지들의 목소리도 모습도 당신에게 가 닿지 않아. 그렇게 되면 모처럼 여기까지 날 따라온 의미가 없잖아"76쪽라 고 이야기하며 오키나와 전투와 동지들의 역사를 '냄새'로 인지해 '나'의 상상력으로 기록할 것을 주문하고 있었다. 그와 동시에 '죽음의 냄새'를 외면한다면 "동지들의 목소리도 모습도 당신에게 가 닿지 않"을 것이라 는 사실도 함께 경고하였다.

이렇게 살펴보면 『해변에서 지라바를 춤추면』은 오키나와 전투라는 역사적 경험과 사실을 어떻게 서사하고 전승할 것인가를 묻는 작품이라 는 사실이 명확히 드러난다. 오키나와 전투에서 희생된 이들의 증언을 새롭게 발굴하고 확보하여 전쟁의 참혹함과 폭력성을 입증해 보다 진실에 가까운 장면을 재현하고 서사하기보다는 기록의 공백 속에 남겨져 있는 죽은 자의 목소리와 냄새, 움직임을 상상하도록 추동함으로써 전쟁의 비극을 개인의 신체에 각인 시키려는 문학적 방법론을 제시하고 있는 것이다. '나'가 노트와 펜으로 기술하는 순간, 그것이 지시하는 역사는 필연적으로 기술되지 못한 혹은 의미로서 전달되지 못하는 역사를 생성시키고 만다. 왜냐하면 의미가 의미로서 전달되는 데에는 언제나 의미 불분명한 부분을 동반하며 동시에 그 무의미함을 억압할 필요가 있기 때문이다.[12] 때문에 이 작품에서는 처음부터 노트와 펜이 더 이상 기록의 매체가 될 수 없음을 시사하며 '나'가 곧 '치루'가 되기를 요청하고 또한 '나'의 상상력으로 가마에서 죽어간 동지들의 목소리를 불러일으키기를 주문하고 있었던 것이다. 사실성과 현실성에 기반을 둔 역사 서술이 결과적으로 소재의 소진이나 서사 불가능성을 노정시키기 마련인 것을 염두에 둔다면, 사키야마 다미의 이러한 서사 전략은 문학적 언어로 역사 서사 외부에 있는 자들의 존재마저도 환기, 각인시킨다는 점에서 시사하는 바가 크다고 할 것이다.

12 　本橋哲也, 『ポストコロニアリズム』, 岩波新書, 2005, 154쪽.

3. 목소리의 자리

앞의 장에서 살펴보았듯이 소설 『해변에서 지라바를 춤추면』은 오키나와 전투의 기억을 계승하는 서사적 방법론 혹은 실험을 담아낸 작품이라고 볼 수 있다. 오키나와 전투에서 이미 사망한 이들의 서사를 대변할 방법을 찾는 작품인 만큼, 이 작품에는 이들 존재를 증명하는 목소리, 혹은 소음 등이 빈번하게 등장한다.[13] 특히 죽은 영혼의 구술이라는 형식은 단순히 환상적이거나 몽환적인 이계를 묘사하기 위한 장치가 아니라 역사 서술의 대상이 되지 못했던 자들을 서사의 장으로 초대하기 위한 방법 가운데 하나였다.

그런데 여기에서 주목해야 하는 점은 이 작품에 등장하는 혼령들의 목소리가 직접적으로 오키나와 전투를 묘사하는 대목은 거의 찾아볼 수 없으며, 오히려 이들의 목소리는 문맥을 제대로 파악할 수 없을 정도로 파편화되어 등장한다는 것이다. 예컨대 두 번째 에피소드 「해변에서 지

---

13 사키야마의 작품에 나타난 청각성과 구어성, '소리'의 전략에 대한 연구로는 新城郁夫의 『沖繩文学という企て-葛藤する言語 · 身体 · 記憶』(インパクト出版会, 2003), 喜納育江의 「淵の他者を聴くことば-崎山多美のクジャ連作小説における記憶と交感」(『水声通信』24号, 2008), 仲里効의 『悲しき亜言語帯-沖縄 · 交差する植民地主義』(未來社, 2012) 등이 있다. 사키야마 자신도 에세이 「〈소리의 말〉에서 〈말의 소리〉로(〈音のコトバ〉から〈コトバの音〉へ)」(『コトバの生まれる場所』, 砂子屋書房, 2004)에서 스스로를 "전적으로 쓰는 문자에만 의존해야 하는 표현 행위 속에서 '목소리'를 담으려는 욕구를 억누를 수 없는 자"라고 규정했으며, "귀를 스치고 사라진 '소리의 말'에 대한 생각을 어떻게 재생할 것인가", "나의 몸에 흔들림과 충격을 준 그 소리를 어떻게 문자로 쓸 것인가", "내 말을 잠깐이라도 접하는 사람들의 귀에 어떻게 '말의 소리'를 전달할 것인가"하는 초조한 의문을 드러내기도 했다(114~115쪽). 1990년대 이후에 발표된 그녀의 소설에는 반드시라고 해도 좋을 정도로 '소리의 방법화'가 다양한 형태로 시도되고 있다.

라바를 춤추면」에 등장하는 여섯 개의 사람 그림자는 "양손을 이마에 붙이고 무언가를 중얼거리기 시작"하는데 마치 "후쓰, 후쓰후쓰후쓰" 하는 소리같이 들린다. '나'에게는 기도의 말처럼 느껴졌지만 무엇에 대해 기도하는 것인지는 알아듣지 못했다.27쪽 이어서 세 번째 에피소드인 「가주마루 나무 아래에서」에는 히메유리 학도대 학생들의 혼령으로 보이는 30여 명의 여학생들이 다음과 같은 몸의 움직임을 보이며 외친다.

> 손에 든 악기를 켜고 두들겨 서로의 목소리를 지워버리며, 새빨간 동저고리 자락을 허리까지 걷어붙이고 노란 중절모를 쓴 커다란 남자와 몸집이 작은 남자는 바위 무대 위를 어지러이 돌아다녔다. 챙챙, 두두두둥둥둥둥 하는 소리가 광장을 뒤흔든다. (…중략…)
>
> 서른 명 가까운 몸뻬 차림의 여자들이 돌연 흔들리기 시작한 것이었다. 즉흥연기를 갑자기 강요당한 것처럼 난잡하게, 가슴을 뒤로 젖히고 몸을 쥐어뜯으며 몸부림친다. 부르르르 고개를 흔들고 어깨를 으쓱대고 허리를 비틀어댄다. 무턱대고 움직이며 하늘을 향해 주먹질 한다. 라이브 공연에 열광하는 관객의 몸짓, 혹은 '…반대!' 하고 구호를 외치듯, 여러 개의 뼈만 남은 팔이 아무 것도 없는 공간을 격렬하게 내지른다. 몇 십 개의 부스스하게 땋은 머리채가 달린 막대기가, 획획 하늘에서 춤을 추었다. 광대들이 내는 챙챙챙챙 둥둥둥둥 하는 소리가 바야흐로 고동치며 빨라진다. 그에 맞추어 움직이는 여자들의 애처로운 가느다란 몸이 꺾여버릴 것만 같다. 더 이상 견딜 수 없어진 내가 외친다.
>
> 왜들 그러세요 ─, 여러분 ─. 당신네들에게, 대체, 무슨 일이 벌어진 건

가요오 ─ . 전하고 싶은 것이 있다면, 말로 해주세요오. 부디, 부디, 그렇게 해주세요오. 그렇게 해주시면, 제가, 여기에 적어둘 테니까요오.^{47쪽}

소위 '목숨의 축하의식'을 행하는 소녀들의 목소리는 주변에서 울리는 악기 소리에 묻혀 전혀 전달되지 못하고 있으며 그녀들의 과격하면서도 고통스러운 몸부림만이 전쟁의 비통함을 전하고 있을 뿐이다. 이 소리 없는 외침과 아우성을 이해하지 못한 '나'는 급기야 '몸'이 아닌 '말'로 메시지를 이야기해 달라고 애원한다. 전쟁의 피해자인 여학생들의 목소리를 '나'를 비롯한 청자가 인지하기 어려운 소음이나 몸짓으로 묘사한 이 장면은 그 자체로 여학생들의 목소리가 제대로 표현되기 힘든 상황임을 암시한다. 때문에 말하고 싶어 하는 여학생에게 감정 이입하지 않거나 목소리를 대신하는 그녀들의 몸의 언어를 이해하려 하지 않는다면 누구도 여학생들의 말을 듣지 못하고 만다. 다시 말해 목소리를 구성하는 것은 여학생이 아니라 그녀들의 울부짖음을 듣는 청자의 몫인 것이다.

또한 이 작품에는 사키야마 다미가 지금까지 독창적으로 구사해 왔던 섬 말シマコトバ이 빈출하는데, 이는 오키나와라는 특정 지역의 로컬리티를 환기하기 위해 동원되는 것이 아니라 일본어는 물론이고 오키나와 방언에도 귀속되지 않는, 혹은 귀속되지 못해 비어져 나온 언어들을 배치함으로써 통일체로서의 일본어의 폭력성을 고발하는 데 그 목적이 있었다.¹⁴ 다섯 번 째 에피소드 「Q마을 전선b」에 등장하는 한 청년 혼령은 "Q마을

---

14 사키야마 다미의 문학과 섬 말의 관계에 대해서는 조정민, 「일본어 문학의 자장과 전후 오키나와의 문학 언어」, 『일본학보』 110집, 2017 참조.

말은 질서정연한 N어의 세계를 혼란에 빠뜨릴 뿐인 야만적인 언어"90쪽라며, "특권적 N어족의 덫에 걸려 옛 Q마을 말을 완전히 잊고 N어의 정신을 모르는 새 익혀버리게 되었는데, 이제 보니 N어 세계에 균열이 일어났다고 해야 할지, 빈틈 같은 게 생겨"91쪽 N어에 갑자기 옛 Q마을의 언어가 삽입되고 말았다며 자신의 언어 이력을 고백해 보인다. 옛 Q마을 말과 N어가 각각 오키나와 방언과 일본어를 상징한다는 것은 쉽게 짐작할 수 있는 바이지만, 아래의 인용문에서 보듯이 Q마을 언어가 오키나와 방언을 곧바로 가리키고 있다고 보기는 어렵다. 예컨대 아래와 같은 청년의 중얼거림은 시각적으로도 청각적으로 매우 이질적이고 불편하다.

> だからヨー、我ネー、毎晩メーバン、イッペー肝痛ミしヨー、チャーシン、寝(ニ)寝ンララんど、アイエー、アイネーナー……あれれれ、ワタシとした
>
> ことが、テキを真ん前にしてまたもやこんなみっともない動揺をさらしてしまうことは。これは、一体、何処のどなたの痛みがワタシのなかに侵入
>
> したのやら。アイヤー、こんな混乱状態は、これまでは起こらなかったこ
>
> となんですがねぇ。エェー、チャーナタガやー、我や……れれれ……いやいや
>
> いや、まったくもって、チャーナランよ……。[15]

일본어 같지 않은 일본어, 오키나와 방언 같지 않은 오키나와 방언을 혼종적으로 사용해 의미 확정을 유예시키는 것이 바로 사키야마 다미의 섬 말 전략이라고 볼 수 있는데, 이러한 독해 불가능함을 통해 오키나와에 착종하는 갖은 이데올로기와 불평등한 질서 구조는 역설적으로 현재화된다. 다시 말해 일본어와 오키나와 방언의 위계관계나 언어체계에 동화되지 않는 차이성으로 섬 말을 재현함으로써 오히려 더욱 핍진하게 오키나와의 현실을 가시화시키고 있는 것이다.

그렇다면 이렇게 제대로 구성되지 못하는 파편화된 목소리가 궁극적으로 가닿는 지점은 어디일까. 여섯 번째 에피소드 「Q마을 함락」에 보면 앞서 등장한 청년 혼령을 대신해 중년 남성이 나타나 '나'를 기다리고 있었다고 말하며 관자놀이를 때리고 심장을 얼어붙게 만드는 소리의 유래를 기억해 내라고 종용한다.

남자가 빙그레 웃는다. 두근, 두근두근, 내 가슴이 고동친다.

소리는 고고, 고고, 하고 시작되더니, 기곳, 고고곳기기깃, 기보보보보, 고기고보보보오— …… 보가아아, 보가아아가가가아아—, 바바바아—, 기바바바바바아아앗…….

<hr>

15 崎山多美, 『うんじゅが、ナサキ』, 花書院, 2016, 91쪽; 그러니까—, 저는—, 매일 밤 매일 밤, 잇페 — 치무야 미시오 — 가슴이 너무 아파서 챠—신물론, 윤리란도—자지도 못하고, 아이에— 아이에 — 나 — 아아, 정말 난감해…… 아아아, 내 정신 좀 봐, 적을 바로 앞에 두고 또 이렇게 한심하게 동요를 다 드러내버리고, 대체, 어디 사는 누구의 아픔이 내 안에 침입한 걸까, 아아, 이런 혼란 상태는 지금까지는 없었던 일인데요, 아아, 챠—나타가야—왜 이러지, 나…… 이런 이런, 아니 아니, 아, 진짜, 챠—나란요아 차차……(사키야마 다미, 앞의 책, 92쪽).

소리라기보다 그것은, 금속제 맹수의 울부짖음과도 비슷하고 딱딱하게 높아지다가는 미친 듯한 비명소리가 되어 방출되는 응집된 공포 덩어리였다. 대량의 액체가 섬을 집어삼키는 소리처럼 들리기도 한다. 그런 소리가 울려 퍼지고 미친 듯이 날뛰고 밀어닥치며 나를 몰아세운다. 둥, 둥, 두둥, 하고 관자놀이를 때리고 심장을 얼어붙게 한다. 이건…….

저 소리로 무언가, 기억나지 않습니까, 당신은. (…중략…)

저 소리의 유래를 당신이 기억할 때까지, 저 소린 멈추지 않을 거예요. 당신이 당신으로서 존재하기 위해, 당신은 기억해내야만 합니다. 자 어서요……. (…중략…)

생각해내는 것만, 으로도, 좋으, 니까, 요, 그러, 면, 당신은, 이해, 할 수, 있게, 되는, 겁, 니다, 당신이, 당신이라는, 사실, 을. 아아, 그렇, 게 무서워하지, 말아, 요. 저도, 당신과, 함께, 있으니, 까요. 아니, 요, 만일, 의 경우, 에는, 제, 가, 당신을…… 저에게는, 그, 만큼, 당신을 향한, 깊은, 사랑, 이, 있는 겁니다, 그러니, 자아, 당신…….

다시금 더듬거리는 남자의 목소리가 고막을 흔든다, 찡— 귀가 울린다. 아, 하고 나는 소리를 냈다. 이 손, 이 목소리……. 남자를 올려다본다. 눈동자가 젖어 있다. 나의 목구멍에서, 내 것이 아닌 말이, 튀어나온다.

……운주, 운주, 야이비타, 나아 당신, 당신, 이었군요……. (…중략…)

이제야, 기억해냈네요.

굉음이 바로 근처까지 닥쳐온다. 구덩이 벽을 부수고 내게 다가온다. 이제 삼켜지는 수밖에 없다. 이 암벽은 적으로부터 나를 지켜주지 않는 걸까. 귀를 막고, 눈을 감는다. 그러자, 탁한 소리 덩어리가 흐트러지며 분해되는 것이었다. 고고고고오오……. 땅이 갈라지는 소리, 기기─익가가가가아아……
예리하고 단단한 것이 지표를 할퀸다.121~124쪽

낯선 여행의 마지막에 이른 '나'가 마주한 소리는 그야말로 언어의 외부성을 예감시키는 소리이자 울림 혹은 통곡이다. "고고, 고고, 하고 시작되더니, 기곳, 고고곳기기깃, 기보보보보, 고기고보보보오…… 보가아아, 보가아아가가가아아─, 바바바아─, 기바바바바바바아앗……"하고 이어지는 소리는 어떠한 형용으로도 담을 수 없었으며, 차라리 비명이 응집된 '공포 덩어리'라고 표현하는 것이 옳을 정도였다. 결국 '나는' '내 것이 아닌 말'로 소리의 기원이 '당신'임을 발견하게 되는데, 소리의 연원이 '당신'이며 그 소리를 떠올리는 것이 바로 '당신(나)이 당신(나)으로서 존재'하는 근원이라는 남자의 발언을 염두에 둔다면 소리의 연원인 '당신'은 곧 '나'이기도 하다는 것을 알 수 있다. 이렇게 '나'가 소리의 기원인 '당신'을 알아차렸을 때 '나'는 그 꽹음 속으로 삼켜지고 말았다.

사실 '나'가 곧 '당신'이라는 타자와의 관계성이란 이 작품에서 줄곧 암시되어 온 바이기도 했다. "이렇게 당신과 내가 이야기를 나누고 있지, 이 분명한 사실이, 나와 당신이 관계가 있다는 명백한 증거가 아니겠어?"
「해변에서 지라바를 춤추면」, 18쪽라든지 "여기에 이렇게 온 이상, 당신은 치루라는 사실을 분명하게 자각해야 해요. 그리하면 우리들과 치루의 '아픔 나누기'가 가능해져요"「가주마루 나무 아래에서」 54쪽, "저는 이미 당신을 전면적으로 받아들였고, 뭐라 해도 당신은 저고, 저는 당신이니까……"「Q마을 전선b」, 94~95쪽, "앞으로 당신의 어떤 의문도 받아들이겠습니다. 당신의 의문은 곧

제 것이기도 하니까요"「Q마을 전선b」, 97~98쪽 등과 같이 각각의 에피소드에는 '나'를 안내하는 사람이나 혼령들이 '나'와 그들 자신이 궁극적으로 같은 지평에 서야만 '아픔 나누기'가 가능하다는 사실을 매번 환기시키고 있었다.

불편하고 시끄러우며 괴로운 이 소음들은 지금까지 오키나와 전투 서사에서 배제되었던 자들의 존재를 형상화시키는 방식에 다름 아니었다. 이들은 죽음으로써 혹은 혼령으로써밖에 자신들을 증명하지 못했고 소리와 몸짓으로 자신들의 존재를 환기시키고 있었다. 중요한 것은 이들이 기록자인 '나'를 앞에 두고도 자신들의 존재의 복원을 요청하거나 목소리의 재현을 섣불리 허락하지 않았다는 점이다. "(뼈 무더기는) 당신에게 다가오거나 껴안거나 여러 표정이나 목소리로 듣기 힘든 사건들을 호소하는 일은 있을 수 있습니다만, 그건 최선을 다해 무시하세요. 그들의 신음소리나 눈물, 일그러진 표정, 눈짓과 경련, 떨림 모두를 그저 무시하면 되는 겁니다. 저들에 대한 대책 없는 실낱같은 정이, 그들과 같은 운명으로 당신을 몰아넣어 결국 보이지 않는 적과 끝없는 전투상태에 빠지게 되는 겁니다. 그것만큼은 신중하게 피하셔야 해요. 그러는 게, 자기 몸을 희생해서 저런 꼴이 된 저들이 간절히 바라는 것이기도 합니다"89쪽라는 당부에서 보듯이, 그들은 '나'에게 고통과 억압의 정도를 호소해 자신들의 목소리를 대변하도록 만드는 대신 '나'와 '당신'의 관계성을 환기하고 '나'가 그 소리의 기원을 기억해내야 할 책임과 의무가 있음을 일깨우고 있었던 것이다.

4. 의미에서 존재로

분명 작품『해변에서 지라바를 춤추면』은 오키나와 전투의 희생자들을 다루고 있으며, 특히 목숨을 잃었기 때문에 혼령으로밖에 자신의 존재를 드러내지 못하는 자들의 목소리를 조명하고 있다. 그러나 혼령들의 목소리는 이미 파편화되어 있어 언어화하기 불가능했고 또한 그들 스스로도 언어 이전의 언어를 들어주기를 요청하고 있었다. 다시 말해 오키나와 전투의 체험자이자 희생자로서의 '진정한' 발화는 물론이고 채록자가 가지기 마련인 재현의 권리도 이 작품에는 찾아볼 수 없는 것이다. 그렇다고 해서 서사도 기록도 기억도 모두 해체하는 방식으로 오키나와 전투를 다루고 있는 것은 아니었다. '나'가 소리의 연원을 찾으면서 궁극적으로 '당신'에게 도달했듯이, 이 작품은 오키나와 전투를 읽는 수많은 '나'가 '당신'의 목소리의 기원을 찾을 책무가 있음을 환기하고 그것을 통해 비로소 '나'와 '당신'이 관계를 맺을 수 있음을 시사하고 있었다.

이와 같이 작품을 독해할 때 다섯 번째 에피소드 「Q마을 전선b」에 묘사되어 있는 Qmr 세포에 관한 이야기는 대단히 흥미롭다. 이 세포는 Q마을의 동지 가운데 한 사람이 발견한 것으로 "정신이 아득해질 정도로 길고 긴 지하에서의 침묵의 시간이 양성한 기억의 진실이 농밀하게 축적된 뼈"에서 "역사와 시대의 편견에 물들지 않는 제대로 된 기억의 진실만을 추출"한 것이다. Qmr 세포를 발견한 궁극적인 목표는 이 세포를 "현재를 살아가는 사람들의 의식에 주입"해 Qmr 세포를 가진 사람의 수를 늘려나가는 것인데, 이는 "방대한 국가 예산을 물 쓰듯 써버린 대국이

고안한 그 어떤 군비력도 미치지 못하는, 그야말로 차원이 다른 고도의 싸움 방법"이다.

　그래요, 그래요, 이미 당신도 Qmr 세포의 소유자입니다. 지금 당신이 새 액새액 기분 좋게 숨을 쉬고 폭신폭신 충족된 기분을 맛보는 그 행복해 보이는 표정이야말로, 당신이 Qmr세포를 받아들인 무엇보다도 확실한 증거지요.
　그럼 이제 아시겠죠. 동지들의 싸움이란 계속해서 오물을 받아들이는 인간들이 만들어낸 세계에서 인간의 마음을 다시 되돌려 새로운 인간들을 만들어내는 겁니다. 잠깐이라도 방심하면 어둠의 지옥에서 날아오는 적의 독화살로부터 인간을 지키기 위해 세계를 정화하는 Qmr세포를 지닌 동료를 지상으로 보낸다. 아, 이런 인간들이 점점 늘어난다면, 대체 어떤 세상이 될까―.102쪽

　뼈 무더기, 즉 죽음으로밖에 자신을 증명할 수 없는 오키나와 전투의 희생자들은 실상 그 죽음으로 말미암아 직접적으로 어떠한 말도 전할 수 없는 존재들이다. 소설 속의 말을 빌리자면 "아쉽게도 이들은 공중의 면전에서 그 존재를 호소하지 못하는 침묵의 증인"인 것이다. 그러나 그들은 "그저 침묵하고 있는 게 아니"라 "정신이 아득해질 정도로 길고 긴 지하에서의 침묵의 시간이 양성한 기억의 진실이 농밀하게 추적된 뼈들"이기 때문에 그 누구보다도 강력한 전쟁의 증인이며, "역사와 시대의 편견에 물들지 않는 제대로 된 기억의 진실"만을 증언하고 있다. Qmr 세포란 바로 그 "제대로 된 기억의 진실"을 응축한 것으로 '나'는 이미 Qmr 세포 보유자가 되었다. '나'에게 Qmr 세포가 이식된 순간은 다름 아닌

'나'가 소리의 근원지인 '당신'을 깨닫게 된 순간이었다. Q마을의 동지들은 Qmr 세포를 지닌 수많은 '나'가 결국은 세상을 바꾸게 될 것이며 이것이야말로 차원이 다른 방식으로 전쟁에 임하는 방법이라고 여기고 있다.

거듭 강조하지만 이 작품은 오키나와 전투의 "제대로 된 기억의 진실"을 발굴하고 대변하는 대신 오키나와 전투를 읽는 방식 혹은 기억하는 방식을 모색하는 데 더 큰 무게 중심을 두고 있다고 지적할 수 있다. 전쟁 당사자들의 발화를 무조건적으로 받아쓰는 행위는 기존의 서사 법칙과 규범을 보강하는 데 봉사할 뿐이며, 무엇보다 당사자의 목소리를 언어화하는 순간 서사의 주변 혹은 공백은 다시 남겨지고 만다. 때문에 혼령들의 뜻을 알 수 없고 형용할 수 없는 비명이나 외침, 중얼거림 등을 의미가 불분명한 채로 남겨두고, 그런 갖은 소리의 근원지인 타자에게 도달하기 위해 끊임없이 시도하여 '당신'이라는 타자를 상상하도록 이끌고 있는 것이다. 그러한 의미에서 본다면 Qmr 세포를 보유하는 것이란 결국 오키나와 전투를 '당신'의 관점으로 사유하고 인지하며 내면화시키는 대타성alterity의 철학에 다름 아닐 것이다.

사실 이 대타성의 철학이 '세계를 정화'하고 이기지도 지지도 않는 무승부 즉 싸움의 종결을 가져오는 방법론이 된다는 것은 Q마을의 비밀 계획을 실행하기 위해 실시하는 특별 훈련 가운데 하나인 카멜레온 기술에서 이미 예비적으로 언급된 바 있었다. "카멜레온 기술을 자기 것으로 만들면 (…중략…) 때와 장소를 가리지 않고 적의 진지에 침입해 종횡무진 스파이 활동"을 할 수 있지만 "이 기술의 본래 목적은 (…중략…) 인간이 인간으로서 살아가기 위해 가장 중요한 부분, 즉 이해하기 어려운 타인에 대한 상상력을 단련하는 훈련"이다. "적이 내 자신이라고 느낄 수 있는 기술을 익히면 적의 기쁨은 나의 기쁨, 적의 아픔과 슬픔도 나의 것"이 되고 "그렇게 되면 (…중략…) 이기지도 지지도 않는 무승부라는 고도의 싸움의 종결"98쪽을 맞이하게 되는 것이다.

물론 '나'가 '당신'을 발견하고 '적이 내 자신'이라고 상상하는 일이란 지난한 과제이다. 그것은 '나'의 낯선 여행 경로나 그 가운데 '나'가 느꼈던 충격과 당혹스러움이 잘 말해주고 있다. 아무튼 이 낯선 여행 끝에 '나'는 공백 가운데 몇 줄 정도를 겨우 적을 수 있었지만, 그 기록의 마지막에는 '나'가 아닌 다른 누군가가 쓴 문장으로 다음과 같이 마무리되어 있었다. "목소리를 끊임없이 높이는 것"이야말로 "적에게서 몸을 지키고 적을 섬멸하기 위한 최고의 작전"이다. '나'와 "'나'가 아닌 다른 누군가"가 함께 쓴 이 기록물은 여전히 미완성이지만 목소리를 끊임없이 높이고 듣는 행위가 앞으로도 계속 이어져야 함을 암시하고 있다. '나'에게는 앞으로도 목소리를 들을 책임과 의무가 남아 있는 것이다.

5. 반폭력의 방법과 (불)일치의 경험

'나'에게 남겨진 책무, 즉 목소리의 '당신'을 듣고 체화하며 기록하는 일은 일차적으로는 오키나와 전투를 기억하는 것이겠지만, 궁극적으로 그것은 오늘날에도 여전히 진행 중인 전쟁이라는 폭력을 반대하고 저지하는 데 있다. "이봐. 전쟁은 예나 지금이나 여기저기서 계속해서 벌어지고 있잖아. 당신에겐 보이지 않는 거야? 들리지 않는 거야? 저 봐, 저 보라고, 저 하늘에 유유히 날아가는 여러 개의 검은 그림자는 관수리 같은 게 아냐. 적을 정찰하는 전투기잖아. 저게 보이지 않는다면 역시 당신 눈은 그냥 장식일 뿐이야"69쪽라는 소년의 일갈은 바로 오늘날에도 여전히 이어지고 있는 세계 곳곳의 전장을 향해 있는 것이다. 이 끝나지 않는 전쟁의 종식은 전장에서 스러진 타자의 파편화된 목소리와 몸부림을 내면화했을 때 비로소 가능한 것으로, 그것은 '나'가 낯선 여정에서 분투해 보였던 것처럼 대단히 지난한 일임에는 분명하다. 무엇보다 이미 부서지고 깨진 타자의 목소리를 언어화하는 것은 거의 불가능했으며, '나'에게는 그들을 대변할 권리도 없었다. 오히려 이 작품은 타자, 즉 '당신'의 뜻을 알 수 없고 형용할 수 없는 비명이나 외침, 중얼거림, 거센 몸부림 등이 얼마나 서사되기 곤란한 것인지를 명시하고 있었다. 다시 말해 죽음으로서 자신의 존재를 드러낼 수밖에 없는 전쟁의 희생자들은 자신들의 목소리가 기록자인 '나'에게 온전히 가닿을 수 없다는 것을 이미 간파하고 있었고 섣부른 동정이나 배려를 경계하고 있었던 것이다. 이렇게 '당신'과 '나' 사이에는 일치될 수 없는 간극과 온도차가 존재함에도 불구하고 '나'가 '당신'의 목소리의 근원을 찾으며 일치의 순간을 맞이해야 하는 까닭은 전쟁을 가로막는 반폭력의 길은 그로부터 시작될 수 있기 때문일 것이다. '나'와 '당신' 사이의 불일치를 경험하면서도 끊임없이 일치를 위한 말하기와 듣기를 시도하는 것, 이것이야 말로 오키나와 전투를 기억하려는 사키야마 다미의 문학적 방법론이자 실천에 다름 아니었던 것이다.

오키나와와 베트남의 '경이로운 현실', 그 반폭력의 세계

고명철

1. 문제제기 __ '탈식민의 냉전'에 대한 문학적 응전

오키나와와 베트남은 우리에게 어떤 곳일까? 이 투박하고 단순한 물음은 결단코 그 답변이 간단하지 않다는 것을 내포하고 있다. 무엇보다 이들 지역은 제국의 식민주의의 억압과 강제를 경험하였는데, 오키나와는 제2차 세계대전의 소용돌이오키나와전쟁에 휘말려 일본 본토 수호를 위한 일본군과 그에 맞선 미군의 파상적 공격이 벌어진 곳으로, 전후 미국과 소련으로 재편된 양극화의 냉전체제 아래 미·일안보체제의 전략적 희생양으로서 미국의 군사기지로 전락해 있다. 그런가 하면, 베트남은 제2차 세계대전 후 냉전체제의 한 축을 담당하는 초강국 미국에 맞서 베트남민족해방투쟁을 이룩하기 위한 베트남전쟁1965~1975에서 승리하여 베트남통일국가를 세운다. 이렇듯이 이들 지역은 제국프랑스, 일본, 미국의 식민주의 지배는 물론, 제2차 세계대전 후 형성된 냉전체제 아래 미국의 군사적·정치적 지배와 매우 밀접한 관계를 맺고 있다.

이와 관련하여, 흥미로운 사실은 오키나와와 베트남이 서로 다른 지정학적 조건 속에서 '탈식민 냉전'[1]의 바탕에 자리한 역사적 실재이다. 언뜻 보기에, 이들 지역은 서로 관련 없이 각 지역의 현실문제에 충실한 것처럼 보이지만, '탈식민 냉전'이란 전지구적 시계視界로 살펴볼 때 오키나와와 베트남은 결코 무관하지 않다. 오키나와문학의 대표 작가 중 하나인 메도루마 슌目取眞俊. 1960~이 "베트남전쟁 때 미군 B29전투기가 오키나와에서 출격했습니다. 베트남전에서 죽은 미군의 시체를 오키나와에서 씻어 미국으로 보냈습니다. 우린 그걸 보고 자랐지요"[2]라고 술회하는가 하면, 또 다른 작가 마타요시 에이키又吉榮喜. 1947~가 오키나와 미군 기지와 베트남전 참전 미군 병사들에 대한 문제작들을 발표했듯,[3] 오키나

---

1   '탈식민 냉전'에 대한 문제의식은 신욱희·권헌익 편, 『글로벌 냉전과 동아시아』, 서울대 출판부, 2019에서 가다듬은 것이다. 특히, 권헌익이 제기한 "유럽의 냉전과는 달리 아시아의 냉전, 넓게는 제3세계의 냉전은 왜 그렇게 폭력적이었는가?"(위의 책, 119쪽)의 물음은 이 글에서 논의 대상이 되는 오키나와와 베트남의 '탈식민 냉전'의 폭력에 대한 문학적 탐구와 긴밀히 연동돼 있다.

2   메도루마 슌, 「권두 대담 – 내 조국의 상처로 인해 나는 작가가 되었다」, 계간 『아시아』 가을호, 2018, 10쪽. 미국이 1965년에 베트남전에 전면적으로 개입하면서 오키나와는 베트남전쟁의 군기지로 막중한 역할을 수행한다(아라사키 모리테루, 정영신 외역, 『오키나와 현대사』, 논형, 2008, 47~60쪽). 가령, 베트남전 당시 미국 태평양 함대 사령관 율리시스 S.그랜트 샤프 제독은 "오키나와 없이 베트남전쟁을 수행하는 것은 불가능하다"(개번 매코맥·노리마쯔 사또꼬, 정영신 역, 『저항하는 섬, 오키나와』, 창비, 2014, 150쪽 재인용)고 언급하는가 하면, 당시 미국 잡지 『포린어페어즈(foreign affairs)』 편집장은 "만약 오키나와를 자유롭게 사용할 수 없었다면, 미국은 지금과 같은 규모로 베트남전쟁을 시작하지 못했을 것이다"(아라사키 모리테루, 김경자 역, 『오키나와 이야기』, 역사비평사, 2016, 98쪽 재인용)고 오키나와의 군사전략적 중요성을 거듭 강조하였다. 그리하여 이런 미국의 파상적 공격을 지원한 오키나와를 베트남에서는 '악마의 섬'으로 간주했다고 한다.

3   마타요시 에이키 문학은 오키나와 작가들 중 오키나와와 미군 기지의 관련을 집중적

와는 베트남전쟁을 수행하는 미국에게 없어서는 안 될 군사적 요충지다. 말하자면, 오키나와는 베트남민족해방투쟁을 저지하고 베트남의 분단을 통해 미국의 아시아태평양 지배전략을 한층 공고히 구축하기 위한 군사기지로서 그 역할을 수행했던 셈이다.[4]

그런데, 이들 지역의 '탈식민 냉전'의 관계에서 한층 주목해야 할 것은 오키나와가 미군정의 식민주의로부터 벗어나 일본 본토로 복귀하는 이른바 '조국복귀론' 움직임이 베트남전쟁에 대한 반전·반제국주의 기치를 내건 아시아·아프리카 제3세계와의 국제연대를 지향했다는 사실이다.[5] 오키나와에서 거세게 일어난 1960년대의 조국복귀운동은 미국의 베트남 개입을 베트남민주공화국의 평화에 대한 중대한 도전이라는 문제의식을 명확히 할 뿐만 아니라 당시 미국 대통령 존슨과 상하 의원에게 베트남전쟁에 대한 항의결의문을 보내는 등 베트남전에 대한 오키

으로 파헤치는바, 곽형덕은 마타요시의 창작 체험과 직결된 그의 '원풍경(原風景)'과 베트남전쟁 관련서사를 주목한다. 곽형덕, 「마야요시 에이키 문학에 나타난 '타자'와의 교섭 과정」, 오키나와문학연구회 편, 『오키나와문학의 힘』, 글누림, 2016.

4 오키나와의 미군기지 설치와 관련하여 대단히 흥미로운 역사적 사실은 첫 미군기지가 일본을 개방하기 위해 무력을 행사하기 전 미국의 페리 제독이 오키나와를 첫 방문한 1853년 7월에 세워진다. 기지를 세운 후 페리 제독은 일본과 류큐 왕국 모두에게 불평등한 조약을 강요했다(문승숙·마리아 혼 편, 이현숙 역, 『오버 데어』, 그린비, 2017, 290쪽). 그런가 하면, 오키나와에 들어선 미군기지는 미국의 아시아태평양 지배전략 차원에서 한국전쟁을 수행하기도 하였다. 오키나와에서 발행된 『류다이분가쿠(琉大文學)』 제8호(1955.2)에 수록된 한 편의 시 「비참한 지도」를 통해 그 문학적 면모를 읽을 수 있다. 이에 대해서는 오세종, 손지연 역, 『오키나와와 조선의 틈새에서』, 소명출판, 2019, 156~160쪽에서 해당 시 전문과 함께 그 역사적/문학적 맥락이 상세히 기술되고 있다.

5 오세종, 앞의 책, 163~180쪽. 이와 관련하여, 오키나와뿐만 아니라 일본 본토에서도 아시아·아프리카 제3세계와의 국제연대에 관심을 갖는다. 이에 대해서는 곽형덕, 「아시아·아프리카 작가회의와 일본」, 한국일본학회, 『일본학보』 제110권, 2017 참조.

나와의 이 같은 움직임은 곧 오키나와의 조국복귀론에 대한 현실정치적 명분과 설득력을 확보하도록 한다. 말하자면, 오키나와는 일본 본토로 복귀함으로써 미군정으로부터 벗어날 뿐만 아니라 베트남전쟁을 수행하는 군사기지로부터 해방될 수 있다는 정치적 기대를 품었던 것이다.[6]

이처럼 오키나와와 베트남은 서로 다른 지정학적 조건에 있지만, '탈식민 냉전'의 객관현실 속에서 작동되는, 특히 미국이 양쪽에 개입하면서 '냉전冷戰'이란 이름이 무색할 정도로 베트남에서 일어난 '열전熱戰'에 아주 깊숙이 서로가 맞물려 있다는 것을 간과해서 곤란하다. 그리하여 양측의 문학은 각기 서로 다른 정치역사적 현실을 바탕으로 하고 있되, 제2차 세계대전 와중 '철鐵의 폭풍'으로 불릴 만큼 오키나와의 삶을 무참히 파괴시킨 오키나와전쟁(후)에 대한 오키나와전쟁 서사와, 제2차 세계대전 후 엄청난 화력과 군수물자를 쏟아부은 미국 주도의 베트남전쟁에서 살육과 죽음으로 지옥의 삶을 살아낸 베트남을 다루는 베트남전쟁 서사는 특유의 문학적 응전을 실천하고 있다. 그 문학적 응전 중 각별히 주

---

6 물론, 조국복귀론 외에도 소수의 반복귀론(아라카와 아키라, 가와미츠 신이치, 오카모토 게이토쿠, 나카소네 이사무 등) 또한 엄연히 제출되었다. 그 중 가와미츠 신이치의 조국복귀론에 대한 비판적 성찰은 베트남전에 대한 반전·반제국주의와 또 다른 정치사회적 쟁점을 뚜렷이 제기한다. 그의 말을 직접 인용하면 다음과 같다. "(조국복귀론) 왜 '위험한가' 하면, 복귀운동을 추진한 사람들 대부분이 제2차 세계대전이 벌어지기 전에 천황제교육을 받은 사람들이었는데, 전후에는 일단 '민주주의'와 '평등'이라는 단어를 사용했지만 과거의 천황국가가 어떤 것이었는지에 대한 절실한 반성도 없었고, 전후에 새롭게 출발한 일본이라는 '국가'가 도대체 어떤 것인지에 대해서도 전혀 생각이 없었어요. 그러니까 '어머니의 품으로 돌아가자'라든가, '조국'이라든가 하는 서정적인 지점으로 수렴되어 가는 건 당연한 결과였지요."(가와미츠 신이치, 이지원 역, 『오키나와에서 말한다』, 이담북스, 2014, 56~57쪽)

목해야 할 것은 '유령의 서사'다. 이 '유령의 서사'는 양측 문학에서 결코 가볍게 간과되어서는 안 될 중요한 탐구 대상이다. 최근 양측 문학의 이 같은 면모에 대한 국내의 학문적 또는 비평적 관심을 갖고 있는 것은 주목할 만한 일이다.[7] 그래서 양측 문학이 서로 다른 전쟁에 대한 문학적 응전의 구체적 양상뿐만 아니라 궁극적으로 전쟁의 참상을 극복하고 반전평화에 대한 문학적 상상력을 구체화하고 있다는 것을 해명하고 있는 학문적·비평적 실천의 성과는 자못 크다.

그런데 이러한 연구 동향에서 보다 심층적으로 살펴보아야 할 것은 '유령의 서사'가 갖는 역사문화적 실재를 바탕으로 생성되는 유령 서사의 정치학 및 윤리학의 측면이다. 이 글의 본론에서 상세히 논의하겠지만, 강조하건대, '탈식민 냉전'의 지평에서 '열전'의 참상을 겪은 양측 문학에서 '유령의 서사'를 이해할 때 '유령'의 존재를 어떻게 이해할 것인가. 무엇보다 이 '유령'의 출현이 양측 문학에서 어떠한 구체적 현실(여기에는 사회문화적 및 자연적 환경을 망라)과 관계를 맺고 있는가. 그러면서 이 '유령의 서사'가 다른 유형의 서사와 구분되는 미적 특질에 자족하는 것을 넘어 '탈식민 냉전'에 대한 문학적 응전으로서 미적 수행성을 어떻게

---

7 대표적 연구 성과를 소개하면 다음과 같다. 소명선, 「사키야마 다미의 『달은 아니다』론」, 동아시아일본학회, 『일본문학연구』 50집, 2014 및 「사키야마 다미론」, 『동북아문화연구』 38집, 2014; 조정민, 「역사적 트라우마와 기억투쟁」, 『오키나와를 읽다』, 소명출판, 2017; 유해인, 「트라우마로 자기치유서사로서의 『전쟁의 슬픔』」, 한국문학치료학회, 『문학치료연구』 49집, 2018; 고명철, 「베트남전쟁 안팎의 유령, 그 존재의 형식」, 『푸른사상』, 2018년 여름호 등. 여기서, 분명히 해 둘 점은, 이상의 기존 논의들은 각 연구의 시각이 서로 다르고 '유령의 서사'로 호명은 하고 있지 않되, 비현실적 공간과 비현실적 존재의 출현에 두루 초점이 맞춰져 있음을 알 수 있다.

자연스레 실천하고 있는가. 물론, 예의 물음들은 서로 긴밀히 맞물려 있는 바, 이들 지역에서 전쟁을 치르면서 또는 전후 팽배해진 폭력에 대한 반폭력의 세계를 희구하는 문학의 존재 이유를 성찰하도록 한다.

2. 오키나와의 '경이로운 현실'__반폭력의 정동情動

오키나와문학에서 오키나와의 '탈식민 냉전'이 야기한 폭력의 세계를 래디컬한 문학적 응전으로 전위에 서 있는 작가로서 메도루마 슌을 손꼽을 수 있다. 그의 문학에서 유령의 출현은 오키나와문학에서 '유령의 서사'가 지닌 문학적 구체성을 살펴보는 데 리트머스지 역할을 맡고 있다.[8] 이와 관련하여, 메도루마 슌의 문학에서 무엇보다 예의주시할 것은 유령관 연관된 장소가 지닌 물질성이다. 왜냐하면 그의 작품에서 유령은 오키나와전쟁으로 파괴되었을 뿐만 아니라 전후 오키나와의 현실에서 아시아 전역을 대상으로 군사적 영향력을 미치고 있는 미군기지로부터 야기되는 유무형의 온갖 폭력의 세계, 즉 '탈식민 냉전'의 엄연한 객관현실과 분리될 수 없기 때문이다. 말하자면, 메도루마의 슌의 작품 속 유령은 이러한 오키나와의 객관현실과 관계를 맺는 존재다. 그러니까 오키나와에 가해진 폭력의 현장에서 결코 분리할 수 없는 유령이다. 그래

---

8   이하 메도루마 슌의 문학과 유령의 서사에 대한 논의는 고명철의 「오키나와에 대한 반식민주의로서 경계의 문학」, 제주대학 탐라문화연구원, 『탐라문화』 49호, 2015에서 해당 부분을 이 글의 문제의식에 따라 보완하여 발췌한 것이다.

서 각별히 주목해야 할 것은 인간이 차마 감당할 수 없을 임계점을 넘어선 폭력의 과잉이 난무한 오키나와 현장에서의 숱한 죽음들은 분명 생명력이 소멸되었음에도 불구하고 아이러니컬하게도 '유령'의 존재로서 생명력을 부여받아 그 폭력의 생생한 현장 또는 그 현장을 상기시키는 장소에서 산 자에게 현시됨을, 메도루마 슌의 작품에서 만날 수 있다.

여기서, 흥미로운 것은 이 '유령'은 오키나와 천혜의 자연해안가, 동굴, 나무, 숲등과 매우 긴밀한 관련을 맺고 있다는 사실이다.[9] 가령, 오키나와전 당시 미군 공격으로 동굴을 이용하여 퇴각하는 과정에서 부상당한 동료들을 남겨둔 채 생존한 작중 인물 도쿠쇼의 오른쪽 다리가 부풀어올라 엄지발가락 끝이 터지면서 물방울이 맺히더니 어느 날 오키나와전에서 죽은 동료들이 유령으로 나타나 도쿠쇼의 물방울을 빨아 마시며단편 「물방울」, 오키나와의 새, 벌레, 풀잎, 낙엽, 흙 등이 총체적으로 어우러진 정령이 깃든 신목神木의 위상을 지닌 가주마루 숲에서 신기神氣에 지핀 작중인물 '나'가 오키나와전(후)의 현실 속에서 죽어간 영령의 세계와 만나고단편 「이승의 상처를 이끌고」, 타이완 여공과 오키나와 남자 사이에서 태어난 혼혈남아로서 작중 인물 '나'는 오키나와가 일본 본토로 복귀한 이후 오키나와 내셔널리즘으로 전도된 식민주의 억압민족차별, 인종차별, 성차별의 직접 피해 당사자로서 오키나와의 자귀나무 정령과 소통할 뿐만 아니라 오키나와 공동체로부터 죽임을 당했음에도 불구하고 소싸움장에서 유령의 존

---

9   이하 메도루마 슌의 작품은 「이승의 상처를 이끌고」(유은경 역, 『브라질 할아버지의 술』, 아시아, 2008), 「물방울」(유은경 역, 『물방울』, 문학동네, 2012), 「마아가 바라본 하늘」(곽형덕 역, 『어군기』, 문, 2017) 등이다.

재로 되살아난 데서단편 「마아가 바라본 하늘」 읽을 수 있듯, 작품 속 유령들은 오키나와의 '탈식민 냉전'의 현장과 결코 동떨어져 있지 않다. 오키나와의 이들 현장은 맹그로브, 상사수相思樹, 담팔수膽八樹, 백사장 등이 어우러진 해안가와, 넓게 분포된 석회암 지대에서 빗물이나 지하수가 석회암을 침식하여 자연스레 형성된 종유동굴, 그리고 가주마루, 긴네무, 야자수나무, 부용 꽃 등속의 타이완, 필리핀, 열대 아메리카 등지에서 이식돼 토착화된 숲이다. 이곳은 오키나와의 '풍속의 세계'초혼, 정령의 세계가 에워싸고 있는데, 특히 오키나와전의 참상이 벌어짐으로써 오키나와를 압살한 폭력이 자행된 '죽음의 세계'다. 다시 말해 이곳은 오키나와의 삶공동체를 지탱시켜주는 삶으로서 '풍속의 세계'와 삶공동체를 절멸시키는 오키나와전의 '죽음의 세계'가 서로 맞닿아 있는 곳이다. 메도루마 슌의 문학에서 유령의 존재는 바로 이 맞닿은 곳의 틈새에서 그 생명력을 가지며, 이들 유령의 존재는 작품 속에서 실재계의 현실과 명확히 구분되는 환幻이 아니라 앞에서 살펴본 작품에서 뚜렷이 읽을 수 있듯, 비로소 '경이로운 현실'[10]로 나타난다. 이것은 메도루마 슌의 문학뿐만 아니라 오키나와문

---

10 사실, 필자는 이상의 논의와 흡사한 문제의식을 펼칠 때마다 '경이로운 현실(lo real maravelloso)'이 지닌 비평적 함의를 필자 나름대로 섭취하여 작품 해석을 하는 데 적극 활용하고 있다. 이 개념은 라틴아메리카문학에서 '마술적 사실주의' 못지않게 중요한데, 쿠바 태생 작가 알레호 카르펜티에르(1904~1980)가 유럽, 중국, 아랍을 여행하면서 서구인의 시선으로는 온전히 이해할 수 없는 비서구의 문화 감각이 존재하듯, 그것들이 지닌 현실의 경이로움이야말로 라틴아메리카문학의 가치를 제대로 이해할 수 있다고 주장한다. 물론, 카르펜티에르의 이러한 독창적 논의는 그 스스로 서구에서 주창한 반고전주의적 세계관인 바로크와 연관지으면서 애초 '경이로운 현실'이 함의한 유럽중심주의 미학에 대한 전복적 사유가 퇴행한 감이 없지 않다. 하지만 그렇다고 하여 '경이로운 현실'이 지닌, 대자연과 신화적 세계, 그리고 오랜 서구 식민주의 억압의 역사 속에서 서구의

학에서 곧잘 목도되는 '유령의 서사'를 이해하는 데 매우 요긴한 문제틀 problematics이다. 따라서 메도루마 슌의 문학에서 목도되는 몽환성과 환상성에서 거듭 예의주시해야 할 것은, 오키나와란 섬의 지방문화에서 잉태한 비현실적 존재, 즉 토착적 유령의 출현이 자아내는 오키나와 특유의 지방서사로 인식할 게 아니라 거듭 강조하건대 오키나와전(후)의 '탈식민 냉전'의 객관현실 속에서 철저히 압살되고 파괴된 '죽음의 세계'와 오키나와의 '풍속의 세계'가 마주한 바로 그 틈새에서 놀랍고 충격적인 현실, 즉 '경이로운 현실'이 생겨나고, 그것이 지닌 힘이야말로 오키나와전(후)의 폭력에 대한 반폭력의 세계를 서사적으로 구축시킨다는 점이다.

이 같은 '경이로운 현실'의 문제틀에서 주목해야 할 다른 작가는 오시로 사다토시大城貞俊, 1949~와 사키야마 다미崎山多美, 1954~이다. 그들의 문학에서 유달리 살펴보아야 할 것은 메도루마 슌보다 상대적으로 구술연행口述演行, oral performance의 측면에 비중을 둔 '경이로운 현실'이 재현되고 있다는 점이다.

우선, 사다토시의 단편 「아이고 오키나와」원제는 「6월 23일 아이고, 오키나와(六月二十三日アイエナー沖縄)」11를 중심으로 이에 대한 것을 살펴보자. 이 작품은 총

미학으로 제대로 이해할 수 없는 비서구의 리얼리티를 '경이로운 현실'의 문제틀로 심층적으로 접근하는 비평적 방략을 쉽게 포기할 수 없는 일이다. 그리하여 필자는 이 글에서 오키나와전쟁 서사와 베트남전쟁 서사에서 '탈식민 냉전'의 객관현실에 대한 양측의 문학적 응전을 살펴보기 위해 '경이로운 현실'의 문제틀이 지닌 비평적 유의미성을 적극 담론화하기로 한다. '경이로운 현실'에 대한 보다 자세한 논의는 전용갑, 「신환상성, 마술적 사실주의, 아메리카의 경이로운 현실」, 한국외대 중남미연구소, 『중남미연구』 33권 1호, 2014, 76~80쪽 및 반년간 『지구적 세계문학』(2014년 가을호)의 '고전의 해석과 재해석 2'에서 알레호 카르펜티에르를 집중 조명한 것을 참조.

11   오시로 사다토시, 손지연 역, 「아이고 오키나와」, 『지구적 세계문학』 가을호, 2019. 이

8장으로 구성돼 있고 각 장은 특정한 날짜를 기록하는 것으로부터 시작한다. 1945년 6월 23일부터 시작하여 2015년 6월 23일까지 시간대를 포괄함으로써 오키나와전(후) 오키나와에 일어난 사건들과 연루된 일들을 소설의 형식으로 재현하고 있다. 말하자면, 소설의 형식을 적극 활용한 구술증언의 서사로서 오키나와전(후)에 대한 공식기억official memory으로만 환원되어서는 안 되는, 바꿔 말해 공식기억만으로는 온전히 그 역사적 진실을 탐구할 수 없는, 그래서 공식기억'들'의 틈새로부터 생겨날 뿐만 아니라 그 바깥에서 자리한 비공식기억이 함의한 진실에 귀를 기울인다. 이것은 자칫 공식기억의 권위 때문에 보잘것없는 것으로 치부되는 비공식기억의 가치를 새롭게 발견한다는 점에서 사다토시의 이 작품이 갖는 구술증언의 서사는 중요하다. 특히 '유령의 서사'가 지닌 '경이로운 현실'과 연관하여 귀를 기울여야 할 구술증언은 '2장 목소리'와 '8장 꿈'이다. 구술증언 서사의 특성상 2장에서 출현하는 유령은 시각으로 재현되기보다 목소리로 오키나와에서 일어났고 현재 진행 중인 지옥도地獄圖의 현실을 생생하게 들려준다. 들려주는 소리의 주체는 작중에서 6세 여자 아이로서 미군의 성폭력으로 죽음을 당한 억울한 원혼이다. 이 원혼은 1955년 9월 4일 실제 일어난 이른바 '유미코 사건'으로 불리는 미군의 오키나와 어린 여자애 성폭력으로 인한 죽음을 또렷이 상기시키면서 자신이 그보다 3개월 먼저 흡사한 죽음을 당했다는 것과, '유미코 사건' 이후 미군 성폭력에 따른 죽음이 되풀이되고 있는 참담한 현실은 물론,

---

하 이 작품의 부분을 인용할 때 각주 없이 본문에서 해당 쪽수만 표기한다.

미군기지가 입히는 각종 피해로 오키나와의 어린 생명이 죽어간 현실을 냉철히 담담하게 아주 구체적으로 그 폭력의 실상을 낱낱이 증언한다. 6세 여자애 원혼의 목소리는 시각적 형상과 다른 유령의 존재성을 보증한다는 점에서 오키나와의 놀랍고 충격적인 '경이로운 현실'이 지닌 현실의 밀도를 높여준다.[12] 목소리, 곧 청각에 호소하는 유령의 증언이 근대의 시각보다 뒤떨어진 감각이 결코 아니다. 오키나와처럼 언어절言語絶의 대참사를 겪었고 그것의 비극과 상처가 온전히 치유되지 않는/못한 현실에서 도리어 이 전(후)의 현실을, 서구의 모더니티를 시각적으로 앞세운 폭력의 시각과 시각의 폭력에 맞설 수 있는 것은 청각의 힘에 있기 때문이다.

그런데, 이 청각의 힘은 오키나와의 구술연행과 맞물리면서 오키나와문학의 '경이로운 현실'이 추구하는 반폭력의 세계를 한층 구체화한다. 이런 면에서 「아이고 오키나와」의 8장은 2장과 다른 측면에서 귀를 기울이도록 한다. 작중 인물 '나'는 오키나와 근대 역사에 남다른 관심을

---

12 여기서 말하는 '현실의 밀도'는 지옥도의 현실을 보다 심층적으로 탐구하는 재현의 측면에만 국한되는 게 아니라 6세 여자의 원혼이 비록 목소리의 형식을 띤 유령의 존재로서 생의 모든 것이 죽음을 당한 6세에 정지돼 있지만, 6세 이후 펼쳐질 평범한 일상(현실)을 친구와 가족과 함께 하지 못한 아쉬움을 토로하는, 그래서 유령 존재와 더불어 '경이로운 현실'의 차원에서 시간의 흐름을 거슬러 미래를 증언함으로써 그 증언은 '지금, 여기'의 시공간의 현실성의 밀도를 높인다. "그런데 아쉬운 것도 아주 많아. 내 꿈은 말이야. 다카하고 손가락 걸고 약속했어. 결혼하자고 말이야. 그것을 지키지 못한 게 아쉬워. 초등학교에 입학하지 못한 것도 아쉽고, 아빠한테 맛있는 도시락 싸드리겠다고 약속했는데 그것을 지키지 못해서 아쉬워. 귀여운 아기를 다섯은 낳고 싶었고 엄마가 되고도 싶었는데. 그리고 말이야 어른이 돼서 남녀가 서로 사랑하는 아름다운 세계를 경험하지 못한 것이 아쉬워……"(243쪽)

갖고 있던 터에 류큐 열도列島를 이루는 작은 섬에서 옛 풍속을 취재하던 중 마을의 노인을 만나 "섬의 풍년을 관장하는 신을 부르는 노래"306쪽를 듣고, 노래와 어울린 춤사위를 인상적으로 경험한다. 무엇보다 '나'에게 각인된 것은 "내세에서 들려오는 듯한 장엄한 음을 가진 노래(작품 속에서 '니로스쿠'로 불리우는 '전설의 낙원'이란 뜻을 가짐－인용자)"306쪽인데, 기실 이 노래가 자연스레 동반하고 있는 춤과 함께 '나'는 오키나와의 험난한 근대를 성찰하면서, 오키나와의 온갖 폭력의 세계를 일소하는 반폭력의 세계 속에서 희생당한 존재들을 진정으로 애도하고, 죽은 자와 산 자에게 두루 낙토樂土가 실현되기를, 그리하여 노랫말 속 '미루쿠유彌勒世'306쪽가 도래하기를 희구한다. '나'가 이렇듯이 작은 섬의 구술연행에 주목하면서 오키나와의 과거-현재-미래를 총체적 안목으로 성찰할 수 있는 것은 '나'의 내면에서 들려오는 소음에 귀를 기울인 때문으로, 그 소음은 "요절한 향토의 사자들의 목소리와 해명"305쪽, 달리 말해 제국의 근대적 폭력을 상기시키고 있는 소리로 보증된 유령으로부터 비롯한 것이다.[13]

여기서, 소리와 연관된 유령의 존재를 논의할 때 사키야마 다미의 문학은 오시로 사다토시와 또 다른 측면에 대한 이해가 요구된다. 이것은

---

13   이 유령의 존재와 관련하여 다시 강조해두고 싶은 것은 「아이고 오키나와」의 유령은 시각적 언어로 재현되는 게 아니라 작중 인물의 증언의 형식, 곧 말을 담담히 건네주는 형식으로 청자/독자에게 전해질 따름이다. 이 작품의 대미를 이루는 하나의 단락(세 문장으로 구성)에서 작중 인물 '나'는 오키나와의 근대 역사에서 제국의 폭력에 테러를 가한 그래서 반폭력의 주체로서 확인되는 유령의 존재를 '경이로운 현실'의 차원에서 들려준다. "내 앞에는 녹음이 우거진 정원이 있다. 콘크리트 벽 따위는 없다. 그 테러리스트들이 제거해 주었다. 나는 분명 테러리스트를 목격했다. 우리들의 한 가닥 희망이다."(307쪽)

사키야마 다미의 문학을 관류하고 있는 주요한 문제의식을 해명하는 것
과도 연관되는바, 오키나와의 다른 작가들과 비교할 때 언어의 물질성(사
키야마 다미식 '섬 말'의 육체성)에 집중적 관심을 갖는 그의 문학 실체를 밝
히는 일과 무관하지 않다.[14] 이것은 사키야마 다미 특유의 생의 감각에
의해 생성되고 벼려진 문학적 상상력을 온전히 이해하는 데서부터 실마
리가 풀린다.

　사키야마 다미는 현재 오키나와 본섬에서 살고 있으나, 그는 전생애
를 걸쳐 류큐 열도의 작은 섬이리오모테섬에서 태어나 또 다른 작은 섬미야코섬
으로 이주했던 삶의 이력을 지니고 있다. 그의 삶에 직결된 섬으로의 이
주와 그 작은 섬들에서의 삶은 그만의 '섬 말'에 대한 인식과 그것에 바탕
을 둔 문학적 상상력을 풍요롭게 길러낸다. 그런데 그의 '섬 말'에 촉수를
곤두세워야 할 지점은 그가 섬들의 삶 속에서 '섬 말'과 함께 보고 들으며
느끼고 생각했던 섬의 정동情動을 수행한 섬의 정령들과 연관된 각종 구
술연행이다.[15] 이 섬의 정령들은 그곳에서 삶과 유리된 신비와 마술의 권
능을 행사함으로써 섬 사람들을 영적으로 군림하고 지배하는 그런 존재
가 아니다. 그보다 섬의 정령들은 섬의 정동으로서 섬 사람들의 삶 깊숙
이 자리하고 이것은 섬의 육체성을 이루는 '섬 말'과 상호침투적 관계를

14　조정민, 「'오키나와문학'이라는 물음」 / 「일본어 문학의 자장과 전후 오키나와의 문학
　　언어」, 『오키나와를 읽다』, 소명출판, 2017 및 소명선, 「사키야마 다미의 『달은 아니
　　다』론」, 동아시아일본학회, 『일본문학연구』 50집, 2014.
15　오키나와는 작은 섬들로 이뤄진 열도(列島)로, 이들 섬에서는 섬 특유의 각종 정령들
　　과 연관된 풍속이 화석화된 전통문화로 보존·기념·전래되지 않고 엄연히 섬 사람들
　　의 삶 속에서 제의적 구술연행으로서 숨 쉬고 있다. 이에 대해서는 와타나베 요시오,
　　최인택 역, 『오키나와 깊이 읽기』, 민속원, 2014, 121~137쪽.

맺는다. 우리가 사키야마 다미의 '섬 말'을 그의 문학적 상상력에서 주목하는 것은 바로 이와 같은 섬의 구체적 삶과 분리할 수 없는 섬의 정령들 때문이다.

이와 관련하여, 사키야마 다미의 문학에서 이러한 면모는 정령이 아닌 비로소 유령의 존재로 출현한다. 그의 단편 「달은, 아니다」[16]는 그 대표적 소설이다. 이 소설은 곳곳에서 "기괴한 목소리의 울림"226쪽이 있는가 하면, 분명 형상을 지니되 실재계에서 인식할 수 있는 어떤 정형적 실체가 아니라 일부러 애써 형상을 지우거나 모호하도록 한 비정형적 실체들이 불쑥 출현하는 말 그대로 환시와 환청을 쉽게 목도할 수 있는 작품이다. 이 소설의 이러한 모습은 작품의 말미에 이르러 정점을 보여준다. 작중 인물 '나'는 책을 전문적으로 편집하는 일을 맡고 있는 터에 어느 날 산책하다가 해안가로 이어진 길로 들어서 해변공원 입구에 이른다. 바로 그곳에서 '나'는 "사람들이 서 있다고는 하지만 그들 존재는 딱히 무어라 특정하기 어려운 인간들의 무리" "여자인지 남자인지, 노인인지 어린이인지 젊은이인지 모르"315쪽는, 즉 유령의 존재들을 본다. 그리고 유령들이 말하는 대화뿐만 아니라 침묵도 듣는다. 그 내용의 핵심은 오키나와전(후)의 객관현실에서 빚어진 우여곡절의 숱한 죽음들로 그 심층에는 유무형의 폭력이 자리하고 있다.[17] 작가는 이 대목을 몹시 공들여 분량상

---

16 사키야마 다미, 조정민 역, 「달은, 아니다」, 『달은, 아니다』, 글누림, 2018. 본문에서 이 소설의 부분을 인용할 때 각주 없이 본문에서 해당 쪽수만을 표기한다.

17 가령, 오키나와전쟁 당시 현민들의 체험을 기록해온 오시로 마사야스(大城將保)의 『오키나와 전투』에는, "남부전선에서는 전투원과 일반 주민이 같은 동굴에 뒤섞여 있었다. 어린 아이들이 울고 부상자는 신음한다. 그러자 적에게 진지가 발각될 수도 있

10여 쪽 이상을 할애하면서 소설의 대미를 끝낸다.

그런데, 작가의 이 대미에서 '꼼꼼히 읽기close reading'가 필요하다. 이 유령들은 "해 질 녘"325쪽 해안가 근처 해변공원에 출현했는데, 그곳은 바다가 그리 멀지 않아 습한 바닷바람이 불어와 맴돌고 흩어지는 곳이다. 이곳에서 작중 인물 '나'는 유령들을 보고 그들의 곡절많은 사연들이 잉태한 말과 말 사이의 침묵의 언어를 듣는다. 사실, 이들의 대화와 침묵의 장면에 대한 작가의 문학적 상상력은 그 장소가 갖는 실감이 뒷받침되듯 유령이라는 그들의 존재성을 괄호에 넣어버린다면 실재 현실에서 이뤄지는 것을 재현한 데 불과하다. 바로 그렇기 때문에 이 유령의 출현은 예의 '경이로운 현실'의 문제틀에서 적극 읽어야 하는 것이다. 이를 좀 더 부연하면, 사키야마 다미의 문학에서도 유령의 출현은 오키나와의 해안가에 인접한 장소성을 가볍게 넘길 수 없고, 이곳은 오키나와전(후)의 상처받은 오키나와 사람들, 특히 죽은 자들이 유령의 존재성을 띤 채 절로 모여드는 집합소란 점에서 주목할 곳이다. 바로 이곳에서 유령들은 자신들의 언어말소리/침묵을 통해를 주고받으며, 작가는 이 유령들의 언어를 청자/독자에게 들려준다. 그런데 이 문학적 상상력에서 '습한 바닷바람'이 곧잘 강조되고 있으며 바람의 정동에 세밀히 반응하고 있는 것을 간과해서 안 된다.

다는 이유로 울어대는 아이를 살해하거나 부사아를 독약으로 처치하는 잔혹한 광경이 곳곳에서 펼쳐졌다. 패잔 심리까지 발동하여 약육강식의 극한상황이 전개되었던 것이다. 전장에서는 어린아이, 노인, 부녀자, 부상자 등 약자부터 순서대로 희생되었다. 이처럼 인간성이 무너져버린 현상이 전장의 진짜 비극을 초래했던 것이다"(호사카 마사야스, 정선태 역, 『쇼와 육군』, 글항아리, 2016, 798쪽)에서 알 수 있듯, 전쟁 폭력에 희생된 숱한 죽음들은 '오키나와전(후)=지옥도(地獄圖)'를 자연스레 떠올리도록 한다.

혼령들의 수런거림이 바람의 속삭임으로 바뀌어 저편으로 사라지는가 싶더니, 역풍이 불어닥쳐 갑작스런 소용돌이를 일으킨다. 기세 좋은 목소리가 다시 몰려든다. 소란스럽다. 소란스럽기는 하지만 어딘가 고요하고 뜨겁다. 끊임없는 대화의 소용돌이가 내 고막을 간질인다. 쿡쿡, 큭큭큭. 소리는 입속 웃음을 머금은 고백이 되기도 하고 파열하는 조소가 되기도 하며 설교가 되기도 한다……320쪽

사키야마 다미에게 습한 바닷바람은 이물스럽지 않다. 그는 작은 섬에서 출생하여 작은 섬들로 이주하며 그곳에서 섬의 정령들이 섬 사람들의 삶에 깊숙이 틈입해와 함께 살고 있는 모습을 또렷이 보고 듣고 느끼며 그것으로부터 문학적 상상력을 길러온바, 여기에 습한 바닷바람의 실감이 작용하고 있다는 것을 덧보태야 한다. 그러니까 작가에게 바닷바람은 바다에서 해수면의 온도와 대기중의 기압 차이로 불어대는 기상학적 측면에서 자연과학으로 인지한 바람이 아니라 세기에 따라 마치 섬 사람들이 때로는 악다구니치는 거센 말들도 하고, 언제 그랬냐는 듯 미풍처럼 수런거리기도 하고 속삭이기도 하고, 때로는 한 점 바람도 불지 않듯 침묵하기도 하는 등 말의 생리로 체득한 것이다. 말하자면 작가에게 바닷바람은 섬 사람들의 삶의 생리와 함께 하는, 그래서 섬의 정동과 다를 바 없는 바람의 정동을 지닌다. 그렇다면, 이러한 바닷바람의 소리도 자연스레 생명력을 지닐 수밖에 없다. 그래서 해안공원을 맴돌며 만들어지는 "휘익 획획"325쪽의 바람소리도 단순히 바람이 물리적으로 만들어내는 음향의 경계를 넘어 작가의 문학적 상상력에 의해 유령들이 주고받는 언

어말과 침묵의 육체성을 띤다고 볼 수 있다. 그렇다면 이 또한 좁게는 사키야마 다미의 문학에서 유령의 존재가 갖는 '경이로운 현실'이 문학적 재현으로 구체화되고 있다는 것이고, 넓게는 유령의 서사가 오키나와의 객관현실에 착근함으로써 그로부터 생성된 놀랍고 충격적인 '경이로운 현실'이 자연스레 오키나와전(후)의 반폭력의 세계를 오키나와문학에서 구축하고 있는 것이다.

3. 베트남의 '경이로운 현실' __ 반폭력의 정치적·윤리적 주체

제2차 세계대전을 거치면서 전쟁무기의 엄청난 살상 파괴를 직접 경험한 아시아는 이후 '탈식민 냉전' 질서 아래 '열전熱戰'을 치러내면서 자연과 인간이 송두리째 파괴되는 '지옥의 묵시록'을 보고 있다. 우리가 베트남전쟁을 주목하는 이유는 바로 여기에 있다. 앞서 오키나와전(후)의 '탈식민 냉전'의 객관현실을 다룬 오키나와문학에서 살펴보았듯이, 전쟁과 연관된 폭력의 과잉은 전쟁의 희생자들 특히 죽은 자를 유령의 존재로서 우리의 삶에 틈입하는데, 이때 유령의 출현은 그 폭력의 생생한 현장 또는 그 현장을 상기시키는 장소인 오키나와의 자연과 분리할 수 없다. 때문에 오키나와문학에서 이러한 유령의 서사는 폭력의 과잉 속에서 망각 또는 왜곡되는 기억들을 소환함으로써 반폭력의 세계를 구축하는 문학적 상상력의 힘을 보여준다. 이것은 베트남문학에서도 매우 중요한 탐구의 대상이다. "유령은 베트남에서 현저하게 대중적인 문화적 형태이자 역사적 성찰과 자기표현을 위한 강력하고 효과적인 수단이기도 하나"[18]는 언급이 가리키듯, 베트남문학에서 '유령의 서사'는 베트남에 매우 친숙하기 때문에 베트남전쟁과 연관된 폭력의 과잉에 대한 역사적 성찰은 물론, 전쟁의 승자(베트남민족해방을 주도한 북베트남 중심의 혁명주체)와 패자(미국)가 각기 자신만의 방식으로 이 전쟁을 정치적으로 전유한 과정에서 빚어진 또 다른 폭력에 대한 반폭력의 문학적 상상력을 효과적으로 대중화할 수 있다는 점에서 흥미롭다.

바오닌Bảo Ninh, 1952~의 장편『전쟁의 슬픔』[19]은 이러한 문학적 상상력을 빼어나게 형상화한 베트남문학의 대표작으로 손색이 없다.『전쟁의 슬픔』에서 우선 주목되는 것은 작중 인물 끼엔의 삶 속으로 기회가 있을 때마다 틈입해오는 베트남전쟁에서 죽은 동료 병사들과 민간인들의 혼령의 출현이다. 이 혼령은 베트남전쟁 기간에도 출현하고 전쟁 이후에

---

18 권헌익, 박충환 · 이창호 · 홍석준 역,『베트남전쟁의 유령들』, 산지니, 2016, 16쪽.
19 이 소설은 '사랑의 숙명'이란 제목으로 발간이 되었다가 1991년 베트남작가협회 최고상을 수상한 이후 1993년에 바오닌이 원래의 제목인 '전쟁의 슬픔'으로 재판이 발간된다. 하지만 '전쟁의 슬픔'에 대한 베트남 당국의 12년 동안 금서 조치와 소장된 책들의 폐기 처분 등 정치적 억압이 이어진다. 이후 2005년 해금되면서 다시 '사랑의 숙명'으로 출간되었고 독자의 폭발적 사랑에 힘입어 2006년 출간시 애초의 이름인 '전쟁의 슬픔'을 회복하게 된다. 이 소설은 베트남뿐만 아니라 전세계에 집중 관심을 받으며 베트남 최초로 16개국 언어로 번역 소개되었고, 런던『인디펜던트』번역문학상(1995), 덴마크 ALOA문학상(1997), 일본『일본경제신문』아시아문학상(2011), 한국 ACC와 ACI아시아문학상(2018) 등을 수상한바, 베트남전쟁에 대한 대중적 · 문예적 · 학술적 사랑을 많이 받고 있다. 참고로 바오닌은 1969년 고등학교를 졸업한 후 17세에 베트남인민군대에 자원 입대한후 1975년 베트남전 최후 작전인 사이공진공작전에 참여하였다. 이 글에서는『전쟁의 슬픔』(하재홍 역, 아시아, 2012)을 대상으로 하며, 이하 소설의 부분을 인용할 때 각주 없이 해당 부분의 쪽수만을 표기한다.

도 출현하는데, 작가는 이 혼령을 "산 귀신의 것"45쪽으로 이해한다. 베트남전쟁의 혼령에 대한 작가의 이런 이해는 이 소설이 지닌 '유령의 서사'를 탐구하는 데 골격을 이룰 뿐만 아니라 이 글에서 살펴볼 다른 베트남 소설인 반레Van Le, 1949~의 장편 『그대 아직 살아 있다면』의 '유령의 서사'를 이해하는 데도 해당된다.[20] 그러니까 이들 혼령은 분명 생명이 빼앗긴 '죽음' 상태에도 불구하고 무슨 이유인지 모르나 '죽음'의 절대성에 균열을 낸 '살아 있음'을 완전히 소멸시키지 못한 그래서 언어의 형용모순을 '산 귀신'으로 표현한다. 이것은 달리 말해 이 글에서 논의하고 있는 '유령'인 셈이다. 이 유령은 오키나와문학에서 살펴보았듯이, 바오닌의 소설에서도 '산 귀신'의 구체성을 입증해보이듯, 베트남전쟁에서 전투가 벌어진 도처주로 밀림과 촌락 등지의 현장을 산 자들처럼 배회하며 심지어 그들끼리 말을 주고받는가 하면 산 자에게까지 말을 건넨다. 그리하여 바오닌은 베트남전쟁의 전선 바로 그 격전지를 아직도 벗어나지 못한 채 유령으로 배회하고 있는 병사들뿐만 아니라 너무나 허망하게 끔찍이 죽어간 민간인들의 유령을 베트남의 자연흙, 숲, 나무, 바람, 계곡, 샘물, 늪, 정글 등에 겹쳐놓는다. 왜냐하면 이들 유령은 베트남의 대자연 속에서 느닷없이 출몰하는 공포감을 동반하는 괴기스런 존재가 아니라 대자연 속에서 유령의 존재형식으로 살고 있는, 그래서 목숨이 붙어 있는 것과 또 다른 삶을 살고 있는 자연의 이러저러한 현상으로 존재한다. 그렇게 베트남전쟁의 유령은

---

20 여기서 『전쟁의 슬픔』과 『그대 아직 살아 있다면』의 논의는 고명철, 「베트남전쟁 안팎의 유령, 그 존재의 형식」, 『푸른사상』, 2018년 여름호에서 해당 부분을 이 글의 문제의식에 따라 대폭 보완하여 발췌한 것이다.

베트남의 대자연 속에서 자연스레 살고 있는 '산 귀신'으로서 존재의 가치를 얻는다. 우리는 이것을 두고 '경이로운 현실'의 맥락에서 이해할 수 있다.

그렇다면, 바오닌의 문학에서 발견되는 '경이로운 현실'에서 주목해야 할 것은 무엇일까. 『전쟁의 슬픔』에서 '고이 혼'17쪽으로 불리우는 베트남의 서부 고원은 '경이로운 현실'에 부합하는 장소로서 베트남전쟁에서 싸운 동료들이 무참한 주검이 된 "혼령과 귀신은 여전히 하늘로 올라가는 것을 거부하고 밀림 근처, 잡목 숲 모퉁이, 강물 위를 배회"17쪽하는 유령의 존재로서 전쟁의 참상을 증언하고 있다. 이와 관련하여, 베트남의 "전쟁유령 현상은 역사의 외부에 존재하는 것이 아니라 역사적으로 구성된 인간의 조건을 반영하고, 때로 헤겔의 자이트가이스트zeitgeist, 즉 시대를 대표하는 정신으로 묘사되는 것과 긴밀한 친화성을 가진다"21는 점을 성찰할 필요가 있다. 말하자면, 『전쟁의 슬픔』에서 작가가 마주하고 있는 유령은 베트남전쟁의 승자적 입장에서 값비싼 희생을 당한 숱한 죽음들을 전쟁 영웅화하려는 유무형의 제도에 구속시키는 게 아니라 "전쟁의 슬픔에 질질 끌려 다녔다"40쪽는 문장이 함의한 베트남전쟁에 대한 래디컬한 성찰의 힘든 길로 인도하는 정치적 주체다. 이 정치적 주체는 바오닌이 그 스승으로부터 깨우침을 얻었듯, "전쟁 속에서 사람이 사람에게 저지른 잔인한 폭력과 끔찍한 적개심을 절대로 잊어서는 안 되"며, "사랑과 인도적인 성품과 관용" "곧 평화를 사랑하는 마음을 표현하는 것"이상 8

---

21 권헌익, 앞의 책, 48~49쪽.

쪽에 깃든 정치성을 실천한다. 때문에 전쟁의 승자적 시선이든지 패자적 시선이든지 바오닌이 자신의 문학적 상상력에서 주목하는 유령으로서 정치적 주체는 전쟁의 폭력이 인간을 얼마나 비인간으로 전락시키는지 그 민낯을 응시하도록 함[22]과 동시에 폭력으로 훼손당한 평화의 소중한 가치를 복원하도록 한다. 이것은 『전쟁의 슬픔』에서 작중 인물이 유령의 존재를 도처에서 만나는 '경이로운 현실'을 회피하지 않고 그들과의 만남 속에서 '전쟁의 슬픔'을 위무하는 진정성으로 독자를 감동시킨다.

여기서, 문제의식을 가다듬자. 『전쟁의 슬픔』에서 작가 바오닌은 작중 인물 끼엔의 글쓰기 과정에서 베트남전쟁의 대자연 속에 살고 있는 베트남전쟁의 유령을 만나 현실 세계에서 그들의 존재를 영원히 추방하기 위한 퇴마사의 역할을 수행하는 데 있지 않다. 그보다 "시냇물이 흐르는 소리, 산바람이 울부짖는 소리는 바로 병사들의 황폐한 영혼이 내는 목소리"로서 "이승에 사는 우리들은 수시로 그 소리를 듣게 되고 때로는 소리의 의미까지 이해"17쪽해야 하는, 달리 말해 전쟁 유령들의 출몰 속 '경이로운 현실'을 이해해야 하는, 심지어 "끔찍한 질병과 끝없는 굶주림이 이곳의 모든 생명을 완전 궤멸시킨 것"18쪽과 연관된 귀신의 상처마저

---

22 이처럼 전쟁의 폭력에 속수무책으로 비유컨대 벌거숭이로 노출된 인간은 전쟁 도처에서 비인간성을 목도하는바, 소설의 서사를 통해 이 비인간성은 기억된다. "그래서 부인하고 싶기만 한 우리의 비인간성을 들여다보게 하는 기억이 남아 있어야 한다. 우리의 비인간성을 인식하면, 우리의 정체성을 재구성하는 작업이 시작된다. 전쟁기계에 속하지 않기 위해서다. 전쟁기계는 항상 우리만이 인간이고, 우리의 적은 인간보다 못한 존재라고 말하기 때문이다."(비엣 타인 응우옌, 부희령 역, 『아무것도 사라지지 않는다』, 더봄, 2019, 358쪽)

어루만져야 하는 흡사 영매靈媒의 몫을 수행해야 한다.[23] 『전쟁의 슬픔』에서 끼엔이 종전 후 전사자들의 발굴유해단원으로 일하면서 그 자신은 살아남았지만 동료 병사들과 민간인들이 처참히 죽은 곳에서 만난 유령으로부터 "암흑 같은 시절을 견디게 해주었고 그에게 믿음과 삶에 대한 욕망과 사랑을 심어 주었다"[71쪽]고 생각하게 된 것은 바로 영매로서 스스로를 '자기발견'했기 때문에 가능한 것임을 새겨둘 필요가 있다.

작가 반레 역시 그의 소설은 이와 크게 다르지 않다. 오히려 반레의 『그대 아직 살아 있다면』은 바오닌의 『전쟁의 슬픔』보다 유령의 존재를 전경화前景化한다. 그것은 『그대 살아 있다면』의 작품 맨처음부터 결말에 이르는 전부가 베트남전쟁 기간 동안 죽은 소년 병사 빈의 시선으로 펼쳐지고 있다는 점을 눈여겨봐야 한다. 그러니까 반레의 이 소설은 죽은 자가 전체 서사를 주도하고 있다. 물론, 이 죽은 자는 전쟁 시기 다른 죽은 자들에 대한 증언을 한다. 작가가 이토록 소설 전체의 서사를 점령하다시피 바오닌의 '산 귀신'과 동일한 유령의 존재를 전면화시키고 있는 이유는 어디에 있을까. 작가가 "내가 지금 필명으로 쓰고 있는 '반레'라

---

23 영매는 지역마다 고유의 정체성을 갖고 영매가 주도하는 제의식도 다양하다. 하지만 영매의 개별적 특수성 외에 공유하고 있는 영매의 역할은 죽은 자와 산 자의 어떤 소통의 길을 모색함으로써 그들 사이에 맺혀 있는 모종의 억압에 연루된 영혼과 육신의 상처를 치유하고자 한다. 이에 대해서는 우노 하르바, 박재양 역, 『샤머니즘의 세계』, 보고사, 2014; 이부영, 『한국의 샤머니즘과 분석심리학』, 한길사, 2012; 김성례, 『한국 무교의 문화인류학』, 소나무, 2018 참조. 따라서 『전쟁의 슬픔』처럼 베트남전쟁의 폭력 속에 영혼과 육신이 절멸·유린되는 데 연루된 죽은 자와 산 자의 상처를 치유하기 위해 유령 출몰에 따른 '경이로운 현실' 속에서 작중 인물은 흡사 영매로서 역할을 수행한다. 거듭 강조하건대, 바오닌의 문학적 상상력에서 이러한 영매의 중개를 통해 유령이 지닌 정치적 주체는 그 현실성을 보증한다.

는 이름도 시인이 되고 싶어했지만, 결국 전장에서 목숨을 잃고 만 친구의 이름이야. 나는 내 친구들을 대신해 오늘을 살고 있는 거지"**24** 뿐만 아니라 "실제로 나는 지금도 생각한다. 내 목숨은 이미 지난 전장에서 죽은 목숨이며, 지금의 삶은 단지 '덤'일 뿐이라고. '덤'의 삶을 마치는 순간까지, 나는 나의 시와 소설 그리고 영화를 통해 벗들의 삶을 증언해야 한다고……"**25**에서 뚜렷이 고백하고 있듯, 반레는 자신의 삶 자체가 '산 귀신'으로서 유령의 삶을 살고 있는 셈이다. 이것은 반레의 『그대 살아 있다면』에 고스란히 녹아들어 있어 무엇 때문에 '유령의 서사'가 소설 전체에 배치되고 있는지를 알 수 있다.

여기서 우리가 『그대 살아 있다면』에서 새롭게 주목하는 유령 존재의 어떤 면이 있다. 이것은 죽은 자를 대신하여 삶을 살아내고 있는 작가가 베트남전쟁에 함몰되지 않은 채 그것에 대한 성찰을 통해 베트남의 개혁개방을 대외적으로 천명한 도이머이Doi Moi, 1986 이후 급변하고 있는 베트남의 현실에 대한 웅숭깊은 비판적 성찰을 보인다는 점이다. 이것은 이 소설에서 매우 중요한 지점이다. 사실, 작중에서 유령 빈이 전쟁을 수행하는 도중 베트남 인민의 군대 내부에 대한 치열한 자기비판의 과정을 보이면서 군 내부의 상명하복 조직에서 쉽게 무시되는 민주주의적 정동을 부각시키고, 죽고 죽이는 비인간성이 난무하는 전장에서 베트남 해방전사의 명예와 자기존중을 드높이는 것을 강조하고, 특히 '정직', '진실',

---

24 하재홍, 「반레와 대담 - "내가 왜 살아남았을까?" - 베트남의 시인 '반레' 인터뷰」, 계간 『실천문학』 가을호, 2001, 364쪽. 참고로 반레의 본명은 레지투이(Le Di Tui)로 1966년 고등학교 졸업 이후 17세에 자원 입대한 후 1975년 종전까지 베트남전쟁에 참전하였다.
25 반레, 「무엇이 베트남인가」, 계간 『황해문화』 가을호, 2002, 30쪽.

'양심' 등의 윤리를 비중 있게 다루고 있는 것은, 온갖 희생을 치르면서 전쟁에서 승리를 일군 전사자들을 기리고 숭배하는 데 목적을 두지 않는다. 그보다 유령 빈이 소설 속에서 "칠월 보름에"293쪽 할아버지 집을 방문하여 "보름 동안 고향에서 지내면서 할아버지와 담소를 나누고, 절친했던 마을 사람들과 이웃 마을의 사람들을 만난 시간"292쪽 속에서 도이머이 이후 베트남의 객관현실을 살고 있는 사람들에 대한 비판적 성찰에 초점이 맞춰져 있다. 종전 이후 분명, 평화의 시대를 살고 있으나, "알 수 없는 무언가가 사회 내부에 발아하면서 사회 기반의 본질이 변화"293쪽함으로써, 악무한의 전쟁을 치르면서도 "가슴속 귀퉁이에 변함없이 순결한 아름다움을 간직하고 있었"292쪽던 그 무엇을 잃고 있다는 간절함이 빈으로 하여금 저승으로 가지 않고 "니으투이 강변을 따라 계속 황천에서 방황하며 살래요"295쪽라고 할아버지에게 말한다. 그것은 도이머이 이후 자본주의 세계체제로 급속히 편입해들어가는 베트남이 베트남전쟁을 거치면서 발견하고 길러낸바, 유령 빈이 발견한 베트남식 민주주의, 인간의 고매한 품격, 자기존중 등속에 바탕을 둔 윤리와 순결한 영혼의 존재형식이 훼손당하고 있는 현실에 대한 비판적 성찰이다. 그리하여 유령 빈은 다른 유령들처럼 베트남의 대자연과 함께 베트남전쟁 안팎의 '경이로운 현실'을 살고 싶다. 그 '경이로운 현실' 속에서 베트남의 해방전사들과 민간인들이 훼손되지 않고 순결한 영혼의 존재형식으로[26] "인류 모두

---

26 반레에게 이러한 존재형식은 베트남전쟁을 거치면서 성찰해낸 중요한 생의 진리다. 그는 베트남 농민과의 대화에서 이것을 곰곰 숙고한다. "농부의 말은 너무도 지당한 것이다. '갈대 숲을 빠져 나와' 사람을 만나려면 우리에게 가장 먼저 필요한 것은 영혼의 가난을 씻는 일이 될 것이다. 우리 베트남 사람들은 아직 다문명, 다극화의 세계 속

가 함께 살 수 있는 방법을 찾"아 "신이 인간에게 준 가장 특별한 호의"279
쪽인 '삶'을 평화롭게 모색하고자 한다.

이처럼 바오닌과 반레의 소설에서 그려지는 '유령의 서사/경이로운
현실'은 베트남전쟁의 폭력을 또렷이 응시하고 성찰하면서 베트남의 현
실과 미래에서 반폭력의 세계를 향한 문학적 상상력의 힘을 실천하고 있
다. 이것은 그들이 직접 베트남전에 참전하여 폭력의 가공할 만한 실체
를 직접 경험하였으므로 그 반폭력에 대한 정치학과 윤리학은 한층 미적
설득력을 얻게 된다. 그런데, 베트남전쟁을 아주 어린 시절 체험하였고
해상 난민으로 미국으로 이주한 작가의 소설에서는 반폭력이 어떠한 문
학적 상상력으로 추구되고 있을까.

비엣 타인 응우옌Viet Thanh Nguyen, 1971~의 장편 『동조자』[27]는 지금까지
살펴본 바오닌과 반레의 베트남전쟁 서사에서 집중적으로 다뤄진 '유령
의 서사/경이로운 현실'과 거리가 멀다. 그의 소설에서도 전쟁의 폭력은
서사의 중심적 탐구 대상이지만, 바오닌과 반레의 소설에서 두루 살펴본
것처럼 유령의 존재와 '경이로운 현실'이 서사의 골격을 이루는 것은 아
니다. 하지만 흥미롭게도 비엣 타인 응우옌의 『동조자』에서는 베트남에

으로 들어가는 데 필요한 준비가 되어 있지 않다. 그러나 맑고 고요한 영혼을 지닐 수
있다면, 보다 명료하게 자신의 나아갈 길을 선택하는 데 도움이 될 것이다. 만약 빠르
게 이러한 문제를 개선하지 못한다면 우리는 또 다른 갈대 숲을 만나게 될지도 모를
일이다."(반레, 「갈대 숲을 빠져 나오다」, 계간 『아시아』 가을호, 2009, 220쪽) 이 성찰
은 도이머이 이후 세계 자본주의 체제에 본격적으로 들어서기 시작한 베트남이 무엇
을 어떻게 준비해야 하는지에 대한 정치적·윤리적 주체 정립의 문제를 숙고하도록
한다.

27 비엣 타인 응우옌, 김희용 역, 『동조자』 1·2, 민음사, 2018. 이하 본문에서 소설을 인용
할 때 해당 부분의 쪽수만을 표기한다.

서 생명력을 지닌 유령이 허무하게 무참히 없어진다. 전쟁의 패자인 미국은 베트남전쟁을 수행한 미군의 광기를 헐리우드 영화로 재현함으로써 베트남전쟁의 유령마저 철저히 절멸시키고 그 스펙터클한 장면이 연출한 현실 부재의 초과현실을 베트남전쟁의 현실로 대체시킨다. 그러면서 이 초과현실은 베트남전쟁의 유령 서사와 긴밀한 관계를 맺은 '경이로운 현실'을 마술과 신비로 가득찬 반문명과 야만의 세계로 치부해버린다. 베트남전쟁 당시 미군이 '베트남을 구석기시대로 돌려놓겠다'고 하여, 엄청난 화력을 퍼붓고 밀림을 완전히 제거시킬 목적으로 고엽제[28]를 살포한 데서 드러나듯, 미국은 상대방 적을 이기는 것을 넘어 아예 그 타자의 존재를 없애버리는 데 궁극의 초점을 맞춘다. 이것이야말로 맹목적인 반공주의 이데올로기로써 인도차이나반도에서 베트남민족해방혁명의 주체를 절멸시키는 비인간의 야만성을 스스로 입증한 것이나 다름이 없다. 이러한 면모는 『동조자』에서 베트남전쟁을 영화 촬영하는 두 폭파 장면에서 적나라하게 드러난다. 하나는 B-52폭격기가 적의 은신처를 폭격하는 장면인데, 이 무지막지한 폭격이 적의 "살아 있는 자들을 죽이기 위해서가 아니라 죽은 자들의 땅을 정화하고, '킹 콩'적의 은신처-인용자이 시체 위에서 승리의 춤을 추고, '어머니인 대지'의 얼굴에서 히피의 미소를 지워 버리고, 세상을 향해 이렇게 말하기 위해서였습니다. 우리는 어쩔 수가 없어, 우리는 미국인들이야"『동조자』 1권, 288쪽란 장면을 통해서, 다른

28　미군은 오키나와에 대량의 고엽제를 저장했고 베트남전에 군사작전의 일환으로 고엽제를 살포했다. 이에 대해서는 개번 매코맥·노리마쯔 사또꼬, 정영신 역, 『저항하는 섬, 오끼나와』, 155~156쪽.

하나는 이렇게 폭격 촬영을 하다가 남은 휘발유와 폭발물로 계획에 없던 베트남의 공동묘지를 파괴하는바, 감독은 대본에 없는 장면을 졸속으로 만들어 미군을 공격하는 게릴라가 공동묘지에 은폐하고 있으므로 "이 신성한 영역에 155밀리 백린탄으로 산 자와 죽은 자를 모두 말살하는 공격"『동조자』 1권, 291쪽 장면이 그것이다. 이 두 폭파 장면에서 예의주시해야 할 것은 살아 있는 상대방 적을 죽이는 데 목적을 두기보다 이미 죽은 자들의 땅을 정화시킨다는 미명 아래 엄청난 파괴력을 지닌 폭파 장면의 스펙터클을 스크린으로 재현하고 싶어한다는 점이다.

그러면, 이것은 무엇을 겨냥한 것일까. 베트남에서 씌어지고 있는 베트남전쟁 서사들이 베트남전쟁의 유령 존재를 통해 '탈식민 냉전' 질서 아래 전쟁으로 초토화된 대자연과 대지와 관계를 맺은 '경이로운 현실'로서 베트남전쟁에 대한 역사적 성찰이 반폭력의 세계를 추구하는 데 초점을 맞추고 있는 데 반해 헐리우드 문화산업은 베트남전쟁에서 죽은 자가 얻은 생명력, 즉 유령 존재를 완전히 파괴함으로써 '경이로운 현실' 자체가 생길 수 없는 불모화된 대지에서 인간의 말초적 쾌락 감각을 흥분시키는 데 몰입한다. 그들에게 전쟁에 대한 문화예술적 접근은 헐리우드 문화산업을 떠받치는 미국의 군수산업의 정치경제적 이해관계에 충실하며, 이처럼 전쟁에 대한 스펙터클을 반복 재생산할 수 있는 '탈식민 냉전'의 질서를 이해관계에 따라 적극 활용할 따름이다.[29] 비엣 타인 응우

---

29 베트남전쟁을 대상으로 한 헐리우드 문화산업은 베트남전쟁에 대한 미국의 패자 콤플렉스와 긴밀한 관계를 맺고 있음을 우리는 잘 알고 있다. 비엣 타인 응우옌은 이러한 점을 '기억 관련 산업'의 측면에서 풍부한 실제 사례를 활용하여 그 정치사회 현상학을 예리하게 분석한다. 비엣 타인 응우옌, 위의 책, 137~170쪽 참조.

옌의 『동조자』는 바로 이런 측면에서 '유령의 서사/경이로운 현실'이 베트남전쟁 서사에서 반폭력의 세계를 향한 정치적·윤리적 역할을 충실히 보증하고 있음을 여실히 보여준다.

4. 맺음말

제2차 세계대전 이후 미국과 소련의 양대 진영으로 재편된 글로벌 냉전체제는 균질하지 않다. 특히 유럽의 냉전과 아시아의 냉전은 그 성격과 내용이 여러 모로 다르다. 무엇보다 유럽의 냉전은 '냉전'의 이름에 걸맞게 유럽에서는 제2차 세계대전 이후 '열전'이 없었다. 하지만 아시아의 냉전은 한반도와 인도차이나반도, 인도, 그리고 서남아시아 지역에서 국가들 사이의 정규전 및 비정규전이 일어나는 등 현재까지 전쟁의 참화에서 벗어난 적이 없다. 아시아에서는 제2차 세계대전 이후 냉전체제 아래 구미와 일본의 제국의 식민주의로부터 해방을 쟁취하기 위한 '탈식민 냉전'의 질서 속에서 숱한 '열전'을 겪(었)고 있다. 그래서 아시아 문학의 주요 쟁점 중 하나는 이처럼 복잡한 양상으로 전개되고 있는 아시아의 '탈식민 냉전'에 대한 문학적 응전을 탐구하는 것이다.

이와 관련하여, 동아시아의 오키나와와 베트남은 서로 다른 전쟁을 각기 치렀으나, 인간이 감내할 수 없는 폭력의 임계점을 넘어 살아 있는 모든 것들의 존재 자체를 근절시키려 했다는 점은 두 전쟁이 공유하는 전쟁의 파경을 적나라하게 보여준다. 이 글의 서두에서도 언급했듯, 오키나와는 베트남전쟁을 효과적으로 수행하는 미국의 군사기지 역할을 담당하였고, 때문에 일본 본토로 복귀하려는 오키나와가 미군정 및 미국의 군사기지로부터 해방되고자 한 조국복귀운동에도 베트남전쟁의 문제는 오키나와와 분리할 수 없는 주요 현안이다. 따라서 이들 전쟁과 관련한 문학적 응전은 각별히 주목할 필요가 있다. 이 글에서는 오키나와 전(후)와 베트남전(후)의 객관현실을 다루는 오키나와전쟁 서사와 베트남전쟁 서사 속에서 출현하는 유령의 존재에 주목한바, 이 유령은 이들 지역의 대자연해안, 바다, 숲, 밀림, 개울, 골짜기, 고원 등과 관계를 맺는 장소를 중심으로 전쟁의 폭력을 상기시킴으로써 그것을 망각 및 왜곡하는 데 맞서는 놀랍고 충격적인 '경이로운 현실'을 생성시킨다. 이 '경이로운 현실'은 죽은 자와 산 자 사이의 소통의 길을 내고 그들 모두 전(후)의 객관현실에서 반폭력의 세계를 구축하는 데 힘을 쏟는 정치적·윤리적 주체로서 유령의 정동을 보증해준다. 따라서 이 유령의 정동은 이들 지역에서 한갓 괴기스러운 비현실적 허구의 존재가 아니라 이 지역의 산 자들의 삶과 함께 하는 존재로서 그려지고 있다.

이 글에서 살펴본 오키나와전쟁 서사와 베트남전쟁 서사의 문학적 응전에 대한 탐구를 통해 아시아의 다른 지역에 흡사한 '유령 서사/경이로운 현실'에 대한 탐구 과제를 남겨둔다. 현재 치열히 진행 중인 아시아의 '탈식민 냉전'에 대한 문학적 응전은 전대미문의 폭력으로 점철된 고통과 상처를 응시하고 반폭력의 평화로운 일상을 구축하는 문학적 상상력을 실천하는 것을 조금도 게을리할 수 없기 때문이다.

역동하는 섬의 상상력

오키나와·타이완·제주 소설에 나타난 폭력과 반폭력의 양상

김동윤

1. 들머리

세계사적으로 20세기 중반은 엄청난 격동의 시기였다. 당시 동아시아 섬 지역은 제국주의 전쟁에서 비롯된 그 격동의 한복판에서 엄청난 희생을 치르며 급류에 휘말렸다. 1945년의 오키나와沖繩, 1947년의 타이완臺灣, 1948년의 제주도濟州島는 그 급류의 동성이속同聲異俗이라고 할 만하다.

태평양전쟁에서의 오키나와전투沖繩戰나 타이완 2·28항쟁이나 제주 4·3항쟁이나 모두 제국의 폭력과 밀접한 관계를 맺고 있다. 제국으로 인해 유발된 전란 속에서 동아시아 세 섬의 공동체들은 제국의 탐욕에 철저히 유린된 마이너리티였다. 오키나와전투에서의 집단자결, 타이완 2·28항쟁과 제주4·3항쟁 진압 과정의 갖가지 학살은 그러한 폭력성의 극단을 보여주는 것이었다. 야마토大和의 천황과 일본군을 위해 희생되어야 할 대상, 대륙에서 건너온 정부의 존립을 위해 진압되어야 할 대상, 미

국의 전략과 서울 정권을 위해 제거되어야 할 대상이 이 세 섬의 주민들이었다.

세 섬의 문학에서 이러한 문제들이 포착되는 것은 필연일 수밖에 없다. 금기와 탄압 속에서도 폭력의 실상을 재현·고발하고 그것에 대응하는 반폭력의 문학적 상상력은 꿈틀대었다. 그러한 상상력의 결실이 세 섬의 문학에서 각기 주요한 정체성으로 자리 잡았음은 물론이다. 따라서 세 섬의 문학 작품들에 대한 대비적 고찰을 통해 그것들이 어떤 점에서 유사하고 어떤 점에서 다른지를 파악하는 한편, 그것이 정체성이나 저항 방식과 어떤 관련이 있으며, 문학적 진실 규명에 어떻게 활용하는 것이 바람직한지를 모색할 필요가 있다.

여기서는 제국의 폭력이 빚어낸 비인간적인 만행의 실상과 상흔을 재현·고발하는 데 앞장선 작가들 가운데 오키나와의 오시로 사다토시 大城貞俊, 1949~, 타이완의 린솽부林雙不, 1950~[1], 제주의 고시홍高時洪, 1949~[2]에 주목했다. 이들은 엄청난 전란의 소용돌이에 휘말렸던 동아시아 섬의 토박이[3]로서 역사적 사건의 와중과 직후라는 매우 비슷한 시기에 출생하여 그 거대한 폭력의 상흔 속에서 성장한 작가라는 공통점이 있다. 말하자

---

1   린솽부(林雙不)의 본명은 황옌더(黃燕德)임.

2   고시홍은 1948년생으로 알려져 있지만, 그가 밝힌 정확한 출생 연도는 1949년이다. "나는 음력으로는 1948년 12월, 양력으로는 1949년 1월생이다. 정확한 생일은 모른다. 호적에는 잘못 등재되었다." 고시홍, 「작가의 말－이제 그들 곁을 떠나야겠다」, 『물음표의 사슬』, 삶창, 2015, 302쪽.

3   오시로 사다토시는 오키나와 본섬의 오기미손(大宜味村), 린솽부는 타이완 윈린현(雲林縣) 둥스향(東勢鄉), 고시홍은 제주도 북제주군 구좌면(현재의 제주시 구좌읍) 한동리에서 각각 태어난 토박이 작가다.

면 유소년 시절부터 전후적 상황의 직접적인 영향권 아래에 있었던 전후세대 작가들이라고 할 수 있다. 모두 교사 경력[4]이 있다는 공통점도 있다. 대상 작품으로는 오시로 사다토시의 「게라마는 보이지만慶良間や見いゆしが」2013, 린쇼부의 「황쑤의 작은 연대기黃素小編年」1983[5], 고시홍의 「도마칼」 1985을 택했다.[6]

2. 눈에 보이지 않는 전쟁 __ 「게라마는 보이지만」

오시로 사다토시의 「게라마는 보이지만」은 오키나와전투에서 있었던 집단자결강제집단사[7]을 다룬 작품으로, 16개의 장으로 구성된 중편이다.

---

4   오시로 사다토시는 류큐대학 교육학부 교수로 근무하기 이전에 현립고등학교 교사와 오키나와현교육청 현립학교교육과 지도주사(장학사)를 역임했다. 린쇼부는 위안린 고등학교(員林高中)에서 교편을 잡았으며 1992년 3월 '타이완교사연합' 결성에 나서기도 했다. 고시홍은 1972년 대학을 졸업하면서부터 제주도 내 고등학교 국어 교사로 학생들을 가르치다가 교장으로 정년퇴임했다.

5   최말순은 「黃素의 일생」으로 제목을 번역했으나(최말순, 「대만의 2·28항쟁과 관련소설의 역사화 양상」, 『식민과 냉전 하의 대만문학』, 글누림, 2019, 328쪽), 「황쑤의 작은 연대기」가 더 어울리는 것으로 판단된다.

6   각각 大城貞俊, 『島影』, 人文書館, 2013; 許俊雅 編, 『無語的春天－二二八小說選』, 玉山社, 2003; 고시홍, 『대통령의 손수건』, 전예원, 1987에 수록된 작품을 분석 텍스트로 삼았다. 인용 작품의 쪽수는 이들 텍스트의 것임을 밝힌다.

7   "주민들이 집단으로 목숨을 끊은 것은 일본군의 작전에 의한 강제나 유도, 명령에 의한 것이었으므로 '강제집단사' 혹은 '강제사'로 부름으로써 그 본질을 바로잡지 않으면 진실을 바로보지 못한다"고 주장하는 이들이 있고(오시로 사다토시, 박지영 역, 「강제집단사의 진실」, 『지구적 세계문학』 제15호, 글누림, 2020, 243쪽), 그런 주장이 충분히 타당성도 있다. 그러나 오시로가 「게라마는 보이지만」에서 '집단자결(集團自決)'이라는 용어를 쓰고 있으므로, 이 글에서도 거기에 따른다.

소설적 현재는 2007년[8]이며 오키나와 본섬에서 약 40km 떨어진 게라마제도慶良間諸島의 한 섬[9]이 주요 공간적 배경이다.

오키나와 본섬의 나하那覇에서 중학교 교사로 근무하는 키요시淸志는 아내 미나코美奈子가 둘째 출산을 앞둔 상황에서 아버지 키요마사淸正로부터 할아버지 세이지로淸治郎의 자살 소식을 듣고는 고향 N섬으로 향한다. N섬의 본가에서 키요시는 할아버지가 남긴 대학노트 10권의 수기를 접하는데, 거기에는 1945년 3월 섬 주민과 가족들의 집단자결 전후 상황 등이 적혀 있었다. 집단자결하는 과정에서 가족 중에 할아버지와 동생작은 할아버지만 생존하게 되었는데, 그 동생이 중학교 졸업 후 행방불명되자 상심 끝에 자살하려던 할아버지는 먼저 목을 매달던 할머니 우토ウト를 만류한 것이 인연이 되어 가정을 꾸려 살아왔다는 것이다. 장례 과정에서 미나코는 아들을 낳는다. 이후 추석初盆을 맞아 처자식과 함께 N섬을 방문한 키요시는 할아버지가 할머니와 사별하는 날을 기다렸으나 여의치 않자 먼저 세상 떠난 것이라는 할머니의 전언을 듣는다. 나하로 돌아온 후 할아버지의 수기를 소책자로 간행키로 한 가운데 특별활동 시간에 학생들에게 수기의 한 부분을 읽어주던 키요시는 할머니도 자살할지 모른다는 꺼림칙한 예감에 불안해진다.

전체적으로는 3인칭 소설로서 키요시가 초점화자 구실을 하지만, 위의 내용 요약에서 알 수 있듯이, 이 소설의 전반을 흐르는 중심 서사는 할

---

8   할아버지의 수기(유서)에 헤이세이 19년(平成十九年, 92쪽)이라고 적혀 있다.

9   'N섬'으로 나타난 이 섬은 게라마제도에서 강제집단사가 발생했던 두 섬인 도카시키섬(渡嘉敷島)과 자마미섬(座間味島)을 뒤섞어 형상화한 것이라고 할 수 있다. 鈴木智之,「[解説]死者とともにある人々の文學」, 大城貞俊,『樹響』, 人文書館, 2014, p.279.

아버지 세이지로의 자살에서 출발한다. 미수米壽 직전인 87세의 고령이자 증손자 출생을 앞둔 상황이었는데도 자살을 감행했다는 사실 자체가 충격적인 사건이 아닐 수 없다. 수차례 액자 형식으로 제시되는 세이지로의 수기는 전쟁에서부터 죽음에 이르기까지의 과정을 긴장감 있게 보여준다.

3월이 되면 이 섬에서는 죽은 사람들의 넋을 위로하기 위해 모든 집이 향을 피운다. 많은 집에서의 향냄새가 길거리로 흘러나온다. 그리고 이 냄새와 함께 전쟁의 기억이 되살아난다.

왜 그런 짓을 했는지……. 무서운 일이 아닐 수 없다.17쪽[10]

게라마제도의 3월은 전쟁의 한복판에서 끔찍한 살육을 경험한 계절이다. 태평양전쟁을 일으킨 일본군은 패색이 짙어지면서 오키나와에서 옥쇄작전을 준비한다. 이에 오키나와전투가 벌어지게 되어 미군은 1945년 3월 '철의 폭풍' 작전으로 게라마제도에 무수한 함포사격을 퍼부은 끝에 26일 아카섬阿嘉島을 거쳐 28일 N섬에까지 상륙한다. 섬사람들은 귀축미영鬼畜米英의 포로가 되어 능욕당하면서 노예의 삶을 살기보다는 스스로 목숨을 끊는 것이 소중한 국가에 대해 봉사하는 길이라는 야마토大和의 농간에 넘어가고 만다. 마침내 가족끼리 모여 서로를 죽여주는 어처구니 없는 상황, 이른바 '집단자결'의 지옥도가 펼쳐지게 된다.

---

10 한국어 번역자는 박지영(지구적세계문학연구소 연구원)임. 번역 전문은 『지구적 세계문학』 제15호, 250~333쪽에 수록되어 있다.

아버지는 먼저 가지고 있던 낫으로 어머니의 목을 베었다. 튀어나오는 피를 뒤집어쓴 얼굴로 나에게도 내 아내를 정리하라며 소리를 질렀다. B씨가 자기 딸들의 목을 베고 있는 것이 눈에 들어왔다. 나는 면도칼을 들고 아내를 끌어안았다. 눈물이 멈추지 않았다.

아버지가 여동생의 목을 베는 것을 보았다. 옆에서 남동생도 아버지를 보고 있었다. 나는 손이 떨렸지만 떨면 안 된다고 마음을 다잡았다. 벙커 안의 모든 사람들이 보고 있다고 생각하며 나는 부둥켜안은 아내의 목에 면도칼을 대고 힘껏 당겼다. 아내의 피가 내 얼굴에 물거품처럼 튀었다. 아내는 내 팔 안에서 나를 끌어안고 두 다리를 경련시키며 서서히 목숨을 잃어갔다.

아버지는 남동생을 부탁한다고 말하고, 스스로 낫으로 목을 그었다. 선혈이 기묘한 소리를 내며 주변에 샤워기처럼 쏟아지며 아버지가 쓰러지셨다. 더 이상 동생을 죽일 힘이 없었던 거였다.22~23쪽

어머니, 여동생, 아내, 아버지 등 세이지로의 가족 넷이 차례로 목숨을 끊었다. 게다가 아내는 임신 중이었으니 다섯이 죽은 것이나 다름없다. 이어 세이지로는 막내인 남동생과 함께 가족들의 시신을 가지런히 눕힌 후 그 동생을 껴안고 면도칼을 목에 들이대었다. 그런데 그 순간, 강한 폭발에 정신을 잃게 된다. 살아남은 세이지로는 12살의 막냇동생에게 다시 죽자고 할 수가 없어서 동생을 키우면서 가족들의 영혼을 달래는 일을 해야 했다. 몇 년이 지나 동생이 중학교를 졸업한 후 행방불명되자 그는 더 이상 살 이유가 없다고 생각되어 산 중턱에서 자살하고자 했다. 그런데 거기서 먼저 자살을 감행하고 있던 소꿉친구이자 초등학교 동창인 우

토할머니를 구한 후 결혼하게 되었고, 외아들 키요마사키요시의 아버지를 낳아 살아왔다.

수십 년 인고의 세월을 견뎌낸 세이지로는 2007년 봄[11]에 더 이상 여한이 없다고 판단하고는 세상 하직을 결심했다는 것이다. 그날은 3월 28일로, 미군이 N섬에 상륙했던 바로 그 날이었다. "가족과 함께 힘을 합쳐 살려고 했어야" 했는데, 오히려 죽이는 일에 나섰으니 "하루빨리 부모님 곁으로 돌아가 사과드리고 싶다"는 것이었다. "죽음으로써 속죄"92쪽한다는 의미였다.

그러한 일련의 사연들이 할아버지 세이지로의 수기에 의해 하나하나 밝혀지는 가운데 소설의 말미에서 충격적인 반전이 일어난다. 할아버지에 이어 할머니의 자살이 예감되는 급작스런 상황에 다다른 것이다. 특별활동 시간에 학생들에게 할아버지의 수기를 읽어주던 키요시는 그 도중에 불안감이 엄습함을 느낀다.

너무 불안해서 가만히 있을 수가 없었다. 다 읽은 직후에는 격한 동요마저 일어나고 있었다. 눈물이 날 것 같았다. 키요시는 필사적으로 그 동요를 억누르고 있었다.

---

11 세이지로가 자살한 시점이 2007년이라는 것은 집단자결을 둘러싼 아베 정권의 교과서 왜곡과 관련된다고 해석할 수 있다. 아베 정권의 문부과학성은 2007년 3월 일본 고등학교 교과서의 검정 결과를 공표했는데, 그중에 일본사 교과서에 수록되는 오키나와전투의 집단자결에 관한 서술에서 일본군에 의한 명령·강제·유도 등을 삭제 수정하게 했다. 이에 오키나와에서는 크게 반발하여 9월 29일에 11만 명이 참석하는 '교과서검정의견 철회를 요구하는 현민대회'를 개최했다. 아라사키 모리테루, 백영서·이한결 역, 『오끼나와, 구조적 차별과 저항의 현장』, 창비, 2013, 174쪽 참조.

우토가, 우토가 할아버지처럼 생을 마감해버리지 않을까 하는 불안감이었다. 할아버지의 뒤를 쫓아 자살하지 않을까 하는 불안감이었다. 아찔해졌다. 키요시는 할아버지의 죽음에만 집중한 나머지, 우토에게 신경을 쓰지 못했다는 생각이 들었다. 우토도 집단자결의 생존자이다. 할아버지가 돌아가신 후, 할머니 역시 할아버지와 마찬가지로 자신의 삶을 단죄하려고 하지 않을까. 그런 불안한 마음이 커져만 갔다.

"할머니, 죽으면 안 돼, 살아야 해!"…… 키요시는 적어도 그렇게 말해주어야 했다. 할머니가 살아계신 덕분에 아버지가 태어나고, 자신이 태어나고, 치나츠와 유우지가 태어났다. 할아버지와 할머니가 죽지 않고 계속 살아주신 덕분이었다. 할머니마저 목숨을 끊게 되면 정말로 전쟁에 지는 것이다. 그러니까 살아야 한다. 이제 괜찮다, 이제는 충분하다……92~93쪽

꼭 살아야 한다는 키요시의 간절한 바람에도 불구하고 할머니 우토는 자살을 택했을 가능성이 매우 높은 것으로 판단된다. 아버지에게 걸려왔던 부재중 전화가 3건이나 있었고, 그것은 드문 일이었으며, '꺼림칙한 예감'과 '불길한 예감'에 몹시 불안해하는 키요시의 모습 등은 할머니의 자살 정황을 입증하는 근거라고 보아도 무방하다.

그렇다면 할머니 우토는 왜 자살해야 했는가. 그 이유는 역시 할아버지 세이지로의 수기에서 어느 정도 추측이 가능하다.

아버지와 언니는 집에서 함포의 직격탄을 맞고 죽었다고 했다. 당시 우토의 가족은 N산에 은신해 있었지만, 집 뒤뜰에 묻어 놓았던 식량을 가지러 갔

다가 직격탄을 맞은 것이다.

　　우토에게는 조선에서 온 김 씨라는 애인이 있었다. 그러나 김 씨는 스파이라는 누명을 쓰고, 눈앞에서 일본군에게 살해당했다고 했다. 아버지와 언니가 죽고, 김 씨가 죽은 지금, 우토는 살아갈 희망을 잃어버리고 만 것이다.

　　며칠 동안 어머니와 여동생과 셋이서 산림을 피해 다녔지만, 많은 사람들이 자살하는 것을 보고, 더 이상 미룰 수 없다며 죽음을 결심했다고 했다.

　　시체가 쌓여있는 참호를 발견하고, 어머니와 둘이서 여동생을 달래어 목을 조른 후, 우토가 어머니의 목을 졸랐다고 했다. 우토는 더 이상 자신이 인간이 아니라고 말했다.^{90~91쪽}

　　우토 역시 전쟁으로 가까운 이들을 대부분 잃었다. 아버지와 언니는 미군의 함포사격에 희생되었고, 애인이던 조선인 김 씨는 스파이 누명으로 일본군에게 죽임을 당했다.[12] 게다가 집단자결의 한복판에 그녀가 있었다. 여동생과 어머니를 그녀가 직접 목 졸라 죽인 것이었다. 어머니를 죽인 후 나무줄기에 목을 매달려는 찰나 눈앞에 미군이 나타나는 바람에 그녀의 자살은 실패했다. 그 후 우토는 전장에서 귀환한 오빠와 둘이서 지내다가 오빠마저 병사하자 자신도 죽으려고 다시 산으로 갔던 것이다. 집단자결 현장에서 몇 년 유예되었던 죽음이 마지막 남은 단 한 명의 혈

12　오키나와의 구메섬(久米島)에서 조선인 구중회(具仲會)와 그 가족이 미군과 내통했다는 스파이 혐의로 학살당한 사건이 있었다. 구중회의 아내는 오키나와 사람으로 이름이 우타(ウタ)였다(오세종, 손지연 역, 『오키나와와 조선의 틈새에서』, 소명출판, 2019, 61~68쪽 참조). 오시로는 이를 소설에서 변용한 것으로 보이는데, 김 씨의 애인이던 할머니의 이름이 우타와 비슷한 우토(ウト)라는 점도 그 근거가 된다.

육마저 잃게 됨에 따라 또다시 자살을 시도한다는 점에서 세이지로와 동일한 상황인 셈이다. 그 극단적 선택 현장에서의 우연한 만남이 인연이 되어 세이지로와 우토는 수십 년을 부부로 살아왔다. 그런데 그 배우자가 세상을 떠나 저승 보내는 의례 절차까지 마쳤다. 이제 우토는 미뤄놓았던 죽음의 길을 다시 찾아나서는 결단을 감행할 수 있게 된 것이다.

우토는 말한다. '게라마는 보이지만 전쟁은 보이지 않는다'고. 이는 오키나와 속담 중에 '게라마는 보이지만 속눈썹은 보이지 않는다'는 말에 빗댄 표현으로, 이는 오키나와 본섬에서 보았을 때 멀리 있는 게라마 제도는 보이지만 속눈썹처럼 가장 가까이에 있는 것은 보이지 않는다는 뜻이다. 즉, 가장 가까이에 있는 것은 보이지 않는다고 했으니, 전쟁은 여전히 밀착되어 존재한다는 뜻이다. 소설적 현재인 2007년 시점에서 볼 때 전후 60여 년이 지났음에 따라 전쟁의 참상이 보이지 않는 것 같았지만 실은 너무나도 가까이에 엄존했던 것이다. 전후 60년이 아니라 '전후 0년'[13]이었음이다. 따라서 세이지로 수기의 제목이 게라마慶良間를 활용해 '축복慶과 선량良 사이에 누워 있는 섬慶びと良きことの間に横たわる島'으로 명명된 것은 상당히 반어적인 메시지다.

세이지로가 수기를 남겼고, 손자인 키요시가 책자로 간행하기로 하는가 하면, 그 내용을 특별활동 시간에 학생들에게 들려준다는 점도 주목할 필요가 있다. 세이지로의 수기는 일본의 공식역사official history에서 말하는 집단자결 문제에 대한 오키나와 민중의 대항기억이다. 바로 그것을

---

13   오키나와 작가 메도루마 슌(目取眞俊)은 『沖繩 '戰後' ゼロ年』(2005)을 펴냈다. 한국에는 안행순 역, 『오키나와의 눈물』(논형, 2013)로 번역 출간되었다.

책자로 간행한다는 것은 대항기억을 공식화하려는 움직임이다. 그 내용을 학생들에게 전하는 것은 대항기억의 전승을 의미한다. 집단자결에 대한 우치난추의 기억투쟁으로 읽힌다는 것이다.

「게라마는 보이지만」에서 80대 후반의 노부부가 감행한 연쇄 자살로 대변되는 비극은 바로 제국주의의 탐욕과 폭력에서 비롯된 것이다. 문제는 수십 년 세월이 흘렀어도 현실은 전쟁의 참혹함에서 조금도 벗어나지 못했다는 것이다. 노부부의 연쇄 자살은 그것을 일깨우기 위해 온몸을 내던진 강력한 반폭력 투쟁이었다고 할 수 있다. 아울러 왜곡된 공식역사에 맞서는 노인의 수기와 그것의 출판은 그와 관련된 절박한 기억투쟁의 양상이다.

3. 처절한 파국의 철길 — 「황쑤의 작은 연대기」

린쑹부의 「황쑤의 작은 연대기」는 타이완 서쪽의 어느 작은 시골 마을을 무대로 현대사의 비극을 다룬 작품이다. 젊은 여성이 2·28사건의 와중에서 억울한 일을 당하여 모든 꿈이 무산되면서 정신을 잃고 방황하다가 비극적 종말을 맞는다는 내용으로, 한 여인의 기막힌 생애가 8쪽 분량의 짧은 소설 속에 압축되어 그려졌다.

1947년 봄 황쑤黃素는 이웃마을의 왕진하이王金海와 결혼을 앞둔 19세 처녀였다. 어머니를 따라 혼수를 준비하러 나간 그녀는 신접살림용 식칼을 사서 가방에 넣은 직후 영문도 모른 채 난리 속에 휘말리게 되면서 불행의 나락으로 떨어진다. 쫓고 쫓기는 패거리들의 싸움에 휩쓸려 옷과 식칼에 피가 묻은 상황에서 피신하다가 붙잡히는 처지가 된 것이다. 피 묻은 식칼로 사람을 죽였다고 추궁당하며 고문에 시달렸다. 그렇게 수감 생활을 하다가 1년 후 총살되기 직전에 무죄로 석방되지만, 귀가한 그녀를 기다리는 것은 아버지의 죽음과 정치범이라는 죄명이었다. 왕진하이의 아버지는 파혼을 통보해왔고, 황쑤는 감옥과 형장에서 받은 충격으로 온종일 중얼거리다가 밤중에 쏘다니곤 했다. 사태 10년 후 어머니마저 세상을 떠나자 점점 미친 여자가 되어버린 황쑤는 1967년 여름 어느 날 급기야 철로 위에 서서 달려오는 기차를 맞이한다.

이 소설에서 다루어진 황쑤의 생애는 1947년부터 1967년까지 20년 정도다. 19세의 시골 처녀가 맞이하는 희망찬 봄날에서부터 이야기는 시작된다.

1947년 어느 봄날 새벽, 첫 햇살이 작은 마을로 드리울 때, 마을의 남쪽 한 토담집에 살고 있는 19세의 소녀 황쑤黃素가 일어났다. 그녀는 전에는 느껴보지 못한 설렘에 들떠있었다. 이날은 황쑤의 어머니가 그녀를 데리고 20km 떨어진 시내에 가서 혼수 준비를 하기로 한 날이었기 때문이다. 보름이 더 지나고, 그녀는 곧 새신부가 될 터였다.89쪽**14**

'봄날'·'새벽'·'첫 햇살'로 표현되듯이, 결혼을 보름 앞둔 황쑤는 설

---

14   한국어 번역자는 이하영(제주대 중어중문학과 강사)임.

렘과 기대로 가슴이 벅차다. 그녀는 신랑감인 이웃마을 총각 왕진하이를 사탕수수 수확할 때 몇 번 본 적이 있는데, 신중하고 믿을만한 청년으로 생각되던 터였다. 그랬기에 황쑤는 "행복의 기운이 그녀의 가슴에 차올라 마치 남풍에 밀려가는 돛단배의 돛과 같"아서 "즐거운 종달새마냥 목청을 가다듬고 소리 높여 노래"[89쪽]하고 싶을 정도였다. 외출할 때만 꺼내 입는 흰색 바탕에 푸른색 꽃무늬가 그려진 긴 소매의 원피스로 갈아입고 거실 벽에 걸린 미색 광목천 가방을 들고서 어머니와 함께 시내 시장으로 향한다. 이불보와 천을 사서 광목천 가방에 넣고는 잡화점에 들렀다.

모녀가 어느 잡화점을 지나는데 상점 입구에 식칼이 죽 늘어져 있었다. 그리고 식칼은 햇빛에 반사돼 번쩍번쩍 빛났다. 어머니는 오른손 엄지손가락으로 칼날이 날카로운지 확인했다. 여섯 자루의 칼날을 확인한 후 칼 한 자루를 샀다. 그리고 고개를 돌려 딸에게 말했다.

"아껴 써라, 이 칼은 10여 년은 쓰겠다."

황쑤는 고개를 끄덕였다. 10여 년 후 아들, 딸을 둔 자신을 생각하니 자기도 모르게 부끄러워졌다. 고개를 숙이고 손에 잡힌 칼을 광목천 가방에 넣었다.[90쪽]

'햇빛에 반사돼 번쩍번쩍 빛'나는 식칼은 황쑤에게 10년 후의 다복한 가정이 연상되는 희망의 신접살림 도구였다. 그러나 그것은 그녀의 삶을 끝없는 나락으로 몰고 간 불행의 도구가 되고 말았다. 서로 "촌뜨기 새끼阿山仔"와 "육지 새끼芋仔"[90쪽]로 비하하며 격하게 충돌하는 두 패거리 사이에 휩싸이게 되면서부터였다. 외성인外省人과 본성인本省人의 충돌,[15] 즉

2·28사건의 현장이었던 것이다. 황쑤는 전혀 영문도 모른 채 2·28사건의 한복판에 놓인 셈이었다. 고성과 욕설이 오가고 나무방망이, 벽돌, 깨진 술병을 동원해 공방전을 펼치는 무리들의 틈바구니에서 빠져나오지 못한 그녀는 어머니의 손마저도 놓치고 말았다. 통곡하던 그녀가 두들겨 맞아 시신 위로 쓰러지니, 꽃무늬 원피스와 광목천 가방이 핏빛으로 물들었다. 총소리가 나고 사람들이 흩어지자 그녀가 몸을 일으키는데 삼각 턱 남자三角臉的男人가 가방을 빼앗고 뺨을 때렸다. 트럭에 실려 끌려간 그녀는 매일 추궁당한다.

"네가 사람 죽였지? 어? 안 그럼 왜 식칼을 들고 있어? 네가 들고 있던 칼에 왜 피가 묻어 있는 거야? 누가 너한테 죽이라고 했어? 얼마나 죽였어? 타이베이臺北에 갔어, 안 갔어? 다다오청大稻埕에는 갔어, 안 갔어? 숨길 생각 마. 다른 사람은 다 불었어. 너 왜 식칼 들고 사람 죽였어? 말해! 빨리 말해!"

삼각 턱 남자의 얼굴은 매우 차가웠다. 황쑤는 그를 보자마자 겨울 새벽에 살얼음판을 걷는 것처럼 덜덜 떨었다. 삼각 턱 남자의 타이완 방언은 너무 괴상했다. (…중략…) 말투도 거칠었다. 황쑤가 19세가 될 때까지 그녀에게

15 1945년 일본제국주의가 패망하자 중국 국민당 정부가 타이완 인수를 위해 군대를 파견하면서 대륙 출신 사람들이 많이 들어왔는데 이들을 '외성인(外省人)'이라 하고, 그 이전부터 타이완에 거주하고 있던 이들을 '본성인(本省人)'이라고 부른다. 그리고 이들 간의 갈등을 '성적(省籍)갈등'이라고 한다. 물론 성적 갈등이 2·28의 전적인 원인은 아니다. 대륙에서 파견한 접수정권의 전횡으로 야기된 경기침체와 통화팽창이 타이완 경제를 초토화시키면서 민심이 이반되던 차에 전매국 직원의 과도한 단속에 이은 발포에 학생이 쓰러지면서 촉발된 항쟁이었다. 신정호, 「타이완의 현대사 전개와 2·28문학」, 『인문과학연구』 제30집, 성신여대 인문과학연구소, 2012, 311쪽; 최말순, 앞의 책, 315~323쪽 참조.

이렇게 거칠게 대했던 사람은 한 명도 없었다. 그녀는 겁에 질려 완전히 멍해졌다. 우는 것 말고는 한 마디도 대답할 수 없었다.91~92쪽

삼각 턱 남자의 타이완 방언이 너무 괴상했다는 것으로 보아, 황쑤를 체포한 세력은 외성인이고 황쑤는 본성인이라고 할 수 있다. 그렇다고 황쑤가 평소 외성인에게 어떤 반감을 지닌 것도 아니었다. 황쑤는 결국 아무런 죄도 없이 영문도 모른 채 갇히는 신세가 되고 말았다. 집에서는 그녀의 행방을 모르고 있었다. 그렇게 감옥 생활 1년이 지났을 때 그녀는 삼각 턱 남자에게 곧 총살에 처해진다는 통보를 받는다. 피 묻은 식칼이 증거라는 것이다. 그녀는 상상도 못 했던 상황을 맞닥뜨리면서 감당할 수 없는 충격에 몸부림친다.

황쑤는 시종일관 습하고 차가운 바닥에 녹초가 되어 주저앉아 있었다. 그리고 아주 천천히 아주 천천히 서로 무관한 장면들이 황쑤의 뇌리를 스쳐 지나갔다. 10여 년은 쓸 수 있는 칼 한 자루. 사탕수수를 수확할 때 본 적 있는 왕진하이의 생김새. 어머니. 꽥꽥 울어대는 거위와 오리. 그물 같은 봄날의 햇살, 돼지, 광목천의 가방, 오빠와 올케언니들. 아버지, 작은 마을 남쪽의 토담집. 아! 안 돼! 안 돼! 난 죽을 수 없어! 죽고 싶지 않아! 죽으면 안 돼! 이건 누명이야! 난 돌아가서 시집가야 해! 돌아가서 농사도 지어야 해!

"난 총살당하면 안 돼……."

황쑤는 애타게 부르짖었다. 며칠 내내 계속해서 부르짖었다.92~93쪽

며칠 후 새벽에 황쑤는 감방에서 나와 석탄재가 있는 처형장으로 끌려갔다. 무릎이 꿇린 그녀 앞에 총을 메고 있는 사람들이 있었다. 이윽고 조준 명령이 내려졌다. 모든 게 끝났다고 생각하는 순간 정신을 잃으면서 무의식적으로 분뇨를 배설한다. 그런데 잠시 후 삼각 턱 남자가 그녀를 깨우더니 무죄로 판결이 났으므로 집으로 데려다주겠다고 한다. 그녀는 "난 총살당하면 안 돼……"라는 말만 반복한다. 이미 돌이킬 수 없는 심각한 정신 분열 상황이 되었다.

황쑤가 귀가한 것은 1948년 늦봄이었다. 아버지는 황쑤가 실종된 4개월 후 병을 얻어 세상을 떠난 뒤였고, 어머니는 중풍으로 반신불수가 되어 있었다. 세 오빠와 세 올케의 웃음도 사라져 있었다. 왕진하이의 아버지는 황쑤의 어머니를 찾아와 파혼 의사를 밝힌다.

"우리 쑤가 미쳤잖아요."

"미친 게 아니고……" 황쑤의 어머니는 두 눈에 눈물을 머금고는 "걔가 그저 심한 충격을 받아서 그래요. 돌아왔으니까 점점 나아질 거예요. 사돈, 걱정 마세요."

왕진하이의 아버지는 자기의 무릎을 쓰다듬고, 얼굴을 긁적거리더니 한참이 지나서 다시 말했다.

"저도 우리 쑤가 빨리 회복하기를 바랍니다. 그런데 이번 혼사는 취소해야겠어요."

"왜요?"

"진하이가 정치범을 신부로 맞을 수는 없잖아요."

"사돈은 우리 쑤가 정치범이 아니라는 걸 분명히 아시잖아요."

"제가 아는 게 무슨 소용입니까?"

왕진하이의 아버지가 한숨을 쉬고는 "사람들의 독한 입이 문제지요." 94쪽

1948년의 타이완에서 정치범으로 몰린다는 것은 회생불능의 사회적 낙인이었다. 그것의 사실 여부를 떠나 일단 혐의를 받은 적이 있다는 것만으로도 사슬에서 벗어나기 어려웠다. 황쑤의 어머니는 눈물을 머금고 동의할 수밖에 없었다. 황쑤는 어떤 상황이 전개되는지 모른 채 혼자서 "난 총살당하면 안 돼⋯⋯"라는 말만 계속 중얼거린다. 밤중에 뛰쳐나가 서쪽 해안마을을 돌아다니곤 하는 바람에 오빠와 올케들은 황쑤를 땔감창고에 가두어버린다. 황쑤는 흐느끼며 총살당하면 안 된다는 혼잣말을 계속했다. 그로부터 10년이 더 지난 1959년 겨울 어머니마저 세상을 떠나자 오빠와 올케들의 황쑤를 대하는 태도가 소홀해졌다. 황쑤는 자주 뛰쳐나갔고 대소변도 처리하지 못한 채로 돌아다니다가 마을사람들의 손에 이끌려 귀가하곤 했다. 점점 더럽고 냄새나는 미친 여자로 취급되면서, 어린 아이들도 돌을 던지며 그녀를 욕하곤 했다. 그렇게 세월이 흘러 1967년 여름이 되었다. 맨발로 시내로 나가서 발권도 하지 않은 채 남쪽으로 떠나는 열차에 오른다.

차장이 검표할 때 황쑤에게는 표가 없었다. 그녀는 끊임없이 차장에게 이렇게 말했다.

"난 총살당하면 안 돼⋯⋯ 난 총살당하면 안 돼⋯⋯."

열차가 다음 역에 가까워지자 차장은 황쑤를 쫓아냈다. 잠시 후 북쪽으로 향하는 일반열차가 역으로 들어왔다. 황쑤는 또 다시 그 열차에 올라탔다. 몇 정거장을 지나서 황쑤는 또 다시 쫓겨났다. 황쑤는 승강장 기둥 옆에 쭈그려 앉아 하룻밤을 보냈다.

다음 날 황쑤는 승강장에서 내려와 철도를 따라 북쪽으로 걸어가다 긴 철교에 올랐다. 황쑤는 침목枕木을 하나씩 하나씩 건너면서 천천히 걸어갔다. 갑자기 뒤에서 다급한 경적소리와 귀를 찌를 듯한 금속 마찰소리가 들렸다. 황쑤가 뒤를 돌아보니 열차 앞머리가 그녀의 앞으로 바짝 다가오고 있었다. 황쑤는 철교 위에서 꼼짝하지 않았다.95~96쪽

열차에서 거듭 내쫓긴 황쑤는 어느 곳에도 갈 수 없었다. 그럼에도 어디라도 가야 했기에 철길을 계속 걸어갔다. 철길은 철교 위로 이어졌기에, 철교에 접어든 그녀의 몸은 좌우로 피하기 어려운 상황이 되었다. 그녀는 그렇게 죽음을 맞이하는 것밖에 다른 길이 없었는지 모른다.

황쑤의 삶은 20년 전의 엄청난 사건에 의해 송두리째 망가지고 말았다. 그랬기에 그녀는 거침없이 열차가 질주하는 철길을 20년 세월 동안 계속해서 걸어왔던 것이라고 할 수 있다. 2·28항쟁을 진압하는 거대한 폭력은 황쑤의 장밋빛 희망을 철저히 나락으로 끌어 내려서 처참하게 파멸시켜버린 것이다. 2·28항쟁 20주년을 맞는 시점에서의 죽음으로써 출구 없는 전망의 끝자락을 분명하게 보여준 셈이다.

타이완에서 2·28 진압의 폭력성에 맞서는 반폭력의 기운은 꽤나 오랫동안 싹트기조차 어려웠다. 이 소설이 발표된 것은 타이완이 아직 계

엄령 아래에 있던 1983년이었다. 1979년의 '가오슝사건高雄事件' 혹은 '메이라다오사건美麗島事件'으로 불리는 민주화운동이 일어난 데 이어 당시 체포된 이들의 가족들이 1980년대 초반 각종 선거에서 대거 당선되던 때였지만, 아직 타이완 최초의 야당인 민주진보당民主進步黨은 결성되기 전이었다.[16]

이 소설에는 2·28이란 표현이 단 한 번도 등장하지 않는다. 본성인이니 외성인이니 하는 단어조차 전혀 나타나지 않는다. 그러면서도 황쑤로 대표되는 타이완 민중의 수난과 억울한 희생의 문제가 매우 인상적으로 부각되고 있다. 당시로서는 안 된다고 중얼거리면서 열차가 다가오는 철교의 철길을 피하지 않고 걸어가는 것만으로도 비장한 저항의 메시지를 던졌다고 할 수 있다. 철교의 철로에 홀로 우뚝 서서 거대한 열차에 맞서는 장면은 왜소한 처지로나마 거대한 국가 폭력에 맞서려는 타이완 민중의 처절한 대응을 상징하는 것으로 볼 수 있다.

4. 사슬에 묶인 피해망상의 근원 __ 「도마칼」

「도마칼」은 1975년[17]의 제주도를 무대로 삼아 더욱더 깊어지는 4·3의 트라우마를 포착한 작품이다. 7개의 장으로 구성되어 있는 중편소설

16　이학로, 「2·28사건에 대한 기억과 타이완 현대사」, 『경주사학』 42, 경주사학회, 2018, 41~43쪽 참조. 민주진보당(민진당)은 1986년 결성되었다.

17　작품 속에서 "사십 년 전 일"(164쪽)이라고 하기도 하고, "이십사, 오 년 전"(169쪽)과 "스물 다섯 해 만"(181쪽)으로도 표현으로써 상충되게 기술한 부분이 있는데, 전자는

이다. 한 여인이 4·3의 와중에 일본으로 밀항 후 오랫동안 행방불명되었던 옛 남편을 만나게 되면서 벌어지는 갖가지 사건들이 고통스럽게 그려진다.

은행 대리인 '나'김우찬는 고향 마을에 살던 양어머니숙모를 얼마 전부터 모시고 살고 있는데, 양어머니는 집을 나가 도마칼을 휘두르는 등 심한 정신분열 증세를 보인다. 그것은 행방불명되었던 남편인 김덕표숙부가 사반세기 만에 조총련 모국 성묘방문단 일원으로 다녀간 이후부터 표출된 증세였다. 숙부는 4·3 당시 뜻하지 않게 무장대에 연루된 '나'의 아버지김수찬; 김덕표의 형 때문에 생존을 위해 토벌대와 우익세력에게 호의를 베풀면서 애쓰다가 아버지가 피살된 이후 6·25전쟁 중에 일본으로 밀항했고, 갓난애와 함께 숨어 지내던 양어머니는 아기가 죽은 이후에 '나'의 입양을 요청했다. 집안에서는 무덤을 마련하여 사망신고를 하고 제사까지 지내오는 등 숙부를 이 세상에 없는 사람으로 취급하고 있었다. 남편과의 갑작스러운 상봉 이후 양어머니의 정신분열 증세는 걷잡을 수 없이 폭발한다. 집안을 난장판으로 만들어놓고 집을 뛰쳐나가 철물점에서 '도마칼'을 훔쳐 휘두르는 등의 난폭한 행동을 보임에 따라 산속의 기도원에 보내지만, 양어머니는 거기서도 난동을 부리는 바람에 쇠사슬에 묶여지고 만다.

작가의 실수로 보인다. 최초의 조총련 모국 성묘방문을 소설적 현재로 다루었다는 점에서 1975년으로 보는 것이 옳다고 판단된다. 그럴 경우 1950년에 숙부가 도일했으니, "이십사, 오 년 전"이 1975년의 시점에서 합당한 표현이 되는 것이다. 40년 전이란 표현은 이 작품이 수록된 소설집『대통령의 손수건』의 간행연도인 1987년의 시점에서는 가능한 것이다.

1인칭 관찰자 시점인 이 소설의 초점화자는 '나'인 김우찬이지만, 서사의 중심인물은 단연 양어머니[18]라고 할 수 있다. 양어머니는 면 소재지 마을에 살던 여성이었다.[19] 4·3의 와중이던 1949년 봄에 작은삼촌과 결혼한 후 바깥채에 신접살림을 차렸다. 4·3의 전개 과정에서 보면 진압·선무 병용작전이 실시되면서 사태 평정기가 시작되던 시기[20]였다. 어느 날 소를 끌고 성 밖에 나갔던 아버지가 하룻밤 행방이 묘연했다가 나타나면서 의구심을 자아내더니 나중에는 종적을 감추게 되는데, 그것이 무장대와 관련 있으리라는 혐의를 짙게 받는 요인이 되었다. 숙부는 그 의구심과 혐의를 무마시키기 위해 군인, 순경, 면사무소 사람들을 집으로 초대해 대접하는 일이 더 잦아졌으며, 숙모는 "만삭이 된 배를 끌어안고 앉아서, 닭 모가지를 비틀어 털을 뜯고, 칼질을 했"204쪽던 것이다. 아버지가 끝내 시신으로 발견됨에 따라 경찰에서 가족들을 조사하기 시작하고 6·25전쟁까지 터지자 이번에는 숙부가 종적을 감추었다. 그는 목숨을 부지하기 위해 일본으로 밀항한 것이었다.[21] 숙모가 해산한 직후였다.

---

18 작품에서는 '양어머니'라고 하지 않고 주로 '어머니'라고 한다. 가끔 '숙모'로도 지칭된다.
19 양어머니는 3장에서 "우리 동네서야 영순이나밖에 며느리감이 어디 있수과?"(174쪽)라며 언급된 '영순'으로 생각될 수도 있으나 그녀와는 끝내 혼사가 추진되지 않은 것으로 보인다. 5장에는 "작은삼촌이 면 소재지 마을로 장가를 들었"(185쪽)다고 서술되고 있기에 같은 동네였던 영순이와는 다른 인물로 보아야 한다.
20 제주4·3사건진상규명및희생자명예회복위원회, 『제주4·3사건진상조사보고서』, 2003, 320~331쪽 참조.
21 "4·3사건을 전후해서 제주도에서 적어도 1만 명 이상이 일본으로 건너"갔다는 견해도 있다. 문경수, 「4·3과 재일 제주인 재론(再論) - 분단과 배제의 논리를 넘어」, 『4·3과 역사』 19, 제주4·3연구소, 2019, 96쪽.

작은삼촌이 자취를 감추고 나서 보름쯤 지났을까, 이번에는 숙모님이 아기를 데리고 집을 나갔다. 폭도들에게 마소를 강탈당하거나 식량을 빼앗겼던 사람, 심지어는 서북청년단원에게 마누라나 과년한 딸이 능욕을 당했던 사람들까지 지서에 불려가 문초를 당하고 있다는 소문이 들끓을 무렵이었다.

"느네의 작은어멍은 시국이 펜안헐 때까지 친정에 가 있으랜 했져."207쪽

숙모는 친정에 간 게 아니라, 아기를 데리고 고팡庫房에 숨어 지내고 있었다. 그러는 동안 고양이 소리를 내던 젖먹이가 숨을 멈추고 말았다. 그런 상황에서도 숙모는 전쟁이 끝날 때까지 고방에서 지내면서 슬픔을 감내해야 했다. 4·3과 6·25전쟁이 끝났어도 숙모는 남편을 다시 만날 수 없었다. "고팡할망이란 별명으로 남은 숙모"는 "작은삼촌을 총각귀신이 되게 할 수 없다"면서 "우찬이를 우리 앞으로 양자를 삼게 해줍서"209쪽라며 시부모에게 눈물로 호소했다. 김우찬은 그렇게 숙모의 양아들이 되었다.

하지만 둘은 법적인 모자지간일 뿐 서로 끈끈한 정을 나누며 살아온 사이는 아니었다. 우찬은 "귀신이 된 다음에나 일 년에 단 하루, 숭늉 한 그릇 떠 놓고, 잡귀나 되지 말아 달라고 축원하는 것으로써 내 숙모이자 어머니에 대한 인연의 끈을 매듭짓"165쪽겠다는 생각을 하고 있었다. 양어머니도 "법을 빌어 얻은 아들도 자식이우꽈?"200쪽라고 말할 정도였다. 양어머니는 남편의 무덤을 마련하고 사망신고까지 마친 채 사실상 홀몸으로 지내고 있었다. 그런데 25년 만에 남편이 눈앞에 나타났으니 기절초풍할 일이었다. 게다가 남편은 조총련 모국 성묘방문단의 일원이었다.

현관 마루턱에 걸터앉아 오열하는 작은삼촌을 향해 내던진 말은 단 두 마디뿐이었다.

"저 사름 누게고?"

"여보, 용서하오. 당신에게 지은 죄는 저승에 가서래두 다 갚으리다아……."

작은삼촌의 안면근육이 가면처럼 일그러졌다.

어머니는 한참동안 작은삼촌의 얼굴을 뜯어봤다.

"어떵허난 이영이렇게 일찍 오라집데가?"

어머니는 심드렁하게 한 마디 하고 나서, 엉거주춤한 자세로 다가서는 작은삼촌을 외면한 채 당신 방으로 들어가 버렸다.182쪽

양어머니는 방문을 잠가버렸다. 아무리 두들겨도 방문도, 양어머니의 입도 열리지 않았다. 결국 사반세기 만의 부부 상봉은 그렇게 끝나고 말았다. 그런데 숙부가 다녀간 뒤 양어머니는 돌변한다. 상봉 이전에는 대낮에 불을 훤히 켜놓게 하거나, 혼자 있을 때 문을 죄다 걸어 잠그는 버릇이 있는 정도였는데, 상봉 이후에는 도무지 감당할 수 없는 지경이 되었다. 인큐베이터의 신생아들을 아기 시신으로 여기는가 하면, 제복 입은 호텔 안내원을 군인으로 착각하고, 엘리베이터를 감옥으로 오인하여 탑승을 완강히 거부하는 등의 사건들이 계속 벌어졌다. 심지어 집안 기물을 마구 부숴버린 채 집을 나가 시외버스정류소 근처나 40킬로미터 떨어진 고향마을에서 발견되는가 하면, 철물점에서 훔친 도마칼을 갈아서 마구 휘두르는 등 "작은삼촌이 낮도깨비처럼 나타난 데 대한 충격의 앙

금"177쪽은 엄청났다. 그만큼 4·3으로 인한 트라우마의 양상은 상상을 초월하는 것이었다.

결국 양어머니는 신경외과 진료를 거쳐 한라산 기슭의 기도원으로 보내지게 되었다. 그러나 기도원에서도 칼을 품고 다니면서 갑자기 사라지는 양어머니의 이상행동을 더 이상 감당할 수 없다는 연락을 해왔다. 우찬은 급히 기도원으로 향한다. 소설의 마지막 장면이다.

> 어머니는 한 마리의 도사견으로 변신해 있었다. 숙소 건물 기둥에 매달려 있었던 그 쇠사슬이었다. 옆에는 도마칼이 놓여 있었다.
>
> 어머니는 내가 다가선 후에도, 당신 발목에 채워져 있는 쇠사슬을 돌부리 위에 걸쳐놓고 앉아 돌멩이로 내려찍는 작업을 멈추지 않았다. 나는 열병처럼 전신에 퍼지는 분노를 억누르며 어머니 발목에 채워져 있는 마디 굵은 쇠사슬을 풀어냈다.
>
> 어머니가 부적처럼 지니고 다니던 도마칼이 낙하된 숲 근처에서 야생조 한 마리가 비상했다.210쪽

양어머니의 발목에는 사나운 도사견을 묶어둘 때 사용했다던 쇠사슬이 채워져 있었다. 늘 붙들고 다니던 도마칼도 양어머니 손에서 벗어나 팽개쳐져 있었다. 우찬은 양어머니 몸에서 쇠사슬을 풀어내고 그 곁에 나뒹굴던 도마칼을 내던져 버린다. 하지만 그것으로 해결되는 문제는 아무것도 없을 수밖에 없다. 그 어떤 것도 풀어낼 수 없었으며 그 무엇도 제거하지 못했다고 할 수 있다. 오히려 4·3에서 비롯된 상흔은 점점 깊어

갈 따름이다.

이 작품의 소설적 현재인 1970년대 중반에서든, 그것이 발표된 1980
년대 중반의 상황에서든 '열병처럼 전신에 퍼지는 분노를 억누르'는 이
상으로 4·3에 관한 사회적 언행을 표출한다는 것은 지극히 어려운 일이
었다. 당시로서는 공식역사였던 '공산폭동론'을 벗어나는 논의는 철저히
금기시되고 있었다.[22] 이 소설에서 '폭도'라는 표현이 수시로 나오는 것
이나, 4·3의 정치적 난민으로서 인고의 세월을 견뎌야 했던 숙부의 입
장이 구체적으로 그려지지 않은 점[23]도 그러한 시대적 상황과 무관하지
않다. 따라서 당시 현실에서 거대한 폭력에 맞서는 반폭력의 위력은 아
직 너무나 미약할 수밖에 없었다. 적어도 그 실체를 실제 현실에서는 드
러내기가 어려웠다.

그럼에도 불구하고 양어머니가 도마칼을 수시로 휘둘러대는 행위는
순응을 넘어선 저항적인 메시지로 읽힐 여지가 충분하다. 그만큼 저변
에서 꿈틀꿈틀 흐르면서 호시탐탐 분출을 꿈꾸던 제주 민중의 반폭력적
인 기세는 엄청난 잠재력을 머금고 있었음[24]을 이 소설은 잘 보여주었다

---

22 현기영이 『순이 삼촌』으로 고초를 겪은 것은 1979년과 1980년이었고, 이산하가 장시
    「한라산」으로 구속된 것은 1987년이었다.
23 작품에서 숙부는 죄인처럼만 비춰지고 있다.
24 4·19혁명 직후 4·3진상규명운동이 전개되었으나 5·16쿠데타로 인해 자취를 감추
    고 말았다. 그 후 4·3은 철저히 금기시되었다. 그런 4·3운동이 다시 본격화되기 시작
    한 것은 1987년 6월항쟁 이후의 일이었다. 1987년 대선에서 김대중 후보가 4·3진상
    규명을 공약으로 내세웠고, 1988년 제주대학교 총학생회에서는 처음으로 4·3추모
    기간을 설정하여 행사를 벌였으며, 사월제준비위원회 추최의 4·3추모제가 처음으로
    열린 것은 1989년이었다. 제주4·3연구소의 출범과 언론사의 4·3 기획연재 시작 시
    점도 1989년이었다.

고 할 수 있다. 물론 양어머니의 그러한 행동은 미친 짓으로 치부되어 개 취급을 당하면서 쇠사슬에 묶일 만큼 가혹한 제재를 당하고 있는 현실도 여실히 보여주고 있다.

5. 폭력의 재현과 반폭력의 상상력

이상에서 살핀 동아시아 세 섬의 작품들은 일단 극단적 폭력의 충격적 재현에 역점을 두었다. 민중의 수난과 희생을 부각시키기 위함이다. 그렇다고 희생담론으로만 일관하는 것은 아니다. 그에 대응하는 반폭력의 상상력이 그 저변에서 의미 있게 작용하고 있음도 포착할 수 있다.

세 소설은 공교롭게도 칼이나 낫과 같은 절단용 도구를 주요 제재로 삼았다는 점에서 공통점이 있다. 「게라마는 보이지만」의 '낫鎌'과 '면도 칼剃刀', 「황쑤의 작은 연대기」의 '식칼菜刀', 「도마칼」의 '도마칼'[25]이 그것이다. 실생활에서 이것들은 없어서는 안 될 생필품이다(낫도 농촌에서는 생필품이라 할 수 있다). 하지만 실생활에서 요긴하게 쓰이는 이 도구들은 본래의 용도에서 벗어날 경우 매우 끔찍한 살상의 도구로 돌변할 수도 있다. 세 소설에서는 모두 일상의 도구로서만이 아니라 본래 용도를 훨씬 벗어난 차원의 쓰임이 더욱 적극적으로 나타나고 있다. 그것은 외부의

---

25 '도마칼'은 식칼의 제주방언인 '돔베칼'을 작가가 표준어를 의식해서 만든 단어로, 국어사전에는 등재되어 있지 않다. '돔베'는 도마의 제주방언이기에 '돔베칼'은 도마용 칼이란 뜻이다. 제주방언에서 '돔베칼'은 '승키칼'과 유의어인데, '승키'는 푸성귀를 뜻한다. 제주특별자치도, 『개정증보 제주어 사전』, 2009 참조.

거대한 폭력에서 기인한 것임에 문제적이다. 그만큼 충격적인 도구를 제시할 수밖에 없는 극단적 폭력의 상황들이 이들 작품에서 제시된다는 것이다.

대체로 칼knife은 "복수와 죽음을 상징할 뿐만 아니라 희생도 상징"한다. 특히 식칼과 같은 "짧은 칼날은 그 칼을 휘두르는 사람의 본능적인 힘"[26]을 상징한다. 이는 낫의 경우도 그다지 다르지 않다고 할 수 있다.[27] 말하자면 칼과 낫의 상징적 의미로 희생이나 죽음과 더불어 민중들의 저항성도 부여할 수 있다는 것이다.

「게라마는 보이지만」에서의 '낫'과 '면도칼'은 일상적 의미로는 전혀 기능하지 않았다. 집단자결의 도구로 사용됨으로써 전쟁에서의 극단적인 폭력의 무모성과 야만성을 적나라하게 드러내는 도구일 따름이었다. 「황쑤의 작은 연대기」에서 혼수용품으로 마련한 새 '식칼'은 번쩍번쩍 빛나는 희망의 살림 도구였다. 그러나 공교롭게도 바로 거기에 피가 묻는 바람에 억울한 일을 당하게 되는, 그래서 황쑤가 절망으로 추락하는 매개물이 되었다. 이러한 낫, 면도칼, 식칼은 모두 1940년대 중반의 과거 시점에서만 기능하면서 폭력의 문제를 극대화하는 역할을 하고 있다. 반면에 「도마칼」에서 4·3 당시 접대용으로 닭·돼지 등의 가축을 잡던 '도마칼'은 폭력과 반폭력의 의미를 동시에 부각시켰다고 할 수 있다. 1970년대 현실에서는 폭력이 만들어낸 극단적인 피해망상에서 벗어나기 위해 양어머니가 발악적으로 휘둘러댔던 도구였기 때문이다.

---

26   이승훈 편저, 『문학상징사전』, 고려원, 1995, 468쪽.
27   김동인의 소설 「감자」(1925), 나운규의 영화 〈아리랑〉(1926) 등에서도 확인할 수 있다.

결국 칼과 낫은 수난의 상상력을 극대화하는 데 유용한 매개물이 되었다. 이것의 활용이야말로 왜소한 민중이 맞서는 최후의 방식이라고 할 만하다. 따라서 이는 수난의 상상력을 넘어서 저항의 상상력으로 읽히기도 하는 것이다. 다른 두 소설에 비해 「도마칼」은 그 매개물과 관련된 저항의 메시지가 좀더 부각되었다고 할 수 있다. 이는 4·3이 오키나와전투나 2·28에 비해 항쟁의 의미가 더 강한 점과도 무관하지 않다고 본다.

세 작품에서 방언이나 속담 등을 활용하여 효과를 거둔 점도 주목된다. 이는 마이너리티로서의 지역공동체의 정체성을 강조함으로써 거대 권력의 횡포를 문제 삼는 기능을 하고 있다.

「게라마는 보이지만」에서는, 앞서 언급했듯이, 오키나와 속담을 적극 활용하여 전쟁의 광포성이 수십 년 지속됨을 일깨우는 주제로 연결시켰다. 우치나구치오키나와방언를 유용하게 구사한 부분들도 포착된다. 예컨대 세이지로가 수기 마지막 부분에서 저세상에서 편히 기다리겠다, 먼저 가겠다는 말을 우치나구치로 적어놓은 점,[28] 세이지로의 손녀인 치나츠千夏가 우치나구치를 배워가는 점 등은 공동체의 결속과 기억의 전승을 의미하는 것으로 볼 수 있다.

「황쑤의 작은 연대기」에서는 방언 관련 상황이 한순간만 표출되는 데에 그치면서도 작품 전개에 의미 깊은 작용을 한다. 삼각 턱 남자가 타이완 방언을 괴상하게 구사한다는 사실을 황쑤가 인식하는 장면을 통해

---

28   오시로 사다토시는 가타카나로 우치나구치(오키나와 방언) 표기를 하고 그 의미를 ( )
      안에 표준어로 적었다. "あの世で、ヒラーラチ(平らにして)、待ッチョークトヤ(待
      っているよ)。サチナラヤ(先に逝くよ)。"(92쪽) 박지영은 이를 제주방언으로 "저 세
      상에서 편히 기다렴시마. 먼저 가키여"라고 옮겼다.

그런 점이 나타난다. 외성인에 의해 지역공동체가 침탈되고 있는 위험한 상황임을 암시하는 것으로 해석된다.

「도마칼」은 핵심 제재이기도 한 제목부터 방언에 견인된 표현이고, 작중인물들 간의 대화에서도 제주방언이 적잖이 구사된다. 특히 양어머니는 시종일관 제주방언을 거침없이 구사함으로써 제주 민중의 수난상을 부각시켜 준다. "이놈아, 사름 목숨 지키랜 헌 순경이지, 생사름 잡으라고 헌 순경이더냐!"184쪽는 양어머니의 항변에서는 토벌 군경에 대한 반감으로 반폭력의 의지를 드러낸다.

현재진행형의 상황을 강조한다는 면에서도 공통점이 있다. 세 소설은 모두 과거에 폭발된 거대한 폭력의 광포성狂暴性이 현실에서도 여전함을 역동적으로 그려내고 있다는 것이다. 「게라마는 보이지만」은 오키나와전투 60여 년 후, 「도마칼」은 4·3 발발 25년 후를 소설적 현재로 삼아 수기나 증언, 회고 등으로 시간 역전을 하는 방식으로 과거의 역사적 사건이 여전히 계속되고 있음을 말한다. 「황쒀의 작은 연대기」인 경우 다른 두 작품과는 달리 순차적 플롯의 소설이지만, 빠르게 진행시킨 20년의 시간의 끝은 소설이 발표된 1980년대 초반과 연결된다. 1980년대 초반 시점의 타이완의 2·28 문제는 1960년대 후반의 상황에서 크게 진전된 바가 없다는 것이다. 제국 또는 국민국가의 질서와 안보라는 이름으로 섬 민중들의 삶을 위협하며 평화를 해치는 행태는 오늘날에도 여전함을 세 섬의 소설들은 엄중 경고하고 있다고 할 수 있다.

6. 마무리

이 글에서는 20세기 중반 제국주의 전쟁에서 비롯된 거대한 폭력의 한복판에 놓였던 동아시아 세 섬의 역사와 현실을 담아낸 소설을 함께 살피고자 했다. 오키나와전투, 타이완 2·28항쟁 그리고 제주4·3항쟁의 과정에서 제국과 국가가 휘두른 폭력의 문제와 그에 대응하는 반폭력의 양상이 어떻게 문학적 상상력을 통해 재현되는지에 초점을 두었다. 오키나와 작가 오시로 사다토시의 「게라마는 보이지만」, 타이완 작가 린쑹부의 「황쑤의 작은 연대기」, 제주 작가 고시홍의 「도마칼」에 주목했다. 이들은 비슷한 시기에 태어난 섬의 토박이로서 유소년 시절부터 전후 적 상황의 직접적인 영향권 아래에 있었던 전후세대 작가들이며, 교사 경력이 있다는 공통점도 있다.

「게라마는 보이지만」은 오키나와전투 기간에 집단자결의 현장에서 살아남아 부부가 된 이들이 80대 후반에 이르러서 자살을 감행한 사건을 다룬 소설이다. 전쟁이 끝난 것이 아니라 현실은 여전히 전쟁에 밀착되어 있음을 노부부의 연쇄 자살로써 충격적으로 제시하고 있다. 체험자가 남긴 수기도 공식역사에 대응하는 기억투쟁이자 기억의 전승이라는 점에서 의미가 있다.

「황쑤의 작은 연대기」는 2·28의 와중에서 무고하게 체포되어 사형 집행 직전에 풀려난 예비신부가 그 충격으로 인해 철저히 파멸로 치닫는다는 내용이다. 그 여인은 20년 후에 열차가 달려오는 철길에 서서 최후를 맞는데, 이는 왜소한 처지로나마 거대한 국가폭력에 순응할 수 없다는 타이완 민중의 내면적 저항이 상징적으로 표출된 것이다.

「도마칼」은 4·3 때 행방불명되었던 남편이 25년 만에 나타남에 따라 광기로 좌충우돌하는 한 여인의 상황을 다뤘다. 그 여인은 개처럼 쇠사슬에 채워지는 상황까지 맞게 된다. 4·3의 상흔은 치유되기는커녕 더욱 깊어만 간다는 점을 강조하는 한편, 식칼을 휘두르는 여인의 행위를 통해 제주 민중의 저항이라는 메시지도 던지고 있다.

세 소설은 칼과 낫이라는 생필품이 끔찍한 살상이나 위협의 도구로 돌변하게 되는 상황을 통해 제국과 권력의 폭력 문제를 극단적으로 제시했다. 이는 거대한 폭력에 대한 왜소한 민중의 대응 방식인바, 반폭력의 상상력이 수난의 극대화라는 양상으로 구현된 것이다. 이들 소설에서 각기 방언이나 속담을 활용하여 지역공동체의 정체성을 강조하는 것도 반폭력의 한 양상으로 볼 수 있다. 과거에 폭발된 폭력의 광포성이 현실에서도 여전함을 역동적으로 그려냈다는 공통점도 있다.

이 논문에서는 한정된 지면에서 세 작품을 다루다 보니 내용 분석에서 다소 정밀하지 못한 점이 한계로 지적될 수 있다. 대비적對比的 고찰이 입체적으로 이뤄지지 못한 부분도 있다고 본다. 후속 연구에서 이런 점들이 마땅히 극복되어야 할 것이다. 그러기 위해서는 특히 타이완 2·28소설의 번역 작업이 절실하다. 한국에서 오키나와전투 관련 소설의 경우 여러 작가의 작품들이 계속해서 번역되는 데 반해, 2·28소설은 아직 공식적으로 번역 발표된 적이 없는 것 같다. 하루속히 2·28소설들이 번역됨으로써 널리 읽힘과 아울러 비교 연구가 활성화되기를 기대해 본다.

시선의 정치학과 내부식민지의 탄생

1962년 산업박람회를 중심으로

김동현

1. 1962년 산업박람회

"서울에서 열린 산업박람회 때 해녀를 구경거리로 삼았다고 해서 제
주도 출신 유학생들이 떠들고 일어났다는 일은 너무나 당연하다고 봅니
다."[1] 재경제주도민회가 1970년에 펴낸 『탐라』에 실린 소설가 최정희의
글이다. 제주를 방문한 짧은 소회를 담고 있는 이 글은 해녀를 낭만적으
로 인식하는 세간의 행태를 지적하면서 그들의 고단한 삶에 대한 나름의
애정을 표시하고 있다. 200자 원고지 8매 분량의 짧은 글은 분량도 분량
이지만 해녀나 제주에 대한 시선도 피상적 감상 수준에 불과하다. 그런
데 최정희가 언급하는 "서울에서 열린 산업박람회 때"의 일은 무엇을 말
하고 있는 것일까. 산업박람회에서 무슨 일이 있었기에 "제주도 출신 유
학생들이 떠들고 일어"난 것일까.

---

1   최정희, 「해녀」, 『탐라』 7호, 재경제주도민회, 1970, 33쪽.

최정희가 말하는 산업박람회는 1962년 경복궁에서 열린 '혁명 1주년 기념 산업박람회'를 말한다. 한국산업진흥회가 주최한 이 박람회는 쿠데타의 정당성을 홍보하기 위한 정치적 목적으로 개최되었다.[2] 산업진흥회 조직 자체가 산업박람회 개최만을 목표로 만들어졌다. 조직의 고문에는 당시 내각수반 송요찬이, 지도위원으로는 상공부 장관 정래혁을 비롯해 내각이 모두 참여하고 있다. 여기에다 제일모직산업의 이병철, 대한산업의 설동경, 화신산업의 박흥식 등 재계 인사들이 추진위원으로 참여하고 있다. 조직 구성의 면면만 보더라도 군정의 정통성을 홍보하기 위한 관제 동원의 성격이 드러난다. 박람회가 끝난 후 펴낸 산업연감 특별판에서는 개최 목적을 아래와 같이 5가지로 제시하고 있다.

① 혁명 1주년의 산업 발전 소개

② 산업면의 후진성에서 탈피하고 산업국으로 전환하는 계기를 조성한다

③ 경제5개년 계획 및 제1차년도의 현황을 소개한다

④ '우리 살림은 우리 것으로'라는 국민의욕을 고양함으로써 신생활 체제의 수립을 기한다

⑤ '우리 앞길을 우리 힘으로'라는 이념을 고취하고 자립경제의 개척을 기필期必한다[3]

---

2   사단법인 한국산업진흥회는 산업박람회 개최를 위한 조직이었다. 회장인 김덕승 (1924~1987)은 식민지 시기 광복군 화북지구 특파공작원 출신으로 5·16 쿠데타 직전 관련 첩보를 입수한 군경합동수사부에 체포되었던 전력이 있다. 합수부 조사 당시 그의 허위 진술 덕분에 쿠데타 모의는 발각되지 않을 수 있었다고 한다. 국가보훈처 공훈자료 참조.
3   사단법인 한국산업진흥회, 『5·16 1주년 기념 산업박람회 특별판 산업연감 1962』,

산업박람회는 1962년 4월 20일부터 6월 6일까지 47일 동안 경복궁에서 열렸다. 박람회는 "역사상 유래 없는 산업제전"으로 홍보되었고[4] 경복궁 안에 마련된 전시장 시설비만 10억 환이 넘었다. 가건물 150동이 지어졌고 전시회 공사에 동원된 인원만 3만 명이었다. 1인당 GNP 87 달러였던 때였다. 10억 환의 예산과 3만 명의 인원 동원은 이 박람회에 대한 당시 쿠데타 세력의 관심이 어느 정도였는지를 보여준다. 언론들은 관람객만 240만 명에 입장료 수입도 5억 환이었다면서 1929년 열렸던 조선 박람회와 비교해 성공적이었다고 보도했다.[5]

이렇게 '성공적'으로 종료했던 산업박람회는 개막하자마자 여러 문제가 노출되었는데 그 중에 하나가 사행 조장이었다. 언론은 이를 '본지에 어긋나는 산업박람회'라고 꼬집었다. 산업발전상을 관람하기보다는 복권판매소에 인파들이 즐비했다거나 회전당구장, 파친코까지 준비된(?) 오락센터의 문제점을 지적하기도 했다. 그런데 여기서 눈여겨볼 대목은 다음이다.

전시된 국산품의 질이라든가 그 제작과정 등을 눈여겨보아야 할 기업가 또는 기술자들이 해녀가 실연하는 수족관으로만 몰려드는 등의 현상은 이번 박람회를 갖게 된 본지에 어긋나는 것이라 아니할 수 없다.[6]

1962, 510쪽.(이하 『연감』으로 표기하고 인용 시에는 쪽수만 명기)

4   「군사혁명 1주년기념 약진! 한국산업의 정화를 과시 – 경복궁서 최대 규모의 박람회 개최」, 『경향신문』, 1962.4.16.

5   "1929년 같은 자리에서 열린 소위 조선대박람회가 138만 6천 명의 손님을 맞아들인 것과 대비하면 국민 사이에 뻗친 인기의 깊이를 짐작할 수 있을 것이다", 『조선일보』, 1962.6.6.

6   『경향신문』, 1962.5.10.

여기서 말하는 "해녀가 실연하는 수족관"이란 수족관 병설 잠수관을 말한다. 특별관 중에 90평 규모의 수족관이 있었고 여기에 병설 잠수관이 따로 마련되었다. '해녀 실연장'으로 구성된 잠수관은 40.5평 규모로 서귀포의 해변가를 재현해 놓았다.[7]

〈그림 1〉 산업박람회 사진감(寫眞鑑)

〈그림 1〉에서도 보듯이 당시 수족관은 인기 전시관이었다. 반공관에 이어 두 번째로 많은 사람이 찾았는데 반공관 관람객이 180만 명이었다는 점[8]을 감안한다면 관람 규모를 가늠해 볼 수 있다. 언론에서 지적하고 있듯이 기업가와 기술자들도 해녀 실연관을 찾았다. 업종별 전시관을 찾

---

7 『연감』, 243쪽. 해녀 실연장의 규모에 대해서는 90평 규모였다는 보도도 있으나, 산업 진흥회가 펴낸 연감에 따르면 40.5평 규모로 되어 있다. 전체 수족관 규모가 90평 규모라는 점을 감안하면 일부 언론의 보도가 부정확한 것으로 보인다.
8 「박람회의 총결산」, 『동아일보』, 1962.6.7.

아야 될 기업인들이 해녀를 보기 위해 모여 들었다는 사실은 잠수관에 대한 관심이 어느 정도였는지를 짐작케 한다. 해녀 실연장이 인기가 있었던 이유는 말 그대로 해녀들의 조업 장면을 실제로 보여줬기 때문이었다. 해녀들의 조업이 어떠한 방식으로 이뤄졌는지는 『연감』에 자세히 나타나 있지 않다. 하지만 해녀 실연의 규모는 확인할 수 있다. "해녀 조업"을 실연했던 해녀들은 부산 지역에서 올라온 이들로 모두 5명이었다.[9] 그런데 인기가 높았던 '해녀 실연'은 박람회가 개최되는 중에 '인권 침해' 논란에 휩싸인다. 100환의 입장료를 내고 해녀들의 물질 시연 장면을 볼수 있게 만든 수족관을 본 관람객들 일부가 항의를 했다. 결정적인 것은 재경제주도 유학생들의 반발이었다.

> 인권침해라고 말썽을 일으킨 산업박람회장 안 해녀들의 잠수실기는 6월부터 중지하기로 되었다. 5일 하오 재경 제주 학생대표들은 '해녀관' 안의 위생시설과 기타 제반시설의 미비를 들어 해녀 출연의 즉시 중지를 요청하였는데 주최측에서는 해녀들의 노동 실태를 알릴 수 있는 다른 시설을 갖출 때까지 출연을 중지시키기로 결정하였다.[10]

박람회장에서 인기가 높았던 해녀들의 실연을 중지시킨 것은 재경제주도 유학생들의 출연 중지 요청이었다. 기사는 그 이유를 '위생시설과 기타 제반시설의 미비' 때문이었다고 전하고 있다. 박람회 결산을 하면

---

9   「산업전사, 해녀도 등장 산박서 수중묘기」, 『경향신문』, 1962.4.23.
10   「6일부터 중지 – 박람회의 해녀실기」, 『동아일보』, 1962.5.6.

서 한 언론은 이 사건을 "해녀의 인권을 흙탕물에 담은 수족관"이었다고
표현했다.[11]

박람회 개막은 4월 20일이었고 재경 제주도 유학생들의 반발로 해녀
실연이 중지된 것이 5월 6일이었다. 16일 동안 해녀 실연은 계속되었다.
당시 박람회 관람 규모를 감안하면 많은 관람객이 '해녀 실연' 장면을 직
접 '관람'했던 것으로 보인다. 하지만 '인간 전시'라는 즉각적 불쾌감을 토
로하는 것에서 볼 수 있듯이 해녀 실연은 당시에도 논쟁적 장면이었다.

산업박람회가 상품과 기술의 진보를 시각적으로 전시하는 장이라고
할 때 '해녀 실연'을 어떻게 바라봐야 할 것인가. '인간 전시'라는 당시의
즉자적 대응에 주목해서 상품화된 존재로서의 해녀에 주목해야 할 것인
가. 아니면 그것보다 더 큰 함의가 있는 것일까. 또한 재경 제주도 유학생
들의 항의는 어떤 의미를 담고 있었던 것일까.

2. 박람회, 시각적 재현의 정치성

1962년 박람회가 끝난 직후 『5·16혁명 일주년 기념 산업박람회 특
집편 산업연감 1962』^{이하 연감}와 『5·16혁명 일주년 기념 산업박람회 사진
감』^{이하 사진감}이 발간되었다. 국내산업편, 해외산업편, 전시관편, 업종편, 법
규기록편, 박람회 종합통계, 통계 부록편 등으로 구성된 『연감』은 당시

---

11   『동아일보』, 1962.6.7.

박람회의 의도가 무엇이었는지를 잘 보여준다. 우선 국내산업편의 목차부터 살펴보자.[12]

제1장_ 경제개발5개년 계획과 국제수지

제2장_ 산업관계 정책

제3장_ 경제원조

제4장_ 혁명정부 1년간의 업적

제5장_ 산업과 국민재건운동

제6장_ 해외교포 동향

1961년 쿠데타로 집권한 군부는 이듬해인 1962년 1월 제1차 경제개발 5개년 계획을 수립한다. 경제 개발 정책 수립은 이때가 처음이 아니었다. 거기에는 1958년부터 시작된 장기적 경제 개발계획, 특히 계속되는 원조로 인한 재정 부담을 줄이기 위한 미국 정부의 정책 전환이 큰 영향을 주었다.[13] 국내산업편의 목차 구성에서 경제원조와 해외교포 동향 등이 별도의 항목으로 편재되어 있는 것도 그 때문이다. 1차 경제개발계획을 수립했지만 종잣돈이 없었던 쿠데타 세력은 해외, 특히 재일교포의 경제 지원에 눈을 돌렸다.[14] 경제적 원조와 자립 경제 사이에서 가시적인

12　『연감』, 1~2쪽.

13　김보현, 「박정희 정부시기 경제개발 5개년 계획의 수정에 관한 연구 - 계획 합리성인 가? 성장 숭배인가?」, 비판사회학회, 『경제와 사회』, 2019.12, 331~332쪽.

14　이와 관련해서 주목할 만한 연구로는 정진성·김백영·정호석의 『'모국공헌'의 시대』 (한울엠플러스, 2020)가 있다.

경제 발전을 이뤄야 하는 당시 집권 세력의 고민들이 『연감』에서도 그대로 드러난다. 특히 전체 연감 구성 중에서 경제개발계획을 전면에 배치한 것은 당시 박람회 개최의 목적이 어디에 있는지를 잘 보여준다.

박람회 전시관 구성은 이를 보여주는 시각적 장치로 작동하고 있었다. 전시관은 크게 특별관, 업종별관, 시도관, 독립관 등 4개로 구분되었다. 각각의 전시관의 세부 구성은 다음과 같다.

> 특별관(8개관) : 혁명기념관, 5개년경제계획관, 재건국민관, 반공관, 국제관, 해외교포관, 과학관, 발명관
>
> 업종별관(18개관) : 기계관, 농림관, 수산관, 직유관, 공예관, 광물관, 화공관, 전력관, 토지개량관, 식품관, 의약품관, 요업관, 농기구관, 운동문방구관, 자동차관, 통신관, 수족관, 생활과학관
>
> 시도관(10개관) : 서울관, 경기관, 충북관, 충남관, 경북관, 경남관, 전북관, 전남관, 강원관, 제주관
>
> 독립관(3개관) : 조달청관, 전매관, 기타관[15]

전시관 구성에서도 확인할 수 있듯이 1962년 산업박람회는 쿠데타 세력의 정치적 선전의 장이었다. 박람회장을 찾은 관람객은 제일 먼저 혁명기념관을 만나야 했다. "국가재건최고회의를 상징하는 5각 12면의 흰빛 조각물"을 중심으로 "육사생도 시가행진 사진", "박정희 의장의 친

---

15 『연감』, 3~4쪽.

선 방미 여정 사진" 등이 전시된 혁명기념관은 '혁명 정부'의 1년을 시각적으로 재현해 내도록 구성되어 있었다.[16] 이런 조형물의 설치가 '혁명'으로 포장된 쿠데타의 정당성을 시각적으로 보여주는 장치였음은 물론이다. 이와 함께 국제관, 해외교포관, 과학관, 발명관 등의 특별관들은 '경제개발 5개년 계획'과 '산업재건'을 위한 선전과 동원의 전시장으로 활용되었다. 국제관과 해외교포관은 박람회 전시관 중에서도 압도적인 규모였다. 혁명기념관이 100평 규모였던 것에 비해 국제관은 796평, 해외교포관은 502평이었다. 국제관이 미국관, 우솜USOM관, 유엔군관, 중국관, 영국관, 독일관, 이태리관, 일본관 등 8개관으로 구성되어 있는 점을 감안한다면 해외교포관은 전체 박람회 전시관 중에서 가장 큰 규모였다.

해외교포관은 사실상 재일교포관이나 다름없었다. 전시 품목도 신일본공기, 명공사, 오사카 전기 등 교포 기업에서 생산한 공작기계류, 무선송수신기 등으로 전시 상품 종수만도 1만 3천 380점이었다. 『연감』에서는 해외교포관의 목적을 다음과 같이 설명하고 있다.

60만 재일교포의 경제역량을 대표하는 약 4만 개의 교포 기업체는 해방이후 10년 성상이 경과하는 동안 본국의 산업 계열과 유리된 존재 하에 방치된 관계로 유수 굴지의 교포 생산품의 해외 진출을 저해하였다. 이렇듯 구 정권하의 미온적인 교민 정책을 쇄신하고 교포 기업체의 정상적인 발전을 도모하기 위한 적극화한 대 교포 정책의 일환으로 교포 자체의 이득은 물론 국

---

16   『연감』, 169쪽.

민경제 재건에 직결하여 모국과의 경제적 유대의 강화, 기술 교류 특히 도약하는 일본 산업계의 일각을 굳건히 쌓아 올리고 있는 재일교포의 출품으로 경제개발 5개년 계획의 일익을 담당하는 계기를 마련하는 데 목적이 있다.[17]

'재일교포 기업'을 "해방 이후 10여 년 성상이 경과하는 동안 본국의 산업계열과 유리된 존재 하에 방치된 관계"라고 규정하면서 "국민경제 재건에 직결", "모국과의 경제적 유대의 강화"가 필요하다고 말하는 것은 '재일교포'를 대하는 당대적 시각이 무엇이었는지를 잘 보여준다. 일관되게 부르고 있는 '재일교포'라는 호칭이 한국전쟁 이후 냉전적 시각을 반영하고 있다는 점을 염두에 둔다면[18] 재일조선인에 대한 호명은 '반공'과 '조국 근대화'라는 구호 안에서만 용인되는 것이었다.[19] 여기에는 '재일'의 역사가 내재한 복잡한 사정이 담겨 있지 않았다. '경제재건'의 주체로 '재일교포'를 호명하고 있지만 사실상 그것은 권력의 동원을 자발성으로 치환하기 위한 수사에 불과했다. 국제관과 재일교포관, 그리고 업종별, 시도별 전시관에 앞서 가장 압도적이었던 전시관은 당연히 혁명기념관이었다. 혁명기념관은 업종별, 시도관보다 전면에 배치되었다. 전시관에서는 '혁명정부 1년의 업적'이 시각적으로 재현되고 있었다. 『연

---

17   『연감』, 186쪽.

18   권혁태, 「'재일조선인'과 한국사회 - 한국사회는 재일조선인을 어떻게 '표상'해 왔는가」, 역사비평사, 『역사비평』, 2007.2, 241쪽.

19   1962년 이후 '재일교포'와의 경제적 교류의 강조가 반공국가 대한민국의 안정적 관리를 전제로 한 동원이었다는 점은 김동현, 「'재일제주인'의 소환과 동원의 수사학」, 동악어문학회, 『동악어문학』 68, 2016, 141~142쪽 참조.

감』의 혁명기념관 설치 목적은 이를 잘 보여준다.

건평 100평인 혁명기념관 설치 목적은 전술한 바와 같이 구 정권 당시 한
낱 구두선에 그친 제반 시책을 혁명정부 수립 1년 동안에 단행한 업적을 비
롯하여 최고회의 활동상 등을 국민에게 직접 전시하였으며, 이로써 사회정
의 실현과 청신한 민족정기 풍의 확립으로 혁명과업 완수에 가일층 분발케
함은 물론 국내외로 5·16 혁명의 동기 및 목적 성과를 길이 기념하는 데 목
적이 있다.[20]

시종일관 구 정권과의 차별을 내세우고 있는 것에서 알 수 있듯이 박
람회 주체 세력은 과거와의 분명한 단절을 보여줄 필요가 있었다. 쿠데
타 세력이 과거를 '구악'으로 규정한 것은 후진성을 벗어나야 한다는 당
대적 욕망을 표현한 것이나 다름없었다. 박람회는 권력의 정치성을 공간
구성과 배치로 드러내는 선전의 장이었다. '혁명정부 1년'의 업적은 시각
적인 스펙터클로 재현되는 동시에 그 자체로 관람객들에게 소비될 필요
가 있었다. 업종별, 시도별 전시관이 상품의 전시를 담당했다면 특별관
은 그 자체로 박람회의 정치성을 드러내기 위한 배치였다.

근대 박람회를 "제국주의 프로파간다 장치이자 소비자를 끊임없이
유혹하는 상품 세계의 광고 장치"[21]라고 규정한다면 1962년 박람회는
'혁명 정부의 프로파간다'와 '근대적 상품의 전시'가 혼재하는 시각적 재

20   『연감』, 169쪽.
21   요시미 순야, 이태문 역, 『박람회 – 근대의 시선』, 논형, 2004, 45쪽.

현의 장이었다. 혁명기념관의 대형 조형물이 의도하는 바는 분명했다. 그것은 '혁명의 가시화'였다. 박람회장에 배치된 전시관들은 '혁명'이라는 불가시不可視의 추상을 가시화하는 재현의 공간이었다. 이런 점에서 박람회는 '혁명의 정당성'을 시각적으로 재현하고자 권력의 욕망을 그대로 보여준다. 하지만 이러한 목적이 어떻게 수행되었는지를 살펴보기 위해서는 박람회 전시관의 배치와 전시물의 성격을 자세히 들여다볼 필요가 있다.

일단 혁명기념관의 전시 품목부터 살펴보자. 혁명기념관에는 벽상2점, 모형 건설 상징2점, 외자外資사용 모형3점, 영주 수해복구상황 모형1점, 지역사회 개발보조 사업 현황 모형1점, 차트 및 도표39매, 사진148매, 혁명군 서울 진주 상황 모형1식 등이 전시되어 있었다. '혁명 1주년의 성과'는 박람회를 개최하는 중요 목적이었다. 하지만 목적이 그 성과를 담보해주지는 않았다. 전시 품목 대부분이 모형이었다. 거창한 '혁명기념 조형물'에 비해 전시관 내부를 채우고 있는 것들은 빈약하기 짝이 없었다. 반공관과 국민재건관 역시 사정은 비슷했다. 반공관은 자유 진영과 공산 진영의 대결을 전시한 마네킹 조형물들이 대부분이었다. 국민재건관 전시물 역시 5년 후의 농촌 모형, 재건 간소복, 마네킹, 사진 등이었다.[22] '혁명'과 '근대화'를 시각적으로 재현하겠다는 의지가 무색할 정도였다. 당시 여론도 부실한 전시를 지적하기도 했다. "국제관의 반수 이상이 사진이나 붙여 놓았을 뿐"이라거나 상품이 진열된 것도 "교포관, 일본관, 이태리관

22　국민재건관의 전시 품목은 다음과 같다. 5년 후의 농촌 모형(1식), 재건 간소복(4식), 마네킹(4개), 사진(116매), 상패(9개), 각종 도서(100권) 차트(24점), 『연감』, 176쪽.

밖에 없다"는 비판의 목소리도 있었다.[23] 5개년계획관도 사정은 마찬가지였다.

3만 명이 넘는 인원이 동원되고 10억 환이 넘는 예산이 투입된 박람회였다.[24] 쿠데타 세력이 내세웠던 '경제재건'이라는 구호는 박람회를 통해 가시화되어야 했다. 상품의 전시 못지않게 중요한 것이 '경제개발'이라는 공동의 목표를 대중에게 체화시키는 일이었기 때문이었다.[25] 때문에 박람회 개최의 의미를 '자립경제 확립의 원천'이라고 규정하면서도 인간개조, 민족관념, 산업진흥책이라는 구호를 병치할 수 있었다.[26] 산업진흥이라는 목표를 달성하기 위해 인간개조와 민족관념의 수립을 우선시하는 것은 그것이 근대화의 주체를 생산하는 시대적 요구였기 때문이었다.

박정희 정권의 경제 개발은 "경제적 민족주의"를 전면에 내세우면서 경제 개발의 주체로서 국민을 만들어갔다.[27] 경제적 성과를 재현하는 박람회 장에서 인간개조와 민족관념이 등장하는 것은 박람회가 단순히 경제적 성장을 시각적으로 재현하는 공간이 아니라 그러한 재현을 함께 소

---

23 「오늘 개막 군사혁명 한돌 기념 산업박람회」, 『동아일보』, 1962.4.20.

24 「약진, 한국산업의 정화를 과시」, 『경향신문』, 1962.4.16.

25 박람회의 당대적 의미는 당시 신문 사설의 내용에서 확인할 수 있다. "경제재건이 현하 우리나라에 있어서 무엇보다도 지상과제임은 두말할 것도 없다. 그러나 경제재건의 모습이 어떠하며 또 그 경제재건에는 어떠한 노력이 필요하다는 것을 자세하게 아는 사람은 드물 것이다. 이번의 산업박람회가 국내의 각종 생산품을 다수 전시한 것은 국민에게 이러한 지식을 주는 데 큰 도움이 될 것이다." 『경향신문』, 1962.4.21.

26 『연감』, 510쪽.

27 홍태영, 「민족주의적 통치성과 국민 만들기—해방 이후 남한에서 반공과 경제개발 주체로서 국민의 탄생」, 한양대 평화연구소, 『문화와 정치』 6(2), 2019, 114쪽.

비함으로써 '경제적 주체'라는 공동의 인식을 나눠 갖기 위한 장치였음을 보여준다. 박람회라는 공간의 구성을 시각적으로 소비하고 이러한 시선의 재편을 통해 '경제적 주체'라는 인식을 공유하도록 하는 것, 그것이 1962년 산업박람회가 추구하는 분명한 목표였다.

3. 해녀를 둘러싼 시선의 위계

'해녀 실연'은 수족관에 마련된 해녀 실연장에서 이뤄졌다. 수족관은 '수산 증식'과 '학구적學究的 소재 제공'을 목적으로 활어장과 함께 물고기와 패조류의 표본 등이 전시되었다. 전시장은 해녀 실연장, 활어 전시장, 열대어 전시장, 파충류 전시장, 혼성 전시장, 양어장 모형, 수족 표본류 전시장 등으로 구성되어 있었다.[28] 당시 사진 자료를 보면 해녀 실연장은 수족관 병설 잠수관으로 표시되고 있었는데, 실제 전시관 배치를 보면 잠수관 면적은 전체 수족관 면적의 절반 정도였다수족관 90평, 해녀 실연장 40.5평.

또한 해녀들의 물질 시연은 지역별 전시관인 제주관이 별도로 있었음에도 수족관에서 공개되었다. 당시 제주관에는 제주의 특산품인 해산물, 금귤, 밀감, 한약재 등 115종 709점이 전시되고 있었다. 박람회 상품 출품은 별도의 심사 기준에 의해 선정되었다. 이러한 상품의 진열과 배치는 공간 배치의 서열화를 통한 새로운 신체적 경험이었다.[29] 박람회의

---

28 『연감』, 243쪽.
29 『연감』, 509쪽. 당시 박람회종합계획에 따르면 시도 자료관의 출품 자료들은 상공부

공간 배치가 '바라보는 것'과 '보여지는 것'과의 위계를 드러내는 시각적 연출이었다는 점을 감안한다면[30] 수족관의 해녀 실연장은 상품 전시와 별도로 해녀의 가시화를 염두에 둔 의도된 재현이었다고 봐야 한다. 그런데 흥미로운 것은 당시 박람회에서 신체적 재현을 통한 로컬의 가시화가 '해녀'에 한정되고 있다는 점이다. 다른 시도관의 경우는 출품 자료들만이 전시되고 있었을 뿐이었다.

'혁명'의 가시성을 시각적으로 재현하는 동시에 '경제재건'이라는 근대적 과제가 상품 전시를 통해 연출되고 있는 상황에서 하필이면 '해녀'만이 신체적 재현 대상으로 호명되고 있는 이유는 무엇인가. 당시 『연감』에는 해녀 실연장이 배치되어 있다는 설명 이외에 실연 의도가 무엇이었는지를 확인할 수 있는 내용이 없다. 수산 자원 증식과 해륙수자원 개발을 위한 전시 목적에 비추어본다면 '해녀 실연'이 그것과 직접적인 연관이 있었다고는 보기 힘들다. 특히 박람회의 목적을 감안한다면 '해녀'라는 존재만이 신체적 재현 대상이 되고 있는 이유 역시 묘연하기만 하다.

이를 규명할 수 있는 단서는 박람회 시도관 출품 자료 수집 과정에서도 거론되고 있는 해방 10주년 박람회의 사례다. 박람회에서 해녀들을 동원해 실제 조업 장면을 재현한 것은 1962년이 처음이 아니었다. '해녀 실연'은 1955년 열린 해방 10주년 산업박람회에서도 있었다. 62년 박람회가 55년의 박람회를 중요한 참조점으로 삼고 있었다는 점을 감안한다

에 의해 사전에 출품 자료를 파악하고, 한국산업진흥원 직원이 현지에 파견되어 자료들을 직접 선택했다. 특히 시도관의 자료 출품에 있어서는 해방 10주년 기념박람회 당시의 실적이 중요 참고 자료로 활용되었다.

30 요시미 슌야, 앞의 책, 149쪽.

면 '해녀 실연'은 박람회 자체가 지닌 근대적 성격이 초래한 결과일 가능성이 높다.

1955년 10월 1일 창경원에서 해방 10주년 산업박람회가 개최되었다. 국산장려회가 주최한 이 박람회에는 서울관을 비롯한 각 지역관, 특설관 등 32개의 전시관, 출품 품종 740여 점, 3만 4천 500여 점의 품목이 전시되었다.[31] 당시에도 각 지역관과 특설관들이 설치되었는데 이 중 수산관에서는 해녀들이 직접 조업 장면을 재현하였다.[32]

표면적으로 국산장려회가 주최했지만 산업박람회의 총재는 이승만 대통령, 회장은 이기붕 민의원 의장이 맡았다.[33] 이러한 사실은 1955년 박람회나 1962년 박람회 모두 권력의 성과를 가시적으로 재현하기 위한 동원의 전략을 지니고 있음을 보여준다. 때문에 박람회에서 상품의 전시와 해녀의 실연이 동시에 재현되는 양상을 살펴보기 위해서는 박람회라는 스펙터클을 재구성하고 재현하는 시선의 정치성을 읽어갈 필요가 있다. 그것은 일차적으로 산업발전이라는 가시적 성과를 재구성하는 것이기는 하지만 거기에는 공간을 배치하고 구성함으로써 '보여지는 것'과 '보는 것'을 구분하는 위계가 내포되어 있기 때문이다. 이를 시선의 정치성이라고 규정한다면 그것은 과연 어디에서 비롯되었는가.

해방 이후 두 차례 열린 박람회의 성격을 살펴보기 위해서는 박람회라는 지知의 인식이 무엇이었는지를 따져봐야 한다. 박람회가 근대적 산

---

31   사법신문사, 『해방10주년 산업박람회 사진감』, 1955.
32   위의 책, 참조. 당시 해녀 실연에 대해서 제주도 출신 혹은 관람객의 항의가 있었는지는 확인되지 않는다.
33   「산업박람회 임원을 선출」, 『조선일보』, 1955.6.15.

물이라는 점은 재론의 여지가 없다. 때문에 1955년과 1962년 박람회는 박람회라는 근대적 지知의 연장선상에서 바라볼 때 그 의미가 보다 명확해질 수 있다. 푸코 식으로 말하자면 박람회에 대한 계보학적 탐구를 통해 당대 박람회에 드러난 정황들의 이해가 더해질 수 있을 것이다.

조선에서 박람회에 대한 근대적 지식의 계보를 따질 때 중요하게 언급되는 것은 1903년 오사카 내국 권업박람회와 1907년 도쿄 권업박람회라고 할 수 있다. 물론 1877년 메이지 시대에 1회 내국 권업박람회가 시작되었지만 1903년과 1907년 내국 권업박람회는 이후 1915년 물산공진회, 1929년 조선박람회 개최 등으로 이어지면서 '식산흥업'과 '문명개화'의 이념을 전파하는 효과적인 장치로 활용되었다.[34] 특히 1903년 내국 권업 박람회에서는 '학술 인류관'에 조선, 류큐, 아이누 등의 인종 전시관이 마련되기도 하였다.

1903년과 1907년의 인종 전시는 인류학이라는 근대적 지知의 개입 여부에 따라 전시 배경과 전시 내용이 달랐다. 1907년의 인종전시는 인류학적 배경이 없는 영리목적의 전시였다는 점에서 1903년 권업박람회와는 차이가 있다.[35] 인류학적 지知의 개입에 의해 문명과 야만의 차별적 기획이 분명하게 드러난 1903년 인종 전시에 대해서는 중국인 유학생과 조

---

34 남기웅, 「1929년 조선박람회와 '식민지 근대성'」, 동아시아문화연구소, 『동아시아문화연구』 43, 2008, 159쪽.

35 권혁희, 『일본 박람회의 '조선인 전시'에 대한 연구 – 1903년 제5회 내국 권업박람회와 1907년 도쿄 권업박람회를 중심으로』, 서울대 석사논문, 2007, 28쪽. 권혁희는 당시 조선의 반응을 검토하면서 1903년의 인류관 전시가 문명과 야만의 차별적 시선이 작동하고 있다면 1907년의 전시는 조선의 전근대성이라는 측면에서 문제가 제기되었다고 분석하고 있다.

선인, 류큐인들의 항의가 있었다.(1903년 인류관의 조선인 전시는 20여 일 정도 였다고 추정된다. 학술 인류관이 개장된 이후 오사카 조선인들의 항의로 조선인 부인 정소사와 최소한 2명의 전시는 철회되었다.)[36] 그들의 항의는 타자를 서열화하는 폭력적 배치에 대한 반응이었다. 하지만 이러한 반응은 식민지 지식 권력인 일본에 대한 직접적인 항의의 성격인 동시에 생번, 류큐, 조선, 아이누 등 '학술 인류관'에 전시된 인종적 서열에 대한 반발이기도 했다.[37]

두 차례의 조선인 전시와 관련해서 조선의 반응이 그나마 남아있는 것은 1907년의 수정관 전시다. 당시 언론에서는 조선인 여성이 전시되고 있는 사실을 민족적 치욕으로 받아들이고 있었다.

嗚呼痛哉라 我同胞여 昔者에 吾人이 阿弗利加土人種을 哀憐ㅎ얏더니엇지 今日에 阿弗利加土人이 吾人을 重憐홀줄 知하얏스리오 日夜勞働에 不能衣不能 食ㅎ고 若干金錢으로 由ㅎ야 自己一身을 外人의게 販賣ㅎ야 一箇出品物이되 여 東京博覽會水晶宮內에셔 世界各國人의게 莫大ㅎ 恥辱을 買하고 西望故國ㅎ 고 彷徨落淚ㅎ 는 我邦婦人의 慘狀을 我同胞가 知乎아 不知乎아 (…중략…)

我二千萬同胞여 今番日本博覽會中에 阿弗利加土人種도 出品物이되야 陳

---

36 권혁희, 위의 글, 37쪽.
37 신지영, 「과학이라는 인종주의와 복수의 지방화」, 『동악어문학』, 61, 2013, 312~313 쪽. 인종적 서열화에 대한 반발은 1976년 오키나와 출신 극작가 지넨 세이신의 희곡 작품 『인류관』 발표에서도 볼 수 있듯이 휘발성이 강한 일회적 경험이 아니었던 것으로 보인다. 지넨 세이신의 『인류관』에 대해서는 "박람회라는 근대화 정책이 가지고 온 가시적 결과의 이면에서 초래되고 역사의 뒤안길에 은폐되고 망각되어온 사건이 글로벌리제이션이나 다문화 공생을 내건 오늘날 '차별'과 '소외'라는 문제를 환기시키고 있는 것"이라고 평가하기도 한다. 김명주, 「지넨 세이신 『인류관(人類館)』에 있어서의 '조선' 표상 연구」, 한양대 일본학국제비교연구소, 『비교일본학』 48집, 2020.6, 160쪽.

列흠이 無흐거늘 何故로 日本人이 我國同胞를 出品흐고 東西洋各國人에게 觀覽料를 取흐니뇨 韓國人이 皆生耶아 皆死耶아 四千年獨立花史를 有흔 我民族이 此에 止흐고 已乎아 世界각國人이 博覽會를 觀남흐고 각歸其國흐야 其國民의게 報告흐기를 韓國民族은 自國의 外交權과 軍政權과 經濟權을 外人의게 盡賣흐고 畢竟은 自國의 婦人同胞까지 物品으로 外人의게 販賣흐얏다 云흐면 如何흔 答辭로 其事件을 辨明흐깃나뇨 血이 有흐고 淚가 有흐고 骨이 有흔 我同胞의계 再三請問흐노라[38]

기사는 조선인 전시에 대한 감정적 분노를 감추지 않는다. 아프리카인과 비교하면서 조선 부인을 관람료를 받고 전시하는 것에 대한 문제를 지적하면서 1905년 을사늑약으로 외교권을 빼앗긴 상황도 언급하고 있다. "부인 동포까지 물품으로 외인에게 판매했다고 묻는다면 어떻게 답할 것인가"라고 호소하는 대목은 당시 전시에 대한 민족적 반응이 상당히 격렬했음을 보여준다. 그런데 인종 전시를 민족적 수치로 여기는 부분에서 아프리카 토인이 언급되고 있는 대목은 심상치 않다. 아프리카 토인을 불쌍히 여겼는데 이제는 아프리카 토인이 우리를 불쌍히 여길 것이라고 말하고 있는 부분은 아프리카 토인을 불쌍히 여기는 시선의 주체로서 조선인의 위치를 노출시키고 있다. 이는 인종적 비교 대상으로 황인/흑인의 위계가 배면에 깔려 있음을 보여준다. 인간이 전시될 수 있다는 문명/야만의 차별적 시선에 대한 분노와 인종적 타자에 대한 차별적

---

38 『대한매일신보』, 1907.7.12.

존재로서 인정받고자 하는 욕망이 동시에 드러나고 있는 것이다.

이는 전시라는 시각적 재현이 문제가 아니라 타자와의 차별성을 인정받지 못하는 자기 인정의 욕망이 당시 항의에 이면에 전제되어 있음을 보여준다. 즉 야만으로 불리는 인종적 타자와 동일시될 수 없다는 민족적 우월의 확인과 이를 통한 차별의 구현에 대한 항의, 그것이 당시 박람회 인종 전시에 대한 반응의 일단이었다. 그런데 이러한 지적 체험은 박람회가 지니고 있는 문명의 차별적 시선을 체화하는 동시에 인종주의적 차별 의식의 투사로 이어졌다. 이는 식민 권력 안에서도 '보여지는 자', '보는 자'의 구분이 존재하는 것임을 보여준 동시에 식민 권력이 피식민 자에게 동일하게 투사되지 않는다는 지적 경험이었다.

이러한 지적 경험은 식민 본국에서 식민지로 옮아온 박람회에서도 이어졌다. 이는 지방의 서열화 문제를 드러낸 상품 전시에서 반복되었다. 박람회 물품의 전시는 시각적 재현의 방식으로 지방의 우열을 확인하는 수단이었다. 과학이라는 이름으로 행해진 이러한 서열화는 박람회의 공간 배치에서도 그대로 나타났다. 즉 박람회는 식민지 규율권력이 조선의 신체를 시각적으로 재현하는 장인 동시에 그러한 식민지적 위계를 시각적 이벤트로 소비하는 체험의 장이기도 했다.[39]

1955년과 1962년의 박람회에서 보여지는 시선의 정치성, 그리고 공간 배치와 서열/선택/전시 양상이 식민주의 경험을 적극적으로 소환하고 있는 것은 주목할 필요가 있다. '해녀 전시'의 의미를 단순히 '해녀'라는 특수

---

39   남기웅, 앞의 글, 162~167쪽 참조.

적 존재의 전시, 혹은 인권 유린이라는 당시의 즉자적 반응에 초점을 맞추는 것은 해녀 전시에 담긴 다양한 국면을 왜소화시킬 가능성이 많다. 이를 살펴보기 위해서는 당시 제주 지역의 반응은 물론, 해녀에 대해 지역(남성) 지식인이 지니고 있었던 이중성 역시 따져봐야 한다. 이것은 해녀는 말하지 않는 것인가, 말할 수 없는 존재인가, 아니면 말이 없다고 간주되는 것인가라는 문제와도 관련이 깊다. 그리고 이러한 해녀 전시에 대한 지식인들의 항의가 식민주의적 전통에 기인하고 있는 점도 세심히 살펴봐야 한다.

1962년 산업박람회 당시 식민지 시기에 열렸던 박람회들이 소환되고 있는 이유도 여기에 있다. 박람회 결산을 전하는 언론들은 1929년 조선박람회와 대비하여 산업박람회의 성과를 평가하고 있었다. 주최 측인 산업진흥회가 펴낸 책자에도 식민지 시기에 열렸던 박람회에 대해 별도의 장으로 다뤄 상세하게 설명하고 있었다. 연감의 내용을 보면 박람회를 "국가 지역의 문화, 산업상태를 소개하기 위한 사물의 진열, 지식을 개발하는 시설의 총화"라고 규정하면서 국내박람회 약사略史를 언급하고 있다. 1907년, 1915년, 1929년 박람회를 소개하고 있는 대목에서도 확인할 수 있듯이 당시 산업박람회는 식민주의 경험을 적극적으로 재구성하고 재조직하고 있었다. 박람회종합계획에서도 이를 확인할 수 있는데 상품 출품에 대한 규정과 심사, 그리고 출품 전시물에 대한 심사 등 세부적인 내용들이 식민지 시기 박람회의 그것과 매우 유사하다.[40]

박람회가 근대성의 과시이자, 문명의 시각적 재현이라는 점을 염두

---

40 식민지 시기 박람회 출품과 현황에 대해서는 요시미 슌야가 자세히 다룬 바 있다(앞의 책, 141~155쪽).

에 둔다면 1962년 산업박람회가 과거의 식민주의 경험을 적극적으로 환기하는 이유는 무엇일까. 그리고 그러한 식민주의 경험이 '해녀 실연'이라는 문제적 장면과 겹쳐지는 것은 무엇일까. 시각적 재현의 장에서는 '주체'와 '보여지는 대상'의 구분이 '해녀'라는 가장 로컬적인 존재의 호명으로 이어지는 것을 어떻게 봐야 할 것인가.

이를 규명하기 위해 당시 해녀 실연에 대한 세간의 평가가 어떠했는지를 살펴보도록 하자. 유학생의 항의가 있기 전에도 해녀 실연은 인권유린 논란에 휩싸이기도 했는데 언론은 이를 살아있는 사람을 전시하는 것에 대한 불쾌감이었다고 전하고 있다.

수족관측의 말에 의하면 전국에 산재하는 3만여 명의 해녀들이 바다 속에서 건져 올리는 해산물은 연간 수십억 환을 올리고 있으나 그들의 거의 전부가 생활에 쪼들려 마치 세농가의 입도선매처럼 업자들에게 선금을 받아 하루불과 7, 8백 환의 수입밖에 얻지 못하는 실정이라는 것이다. 이곳에서 그들의 고된 생활의 일면이라고 할 수 있는 수중 묘기를 보여줌으로써 도회의 사치족 이성들에게 각성을 촉구하자는 데 이번 수족관 설치의 의의가 있다고 한다.

그러나 해녀들의 실기를 보고 어떤 'B.G'가 비참하다는 한 마디로 지적한 것처럼 돈을 받고 '산 인간'을 하나의 전시품으로 등장시킨다는 것은 '인권유린'이라고 상을 찌푸리는 것이 수족관의 해녀들을 보고 나온 관객들의 거의 공통된 표정이기도 했다.[41]

---

41 「산업전사, 해녀도 등장 산박서 수중묘기」, 『경향신문』, 1962.4.23.

『연감』에는 해녀 실연의 목적이 드러나 있지 않지만 당시 기사를 통해 해녀 실연의 의도를 짐작할 수 있다. 기사에 따르면 해녀 실연의 목적은 생활고에 시달리는 해녀들의 고된 생활을 재현함으로써 도시의 사치 풍조를 비판하기 위한 것이었다. 문면에 나타난 의도를 그대로 받아들인다고 하더라도 생활고에 시달리는 해녀들의 모습을 보여주는 이유를 "도회의 사치족 이성"들의 "각성을 촉구"하는 데 있다는 설명은 그 자체로 모순적이다. 빈곤의 당사자를 통해 계몽을 자각한다는 설정 자체도 잘 이해가 가지 않는다. 또한 '각성'의 당사자로 지목되고 있는 '도회의 이성'이 '해녀 실연'을 '보는 자'로서 '보여지는 자'에 비해 시선의 우위를 점할 수밖에 없는 점을 감안한다면, 신문 기사에 나타난 주최 측의 설명은 납득이 되지 않는다. '해녀들의 생활고'에 대한 온정주의적 시선 역시, 실연이라는 형식 자체에 담긴 시각적 재현의 폭력성을 상쇄시키지 않는다. 그런 점에서 기사에서 나타난 온정주의적 시각은 이를 은폐하는 한 수사적 장치라고 봐야 한다.

1962년 산업박람회의 개최 목적은 분명했다. 식민지에 축적된 박람회에 대한 근대적 지知의 적극적 활용을 통해 '혁명'과 '반공', '국민재건'과 '과학'이 결합한 체제 선전의 과시적 재현. 그것이 박람회의 연출 의도였다.

이러한 재현의 장에서 해녀들이 직접 수족관에서 해초를 캐는 모습을 보여주는 행위는 도시문명/바다미개, '보는 자'/'보여지는 자', 남성/여성 등의 구분을 위계화한 식민지적 근대의 반복이었다. 일부 신문에서 해녀를 '산업 전사'의 주체로 호명하고 있지만 당시 실연 장면을 '수중 묘기'

라고 평가하고 있는 것에서 알 수 있듯이 '해녀 실연'은 호기심의 대상일 뿐이었다.

식민지 시기 어업이 자본주의적 질서에 편입되기 시작하면서 해녀들의 존재는 식민지적 수탈과 젠더적 착취라는 이중고를 겪어야 했다. 특히 입어료를 둘러싼 분쟁은 1960년대 입어권 분쟁으로 이어졌다. 당시 해녀들은 낭만과 민속학적 연구, 그리고 경제적 착취의 대상으로 사회적, 경제적 관계망 안에서 다양하게 호명되었는데 이러한 호명들은 해녀들을 대상화하는 (남성)지식인들의 욕망에 따라 달라졌다.[42]

이런 점을 감안한다면 당시 해녀 실연은 '보는 자'의 욕망이 만들어낸 시각적 장치이자 식민지적 지知를 적극적으로 활용한 식민주의적 무의식의 반영이었다.

해녀를 '보여지는 대상'으로 시각화하면서 '보는 자'는 우월적 위치를 점유할 수 있었다. 이는 해녀의 신체를 보여지는 물적 존재로 만들어 버리는 폭력적 재현으로 이어졌다. 박람회 상품 전시와 함께 마련된 잠수관의 존재는 박람회가 근본적으로 지닐 수밖에 없었던 근대적 지知의 본질과 한계, 즉 시선의 위계가 어떤 식으로 작동하고 있었는지를 보여주는 실증적 사례라고 할 수 있다.

---

42 김동현, 「제주 해녀 표상의 사적(史的) 변천 연구」, 한국언어문화학회, 『한국언어문화』 제66집, 2018, 146쪽.

4. 로컬의 탄생과 내부식민지적 위계

로컬은 자명한 것인가, 발견되는 것인가. 1962년 산업박람회의 해녀 실연을 살펴보면서 던져야 하는 질문은 바로 만들어지는 로컬, 발견된 로컬의 존재일 것이다. 1962년 산업박람회 현장에서 벌어졌던 해녀 실연을 하나의 우연적 사건으로만 바라보기 어려운 이유도 여기에 있다. 이른바 지역에 대한 심상 지리를 로컬 스스로 만들었다고 보기 쉽지만 거기에는 외부적 발견과 이에 대한 내부의 다양한 욕망이 착종되어 있다. 이를테면 아열대의 푸른 바다와 휴양지로 대변되는 오키나와 이미지는 1972년 '일본 복귀'와 이후 오키나와 경제 부흥 등, 다양한 사회경제적 관계가 만들어낸 '창조된 심상'이었다. 이러한 심상 지리는 1975년 오키나와 해양박람회라는 시각적 이벤트를 통해 확산되었고 매스미디어가 이를 확대 재생산하면서 굳어졌다.[43] 메도루마 슌이 오키나와를 치유의 공간으로 상상하는 매스미디어의 모습을 '치유형 이데올로기'라고 비판하는 것도 바로 이러한 맥락에서다.[44]

로컬이 발견의 대상이 된다고 할 때 그것은 발견의 주체와 발견되는 대상의 구분을 전제로 할 수밖에 없다. 그것은 누가 발견할 것인가, 무엇을 발견할 것인가의 문제와 결부된다. '해녀 실연'의 문제 역시 마찬가지다. '보는 자'와 '보여지는 자'의 구분은 해녀라는 신체성을 통해 제주적

---

43 타다 오사무, 이영진 역, 『오키나와 이미지의 탄생』, 패러다임북, 2020, 145~186쪽 참조. 이 책에서 일관되게 말하고 있는 것은 로컬적 특질이 자명하지 않다는 점이다. 이는 로컬의 상상이 로컬의 외부와 내부의 긴장 관계에서 만들어지는 것임을 보여준다.

44 ˙ 메도루마 슌, 안행순 역, 『오키나와의 눈물』, 논형, 2013, 118~123쪽.

로컬을 '발견'하려는 당대적 욕망이었다. 해녀 실연이 문제가 되는 것은 이러한 욕망이 박람회라는 근대적 시각 장치 안에서 실현되고 있었다는 점이다. '혁명'의 정당성과 '경제재건'의 과제를 나란히 배치하고 있었던 시각적 미디어의 장에서 '해녀'의 조업은 '실연'되었다. 그 '실연'은 사실 '실연'이 될 수 없는 '거짓의 재현'이었다. 실제 바다에서 벌어지는 해녀 조업의 모습을 수족관에서 재현한다는 것 자체가 불가능했기에 '해녀 실연'은 실연이 아니라 '보여지는 대상'으로서의 시각적 재현물일 뿐이었다. 그것은 상품 전시와 같은 물적 존재로 '보여지는 것'이자 신체성이 소거된 재현 방식이었다. 이것은 박람회라는 지知의 체험에 내재된 식민주의적 무의식의 재현 방식이기도 했다.

다만 1962년 산업박람회에 앞서 있었던 1955년 '해녀 실연'에 대한 반응이 무엇이었는지 확인하기는 어렵다. 당시 자료가 남아있지 않거니와 4·3과 한국전쟁을 거치면서 제주 지역에서 실제로 어떻게 반응했는지 확인할 수 있는 자료들도 확인하기 어렵다. 하지만 1962년 해녀 실연에 대한 재경 유학생들의 반응에서 알 수 있듯이 1955년도 크게 다르지 않았을 것으로 유추할 수 있다. 1962년 산업박람회에서 재경 유학생들은 '인권 유린'이라는 측면에서 '해녀 실연'에 대해 불쾌한 감정을 표출했다. 관람객들의 반응 역시 일방적인 환호만 있었던 것은 아니었다. '살아 있는 인간을 전시'하는 것에 대한 불쾌감도 적지 않았던 것으로 확인된다. 게다가 '인권 유린'이라고 할 정도로 열악한 시설에 대한 문제도 제기되었다. 1962년 박람회가 계속해서 식민지 박람회의 기억을 소환하면서 시각적 재현의 장이 되어갔다는 점을 감안한다면 당시 군중들의 불편한 감정을 1907년 수정궁 '인간 전시'에 대한 불쾌감과 크게 다르지 않다고 말할 수 있지 않을까.

물론 당시의 반응을 전하는 자료가 많지 않은 상황에서 단언할 수는 없다. 하지만 '혁명'과 '경제 재건'의 과제를 시각적 스펙터클로 소비하려는 시도는 역설적으로 쿠데타 세력의 조급증을 보여준다. 5·16 쿠데타를 시작으로 1963년 말 대통령 선거에서 박정희가 당선되기까지는 단순히 권력의 폭력적 억압만으로는 설명할 수 없는 다양한 국면들이 존재했다. 정통성에 대한 도전에 직면하면서도 박정희는 1962년 7월 3일 국가재건최고회의 의장에 취임하였다.[45] 당시 박정희의 일성은 "공산주의 침략 저지"와 "진정한 민주복지국가 건설"이었다.[46] 하지만 "진정한 민주복지국가 건설"의 가시적 성과를 내기에는 민정 이양 시기가 목전이었다. 제1차 경제개발계획은 1961년 7월 수립되었고 1963년 민정 이양을 앞두고 가시적 경제 성과를 내야 할 필요성도 대두되었다. 박람회 공식 주최인 한국산업진흥회가 조직된 것이 1961년 12월이었다는 점을 본다면 1962년 산업박람회는 급조된 이벤트였다. 당초 2억 6천만 환의 예산은 여러 차례 수정을 거쳐 10억 환으로 변경되었다. 5배 가까이 예산이 늘어난 이유는 그것이 사전에 준비된 것이 아니라 '혁명 1년의 성과'를 가시적으로 보여줘야 한다는 계기적 요구가 작용했음을 보여준다. 준비되지 않은 이벤트였기에 그들이 손쉽게 선취한 것은 식민지 박람회의 경험이었다. 식민지 박람회가 식민지적 근대성을 조선인들에 신체에 각인시

---

45   전인권, 『박정희 평전』, 이학사, 2006, 200~203쪽.
46   박정희, 「국가재건최고회의 의장 취임사」, 1961.7.3.

시선의 정치학과 내부식민지의 탄생 | 김동현   179

켰듯이 '혁명 정부 1년의 업적'을 과시하기 위한 박람회는 시선의 공유를 통해 근대적 과제를 각인시키기 위한 과시적 이벤트였다.

때문에 이벤트의 성공을 위해서 사행성 지적에도 불구하고 복권 판매를 감행했다. 당시 박람회 복권은 3억 환이 발행되었는데 4월 28일 첫 발행된 이후 3주 만에 매진될 정도로 인기를 끌었다. 박람회에서 가장 인기가 많았던 곳도 복권 판매소였다. 박람회가 끝난 후의 한 기사에는 박람회에서 흥한 사람은 복권 당첨자들이었다고 회고하고 있다.[47]

이처럼 1962년 산업박람회는 쿠데타 세력의 정통성과 '혁명의 정당성'이 시각화되는 장이자, 상품 진열과 복권 판매, 그리고 산업박람회 미스, 미스터를 선발하는 이벤트들이 복잡하게 뒤섞인 공간이었다. 가용할 수 있는 지적 경험을 동원한 스펙터클의 시각화는 시선의 공유를 통해 경제 개발의 주체인 단일한 국민을 창조해내기 위한 효과적인 수단이었다. 하지만 이는 박정희식 근대화가 필연적으로 내포할 수밖에 없었던 식민지 근대성의 변주가 내면화되는 과정이기도 하였다. '해녀 실연'은 그러한 식민지 근대의 변주가 로컬을 발견하고 상상하는 시선의 위계를 징후적으로 보여주는 순간이었다. 이를 로컬의 탄생이자, 내부식민지적 위계라고 부를 수 있을까. 이러한 명명이 가능하려면 1960년대 이후 벌어진 국가 주도 개발이 지역을 재편해 간 과정을 함께 바라볼 필요가 있다. 하지만 한 편의 글에서 이러한 과정을 모두 살피는 일은 쉽지 않은 일이다. 다만 이러한 시각이 그동안 지역 개발과 근대화 프로젝트를 재해

---

47   이병국,『신사조』 7월호(제1권 6호), 신사조사, 1962.

석해야 하는 새로운 과제의 시작이라는 점에서는 의미가 없지 않다. 여러 한계에도 불구하고 결론을 대신해서 이를 논의의 말미에 밝히는 이유도 여기에 있다.

김정한 소설에 나타난 '남양군도南洋群島'의 제국주의와 폭력의 양상

하상일

1. 김정한 소설의 장소성과 아시아적 시각

김정한의 소설에서 장소는 아주 특별한 의미를 갖는다. 특히 소설 속 배경의 대부분이 그가 태어나고 자란 고향과 체험적 공간의 역사적 장소성을 의미화하고 있다는 점에서 더더욱 중요한 의미를 갖지 않을 수 없다. 동래군 북면현재 부산시 금정구 남산동에서의 유년 시절, 울산의 대현공립보통학교 교사 시절 일본의 민족적 차별에 맞서 조직한 교원연맹 사건, 일본 동경 와세다대학 시절 방학에 귀국하여 양산 농민봉기사건에 관련되어 피검되었던 일, 학업을 중단하고 남해의 초등학교에서 보냈던 교사 생활, 교사 생활을 그만두고 부산으로 돌아와 『동아일보』 동래지국을 인수하였다가 치안유지법 위반으로 피검된 이력, 그리고 해방과 더불어 건국준비위원회 경남지부 문화부 책임자 활동 등 해방 전후 김정한의 사회 문화 활동은 그의 소설이 특정한 장소를 바탕으로 우리 민족이 겪은 수난의 현장을 사실적으로 서사화하는 핵심적인 토대였음에 틀림없다. 따라서 김정한은 이러한 장소성에 토대를 두고 제국주의 폭력과 친일 세력들의 횡포에 맞서 투쟁하는 민중의식의 형상화를 가장 중요한 소설적 주제로 삼았다. 그에게 장소는 식민지 현실과 민중의 생활을 담은 서사적 장치로 제국주의 폭력을 넘어서는 역사의 방향성을 구체화하는 서사적 방향성을 지녔다고 할 수 있는 것이다.

따라서 김정한의 소설에서 무엇보다도 주목해야 하는 것은 '낙동강'을 중심으로 형성된 토착 민중들의 삶과 이를 통한 일제 말의 역사적 현실에 대한 비판적 서사화가 어떻게 이루어졌는지 그 구체적 양상을 살펴보는 데 있다. 즉 식민지 근대의 왜곡된 보편주의에 대한 비판과 해방 이후 국가주의 폭력에 대한 거부를 핵심적 주제로 삼은 그의 소설 전략이 어떻게 서사화되었는지를 중점적으로 이해할 필요가 있는 것이다. 이와 같은 김정한의 소설 세계는 중앙 중심의 특정 권력이 암묵적으로 조장한 왜곡된 역사를 비판함으로써 식민지 근대의 허구성을 넘어서는 데 주된 목적이 있다. 물론 낙동강을 중심으로 한 이러한 지역적 사유는 식민 혹은 분단이 제도화한 중앙 중심의 왜곡된 근대가 조장한 특정 지역의 '소외' 담론의 차원으로만 국한시켜 이해해서는 안 된다. 김정한에게 있어서 낙동강을 중심으로 한 지역적 기표는 특정한 장소나 공간의 지리적 차원을 넘어서 아시아 민중들의 공동체적 연대를 지향하는 목소리를 담고자 했다는 점에서 특별한 의미가 있다. 즉 제국과 식민의 상처와 기억이 국가주의 기획으로 이어진 아시아 국가들의 공동체적 장소성을 특별히 주목함으로써, 이러한 경험을 공유했던 아시아 민중들의 국제주의적 연대를 지향하는 아시아적 시각을 열어내고자 했다고 할 수

있는 것이다.[1]

　이런 점에서 요산 소설에서 낙동강을 중심으로 한 지역적 사유와 장소성의 의미는 단순히 자신이 평생을 살았던 체험적 장소의 구체화라는 의미를 넘어서 아시아적 시각으로 확장하여 읽어내는 것이 무엇보다도 중요한 과제가 아닐 수 없다. 물론 김정한이 생전에 아시아적 시각을 정교하게 구축하고 있었다거나 이러한 서사지향성을 뚜렷한 소설 전략으로 견지했었다고 보기에는 어려움이 있다. 그에게 있어서 아시아라는 문제의식은 주변부 공간의 서사화라는 자신의 소설 세계를 확장하는 하나의 가능성으로 촉발된 것이었지 처음부터 체계화된 사상적 거점으로 기획된 결과물은 아니었던 것으로 보인다. 그런데 이러한 그의 소설적 가능성이 비로소 구체적인 역사적 쟁점으로 부각되기 시작한 것은 1970년 전후 '오키나와'를 주목하면서부터이다. 김정한의 지역적 사유와 실천이 가장 중요하게 생각했던 것은 특정한 장소가 지닌 외적 의미가 아니었다는 점에서, 식민지 시기 낙동강 주변의 역사적 현실과 오키나와의 역사를 겹쳐서 읽는, 그래서 제국과 식민의 상처를 공유한 아시아의 여러 장소들을 동일선상에서 바라보는 문제의식을 오키나와의 장소성을 통해 발견했던 것이다. 아마도 김정한의 오키나와에 대한 관심은 5·16 군사 정변으로 부산대학교에서 해직된 이후 복직하기 전까지 『부산일보』 상임논설위원으로 활동했었다는 사실과 밀접한 관련이 있을 것으로 추정

1　이러한 관점에서 문단 복귀 이후 김정한 소설의 의미를 논의한 것으로, 한수영의 「김정한 소설의 지역성과 세계성 - 문단 복귀 후의 김정한 소설의 문학사적 의미」(『사상과 성찰』, 소명출판, 2011, 297~321쪽)가 있다.

된다. 언론인으로서의 이력은 외신 보도를 접할 수 있는 여러 기회를 충분히 확보하게 함으로써 오키나와의 역사적 상황을 문제적으로 인식하는 결정적 계기로 작용했던 것이다. 즉 일제 말의 상황과 1960년대 중반 이후 신제국주의 현실을 연속성의 관점에서 바라봄으로써 국가주의에 희생된 오키나와 계절노동자의 실상을 비판하고, 1970년대 중반 오키나와 계절노동자로 파견된 여성들의 열악한 노동 현실을 일제 말 일본군 위안부의 현실과 연결시킴으로써 제국주의 폭력이 국가주의 폭력으로 이어지는 식민지의 연속성 문제를 비판했던 것이다.[2]

이러한 문제의식에서 본고는 김정한 소설의 지역적 장소성을 아시아적 시각으로 확장하여 이해함으로써 식민지 청산이라는 김정한 소설의 궁극적인 방향성을 중점적으로 살펴보고자 한다. 특히 이와 같은 김정한 소설의 문제의식이 오키나와를 출발점으로 제2차 세계대전의 격전지였던 남양군도로 이어져 나갔다는 점에서 미완성 미발표작 「잃어버린 산소山所」[3]를 중심으로 일제 말 제국주의 폭력의 양상을 구체적으로 논의하고자 한다. 김정한 소설의 이와 같은 외연 확장은 식민지 청산이라는 소설적 과제를 수행하는 데 있어서 지역적 장소성의 한계를 넘어서기

---

2   하상일, 「김정한 소설과 아시아 – 베트남, 오키나와, 남양군도」, 『한민족문화연구』 68
     집, 한민족문화학회, 2019.12. 110쪽.
3   김정한의 미발표작은 「잃어버린 산소」 외 단편 2편, 미완성 장편소설 여러 편을 포함
     하여 200자 원고지 4,200여 장에 이를 정도로 방대하다. 이에 대한 전체적인 논의는,
     황국명, 「요산 김정한의 미발표작 별견」, 『요산 김정한 선생 탄생 100주년 기념 학술
     발표대회 자료집』, 한국문학회, 2008.12.13. 참조. 「잃어버린 산소」는 다른 미발표작들
     과 함께 현재 요산문학관 2층 전시실에 소장되어 있는데, 200자 원고지 분량으로 225
     쪽에 달하는 작품이다.

위하여 경험의 서사와 기록의 서사 사이에서 소설적 진실을 새롭게 찾아 가는 창작 과정의 변화를 드러낸 것으로 이해할 수 있다. 즉 김정한의 소설은 경험의 서사가 미치지 못하는 역사적 진실의 한계를 기록의 서사를 통해 구체적으로 증언하고 고발함으로써 일제 말 제국주의 폭력의 양상을 사실적으로 서사화 하고 기록하는 소설의 방향성을 새롭게 정립하고자 했던 것이다.

2. 일제 말의 서사화와 식민지 청산의 과제

1966년 「모래톱 이야기」로 문단에 복귀한 이후 김정한의 소설은 일제 말의 현실을 서사화 하는 데 무엇보다도 초점을 두었다. 그가 일제 말을 배경으로 한 소설 쓰기에 집중했던 것은 식민과 제국의 폭력을 올바르게 청산해 내지 못한 해방 이후의 모순된 현실에 대한 철저한 반성에 가장 큰 이유가 있었다. 한국전쟁 이후 미국의 신제국주의 전략에 편승해간 국가 주도의 반민중적 반민주적 폭력에 대한 비판과 저항의 목소리를 역사적 증언의 형식으로 서사화했던 것이다. 일제 말 토지조사사업이 강요했던 식민의 논리가 해방 이후 자본과 경제 논리로 둔갑하여 민중들의 생존을 직접적으로 위협했던 현실을 비판한 「평지」, 강제 징용과 위안부 문제를 처음으로 쟁점화한 「수라도」와 「뒷기미 나루」, 그리고 이러한 조선인 강제 징용 문제가 해방 이후 세대에게 고스란히 이어지고 있음을 비판한 「지옥변」, 조선인 농부들과 일본인 농부의 모습을 공동체적 연대를 통해 한일 간의 대립을 넘어서는 민중적 연대의 가능성을 보여준 「산서동 뒷이야기」 등이 바로 이러한 문제의식을 구체적으로 서사화한 작품들이다. 그리고 이러한 작품들은 앞서 언급한 「오키나와에서 온 편지」1977, 「잃어버린 산소」1970년대 후반 작으로 추정 등으로 이어짐으로써 식민지 청산의 과제를 일국적 문제가 아닌 아시아적 문제로 확대해 나가는 디딤돌로 삼았다고 할 수 있다.

「수라도」는 식민지 시기 독립운동에 헌신했던 오봉선생 집안과 일제에 협력하여 권력을 누리고 유지해온 친일세력 이와모도 집안을 극명하게 대조함으로써, 식민과 제국의 폭력으로 극심한 고통을 겪어야만 했던 우리 민족의 현실과, 그럼에도 불구하고 일본 경찰의 위세를 등에 업고 일본인보다 더 폭력적인 방식으로 조선인을 탄압했던 친일 세력들의 폭력을 사실적으로 보여주고자 했다. 그리고 이러한 일제 말의 현실이 해방 이후에도 그대로 이어져 식민과 제국의 기억이 또 다른 제국의 논리에 편승한 국가 주도 폭력으로 재현되고 있는 현실을 분명하게 부각시키고자 했다.

죽은 이와모도 참봉의 아들 이와모도 경부보 같은 위인들이 목에 핏대를 올려가며 그들의 '제국'이 단박 이길 듯 떠들어대던 소위 대동아전쟁이 얼른 끝장이 나긴커녕, 해가 갈수록 무슨 공출이다, 보국대다, 징용이다 해서 온갖 영장들만 내려, 식민지 백성들을 도리어 들볶기만 했다. 그리고 그것은 '제국'의 빛나는 승리를 위해서 불가피한 일이라고들 했다.

몰강스런 식량 공출을 위시하여 유기 제기의 강제 공출, 송탄유와 조선造船 목재 헌납을 위한 각종 부역과 근로 징용은 그래도 좋았다. 조상 때부터 길러 오던 안산 바깥산들의 소나무들까지 마구 찍혀 쓰러진 다음엔 사람 공출이 시작되었다. '전력 증강'이란 이유로 영장 받은 남정들은 탄광과 전장으로, 처녀들은 공장과 위안부로 사정없이 끌려 나갔다. 오봉산 발치 열두 부락의 가난한 집 처녀 총각과 젊은 사내들도 곧잘 이마를 '히노마루일본 국기'에 동여맨 채, 울고불고 하는 가족들의 손에서 떨어져, 태고 나루에서 짐덩이처럼 떼를 지어 짐배에 실렸다.

「수라도」(3권, 204~205쪽)[4]

일제 말 창씨개명과 내선일체에 동조하고 대동아전쟁에 적극 협력했던 이와모도의 큰아들이 일제 치하에서는 "도경 고등계 경부보로 있"다가 해방 이후에는 "국회의원이란 보다 훌륭한 감투를 쓰고 있"183쪽었음을 강조한 데서 알 수 있듯이, 「수라도」는 해방이 되었음에도 식민지 권력에 대한 올바른 청산은커녕 오히려 그 권력이 더욱 악랄하게 유지되고 강화되었던 국가 주도의 반민주적이고 반민중적인 신제국주의 현실을 비판적으로 서사화하는 데 집중했다. 민족 구성원 내부를 향해 총칼을 겨누었던 이와모도 집안이 해방 이후에도 여전히 경찰과 국회의원으로 둔갑하여 또 다른 권력의 실세로 행세했다는 사실에서, 식민과 제국의 역사적 동일성과 연속성이 두드러졌던 해방 전후의 모순된 상황을 서사화하고자 했던 김정한의 소설적 의도가 분명하게 드러나는 것이다. "보국대", "징용", "위안부" 등에서 분명하게 드러나듯이, 일제 말 조선인의 현실은 "'제

---

4 이하 작품 인용은 모두 조갑상 외, 『김정한 전집』(작가마을, 2008)에서 인용했으므로, 작품명과 전집 권수, 페이지만 밝히기로 한다.

국'의 빛나는 승리를 위해서", "'전력 증강'이란 이유로", 전쟁터와 군수 기지에 무참히 끌려 다녀야만 했던 일제 말 강제 징용과의 현실과, 마을마다 "남자들이 징용 간 곳을 따라 '보르네오'댁이니 '뉴기니'댁이니 하는 새로운 택호들이"206쪽 생겨나고 "속칭 '처녀 공출'이란 것으로서 마치 물건처럼 지방별로 할당이 되어" "일본 병정들의 위안부로 중국 남쪽지방으로 끌려갔"207쪽던 위안부의 현실을 사실적으로 증언하고자 했던 것이다. 이처럼 「수라도」는 일제 말 식민과 제국의 폭력 양상 가운데 가장 중요한 쟁점인 조선인 강제 징용과 위안부 문제를 처음으로 우리 소설 속에 서사화했다는 점에서 상당히 중요한 의미가 있다.

일제 말의 현실과 해방 이후의 상황이 연속적으로 이어져 있는 국가적 모순에 대한 비판은 김정한 소설의 핵심 주제라고 할 수 있는데, 아버지와 아들로 이어지는 세대적 연속성을 통해 해방 이전과 이후의 식민지적 동일성을 비판한 「지옥변」을 통해 이러한 문제의식을 더욱 직접적으로 확인할 수 있어 특별히 주목된다.

차돌이의 아버지 허경출씨는 적도 남쪽에 떨어져 있는, 먼 뉴기니아 섬에서 해방을 맞이했었다. 그것도, 세계에서 크기로 둘째간다는 이 섬의 해안에서 몇백 킬로나 깊숙이 들어간 ― 일찍이 사람이 범접한 자취조차 없는 밀림 속이었기 때문에 전쟁이 끝난 것도 오랫동안 모르고 지냈던 것이다.

불칼이에게 덜미를 잡혀간 지 꼭 5년째 되는 해였다. 보르네오란 섬을 첫 작업터로 해서, 비행장 닦기, 길 닦기, 다리 놓기, 그리고 무기, 탄약, 양곡, 기타 온갖 군용물자의 수송에 이르기까지 목숨을 건 위험한 고역들이 줄곧 강요되어 왔었다. 그와 같은 지옥살이를 해 가면서, 서남태평양 일대를 전전하다가, 파죽지세로 내리밀던 일본군의 소위 '가다르카나르과달카날'의 쟁탈전[5]에서 호되게 얻어맞고서 총퇴각을 할 무렵, 그가 소속해 있던 작업반도 일본 패잔병들과 함께 뉴기니아 섬의 오웬스탠리란 험한 산맥 속으로 뿔뿔이 도망을 쳐 들어갔던 것이다.

사실은 그러고부터 전쟁도, 그것을 위한 노동도 포기됐던 것이다. 징용에 끌려간 사람들은 더욱 그러했다. 그들은 되도록 그곳 파푸아인들도 안 들어가는 원시림 속으로 깊숙이 들어가서 그야말로 원시인 같은 생활을 했다. 물론 밥이란건 생각도 구경도 못했다. 그저 뱀과 들쥐와 그리고 천연의 실과나 초근목피로써 신기하게도 목숨들을 이어 왔었다. 그러니 사람의 꼴들이 아니었다. 뼈만 앙상하게 남은 몸에 옷조차 제대로 걸치지 못했었다.

다행히 연합군에게 붙들려서(실은 죽이지나 않을까 반신반의를 하면서 항복을 한 셈이었지만), 비로소 곡기 구경을 했다. 옷과 신발도 얻었다.

그러나 포로가 된 그들은 다시 일 년 가까이 억울한 전범자로서의 고역을 치르지 않으면 아니 되었다. 그래서 결국 고국에 돌아온 것은 전쟁이 끝난 3년 뒤였다.

「지옥변(地獄變)」(3권, 298~299쪽)

---

5   남태평양에 있는 솔로몬 군도의 작은 섬인 과달카날에서의 미일 양국의 격돌은 일본 해군이 이 곳에 건설한 조그만 비행장을 두고 시작되었다. 강제 노역으로 끌려 간 한국 젊은이들도 포함된 일본 해군 설영대(육군의 공병대에 해당함)가 과달카날에 비행장을 건설한 후 곧 미군에게 빼앗겼으며 이 잃어 버린 비행장을 탈환하기 위해 일본군은 여섯 달에 걸쳐 미군과 사투(死鬪)를 벌이게 된다. 권주혁, 『핸더슨 비행장 – 태평양 전쟁의 갈림길』, 지식산업사, 2001, 5쪽.

「지옥변」은 일제 말 대동아전쟁 준비를 위해 중부태평양 지역에 강제 이주 당해 근로보국대로 처참한 생활을 했던 "차돌이의 아버지"가 "전쟁이 끝난 3년 뒤"에야 고국으로 귀환했지만 일본으로부터 받아야 할 강제 노동의 대가를 받지 못한 채 결국 죽어버린 한 가족의 비극적 삶을 배경으로 하고 있다. 아버지가 죽은 이후 아들 차돌이가 아버지가 자신에게 남긴 '보국근로'의 증서를 갖고 국가의 정당한 보상 절차를 강구하는 과정을 통해 한일청구권을 둘러싼 해방 이후 친일 세력들의 문제를 직접적으로 비판하고 있어 상당히 문제적인 작품이 아닐 수 없다. 1965년 한일협정을 연상시키는 이 소설에서 김정한은, 권력의 유지를 위해 일본 당국과 비밀 협상을 벌여 식민지 청산을 서둘러 마무리해 버리려 했던, 그래서 식민의 상처와 고통을 직접적으로 겪었던 민족 구성원들에 대한 진정한 보상을 철저히 외면했던 국가 권력의 부당함에 정면으로 맞서고자 했던 것이다. 강제 징용에서 돌아온 이후 병이 들어 목숨을 잃은 아버지의 식민지 유산을 찾으려는 차돌이가 "일본 정부와 우리 정부 사이에 어떤 협상이 이루어져야만 된다"는 국가 주도의 식민지 청산 논리에 맞서 "당연히 받을 거 받는데 무슨 협상이란 기 필요합니꺼?"284쪽라고 항변하는 데서, 당시 제국과 식민의 폭력에 희생당한 민중들의 목소리를 대변함으로써 식민지의 올바른 청산이라는 과제를 올바르게 수행하고자 했던 김정한의 목소리가 그대로 드러난다. 즉 식민지 청산이라는 역사적 과제를 올바르게 실천하지 못한 데서 1965년 한일협정과 베트남파병 같이 식민과 제국의 기억을 재생하는 뼈아픈 결과를 초래하게 되었음을 비판적으로 부각시키고자 했던 것이다. 그리고 이러한 김정한의 비판적 역사의식은 자본과 국가의 폭력에 의해 여전히 상처와 고통을 강요당하고 있는 동아시아 민중들의 공동체적 연대로 확장해서 나아가는 중요한 발판이 되었음에 틀림없다. 1970년대 중후반 김정한의 소설이 낙동강을 중심으로 한 지역적 장소성을 넘어서 오키나와를 주목하고 나아가 남양군도에 대한 소설적 증언을 시도했던 이유는 바로 여기에 있다.

3. '남양군도'의 제국주의와 폭력에 관한 서사적 기록

「잃어버린 산소」의 중심 배경은 일제 말 태평양전쟁의 격전지였던 중부태평양 '남양군도'[6]이다. 기독교계열 중학교에 다니던 주인공 박학수가 일제 말 신사참배 강요를 거부해 학교가 강제 폐교된 이후, 지원병에 끌려가는 것을 피해 '근로보국대'에 지원하여 남양군도의 트라크섬[7]

---

6   남양군도는 적도 이북의 태평양상 동경 130도부터 170도, 북위 22도까지의 바다에 산재한 섬을 일컫는다. 그 가운데 남양군도는 오가사하라(小笠原) 군도와 함께 중부 태평양 지역을 말하는데, 지금의 필리핀 동쪽 마리아나군도, 캐롤린군도, 마샬군도를 포함하는 지역이다. 현재 지도상으로는 미크로네시아(Micronesia) 지역으로 표시된 곳으로, 일제말 조선인들이 많이 끌려간 곳으로는 사이판(Saipan), 팔라우(Palau), 티니안(Tinian), 트럭(Truk), 포나페(Ponape), 야루트(Jaluit) 등의 섬이 있다. 김도형, 「중부태평양 팔라우 군도 한인의 강제동원과 귀환」, 『한국독립운동사연구』 제26집, 독립기념관 한국독립운동사연구소, 2006.6 참조.

7   「잃어버린 산소」는 태평양 지역의 여러 섬들을 거쳐 트럭(Truk)에 도착하여 일본군 비행장과 방공호 건설 등에 강제 동원된 조선인 근로보국대의 이야기를 중심으로 서사화 되어 있다. 이 소설의 주요 배경이 되는 중부태평양 지역은 바로 축 제도(Chuuk Islands)이다. 미크로네시아 연방의 섬 중에서 가장 인구가 많고, 일본인들은 당시 트루크 제도(ト ラック諸島)라고 불렀고, 미국도 '트룩(Truk)'으로 부른다. 소설에서 언

에서 강제 노역을 했던 이야기를 30여 년이 지난 시점에서 회상하는 구조로 서사화되어 있다. 작품 제목에 명시된 '잃어버린 산소'의 의미는 김정한 소설의 중요한 주제 가운데 한 가지인 토지 문제를 중심 서사로 삼았음을 추정하게 하는데, 일본 패망 이후 고향으로 돌아온 주인공 학수가 조상의 산소가 있는 땅의 소유를 둘러싸고 벌이는 국가 권력과의 투쟁을 다루었을 것으로 짐작된다. 하지만 소설의 내용이 연합군의 남양군도 일본 기지 폭격으로 주인공을 비롯한 강제 징용자들이 간신히 목숨을 연명하는 열악한 상황을 묘사한 데서 중단되어, 주인공의 귀환 이후 토지 문제로 국가 권력과 갈등을 일으키는 내용을 의도했을 것으로 추정되는 중심 서사는 미완성 상태로 남아 있다.

학수가 학업을 중단하게 된 것은 바로 그 다음 다음해 가을의 일이었다. 좀 더 구체적으로 말하자면 중일전쟁의 막바지인 1940년대를 넘어다 볼 무렵이었다. 그것도 자기가 학교를 그만둔 것이 아니고 학교 자체가 갑자기 문을 닫게 되었던 것이다. 학수가 다니던 M중학(그 당시는 M고등보통학교라고 불렀다.)은 기독교 계통의 사립학교였다. 사립학교란 건 예나 이제나 당국의 말을 잘 안 듣기 마련이다. 가령 무슨 지시를 해도 고분고분하지 않고 안 될 일에도 어거지를 쓴다든가 해서. 그런 가운데서도 학수가 다니던 M중학은

급되는 '트라크섬', '하루시마(봄섬)', '나쯔시마(여름섬)', '월요도', '화요도' 등은 현재까지도 사용되는 이곳의 지명을 그대로 따른 것이다. 축 제도 섬들은 현재 동쪽은 '春島', '夏島', '秋島', '冬島'의 四季諸島로, 서쪽은 '月曜島', '火曜島', '水曜島', '木曜島', '金曜島', '土曜島', '日曜島'의 七曜諸島의 명칭을 사용하고 있다. 조성윤, 『남양군도 – 일본제국의 태평양 섬 지배와 좌절』, 동문통책방, 2015 참조.

한술 더 뜨는 편이었다. 공교롭게도 때가 또 때였다. 음악 선생이 내지라고 부르던 일본이 소위 노구교사건蘆溝橋事件이란 걸 꾸며가지고 중일전쟁을 일으키고부터 일본과 조선은 한몸이란 뜻으로 내선일체內鮮一體를 더욱 강하게 내세워 조선민족을 완전히 말살하려고 들 무렵이었다. 조선말을 없애기 위해 학교에서 조선어 과목을 빼고 일본말만 쓰게 하고 황국신민서사皇國臣民誓詞란 도깨비 소리 같은 서약문을 만들어 무슨 모임 때마다 강제로 제창시키는가 하면 각 급 학교에서는 고을마다 면마다 세워 놓은 일본 신사에 초하루 보름에는 꼭꼭 참배를 하도록 하라, 일본식으로 창씨개명을 하라, 등등…… 해괴망측한 지시며 명령들이 빗발치듯 내렸다. 그러해서는 언제나 학교가 앞장을 서야만 된다는 것이었다.

이 소설에서 주인공 학수가 일제의 징병제를 피해 근로보국대에 지원하게 된 사정은 신사참배 거부로 인한 학교의 폐교와 그에 따른 학생 신분의 상실로 일제의 강제 징집 대상자가 되었기 때문이었다. 일제는 1943년 9월 23일 '필승국내태세강화방책'을 수립하기 전까지 학생들의 경우에는 징병에서 제외시켜 주었으므로 학수는 학교를 다니는 동안에는 지원병에 동원되지 않을 수 있었지만, 신사참배 거부로 학교가 강제로 문을 닫으면서 학생 신분을 잃어버려 징병의 대상이 되고 말았던 것이다. 결국 "왜놈의 총알받이로 개죽음을 당하는 기보다는 차라리 근로보국대에 나가서 살 구멍을 찾도록 하는 기 좋을끼라"와 같은 판단 속에서 주인공 학수는 남양군도 행이라는 불가피한 선택을 하지 않을 수 없었던 것이다. 이러한 학수의 결정에는 또 한 가지 중요한 이유가 있었는데, 하와이로 이민 시집을 간 누이에 대한 그리움이 내면 깊숙이 자리 잡고 있었기 때문이었다. 그리고 이러한 이민 시집에 대한 언급은 당시 강제 징용과 함께 제국주의 폭력의 가장 악랄한 행태였다고 할 수 있는 조선인 여성들의 위안부 동원과 겹쳐서 바라보게 하는 일종의 복선과 같은 역할을 한다는 점에서도 의미가 있다. 실제로 학수는 남양군도로 끌려가는 과정에서 누이가 살고 있는 하와이를 계속해서 호출하고 있을 뿐만 아니라, 일본의 진주만 공격 승전 소식에 누이의 생존을 걱정하는 모습 등에서 남양군도에 산재한 위안부 여성들과 동일선상에서 누이의 존재를 바라보는 시선을 갖게 하는 것이다.

　학수 일행은 부산 부두에서 출발하여 "제국의 동남 끝인데 남양항로의 기점"인 요꼬하마를 거쳐 "오가사와라제도 그리고 사이판 섬들을 거쳐서 트라크섬"에 도착했다. 트라크섬은 당시 "대일본제국의 해군기지가 있는" 곳으로, "사이판 섬에서 서태평양에서 가장 깊다는 마리아나 심연을 넘어"야 도착하는 아주 먼 곳으로 묘사되어 있다. 트라크섬은 "물에 잠겼다 떴다 하는 산호더미가 성벽처럼 멀리 에워싼 호수 같은 바다에 무려 수십 개의 소위 중앙도란 대소의 섬들이 여기 저기 흩어져 있었"는데, 학수는 그 섬들 가운데 "트라크제도의 중심지, 일본 해군기지의 본부가 있는 요지였"던 '나쯔시마여름섬'이란 곳에 내렸다. 당시 일제는 태평양 전쟁을 준비하기 위해 "남양방면 해군기지에 불과했던 트라크섬을 부랴부랴 태평양 연합함대 기지로 확장하"려고 했으므로, 조선인 강제 징용 노동자들을 비행장 공사에 투입해 매일같이 열악한 노동을 강요했던 것이다.[8]

그들은 벌써 두 달째 비행장 공사에 쫓기고 있었다. 나중에 가서 알게 된 일이지만 중일전쟁에서 소위 태평양전쟁으로 접어들 무렵이라 종전은 그저 일본의 남양방면 해군기지에 불과했던 트라크섬을 부랴부랴 태평양 연합함 대기지로 확장하자니까 그럴 수밖에 없었던 것이다. 일요일은커녕 때로는 세수할 시간도 주지 않았다. 기상나팔이 불면 식당으로 달려가기가 바빴다. 뜸도 안 든 밥 한 덩이씩 얻어먹기가 바쁘게 일터로 끌려가야만 했다.

"특공대의 기분을 가져! 특공대의……."

조금이라도 떠름한 내색을 보이면 현지 감독관들은 이렇게 위협을 했다. 스콜이 사납게 휘몰아쳐도 비행장은 닦아야 했고 그 빗물에 얼굴을 훔쳐야만 했다. 환자가 아니고는 막사에 누워 있을 수도 없었다. 몸을 심히 다치거나 병이 위중한 사람은 그곳 해군병원으로 실려 갔지만 그 뒤 소식은 대개가 감감하였다. 니꾸의 경우도 그랬다. 공사장에서 다리를 심히 다쳐 실려 가고는

---

8   당시 트라크섬에서 노무자로 일했던 박홍래(1924년생)의 증언을 통해 소설 속 학수 일행의 모습을 짐작해볼 수 있다. "전쟁 초기에는 지원자도 받았으나 나중에는 강제 징용으로 변하였다. 이들은 1942년 1월 마을 사람들이 환송하기 위해 동네 입구에 소나무 가지로 만든 문을 지나 부산까지는 트럭을 타고 갔다. 부산에서는 '브라질마루'라는 선박을 타고 사이판까지 가게 되었는데, 가는 길에 배 위에서 싱가포르가 함락되었다는 소식을 듣고 배에 탄 사람 모두 만세를 외쳤다고 한다. 사이판을 거쳐 다시 이틀 동안 배를 타고 트럭 환초에 도착해 보니 벌써 다른 한국인들이 와서 농사를 짓고 있었다. 당시 일본군 사령부는 나쓰시마에 있었다. 이곳에 있는 농장에서 1년 남짓 동안 벼와 고구마 농사를 하다가 하루시마에 있는 제2농장으로 배속받아 옮겼다. 전쟁초기에는 이들 농장은 모두 남양척식회사에 속해 있었으나 1943년부터는 해군으로 소속이 바뀌었다.(…중략…) 일부 징용자들은 하루시마, 나쓰시마, 후유시마 등에서 비행장 건설공사에 동원되었다. 이들은 지붕은 함석, 벽은 목재, 방바닥은 마루로 된 숙소에서 생활하며 아침마다 조회(점호)를 하고 일본 천황이 살고 있는 곳을 향해 동방요배(東方遙拜)로 하루 일을 시작하였다. 한국 노무자들 사이에도 한국말 사용은 금지되고 일본어만 쓰도록 되었다." 권주혁, 『베시오 비행장 - 중부태평양전쟁』, 지식산업사, 2005, 186~187쪽.

그만 강원도 포수가 되고 말았다. 늑대란 별명을 가진 감독관의 말로는 다른 병원으로 이송되었다고 했지만 들리는 소문인즉 시일이 걸릴만한 중환자는 밤중에 바다에 갖다 던져 버린다는 것이었다. 그런 환자를 치료하느니보다는 조선에 가서 다시 끌고 오는 편이 훨씬 수월하다던가, 그러니까 웬만큼 몸이 편찮더라도 꾸벅꾸벅 일터로 나가지 않을 수가 없었다.

하루시마에서 비행장 공사를 겨우 끝내자마자 제3조 노무자들은 다시 나쓰시마로 되끌려 가 참호와 지하창고를 수십 군데 파고 그 다음은 수요도란 섬으로 끌려가 거기서도 참호 파기와 비행장 공사에 뼈가 이치는 고역을 치렀다. 닌꾸는 간 곳이 없어졌으니 이젠 닌꾸단렌이라고 빈정거릴 사람도 없었고 딱부리도 익살은커녕 염병 앓고 일어난 놈처럼 기가 딱하게 눈이 푹 들어가 있었다.

일제는 1936년부터 전쟁을 대비해 남양군도를 개척하려는 목적으로 '남양척식주식회사'를 설립했다. 트라크섬과 같은 중부태평양의 중심지 팔라우섬에 남양청 본청을 두고 대대적인 개발을 준비했던 것이다. 이를 위해 1939년 남양청에서는 조선인 노동자 500명을 총독부에 공식적으로 요구하였는데, 조선총독부의 『남양행노동자명부南洋行勞動者名簿』에 따르면, 경상도와 전라도의 노무자 2백여 명이 트라크섬과 팔라우섬으로 끌려와서 일제의 전쟁 준비를 위한 무자비한 노동에 시달렸다.[9] 그 결과 일제는 남양군도에 태평양 연합함대기지를 세울 수 있었고 마침내 1941

---

9   김도형, 앞의 글 참조.

년 12월 8일 진주만 공격을 시작으로 태평양전쟁을 일으키게 되었던 것이다. 김정한은 이러한 남양군도 강제 징용의 현실을 상당히 구체적으로 알고 있었던 것으로 보이는데, 일제의 진주만 공격 승전에 대한 묘사에서 트라크섬 일대의 위안부 상황을 구체적으로 언급함으로써 강제 징용 문제와 함께 제국주의 폭력의 가장 적나라한 양상인 위안부 현실을 폭로하고 증언하는 서사적 기록을 남기고자 했다.

1941년 12월 8일!

그것은 아마 트라크섬이 생긴 이후 최대의 축제일이었을 것이다. 미국의 최대 군항인 하와이 진주만이 일본군 특공대에 의해 순식간에 박살이 난 날이었다. 날도 채 밝기 전에 라디오의 확성기가 파천황의 대폭격 사건을 고래고래 되풀이했다. 보도의 사이사이에는 거리를 메울 듯한 만세 소리도 곁들여 울려 퍼졌다. 아무튼 새벽 세 시에는 미국에 대한 선전포고가 잇달아 있었다. 어디 덤벼보라……다.

기상나팔은 종전대로 울렸지만 그날은 작업장으로는 내몰리지 않았다. 조반을 마치자 노무자들 — 천만에! 대일본 남방 건설부대원들은 모두 현지의 해군 사령부 앞 광장에 모였다. 제법 어깨들을 으쓱거리는 것 같았지만 똥구멍에 재갈을 먹인 훈도시 꼬락서니들이 가관이었다. 머리통이 수박처럼 둥근 사령관은 한층 으스대는 틀거지로 훈시를 늘어놓았다.

"차려-ㅅ 쉬엇! 에 — 또 충용무쌍한 우리 신풍공격대는 세계에 자랑하던 미국의 주력함대들을 단번에 박살냈단 말이다. 알겠나?"

그는 마치 제가 그러기라도 하듯이 흥분했다.

"그래서, 그래서 말이다! 오늘은 특별히 작업을 중지하고 제군들에게 휴식을 명령한다. 물론 진주만 대폭격 축하의 뜻이다. 알겠나?"

말끝마다 '알겠나?'를 붙이는 것이 이자의 버릇이었다.

노무자들의 찌든 얼굴에는 기쁜 빛이 한결 더해졌다. 수박머리의 사령관이 못내 기뻐하는 하와이 진주만의 대전과보다 그들에겐 하루를 놀려 준다는 것이 무척 반가웠던 것이다. 막사 앞으로 되돌아왔을 때 늑대란 별명의 현장 감독은 오늘은 맘대로 해!"

하고 돌아갔지만 반마다 있는 몇몇 헐렁이를 제외하고는 노무자들은 미리 약속이라도 한 듯이 제각기 막사 안으로 들어갔다. 너무나 지쳐들 있었던 것이다. 무엇보다 우선 팔다릴 쭉 뻗고 쉬고 싶었다. 기무라도 히라야마도 늑대를 따라가고 없었으니까 한결 기분들이 가벼워졌다.

"오늘밤엔 축하연이 있는 모양이재?"

딱부리도 쉰다니까 시부렁거릴 힘이 나는 모양이었다.

"누가 그러카더노?"

곁에 있던 놈이 물었다.

"아까 돌아올 때 기무라 녀석이 그라더만, 사령부 식당에서 진주만 폭격 축하연이 있일끼라고……."

그런 소문은 곧잘 듣고 다니는 딱부리였다.

"흥, 망고집 아가씨들 욕 좀 보겠구나."

소설 속의 "망고집"은 "사령부에서 좀 떨어진 곳에 산재해 있는 쬐깐 막집들인데 간혹 일본서 온 창녀도 섞여 있었지만 대부분 한국에서 강제로 끌고 온 가난한 집 처녀들 - 소위 군인전용 위안부들의 수용소"였는데, "주변에 망고란 열매 수목들이 많이 서 있어서" "망고집 또는 망고촌"으로 불리는 곳이었다.[10] 트라크섬 가운데 "수요도"에 있었던 조선인 위안부들은 "부대가 이동해 갈 전날 밤 같은 때는 한 애가 하룻밤에 즘생 같은 사내들을 몇십 명씩이나 받아야" 해서 "얼굴빛이 모두 호박꽃 같았"던 치욕적인 고통을 견디며 살았던 것이다. 김정한은 「수라도」와 「오키나와에서 온 편지」에서 이미 위안부 문제를 직접적으로 거론하기는 했지만, 이것은 대체로 누군가에 의해 전해진 소문이거나 기억과 회상의 차원에서 사실상 언급 정도에 머무르는 한계가 있었다. 하지만 「잃어버린 산소」에서는 남양군도 트라크섬 수요도라는 실제적인 장소에서 조선인 위안부들이 겪었던 일을 구체적으로 서술하고 있다는 점에서, 우리 소설사에서 위안부 문제를 가장 본격적으로 다루었다는 평가를 내릴 만한 작품이 아닐까 판단된다.

이처럼 김정한의 소설은 1970년대 후반 「오키나와에서 온 편지」를 발표하면서부터 경험적 장소성을 넘어서 증언과 기억의 기록적 서사를

---

10 '위안부'는 주로 팔라우 트럭섬을 중심으로 집중 배치되었으며 태평양전쟁 말기 미크로네시아 지역이 격전지였던 만큼 일본군의 전세가 불리해지는 가운데 강제 연행된 많은 '위안부' 여성들이 목숨을 잃었다. 일본인 '군위안부'의 증언에 따르면 일제의 패망 이후 트럭섬에서는 40여 명의 한인 '군위안부'가 학살되었다고 한다. 패전 후 일본군은 정글 속에 피신한 한인 여성들을 귀국시켜주겠다고 속여 트럭에 태운 뒤 기관총으로 쏘아 죽였고, 13~14세의 어린 소녀부터 40세가 넘는 사람들도 있었다며 이들 중에는 일본군의 학대에 못 이겨 스스로 목숨을 끊는 사람도 있었다고 한다.『한국일보』1990년 5월 8일자 18면, 「한국인 挺身隊정글서 집단학살」; 남경희, 「1930~40년대 마이크로네시아(Micronesia) 지역 한인의 이주와 강제연행」, 국민대 석사논문, 2005, 44~45쪽에서 재인용.

주목하는 방향으로 심화 확장되기 시작했다. 일제 말 제국과 식민의 올바른 청산을 위해서는 경험적 장소성이 지닌 한계를 넘어서는, 즉 경험이 미치지 못한 서사의 한계를 넘어서는 증언과 기록에 대한 실증적 확인과 면밀한 조사가 필요하다는 새로운 문제의식을 갖게 되었던 것이다. 당시 국내의 여러 신문 기사에서 오키나와 계절노동자가 고향의 부모님이나 지인들에게 보내는 편지 형식으로 일제 말의 실상을 증언했다는 점에 주목하여 「오키나와에서 온 편지」를 서간체 소설 형식으로 서술한 것이나, 「잃어버린 산소」에서 일제 말 강제 징용에 끌려간 노동자가 30여 년이 지난 시점에서 그때의 기억을 회상하는 방식으로 서술한 것에서, 낙동강을 중심으로 전개된 김정한 소설의 체험적 장소성이 내용과 형식 모두에서 새로운 확장성을 보여주고 있음을 분명하게 확인할 수 있다.

4. 경험의 서사를 넘어선 소설적 진실

1966년 문단 복귀 이후 김정한의 소설은 경험의 서사가 지닌 한계를 넘어서 증언과 기록의 서사를 창작방법론으로 삼아 일제 말의 역사에 대한 소설적 진실을 추구하는 새로운 방향성을 보여주었다. 또한 이러한 서사적 방법론의 변화는 제국과 식민의 기억을 자신이 경험한 장소성에 한정하여 일국적 시각에 머무르지 않고 식민지 경험을 공유한 아시아 민중들의 연대로 확장해서 바라보려는 새로운 소설 전략을 마련하는 것이기도 했다. 특히 해방 이전 일제에 의해 가해졌던 제국과 식민의 폭력을 올바르게 청산하기는커녕 해방 이후에 이르러 이러한 모순을 국가 폭력으로 계속해서 이어갔던 신제국주의 현실을 극복하려는 비판적 시각을 열어냈다는 점에서 우리 소설사에서 아주 특별한 의의를 지녔다고 평가하지 않을 수 없다.

김정한은 "어느 평론가가 나를 두고, 체험하지 못한 것은 잘 못 쓰는 사람이라고 평한 글을 읽고 꽤 알아맞힌 말이라고 생각했다"[11]라고 말한 바 있다. 이러한 평가는 김정한의 소설이 대체로 경험적 현실에 대한 고발과 저항의 태도를 일관되게 수행해 왔다는 사실에 대한 적확한 지적임에 틀림없다. 그만큼 실제로 김정한은 낙동강 주변, 즉 부산과 경남의 여러 장소를 배경으로 제국의 기억과 국가의 폭력을 견뎌온 토착 민중들의 삶을 자신의 체험 속에서 서사화하는 데 초점을 두었던 것이 사실이다. 생전에 그가 발표한 중단편소설 50여 편 가운데 이러한 체험적 장소를 직간접적 배경으로 삼은 작품은 앞에서 언급한 여러 작품을 포함하여 등단작 「사하촌」1936을 필두로 「굴살이」1969, 「독메」1970, 「위치」1975 등 수십여 편에 달한다. 그런데 이러한 그의 체험적 장소성은 1966년 문단 복귀 이후부터 증언과 기록의 역사성으로 확장하기 시작했다는 사실을 특별히 주목할 필요가 있다. "우리 정부가 우리 민족의 자주성을 스스로 무너뜨린 사건은, 을사보호조약이나 한일합병조약처럼 국민적 합의도 이루어지지 않은 가운데 덜컥 도장을 눌러버린 '한일협정'이라고 말할 수 있다"[12]라는 한일협정에 대한 김정한의 직접적인 비판에서 잘 드러나듯이,

---

11   김정한, 「진실을 향하여 - 문학과 인생 1」, 『황량한 들판에서』, 황토, 1989, 69쪽.
12   김정한, 『사람답게 살아가라』, 동보서적, 2000, 34쪽.

해방 20년이 지난 시점에서도 일본에서 미국으로 제국의 주체만 바뀌었을 뿐 여전히 식민지 권력에 짓눌린 국가 권력의 자기모순이 폭력적으로 자행되고 있음을 비판하는 데 가장 초점을 두었던 것이다. 즉 1960년대 중반 한일협정과 베트남파병으로 표면화된 미국 주도의 신제국주의 현실에 대해 더 이상 침묵할 수 없었던 소설가로서의 책무가 문단 복귀를 통해 당시 정권에 대한 강한 비판과 저항의 목소리를 다시 표면화하는 결정적인 계기가 되었다고 할 수 있는 것이다.

이런 점에서 문단 복귀 이후 김정한의 소설은 지역적 장소성에 바탕을 둔 체험적 리얼리티의 구현이라는 이전의 소설 전략으로는 당면한 현실에 맞서는 저항과 투쟁의 서사를 제대로 구현해 낼 수 없다는 점을 분명하게 인식했다. 자신의 경험적 현실이 미치지 못하는 일제 말 강제 징용 노동자들과 일본군 위안부의 문제를 구체적으로 서사화하는 데 있어서 증언과 기록의 중요성이 무엇보다도 새롭게 요구된다고 보았던 이유도 바로 여기에 있다. 특히 이러한 간접 체험이 지닌 서사적 한계를 극복하기 위해서는 더욱 치밀한 자료 조사를 통해 현장성과 구체성을 확보해 나갈 필요가 있으므로, 오키나와, 남양군도를 비롯한 아시아적 장소성의 확대를 통해 제국과 식민의 폭력을 사실적으로 서사화하는 실증적 토대를 확보하고자 했던 것이다. 비록 미완성에 그쳤지만 일제 말 중부 태평양 지역에 강제 이주된 조선인 근로보국대와 일본군 위안부의 현실을 생생하게 증언한 「잃어버린 산소」를 통해 '남양군도 트라크섬'이라는 역사적 현장을 실증적으로 재구해 내려는 노력을 기울인 것은 바로 이러한 문제의식에서 비롯된 결과임에 틀림없다. 김정한의 소설에서 경험의 서사를 넘어선 이러한 서사지향성은 제국과 식민의 폭력을 올바르게 청산하려는 그의 소설 의식이 궁극적으로 지향했던 소설적 진실 찾기의 방향과 과제였다고 할 수 있는 것이다. 특히 이러한 서사 지향성이 일국적 차원에서 제국과 식민의 기억을 비판하는 차원을 넘어서 식민지 경험을 공유한 아시아 민중들의 연대로 확장하여 나아가는 중요한 토대로 심화되어 갔다는 사실도 반드시 기억해야만 한다. 이처럼 「잃어버린 산소」를 통한 일제 말 남양군도의 제국주의와 폭력의 양상, 즉 강제 징용의 현실과 위안부 문제에 대한 소설적 증언은, 1970년대 중후반 김정한의 소설이 아시아적 시각에서 식민지 청산의 문제를 새롭게 인식하는 중요한 전환점이 되었다는 점에서 상당히 중요한 소설사적 의의를 지닌다고 평가할 수 있다.

제2부

'소수자'로 읽는 오키나와문학

오키나와 공동체 자립 담론의 향방

오시로 다쓰히로의 「신의 섬」·「후텐마여」를 중심으로

김동윤

1. 들머리

오키나와의 대표 작가로 오시로 다쓰히로大城立裕, 1925~2020를 꼽는 데 이의를 제기하는 이는 거의 없을 것이다. 1949년 『월간 타임스』 단편소설 현상공모에서 「노옹기老翁記」가 1등 당선되면서 본격적인 소설가의 길에 들어선[1] 오시로 다쓰히로는 『소설 류큐처분小說 琉球處分』 『하얀 계절白い季節』 등 장장 70년 동안이나 꾸준히 비중 있는 작품을 다수 발표했으며,[2] 1967년 오키나와 작가로서는 처음으로 아쿠타가와상芥川賞, 제57회을 수상했고, 말년인 2015년에는 가와바타 야스나리 문학상川端康成文學賞, 제41회도 받았다.

오시로 다쓰히로의 소설이 국내에 번역되기 시작한 것은 불과 수 년 전부터다. 그나마 「2세二世」1957, 「거북등 무덤龜甲墓」1966, 「칵테일 파티カ

1 　오시로 다쓰히로가 '城龍吉'이란 필명으로 발표한 「노옹기」는 극작에서 소설로 옮긴 처녀작이 출세작이 되었다. 黑古一夫 編, 『大城立裕 文學アルバム』, 勉誠出版, 2004, 36쪽 참조.
2 　2002년 13권의 『오시로 다쓰히로 전집(大城立裕全集)』(勉誠出版)이 간행되었다.

クテル·パーティー」1967, 「신의 섬神島」1968, 「후텐마여普天間よ」2011 등 다섯 편의 중·단편만 번역되었는데, 「2세」는 곽형덕,[3] 나머지는 손지연[4]에 의해 이루어졌다. 『소설 류큐처분』의 경우 관련 연구가 몇 편 있지만,[5] 작품은 아직 번역되지 않았다.

여기서는 번역된 작품 가운데 「신의 섬」과 「후텐마여」를 중심으로 논의하고자 한다.[6] 「신의 섬」은 일본복귀 직전인 1960년대 말의 오키나와 상황을, 「후텐마여」는 기지의 섬이 된 오늘날 오키나와의 상황을 공동체 자립의 문제를 중심으로 잘 보여주는 작품으로 판단되기 때문이다. 이 두 작품에 대한 연구는 손지연과 김동현에 의해 이루어진 바 있으며,[7] 이미 상당한 성과를 거두었다. 「신의 섬」의 경우 집단자결을 둘러싼 시각의 차이를 통해 가해와 피해 구도의 역설과 균열을 고찰하는가 하면

---

3   곽형덕 편역, 『오키나와문학 선집』, 소명출판, 2020.
4   오시로 다쓰히로, 손지연 역, 『오시로 다쓰히로 문학 선집』, 글누림, 2016(「거북등 무덤」, 「신의 섬」, 「칵테일 파티」수록); 오시로 다쓰히로, 손지연 역, 「후텐마여」, 김재용 편, 『현대 오키나와문학의 이해』, 역락, 2018.
5   박정이, 「오시로 다쓰히로 『소설 류큐처분』의 장 구성 의미」, 『일본문화연구』 60, 동아시아일본학회, 2016; 박정이, 「오시로 다쓰히로 『소설 류큐처분』과 '공문서'」, 『일본학』 43, 동국대 일본학연구소, 2016; 박정이, 「오키나와 문화 정체성의 지속과 변용 - 『소설 류큐처분』과 『템페스트』 비교분석」, 『일본어교육』 85, 일본어교육학회, 2018.
6   이 두 작품을 인용할 때에는 각주4에서 밝힌 손지연 번역 텍스트의 쪽수만( )에 명기한다.
7   손지연, 「전후 오키나와(인)의 성찰적 자기서사 「신의 섬」- '오키나와 전투'를 사유하는 방식」·「오키나와 전투와 제주4·3을 둘러싼 기억투쟁」, 『전후 오키나와문학을 사유하는 방법 - 젠더, 에스닉, 그리고 내셔널 아이덴티티』, 소명출판, 2020; 손지연, 「국가폭력의 전후적 기억, 국가폭력을 내파하는 문학적 상상력 - 메도루마 슌과 오시로 다쓰히로의 대비를 통해」, 『일본학보』 126, 한국일본학회, 2021; 김동현, 「편입의 욕망과 저항의 미학 - 오시로 다쓰히로의 「신의 섬」과 제주4·3소설을 중심으로」, 『한민족문화연구』 68, 한민족문화학회, 2019; 손지연·김동현, 「개발과 근대화 프로젝트 - 제주와 오키나와가 만나는 방식」, 『한림일본학』 36, 한림대일본학연구소, 2020.

오키나와의 성찰적 사유를 짚어냈으며, 「후텐마여」의 경우 기지 속 오키나와를 살아가고 있는 이들의 일상에 주목함으로써 미일 양국에 포섭된 오키나와인의 내면적 저항을 잘 보여주는 작품임을 논증하였다. 두 작품을 유사한 환경의 제주 소설들과 대비적으로 고찰하기도 했는데 이 또한 의미가 적지 않다.

하지만 이 두 작품에서 오키나와 공동체의 자립 문제는 중점적으로 논의되지 못했다. 두 작품을 함께 논의하지 않음에 따라 오시로 다쓰히로의 오키나와 자립에 관한 관점을 종적으로 짚어볼 수도 없었다. 게다가 일부 세부 내용과 관련하여 작품 해석에 오해가 빚어진 부분도 없지 않다. 다시 논의할 필요가 있다는 것이다.

2. 일본복귀로 가는 전제 조건 ㅡ 「신의 섬」

「신의 섬」은 9장으로 구성된 중편소설로, 두 개 마을에 전문여관 1곳, 바 겸 다방 1곳이 있는 작은 섬 가미시마神島를 무대로 이야기가 펼쳐진다. 가미시마는 지도에는 없는 가공의 섬이지만, 오키나와 게라마제도慶良間諸島의 도카시키섬渡嘉敷島을 모델로 삼았음은 익히 알려져 있다. 오키나와전투沖繩戰 시기에 가미시마에는 수비대 1개 중대 300명, 비전투원 방위대 70명, 조선인 군부 2,000명이 근무하고 있었다.[8] 문제는 이 섬이

---

8   이는 "도카시키섬(渡嘉敷島)에는 육사 출신의 젊은 아카마쓰 요시쓰구(赤松嘉次) 대위를 대장으로 한 해상특공대 130명과 정비병 120명, 도카시키섬에 사는 청장년들로

집단자결강제집단사로 많은 주민이 희생된 대표적인 곳이라는 점이다.

그 중대장인 구로키黑木 대위로부터 미군 상륙 하루 전에 촌장 앞으로 명령이 내려졌다. 비전투원은 아카도바루赤堂原에 집결하라는 것이었다. (…중략…) 그곳으로 군에서 미야구치宮口 군조軍曹라는 이가 와서는 촌장을 데리고 나갔다. 촌장은 잠시 뒤 돌아와서 명령을 전달했다. "군은 최후의 병사 한 사람까지 섬을 사수할 각오를 하고 있다. 그 식량을 확보하기 위해 도민島民은 자결하라"라는. 그리고 한 세대에 한 개의 수류탄이 배급되었다. 사람들 사이에 동요는 있었지만, 얼마 뒤 누군가가 수류탄의 신관을 빼고 그것을 가슴에 안고 냇가에 있던 여러 명의 사람들과 함께 산화하자, 그것이 연쇄반응을 일으켜 여기저기서 폭발을 일으켰다. 불발로 성공하지 못한 사람은 면도칼로 자신의 목을 긁거나, 혹은 괭이로 아이 머리를 내리치는 이도 있었다. 그리고 날이 저물 무렵까지 329명이 자결을 하고, 자결을 피해 마을로 돌아간 몇 안 되는 이들 가운데는 다음날 자결해 하천 하류에서 피가 발견되기도 했다. 호에 숨어 있던 우군 부대는 오키나와전투 종결 후 한 달 동안이나 저항을 계속해 7월 중순에 이르러 구로키 대위 이하 살아남은 장병 전원이 투항했다.127~128쪽

1945년 3월, 가미시마의 집단자결 상황이다. 그로부터 23년 후에 오

조직된 방위대원 70명, 설영대가 옮겨간 뒤 배비된 조선인 군노무자 약 2천 명, 그리고 통신대원 여러 명이 주둔하고 있었다"(오키나와타임스 편, 김란경·김지혜·정현주 역, 『철의 폭풍』, 산처럼, 2020, 48쪽)는 실제 기록과 유사하다.

키나와 본섬 출신[9]으로 가미시마의 국민학교에서 3년여 동안 교사로 근무했던 다미나토 신코田港眞行가 위령제 참석차 섬을 방문한다. 그는 1944년 9월 학생 10명을 인솔하여 규슈로 소개疏開 갔다가 전쟁 후 학생들만 돌려보내고 자신은 규슈 여자와 결혼해서 그곳 학교의 교원으로 살고 있었는데 이번에 섬 전몰자 위령제에 초대받은 것이다. 그는 스스로를 "섬사람들을 버리고 간 사람"186쪽으로 여기며 섬사람들에게 "반半 오키나와 사람"164쪽으로 취급되지만, "가미시마를 잊고 싶지 않아서"176쪽, "집단자결의 심리를 알아보고 싶"185쪽어서 오랜 만에 섬을 찾았다.

집단자결의 실상을 가장 잘 알고 있는 이는 후텐마 젠슈普天間全秀다. 이제 백발이 된 그는 전쟁 때 국민학교 교장으로서 그 끔찍한 사태에 관여했다.

그는 촌장과 일을 분담해 정력적으로 도민의 호를 방문해 설득했다. (…중략…) 그날 밤 안으로 아카도바루를 중심으로 섬 이곳저곳에서 수류탄을 터뜨리고, 도끼로 가족의 머리를 내리치고, 어린아이의 목을 조르고, 면도칼로 경동맥을 끊었다. 젠슈는 다음날 오전 중에 호 이곳저곳을 들여다보고는 그들의 최후를 배웅했다. 그리고 마지막 순간을 맞이해야 했다. 한 개 남은 수류탄을 터뜨려야 했다. 불발이었다. 하나밖에 남아 있지 않아 후텐마 젠슈는 살아남았다.208쪽

---

9   다미나토 신코를 가미시마 출신이라고 본 연구도 있지만 이는 잘못이다. 다미나토는 가미시마 국민학교 교사 시절 야에의 집에서 하숙했으며(가미시마 주민이라면 하숙할 리가 없음), 그의 동생도 계속 오키나와 본섬에 거주하면서 고향을 지켰다는 점에서 그의 고향은 오키나와 본섬이 확실하다.

후텐마 젠슈는 집단자결 때 주민을 설득해 죽음으로 몰아넣은 장본인이지만, 정작 자신은 수류탄 불발로 목숨을 부지했다. 그는 아들 젠이치$\hat{\mtext{全}}$—를 데리고 우타키御嶽 동굴로 가서 노로神女인 여동생 가족을 만나 살아남았다. 특히 그는 매제인 하마가와 겐료浜川賢良와 미야구치 군조를 마지막으로 목격한 것으로 알려졌다. 그는 "대충 말하고 싶지 않아서"202쪽 진실을 증언하지 않았다면서 "분명하지 않다, 분명히 하고 싶지 않다, 고 하는 것도 훌륭한 역사적 증언"209쪽이라고 생각한다.[10]

하마가와 야에浜川ヤエ는 후텐마 젠슈의 여동생이자 하마가와 겐료의 아내다. 섬 노로돈치祝女殿內 가문의 노로인 그녀는 신성한 우타키 동굴 속으로 "규율을 깨고 전쟁의 탄환과 강제 자결을 피하기 위해 가족을 데리고 들어"239쪽가고 말았다. 함께 숨었던 남편은 수정으로 만든 마가타마勾玉를 지닌 채 실종되었다. 이후 남편의 유골 찾는 작업을 계속해오면서 축제 때는 동굴에서 참회하며 "혼자만의 전후"142쪽를 살아왔다.

야에에게는 외아들 하마가와 겐신浜川賢信이 있었다. 도쿄에서 대학 졸업 후 취직하여 그곳 여자와 결혼했으나 교통사고로 요절하고 말았다. 며느리는 기무라 요시에木村芳枝로, 학생운동을 하던 중 겐신과 인연을 맺었다. 학생 시절 스트라이크로 철야하면서 피켓 붙이는 작업이나 수상의 방미 반대 투쟁 등을 함께 하며 사상적 의기투합을 했다. 하지만 그녀는

---

10 당시 상황을 제대로 밝힐 필요가 없다는 생각은 섬사람들에게 두루 공감된다. 소개한 학생의 부모인 소시민 노인은 "분명하지 않은 편이 좋은 거요"(162쪽)라고 말한다. 면사무소에서 2, 3년 전에 전쟁기록을 모았지만 "뭔가 어딘가 부족"(163쪽)하고, "일본군에게 살해당한 사람"(161쪽)들에 대해 기록되지 않고 있는데도 섬사람들은 대체로 전쟁 이야기를 자세히 하는 것을 꺼린다.

오키나와를 제대로 이해하지 못하는 야마토大和 사람이다. "전혀 모르는 방언이 있다고 생각지 못했"219쪽다고 했을 정도니, 시어머니 야에와 충돌이 잦을 수밖에 없다.

야에의 남편을 죽인 야마토 군인은 미야구치 군조로 알려졌다. 정보실장이었던 그는 군도를 뽑아들고 협박하며 집단자결을 강요했다. 그녀의 딸 미야구치 도모코宮口朋子가 위령제를 앞두고 섬에 찾아왔다. 실종된 아버지의 흔적을 찾고 싶어서 나가사키현에서 방문한 것이다.

본토에서 방문한 이로는 대수이자 민속학자 오가키 기요히코大垣淸彦도 주목된다. 그는 5년 전부터 해마다 여름방학 무렵 찾아와 오키나와 고대 신사와 생활을 연구한다. "본래 일본인의 아름다움의 원형은 (…중략…) 오키나와 섬에서 찾을 수 있을 거"196쪽라며 오키나와가 일본인의 고향이라고 여긴다. 일류동조론日琉同祖論을 바탕으로 건전하지 못한 '오키나와 병'에 빠진 "야마토인 학자의 도락道樂"138쪽이라고 할 수 있다. "오키나와 로컬리티를 이해하는 것처럼 보이지만 그의 민속지적 관심의 정체는 야마토의 폭력성을 학적 관심으로 포장한 것"11으로 비춰진다. 이는 1940년 방언논쟁에서 표준어 사용 장려를 비판한 야나기 무네요시柳宗悅 등 일본 민예협회의 견해가 우치난추들에게는 '가진 자의 취미' 같은 것으로 받아들여졌다는 인식12과 상통한다.

이런 본토인들과 함께 젊은 영화인 요나시로 아키오与那城昭男가 등장

---

11 김동현, 「편입의 욕망과 저항의 미학」, 앞의 책, 68쪽.
12 오카모토 게이토쿠, 심정명 역, 「'오키나와에서 사는' 사상 – '도카시키(渡嘉敷)섬 집단자 결 사건'이 의미하는 것」, 김재용 편, 『지구적 세계문학』16, 소명출판, 2020, 272~273쪽 참조.

한다. 이 작품에서 다미나토 신코 못지않게 주목해야 할 인물이 바로 요나시로 아키오다. 오키나와 본섬 출신[13]으로 올해 두 번째 섬 방문이다. 가이난海南영화사에 근무하는 그는 섬 관광영화를 찍겠다고 한다. 그러나 그가 진정으로 찍고 싶은 것은 관광이 아니라 전쟁의 진실이다. 그는 전쟁과 위령의 문제를 바탕으로 복귀론에 대한 자신의 입장을 확실히 피력한다.

1960년대 후반인 현재의 가미시마에는 나이키 기지에 미군이 주둔하고 있다. 미군이 공회당을 방문해 피라미 먹이를 구해가는 등 주민과 사이가 나쁘지는 않다. 이 소설에서는 전쟁 때의 야마토에 대한 문제 제기가 중심이고, 미군 문제는 관심 밖이다.[14] "미군의 공격 속에서 나타난 오키나와 주민과 일본군 사이의 대립과 모순, 그 결과 일어난 참극이 도카시키섬 집단자결에서 집약된 형태로 나타나고 있으며, 그러한 의미에서 이 사건은 고스란히 오키나와 전투의 축도였다"[15]는 점에서 작가의 공간 선택 전략은 주효했다고 할 수 있다.

사실 이 소설에서 다루는 것처럼, 오키나와전투에서 주민들에게는 미군보다는 일본군의 행태가 더 문제시 될 수 있다. "대본영은 1944년 3

---

13 요나시로 아키오는 나하에 거주하면서 본토에 간 적이 없는(219쪽) 인물이다. "바다에 둘러싼 섬에 태어난 마음"(236쪽)이라는 표현에서도 본토 출신이 아님을 알 수 있다.

14 이 작품에서의 미군 비판 내용은 "저들(미군 : 인용자)은 춤추는 것만 있으면 베트남인 살해와 무관한 것처럼 보이는데"(225쪽)라는 요나시로 아키오의 생각 정도다. 오시로 다쓰히로는 "'류미친선'의 위선을 벗겨내기 위한 하나의 모델로 구상한 것이 「칵테일 파티」"요, "「칵테일 파티」의 본토 버전이 「신의 섬」"이라고 언급했다. 오시로 다쓰히로(김재용 대담), 「소설가 오시로 다쓰히로와의 대담」, 『오키나와 현대소설선 - 신의 섬』, 글누림, 2016, 165·169쪽.

15 오카모토 게이토쿠, 앞의 책, 268쪽.

월 오키나와현에 육군 제32군을 배치했는데, 이는 류큐처분 이후 처음으로 군대가 배치된 것"이었고, "제32군은 '군관민 공생공사軍官民共生共死의 일체화'를 내세웠지만, 주민 보호보다는 죽음을 강요"[16]했기 때문이다. 일본군에 의해 오카나와가 전쟁터가 되었지만 일본군에게 그 주민의 보호는 안중에 없었던 것이다.

후텐마 젠슈는 오키나와 원로 지식인을 대변한다. 그의 역할과 관련해서는 오키나와 교직원회의 일본복귀운동을 주목할 필요가 있다. 오키나와 교직원회는 1953년 1월 야라 초뵤屋良朝苗 회장을 중심으로 오키나와제도 조국복귀 기성회沖繩諸島祖國復歸期成會를 결성하여 일본으로의 복귀를 강하게 주장했다.[17] "일본복귀운동의 출발점은 황민화 교육 세대들의 기득권 회복 노력"이었던바 특히 "교직원회의 일본복귀운동은 처음부터 반전평화주의를 실천하고자 했던 것은 아니며, 이 맹목적인 일본지향성이 반전평화주의 이념에 대체"[18]된 것이다. 전시에 교장이던 후텐마 젠슈는 황민화 교육 담당자들이 단죄되지 않은 채 희생자 대열에 합류한 역사적 사실을 어느 정도 입증하는 인물이라고 할 수 있다. 그는 반일적 시각을 거의 갖지 않는 것으로 나온다. 일본군의 협박에 의해 주민들은 집단자결로 몰아넣는 역할을 수행함으로써 상당한 피해의식 속에서 살아왔는데도 야마토에 대한 반감을 표출하지 않는다. 그런 태도는 결국

---

16 한동균, 「오키나와 문제와 일본 평화주의 정체성의 변천 – 본토와의 갈등을 중심으로」, 연세대 석사논문, 2020, 47~48쪽.

17 위의 글, 90쪽.

18 진필수, 「오키나와 일본복귀론의 재검토 – 미군기지 문제의 신화와 친일세력의 부활」, 『로컬리티 인문학』 22, 부산대 한국민족문화연구소, 2019, 270쪽.

복귀운동에 기여하는 든든한 바탕이 된다.

대체로 섬의 "젊은 세대의 경우는 '집단자결'의 진상을 파헤치는 건 파장만 몰고 올 뿐 아무런 도움이 안 된다는 입장"[19]이다. 젠슈의 아들 젠이치会—는 부촌장을 맡으면서 도항선을 운영하는데, 마을이 기지 수입 덕을 본다고 인식하는 그는 "장밋빛 관광시설의 꿈과 전쟁의 상흔을 연결시키려는 발상"177쪽을 한다. 경제적인 이유 때문에 전쟁과 관광 "양쪽 모두 필요"177쪽하다는 것이다. 현재 촌장으로 젠이치보다 5살 위인 지나도쿠에知名德永도 "평화로운 관광의 섬"138을 추구해야 한다고 말한다.

가미시마의 젊은 교사들은 '조국복귀'를 가르치고 있다. 다미나토와 함께 소개를 떠났던 제자인 도카시키 야스오渡嘉敷泰男는 섬학교 교사다. 어머니 목에 면도칼 상처가 남은 집단자결 관련자임에도 별다른 원한을 품지 않는다. "오키나와에서 전사한 본토 출신 병사의 유족을 알고 있고, 학교 친구 가운데에도 있었고, 그들의 부모님이 영령을 마음으로부터 위로하고 싶어 하는 기분도 모두 진실"191쪽이라며 무척 관대한 태도를 견지한다.[20] "후텐마 젠이치와 상당히 비슷한 생각"을 하며 제반 상황에 "익숙해지는 것"154쪽이다. 약자가 지니는 패배주의적 인식이라고 할 수 있다.

하마가와 야에는 오키나와의 전통적 삶을 지키는 가운데 비극적 현실을 체감하며 살아가는 민중의 표상으로 제시되었다. 전쟁 때 우타키

---

19 손지연, 앞의 책, 279쪽.

20 섬의 청년들은 특별히 미국이나 일본에 반대하지 않는다. 청년단장은 기지부대에서 노무반장으로 근무하고 있고, 청년단원 15명(남 8, 여 7) 중에서 단장과 5명의 여자 회원은 부대에 근무한다. 나머지는 면사무소 근무하거나 교사로 근무하면서 현실에 순응하는 양상이다.

동굴에 들어간 데 대한 죄의식으로 '신의 채찍'239쪽을 느낀다. 동굴 깊은 곳에 십여 구 유골이 쌓여 있음을 혼자만 알다가 위령제를 앞두고 그곳에 며느리 요시에를 오가키 기요히코, 요나시로 아키에와 함께 데리고 들어가 그 존재를 공유한다. "백골의 산을 요시에에게 보이는 것으로 요시에의 정념을 무리하게 오키나와와 야에의 껍데기 안으로 끌어들"242쪽인 셈이다. 그녀는 요시에에게 "전쟁은 끝난 게 아니야. 네 아버지의 유골도 돌아오지 못했고 이 유골들도 성불하지 않으면 안 돼"244쪽라고 역설한다. 야마토를 향한 오키나와전투의 올바른 인식 촉구라고 할 수 있다. 도모코 사망 사건으로 잠시 멈췄지만 남편의 유품을 발굴한 그녀는 "사고가 수습되면 다시 남편의 유골을 찾으러 가겠다"258쪽고 다짐한다. 섬 사람 중에서 그나마 진실을 회피하지 않는 존재라고 하겠다.

이런 제반 상황에 문제를 제기하는 인물은 다미나토와 요나시로다. 가미시마 밖의 우치난추인 이 두 사람의 눈에 제반 상황과 사건이 비판적으로 포착된다. 소설의 1, 2, 3, 6, 9장은 다미나토에 의해 집단자결 문제가 초점화되고 4, 5, 7, 8장은 요나시로에 의해 야마토 문제가 집중 제기되는 방식으로 역할 분담이 이뤄졌다.

다미나토 신코는 끈질기게 집단자결 상황을 추적한다. 그 상황은 어느 정도까지 확인되지만 명명백백하지는 않다. 그런 가운데 작품 종반에 폭발사고로 미야구치 도모코가 목숨을 잃게 되는 뜻밖의 상황이 발생하면서 그는 또 중요한 역할을 수행한다.

주변 사람들은 집단자결 문제를 묻어버리듯이 또 어물쩍 적당히 폭발사고를 봉합하려고 한다. 미야구치 도모코는 원폭증 환자가 아님이 분명한데도 불구하고²¹ 위령제에 참석한 사람들은 굳이 그렇게 갖다 붙이려고 했다. "야마토 사람들은 미야구치 군조를 둘러싼 일화에서 오는 꺼림칙함을 이렇게 사고하는 것으로 구원받고자 했으며, 섬사람들은 기무라 요시에와 하마가와 야에를 동시에 해방시키는 길을 이 안에서 찾"²⁵⁹~²⁶⁰ᵖᵏᶜᵏ고자 했다. 적당한 타협으로 무마하고 상쇄하려는 심사의 반영이다. 다미나토는 결코 간과할 수 없었다. 그래서 우선 후텐마 젠이치를 향해서 분명히 말한다.

> 자네들이 과거를 잊고 현실을 살아가려는 거, 그래 그건 좋다고 치자. 그러나 그것은 피 흘리며 살아온 과거를 무시하는 것이어선 안 돼. 섬사람들에게 과거는 이미 사라지고 없어. 그것을 사라져 없어진 것으로 치부해선 안 된다는 거야. 야마토 사람들에게도 그건 확실하게 인식시키는 것이 좋아. 그렇지 않으면 일본 복귀 후에도 다시 잊어버리게 될 걸. 그때는 또 그때의 현실이 기다릴 테니까.²⁶⁰ᵖᵏᶜᵏ

아울러 다미나토는 위령제에 참석한 본토 사람들에게 "각각 다른 연대책임을 짊어지지 않으면 안 된다"²⁶¹ᵖᵏᶜᵏ고 한다. 자신은 야마톤추를 아내로 맞았는데 위화감 따위는 없다면서 서로를 존중하며 각기 실천하는 태도가 절실하다고 역설한다. "미야구치 군조의 일이 불가피한 일이었다면 그거야말로 당신들의 원폭반대도 설득력을 얻게 되는 것"²⁶²ᵖᵏᶜᵏ이라며

---

21 도모코는 집이 원폭 떨어진 지점에서 멀고, 어머니도 무사하다며 "저는 나가사키에서 비록 원폭과 관계없는 사람"(253쪽)이라고 분명히 말한다.

합리적인 논리를 편다. 오키나와 출신으로 본토에서 거주하는 입장으로서 중립적이고 객관적인 판단을 하려고 노력하고 있음을 읽을 수 있다.

요나시로는 전쟁의 실상부터 제대로 인식해야 함을 촉구한다. 그러기에 그는 자신이 제작하려는 영화의 제재에 대해 "전쟁 흔적이 아니라 전쟁이에요. 전쟁의 상흔이니까 전쟁과 같은 거죠"176쪽라고 분명히 밝힌다. 섬사람들에게 "여러분은 그런 잔혹한 이야기가 이 섬의 기지 체제에 방해가 된다고 생각하겠"179쪽지만, "그 잔혹한 기억과 정면에서 대결할 때 비로소 진정한 평화를 구축할 에너지가 생겨난다"180쪽고 강조한다. '껍데기 속 평화'에 안주[22]하지 말아야 한다는 것이다. 이는 오키나와전투의 "희생자를 부각시켜 '순국'으로 미화하기 바빴던 당시의 시대 분위기를 정면으로 거스르는 것"[23]이다. 특히 그는 섬 위령제의 개혁을 강력히 주장한다. "위령제의 영령을 섬사람들만으로 독립시키는"191쪽 방식으로 개혁해야 한다는 것이 그것이다. 이는 주민 희생에 책임 있는 야마토 사람들을 똑같이 추모할 수 없다는 신념의 실천이다. 전쟁의 실상을 정확히 알고 비판함으로써 그 의미를 올바로 계승해 나가야 한다는 인식이다.

죽은 자에게 욕하지 말란 말인가. (…중략…) 죽은 자는 정중히 애도해야 하는 것으로만 생각한다. 그러나 과연 그럴까? 그리고 역사는 진실하게 살았다고 할 수 있을까? 섬에서는 가해자나 피해자나 죽은 자에 대해 침묵을 지

---

22   요나시로는 "오키나와 전체가 그래요. 철저하지 못한, 칠칠치 못하죠"(182쪽)라고 꼬집으면서 "이 섬만이 아니라 오키나와는 어딘든 비슷"(184쪽)하다고 덧붙인다.

23   손지연, 앞의 책, 290쪽.

키고 있거나 아니면 뭔지 모를 용서와 형식적으로 애도하는데 그것으로 좋은 걸까?217쪽

섬사람들이 누구에 의해 어떻게 희생되었는지, 전쟁의 책임은 누구에게 있는지를 정확히 가려야 하지 않겠느냐는 항변이다. 그런 중요한 문제를 묻어둔 채로 추진하는 '본토복귀'가 과연 무슨 의미가 있겠느냐는 지적이다. 다음은 요나시로가 요시에와 대화하는 부분이다.

　　"아아, 일본이 유난히 멀어."
　　"일본이 아닐세. 본토라고."
　　(…중략…)
　　"어째서 일본과 본토에 그렇게 집착하는 거죠?"
　　"왜냐면 오키나와도 일본이니까."220쪽

오키나와와 일본을 구분 짓지 말라는 것이다. 본토의 동등한 일원이어야 마땅함을 주장하고 있다. 그러지 않고서는 내부식민지로 전락하고 말 것이라는 생각이다. 이로써 그가 반복귀파나 독립파가 아님이 명백히 드러난다. 다만 그는 "메이지明治 이래, 아니 시마즈島津 이래 점령자의 의식 탓"221쪽이라며 야마토에 대한 경계를 분명히 드러낸다. "위선적 마음을 지닌 채 일본으로 복귀하게 되"223쪽는 것을 매우 경계하고 있음이다.

　　"내 생각으로는 말이여, 본토복귀라든가 오키나와반환이라는 말이 가장

안 좋은 거 같다. 일본복귀도 조국복귀도 좋은 말은 아니야. 전쟁 반대라든가 오키나와 해방이라는 말로 족해."228쪽

요나시로의 목소리는 현실적인 복귀 주장임을 읽을 수 있다. 그는 일본인으로서 차별하지 말라는 것이다. 야마토가 먼저 잘못을 인정함으로써 오키나와와 하나가 될 수 있다는 입장이다. 그가 "조국복귀운동 방식에 의문"228쪽을 품는 것은 그러한 선결조건이 이뤄지지 않고 있기 때문이다.

이 작품은 일본 본토와 오키나와의 거리를 수시로 언급한다. '마음 속의 27도선'이 강조되기도 한다. 규슈에 소개되었을 때는 "네 부모가 스파이를 했기 때문에 일본이 졌다"211쪽고 본토 아이들에게 시달렸음을 부각시킨다. "본토에서 오신 분들은 오키나와 사람의 마음을 아무리 조사해도 진실을 알아내기 어렵다"164쪽는 말로써 거리를 확실히 한다. 두 명의 야마토 며느리를 등장시킨 것도 오키나와와의 이질성을 극복해야 한다는 취지다. 본토의 진보주의자인 기무라 요시에조차도 좀처럼 오키나와의 시어머니를 이해하지 못한다. 도모코는 위령제 참석 대신 야에와 유골 찾으러 떠나는 것으로 화해가 추구되었지만, 요시에는 끝내 도쿄로 돌아간다.[24] 마음의 27도선은 여전히 해소되지 않는다.

---

24 이 작품에는 다미나토 외삼촌이 의사였는데, 야마토 외숙모는 외조부모와의 갈등이 무척 심했으며, 마을에서도 "저 야마토 며느리는 조상을 소홀히 한다"(149쪽)며 수군거렸다는 삽화가 나온다. 이는 오시로의 실제 경험과 직접 관련되는 부분이다. 오시로 다쓰히로, 손지연 역, 「오키나와에서 일본인으로 산다는 것(沖繩で日本人になること)」, 『제주작가』 73, 제주작가회의, 2021, 235~236쪽 참조.

이처럼 「신의 섬」은 일본 복귀를 수용하면서도 오키나와전투에서의 일본의 책임을 묻는 동시에 차별 없는 통합을 전제로 내세웠다. 결국 복귀파의 입장에서 볼 때 불편한 소설일 수 있지만, 반복귀파나 독립파의 입장에서도 불만일 수밖에 없다. 오시로는 그만큼 '동화同化와 이화異化 사이에서'[25] 고민이 컸던 것이다.

3. 찾아오지 않는 평화와 자립 __ 「후텐마여」

「후텐마여」는 5장으로 구성된 작품으로, 「신의 섬」과는 42년이라는 시간 간격이 있다.[26] 「신의 섬」이 본토복귀 직전의 상황이 반영되었다면, 「후텐마여」에서는 전후 65년, 복귀 38년 시점인 최근의 실상이 그려졌다. 오시로 다쓰히로는 이번에는 부속도서가 아닌, 오키나와 본섬 중부에 소재한 기노완손宜野灣村의 아라구스쿠新城 마을을 주요 무대로 삼아 기지 문제를 중점적으로 다루었다.

예전 마을은 전쟁 후 완전히 기지 안으로 흡수되었고, 주민들은 후텐마普天間 옆쪽으로 밀려났다. 전쟁 전에는 밭이었던 곳으로, 남북으로 길게 뻗은 비행장 북단에 접해 있다. 군용기가 하늘 위를, 때로는 지붕 위를 아슬아슬하

---

25 오시로 다쓰히로는 『同化と異化のはざまで』(潮出版社, 1972)라는 단행본을 내기도 했다.

26 「후텐마여」는 다른 매체를 거치지 않고 작품집 『후텐마여(普天間よ)』(新潮社, 2011)에 바로 수록되면서 발표된 소설이다.

게 부딪칠 것 같은 착각이 들 정도로 초저공비행을 하며 굉음을 뿌리며 지나간다. 하루에 수십 회나 되니 그것이 일상의 소리가 되어버렸다.316쪽

「신의 섬」의 무대가 된 게라마제도와는 달리 아라구스쿠 주민들은 미군에 저항하거나 집단자결을 하지 않아 모두가 살아남았지만, 마을 땅이 대거 기지에 편입되는 상황을 맞닥뜨려야 했다. 미군은 기노완宜野灣, 가미야마神山, 나카바루中原, 마에하리真栄原, 아라구스쿠新城 등 5개 마을을 기지로 수용해버렸다. "믿기 어려울 정도로 미군들은 제멋대로 기지를 만들고, 소나무 가로수도 그 안으로 삼켜버렸"316쪽으니 주민들은 생존과 여가를 모두 위협받는 악조건에 내몰렸다. 그렇게 "예전 농경지와 5개 마을을 밀어버리고 주민을 하나도 남김없이 몰아내고, 외국군대가 전쟁 대비를 위한 비행기와 헬리콥터 공간만으로 사용"332쪽하는 기지가 바로 후텐마 해병대 항공기지다. "5개 마을 주민들은 쫓겨나 빽빽하게 뒤엉켜 생활하고 있는데, 그 장교들은 유유히 푸르른 공기를 마시고 있"333쪽는, 너무나 대조적인 모습이 '기지의 섬 오키나와'의 현실인 것이다.

특히 미군기에 의한 폭음爆音은 독자의 청각을 시종일관 흔들어놓는다. 그도 그럴 것이 "오키나와현청이 1995년 조사하여 펴낸「항공기소음에 의한 건강영향조사보고서」에서는 오키나와 주둔 미군의 활동이 오키나와 주민에게 미치는 영향 중 가데나 기지와 후텐마 기지의 항공기 소음이 가장 중대한 사안"임을 밝혔는데, 이 보고서는 "당시 조사시점에서 항공기 소음의 환경기준을 넘는 항공기 소음 피해를 받고 있는 주민이 현 전체 인구의 38%에 달하는 약 47만 명으로 추정"[27]했으니 그 심각성은 실

로 상상 이상이다. "앞으로 몇천 번일지, 몇만 번일지, 아니 평생을 들어야할 소리일지"358쪽 알 수 없는 폭음이기에 더욱 문제적일 수밖에 없다.

이 소설의 화자 '나'는 후텐마기지에 인접한 오키나와국제대학을 졸업하여 신문사 사장 비서로 일하고 있는 25살의 우치난추 여성으로서, 할머니·아버지·어머니·남동생 등 5인 가족의 일원이다. 작품에는 '할머니-아버지-나'로 이어지면서 3대가 체감하는 오키나와 역사와 현실의 단면이 용의주도하게 포착되었다.

전쟁 체험세대인 할머니는 전반부 서사의 중심에 있다. 80이 넘은 할머니는 보청기를 끼고 다니는데, 이는 청각 이미지가 지배적인 이 소설에서 각별히 주목할 부분이다. 보청기는 단순히 연로한 데 따른 청력 저하를 나타내는 도구를 넘어서서 미군기 폭음의 심각성을 부각시킨다고할 수 있기 때문이다. 할머니는 더 늦기 전에 별갑빗鼈甲の櫛을 찾을 수 있도록 기지 안으로 들어가게 해달라고 부탁한다. 별갑빗은 5대 위 할아버지 때 기노완기리의 마름 집에서 1년 봉공한 뒤 선물로 받은 것인데, 할머니의 시어머니증조할머니가 전쟁 중에 집 부근 돈누야마殿の山 배소 뒤편에 파묻었다고 한다. 기지 안으로 흡수되어버린 옛 마을은 이제 마음대로 드나들지 못하는 금기의 구역이어서, 성묘나 청소 등의 목적에 한해 분묘나 옛 주거지 같은 제한된 곳에만 '시설 내 입역허가 신청서'를 제출해서 허가 받아야 들어갈 수 있다. 미군이 원래 땅주인들에게 "서비스를 베푸는"317쪽 형국인 데다, 시청에는 '기지섭외과'라는 부서까지 설치되어

---

27 김미영, 「오키나와 문제에 관한 오타 마사히데(大田昌秀)의 정치사상과 정책 연구」, 경희대 박사논문, 2021, 117~118쪽.

있다. 할머니는 "비행장을 방해할 생각은 없으니"315쪽 늙은이의 소원을 들어달라고 손녀에게 간청한다.

할머니야말로 오키나와의 전통문화와 관련된 정체성을 여실히 보여주는 인물이기도 하다. 할머니의 별갑빗을 찾으려는 시도로 인해 '나'는 할머니를 모시고 유타무녀와 후텐마곤겐普天間權現 사원에 가게 된다. 그곳은 아라구스쿠 샘新城井에 연결된 곳이자 전쟁 때 주민들이 숨었던 392미터 길이의 동굴 한 부분을 접하고 있다. '나'의 부탁을 받은 유타는 별갑빗이 기지 안에 잘 묻혀 있으니 걱정 말라며 위로한다. 거기서 '나'는 "후텐마 비행장으로 인해 잃어버린 마을의 마부이靈가 곤겐 동굴에 (…중략…) 반드시 살아있으리라"329쪽는 믿음을 일깨우게 된다. 이후 아버지의 도움으로 기지 안에 직접 들어가는 기회를 잡게 되는데, 거기서 할머니는 심한 미군기 소음 속에서 옛 집터, 아라구스쿠 샘터, 돈누야마 배소, 소싸움터 등의 과거 흔적들을 더듬는다. 어디가 어딘지 구분하기도 힘들어지고 잡초가 무성한 모습을 보며 회한에 잠기기도 한다. 할머니는 비록 별갑빗을 찾지는 못했어도 오키나와의 전통적 삶을 점검하는 계기를 마련하는 역할을 수행하였다. "별갑빗을 찾지 못해도 납득한 얼굴"349쪽로 일상으로 돌아오지만 "요즘 들어 보청기를 귀에 끼면 폭음소리가 너무 크게 울린다고 (…중략…) 언짢아"358쪽 한다. 미군기 폭음을 듣고 싶지 않은 할머니의 심사가 느껴진다. 따라서 실상은 제대로 납득한 것도 아니요, 그걸로 충분히 해결되었다고 인식하는 것도 아니라는 의미다.

할머니의 별갑빗 찾기 시도가 일단락되고 나자, 이번에는 아버지가 증발되면서 소설은 후반부에서 새로운 국면을 맞는다. 전쟁 후에 출생해

5살 때 부친을 여읜 아버지는 고등학교 졸업 후 시청에 근무하면서 조국
복귀운동에 열심히 참여했다.

> 그ᵃ아버지 : 인용자의 어린 시절은 조국복귀운동祖國復歸運動의 계절이었다. 마
> 치 오른쪽 귀로 미국 비행기의 폭음을 듣고, 왼쪽 귀로는 복귀운동을 외치는
> 소리를 듣는, 그러한 생활 속에서, '일본'으로 반환되면 오른쪽 귀가 해방될
> 거라는 기대감도 있었지만, 왼쪽 귀 안쪽 뇌에서는 이 폭음이 쉽사리 사라질
> 리가 없다는 의심이 가시지 않았다.320쪽

아버지는 기지에 들어가 별갑빗을 찾겠다는 할머니의 바람에 대해
"당연하다고 (…중략…) 오른쪽 뇌에서는 생각하지만, 왼쪽 뇌에서 부정"
하는데, "왼쪽 뇌는, 일본 정부에 대한 불신을 갖고 있"320쪽는 데서 기인
한다. 일본정부가 기지 문제와 관련하여 오키나와 사람들을 기만해 왔기
때문이다. 복귀운동에 헌신했던 아버지는 복귀 후 일본정부가 취한 일련
의 행태를 보면서 불신하지 않을 수 없었다. 기지의 섬으로서의 위상은
더욱 강고해졌고, 오키나와의 자기결정권은 제대로 존중되지 않았다. 앞
장에서 밝혔듯이, 대부분의 오키나와인들은 오키나와교직원회 등에 의
해 주입된 국민국가 일본의 국민화 작업과 동화 논리의 내재화에 견인되
어 일본복귀운동에 적극 동참하였으나, 그것이 이들의 심성구조 자체를
온전히 표상한 것은 아니었음이 전후 1세대인 아버지를 통해 확인된다.
지금의 아버지는 기지반환촉진운동 사무소에서 근무하고 있다. 그의
반기지운동은 순탄하지 않다. 막대한 군용지료를 받는 청년 히가比嘉의

난데없는 침입을 받고 그에게서 "이 냉장고, 이 부엌, 이런 물건들을 사들이는 데 기지 덕이 없었다고 말할 수 있나?"355쪽라는 공격을 받기도 한다. 이는 일본정부의 꼼수 정책에 의한 주민의 분열 양상을 보여준다. 일본 정부가 복귀 직후 반전지주회1971년 12월 결성를 견제하고 '오키나와 군용지 등 지주회 연합회'를 같은 편으로 만들기 위해 토지 임대료를 복귀 이전 대비 약 6.5배 대폭 인상한[28] 결과인 것이다.

한동안 행방이 묘연하던 아버지는 10월에 헤노코辺野古의 민박집에 머물면서 또 다른 기지 반대운동에 참여하고 있음이 확인된다. 오키나와 본섬 북부지역의 헤노코는 주민들의 후텐마 기지 철수 요구와 관련하여 일본 정부가 '조삼모사' 식의 얕은꾀에 따라 이전 지역으로 선정한 곳이다. 아버지는 "아라구스쿠에서 일상적인 폭음에 시달리면서, 다른 한편으로는 기지반환운동을 일상적으로 지속하고 있는 자신이, 뭔가 위선이라는 생각이 들"어서 "그런 생각의 악순환에서 벗어나고 싶어서, 집을 나왔다"353쪽고 해명했다. 자신의 위선을 의식하게 되었다는 아버지의 발언은 의미심장하다. '나'는 아버지가 "자신들의 운동이 피상적이라는 것을 부끄럽게 여겨 증발"335쪽한 것 같다고 여긴다. 이러한 아버지의 언행에서 기지문제와 그 반대운동에 자동화되고 일상화된 채 살아가는 오키나와사람들에 대한 경고의 메시지를 읽을 수 있다. 아버지는 바로 견고한 벽처럼 되어버린 그런 현실 상황을 뒤흔들고 싶었던 것이다. 그러기에 헤노코에서 아버지를 만나고 오던 '나'가 "60 수 년 전 전쟁으로 불타

---

28 한동균, 앞의 글, 107쪽.

버린 나무들에 푸른 싹을 틔운 강인함"356쪽을 떠올린 것은 지극히 자연스러운 반응이라고 할 수 있다.

전후 2세대, 즉 현재의 젊은 세대를 대표하는 '나'는 소설 전체를 통괄하면서 관점을 정리·수렴하는 역할을 수행한다. '나'는 전통문화 계승에 힘쓰는 젊은이다. 초등학교 졸업하던 해부터 류큐무용을 배우고 있으며, 고1 때 신문사 주최 무용콩쿠르 신인상을 수상하기도 했다. 신문사에 근무하는 지금도 류큐무용을 계속 수련하는데 어머니가 담당강사다. '나'도 일상 속에서 시도 때도 없이 미군기의 폭음에 시달린다. "초등학교 다닐 때보다 폭음 횟수가 더 늘어난 것 같다"323쪽고 느끼는 '나'는 폭음 때문에 일찍 퇴근하는 일까지 경험한다. "평소보다 유난히 큰 폭음"325쪽을 느껴 대화가 중단되는 경우도 다반사다. 예전엔 무용 콩쿠르에서 폭음의 방해를 받아 낙선했던 경험도 있다. 작품 말미에서의 류큐무용 연습도 폭음 속에서 진행된다.

잡념을 떨치고 춤을 추기 시작했다. 3곡을 무사히 마치고 4곡 째에 접어들어,

"만나지 못하고 돌아오는 길에⋯⋯."

갑자기 울린 폭음이 테이프레코더의 우타산신 노랫소리를 지워버렸다. 헬리콥터다. 전에 없이 가깝게 들린다. 바로 위 상공이다. 어차피 몇 초 지나면 지나갈 것이니 나의 춤에 혼신을 다해 집중하기로 하고 춤을 이어갔다. 그런데 그것은 몇 초가 아니었다. 몇 10초가 아닌, 몇 분은 되는 것 같았다. 헬리콥터가 이 강습소 상공 가까이에서 선회하고 있는 걸까. 이런 일은 처음이다.

테이프레코더가 덧없이 회전한다. 어머니는 아무런 지시도 하지 않았다. 콩쿠르 실전에서는 설마 이런 사고가 일어나지 않기를 바라며 계속해서 춤을 이어간다.

'……운나다케를 올려다보니, 흰 구름이 걸쳐있구나……'

내 마음의 노래에 맞춰 춤을 춘다.

"그리움이 쌓여 보고 싶은 마음 간절하네."

노랫소리가 다시 들려왔다.

'맞는다……'

음악과 손동작이 훌륭하게 맞아떨어지는 것이, 신기하기도 하고 자랑스럽기도 했다.361쪽

이처럼 '나'는 미군 헬기 폭음 속에서도 연습공연을 훌륭히 마무리해 낸다. 공연 작품은 〈누하부시伊野波節〉로, 실연의 아픔을 넘어선 여자의 바람을 담아낸 무용곡이다. 그 가사 속의 운나다케恩納岳29마저 미군기지에 포함되어 있다는 부분에서는 비장감도 느껴진다. 나는 연습공연을 무사히 마치고서 '내가 이겼어……'라고 여기는데 이는 작위적인 정신승리 같은 상황이다. 현실은 전혀 개선되지 않는 가운데 제한된 성취에 만족하는 소극적 대응의 양상이기 때문이다. 심지어 "콩쿠르 때도 오늘처럼 헬리콥터가 날아와 주면 좋을 텐데"362쪽라는 생각까지 하는 것을 보면

---

29   운나다케는 "미군기지인 캠프 한센 내 실탄연습장에 자리하며, 일반인은 출입이 금지되어 있"(360쪽)는 곳이다. 류큐민요인 〈아카부시(屋嘉節)〉에도 "눈물을 삼키면서 운나다케(恩納岳)에 올라 모두 함께 전쟁을 견뎌왔다"는 내용이 나온다. 모리 요시오, 김용의·김희영 역, 『전후 오키나와의 평화운동 – 민중들의 삶과 저항』, 민속원, 2020, 47쪽.

반기지의 의지마저 의심되기도 한다.

전후 2세대에서 '나'의 남자친구이자 신문기자인 헨나 다다시平安名完의 역할도 주목된다. 그는 전통을 계승하는 동시에 자립의 길로 나아가야 한다는 의지를 표출하는 청년이다. "별갑빗을 그리워하며 찾는 것은 시대착오적일지 모르지만, 미군기지가 견고하게 닫아버린 것을 무리하게 파헤쳐 내려는 것은 현재로서 할 수 있는 최대의 저항이 아닐까?"321쪽라는 그의 발언은 그러한 인식의 단면을 보여준다. 그러더니 후텐마 동굴 안에 몰래 들어가는 돌발적인 도전을 감행한다.

"후텐마 기지를 초월하는 권위가 있다는 걸, 입증하고 싶었어."

모험 동기를 의기양양하게 말했다.

이 땅에 전해내려 오는 전설은, 군사기지라는 속세의 권위를 훨씬 능가하는 신비적인 권위를 갖는다, 고 주장하고 싶은 듯했다. (…중략…)

"그런데 기지의 미국인들은 민간의 우타키御嶽에 이러한 위력이 있다는 것을, 모르겠지?"330쪽

기지 이전의 오키나와, 나아가 기지가 철폐된 오키나와를 상정하고 있음이다. 헨나 다다시는 기자로서 오키나와국제대학 미군헬기 추락 건물 보전운동의 후일담을 취재하는가 하면, 북부지국으로 근무지를 옮기면서 "헤노코 전문가가 되고 싶다"349쪽는 의지를 피력한다. 작중인물 중에서는 가장 적극적이고 역동적인 대응을 보여준다고 하겠다.

이 작품에서는 헨나 다다시와 '나'에 의해 2004년 8월 오키나와국제

대학 본관에 미군 헬기가 추락한 사건만이 아니라, 1955년 유미코 어린이 성폭행 사건, 1959년 이시카와石川시 미야모리宮森초등학교 전투기 추락 사고, 그리고 "후텐마기지 반환운동을 확고하게 정착시키는"345쪽 계기가 된 1995년 초등학생 성폭행 사건까지 소환된다. 미군정 시대만이 아니라 "'일본국'이 되어서도 몇몇 유사한 사건이 발생"348쪽하고 있음을 언급함으로써 개선되지 않는 기지문제를 지적한다. 이처럼 두 청년남녀는, 그 정도에서는 다소 차이가 있지만, 오키나와 전통과 정체성에 대한 관심의 끈을 쥐면서 비판적 현실인식을 토대로 자신의 영역에서 분투하는 모습을 보여준다.

이와 관련하여 남동생 사다미치貞道가 전언하는 야마시로山城 교수의 시지프스 신화 재해석은 오시로 다쓰히로의 생각을 읽는 열쇠다. 산 위에서 굴러 내려오는 커다란 바위를 시지프스가 계속해서 막아내는데, 이는 "아무리 막아내도 굴러 내려오는 것이 아니라, 아무리 굴러 떨어뜨려도 밀어 올린다는"343쪽 것으로 해석했음이 그것이다. 이는 오키나와 공동체의 굴하지 않는 투쟁을 의미하기 때문이다. 그런데 "그것은 할머니의 눈에 증오의 그림자가 보이지 않았던 것과도 맞물린다"면서 "그 운명적인 부합에 나는 내심 감탄했다"343쪽고 언급된 것처럼, 저변의 끈질긴 힘을 강조한다. 오키나와인들은 아무리 악조건이어도 결코 좌절하지 않으면서 그런 숙명을 껴안고 살아간다는 점을 묵직하게 보여준다. 반면에 이는 현실을 극복하는 분명한 타개책이 되지는 못한다. 계속 밀어올리는 데에 의의가 있는 것이지만, 거기서 더 나아가는 행동을 전개하지는 못함을 말하기 때문이다. 할머니가 증오를 표출하지 않고 고난을 운명적으로 수용한다는 데서 보듯이, 그것을 얼마든지 감내할 수는 있으나, 다른 세상을 열어젖히는 현실적인 실천에는 과감히 나서지 못하게 되면서 주저앉을 수도 있다는 것이다. 그렇더라도 어쩔 도리 없다고 여기며 자위하는 명분이 된다.

일본이 해결해주지 않는 데 대한 비판이 거의 부각되지 않고, 류큐처분이나 오키나와전투에 대한 일본의 책임을 전혀 묻지 않는 점도 작품의 한계로 지적된다. 특히 기지문제가 개선되지 않고 있는 상황을 미군 주둔의 경우로만 국한하여 조명한 것은 매우 아쉬운 부분이다. 자위대 문제를 논외로 한 점이야말로 뚜렷한 한계가 아닐 수 없다는 것이다. "1972년 5월 복귀시점에서 오키나와 내 자위대 관련 시설을 3개시설면적 166.1ha 확보하고 있던 일본 정부는 그 이듬해인 1973년 18개193.1ha를 시작으로 그 수를 늘려 2018년 기준 47개713.6ha의 시설을 오키나와에 두고 있다."[30] 최근에도 미야코섬宮古島 등지에 자위대 기지를 계속 늘려가고 있음에 대한 비판이 강력히 제기되고 있는데도 이를 전혀 문제 삼지 않은 것은 작가가 동화된 상황에 갇혀 있음을 보여준다.

이처럼 오시로는 미군기 폭음을 중심으로 악화된 기지 상황의 문제를 짚어내되, 현재로서는 어쩔 수 없는 운명처럼 받아들이고 있다. 하지만 그것은 언제까지나 핑계로 일관할 수는 없는, 궁극적으로는 극복해야만 하는 과제임도 제한적으로나마 동시에 말하고 있다. 안경을 쓰고 있으면서도 찾으러 다니는 상황을 "오키나와 문제 같"349쪽다고 한 것은 제반 모순

---

30   김미영, 앞의 글, 98쪽.

이 너무나 밀착됨에 따라 어디서부터 어떻게 풀어나가야 할지 모르는 깊디깊은 오키나와의 현실 문제를 토로하는 것이라고 할 수 있다.

결국 오키나와가 일본으로 복귀한 지 수십 년이 흘렀어도 현실은 개선되지 않았음을 강조하고 있다. '평화헌법 아래로'라는 명분으로 복귀한 것이었지만 오키나와에서 평화세상의 구축은 현재로서는 요원하고, 게다가 공동체의 자기결정권마저 무시되면서 자립의 길도 험난함을 「후텐마여」가 잘 보여준다는 것이다.

4. 동화와 이화의 사이에서

오시로 다쓰히로의 소설 「신의 섬」과 「후텐마여」는 공히 오키나와 공동체의 독자성을 상정하고 있다. 노로와 유타, 마가타마와 별갑빗 등은 전통문화를 강조하는 인적·물적 존재들이다. 두 작품 모두 노년 세대를 주요 인물로 등장시킴으로써 공동체의 오래된 기억을 유용하게 활용하기도 한다. 오시로는 이런 점들을 바탕으로 오키나와가 일본의 일원이면서도 야마토와는 유다른 역사와 문화를 갖춘 독자적인 공동체임을 분명히 한다.

그의 초기작품인 장편 『소설 류큐처분』1959~60의 '이야기 배경'에서 3인칭 서술자는 "류큐가 기본적으로 일본의 일부분이라는 것은 고고학,

언어학, 문화인류학 등에 의해 밝혀졌다"[31]고 진술한다. 오시로가 현실적으로 '일류동조론日琉同祖論'에 동의하는 작가였음을 확인할 수 있다. 아울러 이 소설에는 류큐처분1879 직후의 오키나와 젊은층2세들이 각기 다른 길을 선택하는 것으로 설정되어 있는데, 거기에서도 동화와 이화 사이에 놓인 오시로의 사상을 가늠해 볼 수 있다. 그 작품에서 가메가와 세이토龜川盛棟는 나라를 되찾기 위해 '청국탄원사절'로 청나라행을 택하고, 일본정부 스파이 활동 벌이던 오완 초코大灣朝功는 야마토의 한복판인 도쿄로 들어가며, 요나바루 료초与那原良朝는 오키나와에 남아 일본정부의 관리가 되는바, 여기서 비교적 중립적 인물인 요나바루가 오완보다는 가메가와의 선택을 좀더 이해하는 듯한 양상을 보여준다.[32] 따라서 오시로가 적어도 이 시점에서는 복귀론에 전적으로 기대지는 않았던 것으로 보인다. 복귀론과 독립론, 혹은 복귀론과 반복귀론의 가운데에 있었다고도 볼 수 있을 것 같다.

1960년대에는 복귀운동이 더욱 활발해졌다. 그런 가운데 오시로는 1967년 「칵테일파티」로 아쿠타가와상을 수상하면서 일본 본토에서도 주목받는 작가로 부상하였다. 바로 그 시점에서 "「칵테일파티」의 본토 버전"[33]인 「신의 섬」이 발표되었다. 「신의 섬」에서 오시로의 관점은 여러 상황을 종합해 볼 때 불가피하게 복귀는 해야 되겠지만 거기에는 차별당하지 않음이 전제되어야 한다고 정리된 것으로 보인다. 복귀를 앞둔 시

---

31 박정이, 「오시로 다쓰히로 『소설 류큐처분』의 장 구성 의미」, 앞의 책, 124쪽.

32 위의 글, 125쪽.

33 오시로 다쓰히로(김재용 대담), 「소설가 오시로 다쓰히로와의 대담」, 『오키나와 현대 소설선 – 신의 섬』, 글누림, 2016, 169쪽.

점에서 제도적·문화적 차별이 해소되지 않는다면 그것은 사실상 통일을 거부하는 것과 다름없다는 논리를 폈다. 당시 그는 시마즈島津 침입, 류큐처분, 오키나와전투에 이어 네 번째의 민족통일의 기회가 바로 '조국복귀'라면서 "이번에야말로 야마토와 오키나와의 민족통일이 진정으로 완성될 수 있지 않을까 한다"[34]고 했을 뿐만 아니라, "세간에서는 이번의 반환을 '제2의 류큐처분'이라고 입을 모아 말하지만, 나는 오히려 '미완의 류큐처분'을 완성해나가고 있는 것이 아닌가 한다"[35]라고까지 규정했다. "오시로는 (…중략…) 오키나와인의 근대화 과정을 민족통일과정이라 보고, 일본 복귀야말로 진정한 민족통일을 완성할 수 있는 기회라고 주장하면서도 자신의 작품을 통해 오키나와인의 문화적 개성을 드러냈다"[36]는 것이다. "오키나와인이 일본으로 복귀한다는 것은 본토의 다른 지역이 그 지역의 특색을 인정받으며 한 국가의 국민으로서 제 권리를 누리는 것처럼 오키나와인도 일본의 하나의 지역으로서 오키나와적인 것을 있는 그대로 인정받으면서 일본국민으로서의 권리를 제대로 보장받아야 한다"[37]는 신념을 당시의 오시로는 가졌으리라 판단된다. 말하자면 그는 영토적 재통합만이 아니라, 일본 여러 지방이 각기 그러는 것처럼, 오키나와에서 독자적인 문화의 확립도 필요하다고 강조한 것이다.[38]

---

34 오시로 다쓰히로, 손지연 역, 「오키나와에서 일본인으로 산다는 것」, 『제주작가』 73, 제주작가회의, 2021, 266쪽. 이 글은 1970년에 발표되었음.

35 위의 글, 268쪽.

36 김미영, 앞의 글, 100쪽.

37 위의 글, 43쪽.

38 문화의 문제를 강조한 오시로의 견해는 아라카와 아키라(新川明)에 의해 "오시로가 말하는 '문화'란 어디까지나 오키나와의 민속=토착문화 범위 내에 자리하며, '문화'

1972년 5월 15일 오키나와는 정치적으로 일본에 완전히 복귀했지만, 결국 차별 없는 통합은 구호와 이상일 뿐임이 확인되었다. 반복귀론자反復歸論者였던 오카모토 게이토쿠岡本惠德의 지적처럼 "국가로서의 일본은 오키나와 사람들을 차갑게 외면할 뿐 오키나와 사람들에게는 아무런 힘이 되지 않았"으며, 이는 결국 "메이지 이후 차별과 수탈의 기억이나 오키나와 전투에서 일본군의 잔학한 행위에 괴롭힘 당한 경험과 결합하여 국가로서의 일본에 대한 결정적인 위화감을 만들어"[39]내고 말했다. 오시로는 복귀 후에 전개되는 제반 문제에 대해 "철저히 구조적 차별에 의한 것"이라며 "완전히 배신당한 거"[40]라고까지 말한 바 있다. 성공적인 복귀가 아님을 확실히 인정한 것이다. 그러나 정작 복귀 40년이 가까워질 즈음에 발표한 「후텐마여」에는 그러한 배신감에 따른 반일감정은 좀처럼 표출되지 않는다. 반미감정이 뚜렷함에 비한다면 의아한 부분이다.

위의 작품들을 통해 오시로의 생각을 유추해 보면, 그는 일류동조론에 바탕을 둔 이하 후유伊波普猷의 동화론과 개성론[41]을 따르면서 "독립론

문제로서의 '복귀' 문제(혹은 '반복귀' 문제) 역시 이른바 토착문화를 어떻게 하면 "도쿄'로 상징되는 '부패한 문화로부터 구해낼 것인가'에 집중되어 있다. 달리 말하면, 그것을 지켜냄으로써 거꾸로 '일본문화에 공헌하는 것'이 된다. (…중략…) 문화를 영위해온 이들의 의식(정신)의 역사성에 대한 이해가 턱없이 부족하다"는 비판을 받는다. 아라카와 아키라, 「'반국가의 흉악 지역'으로서의 오키나와('反國家の兇區'としての沖繩)」, 『反國家の兇區』, 現代評論社, 1971, 314쪽.

39 오카모토 게이토쿠, 심정명 역, 「'일본 국가'를 상대화하는 것」, 앞의 책, 285쪽. 『世界』 1972년 8월호에 발표된 글임.

40 오시로 다쓰히로, 앞의 책, 172쪽.

41 이하 후유는 '일류동조론'을 주장한 동화론자이면서도 오키나와를 다민족국가 대일본제국의 개성집단으로 위치 지우는 개성론자였다고 할 수 있다. 김미영, 앞의 논문 참조.

236　제2부_ '소수자'로 읽는 오키나와문학

을 경시하고 복귀론을 지지했던 아라사키아라사키 모리테루(新崎盛暉) : 인용자의 정치적 입장"[42]과 가까운 길을 걸었다고 할 수 있다. 다만 오시로는 우치난추가 일본국민이 아니라고는 하지 않았지만, 그렇다고 일본국민임을 강조한 것도 아니었다. 복귀 후 구조적 차별을 체득했기에 민족통일로서의 완전통합은 사실상 불가능하다고 판단하고 오키나와 스스로 정체성을 유지하는 가운데 자립의 길을 모색해야 한다고 생각했던 것 같다. 그러나 그 구체적인 방법론은 제시하지 못한다.

오시로가 「신의 섬」과 「후텐마여」에서 반복귀론이나 독립론 시각을 견지한 인물을 전혀 내세우지 못했음은 주목할 점이다. 이 점에서는 앞서 발표된 『소설 류큐처분』보다 후퇴한 셈이다. 비교적 진보적인 인물들도 마찬가지다. 즉, 「신의 섬」의 요나시로 아키오는 복귀론에 가깝고, 「후텐마여」의 헨나 다다시 역시 독립을 표방하지 않는다. 이쯤 되면 그의 의식에서 독립담론은 거의 실종되었다고 보아야 할 것 같다. 결국 이러한 오시로의 인식은 독립론에 관한 오키나와 내부의 주체적 모색마저 차단해버릴 가능성을 안고 있다고 판단된다.[43]

---

42   진필수, 앞의 글, 236쪽.

43   "김재용 : 최근에 오키나와에서는 독립을 위한 학회가 생기는 등 과거 그 어떤 시기보다 오키나와를 일본의 식민지로 보고 이로부터 독립하려고 하는 흐름이 강하게 대두하고 있는데 선생님께서는 이러한 독립에의 운동을 어떻게 보고 계시는지요? / 오시로 다쓰히로 : 사상적으로는 독립 지향입니다. 단지 독립은 정치의 메커니즘이 강하게 작동하는 법이어서 말입니다. 그래서 지금 나를 포함한 오키나와인들이 매우 곤란한 상황이죠.(웃음) 분명히 밝히자면 독립 지향이라고 말씀드리고 싶습니다. / 김재용 : 그러면 자치에 대해서는 어떻게 생각하시는지요? / 오시로 다쓰히로 : 독립에서 한 발 물러난 게 자치죠. 나는 자치에도 찬성입니다"(오시로 다쓰히로(김재용 대담), 앞의 책, 173쪽)에서 보면, 오시로는 '독립 지향'이라고 답하고 있지만, '매우 곤란한 상

기실 일본이 패전하여 물러가면서 "오키나와인들의 전후 복구 상황에서 독립론이나 신탁론이 대두되는 것은 너무나 자연스러운 것이었다"[44]고 할 수 있다. "오키나와전투는 오키나와인들이 반전평화주의를 학습하게 된 경험으로 주로 이야기되어 왔지만, 그 이전에 오키나와인들의 반일의식을 최고조에 이르게 한 사건이라는 점"이 간과되어서는 안 되며, "독립론은 반일의식의 저수지 위에 피어난 꽃과 같은 것"[45]이라고 할 수 있다. 하지만 전후의 이런 독립론은 아라사키 모리테루로 대표되는 역사학자들에 의해 외면되었다. 이는 '친미반일의식'[46]의 증발이기도 한데, 이 점에서 오시로는 아라사키의 관점과 매우 유사하다.

천황과 천황제에 대한 무비판도 오키나와의 자립 문제와 관련하여 볼 때 오시로의 한계로 판단된다. 야마토에 대한 비판이 주류를 이루는 「신의 섬」에서도 천황과 천황제의 문제는 전혀 거론되지 않는다. 아마도 이는 일류동조론과 민족통일 등의 신념을 바탕으로 하는 오시로로서는 상정하기 어려운 문제의식이었을 것이다. "근대 오키나와에 있어 황민화 정책이란, 천황제 국가인 일본과 천황에 오키나와인의 충성의식을 일원적으로 통합하는 것"[47]이라는 당대 반복귀론자의 비판과는 거리를 두었다고 할 수 있다.

황'이라는 언급을 보면 선뜻 동의하는 것으로 보기 어렵다. 다만 '자치에도 찬성'이라는 답변이 그의 소신에 더 가까운 것으로 판단된다.

44   진필수, 앞의 글, 254쪽.
45   위의 글, 255쪽.
46   위의 글, 253쪽.
47   아라카와 아키라, 「비국민의 사상과 논리(非國民の思想と論理)」, 『反國家の兇區』, 現代評論社, 1971, 124쪽.

오시로 다쓰히로는 "맹목적인 '본토지향'과 본토 페이스로 복귀가 추진되는 데에 대한 경계와 긴장감을 늦추지 않았다"[48]고 평가되기도 한다. 맹목적인 복귀론자는 아니라는 것이다. 이는 온당한 평가이기는 하지만, 그렇다고 그를 복귀론과 거리가 멀다고 하거나 반복귀론자 혹은 독립론자라고는 부를 수 없다. 그가 복귀를 전제로 한 오키나와의 자립을 강구했던 것만은 확실하다. 그 자립은 역사의 이질성을 바탕으로 한 개성의 강조라고 할 수 있다.[49] 동화와 이화 사이에서 깊이 고민한 그로서는 현실여건을 고려한 의식세계에서는 동화로 기울 수밖에 없었을 것이다. 반면에 역사문화적인 정체성과 구조적 차별을 충분히 인식한 저변의 무의식세계에서는 이화를 견지했을 것으로 판단된다. 요컨대 오시로에게 동화는 의식이고, 이화는 무의식으로 규정할 수 있지 않을까 한다.

5. 마무리

이상에서 오시로 다쓰히로의 소설 「신의 섬」과 「후텐마여」를 중심으로 오키나와 자립에 관한 관점을 살펴보았다. 논의한 바를 요약·정리하면 다음과 같다.

「신의 섬」은 1960년대 후반의 시점에서 오키나와전투 시기에 발생

---

48 손지연, 앞의 책, 271쪽.

49 오시로는 "역사의 이질성을 알았다면 불필요한 열등감과 피해망상에 시달리지 않아도 될 일"이라면서 "오키나와인은 야마토와의 이질성을 하나의 개성으로 인정해주기를 원한다"고 밝힌 바 있다. 「오키나와에서 일본인으로 산다는 것」, 앞의 책, 242~243쪽.

한 집단자결의 진상규명 문제를 통해 야마토의 책임을 묻고 있는 작품이다. 집단자결에서의 일본군의 책임을 묻어둔 채로 오키나와의 일본복귀는 곤란하다는 오시로의 견해가 읽혀진다. 작중인물을 통해 오키나와의 정체성, 본토와의 거리 등이 강조되지만 독립을 추구하는 것은 아니다. 다만, 차별 없는 통합이 전제되는 일본복귀를 주장한다.

「후텐마여」는 오늘날에도 쟁점이 되고 있는 미군기지 문제를 다루었다. 미군기 폭음을 중심으로 악화된 기지 문제를 짚어내되, 제반 모순이 너무나 밀착됨에 따라 어디서부터 어떻게 풀어나가야 할지 모르는 깊디깊은 오키나와의 암울한 현실이 그려졌다. 오키나와 전통과 정체성에 대해 관심을 가지면서 비판적 현실인식을 토대로 자신의 영역에서 분투하는 청년들의 모습도 보여준다. 다만, 기지문제에서 자위대 문제를 논외로 한 점은 한계로 지적된다.

오시로는 오키나와가 일본의 일원이면서도 야마토와는 유다른 역사와 문화를 갖춘 독자적인 공동체임을 강조한다. 그러면서도 그는 복귀론자에 더 가까운 것으로 보인다. 복귀에 의한 통일을 추구하되 지역적 개성을 강조한 것이다. 동화와 이화 사이에서 깊이 고민한 그로서는 현실 여건을 고려한 의식세계에서는 동화로 기울 수밖에 없었을 것 같다. 반면에 역사문화적인 정체성과 구조적 차별을 충분히 인식한 저변의 무의식세계에서는 이화를 견지했을 것으로 판단된다.

여기서 사족을 겸하여 한 가지 덧붙일 점은 오키나와전투를 다룬 소설의 연구에서 가해/피해 구도에 지나치게 주목하는 접근법은 별로 바람직하지 않다는 것이다. 가해자/피해자 구도를 설정하여 인물 중심으로 가해자/피해자를 나누어 분석하는 방식의 연구는 오키나와 문제의 본질을 간과해버릴 위험성이 다분하다. 눈앞에는 보이지 않는 거대한 세력들, 즉 배후에서 막강한 권력을 휘두르는 전쟁 기획자들의 책임을 간과해버릴 우려가 매우 크다는 것이다. 국가폭력의 문제에 대한 탐색에서도 국민국가 범위에 한정시켜선 안 된다. 따라서 좀더 거시적인 차원에서 제국주의의 탐욕과 폭력에 주목해야 마땅하다고 생각한다.

남양군도의 오키나와인에 관한 표상과 서사

오시로 사다토시의 「팔라우의 푸른 하늘」을 중심으로

조정민

1. 머리말

오늘날 지도 위에서 더 이상 남양군도南洋群島[1]라는 명칭은 찾아볼 수 없지만, 그것은 심상 지리적으로 여전히 존재하는 공간이다. 오스트레일리아 서태평양 바다 위에 펼쳐져 있는 섬들, 즉 미크로네시아[2]라 부르는 이 지역이 바로 남양군도인데, 제1차 세계대전 직후인 1919년 베르사유조약에 따라 독일령이던 이곳을 일본이 위임통치하게 되면서 '남양군도'라는 이름이 붙여지게 되었다. 1922년 식민통치를 위해 정부기관 남양

---

1 제1차 세계대전 이후 일본이 위임통치하게 된 남양군도에 관해서 당시 일본에서는 오늘날의 미크로네시아 및 주변 지역(오가사와라제도-미크로네시아-태평양)을 내남양(內南洋)이라 불렀고, 동남아시아 및 주변 지역(오키나와-대만-중국 화남지방-동남아시아)을 외남양(外南洋)이라 칭하고 있었다. 또한 내남양과 외남양을 모두 합쳐 남양 혹은 남방이라고 부르기도 했다. 이 글에서는 미크로네시아, 즉 당시의 내남양에 해당하는 지역을 대상으로 하고 있다는 점을 명기해 둔다.

2 Micronesian Islands. 정식 명칭은 미크로네시아연방국(Federated States of Micronesia)으로 마리아나(Mariana)제도, 캐롤라인(Caroline)제도, 마셜(Marshall)제도 등이 포함된다.

청南洋廳을 설치한 일본은 미국을 견제하기 위해 이 지역을 군사 거점으로 활용하는 한편, 남방 진출의 거점으로 삼고 식민지 확보에 박차를 가해 나갔다.

남양군도에 대한 일본의 관심과 기대는 제1차 세계대전 중이던 1915년에 재단법인 남양협회를 설립한 것에서도 드러나지만, 남양군도에 대한 주목이 본격화되는 시점은 1921년에 설립한 남양흥발주식회사南洋興發株式會社, 이후 남흥가 제당사업을 중심으로 이곳에 진출하기 시작하면서부터라고 볼 수 있다. 남만주철도주식회사가 대주주로 참가한 남흥은 당시 '북의 만철, 남의 남흥'이라 일컬어질 정도로 존재감을 과시하고 있었고, 1936년 일본이 국책회사인 남양척식주식회사南洋拓殖柱式會社, 이하 남척를 설립하면서 남양군도가 가지는 경제적 군사적 역할과 의미는 더욱 커지게 되었다. 패전 이후, 남양군도는 한시적으로 미국의 점령 하에 있었으나, 1947년 유엔이 남양군도에 대한 미국의 신탁통치를 결정하면서 미국의 신탁통치령 태평양 제도가 되었다. 한편 일본은 1952년 샌프란시스코 강화조약을 통해 공식적으로 이곳의 영유권을 포기했다.[3]

일본에게 있어 '남양'이라는 새로운 지리의 획득은 대규모의 인적 물적 이동의 촉발을 의미했고, 패전을 기점으로 그것은 더 이상 공식적으로 기능하지 않는 지명이 되었지만, 이동이 남긴 경험과 기억은 '남양' 혹은 '남양군도'를 여전히 현재화시키고 있다. 남양군도로 이주한 일본인

---

3   미국의 신탁통치가 종료되면서 이 지역들은 자치정부 수립을 거쳐 마셜제도, 미크로네시아연방, 팔라우로 독립하였으며, 북마리아나제도는 주민투표에 따라 독립을 포기하고 미국령으로 편입되었다.

가운데 절반 이상을 차지한 것은 오키나와 사람들이었는데, 이들은 당시 오키나와가 처한 경제적 궁핍과 인구 과밀, 기후의 유사성, 제당업 경험 등의 이유로 집단적이고 계획적으로 이동하거나 이동 당하고 있었다. 다시 말해 오키나와의 가난과 고난을 타개할 방법으로서 '남양'이 부상한 것인데, 특히 주목이 필요한 부분은 새로운 삶을 구상하기 위한 이들의 이동에 국가와 지역, 민족과 종족, 국민화와 재국민화 등이 복잡하고 다양한 방식으로 연루되어 있다는 점이다. 1935년 국제연맹을 탈퇴한 일본은 남진 국책을 내 걸고 다음 해인 1936년에 곧장 남척을 설립했고, 1939년에는 제4함대를 창설하며 남양군도를 전진방어기지로 삼아 전쟁을 대비하고 있었다. 경제적으로나 군사적으로 중요한 지정학적 위치에 있었던 남양군도에 대거 이주한 오키나와인들은 식민지 개발과 개척, 남진이라는 국책을 수행하는 주요한 임무를 맡고 있었던 셈인데, 그 가운데 그들은 '일본인'으로서 재국민화되는 과정을 경험하지 않을 수 없었다. 물론 오키나와인의 재국민화 과정에는 일본 본토인의 차별과 배제가 끊임없이 개입했고 그것은 재국민화를 불가능하게 만드는 동인이 되기도 했다. 민족과 인종 사이의 위계와 질서는 조선인과 대만인, 그리고 선주민인 차모로족Chamorro이나 카나카족Kanaka이 서로 만나는 가운데 더욱더 복잡한 양상을 드러내곤 했다. 그럼에도 불구하고 남양군도와 오키나와인에 대한 담론과 서사는 획일적으로 전형화되어 있는 것이 사실이다.

이 글에서는 남양의 오키나와인에 대한 표상 방식을 점검한 후, 오키나와의 작가 오시로 사다토시大城貞俊[4]의 작품 「팔라우의 푸른 하늘パラオの青い空」『大城貞俊作品集(上) 島影』, 人文書館, 2013에서 묘사되고 있는 남양 및 오키나

와인에 대해 분석해 보고자 한다. 여기서 오시로 사다토시의 소설에 주목하는 이유는 그것이 남양의 오키나와인 표상에 관한 전형과 비전형을 오가며 새로운 시공간으로서의 '남양'을 탄생시키고 있기 때문이다. 새삼 지적할 필요도 없지만, 오키나와 사람들의 남양군도로의 이동은 일본의 근현대사 및 전쟁사, 식민지사의 산물이며,[5] 이들이 조우한 낯선 타자들과 그 관계는 지역과 국가를 넘어서는 경험이었다. 남양군도의 오키나와인에 대한 주목은 궁극적으로 전쟁과 식민지, 지역과 국가, 민족과 국민 등을 다시 생각하게 만드는 계기가 될 수 있을 것이며, 특히 오시로 사다토시의 문학적 상상력과 실험은 오키나와문학의 외연을 태평양 해역 세계로 확장시키는 가능성을 제시할 수 있을 것이다.

---

4 글의 이해를 돕기 위해 오시로 사다토시에 대해 간략하게 소개하면 다음과 같다. 1949년 오키나와현 오기미손(大宜味村)에서 태어난 그는 류큐대학(琉球大学) 교육학부 교수를 지냈으며 시인이자 소설가, 평론가로 활동하고 있다. 오키나와 얀바루(ヤンバル)를 배경으로 오키나와전투의 비극을 그린 가족 소설『생명의 강 시이노가와(椎の川)』(1992)로 문단의 주목을 받은 그는 오키나와전투라는 역사적 경험을 소재로 하면서도 집합적인 기억에 수렴될 수 없는 예외적인 사건이나 개인적인 체험 등을 작품의 소재로 삼아 왔다. 국내에는「K공동묘지 사망자 명부(K共同墓地死亡者名簿)」(조정민 편,『갈채─전후 일본 단편소설선』, 소명출판, 2019),「아이고 오키나와(六月二十三日 アイエナ─沖繩)」(손지연 역,『지구적 세계문학』가을, 2019, 글누림),「게라마는 보이지만(慶良間や見いゆしが)」(박지영 역,『지구적 세계문학』봄, 2020, 글누림),『생명의 강 시이노가와(椎の川)』(조정민 역, 삶창, 2020),「누지파(ヌジファ)」(손지연 역,『제주작가』봄, 2021, 제주작가회의), 등의 작품이 소개되어 있고, 관련 글로는 김동윤의「오키나와 공동체의 역사 인식과 문학적 재현─大城貞俊 소설「六月二十三日 アイエナ─沖繩」를 중심으로」(『日本研究』53호, 2020)와「역동하는 섬의 상상력─오키나와·타이완·제주 소설에 나타난 폭력과 반폭력의 양상」(『한민족문화연구』70호, 2020), 김동현의「냉전의 지속과 지역의 상상력─제주와 오키나와문학을 중심으로」(『한국언어문화』72호, 2020) 등이 있다.

5 그러한 의미에서 보자면, 남양군도 이민이란 단순히 지리적 이동을 의미하는 '이민'이

2. 남양군도의 오키나와인 표상과 서사

남흥의 설립과 남양청의 설치 등이 이루어지는 1920년대에 들어서면서 일본인의 남양군도로의 이주는 본격화되었다. 남양청이 설치되는 1922년을 중심으로 인구 비율 및 이주 현황을 살펴보면, 1922년 당시에는 현지주민 47,713명인 가운데 일본인이 3,310명으로 합계 51,086명이었다. 1935년에 이르면 현지주민이 50,573명, 일본인이 51,961명으로 일본인의 수가 현지주민보다 많아지는 이른바 역전 현상이 일어나게 된다. 그리고 1941년이 되면 현지주민 51,089명의 약 2배에 가까운 숫자인 90,712명의 일본인이 남양군도에 거주하게 된다.[6] 여기에서 말하는 일본인 가운데에는 당시 일본의 식민지였던 조선과 대만, 사할린 등지에서 이동한 사람들도 포함되어 있었고, 또 일본인 가운데 절반 이상을 차지한 것은 오키나와 사람들이었다. 그리고 현지주민의 구성도 차모로족과 카나카족 등으로 다양화되어 있는 실정이었다. 말하자면 당시 남양군도에는 다양한 민족과 인종이 혼재하고 있었던 것이다.

이와 같은 인구 구성 및 비율 가운데서도 오키나와현 출신자가 특히 많았던 이유에 대해 주목해 보면, 이는 외부적인 상황과 내부적인 상황으로 나누어 요약할 수 있다.[7] 우선 남흥이 주도했던 이민은 무산 농민의

아니라 식민지 통치에 관한 문제이자 국제 정치의 결과이며, 정착형 식민주의(settler colonialism)로 접근할 수 있을 것이라는 아카미네 히데미쓰(赤嶺秀光)의 지적은 매우 타당해 보인다.(赤嶺秀光, 「南洋移民は幸福だったか」, 『けーし風』 第32号, 2001, 41쪽)

6   小林茂子, 『砂糖と移民からみた「南洋群島」の教育史』, 風響社, 2019, 7~8쪽.

7   식민정책학적 관점에서 남양군도를 연구한 야나이하라 타다오(矢内原忠雄)는 오키

구제라는 성격이 강했고, 당시 소철지옥으로 대변되는 오키나와현은 가장 먼저 그 대상으로 꼽혔다는 점을 들 수 있다. 특히 남흥은 사탕수수 재배에 이미 숙달되어 있던 오키나와 사람들이 농민 이주의 최적임자라고 판단하고 이를 현실화시켰는데, 이 때문에 오키나와 사람들의 대량 이주에는 관의 개입이 일정 부분 작용하고 있었던 측면을 부정할 수 없다.[8] 그리고 오키나와현 자체가 가지고 있던 당시의 상황도 남양군도로의 이주를 가속화시켰다. 1920년대부터 30년대에 걸쳐 이른바 '소철지옥'이라고 불리는 경제적 궁핍 속에서 오키나와 사람들은 새로운 생존 방식을 모색하고 있었고 이는 남양군도로의 이동으로 이어졌던 것이다. 이와 같은 외부적 내부적 상황에 따른 남양군도 이주는 그나마 '개인의 자유의사'가 반영된 것이라고 볼 수 있다.[9] 이후 '남진'이 국책화되는 1930년대 중반을 기점으로 하여 오키나와현으로부터의 이민은 "일본제국주의 침략의 일환으로서 침략을 보완하는 역할"을 하고 있었고,[10] 오키나와 사

나와현으로부터의 이민의 특징을 다음과 같이 분석했다. "1932년 4월 1일을 기준으로 일본인 인구 30,970명인 가운데 오키나와현 출신자는 17,598명으로 5할 7부를 차지하고 있다. (…중략…) 이는 다음과 같은 사정 때문인 것으로 보인다. 첫째, 오키나와현은 특히 경제적인 피폐가 심각하고 일찍부터 해외 이주가 이루어지고 있었던 점을 꼽을 수 있다. 둘째, 기후풍토의 관계 상 남양군도의 노동자 가운데서도 특히 개간 노동자로서 가장 적합하다는 점을 들 수 있다. 셋째, 오키나와현인의 낮은 생활수준과 동향인 간의 강한 단결심이 이주에 유리하게 작용했다."(矢内原忠雄, 『南洋群島の研究』, 岩波書店, 1935, 52~53쪽.)

8 남흥은 동양척식주식회사의 자회사적인 존재로서 자금 및 경영에 모두 동양척식회사가 관여하고 있었기 때문에 '반관반민(半官半民)'의 성격을 가진다고 볼 수 있다.

9 今泉裕美子, 「南洋興発(株)の沖縄県人政策に関する覚書-導入初期の方針を中心として」, 『沖縄文化研究』, 1992, 134쪽.

10 西原文雄, 「国策としての拓殖移民」, 『沖縄県史第7巻 各論編6 移民』, 厳南堂書店,

람들은 "(남양) 개척자로서는 실로 적임자라 할 수 있는 위대한 천성을 가진 자"로서 평가되고는 했다.[11] 말하자면 오키나와인의 국책 수행 동참은 제국신민의 일원임을 증명하는 방법 중 하나였고, 근대 이후 일본과 오키나와 사이에 가로놓여 있던 단절을 하나로 통합시킬 계기를 내포한 것이기도 했다. 오키나와 사람들의 남양 이주가 개인의 자유의사에 의한 것이든, 국책 수행을 위한 동원이었든, 결과적으로 오키나와 사람들은 일본이 기획하던 국책 구현에 지대한 기여를 한 셈이 되고 만 것은 부정할 수 없을 것이다.

남양군도의 착취와 수탈 과정에 오키나와인을 적극 가담시켜 '일본국민'으로 '인정'하려 했던 일본 본토와 마찬가지로 오키나와 내부에서도 역시 자발적이고 주체적으로 남진을 수행하자는 목소리가 분출되기도 했다. 예컨대 당시 현 의원代議士들은 남진 국책 수행을 "오키나와인의 진가를 인지시킬 수 있는 절호의 과제"라고 이야기하며, "오키나와는 남방공영권 확립을 위한 최전선 기지로서 새로운 사명을 가지게 되었다. (⋯중략⋯) 우리나라 남진의 선구자인 선조들의 진취감투進取敢鬪 기질은 우리 피 속에 흐르고 있다. 지금이야말로 현민은 향토 혼을 고취시켜 남방으로 진출해야 한다"고 주장하기도 했다.[12]

국책 수행을 통한 재국민화의 과정은 남양군도에서도 거듭 강조 반복되고 있었다. 실제로 많은 오키나와 사람들을 고용했던 남흥의 경우에

    1974, 571쪽.

11   今泉裕美子, 앞의 글, 135쪽.

12   後藤乾一, 『近代日本の「南進」と沖縄』, 岩波現代全書, 2015, 219쪽.

는 "황실을 존경하고 국체를 중히 여길 것, 순충지성純忠至誠의 야마토 정신을 가지고 남양산업 홍융에 힘쓸 것, 가족주의를 기조로 하여 일심으로 협력할 것"이라는 내용을 담은 소위 사훈과 같은 '남흥정신강령'을 강조하고 있었다. 이는 남양에서의 황민화 정책이 선주민은 물론이고 남양군도로 이주한 일본인, 특히 오키나와인을 겨냥하고 있었다는 것을 의미한다.[13]

그런데 오키나와인의 재국민화 과정이 시작되기도 전에 그것은 실현 불가능성을 먼저 노정시키고 있었는지도 몰랐다. 오키나와에서 온 이민자들의 각자의 사정과 경험, 고유한 현실은 이미 '오키나와'라는 동질적인 기호 속에 수렴되어 '일본인'과의 거리를 보다 명확하게 두는 방향으로 고착화되고 있었기 때문이다. 이는 당시의 남양군도에 엄연하게 존재했던 차별적이고 위계적인 민족적 인종적 질서에서 명확하게 드러난다. 그것은 마치 차별 피라미드를 구현시킨 양, 최상층부는 일본인이 차지하고 그 아래에는 오키나와인을 비롯한 조선인 및 대만인이 자리하며 마지막 저변부에는 선주민을 남겨두는 방식이었다.[14] 그런가 하면 팔라우에서는 최상층부에 일본인을 두고 그 아래에는 팔라우인을, 그리고 마지막 최하층부에 오키나와인을 배치하는 위계가 통용되고 있었다고 한다. 이

---

13 井上亮, 『忘れられた島々-「南洋群島」の現代史』, 平凡社, 2015, 73쪽.

14 井上亮, 앞의 책, 70쪽. 실제로 오키나와현 사람들의 임금은 내지 일본인과 달랐다. 1927년과 1932년에는 이 같은 차별 대우 때문에 오키나와현 사람들이 소작쟁의를 일으키기도 했다. 오키나와 사람들에 대한 차별의 배경에는 이미 일본의 내부 식민지라는 인식이 팽배한 가운데 곤궁한 하층민이 남양으로 이주한 경우가 많았다는 점을 들수 있으며, 이 때문에 일본 본토인뿐만 아니라 현지 주민들에게도 차별의 대상이 되고는 했다.

는 동화정책의 영향으로 일본인에 근접해 있다고 여기게 된 팔라우 사람들이 자신들보다 오키나와인들이 더 미개하다고 여겼기 때문이라고 한다. 남양군도에서는 차모로족이 카나카족을 멸시하는 경향이 있었는데, 팔라우에서는 차모로족이 오키나와인을 '저팬 카나카'라고 부르며 오키나와 사람들에 대한 차별을 노골화하는 일도 있었다.[15] 1930년대에 진입하면 이주 일본인 가운데 오키나와인이 차지하는 비율은 절반을 넘어서게 되지만, 이러한 상황 속에서도 오키나와인은 본토인의 타자이자 나아가서는 현지인들의 타자로 존재하고 있었던 것이다.

오키나와인들에 대한 본토인의 부정적 서사는 주로 집단적 차원에서 보이는 문화적 관습이나 풍습, 그리고 신체적 특징이나 기질 등에 집중되어 있었다. 예컨대 오키나와인들을 나체에 가까운 행색으로 독한 아와모리泡盛를 마시며 산신三線을 뜯고 활보하는 것으로 그 이미지를 고정화시키는 대목은 문화적 열등성 및 신체적 기이성을 강조하며 타자화시킨 것에 다름 아니라고 볼 수 있을 것이다.

고향을 떠난 오키나와 이주자들 대부분은 가다랭어 어선을 타거나 규슈의 탄광에서 일하고서도 호주머니에 돈을 모으지 못해 결국 천리 바닷길을 건너 남양으로 가게 되었다. 남양에서 번 돈은 고향으로 송금하고 자신은 극빈자로 살면서도 그에 대해선 전혀 개의치 않는다. 재산이라곤 산신 하나밖에 없지만 이것만큼은 절대 손에서 놓지 않으며 방랑의 긴 세월을 견딘다. 때

---

15 井上亮, 앞의 책, 71쪽.

로는 아와모리를 마시며 산신에 맞추어 추잡한 노래를 부르는 것으로 소소한 기쁨을 누린다. 그들은 이런 소박한 만족감으로 이향의 땅에서 꿋꿋하게 살아가고 있는 것이다.

"아, 일본판 집시군요"라고 내가 말했다.

"그렇죠. 집시죠"라고 아라키 군이 답했다. "말 그대로 집시예요. 대신 몸 하나는 좋다니까요. 군도의 노동력은 죄다 오키나와가 도맡고 있죠. 카나카 족도 있긴 하지만 워낙 게을러서 말이죠. 정말로 이들에게는 당할 자가 없어요. 아무리 가난하게 살아도 태평하기만 하거든요."[16]

위의 인용문은 작가 이시카와 다쓰조石川達三가 쓴 남양군도 여행기 『적충도 일지赤虫島日誌』東京八雲書店, 1943의 일부분이다. 남양군도에서 사업체를 운영하는 동생을 만나기 위해 남양군도를 방문한 이시카와는 사이판과 팔라우, 얍 등지를 방문하며 보고 느낀 점을 정리하여 여행기로 엮어냈다. 그 가운데서 이시카와는 생활고 때문에 고향을 떠나 배를 타거나 탄광을 전전하다가 남양군도까지 흘러 온 오키나와 사람들을 떠돌이 '집시'로 비유하며 설명해 보이고 있다. 그들은 옷을 제대로 갖추어 입지 않은 채 독한 술을 마시며 어디에서나 춤추고 노래할 정도로 사리분별이 없는 반면에 남양군도의 노동력을 도맡을 만큼 건장한 신체를 가진 것으로 묘사되어 있다. 다시 말해 오키나와 사람들은 문명화되지 않은 관습과 원시적인 몸이라는 방식으로 표상되고 있었던 것이다.

---

16 石川達三, 『赤虫島日誌』, 東京八雲書店, 1943, 10~11쪽.

아와모리와 산신, 시마우타션 노래로 대변되는 오키나와의 지역 문화뿐
만 아니라[17], 오키나와 방언 사용[18]이나 고향으로의 송금으로 인한 가난
의 일상화[19]는 결국 남양군도에서 오키나와 사람들을 타자화시키는 요

---

17 조각가이자 민속학자이기도 한 히지카타 히사가쓰(土方久功 1900~1977)는 1929년
부터 1942년까지 남양군도에 거주한 바 있다. 그는 1929년 팔라우의 공학교 도공(圖
工) 교원으로 근무하면서 팔라우 및 얍 등의 섬을 상세하게 조사하였고, 1939년 남양
청에 근무하면서도 사이판 및 로타 등의 섬에 대해 지속적으로 관심을 가지고 조사에
임하였다. 오랫동안 남양군도에 거주한 히지카타 역시 "아, 산신. 오키나와 사람들은
어디를 가든 이 산신을 지니고 다녔다. (…중략…) 십 년 전 내가 팔라우에 왔을 무렵,
마을은 참으로 을씨년스러웠다. 저녁이 되면 한 집에 모여 노래하는 도민들의 목소리
가 들려오곤 했다. 그런데 도민들이 노래하는 것은 오히려 드문 일로, 매일 밤마다 들
려오는 건 바로 오키나와의 산신 소리였다. 오키나와 사람들은 혼자 있을 때나 여럿이
모여 있을 때나 산신을 뜯었다"고 회상한 바 있다.(仲程昌德,『南洋群島の沖縄人たち
―附・外地の戦争』, ボーダーインク, 2020, 82~83쪽에서 재인용) 한편 1915년 평안
북도 정주에서 태어나 오산학교와 도쿄고등척식학교를 거쳐 남양무역주식회사에 입
사해 사이판을 중심으로 한 마리아나제도의 야자원을 관리하는 업무를 맡았던 전경
운은 남양군도에서 목격한 오키나와인의 모습을 다음과 같이 기록하고 있다. "비가 와
밭일을 못할 때는 오키나와인들이 한 자리에 모여 앉아 아와모리를 작은 잔으로 조금
씩 마시며 산신을 켜고 그에 따라 전원이 하루 종일 오키나와 노래를 부른다. 절대로
취하는 자를 보지 못했다. 그들 인정은 매우 두텁다. 섬사람 단결심도 강하다. 일본시
대 남양 개발은 거의 오키나와인의 손으로 되었다고 해도 과언이 아니다."(조성윤,『남
양섬에서 살다 ― 조선인 마쓰모토의 회고록』, 당산서원, 2017, 99쪽.)

18 오키나와인이 오키나와의 풍습을 그대로 가져 와 생활하고 오키나와 말을 일상적으
로 사용하는 것은 '일본국민'으로서의 자각이 부족하다고 여겨질 터이고 이는 오키나
와인에 대한 차별 대우로 이어졌을 것이다.(仲程昌德, 앞의 책, 81쪽.)

19 에구치(江口) 탁무사무관(拓務事務官)은 잡지『남양군도(南洋群島)』(제1권 제8호
1935,9)에서 "오키나와인의 생활 정도가 일반 내지인보다 한 단계 낮은 사실은 부정
할 수 없을 듯 하다. 게다가 자신의 생활비를 절약해 고향에 송금하는 풍습이 아주 강
하게 남아있기 때문에 저패니즈・차이니즈 라는 별명이 붙어 있는 자도 있다"고 기록
하고 있다.(仲程昌德, 앞의 책, 120쪽.) 또한 작가 이시카와 다쓰조 역시 "오키나와인
들은 카나카족보다도 가난한 생활을 아무렇지도 않은 양 하고 있으며, 임금을 고향으
로 송금하거나 혹은 술값으로 쓰는 모양이었다"(石川達三, 앞의 책, 26쪽)고 언급한
바 있다. 남양군도에서 번 돈이 결국 오키나와에 남아 있는 가족들을 위한 생활비로

인으로 작용하기도 했다. 오키나와인들은 남양군도에서 일본 제국이라는 국가적 공통성을 전제하면서도 그와 동시에 오키나와라는 지역성 혹은 오키나와인이라는 종족성을 현실적인 기반으로 삼아 공동체를 유지시키고 있었고, 또한 송금이라는 방식을 통해 끊임없이 고향과 가족을 의식하며 생활하고 있었다. 이민의 땅에서 새롭게 재구성된 이 같은 오키나와의 로컬리티는 그러나 결국 차별 구조의 바탕이 되고 말았고 오키나와인의 재국민화도 실패로 귀결될 것임을 예견하고 있었다.

한편, 남양군도에서 오키나와인들이 자신들의 로컬리티를 지속 유지할 수 있었던 것은 일본과 오키나와 양쪽의 정치적 경제적 영향으로부터 벗어나 이민지의 인구집단들과의 관계 속에서 종족적, 문화적 정체성을 형성해 나갈 수 있었기 때문이라고 볼 수 있다. 일본 내부에서 타관에 벌이를 하러 간 오키나와 사람들의 경우에는 그 지역사회에서 또 다른 타자들인 부락민이나 재일조선인, 그리고 빈곤층의 일본인들과 함께 종족적, 계급적 소수자로서 서로 경합해야 했고, 또 일본인들과의 일상적인 접촉 속에서 끊임없이 자신들의 타자성을 의식하는 일이 많았다. 그에 비하면 남양군도와 같이 국외로 이동한 오키나와인의 경우에는 정도의 차이는 있지만 비교적 자유롭게 현지에서 오키나와의 로컬리티를 재구성할 수 있었던 것으로 보인다.[20]

보내어지는 상황은 남양군도 현지의 오키나와인의 궁핍을 지속시키는 원인이 되었고, 그것은 '저패니즈·차이니즈'와 같은 멸시적인 표현을 낳게 만들었으며, 나아가 오키나와인들을 현지 주민들보다 미천한 존재로 위치 지우게 만들었다.

20 조수미, 「소수자 내셔널리즘과 성찰성 ― 오사카의 오키나와 디아스포라를 중심으로」, 『東亞研究』, 2016, 70~71쪽 참조.

그런데 위에서 확인한 남양군도의 오키나와인 표상 및 서사란 사실 이미 일본 본토에서 만들어진 부정적 타자 이미지에 기반을 둔 것이며, 그것은 일본 본토와 남양군도 사이에서 환류하고 있었다는 점에는 주의 가 필요할 것이다. 1920년대에 오키나와 제당업이 붕괴한 이후, 본토에 서는 이른바 '오키나와 구제론' 논의가 대두되었는데, 예컨대 아라쿠스 쿠 조코新城朝功의『빈사하는 류큐瀕死の琉球』1925, 다무라 히로시田村浩의『오 키나와 경제사정沖縄経済事情』1925, 와쿠가미 로진湧上聾人 편『오키나와 구제 논집沖縄救済論集』1929, 오야도마리 고에이親泊康永의『오키나와여 일어나라 沖縄よ起ち上れ』1933 등은 당시 위기에 처한 오키나와의 사정과 그 구제책을 논한 대표 저작으로 꼽힌다. 이들 저서 대부분은 제당업에 편중되어 있 는 오키나와의 산업구조를 전환시키고 오키나와 민중들의 의식 개혁을 위해 교육이 필요하다는 것을 공통적으로 강조하면서도 여전히 경제난 의 해결책 중 하나로 해외 이민이나 타관 벌이出稼ぎ를 권장하고 있었다.[21] 그러니까 당시 일본 본토에서 구축되었던 빈곤과 구제, 그리고 해외 이 민 및 타관 벌이라는 오키나와 담론의 자장 속에 남양군도의 오키나와인 이미지도 존재하는 것이며, 거기에서는 예외적이고 다면적인 오키나와 인 주체들을 일체 허용하지 않았다.

기성의 오키나와 담론과 남양군도의 오키나와 담론이 서로 환류하 며 보강하는 관계에 있었다는 점을 더욱 명시적으로 보여주는 예는 잡지 『남양군도南洋群島』의 창간 및 발행 과정에서 찾을 수 있다. 남양군도의 유

---

21 조정민,『오키나와를 읽다-전후 오키나와문학과 사상』, 소명출판, 2017, 14쪽.

일한 종합잡지로서 1935년 2월 1일에 창간된 『남양군도』의 발행처는 팔라우 남양청 남양협회남양군도지부였지만, 편집국은 도쿄 남양청 도쿄 출장사무소였고 편집 겸 발행인과 인쇄인의 주소도 모두 도쿄였다. 잡지명이 『남양군도』이고 발행처도 남양청이었지만 적어도 남양에서 창간되고 발행된 잡지는 아니었던 것이다. 잡지의 발행과 인쇄가 남양군도로 옮아간 시기를 추적하고 잡지 내용을 분석한 나카호도 마사노리仲程昌德의 연구에 따르면, 이 잡지가 실질적으로 남양군도 팔라우 남양청에서 발행된 시기는 1939년 4월 제5권 제4호부터인 것으로 보인다[22]. 따라서 초기에 간행된 잡지 『남양군도』의 내용은 일본 본토가 인식하고 있는 혹은 정치적으로 재현하고자 하는 남양군도 담론 안에서 이루어졌을 가능성이 농후하며 이러한 기조는 이후에도 일관되었다고 볼 수 있다. 어떤 사건이나 대상을 특정한 방식으로 의미 작용하도록 만드는 것, 즉 미디어의 이데올로기적 권력을 염두에 둔다면[23] 잡지 『남양군도』는 이미 오키나와와 오키나와인을 특정한 방식으로 의미 작용하고 또 그 효과를 거둘 수 있도록 예비한 가운데 출발했다고 말해도 과언이 아닌 것이다. 이러한 사실을 증명이라도 하듯 이 잡지에 게재된 수필이나 기행문, 시찰기사 등에서 확인할 수 있는 오키나와 서사는 유사한 기조로 통일되어 있었다. 예컨대 "내지의 여자를 만났다는 느낌이 들지 않았다. 어딘가 이국정서가 흐르고 있었고 뜨내기 여자에게 어울리지 않는 순정을 우리 내

---

22   仲程昌德, 앞의 책, 26~29쪽.
23   스튜어트 홀, 임영호 편역, 『스튜어트 홀의 문화이론』, 한나래, 1996, 255쪽.

지인들에게 보여주고 있었다. 그 모습은 애처롭기 그지없었다",²⁴ "남양의 오키나와인들 가운데는 어업으로 일확천금을 벌어 개가를 올리며 팔라우로 돌아오는 일도 드물지 않지만 (…중략…) 도민의 마룻바닥 아래에서 지내는 사람도 있어서 차별대우를 받고는 하는 것이다. 통수권자들은 이러한 부분을 고려해 개선 지도해야 할 것이다",²⁵ "주민의 대부분은 오키나와 사람들이며 맨발의 여성이 머리 위에 큰 짐을 얹고서 요령 있게 고개로 박자를 맞추며 양 팔을 흔들고 걷는 모습은 추운 지방에 사는 사람에게 있어 조금 진귀하게 여겨지는 풍경이다"²⁶ 등과 같은 서사는 오키나와를 성적 은유로서 바라보거나 가난과 구제의 담론 내부에 위치 지우거나 혹은 미개한 풍습이 남아있는 타자로 규정하려는 의도를 내포한 것이었다. 이러한 담론은 오키나와인에 대한 부정적인 이미지를 보강할 뿐만 아니라 오키나와인들을 통해 우월적인 지위와 시선을 재확인하려는 본토인의 욕망을 드러내고 있다고 말할 수 있을 것이다.

---

24 「南洋随筆-沖繩」, 『南洋群島』, 1935. (仲程昌德, 앞의 책, 35쪽에서 재인용.)
25 小栗一雄, 「南洋開拓は日本人が適材」, 『南洋群島』, 1937.(仲程昌德, 앞의 책, 46쪽에서 재인용)
26 寒川辰郎, 「郷里の友へ贈る-南洋生活の一端が覗はれれば満足」, 『南洋群島』第5卷 第7号.(仲程昌德, 앞의 책, 44쪽에서 재인용)

3. 반전과 전복, 그리고 보복 _ 오시로 사다토시의 「팔라우의 푸른 하늘」

남양군도의 이민자 대다수가 오키나와현 출신인 만큼, 오키나와의 각 지자체는 역사편찬 사업의 일환으로 남양 이민에 대해 체계적으로 정리하는 작업들을 꾸준히 진행해 왔다. 기존의 남양군도 이민에 대한 주목은 오키나와인의 '전쟁 체험'의 일부로 다루는 경우가 대부분이었고, 그에 비해 도항에 이르기까지의 과정이나 현지 생활, 노동 환경, 그리고 귀환 이후의 생활 등에 대해서는 충분히 논의되지 못한 측면이 있었다. 해외이민에 대한 역사편찬 사업이 활발하게 이루어짐으로써 이에 대한 조사 및 기록이 보강되고 있는 실정이지만, 그럼에도 불구하고 남양군도 이민에 대한 연구는 여전히 초기 단계에 머물러 있다고 지적하지 않을 수 없다. 남양군도가 일본의 식민지 가운데 토지 면적이 가장 작고 물리적으로도 거리가 먼 탓인지 이를 전쟁 책임의 대상으로 인식하는 일은 거의 없었고,[27] 전후 일본의 식민지 연구에서도 남양군도는 거의 그 대상이 되지 못한 경위가 있었음은 선행 연구자들도 지적하고 있는 대목이다.[28]

위와 같은 사정은 문학 분야에서도 마찬가지라고 할 수 있다. 다시 말하면 남양군도 체험을 다룬 문학 작품이나 기록은 제한적으로 존재할 뿐만 아니라, 설령 남양군도를 다루고 있다 해도 그것이 후경後景으로 등장하는 경우가 많은 탓에 연구가 크게 진척되지 못한 측면이 있는 것이다.

---

27 이수열, 「근대일본과 미크로네시아-문화교섭의 관점에서」, 『동북아문화연구』, 2011, 103쪽, 110쪽.
28 今泉裕美子, 「日本統治下ミクロネシアへの移民研究-近年の研究動向から」, 『沖縄県史料編集室紀要』(27), 2002, 2쪽.

이러한 가운데 오키나와문학 연구자 나카호도 마사노리는 남양군도를 배경으로 하거나 남양군도의 오키나와인을 다룬 기사 및 글을 광범위하게 조사하고 그것을 바탕으로 여러 저작을 펴 낸 바 있다. 예컨대 『「남양기행」 속의 오키나와인들「南洋紀行」の中の沖縄人たち』 ボーダーインク, 2013은 본토 일본인들이 남양에서 포착한 오키나와인들의 모습을 구체적으로 살펴 정리한 것이고, 『또 하나의 오키나와문학もう一つの沖縄文学』 ボーダーインク, 2017은 해외를 무대로 한 소설을 망라한 것으로 하와이나 인도네시아, 남양군도 등이 배경으로 등장하는 작품들을 논한 저작이다. 그리고 『남양군도의 오키나와인들-부·외지의 전쟁南洋群島の沖縄人たち-附·外地の戦争』 ボーダーインク, 2020은 남양청에서 발행한 종합잡지 『남양군도』에 기록되어 있는 오키나와인 담론을 분석하는 한편, 전시 하의 대만이나 남양군도 등에 거주하던 오키나와인들이 남긴 저작물에 대해서도 소개하고 있다.[29] 도처에 산재하는 방대한 양의 자료를 조사하고 수집해 체계적으로 정리한 나카호도 마사노리의 연구 성과를 참고해 보면, 오키나와 작가 가운데 남양군도를 소재로 삼아 작품을 발표한 이는 소수에 그친다는 것을 알 수 있다. 오키나와에서 남양군도로의 이민이 대규모로 이루어졌다는 점을 감안할 때 이는 의외의 현상이라고 표현할 수밖에 없다.[30] 뿐만 아니라 이렇게 제한적으로 존재하는 남양군도 작품 가운데에서 이민에 따른 이동과 정착 과정을 묘사하거나 여러 공동체 사이에서 발생하는 힘의 지배

---

29 이 글을 쓰는 데 있어서도 나카하도 마사노리의 선구적인 연구 성과로부터 많은 도움을 받았다는 점을 명기해 둔다.

30 仲程昌徳, 『もう一つの沖縄文学』, ボーダーインク, 2017, 212쪽.

와 그것을 무너뜨리는 사건 등을 통해 남양군도와 오키나와 사이의 관계를 포괄적으로 보여주는 작품을 찾기란 쉽지가 않다.[31]

　이러한 사정 가운데서 이 글에서 주목하고자 하는 작품은 오시로 사다토시의 소설 「팔라우의 푸른 하늘」이다. 이 작품은 자살로 생을 마감한 아버지의 죽음의 원인을 찾고 치매를 앓기 시작한 어머니의 기억을 되살리기 위해 자녀들이 기획한 팔라우 여행에 '나'가 동참하는 것으로 시작된다. 작중 화자인 어머니 '나'는 전쟁이 한창이던 1941년 소학교 교사로 일하던 남편과 함께 팔라우로 떠났다. 전쟁과 패전 역시 팔라우에서 경험한 '나'와 가족은 패전을 기점으로 오키나와로 귀환하였지만, 전후에 학교로 복직한 남편의 자살과 두 아들의 병사, 교통사고사 등을 겪으며 개인사적으로 비극적인 전후를 살게 된다. 어느새 치매가 시작되어버린 '나'의 기억을 되돌리려는 자녀들의 바람대로 어머니, 즉 화자 '나'는 전후 60년 만에 팔라우를 방문하고서 남양군도에서 벌어졌던 몇 가지 사건을 떠올리게 된다. 여기에서 '나'가 회상하는 사건들은 젠더, 공동체, 국가, 민족 등, 한 개인에게 부수하는 다양한 속성들이 일본 통치 하의 남양군도라는 공간 안에서 얼마나 복잡하게 착종하고 있었는지를 보여주고 있으며, 또 그 가운데서 개인의 경험과 정서는 전쟁과 그 이후의

31　나카호도 마사노리의 연구를 참고하여 오키나와 출신 작가들이 발표한 남양군도 관련 작품을 소개하면 다음과 같다. 판화가이자 그림책 작가이던 기마 히로시(儀間比呂志)의 『남양 전투 이야기-티니안의 눈동자(南洋いくさ物語-テニアンの瞳)』(海風社, 2008), 긴조 마사아키(金城正明)의 『사이판의 벚꽃(サイパンの桜)』(近代文芸社, 1984), 오시로 사다토시의 「누지파(ヌジファ)」(『G米軍野戦病院跡辺り』, 人文書館, 2008), 「팔라우의 푸른 하늘」(『大城貞俊作品集(上) 島影』, 人文書館, 2013) 등.

시간을 어떻게 관통하고 있는지에 대해 이야기하고 있다. 이하에서는 '나'가 회상하는 기억과 사건들을 중심으로 이 소설의 내용을 짚어보도록 하겠다.

1941년 여름, '나'는 교사인 남편과 함께 팔라우로 이민을 가게 된다. 현지 주민들을 위한 교육시설인 공학교公學校[32] 교사로 일하게 된 남편과 이들 가족에게는 관사는 물론이고 관비로 고용된 두 명의 현지인 급사도 배정되어 있어 말 그대로 '다이묘大名 생활'을 향유할 수 있었다. 결혼 전, 오사카 방적공장으로의 타관 벌이를 고민하던 시절과 비교하면 남양군도에서의 생활은 매우 윤택한 편이었고, 이미 이민을 가 있던 친척과 고향 사람들로부터 도움을 받기도 해서 일상에서 큰 불편을 느끼는 일은 거의 없었다. 특히 공학교 교사였던 남편은 현지인들로부터 큰 존경과 신뢰를 받고 있었고, 공학교 교원 대다수가 일본 본토 사람인 가운데서 오키나와 출신이던 남편은 본토 사람과 오키나와 사람 사이의 가교 역할도 도맡으며 오키나와 사람들에게 의지가 되는 존재로 여겨지고 있었다.

그런 가운데 '나'의 가족들은 팔라우 땅에서 어느새 일본 문화에 물들기 시작했다. 사실 팔라우는 1920년부터 일본의 통치가 시작되고 있었기 때문에 이들 가족이 이민을 갔을 때에는 이미 전반적으로 언어와 문화, 관습 등에 있어서 일본화가 진행되어 있었다. 특히 공학교 교사였던

---

32 남양청이 설치된 이후, 현지 아동들을 위한 '남양청공학교 규칙'이 제정되었고 "신체 발육에 유의하여 덕육을 기르도록 하며, 생활의 향상과 개선에 필수적인 보통의 지식과 기능을 수학하도록 한다"는 목적 아래 교육이 실시되었다. 같은 해에는 일본인 아동을 위한 '남양청소학교규칙'이 제정되어 일본본토의 소학교와 같은 소학교령이 적용되고 교육내용도 본토와 동일하게 구성되었다.(小林茂子, 앞의 책, 23·36쪽)

남편은 기념일이나 학교 행사가 있을 때마다 일장기 개양과 천황의 초상화에 경례를 해야 했고, 그러한 가운데 남양청 주재 공무원이나 군인들과 접촉하는 일이 잦아지기도 했다.

사실, 공학교에서 근무하던 '나'의 남편은 누구보다도 먼저 '일본인'으로서의 재국민화 과정을 경험해야 했고 그것을 스스로 완료해야 했다. 당시 남양군도에서는 일본인 아동은 소학교에서 수학하고 현지 아동은 공학교에서 수학하는 이원체제가 시행되고 있었는데, 공학교에서는 덕육德育과 국어일본어 과목을 가장 비중 있게 다루고 있었다. 천황에 대한 사은 사상 양성을 목적으로 하는 덕육 교과는 이른바 천황제 국가질서에 기초한 도덕 교육을 전제한 것이며, 필수과목이었던 국어 교과는 공학교 교육에서 가장 중요한 과목으로서 전 수업 시간의 거의 절반을 차지할 정도였다.[33] '나'의 남편, 즉 오키나와 출신의 교사는 현지 아동을 대상

---

33   今泉裕美子, 「南洋庁の公学校教育方針と教育の実態-1930年代初頭を中心に」, 『沖縄文化研究』, 1996, 571~572쪽.
작가 이시카와 다쓰조는 팔라우 공학교를 참관했을 때의 감정을 다음과 같이 기록한 바 있다. "교장이 직접 오르간을 연주했다. 몇 번이나 틀린 후에 겨우 한 곡을 끝내자 소녀들이 높은 목소리로 합창하기 시작했다. 나는 소녀들의 훌륭한 일본어에 배신을 당한 느낌마저 들었다. 소녀들은 애국행진곡을 부르고, 군신(軍神) 히로세 중위(広瀬中佐)를 부르고, 또 고지마 다카노리(児島高徳)를 불렀다. 일본의 전통을 알지 못하는 이 카나카족 소녀들이 팔굉일우(八紘一宇)의 정신이나 일사보국(一死報國)의 정신을 이해할 리 없다. (…중략…) 나는 소녀들이 안쓰러워 가슴이 답답해졌다."(石川達三, 앞의 책, 69~70쪽) 이에 대해 이수열은 "일찍이 중국 전선에서의 일본군의 잔학성을 고발한 바 있는 이시카와는 팔라우 공학교에서 일본의 교육 정책이 갖는 폭력성을 감지했다. 그는 짧은 체제 기간에도 불구하고 일본의 교육정책이 미크로네시아 고유의 사회문화적 배경을 무시한 제국주의적 성격을 가진 것이라는 사실을 작가적 감성으로 직감했던 것이다"고 분석했다.(이수열, 앞의 글, 106쪽)

으로 하는 황민화 교육의 첫 대상자나 다름없었고, 그 가운데서 철저하게 재국민화의 과정을 거칠 수밖에 없었다. "매일 아침 공학교 교정에 서서 황거를 향해 경배를 하고", "나는 천황폐하의 적자입니다. 나는 훌륭한 일본인이 되겠습니다"라고 매일같이 선언하며, 처음에는 허용되었던 섬 말남양군도의 현지 언어이 이후에는 완전히 금지되어 공학교에서는 오로지 일본어만 사용해야 하는 상황은 현지인들에게 적용되기에 앞서 '오키나와인'이었던 '나'의 남편이 가장 먼저 수행하고 신체에 기입해야 할 관습이었던 것이다.[34]

당시의 남양군도의 공학교는 신사를 대신해 황민화 교육을 선도하고 수행하는 역할을 맡고 있었다. 조선이나 대만과 같은 식민지에서는 신사가 황민화의 장치로 이용되는 경우가 많았지만, 남양군도는 위임통치라는 지배 형태를 띠고 있었던 만큼 현지주민들의 종교의 자유를 보장해야 했기 때문에 공학교가 황민화를 선전 선동해야 하는 중책을 맡고 있었던 것이다.[35] 말하자면 '나'의 남편은 가장 강력한 황민화 교육이 실시되는 현장에 있었던 셈이며, 그 자리에서 그는 자신의 일본인 됨을 끊임없이 검열하는 동시에 현지주민들에게도 그것을 강제해야 하는 위치에 있었다고 할 수 있다.

그런데 '나'의 남편의 일본인 됨은 뜻밖의 일을 초래했다. 그것은 남

---

34 팔라우 공학교에서 수학했던 현지인의 증언 내용은 아라이 도시코(荒井利子)의 글 「日本統治時代からパラオ諸島に残る親日感情をめぐって-沖縄県移民の果した役割」(『移民研究年報』, 2005)을 참조. 이 글에서는 井上亮의 앞의 책 54~55쪽에서 재인용하였다.

35 井上亮, 앞의 책, 59~60쪽.

편과 루비라는 여자아이와의 관계가 밀접해지는 계기가 되었고, 또 같은 시기에 아들 신이치信一가 익사하는 사건이 일어나면서 순조롭던 이민 생활에 큰 위기가 닥치게 된 것이었다.

그 당시 팔라우와 코롤 중심가는 매우 번화했죠. 요정이나 요리점이 줄을 지어 서 있었고 늦은 밤까지 사람들의 목소리가 끊이지 않았어요. 거기에는 현지의 젊은 부녀자들도 일하고 있었는데 그들 중에는 일본인을 상대로 추잡한 행위를 하는 이도 있다는 소문도 있었답니다. 당신도 남양청 공무원들이나 군인들과 함께 그런 곳에 가는 일이 많아지게 되었고 만취해서 돌아오는 일도 잦아졌어요. 그러나 나는 당신을 믿었습니다. 당신의 흰 정장 예복은 신이치 뿐만 아니라 나에게도 눈이 부시도록 멋져 보였어요.(…중략…)

그 때 당신이 루비라는 여자와 가까워져 몰래 만나고 있다는 걸 알려준 건 사무엘이었어요. 늘 밝은 사무엘이 어두운 표정을 하고 당신의 밀회를 일러주었을 때 솔직히 나는 그 말을 믿지 않았답니다. 사무엘이 본 건 당신이 아니라 다른 사람일 거라고 생각했던 거죠. (…중략…) 그런데 이 일로 사무엘은 해고가 되고 말았어요. 생각지도 못한 전개에 난 큰 충격을 받았답니다. (…중략…) 이 사건을 계기로 내가 지금까지 보지 못한 당신의 얼굴들이 조금씩 드러나기 시작했고, 스무 살이 채 되지 않은 사무엘을 모질게 질책하는 당신이 다른 사람처럼 보이기까지 했어요. (…중략…) 당신 주변에는 점점 정체 모를 상인들과 번뜩이는 눈을 한 군인들이 많아져 갔죠.[36]

36 大城貞俊, 『大城貞俊作品集(上) 島影』, 人文書館, 2013, 173~174쪽.

두 돌이 막 지난 신이치는 갑자기 죽고 말았어요. 난 너무나 슬픈 나머지 며칠 동안 울기만 했었죠. 왜 남양 팔라우까지 와서 이런 슬픈 일을 겪어야 하는지, 이렇게 멀리까지 와서 아이의 죽음을 봐야만 하는지 당신이 무척 원망스러웠어요. 무엇보다 그 때 우리는 신이치의 죽음뿐만 아니라 (당신과 루비와의 관계로-인용자 주) 최악의 상황을 맞이하고 있었습니다.[37]

'나'의 남편과 루비의 관계는 제국과 식민지의 관계, 즉 식민지 여성의 신체를 성적 대상이나 욕망의 대상으로 삼고 이들 여성의 신체를 정복함으로써 지배자의 위치를 재확인하는 제국주의 남성을 상기시킨다. 더구나 루비의 몸은 민족과 계급, 젠더라는 중층적인 차별구조 속에 놓여 있었고 이렇게 위계화된 관념 속에서 성적 억압은 일상화되어 갔다. '나'의 남편의 일본인 됨과 식민지 여성의 성적 영유가 어떤 방식으로 직결되는지 이 작품에 명확히 서술되어 있지는 않지만, 적어도 남양청 공무원과 군인들, 그리고 정체 모를 상인들과의 거리가 가까워짐에 따라 루비와의 관계가 시작된 것은 분명하며, 이는 일본인과 오키나와인 그리고 현지 주민 사이의 민족적 위계질서가 뚜렷한 가운데 2등 국민이었던 (경우에 따라서는 3등 국민인 현지인과 같은 수준으로 대우받거나 그들보다 아래에 위치할 수 있었던) 오키나와인 '나'의 남편이 스스로 일본인 됨을 통해 보다 강력하고 자명한 권위를 장착하고 현지 여성을 장악해 버린 것으로 독해할 수 있다.[38]

---

37 大城貞俊, 앞의 책, 166쪽.
38 당시 병사들이 성욕의 배출을 위해 현지 여성을 이용하고 있었다는 점은 이미 잘 알려

'나'는 '일본인'이 되어가는 남편의 변화가 당황스럽고 두렵기까지 했다. 두 살배기 아들 신이치가 죽음을 맞이했을 때, 보이로 일하던 테이크와 옴테로에게 칼까지 들이대며 질책하던 모습은 루비와의 비밀스러운 관계와 관련 있는 듯이 보였고, 나아가 그 분노의 표출은 아들을 잃은 슬픔이나 부부관계의 균열에 대한 것이라기보다는 가부장의 체면이나 '일본인'으로서의 체면 그러니까 "국가나 권력, 허세, 명예 등과 가까운 것"이라고 여겨졌다. "소소한 개인의 생활보다도 국가의 이상이나 세계의 존재 방식을 걱정하고 우려하는 사람들이 당신 주위에 많아"지자, 남편의 변화에 대한 의구심은 곧 확신으로 바뀌게 되었다. 즉 남편은 '나'와 다른 세상을 살고 있다는 것을 깨닫게 된 것이었다.

생각해 보면, 팔라우의 공학교 교사로 부임한 남편과 '나'의 이주는 처음부터 출발선이 달랐는지도 모른다. 현지인의 황국신민화라는 목적이 분명한 남편의 이주와 가족의 일원으로서 남편에 부수하는 방식으로 이동한 '나'의 이주는 결국 각각 다른 팔라우를 경험하게 될 것임을 예고하고 있었던 것이다. 이는 성별화된 가족구조 및 노동과 가사라는 분업구조 속에서 '나'가 이주자와 여성이라는 이중적 속성에 갇혀있을 수밖에 없었던 현실을 대변하는 것이라 볼 수 있다. 뒤에서 다루겠지만 '나'가

져 있는 바이다. 예컨대 일본인 해병들은 밤마다 부락으로 들어가 부녀자들을 희롱하며 문제를 일으켰고, 그럴 때마다 족장이 일본군 수비대에게 항의하는 일이 비일비재했다. 이에 일본군은 낭자군(娘子軍)을 조직하여 위안소를 만들기로 하고 얍, 사이판, 포나페 등의 섬에서 차모로족 여성을 13명 모집하였다. 그리고 일본군 병사들에게는 근무 후에 자유롭게 출입할 수 있도록 허락하였다.(今泉裕美子,「南洋群島の日本の軍隊」,『帝国支配の最前線-植民地』, 吉川弘文館, 2015, 267쪽)

현지 남성에게 당한 신체 훼손과 성폭력은 그녀가 이주자인 동시에 여성이라는 중첩된 타자였음을 현시하고 있다.

그런데 '나'의 남편에게 큰 변화가 생길 무렵, 이들 가정에는 또 하나의 불행이 일어나고 만다. 그것은 바로 아들 신이치의 죽음이었다. 강인한 야마토 정신을 가진 황군이 되겠다던 두 살배기 아들은 어른들의 부주의로 인해 목숨을 잃고 말았다. 연이어 닥친 큰 사건에 대해 당시 이들 부부는 그 불행의 기원이나 원인을 적극적으로 찾아보려 하지 않았다. 사건의 진실을 마주하거나 책임 소재를 분명히 하기보다는 잠정적인 봉합으로 모든 심리적인 부담과 불안으로부터 멀어지고자 했던 것이다. '나'의 남편이 자살을 하고 홀로 남은 '나'가 전후 60년이 되어서야 치매 증상의 호전을 기대하며 팔라우를 방문했을 때, 그녀는 이들 사건 모두는 "역시 전쟁 탓인 걸까. 우리들이 군홧발로 사무엘이 사는 이 땅을 짓밟았기 때문에 일어난 걸까. 우리나라의 오만함 때문에 우리의 행복도 결국은 두부 만들 때 일어났다 사라지는 흰 거품처럼 허무한 운명을 맞이하게 된 걸까. 아니면 운명을 이겨내지 못했던 우리의 나약하고 허약한 정신이 그런 결말을 초래한 걸까. 나 역시 루비나 사무엘에게 사죄해야 하는 걸까. 사무엘의 형들이 나에게 한 행동은 당연한 보복이었던 걸까."[39]라고 자문하며 일련의 사건의 배경을 일본의 남양군도 지배와 전쟁에서 찾아보게 되었던 것이다.

이렇게 팔라우의 기억을 마주하면서 '나'는 남편에게 처음으로 "사무

---

39   大城貞俊, 앞의 책, 171쪽.

엘의 형들이 나에게 한 행동", 즉 강간 사건에 대해 입을 연다.

여보……. 그런데 한 가지 비밀이 있어요. 이 일에 대해선 도저히 당신에게 말할 수 없었어요. 사실 이 일을 떠올리고 싶지 않아서 팔라우의 추억을 꼭꼭 감춰온 것인지도 모르죠. 실은 신이치를 낳은 후, 사무엘의 형들로부터 난강간을 당했답니다. 그들은 루비를 죽인 일본인에 대한 복수라고 말하더군요. 그런데 사무엘의 형들을 데려온 건 사무엘이었습니다. 그가 배신을 한 거죠.

사무엘과 그의 형들은 내 앞에서 격렬하게 말다툼을 했지만 현지 말을 알아들을 수 없었던 나는 그 이유를 분명히 알 수 없었어요. 루비가 사무엘의 형의 약혼자였다고 말하는 것 같기도 하고, 당신 때문에 장교들이 루비에게 처참한 짓을 벌이고 말았다고 이야기하는 것 같기도 했어요.

어쩌면 당신은 사무엘을 추궁해서 그의 형들이 나에게 한 짓에 대해 이미 캐물었을지도 모르죠. 갑자기 사무엘을 해고하고 옴테로를 고용한 것도 그 때문은 아닐까 싶군요. 사무엘의 입장에서 보자면 일본군에게 살해당한 아버지의 원한을 푼다는 심정으로 일을 저질렀을 수도 있어요. (…중략…) 사무엘을 해고한 건 당신이 바람을 피운 걸 나에게 일러주었기 때문이 아니라 어쩌면 내가 겪은 그 일과 관련 있을지도 모르겠다는 생각이 들어요.

하지만 전후 사정에 대해 당신에게 묻질 못했어요. 그렇게 하면 내 비밀이 탄로가 나고 당신과의 관계도 깨질 것만 같았죠. 게다가 당신과 루비의 관계를 다시 묻는 것도 따지는 것도 할 수 없었어요.[40]

---

40 위의 책, 191~192쪽.

'나'의 고백에서 알 수 있듯이, '나'의 신체는 현지 남성들의 폭력에 의해 강제적으로 점유당하고 만다. 앞에서 살펴 본 루비의 경우가 그러하듯이, 민족은 여성화되어 남성 주체의 욕망이 투사되는 대상으로 설정되어 있었던 것이다. 일본군에게 희생당한 사무엘의 아버지와 루비의 원환을 갚고자 사무엘과 그의 형들이 '나'에게 범한 행위는 지배집단이 선명하게 제시해 보인 이분법을 그대로 뒤집어 놓은 것에 지나지 않는 것이었다. 그런 의미에서 보자면, '나'가 겪은 이 사건은 민족적 위계질서에 의한 폭력을 젠더적 위계질서로 전복시키고 보복하려는 현지인 남성의 기도를 선명하게 나타내 보이고 있다고 지적할 수 있을 것이다.

팔라우 공학교 교사로 부임한 남편이 점차 '일본인'으로 재국민화되어 가는 사이, 남편과 '나' 사이의 간극은 점차 벌어져 갔고, 그 사이에 루비와 사무엘의 형들이 각각 개입하면서 이들은 각자 자신만의 비밀을 안고 사는 완벽한 타인으로 존재해 갔다. 그리고 이 모든 사건은 마치 남편의 자살의 동인인 것으로 보인다.[41] 이 작품에서 서사되어 있는 지역과 국가, 전쟁과 식민지, 민족과 국가, 이주와 젠더, 패전과 죽음 등은 일본의 남양군도 지배라는 국가적 폭행과 개인사의 비극이 교차하는 가운데 끊임없이 개입하며 다면적이고 중층적인 전쟁과 전후를 제시하고 있다.

---

41 작품 속에서 '나'는 "당신의 자살 원인이 팔라우에 있다면 그건 분명 이 푸른 하늘일 겁니다. 범인은 바로 이 푸른 하늘인 게 분명해요"라고 말한다. 이는 남편의 자살의 원인을 분명하게 규명할 수 없는 '나'의 심정을 '푸른 하늘'에게 의탁한 것이자, 나아가 팔라우에서 벌여졌던 여러 사건들이 궁극적으로는 남편의 자살과 연관이 있다는 것을 함축적으로 표현한 것으로 이해할 수 있다.

4. 과거를 응시하는 법 __ 맺음말을 대신하여

앞에서 살펴본 바와 같이 오시로 사다토시의 「팔라우의 푸른 하늘」은 '나'의 가족이 경험한 남양군도의 이주가 지역과 국가, 민족과 국민, 전쟁과 식민지, 이주와 젠더 등의 층위에 있어서 얼마나 복잡한 그물망을 만들어 내고 있었는지를 보여주고 있으며, 그 가운데서 개인의 경험과 정서는 전쟁과 그 이후의 시간을 어떻게 관통하고 있는지에 대해 이야기하고 있다고 요약할 수 있다.

'나'의 남편이 자살로 삶을 마감한 이유에 대해 '나'는 알 수가 없다고 반복적으로 토로하고 있지만, 실은 '나'는 남편의 죽음의 원인을 적확하게 파악하고 있었다. 팔라우에서 오키나와로 귀환한 뒤, 남편은 고향의 학교를 재건하는 데 힘을 보태며 다시 한 번 교사의 길을 걸었다. 당시 오키나와에서는 고액의 돈벌이가 보장되고 물자를 풍부하게 입수할 수 있는 미군기지 관련 일이 허다했고, 주변의 동료나 선배들이 남편의 나이에 어울리는 관리직을 소개하기도 했지만 그는 모든 것을 거절하고서 학교로 돌아갔던 것이다. 남편은 그 이유에 대해 구체적으로 언급하지는 않았지만, '나'는 "팔라우에서 황민화 교육에 종사한 것에 대한 반성과 후회가 있었기 때문"이라고 짐작할 수 있었다. 이는 단순히 팔라우의 현지 아동들에 대한 사상적 구속과 압박에 대한 반성을 의미하는 것이 아니라 자기 자신을 황민화한 행위, 즉 스스로 일본인 됨을 갈구하고 실천한 행위에 대한 후회도 포함하는 것이었다. 남편의 심정은 팔라우에서 오키나와로 귀환한 뒤 얻은 아들 신지信次가 일본 본토에 있는 대학에 진학한 뒤

귀향해 오키나와현청에서 약 1년간 일하다가 갑자기 그만두고서는 술집을 운영하는 것에 대해 격노해 보이는 것에서도 읽을 수 있다. 그는 "고생스럽게 뒷바라지하며 야마토에 있는 대학에 보냈더니 바보가 돼서 돌아왔어. 야마토에 보내는 게 아니었는데……", "어쩜 나와 똑같은지. 속고 있는 거야. 바보같이……"라고 침울한 표정으로 말하며 노여워했는데, 이는 자신과 마찬가지로 아들이 일본 본토의 자장 안에서 스스로 결박되어버리는 길을 택한 것, 다시 말해 '일본인 됨'을 구현하고 있는 것에 대한 분노와 질책, 회한의 감정이 교차하는 것을 보여주는 대목으로 해석할 수 있다. 그런 남편은 학교를 퇴직한 후 마치 그날만을 기다렸다는 듯이 목을 매고 말았다. '일본인'이라는 과거의 자신과 결별할 수 있었던 학교라는 해방구가 더 이상 지속되지 못하는 상황에 이르자 스스로 영원한 탈출을 선택한 것이라고 해석할 수도 있고, 다른 한편으로는 "시정권 반환으로 인해 오키나와의 교육환경이 과거의 남양군도에서 이루어졌던 교육과 유사해지자 이에 절망하고 자살한 교사의 이야기"[42]라고도 볼 수 있을 것이다. 그러나 남편의 죽음의 원인 찾기에서 '나'가 더욱 근본적으로 짚고 있는 것은 다음과 같은 대목이다.

우리들은 각자의 책임을 없는 것처럼 치부하며 과거를 청산하지 않았어요. 그런 까닭에 두 사람이 함께 이루어 나가야 할 많은 것들을 잃어버린 것은 아닐까 싶기도 하군요. (…중략…) 사무엘이나 루비의 일을 잊고자, 신이

---

42   仲程昌徳, 앞의 책, 2017, 241쪽.

치의 죽음을 떠올리기 싫은 나머지 정말로 소중한 것을 꼭꼭 봉인해 버린 채 살아온 건 아닐까요. (…중략…) 그게 아니라면 당신 혼자 과거에 집착해 과거를 청산해 버린 건지요. 이런 생각을 하다보면 정말 괴로워져요. 미래를 바라보며 잘 살아갈 수 있었을 터인데, 미래를 바라보며 살아갈 수 있었을 텐데……[43]

결국 남편의 죽음은 과거와 어떻게 마주해 왔는가, 혹은 어떻게 마주할 것인가에 대한 문제와 깊이 관련되어 있었다. 앞에서 지적한 바와 같이, '나'와 남편의 관계는 물론이고 가족 전체를 위협하는 커다란 위기와 갈등에 대해 이들은 외면으로 일관했다. 두 사람은 사건의 진실을 규명하고 책임의 소재를 파악했을 때 발생하는 심리적 압박을 원천적으로 봉인하기에 급급했던 것이다. 이러한 잠정적인 봉합은 두 사람 사이의 거리를 더욱 멀게 만들었고 급기야는 남편의 자살을 초래하고 말았다. '나'의 가족의 팔라우 여행이 남편이자 아버지의 죽음의 원인을 찾는 것이라면, '나'는 적어도 그 원인을 규명한 셈이 되는 것이며 이 작품을 관통하는 또 다른 주제는 과거와의 조우, 응시라고 지적할 수 있을지도 모른다.

그런데 여기에서 주의하고 싶은 사실은 '나'가 치매를 앓고 있는지 아닌지, 그리고 '나'의 회상이 진실인지 환영인지 다소 애매하게 묘사되어 있다는 데에 있다. 남편이 죽고 난 다음 연이어 엄습하는 슬픔을 삼키려고 "치매가 온 것 같은 연기"를 해 왔다는 그녀는 사무엘의 형들에게 강

---

43   大城貞俊, 앞의 책, 186쪽.

간당한 일을 고백하면서도 "왠지 그런 일이 없었던 것 같기도 해요. 분명 그것은 진실인데 그런 진실조차 치매가 시작된 내 머리 속이 만들어 낸 망상 같은 기분이 든다는 거죠. 전후 60년이 지난 지금은 전쟁조차 없었던 일 같아요. 모두 환영이 되어버린 걸까요"[44]라고 이야기하며 치매 증상이 진실과 망상의 경계를 허물고 있다고 말한다. "앞으로도 치매를 앓는 연기를 계속할 겁니다. 아니 이미 진짜 치매가 시작되었는지도 모르죠. 지금 여기에 이렇게 살아있는 게 꿈인지 생시인지 모르겠어요. 묘한 부유감이 느껴져요. 현실의 나는 오키나와에 남아있고 내 영혼만 아이들과 함께 이 팔라우의 푸른 하늘 아래로 온 것은 아닐까 여겨지기도 하는군요"[45]라는 '나'의 말은 실제로 그녀가 지금 어떠한 상태에 놓여 있는지 알 수 없게 만들 뿐이다. 치매를 앓는 연기와 실제 증상, 꿈과 생시, 몸과 영혼 등은 치매라는 병리 현상으로 인해 더 이상 대비 구조를 이루지 못하고 서로 뒤섞이고 말았다. 이러한 '나'의 혼란스러움을 뒷받침하는 것은 팔라우 여행을 준비하는 과정에서 그녀가 의도적으로 모아두었던 신경안정제와 수면제이다. '나'는 과거를 단숨에 잊기 위해 남편과 같은 방식의 죽음을 팔라우에서 감행하기로 결심한 것이었다. 그런 의미에서 보자면 이 소설의 앞과 뒤에 다음과 같이 호응하는 문장이 배치되어 있는 것은 매우 흥미롭다.

여보, 나도 잠시 팔라우의 추억에 잠겨도 되겠죠. 침대 위에서 죽음을 맞

---

44   위의 책, 192쪽.
45   위의 책, 191쪽.

이하기 위한 약을 세어 보아도 되겠죠. 하나, 둘, 셋, 넷…….[46]

　　여보, 곧 그곳으로 갈 테니 두 팔을 벌려 맞이해 줘요. 난 역시 당신이 제일 좋은가 봐요. 저 세상에서 한 번 더 당신과 살아보고 싶군요. 추억을 가득 안고 갈게요. 또 한 번 앞에 놓인 약을 세어 봅니다. 하나, 둘, 셋, 넷, 다섯…….[47]

　　위의 인용문에서 확인할 수 있듯이 이 작품의 전체 내용은 자살을 결심한 '나'가 죽음 직전에 상기하는 회상에 해당하는 것으로, 그 가운데 고백하는 팔라우에서의 사건과 일화는 치매 증상 탓인지 아니면 다량의 수면제 탓인지 기억과 환각이 묘하게 뒤섞인 채 제시되어 있다. 사무엘의 형들이 '나'에게 가한 범죄나 전쟁조차도 망상으로 여겨질 만큼 망각의 기제는 강력하게 작동되고, 과거에 대한 청산 없이는 어떠한 미래도 꿈꿀 수 없다는 사실을 깨달은 '나' 역시도 남편처럼 과거를 곧장 잊는 방식인 자살을 택할 정도로 '나'는 망각을 강렬하게 욕망하고 있었던 것이다. 이러한 '나'와 남편의 모습은 전쟁과 전후를 통과한 한 개인의 정서적 차원의 문제로 그치는 것이 아니라 지역, 민족, 국가 등 다양한 공동체가 미온적이고 소극적으로 과거를 마주해 온 방식을 대변하고 있으며, 전후 60년이라는 시간을 지내오면서 진실과 망상이 서로 경계를 허물며 침범하는 상황을 비유적으로 표현하고 있는 대목으로 읽힌다. 그것은 과거를 응시하는 것이 얼마나 지난한 것인지를 역설적으로 이야기하는 것이기도 하다.

46　위의 책, 153쪽.
47　위의 책, 195쪽.

남양군도에 관한 이민사, 식민사, 문학사 연구는 아직 초기 단계에 머물러 있다는 여러 전문가들의 지적을 다시 한번 상기할 때, 남양군도에 존재했던 다양한 존재들의 중첩된 관계는 물론이고 전쟁과 전후를 관통해 온 한 개인의 삶과 과거와 마주하는 방식을 문제 삼고 있는 이 작품은 남양군도 연구 및 담론에 큰 시사를 주고 있다.

해방과 점령, 전후와 냉전의 교차

시모타 세이지의 『오키나와섬』을 중심으로

곽형덕

1. 머리말

시모타 세이지霜多正次, 1913~2003는 일본의 전후戰後와 냉전冷戰이 오키나와에 미친 영향을 논할 때 빼놓을 수 없는 작가이다. 하지만 그의 행적과 작품이 '미묘한 위치'에 놓임으로써 그 동안 온전히 평가받지 못 한 채 연구와 비평의 대상에서 살짝 비껴나 있었다.[1] '미묘한 위치'라 함은 그가 일본이나 오키나와 어느 한쪽에 온전히 속한 것이 아니라 양자 사이에 있음을 말한다. 그는 우치난추오키나와 사람/민족와 일본 사이에 서서 전

---

[1]   필자가 아는 한 그의 저서나 논고는 한국어로 단 한 편도 번역된 적이 없으며, 그를 중심으로 한 논문도 한국 학계에서 나온 적이 없다.(RISS, DBPIA, KISS 검색일 : 2021.4.1) 일본 학계에서는 시모타 세이지가 타계한 이후 연구가 간헐적으로 나오고 있지만 같은 시기에 활동했던 오시로 다쓰히로(大城立裕) 등의 오키나와 작가와 비교해 보면 연구의 대상에서 빗겨나 있다고 표현할 수 있을 것이다. 논문의 집필 목적이 '빈틈 채우기'여서는 곤란한 일이지만, 시모타 세이지와 같은 작가가 한국의 일문학계에서 단 한 번도 진지한 논의의 대상이 된 적이 없다는 것은 그 자체로 문제적이라 하지 않을 수 없다.

후 일본의 평화 체제와 냉전의 대립을 그리려 했다. 이러한 미묘한 위치는 일제 말에 일본어로 작품 활동을 했던 조선인이나 타이완인 문학자들을 연상시키지만, 전후 오키나와문학에서는 그와 같은 유례를 찾아보기 힘들다.

전후 오키나와문학 작가들은 본토와 오키나와를 이항대립으로 설정함으로써, 일본 제국주의를 비판하고 오키나와인의 아이덴티티를 찾으려 했다. 그에 비해 시모타 세이지는 본토에 몸을 두고 오키나와의 비극을 그림으로써 양쪽의 통합을 시도했다. 그러한 미묘한 위치로 인해 고향 오키나와에서는 동료 작가로 평가받지 못했고, 일본 본토에서는 오키나와 이슈가 일단락된 1972년 이후 화제의 중심에서 멀어졌다. 오키나와의 일본복귀로부터 근 반 세기를 앞두고 있는 현재 시모타 세이지가 남긴 작품은, 그러한 '미묘한 위치'로 인해 온전한 비평의 대상이 되지 못하고 있다. 그와 관련된 정보가 제대로 소개된 적이 없는 만큼 우선 이력을 인용한다.

시모타 세이지가 문학을 하기 시작한 것은 20살 무렵이다. 오키나와에서 구마모토에 있는 제5고등학교에 입학한 1932년 동급생이었던 우메자키하루오梅崎春生 등과 함께 동인지 『로베리스크ロベリスク』를 냈다. 그 후 1935년에는 도쿄제국대학 문학부 영문과에 진학한 그는 국문과에 있던 우메자키하루오와 동인지 『기항지寄港地』를 발행했다. 졸업한 다음 해 1940년에는 임시 소집돼 전선으로 보내졌다. 28살 때의 일이다.

1943년 중국 전선에서 가다르카나르섬으로 파병되지만, 도중에 예정이

변경돼 부건빌섬파프아 뉴기니아 역자 주에 상륙한다. 후방 보급이 끊긴 밀림 속에서 그가 맡은 임무는 원주민 멜라네시아족에 관한 선무활동이었다. 일본군의 패색이 짙어지면서 원주민의 게릴라 활동이 활발해졌다. 1945년 5월, 미리 약속한 동료와 전선에서 도망쳐서 오스트리아군에 투항했다. 포로 체험 후, 1946년 5월에 복원했다. 한때 신일본문학회 사무국에서 활동하기도 했으며, 1950년 「기야마 일등병과 선교사木山一等兵と宣教師」를 『신일본문학회』 7월호에 발표했다. 시모타 세이지의 전후 작가로서의 활동은 여기서 시작된다. 그의 나이 37살 때다.[2]

패전 이전까지의 이력 중에서는 전쟁체험이 두드러진다. 시모타는 20대 후반부터 5년을 전장戰場에서 보냈으며, 전쟁체험을 「기야마 일등병과 선교사木山一等兵と宣教師」『新日本文學』 1950.7로 작품화했다. 그는 전후 직후 신일본문학회 사무국과 일본공산당 당원으로 활동하며 자신의 민족

2   霜多正次, 『霜多正次全集』 1, 霜多正次全集刊行委員會, 1997, 983쪽. (본고의 일본어 문건인용은 별도 표기가 없는 한 모두 필자에 의한다.) 오키나와 나키진(今歸仁)이 고향인 시모타는 전전과 전후 조선인/재일조선인과도 연관이 깊다. 전전에는 김사량과 함께 도쿄제국대학을 다니며 교류했으며, 전후에는 일본공산당의 일원으로 1962년에는 김달수 등과 함께 동인지 『문학예술』을 창간하고 함께 활동했다. 전후 시모타는 귀환병으로서 도쿄에서 생활하며 일본공산과 신일본문학회 멤버로 한때 활발히 활동했다. 하지만 제2회 아시아·아프리카 작가회의(1962.2, 카이로) 이후 중소분쟁이 격화되면서 작가회의가 분열하는 가운데 그 또한 내홍에 휩싸이게 된다. 전후 직후 시모타는 일본공산당, 신일본문학회를 중심으로 해서 오키나와를 제3세계적 시야에서 폭넓게 사유하며 전후와 냉전의 파열을 그려나갔다. 하지만 그는 1983년 이후 반공산주의 진영에 서면서 이전의 행적과 모순되는 행보를 보이기도 했다. 하지만 이 시기는 본고의 범위를 넘어서는 만큼 언급만 해두는 것으로 그친다. 이와 관련해서는 霜多正次(1999)『霜多正次全集4』에 실린 「시모타 세이지 연보」를 참조했다.

성을 내세우기보다는 일본이 벌인 전쟁을 중심에 놓고 사유했다. 이는 첫 소설에서 주인공 기야마를 오키나와인 일본병사로 그리는 것이 아니라, 인간의 얼굴을 한 병사의 전형으로 그리는 방식에도 두드러진다. 일본군 기야마 일등병이 한 섬솔로몬제도의 부건빌로 추정에서 서양인 선교사와 원주민을 잔혹하게 대하는 사카모토坂元 상사에 대항하다 체포되는 내용의 전쟁소설이다.

첫 소설 발표 이후 시모타는 샌프란시스코 강화조약에 큰 충격을 받고 '오키나와'를 중심으로 소설을 쓰기 시작했다. 그 결과물이 시모타의 첫 번째 장편소설인『오키나와섬沖縄島』『新日本文學』 1956.6~57.6, 1957년 마이니치출판문화상 수상작이다. 본고는『오키나와섬』을 '전후의 평화담론'과 '냉전적 대립'이 격렬하게 충돌하는 '1950년대'라는 맥락에서 해석하고자 한다. 2장의 초점은 '샌프란시스코 강화조약'이하, 필요에 따라 '강화조약'으로 약칭한다과『오키나와섬』의 관련 양상에 맞춰져 있다. 우치난추에게 샌프란시스코 강화조약 '제3조Article 3'가 알려지면서 '제2의 류큐처분'[3]으로 받아들여졌다. 첫 소설「기야마 일등병과 선교사」에서 '오키나와'라는 말을 전혀 쓰지 않았던 시모타를 샌프란시스코 강화조약은 다시 오키나와로 향하게 만들었다.『오키나와섬』은 강화조약의 산물이자, 그에 관한 날카로운 비평을 담고 있다. 3장에서는『오키나와섬』에 그려진 '조국 복귀운동'과 미군의 토지수용 반대투쟁에 집중한다.『오키나와섬』은 오키나와 내의 '조국 복귀운동'을 둘러싼 극심한 갈등 속에서 나온 소설인 만큼 전후의 평

---

3   이는 시모타 세이지의 인식이기도 하다.(霜多正次,「日米共同声明と沖縄県民」,『前衛』, 日本共産党中央委員会, 1970)

화담론과 냉전적 갈등의 충돌은 작품의 성격을 규정할 만큼 중요한 주제라 할 수 있다. 오키나와를 둘러싼 냉전의 자장과 압력이 날로 더해가는 가운데 본토에서 출판되고 소비된 시모타의 『오키나와섬』이 어떠한 담론 구조 속에서 나온 것인지, 작가 자신이 본토의 언설 속에서 오키나와를 어떻게 형상화하려 했는지를 살펴보는 것도 중요하다. 『오키나와섬』은 해방과 점령, 전후와 냉전이 교차하는 오키나와 전투 이후 10년을 총괄하며 본토의 언설공간에 오키나와가 지니는 의미를 묻고 있다.

2. 일본과 조국 사이에서 __ 샌프란시스코강화조약과 오키나와

『오키나와섬』은 사회주의 리얼리즘 기법을 써서 오키나와전 이후 오키나와의 비참한 현실을 전체 10장으로 그린 소설이다. 이 소설의 핵심 인물은 야마시로 세이키치山城淸吉,[4] 다이라 마쓰스케平良松介,[5] 운텐 에이

---

[4]   주인공 세 명을 소개하는 것으로 『오키나와섬』 줄거리 소개를 대신한다. 야마시로 세이키치는 오키나와전에 참전한 일본군 상등병(上等兵)으로 일본이 패전한 것도 모른 채 오키나와 산속을 헤매 다닌다. 가족은 세이키치가 돌아오기만을 학수고대하며 세월을 보낸다. 세이키치는 일제 말 모범생으로 살며 일본제국이 내세운 대동아공영권에 공명해서 충성을 바쳐 차별을 극복하고자 군인이 된다. 산중을 헤매고 다니던 세이키치는 중학교 시절 은사인 다이라 마쓰스케(平良松介)에 의해 산속에서 발견돼 마을로 돌아가지만 전쟁의 트라우마를 쉽게 극복하지 못한다. 더구나 그는 미군 노동자가 돼 일하다 오키나와의 비참한 현실이 견딜 수 없어져 밀수선을 타고 일본 본토로 탈출을 시도하지만 붙잡히고 만다. 이후 그는 공사장에서 일하며 데모를 조직해 민중의 저항과 연대를 추구하는 청년으로 성장해 나가며, '조국 복귀'를 위해 투신한다.

[5]   다이라 마쓰스케는 야마시로 세이키치의 중학교 시절 역사 선생님이다. 그는 전후 오키나와민정부(沖縄民政府)의 교육부에서 일하지만 미국이 내세운 민주주의의 위선

토쿠運天栄德[6] 이렇게 세 명이다. 3인칭 관찰자 시점의 『오키나와섬』은 오키나와전 종결 이후부터 미 점령하 오키나와를 살아가는 이 세 명을 중심인물로 내세워 오키나와 전투가 종결된 1945년 여름에서부터 1950년대 중반까지 격동의 오키나와 역사를 그린 역작이다. 시모타는 『오키나와섬』을 낸 후 일본문단에서 높은 평가를 받았으며 그 결과 마이니치출판문화상을 수상했다. 이 작품을 고평가한 것은 일본공산당과 신일본문학회 관련 비평가였다. 구라하라 고레히토蔵原惟人는 작품에 빈출하는 사건과 상황 묘사를 단점으로 지적하면서도 "전후문학의 일대 수확"[7]이라고 평가했으며, 오하라 겐小原元 또한 인물의 유형화전형화라는 단점이 있지만 일본인에게 미군 점령하 오키나와의 실정을 구체적으로 알려준 수작으로 평가했다.[8]

우선 시모타의 『오키나와섬』 창작 의도를 살펴보자.

을 통절히 깨닫고 교육부 일을 그만둔다. 이후 그는 고등학교 선생님을 하며 학생들의 민족적 자각을 위해 힘쓰며 '조국복귀' 복귀운동에 투신한다.

6   운텐 에이도쿠는 야마시로 세이키치의 외사촌 형으로 극빈한 소작농의 아들로 태어나 원금 50엔의 이자를 못 갚아서 지주에게 팔려 비참한 생활을 보내다 오사카로 도망쳐 지낸다. 하지만 본토에서도 차별과 멸시를 받으며 도저히 깨지지 않는 견고한 사회 계급과 체제에 절망한다. 그에게 일본의 패전과 오키나와전은 그런 견고한 벽을 깨뜨린 천재일우의 기회다. 그런 만큼 운텐 에이토쿠에게 미군은 견고한 사회의 벽을 부순 은인이다. 미군에게 아첨하며 장사를 해 돈을 벌기 시작한 운텐에게 일본복귀라던가 류큐독립 등은 방해물일 뿐이다. 운텐은 식민지주의를 내면화한 무국적자와 같은 인간으로 그려진다. 운텐은 미군정하 오키나와의 혼란이나 부패의 틈새를 타고 이전에는 누릴 수 없었던 지위를 손에 넣는다. 미군정기는 야마시로나 다이라에게 굴욕과 비참한 나날이라고 한다면, 운텐에게는 비참한 생활을 끝낼 수 있는 절호의 기호로 인식된다.

7   李芒,「霜多正次論－沖縄三部作・その他」,『文化評論』26, 新日本出版社, 1963, 95쪽.

8   小原元,「『沖縄論』」,『新日本文學』12(11), 新日本文學會, 1957, 104쪽.

① 잠재 주권은 일본에 있지만 실제 주권은 미군 점령하에 있는 것. 과거 사쓰마와 중국 사이에 끼여 있어서 어중간한 존재였던 것과 마찬가지입니다. 섬사람들은 숙명의 섬이라고 말하는데 그러한 섬의 숙명성을 그리는 것.

② 나가사키 히로시마의 원폭은 크게 다뤄지지만 오키나와의 피해 또한 그에 못지 않게 심각한 것.

③ 미군정의 실태 등을 향토 사람들을 대신해 호소하고 싶었다. [9]

①, ②, ③의 키워드 '미군 점령하', '원폭', '미군정'에서 알 수 있듯이 시모타의 의도는 오키나와가 미군에 의해 점령당해 오키나인이 아이덴티티를 상실하고 비참한 생활을 하고 있는 것을 일본 본토와 세계에 호소하는 것에 있었다. 특히 강화조약은 시모타 세이지의 작품 세계에 큰 전환을 불러온 사건이었다. 특히 중화인민공화국 성립 이후 미국은 일본을 "공산주의에 대한 방파제"[10]로 위치시키고 전쟁책임과 전후배상 문제를 유야무야시키며 경제 부흥을 꾀했지만, 강화조약 전후로 오키나와에는 가혹한 군사기지화를 추진했다. 시모타는 이러한 변화를 본토에서 체험하며 다음과 같이 소회한다.

저는 6년 동안 전쟁을 하다 왔는데, 남방에서 오오카 쇼헤이가 『포로기』

---

9   앞의 글, 99쪽.

10   하타노 스미오, 심정명 역, 『샌프란시스코 강화조약 체제와 역사문제』, 제이앤씨, 2014, 12쪽.

나 『들불』에서 쓰고 있는 것보다 실제 상황은 훨씬 지독했습니다. 오랜 세월 동안 그런 체험을 했기에 전후에 바로 그것을 쓰고자 했지요. 오키나와를 걱정하기는 했지만 작품으로 쓸 마음은 들지 않았어요. 그런데 1952년에 샌프란시스코조약에서 오키나와와 본토가 떨어져나가는 것을 보며, 이건 정말 큰일이다라는 기분이 들었습니다. 나라 전체를 보더라도 샌프란시스코 조약이 체결된 후에는 민족적인 분노가 격해진 시기였는데, 저쪽에서 복귀운동이 벌어지고 있음을 알고서 「오키나와」라는 소설을 썼습니다. 그 당시에는 오키나와가 별로 알려지지 않아서 「오키나와」라는 제목을 붙였는데 「무덤」이라는 제목이 작품의 내용과는 더 잘 부합됩니다.[11]

위 인용문을 주의 깊게 읽어보면 이는 같은 시기 오키나와로부터 일본 본토를 바라본 전후 오키나와문학 작가들과의 결정적인 차이점으로 주목을 요한다. 물론 이는 본토의 작가들과 같은 시선으로 오키나와를 본다는 의미는 아니다. 시모타는 본토에 몸을 두고 일본인의 인식 변화를 호소[12]하며 오키나와를 봄으로써 본토와 오키나와 양쪽 모두의 변화

---

11 霜多正次,「インタビュー沖縄と私の文学,聞き手津田孝」,『文学評論』117, 1971, 165쪽.
12 이러한 인식은 다음과 같은 시모타의 다음과 같은 발언에서도 두드러진다.
    나는 1953년 전후 처음으로 오키나와에 갔다. 그리고 향토 사람들의 비참한 생활과 끔찍한 미군의 통치정책에 깜짝 놀랐다. 나는 이것을 꼭 국민에게, 아니 세계 사람들에게 알려야 한다고 생각했다. 그것은 글을 쓰는 인간으로서 내 의무라고 생각했습니다. 당시 오키나와의 실정은 아직 제대로 보도되지 못 하고 있었다. (…중략…) 요컨대 한 마디로 이야기하자면 오키나와 문제는 작가와 독자 사이에 성립되는 공통의 양해 사항이 아무 것도 없었다는 이야기가 된다. 무엇이든 처음부터 설명해야만 한다는 초조함을 느꼈다.(霜多正次,「『沖縄島』を書いたころ」,『文学入門』, リアリズム研究会, 飯塚書店, 1965, 154~155쪽. 강조는 인용자)

를 노린다. 그것은 일제 말 일본어로 작품 활동을 했던 조선인 작가나 타이완인 작가의 창작 의도와 비슷한 면이 있다. 식민지 조선의 비참한 현실을 일본과 세계에 호소하고 싶다고 했던 프로문학 작가 장혁주 또한 일본 본토의 시선을 매개로 해서 식민지 조선을 사유하고 호소했다.[13]

시모타는 샌프란시스코강화조약을 언급할 때도 어디까지나 본토에 몸을 둔 우치난추로서 이야기한다. "나라 전체를 보더라도 샌프란시스코 조약이 체결된 후에는 민족적인 분노가 격해진 시기"라고 쓴 부분에서 지칭되는 '나라'는 일본+오키나와를 말하며, '민족적인 분노'는 일본 민족의 분노 쪽이 더욱 강조된다. 몸을 본토에 두고 있기에 고향 오키나와는 "저쪽"으로 지칭된다. 도쿄에 살고 있기에 이는 자연스러운 용어처럼 생각될 수도 있지만, 본토의 자장 속에서 오키나와를 응시하고 있는 작가의 위치를 확인할 수 있다. "저쪽"이라는 거리는 이쪽에 몸을 두고 이쪽 사람들과 동질적 감성을 공유한 자만이 감지할 수 있는 감각이다. 이쪽에서 차별과 식민주의에 몸을 부들부들 떨고 있는 자에게 고향은 "저쪽"이라는 말로 쉽게 지칭할 수 없는 무無거리로 다가오기 때문이다. 그렇다고 시모타의 시선이 본토 → 오키나와로만 향한다는 것은 아니다. 시모타는 오키나와 → 본토로도 시선을 두고 있지만, 그가 발화하는 곳이 일본의 중앙문단이기에 "저쪽"은 그의 위치와 관련된 것이다. 다만 이러한 용어 선택은 시모타가 본토의 독자를 염두에 두고 발화하고 있기에 다분히 전략적이다. 이는 『오키나와섬』이 보여주는 서사의 핵심인 오키

---

13 張赫宙, 「僕の文學」, 『文藝首都』 創刊号, 1933, 13쪽 참조.

나와의 고통에 일본인은 무관한가? 혹은 이대로 오키나와가 미국의 통치를 계속 받아도 되는가? 라는 질문과도 이어진다. 이러한 언설 전략에 관해서는 이번 장 끝에서 후술하겠다.

그러면 『오키나와섬』에서 강화조약은 어떻게 형상화돼 있을까? 이 소설은 사료史料는 아니지만 역사의 소용돌이 속에서 우치난추가 방향을 찾아나가는 와중에 '역사적 사실'을 강조하며 쓰인 만큼 당시 사람들의 생생한 목소리를 확인할 수 있다. 특히 강화조약과 '조국복귀' 운동이 오키나와에 미친 영향과 파급을 생각할 때 이 소설의 가치는 더욱 크다. 더구나 우치난추이자 구 일본군 병사였으며 일본공산당 당원인 시모타가 도쿄에 몸을 두고 당대의 여러 자료를 섭렵하면서 오키나와를 오가며 소설을 썼던 만큼 『오키나와섬』은 현실에 개입하려는 작가의 의지를 농밀히 담아낸다. 샌프란시스코강화조약에 관한 언급은 6장에서 처음으로 나온다.

달레스 국무성 고문이 각국 대표에게 제시한 강화조약 7원칙에는 류큐, 오가사와라제도를 미국의 신탁통치 하에 둔다는 조항이 포함돼 있었다. (…중략…) 독립론이나 신탁통치론의 근거는 일본이 오키나와를 식민지 취급을 했다는 것이었다. 일본 정부 및 일본인은 우리 오키나와인을 어떻게 착취하고 차별했는가, 전쟁중에 그들은 우리를 어떻게 혹사시키고 모욕했는가, 그리고 전후에는 어떻게 우리를 내버렸는가, 이러한 사례를 감정적으로 다룸으로써 독립론자들은 민족이 겪은 굴욕의 역사를 상기시키려 했다.[14]

다이라 마쓰스케를 시점 화자로 한 6장은 미국이 신탁통치론의 근거를 일본제국의 식민주의에서 구하고 있지만, 오키나와의 민의는 그렇지 않음을 드러낸다. 마쓰스케는 착취를 당한 것은 오키나와인만이 아니라 일본국민 전체라고 하면서, 오키나와인과 일본인을 구별하지 않는다. 더 나아가 그는 오키나와를 일본과 분리시키기 위해 '류큐'의 독자성을 강조하는 미국의 정책에 반대한다. 강화조약 즈음에 복귀론자를 중심으로 공고해진 '일본=오키나와인의 조국'이라는 등식은 바로 미국의 신탁통치와 오키나와의 군사기지화를 반대하는 움직임과 관련돼 있었다.[15] 일본 제국주의를 민중론적 관점에서 규탄하면서 현재의 일본을 (전후)민주주의 국가로 규정함으로써 복귀론의 불씨를 지피려 했던 것이다.

한편 운텐 에이토쿠와 같이 미군정 하에서 경제적 이득을 보던 무리들은 강화조약으로 인한 신탁통치를 세력 확장의 호기로 파악한다. 그들에게 오키나와의 일본복귀는 존립 기반을 위협하는 위기 그 자체였다. 『오키나와섬』 7~10장은 강화조약 조인 전후 오키나와 내의 격렬한 대립을 중점적으로 다룬다.

이번에 조인된 대일평화조약에 의해 우리 류큐의 지위는 국제적으로 결정되었습니다. 아직 각국의 비준 과정이 남아 있으나, 그건 이제 거의 문제가

---

14 『霜多正次全集1』, 123~125쪽. 이하 작품 인용은 쪽수만 표기하기로 한다.

15 전후 오키나와의 '독립론'이 '복귀론'으로 변화하는 시점은 1948년 무렵이었고 그러한 변환을 결정적으로 만든 사건은 강화회의였다.(정영신, 「오키나와 복귀운동의 역사적 동학─동화주의의 형성과 전환, 비판을 중심으로」, 『한림일본학』 23, 한림대 일본학연구소, 2013 참조)

되지 않습니다. 아시다시피 우리 류큐와 오가사와라제도는 조약 제3조에 의해 이렇게 규정됩니다. 요컨대, 이 지역을 장래 미국이 신탁통치를 하기 위해 국제연합에 제조하면 일본은 무조건 거기에 동의해야 합니다. (…중략…)

　실제로 평화조약은 에이도쿠 무리에게는 생사가 달린 문제였다. 혹시라도 일본에 복귀하게 되면 에이도쿠 무리의 영업은 성립되지 않는다. 지금도 기지 경기를 노리고 판로를 확장하러 본토 상인들이 오는데, 그렇게 된다면 몰려올 것이 눈에 선했다. 140~141쪽

　야마시로와 다이라가 복귀운동을 '조국 복귀'로 규정하는 것과 달리, 운텐은 그것을 '일본 복귀'로 규정한다. 운텐에게 일본은 조국이 아니라 자신을 가혹한 운명 속에 밀어 넣은 구 종주국으로 현재는 자신의 장사를 방해하는 경쟁 세력일 뿐이다. 이처럼 강화조약은 '반미 복귀파'인 야마시로와 다이라, '친미 반복귀파'인 운텐 사이의 좁힐 수 없는 간극을 만들어낸다. 물론 야마시로와 다이라가 처음부터 반미 복귀파였던 것은 아니다. 야마시로는 오키나와 전투에서 '우군=일본군'의 오키나와 차별과 멸시를 겪었기에 마을로 돌아온 이후에는 '민주주의 국가' 미국이 지배하는 '아메리카유미국의 세상'에 일시적으로 기댔으며, 다이라 또한 민주주의 체제로 오키나와의 구습을 타파하고자 했었다. 하지만 두 인물 모두 날로 심각해지는 군사기지화와 부정행위를 목격하면서, 반미 복귀파로서 아래로부터의 개혁과 투쟁 노선으로 전환한다. 이는 다음 장에서 상술하겠지만, 일본공산당이 미군을 '해방군'에서 '점령군'으로 인식하는 노선변경51년 강령과 밀접히 연관돼 있다.

그렇다면 강화조약의 어떤 부분이 야마시로와 다이라를 확고한 반미 복귀파로 만든 것일까?

자신들의 운명은 결정되었던 것이다. 과거의 역사가 항상 그랬던 것처럼, 이번에도 또한, 자신들에 의해서가 아니라 외부의 무자비한 힘에 의해서, 불문곡직하고 결정된 것이다. "일본국은, 북위 29도 이남의 난세제도南西諸島……를 합중국을 유일한 시정권자로 하는 미국의 신탁통치 제도 하에 두려 하는 국제연합을 향한 합중국의 어떠한 제안에도 동의한다." (…중략…) 이러한 에둘러 말하는 듯하면서도 차가운 조문이, 자신들이 관여할 수 없는 세계의 끝에서 내려온 판결이었다. 그것은 6년 전의 패전보다도 마쓰스케를 낙담하게 만들었다. 145쪽

인용문에서도 알 수 있듯이 "에둘러 말하는 듯 하면서도 차가운" 그리고 "외부의 무자비한 힘"에 의한 강화조약 '3조'[16]는 오랜 세월 외세에 의해 자기결정권을 침해 받아온 오키나와 민중의 광범위한 저항의 도화

---

16 3조의 한국어 번역 전문은 다음과 같다; 일본국은 북위 29도 이남의 난세이제도(류큐제도(琉球諸島) 및 다이토제도(大東諸島)를 포함), 소후간(孀婦岩) 남쪽의 남방제도(오가사와라군도(小笠原群島), 니시노시마(西之島) 및 가잔열도(火山列島)를 포함한다)와 오키노토리시마(沖の鳥島) 및 미나미토리시마(南鳥島)를 미합중국을 유일한 시정권자로 하는 신탁통치제도 하에 두는 것으로 하는 유엔에 대한 미국의 어떤 제안에도 동의한다. 이와 같은 제안이 이루어지고 또 가결될 때까지 미합중국은 영수(領水)를 포함한 이들 제도의 영역 및 주민에 대해 행정, 입법 및 사법상의 권력의 전부 및 일부를 행사할 권리를 가지는 것으로 한다.(출처 일본외무성 홈페이지(검색일 : 2021.4.1))

https://www.kr.emb-japan.go.jp/territory/senkaku/question-and-answer.html

선이 됐다. '3조'는 오키나와를 미국이 신탁통치하는 것이었지만 일본 정부의 강력한 요청으로 '잔존주권residual sovereignty'[17]은 일본에 남게 됐다. '3조'는 "오키나와를 둘러싸고 그 후 미일 간의 알력을 낳는 직접적인 출발점"[18]이자 복귀론의 씨앗이었던 셈이다.

시모타의 장편소설『오키나와섬』은 샌프란시스코 강화조약 전후 격변하는 우치난추의 현실 인식을 당대의 시선을 투영해 비평적으로 개입한 소설이라 평가할 수 있다. 강화조약 체결 이후 우치난추는 "조국을 상실"할 수 있다는 두려움과 주권이 일본에 잔존됨으로써 언젠가 다시 '조국'으로 돌아갈 수 있다는 희망을 동시에 품었다. 시모타는 본토의 언설공간에 몸을 두고 그곳에 텍스트를 밀어 넣음으로써 '오키나와 문제'를 일본인들에게 묻고 있다. 쉽게 풀어서 말하자면, 이 소설은 '일본 제국주의'에 고통 받았던 우치난추가 일본의 패전 이후 '미국의 강권에 주체성을 상실해 가고 있는데 그대들은 괜찮은가?'라는 물음을 본토에 던지고 있다. 이는 다음 장에서 다룰 주제인 '조국 복귀론'에서 더욱 심화된 형태로 구체화된다.

---

17 잔존주권은 1947년 9월에 나온 이른바 '천황 메시지'에서 표면화되기 시작했다. 오키나와를 '버리는 돌(捨て石)'로 써서 천황제 유지와 강화조약으로 가는 길을 열겠다는 의지였던 셈이다. 한편 임성모에 따르면 1957년 미일공동선언 시점부터 "'잔존주권'이라는 용어 대신에 '잠재주권'이라는 용어가 일반화"됐다. '잔여주권'이라는 용어는 '잔존주권'과 '잠재주권'을 어우르는 용어라고 할 수 있다.(임성모,「潜在主権」과 '在日'의 딜레마―점령 초기 오키나와의 지위와 정체성」,『한일민족문제연구』10, 한일민족문제학회, 2006, 176쪽) 본고는 1945~1955년을 중점적으로 다루므로 인용문을 제외하고는 당대에 사용됐던 '잔존주권'이라는 용어를 쓰도록 하겠다.

18 野添文彬,「サンフランシスコ講和における沖縄問題と日本外交―「残存主権」の内実をめぐって」,『沖縄法学』46, 沖縄国際大学法学会, 2018, 70쪽.

3. 해방군에서 점령군으로 __ 반제국주의의 행방

『오키나와섬』은 일본의 패전 직후부터 샌프란시스코강화조약 전후까지 오키나와를 둘러싼 미국과 일본의 개입과 우치난추의 복잡한 정세인식을 구체적으로 펼쳐놓는다. 작가의 체험과 자화상이 가장 많이 투영된 야마시로 세이키치는 충실한 황국신민이자 일본군 병사에서 인민당의 당원이자 '반미 복귀파' 운동가로 변모해 가는 인물이며, 운텐 에이도쿠는 전전戰前에는 사회 밑바닥에서 기득권에 강한 원망을 지니고 살다가 일본의 패전 이후 미군에 기생한 '친미 반복귀파'를 대표하는 인물이다. 대립적인 인물의 설정은 당시 오키나와 내의 친미와 반미, 복귀와 반복귀를 둘러싼 갈등을 잘 보여준다. 하지만 이 소설은 대립적인 인물과 사건을 중립적으로 기술하고 있지는 않다. 작품의 서사/서술은 우치난추가 점차 미군을 '해방군'에서 '점령군'으로 인식해 나가게 된 사건 — 특히 강화조약과 군용지 강제수용 — 을 중심으로 진행되며, 일본에 관한 서술의 태도는 '일본 → 조국' 쪽에 더 초점이 맞춰져 있다.

이 소설의 시간적 배경은 오키나와전 이후인 1945년 11월부터 미군이 '프라이스 권고'를 시작으로 군용지를 더욱 넓혀갔던 1956년까지이다. 시모타는 이 소설에서 "개인의 주관적인 성실함이나 용기가 얼마나 무력한 것인지를 깨닫게 하고, 인민의 조직적 결합을 해야만 하는 이유를 내세워, 마쓰스케 자신이 주민과 합쳐져야만 한다는 사상의 현실적 발전"[19]을 내세웠는데, 이는 일본공산당의 전후 정세 인식과 상당 부분 일치한다. 『오키나와섬』은 강화조약 이후 우치난추가 향해간 반미 '민족주의'야마톤츄+우치난츄[20]와 일본복귀에 이르는 궤적의 한 부분을 역사의 행로가 뚜렷이 결정되지 않는 격랑 속에서 일본공산당의 시선을 투영해 쓰인 소설임을 알 수 있다.

일본의 패전 이후 강화조약 전후까지 일본공산당의 노선은 고야마 히로타케가 정리한 것처럼 "평화혁명 방침의 시기"[1945~49], "민주혁명의 평화적 발전 가능성"[1947], "민주민족전선으로 전술 전환"[1948], "신강령 채택·군사방침 구체화"[1951], "극좌모험주의 시기"[1952~54]로 나뉜다.[21] 이 시기는 바로 『오키나와섬』의 시간적 배경과 겹치는데, 시모타 또한 일본공산당의 당원이었던 만큼 이러한 정세 인식은 소설에 상당 부분 투영돼 있다. 특히 패전 직후 "도쿠다 큐이치德田球一 등의 일본공산당 간부는 1945년 10월 10일 「인민에게 고함人民に訴ふ」을 발표하여 연합군을 '해방군'으로 인식하고 미군 점령 하에서 실시되는 민주주의적 정치과정 속에서 천황제를 타도"[22]하려 했던 노선은 '천황제' 부분을 제외하면 『오키나와섬』에 등장하는 주요 등장인물의 인식과 일치한다. 일본공산당이 패전

---

19 「沖縄島」, 101쪽.

20 시모타는 「沖縄島」을 '오키나와토(おきなわとう)'가 아니라 '오키나와지마(おきなわじま)'로 읽는 것에 상당히 집착했다고 한다. 시모타에게 오키나와는 일본 본토와 이화된 섬이 아니라 일본 본토와 합쳐야만 하는 섬이었다고 해석할 수 있을 것이다. 이질적인 '토(島)'가 아니라 '시마(島)'로 오키나와를 위치시키는 것은 민족주의라는 단순한 맥락에서 볼 것이 아니라, 본토와 오키나와가 하나라는 것을 내세워 미국의 지배로부터 벗어나고자 했던 당대의 시점에서 검토될 필요가 있다.

21 고야마 히로타케, 최종길 역, 『전후 일본의 공산당사－당내 투쟁의 역사』, 어문학사, 2012, 316~328쪽.

22 최종길, 「냉전의 전개와 일본공산당의 혁명노선 변경」, 『일본근대문학연구』 68, 한국일본근대학회, 2020, 91쪽.

직후 설정한 노선은 급변하는 동아시아 정세 속에서 1950년 전후에 변곡점에 이른다.

이러한 상황에서 한반도에서 전쟁이 곧 날 것 같은 상황 — 역자 주 코민포름은 1950년 1월 6일 자신들의 기관지 『항구적 평화와 인민민주주의를 위하여』를 통해 미국은 점령자이며 이들이 일본을 전적으로 지배하고 있다는 논문인 「일본의 정세에 대하여日本の情勢について」를 발표하였다. 이 논문은 1월 13일자 『아카하타アカハタ』에 번역되어 게재되었다. 엄저버란 이름으로 발표되었지만 스탈린이 작성한 이 논문은 곧 일어날 한반도에서의 전쟁을 앞두고 GHQ의 점령 하에서 평화적인 혁명이 가능하다고 한 노사카이론을 철저하게 비판한 것이다.[23]

인용문은 일본공산당이 전운이 감도는 동아시아의 정세 속에서 미군을 '해방군'에서 '점령군'으로 위치시키고 '평화적 혁명'에서 '무장투쟁 혁명'으로 노선을 변경하고 있었던 1949년 말 상황을 선명히 보여준다. 이러한 노선 변경은 일본공산당의 '51년 강령' 제2조[24]에 단적으로 드러

---

23 위의 글, 96쪽.
24 제2조의 전문은 다음과 같다: 일본공산당은 일본 노동계급의 이익을 대표함과 동시에 일본 민족과 전국민의 이익을 대표한다. 당은 당면한 프롤레타리아 지도와 더불어 노농동맹을 기초로 하여 제국주의 침략에 의한 일본민족의 지배, 착취 및 일본을 (군사)기지화하려는 아시아 침략전쟁, 세계전쟁정책에 반대한다. 전국민을 동원하여 이를 민족해방민주통일전선으로 결집하여, 제국주의 세력과 그 정부를 전국민으로부터 고립시켜 이를 타도하고 민족해방 민주혁명을 실현한다. 당은 이러한 인민민주주의 혁명을 강화하여 프롤레타리아 독재로 발전시켜 사회주의 사회를 건설하고, 이를 통해 공산주의 사회의 실현을 그 종국의 목표로 삼는다.(마루카와 데쓰시, 장세진 역, 『냉전문화론』, 너머북스, 2010, 46~47쪽에서 재인용.)

나 있다.

『오키나와섬』에 일본공산당이 처음으로 등장하는 것은 미군이 이들의 노선을 교묘히 이용해 오키나와 통치를 정당화하는 논리로 사용하는 구절에서다.

내가 자네의 의견에 동의하기 어려운 이유는 전후에 우리는 오키나와의 지도자 대부분이 자네와는 달리 일본 편에 서는 것을 싫어한 사실을 알고 있기 때문이네. 그리고 자네는 일본공산당이 『오키나와 민족의 독립을 축하하며』라는 메시지를 발표한 것을 알고 있나. 나는 공산당은 싫어하지만, 진보적인 정당 중의 하나라고는 생각하네. 게다가 일본공산당의 서기장은 오키나와 출신이 아닌가. 그 성명을 보면 오키나와 민족은 "일본의 천황제 제국주의자들"에게 "억압받아왔던 소수민족"이라고 하고 있네. 제국주의자들은 오키나와인이 자신들과 "동일 민족이라는 것을 강제로 밀어붙였다"고도 하고 있네. 47쪽

위 인용문은 오키나와민정부에서 교육관련 일을 하기 시작한 다이라 마쓰스케가 '류큐인=일본인'이라고 주장하자, 미군인 하먼 장교가 '류큐인≠일본인'이라고 주장하는 구절이다. 미군이 오키나와와 일본 본토를 분리해 오키나와 지배를 공고히 하려는 상황 속에서, 일본공산당이 보낸 '독립 축하 메시지'가 어떻게 이용됐는지를 잘 보여준다. 일본 제국주의로부터 소수민족인 우치난추가 독립한 것을 축하하는 메시지는 미국의 오키나와 분리 정책 및 이해와 명확히 일치하는 것이었다. 일본공산당의 이러한 메시지는 '미국=해방군'이라는 인식하에서 나온 것이지만,

오키나와를 둘러싼 상황은 1949년 "국공내전이 재개되고 국민당이 열세에 서게 되자, 미국정부가 새로운 오키나와 기지 개발계획을 책정하고, 1950년 봄부터 본격적인 기지 개발을 개시"[25]하면서 미군의 강압적인 통치에 반발하는 '복귀론'이 활기를 띠기 시작하며, 전술했던 강화조약 '3조'는 그런 움직임에 불을 붙인다.

강화회의 과정에서 강렬하게 부상한 '잔존주권'은 『오키나와섬』에서 '조국'의 존재를 되새기는 기제로 작용한다.

제3조에는 주권의 방기는 어디에도 쓰여 있지 않다. 그리고 샌프란시스코회의에서 달레스 미국 전권이나 영국 전권 대표 케네스 영거 씨 등의 설명에 의해서 일본에 주권이 남겨지게 된 것이 명확해졌다. 이 '잔여주권'과 달레스 씨가 이름붙인 주권에 의해 어떠한 성질의 것인지 마쓰스케는 처음에는 잘 알지 못했지만, 국회에서 이뤄진 정부의 답변과 전문가들의 해석에 의해 점차 명확해졌다. (…중략…) 그것은 우리들이 처한 그러한 부자연스러운 사태를 장래 변혁시킬 수 있는 주체적 조건이 이것에 의해 어느 정도 담보된다고 생각했기 때문이다. 국적이나 조국이라는 관념이 인간의 정신을 지배하는 근원적인 힘을, 마쓰스케는 조국을 상실하고 처음으로 강렬히 느끼게 됐다. 명목상이라고 해도 조국이 완전히 상실된 것이 아니라는 사실은, 특히 청년을 교육하는 마쓰스케에게 커다란 마음의 기반이 됐다.149쪽

25 　成田千尋, 『沖縄返還と東アジア冷戦体制－琉球/沖縄の帰属・基地問題の変容』, 人文書院, 2020, 41쪽.

정도의 차이는 있지만 야마시로와 다이라의 '일본=조국'이라는 인식은 작품 후반부로 갈수록 더욱 공고해진다. 이러한 인식의 변화는 미군을 '해방군'에서 '점령군'으로 인식[26]하기 시작했던 1950년대 초반의 변화된 상황을 충실히 반영한 것이다. 미국의 강압적인 오키나와 통치는 우치난추로 하여금 과거의 일본에 대한 원망을 잠시 억누르고 일본을 조국으로 인식하게 만드는 강력한 요인으로 작용했음은 『오키나와섬』에서도 확인할 수 있다.

마쓰스케의 기운을 북돋은 하나의 사실은, 조국 또한 우리와 같은 상태에 놓여 있다는 연대감이었다. 평화조약에 의해 조국은 완전히 독립하고, 우리만 희생을 하고 팔려나가는 것이라고 마쓰스케는 처음에 생각했다. 하지만 일미안전보장조약의 심의나, 그 후 행정협정을 둘러싸고 여론이 비등하면서 조국 또한 자신들과 본질적으로 큰 차이 없이 외국의 군사 지배하에 있다는 것이 점차 명확해졌다. 그것은 오키나와만이 특별대우를 받을 이유가 없다고 하는, 일본복귀 요구의 현실적인 근거가 됐을 뿐만이 아니라, 자신들만이 고립된 것이 아니라고 하는 본토 동포를 향한 연대감을 안겨줬다. 149~150쪽

위 인용문은 일본의 오키나와 멸시와 차별이라는 역사가 복귀론의 최대 딜레마이자 "최대의 아포리아"[27]였지만 그것을 양 민중 사이의 연

---

26 마루카와 데쓰시, 앞의 책, 46쪽 참조.
27 정영신, 앞의 글, 151쪽. 정영신은 딜레마와 아포리아를 "일본이 이전과는 완전히 달라졌다는 인식, 다시 말해서 '군국주의 일본'에서 '평화 헌법을 가진 민주국가 일본'으로 전환"됐다는 것과, "오키나와인을 착취하고 죽인 것은 일본국민, 일본민족이 아니라

대감으로 극복됐던 모습을 선명히 보여준다. 다시 말하자면, '복귀론'은 일본과 오키나와의 과거를 봉인하고 야마토와 오키나와가 미국의 동일한 점령지/식민지라는 동질성/연대감을 전면에 내세움으로써 힘을 얻어나갔다. 물론 오키나와 민중 모두가 '복귀론'를 지지했던 것은 아니었다. 『오키나와섬』은 미군정하에서 부를 축적하고 신분이 상승한 운텐 에이도쿠처럼 복귀에 반대했던 세력의 모습 또한 새겨놓았다.

> 특히 최근 1, 2년 사이에, 그런 움직임(현실타협적인 움직임·인용자 주 노골적으로 드러나서 현실주의자가 현저히 늘어났다. 물론 그것은 일부 사람들의 생활이 부유해지고 지위가 안정적으로 변한 것을 보여주는 것임이 틀림없다. 지금 이 섬에서는 경제 규모가 확대됨에 따라서 자가용을 타는 종족이 늘어났다. 그리고 공무원이나 정치가들도 어엿한 독립국의 높은 벼슬아치마냥 굴고 있다. (…중략…) 또한 그들의 지위와 권력은 90만 류큐 인민에 의해서가 아니라, 오로지 미군에 의해서 지탱되고 있다. 202쪽

이 소설에는 미군에 기생해 온갖 특혜와 혜택을 누리며 자신을 "독립국의 높은 벼슬아치"마냥 인식하는 운텐 에이도쿠로 대표되는 계층이 등장한다. 하지만 오키나와 민중 대부분은 섬의 생산은 줄어들고 소비만 증대되는 기형적인 "식민지적 생활양식"[28] 속에서 자신들을 "논에 갇혀

그 가운데 일부였다"(151쪽)는 인식으로 봉인된 결과, "'차별'과 '동화주의'에 대한 성찰·반성의 계기가 누락"(152쪽)됐다고 해석했다.

28 『霜多正次全集1』, 196쪽.

서 숨쉬기 힘들어하는 붕어와 같은 신세"[29]로 인식한다. 『오키나와섬』에서 강화회의 전후로 비등하기 시작한 오키나와 민중의 분노는 '프라이스 권고'[1954.3] 이후 시작된 군용지 강제 수용에 이르러 임계점에 도달한다. 『오키나와섬』의 종반부라 할 수 있는 9~10장은 미군의 토지 강제수용 반대투쟁에 초점이 맞춰져 있다.

    그런데 50년부터 시작된 기지의 확장에 따라서 미군은 종래 확보하고 있던 토지를 더욱 넓혀갔다. 게다가 그것은 한편으로는 광대한 미사용지를 방치한 채로 이뤄진 것이었다. 이미 소유권이 확립돼서 그곳에서 생활의 뿌리를 내리고 살던 사람들은 당연히 저항했다. 그 저항은 조국복귀운동이나 평화조약 조인에 따른 주민의 정치적 자각에 의해 지탱됐다. 223쪽

    미군은 군용지를 확장[30]하며 "생활의 뿌리를 내리고 살던 사람"에게 이주에 턱없이 부족한 조건으로 퇴거명령을 내리고 불응하면 힘불도저을 써서 주민들을 쫓아냈다. 『오키나와섬』 후반부는 미군의 정책에 무기력했던 오키나와 민중이 강화조약 이후 복귀운동을 벌이며 정치적으로 자각하지만 점령군과 싸워서 승리한 경험이 없기에 "불안과 동요에 휩싸

---

29 위의 책, 109쪽.
30 다이라 요시토시(平良好利)에 따르면 한국전쟁 직전인 1950년 3월, 미군은 오키나와 내 미군 기지를 축소할 계획을 짜고 있었다. 하지만 한국전쟁이 발발한 후 이 계획은 철회됐다. 平良好利, 『戦後沖縄と米軍基地─「受容」と「拒絶」のはざまで 1945~1972年』, 法政大学出版局, 2012, 51쪽.

이는"³¹ 모습을 생생하게 그린다. 특히 소설의 마지막 장인 10장은 군용지 수용 반대 투쟁이 일반 대중의 무관심 — 미군에 대한 공포가 그 원인이다 — 으로 실패하고, 야마시로 세이키치를 포함해 인민당의 요인들이 체포되면서 복귀운동이 쇠퇴하며 운텐 에이도쿠 등이 의기양양해 하는 정세의 변화를 새겨 넣는다. 1955년 무렵의 일이다. 이윽고 『오키나와 섬』은 냉전의 대립이 더욱 심화돼 전쟁의 위협이 일상화돼 가는 오키나와의 모습을 예리하게 포착하며 소설을 끝맺는다.

하지만 그가 앉았을 때 근처 나하비행장에서 글로브마스터Globemaster가 차례차례 날아올라서 창문을 흔들어놓았고, 위스키 잔에 파문이 일어났다. 몇십 대가 무리를 지어서 천지를 뇌동시켜가며 괌 쪽으로 날아갔다. 그중에는 미군 장교 가족이 타고 피난훈련을 하고 있음을 여기 모여 있는 사람들은 모두 알고 있었다. 하지만 그는 그런 것은 개의치 않고서 굉장한 소리군이라고 하면서 화기애애하게 잔을 들어올렸다. 최근 빈번히 방공연습을 하며 미군이 이 섬에서 도망치는 훈련을 하는 것은 전쟁이 나게 되면 이 섬의 안전하지 않다는 것을 보여주고 있지만, 누구도 그런 것은 생각하려 하지 않았다. 다만 자신들을 내버려두고 미국인만을 도망치게 한다는 것에 다소 마음이 걸리지 않을 수 없었지만, 그런 비상사태가 설마 일어나겠어 하나는 마음으로 마음 깊이 담아 두지는 않았다. 259쪽

---

31 『霜多正次全集1』, 229쪽.

이 소설이 미군 장교 가족이 글로브마스터[32]를 타고 피난 훈련을 하는 장면에서 끝나는 것은 무척 인상적이다. 이는 전쟁이 나면 군사기지의 섬 오키나와가 최우선 공격 목표가 될 것이라는 경고인 동시에, 오키나와전 당시 일본군과 마찬가지로 친선과 우호를 강조하는 미군 또한 오키나와 주민을 지키지 않을 것이라는 의미에 다름 아니다. 더구나 운텐과 같은 친미 반복귀파가 그런 긴박한 상황을 안일하게 인식하는 모습은 "원자폭탄이 날아올지도"[33] 모르지만 섬을 지켜야 한다는 다이라의 인식과는 대척점에 서 있다.

시모타는 강화조약 이후 전개된 오키나와 민중의 복귀운동과, '프라이스 권고' 이후 전개된 '섬 전체 투쟁島ぐるみ闘爭'을 세 명의 시점화자를 내세워 구체적으로 그린다. 이 소설의 문학사적 의의는 동아시아의 '전후/해방 후' 냉전의 대립을 응축해 놓은 오키나와를 배경으로 역사적 사건들이 연이어 일어나는 상황을 냉정함을 잃지 않고 아로새기고 있는 점이다. 『오키나와섬』은 미군을 해방군에서 점령군으로 인식하기 시작한 1950년대 초반 오키나와 민중의 반제국주의만이 아니라 자기결정권을 향한 지난한 투쟁의 과정을 구체적으로 펼쳐놓음으로써 일본어/일본인 독자에게 오키나와를 새롭게 인식할 것을 재촉하고 있다.

---

32 글로브마스터는 1950년에 실전 배치된 더글라스 C-124 글로브마스터2(Douglas C-124 Globemaster II)로 전장 40m, 전폭 53미터의 수송기다.

33 『霜多正次全集1』, 208쪽.

4. 맺음말

본고는 시모타 세이지의 장편소설『오키나와섬』을 '전후의 평화담론'과 '냉전적 대립'이 격렬하게 충돌하며 교차했던 '1950년대'라는 맥락에서 구체적으로 살펴봤다.『오키나와섬』을 분석하며 초점을 맞춘 것은 1950년대 오키나와를 뒤흔든 샌프란시스코강화조약과 일본복귀론, 그리고 미군기지 확장이었다. 1950년대는 냉전의 대립이 심화되는 가운데 오키나와를 둘러싸고 일미 양국이 국익을 놓고 각축을 벌이는 가운데, 우치난추 또한 자기결정권을 위해 격렬히 투쟁을 벌였다. 이러한 문제의식을 바탕으로 본고는『오키나와섬』을 다음 두 가지 관점에서 분석했다.

첫째, 2장에서는 샌프란시스코강화조약과 소설의 관련성에 집중함으로써, 시모타가 '오키나와문제'를 본토의 일본인에게 어떻게 문제화/초점화하고 있는지를 살펴봤다. 강화조약 '제3조Article 3'는 미국에 의한 오키나와 신탁통치를 확정지은 조문으로 오키나와를 뒤흔들었다. 시모타는 이 소설로 강화조약 전후 격변하는 오키나와의 상황에 비평적으로 개입했다고 할 수 있다. 소설은 "조국을 상실"할 수 있다는 절망과 주권이 일본에 잔존됨으로써 언젠가 다시 '조국'으로 돌아갈 수 있다는 희망을 동시에 보여준다.

둘째, 3장에서는『오키나와섬』에 그려진 '조국 복귀운동'과 미군의 토지수용 반대투쟁의 의미를 되물었다.『오키나와섬』이 오키나와 내의 '조국 복귀운동'을 둘러싼 극심한 갈등 속에서 나온 소설인 만큼 전후의 평화담론과 냉전적 갈등의 충돌을 생생히 그린다. 복귀운동은 해방과 점령, 전후와 냉전의 교차만이 아니라, 해방에서 점령으로 그리고 전후에서 냉전으로 향해가는 오키나와 내의 날카로운 정세 인식과 변화를 향한 열망을 담고 있다.

현재 시점에서는 그 당시 역사의 행로가 뚜렷이 보이지만,『오키나와섬』은 우치난추의 미래가 운무 속에서 어디로 향하게 될지 예측할 수 없는 상태였다는 점에서 당시 오키나와 민중의 삶과 강화조약, 복귀운동을 둘러싼 당대의 인식을 생생하게 들여다볼 수 있다. 시모타가 섣부른 희망이나 승리를 말하지 않으며 오키나와 민중의 체념과 공포, 그리고 미래를 향한 경고를 소설 끝에 쓰고 있는 점도 인상적이다. 그런 의미에서 『오키나와섬』은 1972년에 일어난 오키나와의 '일본 복귀'만이 아니라, 현재의 오키나와를 이해할 때 빼놓을 수 없는 텍스트라 할 수 있다.

마이너리티의 언어와 신체

사키야마 다미에서 한림화까지

손지연 · 김동현

1. 들어가며

　말은 어떻게 공적인 지위를 얻게 되는가. 언어의 공적인 지위를 문제 삼을 때 이른바 공식 언어, 즉 표준어의 문제를 언급하지 않으면 안 된다. 근대 국민국가의 수립과정에서 공식적 언어, 표준어의 수립은 필연적인 수순이었다. '국민'이라는 추상적 집단을 구성하는 데에 있어서 규범이 되는 언어의 등장이 필요했다.[1] 이는 복수로 존재하는 말들 사이에 위계를 형성하는 과정이었다. 어떤 언어를 공식적인 언어로 할 것인가는 어떤 언어가 공식적인 언어에서 제외되는가라는 문제이기도 했다. 피에르 부르디외Pierre Bourdieu는 이를 일종의 언어 자본을 소유한 "생산자와 소비자 간의 상징 권력관계"[2]로 규정한다. 동등하고 균질적인 언어 공동체가

1　피에르 부르디외, 김현경 역, 『언어와 상징권력』, 나남출판, 2014, 46쪽.
2　위의 책, 75쪽.

'상상된 것'이라는 그의 지적은 모든 말이 당연하게 공적인 지위를 얻는 것이 아니라는 점을 잘 말해준다.

그렇다면 다시 앞의 질문으로 되돌아가보자. 말은 어떻게 공적인 지위를 얻는가라고 할 때 여기에는 어떤 말이 공적인 지위를 얻게 될 때 공적인 지위에서 제외되어 사적인 영역으로 축소되거나, 혹은 그러한 사적인 영역에서마저 배제되는 말이 존재할 수 있다는 점을 의미한다. 그것은 언어적 교환의 장에서 이뤄지는 일종의 선택과 배제가 격렬한 대결을 촉발할 수밖에 없음을 전제로 한다. 어떤 언어가 공적인 언어가 되기 위해서 특정한 언어는 배제되어야 한다. 그러한 배제는 단순히 언어적 차원에 국한되는 것만이 아니었다. 그것은 언어를 기반으로 구축된 신체와 시간의 문제이기도 했다. 언어의 공적인 지위를 둘러싼 언어들 사이의 투쟁은 특정한 언어를 바탕으로 구축되어왔다. 이러한 과정은 언어적 신체들간의 대립인 동시에 그러한 언어를 바탕으로 축적된 문화적 기억의 대결이기도 했다.

이는 이른바 문학장에서 텍스트의 지위가 공인된 언어라는 상징체계를 전제로 작동하고 있음을 의미한다. 표준어라는 상상적 언어체계가 공적인 지위를 얻기 위해서는 정확한 언어 규범의 확립이 필요하고 이를 실천적으로 구현하는 행위는 글쓰기를 통해 구현된다. 피에르 부르디외는 이를 다음과 같이 말한 바 있다.

말과 사유의 결, 장르, 올바른 기법 또는 스타일, 더 일반적으로 말해 '좋은 용법'의 사례로 인용되고 '권위를 갖게 될' 담론들, 이 모든 생산수단들의 생산은 그것을 수행하는 사람에게 언어에 대한 권력을 부여하며, 이를 통해 언어의 단순한 이용자들 및 그들의 자본에 대한 권력을 부여한다. 올바른 언어는 공간 속에서 자신의 확장을 규정하는 권력을 갖는다. 하지만 시간 속에서 자신의 영속성을 보장하는 권력까지 갖고 있는 것은 아니다. 끊임없는 창조만이 올바른 언어와 그 가치 — 즉, 그 언어에 부여된 승인 — 의 영속성을 보장해 줄 수 있다. 그런데 이러한 창조는 전문화된 생산의 장 내에서 올바른 표현양식의 부과를 독점하려는 경쟁에 연루되어 있는 상이한 권위자들 간의 끊임없는 투쟁 속에서 이루어진다.[3] (강조는 인용자)

이렇게 표준어 문학에 부여된 권위는 투쟁의 결과물이다. 그리고 이러한 투쟁의 결과는 언어들의 차이를 인정하지 않는 권력의 행사로 이어진다. 즉 복수의 언어들이 지닌 수많은 언어들의 차이를 고정된 것으로 인식하게 만든다.

'표준어' 글쓰기의 상징권력은 복수의 말(들)이라는 분모들을 '표준어'로 통분하려는 시도이자 통치의 전략이었다. 복수로 존재하는 말들의 분모들을 단일한 것으로 만들어 버리는 과정은 그 자체로 공식 언어가 되지 못한 복수의 말들이 지닌 시간과 신체의 소거로 이어질 수밖에 없었다. 말의 생산과 소비는 개별의 경험과 기억을 나누고 전수하는 수단이라는 점을 염두에 둔다면, 공식 언어에서 말(들)이 배제된다는 것은 그러한 말(들)의 생산자이자 소비자로 존재했던 신체의 소거로 이어질 수

---

3   위의 책, 61~62쪽.

밖에 없다. 그것은 시간의 기억을 지닌 신체의 소멸이자 기억의 실종이었다.

그동안 문학장에서 지역어[4]의 구현 방식을 논의할 때 지역적 색채, 이른바 향토적 정서의 재현 혹은 억압된 지역의 기억을 환기하는 차원에서 논의되어왔다.[5] 하지만 이러한 방법은 표준어 문학이 내재할 수밖에 없는 언어적 위계의 문제에 대해서는 간과할 우려가 있다. 특히 국민국가 안에서 로컬적 사유와 가능성에 대해 논의하기 위해서는 이른바 '국민국가 문학장'이 필연적으로 가질 수밖에 없는 차이와 차별의 문제에 주목할 필요가 있다. 문학적 재현이 기억의 공유를 가능하게 한다는 지적을 염두에 둔다면[6] 언어의 위계가 빚어낸 배제와 차별은 '기억되는 것'과 '기억되지 않는 것'을 만들어 내는 근원이라고 할 수 있다.

이러한 문제의식을 바탕으로 지역어의 문학적 재현에 주목할 때 오키나와 출신 작가 사키야마 다미와 제주 출신 작가 한림화는 독특한 위치를 차지하고 있다고 할 수 있다. 오키나와문학과 제주문학이 표준어와

---

4   이 글에서는 표준어의 상징체계에 종속되지 않으면서 독자적인 언어체계, 그리고 이를 통한 기억과 기억의 전수를 동시에 살펴보기 위해 '방언'이라는 용어 대신 '지역어'라는 표현을 사용하고자 한다. '방언'이라는 용어가 의도했든 아니든 표준어의 상징체계를 암묵적으로 용인하는 지점을 내포하고 있기 때문이다.

5   이와 관련한 연구로는, 이명원의 「4·3과 제주방언의 의미작용—현기영의 『순이삼촌』을 중심으로」(『제주도연구』, 제주학회, 2001, 1~18쪽)와 이성준의 「'제주어문학'의 가능성과 한계—『돌할으방 어디 감수광』」(『배달말』 51, 배달말학회, 2012, 121~160쪽)을 들 수 있다. 이명원은 제주4·3문학 연구에서 제주 방언의 문제에 주목하면서 방언이 억압된 기억을 환기하는 매개로 작동하고 있다고 보고 있으며, 이성준은 제주어 문학을 본격적으로 시도한 김광협의 작품을 분석하면서 부적절한 지역어의 표현의 사용을 지적하면서 제주적 정서의 재현 문제에 주목하였다.

6   오카 마리, 김병구 역, 『기억·서사』, 소명출판, 2004, 63쪽.

지역어의 위계를 극명하게 보여주는 하나의 사례라고 할 때 사키야마 다미와 한림화의 일련의 소설들은 문학장에서의 언어의 문제를 살펴볼 수 있는 중요한 관점을 보여준다.

한림화에 대한 연구는 제주4·3에 대한 기억과 이를 형상화하는 방식언어에 대한 논의가 주를 이룬다.[7] 하지만 그동안의 작품 활동에 비한다면 본격적인 연구는 많지 않다.[8] 그나마 4·3을 다룬 다른 작품들과 연관되어 언급되고 있는 정도이다. 사키야마 다미의 경우는, 『달은, 아니다月や, あらん』, 『운주가, 나사키うんじゅが, ナサキ』 등이 한국에서 번역되면서 다양한 연구가 이뤄지고 있다. 이른바 '시마고토바シマコトバ'를 둘러싼 문제와 그의 소설에서 빈번하게 등장하는 의성어와 의태어의 문제에 주목하여 억압된 기억과 잊힌 존재들의 재현 양식에 주목한 연구들이다.[9]

이 글에서는 이러한 문제의식에서 한 발 더 나아가 제주문학과 오키나와문학이 표준어 문학장에 대응하는 양상들을 살펴보려고 한다. 제주문학과 오키나와문학을 함께 살펴보는 이유는 언어적 위계가 일국적 차

7 　김동윤, 『기억의 현장과 재현의 언어』, 각, 2006, 59쪽.

8 　한림화는 1973년 『가톨릭시보』 작품공모에 중편소설 『선률』이 당선되면서 본격적인 작품 활동을 해왔다. 작품집으로는 『꽃 한송이 숨겨놓고』(1993), 『철학자 루씨, 삼백만 년 동안의 비밀』(2001), 『아름다운 기억』(2014), 『한라산의 노을』(1991), 『The Islander-바람섬이 전하는 이야기』(2020) 등이 있다.

9 　이와 관련한 연구로는 오세종(吳世宗)의 「신체의 소리에서 타자의 소리로-사키야마 다미 작품의 오노마 토페에 대해」(「身体の音から他者の音へ崎山多美作品のオノマトペについて」, 『社会文学』 50, 2019), 소명선의 「사키야마 다미의 「수상요람」론-'섬'을 이야기하는 문학적 방법」(『일본근대학연구』 65, 한국일본근대학회, 2019)와 조정민의 「반폭력의 방법으로서의 기억과 목소리-사키야마 다미의 『해변에서 지라바를 춤추면』을 중심으로」(『한민족문화연구』 70, 한민족문화학회, 2020) 등이 있다.

원의 특수하고 개별적 차원에 국한되는 문제가 아니라는 점을 규명하기 위해서다. 특히 제주어와 오키나와어는 각각 표준어와 다른 독특한 언어 체계를 구축해왔다는 점에서 좋은 비교 대상이 될 것으로 보인다. 한림화와 사키야마 다미의 작품에서 구현된 언어의 위계와 극복, 언어적 실천의 문제는 그간 제주문학과 오키나와문학이 개별적으로 축적해온 문학적 성과를 확대하고 심화할 수 있는 계기를 마련할 수 있을 것이다.

2. 표준어라는 '낯선 언어'와 익명성을 거부하는 말(들)

오키나와문학에서 표준어 체계에 도전하는 시도들이 없었던 것은 아니었다. 오시로 다쓰히로大城立裕의 '실험방언'이라든가, 메도루마 슌目取真俊의 우치나구치ウチナーグチ 사용은 오키나와문학이 언어 문제에 예민하게 반응해왔음을 보여준다. 이는 표준어/지역어의 차이를 드러내고, 그것을 통해 오키나와의 특수성을 문학장에 기입하려는 시도들이었다.[10]

10　이에 관해서는 구로사와 아리코의 「사키야마 다미의 문체전략」이라는 글이 참고가 되는데, 오키나와 근대문학의 효시로 알려진 야마시로 세이츄(山城正忠)의 「구넨보(九年母)」(1911)에서부터 오시로 다쓰히로의 「거북등 무덤(亀甲墓)」(1966), 히가시 미네오(東峰夫)의 「오키나와 소년(オキナワの少年)」(1971), 사키야마 다미의 『운주가, 나사키』에 이르기까지, 표준일본어와 오키나와어 사이를 넘나들며 자신들만의 문체를 구사하기 위해 오키나와 작가들이 어떤 노력을 기울였는지 엿볼 수 있다. 그 가운데 사키야마 분석에 가장 많은 지면을 할애하여 사키야마의 문체전략을 "장르, 카테고리, 영역, 레벨이 서로 다른 언어를 이것저것 뒤섞어 텍스트 안에 함께 넣는 것(이질적인 것을 그대로 드러내는 것. 트러블화 하는 것)"이라고 정의한다. 黒澤亜里子,「崎山多美の文体戦略」,『しまぐとぅばルネサンス』(沖縄国際大学公開講座 26), 沖縄国際

하지만 그러한 시도들이 이른바 표준어 문학장에 대한 근본적인 회의나 거부로 이어졌다고는 보기 힘들다. 특히 오키나와어가 오키나와 본도와는 또 다른 다층적 언어들로 구성되어 있다는 점을 감안할 때 표준어와 지역어의 문제뿐만 아니라 지역어 안의 차별과 차이는 표준어/오키나와어의 관계와 다른 차원의 문제이기도 했다. 오키나와 본섬에서 멀리 떨어진 야에야마八重山 제도 이리오모테西表 섬 출신인 사키야마의 작품이 기존의 오키나와문학과 차이를 보이는 점도 바로 이 때문이라고 할 수 있다. 사키야마는 자신이 사용하는 언어를 (표준일본어에 대응하는) 우치나구치나 '시마구투바しまくとぅば'와 변별되는 '시마고토바シマコトバ'로 명명하고, 더 나아가 자신의 글쓰기의 특징을 "시마고토바를 일본어 안에 잠입시켜 폭발시킬 기회를 노리는 게릴라 작전"[11]이라는 다소 도발적인 표현으로 정의한다. 방언을 사용함으로써 애써 지방 아이덴티티를 드러내 보이는 것이 아니라 '이질적인 것'을 그대로 드러내는 방식으로 '야마토구치ヤマトグチ'와의 관계를 (재)설정하고자 한 것이다. 오세종의 지적대로, 가타카나로 표기한 '시마고토바'는 '시마'와 '고토바'가 그 자체로 '가챠시カチャーシー: 뒤섞인된 것'으로, '야마토구치'와의 대항관계로부터 자유롭고, 더 나아가 '야마토구치'와의 대항관계를 이루며 권위를 갖기 시작한 '시마구투바しまくとぅば'와도 일정한 거리를 두기 위한 사키야마 다미의 전략적 선택이었다고 볼 수 있다.[12] 혹은 나카자토 이사오仲里効의 지

大学公開講座委員会, 2017, 143~144쪽.

11 崎山多美, 「「シマコトバ」でカチャーシー」, 今福竜太編, 『21世紀の文学2 「私」の探求』, 岩波書店, 2002, 170쪽.

12 오세종, 앞의 글, 15쪽.

적처럼, "일본어에 종속된 언어질서를 흔들고, 뒤바꾸고, 묶어두는 것에서 해방되고, 빼앗긴 말들과 대면하게 하는, 충분히 정치적이고 대화적인 투쟁"[13]의 형태라고 해도 좋을 것이다.

제주의 한림화 역시 작품 속에 제주어를 드러내는 다양한 방식제주어 표기를 한다거나 표준어 해설을 덧붙이는을 사용하고 있고 더 나아가 표준어와 제주어를 병치하는 소설 쓰기를 시도하고 있다. 이러한 소설 쓰기는 표준어/지역어의 이중적 발화가 지닌 언어적 차이의 문제를 노골적으로 드러내는 방식이라고 할 수 있다.

한림화와 사키야마 다미는 각각 비슷한 세대한림화 1950년생, 사키야마 다미 1954년생로 작품 활동 시기도 크게 다르지 않다. 한림화는 1973년에 데뷔하였고 이후 활발한 창작활동을 펼쳐왔다. 또한 한림화와 사키야마 다미 모두 제주와 오키나와의 지역적 사유에 대해 천착해온 작가로 평가받는데다 최근에는 언어 문제를 작품 속에서 예민하게 언급하고 있는 점에서 공명하는 지점이 적지 않다.

제주와 오키나와라는 시좌에서 왜 그들은 언어의 문제에 민감하게 반응하고 있는 것인가. 사키야마 다미가 이질적 요소를 일본어의 자장에 드러내기 위해 의도적으로 '시마고토바'를 사용하고 있는 것은 '일본어/오키나와어/섬말'이라는 언어적 위계를 서사적으로 드러내기 위한 방식이다. 이는 단일한 언어체계로서의 일본어를 뒤흔들기 위한 전략인 동시

---

13 仲里効, 「旅するパナリ·パナスの夢」, 『悲しき亜言語帯-沖縄·交差する植民地主義』, 未来社, 2012; 나카자토 이사오, 손지연·임다함 역, 「여행하는 파나리, 파나스의 꿈-사키야마 다미의 이나구」, 『일본 근현대 여성문학 선집 17-사키야마 다미』, 어문학사, 2019, 193쪽.

에 오키나와어의 혼종성을 부각시키는 방식이기도 하다.

한림화의 경우도 이른바 '제주어 소설'이라는 방식을 서사적으로 시도하고 있다. 예컨대, 『The Islander-바람섬이 전하는 이야기』[이하 『바람섬』으로 약칭]는 모두 12편의 소설로 이뤄져 있는데 7편은 소설 속에서 적극적으로 제주어를 드러내고 있고, 후반부 5편의 경우 제주어와 표준어로 된 소설을 병치하고 있다. 일종의 제주어 소설의 표준어 번역본이라고 할 수 있는 이러한 소설 쓰기는 그 자체로 문제적이다. 제주어로 소설을 쓰고, 그것을 다시 표준어로 '번역'하는 수고로움을 감수하는 글쓰기는 표준어가 이른바 '매끈한 단일어'로 이뤄진 배제의 언어라는 점을 가시화한다.

제주와 오키나와의 여성 작가들인 사키야마 다미와 한림화가 보여주는 언어적 감각은 '표준어'로는 표현할 수 없는 로컬 아이덴티티를 드러내는 것이라고 볼 수 있을 것이다. 그런데 이러한 시도들이 로컬 아이덴티티에 대한 서사적 관심에서 발현된 것이라고 단정하는 것은 이들의 서사적 전략을 단순화할 우려가 있다.

표준어라는 상징권력의 형성과정을 사회적, 정치적 위계에 주목한 피에르 부르디외의 논의를 바탕으로 이 두 작가의 서사적 실험을 생각해 본다면, 그것은 표준어라는 상징권력의 통치성에 대한 서사적 반발이라고 규정지을 수 있지 않을까. 즉 하나의 상징권력으로 존재하는 표준어의 통치성은 복수로 존재하는 말(들)의 대결 과정이 만들어 낸 '상상된 권력'이다. 논의를 위해 도식적인 해석의 우려를 감수하고 말하자면 표준어의 생산은 n개의 분자로 존재하는 말(들)을 통분해서 생산된 '상상된 권력의 언어'라고 말할 수 있을 것이다.

복수로서 존재하는 말(들)을 $x1, x2, x3, x4, x5, x6, x7, x8, \cdots x\infty$라고 가정할 때 표준어는 $x1 \sim \infty$을 통분하여 얻은 x이다. 피에르 부르디외가 구조주의 언어학을 비판한 것은 표준어 x의 세계는 겉으로는 매끈한 언어들의 집합이지만, 그것은 역설적으로 수많은 말(x)을 배제해서 만들어진 세계라는 것을 설명하기 위함이었다. 그런데 x를 무한대로 확장한다고 하더라도 결코 언어화될 수 없는 것들, 말하자면 x라는 기표를 얻지 못하는 것들의 존재를 상정한다면 x는 필연적으로 x라는 기표를 얻지 못하는 외부를 가질 수밖에 없다. x의 외부를, 말할 수 없는 말, 말해질 수 없는 말, 결코 말의 세계에 편입될 수 없는 영원한 침묵들이라고 가정한다면 표준어 x의 세계는 그 자체로 불완전할 수밖에 없다. 그런 점에서 사키야마 다미와 한림화의 서사적 시도들은 매끈한 언어로 상상된 표준어의 세계 자체가 수많은 틈들로 가득한 가공의 세계라는 것을 드러내는 효과적인 방식이다.

사키야마 다미의 소설 속에서 빈번하게 등장하는 죽은 이들의 목소리와 언어화되지 못한 소리들의 등장은 표준어로 담을 수 없는 말(들)의 외부, 즉 x의 바깥을 상상하기 위한 시도이다. 그런 점에서 그것을 환상이 아니라 "역사서술의 대상이 되지 못했던 자들을 서사의 장으로 초대하기 위한 방법"[14]이라고 해석하는 것은 일면 타당하다. 하지만 사키야마 다미의 언어 전략이 단순히 말할 수 없고 기억될 수 없는 존재들을 서사에 기입하기 위한 것에 그치는 것일까. 거기에는 서사적 재현의 대상을 발

---

14 조정민, 앞의 글, 54쪽.

견하는 것 이외에 보다 근원적인 문제의식이 있는 것은 아닐까.

사키야마 다미가 표준어와 오키나와어의 이항대립만이 아닌 이른바 '시마고토바'를 적극적으로 구사하고 있는 것은 표준어뿐만 아니라 오키나와어의 내부가 이질적인 요소들로 구성되어 있음을 드러내고 있다. 한림화의 경우도 '제주어 소설'이라고 말하고 있지만 거기에 구사되고 있는 제주어는 이른바 표준화된 제주어가 아니다. 한림화는 『바람섬』의 일러두기에서 소설 속의 제주어가 '제주어 표기법'과 맞지 않을 수도 있다는 점을 분명히 하고 있다.

> 여기에 써진 제주어濟州語는 제주도의 동쪽에 자리 잡은 성산 지역에서 주로 사용하였던 말들에서 빌린 것이다. 그러므로 어떤 표기는 '제주어 표기법'상으로 알맞지 않을 수도 있다.
>
> 이는 제주 지역의 언어 습관과 무관하지 않아서, 바로 이웃한 마을도 상이한 경우가 허다하다.
>
> 예를 들면 '가져오다'에 해당하는 제주어도 'ᄋᆢ져오다', 'ᄀᆢ져오다', '고조오다' 등 지역과 마을에 따라 달리 표현한다.
>
> 이 작품집은 제주어를 규정할 목적으로 집필하지 않았다. 단지 필자의 언어 습관에 충실하여 오로지 제주 섬사람들의 숨겨진 역사와 생활 습관을 기록하는 차원에서만 집필된 순수 창작 문예물이므로 널리 이해를 구한다.[15]

---

15   한림화, 『The Islander-바람섬이 전하는 이야기』, 한그루, 2020, 1쪽.

한림화는 소설 속에서 사용된 제주어를 '제주어 표기법'에 맞지 않는 "주로 성산 지역에서 사용하였던 말들에서 빌린 것"이라고 말하고 있다. 그가 말하고 있는 '제주어 표기법'이란 제주어 연구자들이 펴낸『제주어 사전』에서 규정하고 있는 표기법을 말한다. '제주어 표기법'은 1995년에 처음 발간된『제주어 사전』과 이후 2009년 증보 발행된『제주어 사전』의 '제주어 표기법'을 이르는데 제주방언연구회가 합의한 '제주어 표기법'은 모두 26개항으로 구성되어 있다. '제주어 표기법' 제1장 총칙은 제주어 표기 방식을 다음과 같이 규정하고 있다.

제1장 총칙
제1항 제주어 표기법은 "한글 맞춤법"에 따라 제주어를 소리대로 적되, 어법에 맞도록 함을 원칙으로 한다.
제2항 제주어에서 한 가지 의미의 말이 둘 이상의 형태로 나타날 경우에는 그 모두를 표기 대상으로 삼는다.[16]

제주어 표기를 '한글 맞춤법'에 따라 '제주어를 소리대로 적되', '어법에 맞도록' 한다는 제1항의 규정은 표준어/제주어라는 언어적 차이를 인정하면서도 표준어 문법체계를 용인하는 결과를 초래한다. '한 가지 의미의 말이 둘 이상의 형태로 나타날 경우', '그 모두를 표기'한다고 하는 2항의 규정에도 불구하고 1항의 규정은 '한글 맞춤법'이라고 하는 표준어

---

16   제주특별자치도,『개정 증보 제주어 사전』, 2009, 903쪽.

체계가 제주어 표기 체계에 긴박되어 있음을 보여준다. 한림화가 "'제주어 표기법' 상으로는 알맞지 않을 수 있다"라고 말하는 것은 이러한 제주어 표기 규정을 염두에 두고 있는 것으로 해석할 수 있다. 이른바 지역에 따른 발화 방식의 차이를 인지하고 있는 이런 태도들은 사키야마 다미가 시마고토바를 통해 오키나와어의 혼종성을 드러내려고 하는 의식과 크게 다르지 않다. 일반적인 '제주어 표기법'과 다른 글쓰기를 가능하게 하는 것은 표준어가 담을 수 없는 언어체계에 대한 위계를 (무)의식적으로 감각하는 것인 동시에 지역어가 이질적인 발화들로 구성되어 있음을 보여주는 것이다.

이러한 의식은 표준어 체계를 자명한 것으로 인정하지 않는 것에서 출발할 수밖에 없다. 이런 점에서 본다면 사키야마 다미와 한림화의 소설들은 그들의 문학이 '표준어 세계'의 불완전함에 예민하게 반응하고 있음을 보여준다.

그들은 모두 표준어라는 자명한 세계를 거부하고, 이질적인 발화들로 가득한 지역어의 존재를 서사적으로 재현하고 있다. 이는 표준어 혹은 표준어 체계에 긴박된 지역어의 발화들이 외면하고 있는 존재를 효과적으로 드러낸다.

사키야마가 『운주가, 나사키』에서 보여준 일련의 연작들은 홀로 사는 직장 여성 '나'에게 의문의 파일이 전달되면서 겪는 에피소들로 이어져 있는데 '나'는 정체모를 목소리에 이끌려 묘지를 찾아간다. 이 중 신원을 알 수 없는 사람들로부터 받은 「기록 Q」에 관한 내용을 담고 있는 「Q마을 전선a」, 「Q마을 전선b」, 「Q마을 함락」 등의 연작은 오키나와 전투沖縄

戰의 기억을 언어의 문제와 결부시켜 드러낸다. 특히 「Q마을 전선b」에서는 혼령의 목소리를 통해 언어와 기억의 문제를 거론한다.

> 내친김에라긴 뭐 하지만, 조금만 더 개인적인 사정을 늘어놓아도 되겠습니까. 사실, 저는 '훈련 5 여덟 번째' 훈련 과정 중에, 멍청하게도 격세유전을 꾀하던 N어족語族의 덫에 걸려, 옛 Q마을 말을 완전히 잊고 N어의 정신을 모르는 새 익혀버리게 되었는데, 이제 보니 제N어의 세계에 균열이 일어났다고 해야 할지, 빈틈 같은 게 생긴 모양입니다.[17]

오키나와 전투의 기억과 마주하면서 'Q마을 언어'를 잊어버리고 'N어의 정신'을 익혀버렸다는 혼령의 고백은 표준어/오키나와어의 위계가 단순히 언어적 차이와 차별이 아니라는 점을 분명히 드러낸다. 언어적 위계는 결국 언어화되지 못한 기억들을 비존재로 만들어 버린다. 시마고토바를 비롯해 한국어까지 가타카나로 드러내는 사키야마 다미의 서사는 언어로 기록되지 않은 것들의 존재를 서사에 기입하기 위한 방식인 동시에 표준어라는 익명성의 세계가 지워버린 지역의 기억을 발화하는 방식이기도 하다.

사키야마 다미의 소설에서 조선인 '위안부'의 존재들이 드러나는 방식 역시 그들의 언어를 그대로 드러냄으로써 가능해지고 있다는 점을 염두에 둔다면 사키야마 다미의 시마고토바가 단지 향토성의 재현과 기억

---

17 사키야마 다미, 손지연·임다함 역, 「Q마을 전선b」, 앞의 책, 90~91쪽.

의 재구성에만 머물지 않음을 알 수 있다. 그것은 표준어라는 자명한 세계를 거부하고, 이질적인 발화들로 가득한 지역어의 존재를 재현하는 서사들로 표준어, 또는 표준어 체계에 긴박된 지역어의 발화들이 마주할 수밖에 없는 서사적 필연이다.

한림화 역시 제주어 소설쓰기라는 서사적 재현을 통해 표준어, 또는 표준어 체계에 긴박된 지역어의 발화들이 외면하고 있는 존재들과 만나게 된다. 「평지 ᄂᆞ물이 지름 ᄂᆞ물인거 세상이 다 알지 못헤신가?」라는 작품에는 제주 출신 위안부가 등장한다. 유채나물의 영어식 표현 'rape'를 중요한 모티브로 삼고 있는 이 소설에서는 일본군 '성노예'로 끌려갔던 함행선 할망이 등장한다. 그동안 숨겨왔던 함행선 할망의 역사적 경험은 '언어적 감각'에 의해 촉발된다. 소설은 유채밭에서 잡초를 매고 있던 함행선 할망이 갑자기 호미를 내던지고 화를 내는 장면으로 시작한다. 외국인을 대동하고 근처를 돌아보던 일행들이 유채나물제주어로는 평지ᄂᆞ물을 '레이프'라고 이야기하자 함행선 할망은 "무시거? 이 ᄂᆞ물이 강간ᄂᆞ물이라고?(뭐라고? 이 나물이 강간나물이라고?)"라고 발끈하며 항의한다. 함행선 할망의 항의의 이유는 그녀의 경험에서 비롯된 것이었다. 소설 속에서 함행선 할망은 "성산 단추 공장"에서 일하다 일본인에 의해 "남양군도"로 끌려가 위안부 생활을 했던 것으로 그려지는데, 함행선 할망은 일본 패망 이후 남양군도에 진주한 미국인들에게 "일본군 '성노예'로 끌려가게 된 경위와 거기서 당한 사연"을 반복해서 말해야 했다. 그럴 때마다 미군은 '레이프'라는 단어를 사용했고 그것을 기억하고 있던 함행선 할망은 평지나물을 '레이프'라고 말하는 외국인 일행들의 말을 듣고 왜 유채나물이 강간나물이냐고 항의한 것이다.

함행선 할망은 그 말을 기억했더. 그 먼 곳에서 한국으로 그리고 제주섬까지 가 닿으려면, 자신의 신분을 밝혀야만 한다면, 미국군인들 말로 딱 부러지게 하자. 그래서 기억했다.

"나는 일본 군인한테 사냥당하여 이제까지 강간당하면서 노예 생활을 했다."

하필 평지ㄴ물 영어 이름이 '강간'이라고 할 때의 'rape'와 왜 똑같단 말인가?

이 세상에 하고 많은 언어가 다 하나의 단어로 이루어졌는데 왜?

'강간'이라는 말과 '평지ㄴ물' 이름이 영어로 똑같다는 걸 알았더라면 함행선 할망은 그래도 그 단어를 기억했을까 모르겠다.[18]

영어와 표준어, 표준어와 지역어의 차이에서 빚어지는 언어의 문제가 함행선 할망의 경험을 일깨우는 방식도 주목할 만 하지만 이 장면은 언어가 지칭하는 대상이 기억의 문제와 결부되면서 '차이'를 생산하는 미묘한 긴장을 보여준다. 이는 '강간'이라는 영어식 표기와 '유채나물'이 같은 데서 오는 단순한 해프닝이 아니다. 오히려 '레이프'='유채나물'≠'평지나물'의 차이가 결국 기억의 존재와 부재의 문제로 이어진다는 점이 문제적이다. 표준어 체계와 영어라는 외부의 언어, 그리고 그것과 다른 지역어의 의미, 평지나물이 유채나물이 아니고 평지나물이어야 한다는 함행선 할망의 강변은 자신의 역사적 경험을 드러내는 계기가 되는데

---

18 한림화, 앞의 책, 103쪽.

이러한 경험의 발견은 '수치'를 애써 은폐하지 않는다. 함행선 할망이 평지나물이 왜 강간나물이냐고 강변하는 순간, 감춰졌던 기억은 사회적 기억으로 호명된다. 이는 표준어 체계라는 언어의 세계가 지역어의 외부이자 지역의 기억을 억압하고 재단하는 힘이라는 사실을 언어적 감각으로 드러내는 방식이라고 할 수 있을 것이다.

사키야마 다미와 한림화의 언어적 감각들은 표준어로 구축된 한국문학, 일본문학의 체계와 다른 변별적 요소들이 서사적으로 재현되어야 하고, 재현될 수 있음을 (무)의식적으로 간파하고 있음을 시사한다. 이는 지금까지의 연구가 제주와 오키나와의 역사, 특히 냉전과 탈냉전의 시간성을 사유함으로써 '국민국가 문학장'의 경계를 재검토하는 차원이었다고 한다면 궁극적으로 문학장에서의 언어의 문제, 특히 언어적 위계와 상징권력의 문제를 깊이 있게 들여다 볼 필요가 있음을 보여준다.

3. 민중(적) 언어를 '발명'하는 신체들

그렇다면 사키야마 다미와 한림화의 언어 감각이 보여주는 서사적 지향은 과연 무엇이었을까. 이를 위해 우선 한림화의 『바람섬』 연작을 살펴볼 필요가 있다. 한림화의 『바람섬』 연작의 첫 번째 수록작인 「그 허벅을 게무로사」를 보면 한림화의 제주어 소설 쓰기의 형태가 어떻게 시작되고 있는지를 확인할 수 있다. 이 작품 속에서 제주어는 단어 혹은 인물의 대화에서 노출되는데 특이한 것은 마치 일본어 루비를 달 듯 표준어를 괄호 안에 병기해 놓고 있다.

① 그날도 할머니와 어머니와 나는 할머니가 사는 우리집 밖거리 정지
(부엌) 앞문 밖에 옆으로 비켜[19]

② "무사마씸?"(왜요?)

"너 새봄에 오캔 전화허난 그때부터 경 사람을 다울려라게(너 새봄에 오겠
다고 전화하니 그때부터 그렇게 사람을 들볶더라고)."11쪽

①과 ②의 경우는 제주어를 작품 속에 등장시키는 방법 중 하나다. 한
림화뿐만 아니라 다른 작가들의 경우에도 이러한 표기방식을 시도한 적
이 있다. 1984년 제주 출신의 김광협 시인이 『돌할으방 어디 감수광』태광
문화사을 발표한 이후 제주어 글쓰기는 많은 작가들에 의해 시도된 바 있
다. 1978년 현기영의 「순이삼촌」에서도 제주어 글쓰기는 인물들의 대화
에서 구현된 바 있으며 김수열, 강덕환 시인 등도 제주어로 시를 쓰기도
했다.[20] ①, ②의 사례는 지역적 특색을 드러내기 위한 방법이라고 할 수
있을 것이다.

그런데 여기에서 생각해볼 점은 한림화의 제주어 글쓰기가 여기에서

---

19 위의 책, 9쪽. 이하 쪽수만 표시함.
20 1984년 발표된 김광협의 『돌할으방 어디 감수광』은 김광협 자신이 제주민요시집이라
    는 이름 붙인 작품이다. 제주어로 된 시와 표준어로 된 '번역' 대본을 나란히 배치하고
    있다. 김광협의 시집에 대해서는 국어의 외부로 존재하는 지역어의 세계를 포착한 사
    례로 거론하기도 한다. 김동현, 「표준어의 폭력과 지역어의 저항」, 『욕망의 섬 비통의
    언어』, 한그루, 2019, 112~115쪽.

그치지 않고 제주어와 표준어를 나란히 배치하는 방식으로까지 확장된다는 것이다. 「하늘에 오른 테우리」, 「털어 구둠 안 나는 사름은 보지 맙서」, 「곱을락을 헷수다마는」, 「삭다리광 생낭은」, 「눈 우읫 사농바치」 등 5편이 그러한 방식으로 쓰인 소설들이다. 제주어 표기 방식을 차이를 확인하기 위해 우선 「하늘에 오른 테우리」부터 살펴보자.

① 테우리 마씀

옛날 옛적이, 나가 살던 무슬 어귀에 미여지뱅듸_{제주도에서 지상낙원, 즉 천국을 일컫는 말 - 인용자 주}가 시작되는 테우리동산이 잇엇는디 예, 음력 칠월 열나흘 밤 광 보름 새벽 어간에 백중제엔도 허는 '테우리코사'를 지냇수다.

테우리가 어떤 일 허는 사름인 것사 다 답주 예.

경혜도 몰른 사름 잇인디사 설명해 보쿠다. 쇠나 물을 저 곳 산전이나 자왈에 탱탱 얽어진 중산간 드르에 ᄀ꾸는 일은 전문으로 허는 사름이라 마씀.

아, 예 게, 옛날사 제주섬에 살멍 쇠나 물을 ᄀ꾸와 보지 안헌 이 누게 잇수과마는 이디선 직업으로 그 일을 허는 사름만 딱 짚엉 ᄀ르는 겁주 마씀._{104쪽}

② 목자 말입니다.

옛날 옛적에 제가 살던 마을 어귀에 허허벌판이 시작되는 목자동산이 있었는데요, 음력 칠월 열나흘 밤과 보름 새벽 어간에 백중제_{伯仲祭}라고도 하는 목자제사를 지냈습니다.

목자가 어떤 일을 하는 사람인 거야 다 아시죠.

그래도 모른 사람이 있을까 봐 설명해 보겠습니다. 소나 말_馬을 저 산속 깊숙한 밀림 지대나 잡목과 청미래 덩굴과 찔레 등이 돌무지와 어우러진 들에 빼곡하게 얽어진 중산간 들판에서 가꾸는 일을 전문으로 하는 사람입니다.

아, 그렇습니다, 옛날에야 제주섬에 살면서 소나 말을 가꿔 보지 않은 이 누구 있습니까마는 여기에서는 직업으로 그 일을 하는 사람만 딱 짚어서 말하는 겁니다.105쪽

①과 ②를 나란히 쓰고 있는 이러한 배치는 제주어 서사가 완결된 이후에 표준어로 풀어 쓰는 것이 아니라 각각의 내용을 동시에 확인할 수 있도록 배치되어 있다. 번거로움을 감수하면서 ①과 ②를 배치하고 있는 것은 각각의 언어가 상정하는 독자가 다르다는 점을 보여준다. ①을 해독할 수 있는 경우 ②는 불필요한 반복이며 ①을 해독할 수 없는 경우는 ②의 서사가 주된 이해의 경로가 된다. ②의 방식을 통해 서사를 이해하는 독자들에게 ①은 또한 불필요한 '난독의 텍스트'일 뿐이다. 제주어로 이해하든, 표준어로 읽어가든, 아니면 그 둘 사이를 번갈아가면서 이해하든, 어떤 경우에라도 이 텍스트를 읽는 경험은 표준어 문학을 읽는 경험과 다를 수밖에 없다. ①에서 한국어 표준어 체계에서는 사라진 아래아를 사용하는 것처럼 표기 방식의 차이는 표준어와 지역어의 다름을 시각적으로 보여주는 동시에 표준어 문학과 다른 또 다른 언어의 세계가 존재함을 보여준다.

이러한 방식은 표준어의 외부에 존재하는 지역어의 존재를 인식하지 않으면 불가능한 표기 전략이다. 'ㅏ'와 'ㅗ'의 중간음인 '아래아'는 표준어의 세계에서는 발음될 수 없다. '아래아'는 표준어의 외부에 존재하는

지워진 표기이다. 하지만 한림화는 그것을 그대로 노출시키면서 표준어 문법과 다른 지역의 언어를 드러낸다. 이는 표준어와 다른 제주어의 특수성을 드러내는 방식이다. 특히 '아래아'의 표기는 강덕환, 김경훈, 양전형, 강봉수 등의 제주어 시에서 빈번하게 등장하는데 이러한 문자의 노출은 표준어의 외부에 존재하는 지역어의 존재를 발견하는 방식이라고 할 수 있다. 그렇다면 표준어와 다른 존재, 달리 말하면 표준어의 외부에 존재하는 지역어의 존재를 등장시키는 이유는 무엇일까.

그것은 표준어를 낯설게 만듦으로써 표준어의 세계로 환원될 수 없는 지역의 일상을 재현하기 방법이었다. 하지만 이러한 지역어의 발견이 표준어 문학장을 전면적으로 거부하는 방식으로 나아가는 경우는 드물었다. 거기에는 여러 이유가 있겠지만 무엇보다도 문학적 글쓰기 자체가 지역어를 해독할 수 있는 소수의 독자를 상대로 발화하는 것이 아닌, 표준어 독자를 상정했기 때문이다.

김광협이 제주민요시집이라고 명명한 『돌할으방 어디 감수광』은 이러한 표준어 문학장에 균열을 내기 시작한 작품이다. 그가 서문에서 고백하고 있듯이 제주어 글쓰기는 "제주 사람들이 쓰는 말 그대로를 가지고 제주 사람들의 한 시대의 생각과 삶의 모습을 그려"보기 위한 시도였다. 하지만 이러한 시도는 역설적으로 표준어와 지역어의 위계가 대단히 강고한 체계임을 보여준다. 제주어로 쓴 시와 표준어 '번역'을 나란히 병치한 시집 체제는 제주어를 이해하지 못하는 독자들을 향한 발화였다. 그것은 문학적 발화가 표준어의 세계를 외면할 수 없음을 인정하는 굴복이자 좌절이었다.

제주어뿐만이 아니다. 지역어를 전면에 드러내는 전략은 때때로 표준어와 지역어의 위계를 드러내는 불가피한 타협이자, 지역어의 존재를 표준어 문학장에 드러내기 위한 고육지책이었다. 소설에서 주요 서사는 표준어가 담당하고 인물들의 대화에서 지역어를 노출시키는 방식은 이를 보여주는 하나의 사례다. 이는 한국문학장에서 표준어 문학의 영향력을 전복한다는 것이 어려운 일임을 그대로 보여준다. 한림화가 서사를 노출하는 방식은 표준어를 자명한 세계로 인식하지 않음으로써 지역어의 서사를 발견하는 계기로 작용한다.

그렇다면 이러한 지역어의 '발견'이 지향하는 것은 무엇인가. 한림화의 제주어 소설 쓰기는 '제주어'라는 단일한 언어체계에 대한 '발견'이 아니다. 그는 표준어를 낯설게 함으로써 오히려 '제주어' 안의 다양하고 이질적인 언어들에게 자격을 부여하는 전략을 취한다. 앞서 살펴본 것처럼 한림화는 자신의 제주어 글쓰기가 제주어 표기법에 맞지 않을 수도 있다면서 제주의 동쪽인 성산 지역에서 주로 사용하는 말들을 빌렸다고 밝히고 있다. 이처럼 소설 속에서 제주어 글쓰기는 일종의 표준화된 '제주어'가 아닌 특정 지역의 입말을 차용하고 있다.

이러한 방식은 '한글 맞춤법'이라는 표준어 체계 안에서 지역어를 표기하는 것에 대한 문제 제기로 읽힌다. 또한 제주어와 표준어로 각각 작품을 써 내려간 것은(이것은 김광협이 시도한 것처럼 단순히 '번역'의 차원이 아니다) 동일한 서사가 두 개의 언어로 발화될 때의 차이를 드러내기 위한 수단이다. 이는 지역어가 표준어의 서사로 구현될 수 없는 어떤 '재현 불가능'의 지대가 있음을 보여준다. 이를테면 「눈 위읫 사농바치」에서 "경허

난 내 설룬 딸년덜아, 하다 '지달이고서방' 하르방 ᄆ소왕허지 말앙 예의 브르게, 곱게 대혜사 헌다, 알암시냐?"는 "그러니까 내 애달픈 딸년들아, 부디 '지달이고서방' 할아버지 무서워하지 말고 예의 바르게, 곱게 대해야 한다, 알겠지?"로 서술되는데. 이 말은 지역어와 표준어가 일대일로 대응이 되지 않음을 보여준다. 표준어의 규범에서는 사라진 '아래아'의 표기는 물론이거니와 '설룬'과 '애달픈'의 어감적 차이는 표준어의 세계로 수렴될 수 없는 지역의 존재를 노출시킨다. 이러한 차이는 단순히 어휘나 음운적 차이에 머물지 않는다.

사키야마 다미의 '시마고토바' 역시 크게 다르지 않다. 언어의 문제를 적극적으로 드러내고 있는 『운주가, 나사키』 연작의 마지막 편인 「벼랑 위에서의 재회」가 말해지지 않는 말들을 조우한 '나'가 그들의 언어를 발견하고 기록하는 것으로 귀결되는 것은 비언어의 세계가 비존재의 세계라는 것을 드러내기 위한 방식이라고 할 수 있다. 「벼랑 위에서의 재회」에서 주인공 '나'는 여행 도중에 들었던 것, 보았던 것을 마음에 담아 기록에 열중한다. "'기록O'의 마지막 페이지"에 쓰인 자신의 글씨체가 아닌 문장은 "적에게서 몸을 지키고 적을 섬멸하기 위한 최고의 작전은 이곳에서 무심히 토우네의 목소리를 내는 것이다. 토우토우토우(テキから身を守りテキを殲滅する最良の作戦は、この場所で、無心にトウネーの声を上げつづけることである。トウトウトウ)"라는 소리와 함께 말이다. 환상과 현실이 구분되지 않으면서 지워진 존재들을 만났던 주인공이 죽은 자들을 기억하기 위한 다짐으로 끝이 나는 부분은 단순히 기억의 외부에 대한 관심이 끌어낸 반응이 아니다. 소설 연작에서 끊임없이 이

질적 언어, 낯선 언어들을 기입하는 언어적 감각이 이러한 귀결을 가능하도록 작동했다. 이를테면 「Q마을 함락」에서 '나'는 소리에 이끌려 기억을 소환하게 되는데 그러한 소리들은 언어화 되지 못한 말들을 기입하면서 기억의 자리로 옮아간다.

> 소리에 이끌려 떠오른 조각조각 난 장면들은 내가 물려받은 기억의 소환. 거대한 검은 그림자에 쫓겨, 저 깍아지른 절벽에서 굉음 한복판으로 떨어지는 나를 뜨거운 손이 몸을 던져 감싼 건, 내가 아니었다. 그렇지만, 저건 나. 뒤에서 다가오는 도도오고보고보보보보오오오—.[21] (音に導かれて浮かんだこま切れのシーンはわたしに受け継がれた記憶の蘇り。巨大な黒い影に追われ、あの断崖絶壁から騒音の渦中へ落ちるわたしを熱い手が身を挺して庇ってたのは、このわたしではなかった。けれど、あれは、わたし。背後からやってくる、ドドォゴボゴボボボボおォォ—。)

언어의 몸을 얻지 못한 소리들이 기억을 불러일으키는 이 장면은 표준어-지역어의 위계, 더 나아가 지역어 내부의 혼종성을 적극적으로 소환하는 서사적 전략에 의해 가능해진다. 이는 사키야마 다미의 언어적 감각이 언어의 외부에 주목하는 동시에 언어의 외부에 존재하고 있던 민중의 신체를 발견하는 수준으로 이어지고 있음을 보여준다. 기억은 몸에

---

21 「Q마을 함락」, 172쪽.

깃들고, 몸이 사라지면 기억은 사라진다. 몸의 기억은 언어로 말해져야 하고, 그때의 언어는 표준어라는 낯설고 매끈한 언어로 말해질 수 없는 '섬의 언어' '시마고토바'라는 사실을 사키야마 다미는 서사적 방식으로 구현하고 있는 것이다.

사키야마의 또 다른 소설 「오키나완 이나군과누 파나스オキナワンイナグングァヌ·パナス」 역시 시마고토바와 표준어가 뒤섞인 형태로 전개된다. 주인공은 등교 거부에 말더듬에 빠져있는 9세 소녀 가나加那. 가나는 99세의 우토ウト 할머니와 38세 어머니를 연결하는 존재다. 우토 할머니는 옛 기억에 빠져있고, 어머니는 밤마다 '사랑의 기록'을 써내려가는 사각사각 볼펜 소리에 빠져있다. 그런데 우토 할머니가 갑작스럽게 죽음을 맞게 되고 가나의 어머니가 지금까지 한 번도 입에 올린 적 없던 시마고토바로 우간ウガン:죽은 자를 추도하는 기도문을 노래하기 시작한다. "……우-토우토우, 아-토오토우신께 기도문을 올리기 전에 상투적으로 읊는 말, 제 생각을 말씀드리오니, 신께서, 우토께서, 부디 들어주시옵기를, 지금껏 우리 아이 가나를 알뜰살뜰 보살펴주셔서 정말 감사합니다. 감사합니다(……うーとおとう、あーとおとう、我んウムイゆ云んぬきやびら、神がなしぬ前、ウトがなしぬ前サィ、う聞ちみそーりよー、今ぬ今までぃ、我ん産しん子加那ーゆ、ありくりと守てぃくみそーち、いっぺーニフェーデービーたん、タンディがータンディどー、誠う、ニファイユー)"22라고.

앞서 언급했듯, 나카자토 이사오는 이 작품을 일컬어 "오키나와어

22 崎山多美, 「オキナワンイナグングァヌ·パナス」, 『ムイアニ由来記』, 砂子屋書房, 1999, 172쪽.

에 일본어를 섞은 언어적 실천"이자, "일본어에 종속된 언어질서를 흔들고, 뒤바꾸고, 묶어두는 것에서 해방되고, 그리고 빼앗긴 말들과 대면하게 하는 충분히 정치적이고 대화적인 투쟁"[23]이라고 규정한다. 또한, "……치이……무우……콰우……시이…타아…누우……유오오……사아아요오오……수우…이이요오오오……우, 게에……다아……루우우……(チぃ…ムゥ……クウゥ……シィ…タァ…ヌゥ……ユおお……サあぁヨおお……スゥ…イイヨおおお……ウ、ゲェ……ダぁ……ルウゥ……)"와 같이 작품 속에 반복적으로 등장하는 의미 없는 음들을 "모음의 숨결母音の息", "시마고토바의 모음의 마찰음シマコトバの母音の摩擦音"으로 읽어 내거나, 아직 언어를 갖지 못한 (그러나 언어가 성립하는 데 꼭 필요한) "유아기의 우물거림インファンティアの口ごもり"에 빗대어 표현하기도 한다.[24]

이렇듯 시마고토바에 표준어를 섞는다든가 무슨 소린지 모를 말을 뒤섞는 글쓰기 방식을 사키야마 자신은 '시마고토바로 가챠시シマコトバ でカチャーシー', 즉 '여러 가지가 뒤섞인 문체'라고 명명한다. 그것은 일본 제국의 오랜 차별과 억압으로 점철된 오키나와어의 역사에서 오는 '위화감'만이 아닌, 태어나고 자란 이리오모테와 이시가키石垣, 오키나와 본섬을 오가며 자연스럽게 접한 다양한 섬의 언어로부터 받은 영향이라는 것은 잘 알려진 대로다. 무엇보다 일본어로 쓸 수밖에 없는 상황이라면 일본어를 바탕으로 하면서도 일본어 자체에 이물감을 느끼게 하는 시마고토바를 혼입시키는 것으로 마이너리티에 대한 상상력을 환기시키고, 버

---

23 「Q마을 함락」, 193쪽.
24 위의 책, 194쪽.

려진 언어에 생명을 불어넣겠다는 사키야마의 결의에 찬 목소리에서, 한국문학장의 표준어 영향력에 포섭되지 않고 표준어를 오히려 낯설게 함으로써 제주어 안의 다양하고 이질적인 언어들에게 자격을 부여하겠다는 한림화의 목소리를 읽어내는 것은 그리 어려운 일은 아닐 터다. 아울러 그것은 오키나와 땅에서, 그리고 제주 땅에서 그(녀)들이 문학을 하는 의미를 확인하는 일이기도 할 것이다.

4. 시마고토바와 제주어의 언어적 실천 __ 나가며

침묵을 강요받았던 시절, 제주4·3을 말하기 위해서 처음 한 일은 지워진 목소리를 듣는 일이었다. 현기영이 「순이삼촌」을 쓰기 위해 낡은 녹음기를 들고 다녔던 일은 잘 알려진 일화다. 1987년 민주항쟁 이후 봇물처럼 쏟아진 증언 자료집들은 말할 수 없었던 목소리들의 말에 귀 기울인 결과였다. 문학은 말할 수 없는 사람들, 말을 잃어버린 사람들의 말을 듣는 일이었다. 그것은 '몫 없는 자'들의 '몫'을 찾는 일이었다.

세월은 흐르고, 잊혔던 목소리들도 자기의 '몫'을 찾기 시작했다. 하지만 오늘의 외부에 존재하는 목소리들은 여전하다. 아감벤이 지적했듯 진정 말해야 하는 이들은 '죽은 자'들이며, 죽은 자들은 죽음으로 침묵하고 있다. 우리가 잊지 말아야 하는 것이 바로 죽어버린 침묵이다. 입이 사라지고, 말이 사라지고, 기억이 사라져버린 존재들. 그들의 목소리를 듣고, 입이 사라진 몸을 복원하기 위한 과정, 그 과정의 진실이 바로 문학이었다.

하지만 여기에서 간과해서는 안 되는 일이 있다. 그것은 들리지 않는 목소리, 목소리조차 얻지 못한 말들이다. 죽어버린 자들이 증언할 수 없는 것처럼, 목소리를 얻지 못한 소리들은 말해질 수 없다. 오늘이 되어버린 과거가 있다면, 여전히 오늘이 될 수 없는 시간도 있다. 시간의 바깥에서 여전히 아우성치는 목소리들을 듣는 일, 그 불가능한 듣기에 도전하는 일이야말로 문학의 이름으로 찾아야 하는 말들일 것이다.

오키나와 작가 사키야마 다미와 제주 작가 한림화의 소설들은 들을 수 없는 소리들이 어떻게 서사화될 수 있는지를 보여준다. 그것은 지역의 언어가 어떻게 목소리를 얻을 수 있는지를 타진하면서 시작된다. 이때 지역의 언어란 단순히 오키나와어, 제주어를 작품 속에 드러낸다는 의미만이 아니다. 한국에서 번역된 사키야마 다미의 『달은, 아니다』와 『일본 근현대 여성문학 선집』 17권에 수록된 『운주가, 나사키』 등을 읽는 독자들은 낯선 언어들에 당혹스러울 수밖에 없다. 일본어도 아닌 낯선 '시마고토바'를 번역하는 것도 어려운 일이지만 그것을 이해하는 일도 쉽지 않다. 또 하나의 난제가 있다. 바로 그의 소설에 빈번히 등장하는 의성어와 의태어들이다. 사키야마 다미의 소설에 등장하는 소리들은 서사의 배경도, 소음도 아니다. 그것은 말을 획득하기 전의 말들, 목소리조차 얻지 못한 목소리들이다. 이러한 서사 전략은 지역어를 표준어의 내부에 기입함으로써 지역어의 가능성을 실현하려는 시도가 아니라 오히려 내부와 외부를 구분하는 힘 그 자체를 무화시켜버림으로써 새로운 서사적 기억을 창출하려는 시도들이라고 할 수 있다. 그런 점에서 사키야마 다미의 방법론은 지역어로 사유할 수 있는 가장 먼 지점까지 나아가고 있다.

사키야마 다미가 언어가 아닌 소리들까지 주목하고 있다면 한림화는 언어의 수행 주체를 여성으로 내세우면서 남성 중심의 증언이 배제하고 있는 기억들을 그려낸다. 『The Islander-바람섬이 전하는 이야기』는 제주 어를 전면에 드러내거나 표준어와 나란히 쓰고 있는데, 이것은 한림화의 의도된 서사 전략임이 분명하다. 다시 말해, 표준어 체계 안에서 소수자 의 언어가 될 수밖에 없는 지역어의 존재에 주목하는 것이다. 소수 언어 로 제주어 글쓰기를 하는 것은 그 자체로 전복적이라고 할 수 있다. 80년 대 김광협 시인이 '번역 불가능성'을 염두에 두면서 제주어 글쓰기를 시 도한 이래로, 제주어 글쓰기는 단순히 '제주어'라는 소멸 언어의 가치를 드러내기 위한 수준의 논의에서 벗어날 수 있었다. 한림화의 소설에는 위안부, 중공군 포로 등 그동안 남성 증언 서사에서 배제되었던 존재들 이 등장한다. 『평지ᄂ 물이 지름ᄂ 물인거 세상이 다 알지 못헤신가?평지나물 이 기름나물인 것을 세상이 다 알지 못했을까?』에서 한림화는 일본군 '위안부'였던 함행 선 할망을 등장시키고 있다. 이는 단순히 잊힌 과거를 기억하자는 차원 에서 그치는 것이 아니다. 그동안 남성 중심 증언, 그리고 그러한 증언의 장에서 수난당하는 여성으로 상대화된 제주 여성들의 존재를 '기억하는 여성'이라는 주체적 인물로 형상화하고 있다. 이 두 작가의 작품들은 오 키나와와 제주라는 소수자의 목소리들을 어디까지 말하고 기억해야 하 는지를 보여준다는 점에서 의미가 깊다.

들리지 않는 목소리, 보이지 않는 소리들을 듣는 일은 이처럼 언어가 되지 못한 소리들, 그리고 증언의 주체가 되지 못했던 여성에 주목하는 일인지도 모른다. 누가 말하는가, 누가 기억하는가를 둘러싼 기억투쟁이 제주와 오키나와의 기억투쟁이었던 점은 분명하다. 하지만 이러한 기억 투쟁은 단순히 국가의 역사와 지역의 기억이라는 대립만이 아니다. 여기 에는 지역에서조차 말해지지 않는 사람들, 말할 수 없는 목소리들과 증 언의 지위를 얻은 지역의 주류 남성 엘리트들과의 대립이 존재한다. 제 주와 오키나와의 여성들을 수난사적 관점에서만 바라보는 것은 국가의 기억이 지니고 있는 폭력성을 지역 안에서 되풀이하는 일일 것이다. 여 성을 비롯한 소수자의 언어를 대상화하지 않고 주체적 선택과 자율적 의 지를 표출했던 아우성으로 기억할 때 제주와 오키나와의 기억, 더 나아 가 제주와 오키나와의 언어는 한층 더 풍부해질 수 있을 것이다.

탈식민 냉전 속 동아시아 하위주체의 '4·3증언서사'

고명철

1. 문제제기 __ 국민국가의 상상력을 넘어서야 할 4·3문학

제2차 세계대전 이후 연합국인 미국과 옛 소련을 중심으로 본격화되기 시작한 전지구적 냉전체제는 한반도 역시 예외가 아니다.[1] 무엇보다 제주에서 일어난 '4·3사건'[2]은 제2차 세계대전 후 미국 중심의 국제질서

---

[1] 신욱희·권헌익 편, 『글로벌 냉전과 동아시아』, 서울대출판문화원, 2019. 사실, 한반도의 냉전은 전지구적 냉전의 맥락 속에 있는바, "냉전이 한반도에 이토록 파괴적이었던 데에는 두 가지 주요 원인이 있다. 첫 번째 원인은 1890년대부터 본격화한 자본주의와 사회주의의 이데올로기 대립과 일본의 점령 및 식민화가 한반도에서 동시에 진행되었다는 점이다. 두 번째 원인은 1940년대부터 국제 체제가 냉전 체제로 재편되면서 미국과 소련이 남과 북의 단독 정부 수립을 지원했다는 사실이다".(오드 아르네 베스타, 옥창준 역, 『냉전의 지구사』, 에코리브르, 2020, 11쪽)

[2] 현재 대한민국에서 공식적으로는 '4·3사건'이라 호명하고 있다. 물론, 이 호명은 4·3의 역사적 진실에 대한 정명(正名)은 아니다. 이 글에서는 이 호명을 원칙으로 하되, 필자의 4·3에 대한 학문적 역사적 입장이 지닌 글의 맥락에 따라 이후 달리 호명할 수 있음을 밝혀둔다.

로 재편되는 가운데 유엔 감독 아래 38도선 이남만을 대상으로 한 선거를 통해 대한민국 정부가 수립되는 민족분단에 대한 민중의 정치적 저항일 뿐만 아니라 해방공간의 혼돈 속에서 일제 식민주의에 대한 불철저한 역사 청산을 방조하고 심지어 식민주의 권력을 재등용함으로써 냉전체제를 형성하는 새로운 제국의 지배자로 부상한 미국[3]에 대한 탈식민적 저항을 보인다. 그리고 간과해서 안 될 것은 이러한 저항의 도정에서 제주의 민중이 꿈꿨던 근대의 정치적 상상력은 구미중심의 근대세계에 수렴·흡수·매몰되지 않는, 바꿔 말해 미국식 자본주의 근대도 아니고 소련식 사회주의 근대도 아닌 제주의 섬 공동체가 오랫동안 절로 체화하고 있는 '대안의 근대alternative modern'를 혁명의 정동情動, affection으로 추구했다는 점이다.[4] 이처럼 '4·3사건'을 제2차 세계대전 후 동아시아의 냉전체제와 관련시켜 살펴보는 것은 4·3이 한반도를 비롯한 동아시아에 팽배해지고 있는 구미중심의 '탈식민 냉전'에 대한 제주의 민중적 저항을 통해 평화적 통일독립의 새 나라 만들기의 정치적 상상력을 수행하는 데 초점을 맞춤

---

3   제2차 세계대전 후 미국의 전후 질서의 시각에서 미군정과 미국이 4·3의 전개과정에서 어떻게 개입하고 있는지 그 구체적 양상을 세밀하게 탐구하고 있는 주요 연구 성과는 허호준, 『4·3, 미국을 묻다』, 선인, 2021 및 아시아 태평양의 새로운 패권 제국으로 급부상한 미국이 기존 유럽의 구제국주의와 다른 신제국주의의 식민통치에 대해서는 Walter Lafeber, *The New Empire*, Cornell University Press, 1998 참조.

4   필자는 기회가 있을 때마다 강조하건대, 재일조선인 김석범의 대하소설 『화산도』가 거둔 문학적 성취중 가장 주목할 만한 것은 '4·3사건'을 '4·3혁명'으로 인식하고 그에 대한 문학적 상상력(김석범 식 '대안의 근대')을 펼치고 있다는 점이다. 고명철, 「해방공간의 혼돈과 섬의 혁명에 대한 문학적 고투」, 『세계문학, 그 너머』, 소명출판, 2021 및 고명철, 「4·3문학, '대안의 근대'를 찾아」, 『문학의 중력』, 도서출판b, 2021, 157~159쪽.

으로써 4·3문학의 새 지평을 모색하는 데 생산적 대화의 장을 마련하기 때문이다.

이와 관련하여, 4·3문학이 일궈낸 문학[5] 안팎의 성취는 자못 큰 것이다. 특히 4·3특별법 제정2000, 故 노무현 대통령의 4·3에 대한 국가차원의 공식적 사죄2003, 4·3국가추념일 제정2014, 4·3특별법 전면 개정안 통과2021, 그리고 최근 제주4·3생존수형인에 대한 무죄 판결2021 등 대한민국의 법적 제도적 차원에서 '4·3사건'은 분명 그 정치적 혐오와 배타성을 일소하였다 해도 과언이 아니다. 2018년 4·3 70주년을 맞이하여 "제주4·3은 대한민국의 역사입니다"란 캐치프레이즈 아래 민관이 함께 한 다채로운 기념행사가 단적으로 말해주듯, 4·3은 대한민국의 공식기억official memory으로 복권되었다는 것을 말해준다. 이 일련의 제도권적 역사의 인정투쟁에서 4·3문학의 지속적 실천이 보증된다.

그런데 바로 이 지점에서 4·3문학에 대한 냉철하고 래디컬한 성찰이 요구된다. 4·3에 대한 예의 제도적 인정투쟁에서 거둔 성취는 대한민국의 헌법이 부여한 정당한 통치권력 안쪽, 즉 대한민국이란 국민국가의 법적 테두리 안에서 승인된 정치적 복권 그 이상도 이하도 아니다. 그렇다고 4·3에 연루된 주체들이 한국사회에서 그동안 정치적 혐오와 극단의 배제의 대상으로 간주된 이른바 '빨갱이'로서 비국민非國民의 정치주체의 구속에서 벗어나 대한민국의 엄연한 국민으로서 국가권력의 무참한 폭력에 희생당한 역사적 사실을 바로 잡는 것 자체를 문제삼는 것

---

5   김동윤, 「4·3문학 연구의 현황과 과제」, 『제주4·3연구의 새로운 모색』, 제주대 평화연구소 편, 제주대 출판부, 2013.

은 결코 아니다. 하지만 국민국가의 통치권력에 의해 이 같은 제도적 복권이 이뤄지는 것에 자칫 자족함으로써 구미중심의 '탈식민 냉전'에 대한 4·3항쟁이 한반도의 평화적 통일독립 세상을 염원하는 정치적 상상력을 추구했다는 역사의 진실이 희석화될 수 있음을 경계해야 하지 않을까. 이것은 그동안 4·3문학이 거둔 문학 안팎의 성취와 별개로, 기존 4·3문학이 국민국가의 상상력 한계 내에서만 자족하는 데 대한 준열한 비판적 성찰을 멈출 수 없기에 한층 그렇다. 아울러 이것은 4·3문학의 새 지평을 모색하는 갱신의 노력과 분리할 수 없다. 말하자면, 그동안 4·3문학이 국민국가의 상상력 한계 내에서 최량最良의 문학적 성취를 통해 4·3에 대한 제도적 복권을 일궈내고 있다면, 창조적 갱신이 절실한 4·3문학은 국민국가의 상상력으로 온전히 포착할 수 없는 문학적 진실을 추구해야 할 문학적 과제를 탐구해야 한다.[6]

우리는 이를 위해 기존 4·3문학이 지닌 문학적 이념과 달리 구미중심의 문자성literacy을 중시한 텍스트 중심주의text-centrism에 치우친 문학적 진실로는 온전히 재현할 수 없는 '구술 증언서사oral testimony narrative'를 주목할 필요가 있다. 이것은 텍스트 중심주의의 근대의 문학성에 바탕을 둔 문자적 재현이 함의한 재현적 진실만으로는 국민국가의 상상력[7] 그

---

6 이와 관련하여, 재일조선인 문학의 양대 산맥인 김석범의 소설문학과 김시종의 시문학은 특정한 국민국가의 상상력에 구속되지 않듯, '경계의 문학'으로서 국민국가의 상상력을 넘는 4·3문학의 힘을 실현하고 있다.

7 근대 민족주의의 발흥과 국민국가의 문학적 상상력은 국가적 인쇄 매체의 발명과 보급에 따른 문자중심주의와 매우 긴밀히 접속돼 있다. 가령, 근대 소설은 "'단일하되 다양한' 국민적 삶을 구체화하고, 언어와 스타일들이 분명한 경계를 이루며 뒤범벅으로 섞여 있는 국민의 구조를 모방하면서, 국민의 등장과 더불어 역사적으로 출현했다. 사

주박呪縛으로부터 4·3문학이 쉽게 벗어날 수 없기 때문이다. 여기에는 이 글에서 집중적으로 살펴볼 4·3(문학)의 하위주체가 동아시아의 '탈식민 냉전'에 대한 저항 주체로서 우리에게 낯익은 문자적 재현과 다른 '구연적口演的, oral performance 재현'이 함의한 또 다른 재현적 진실을 드러내고 있음을 간과할 수 없기 때문이다.[8] 따라서 이 글은 기존 4·3문학에서 본격적으로 논의되지 못한 4·3체험세대의 하위주체의 시선에 주목하되, 국민국가의 상상력을 이루는 문자적 재현의 진실로 온전히 보증할 수 없는, 감춰졌고 멈칫거렸던 심지어 (자의 반 타의 반) 봉인됐거나 침묵했던 하위주체의 목소리들을 '구술 증언서사'의 문제틀로 살펴본다.[9] 그리하여

회적으로 소설은 국가 인쇄 매체의 주요 수단인 신문과 더불어 언어를 표준화하고, 문해력을 증진시키며, 서로 간의 소통과 이해를 가능하게 했다. 그러나 소설은 이보다 더 많은 것을 했다. 소설의 표현 방식은 국민이라는 특별한 공동체를 상상할 수 있게 했다."(호미 바바, 류승구 역, 『국민과 서사』, 후마니타스, 2011, 83쪽)

8   권헌익은 4·3사건이 제2차 세계대전 후 전지구적 냉전체제 아래 일어난, 특히 아시아의 광범위한 지역에서 탈식민화와 냉전의 맥락 속에서 폭력적 면모가 드러났다고 하면서, 1989년 제주4·3연구소가 펴낸 4·3증언집 『이제사 말햄수다』(한울, 1989)가 공식 출간된 것을 계기로 4·3의 비극적 전지구적 역사의 살아있는 유산이 처음으로 '증언'되고 있음을 주목한다. 권헌익, 정소영 역, 『전쟁과 가족』, 창비, 2020, 212~218쪽.

9   그동안 4·3문학의 시계(視界)가 아닌 문화인류학 및 사회학에서는 구술사의 방법론을 통해 4·3에 대한 학제적 연구가 진행되고 있다. 주요 연구 성과로는 송혜림, 「감정의 재의미화와 기억의 해방」, 『한국민족문화』 70집, 부산대 한국민족문화연구소, 2019; 김성례, 『한국 무교의 문화인류학』, 소나무, 2018; 김유경, 「제주4·3생존자들의 정신적 외상 연구」, 『노인복지연구』 73권 1호, 한국노인복지학회, 2018; 김은실, 「4·3 홀어멍의 "말하기"와 몸의 정치」, 『한국문화인류학』 49권 3호, 한국문화인류학회, 2016; 고성만, 「4·3 과거청산과 '희생자'」, 『탐라문화』 38호, 제주대 탐라문화연구소, 2011; 유철인, 「구술된 경험읽기-제주4·3관련 수형인 여성의 생애사」, 『한국문화인류학』 37권 1호, 한국문화인류학회, 2004.

동아시아 하위주체의 '4·3증언서사'가 어떠한 '구연적 재현'의 양상을 보이면서 '탈식민 냉전'에 대한 그들 나름대로의 저항적 삶을 살고 있는 지를, 4·3문학의 갱신과 새 지평의 모색 차원에서 살펴본다.

2. 언어절言語絶의 참사에 대한 하위주체의 '구연적口演的 재현'

4·3이 언어절의 무간지옥無間地獄이었음은 말 그대로 필설筆舌로 다할 수 없다. 가령, 다음의 증언을 들어보자.

> 지금 살아도 헛사는 사람, 헛거여.강숙자[10]

> 난생처음 당하는 고통과 공포에 넋이 나가버렸습니다.송○○[11]

> 난 그런 시절 다시 돌아오면 어떻게든 죽어버릴 거야.송순자[12]

1938년생 강숙자는 4·3사건 당시 수형인 행불자로서 아버지가 사망신고 된 이후 그의 어머니가 자식들을 남편의 호적에 올리지 못하자 내뱉은 푸념을 또렷이 기억하고 있다. 남편의 부재도 큰 걱정이지만, 남

---

10 제주4·3연구소 편, 『4·3과 여성, 그 살아낸 날들의 기록』, 각, 2019, 31쪽. 이하 본문에서 언급되는 증언자의 실명 여부는 증언집에 명기돼 있는 것을 그대로 따른다.

11 문소연, 4·3도민연대 편, 『늑인』, 각, 2018, 52쪽.

12 제주4·3연구소 편, 『4·3과 여성2, 그 세월도 이기고 살았어』, 각, 2020, 150쪽.

편의 호적에 등기되지 못함으로써 남편을 에워싼 가부장중심의 혈연공동체로부터 행여 남은 자식들의 생존을 보호받지 못할 것을 염려하는 어머니의 당시 극한의 처지가 구술 증언에 고스란히 배어들어 있다.[13] 강숙자 어머니의 말속에 단적으로 드러나듯, 4·3사건 때 온갖 유무형의 폭력국가 폭력과 사적 폭력의 광기에 압살되는 현실은 가까스로 목숨을 연명하고 있는 존재들마저 사실상 "헛사는 사람" 또는 "헛거", 즉 허깨비와 다를 바 없는 자기 존재에 대한 허무와 심지어 자기 파괴 및 자기 절멸의 한계 상황에 내몰린 처지와 겹쳐진다송○○, 송순자.

그런데 우리가 이들 증언에서 예의주시할 대목이 있다. 그동안 4·3사건에 대한 제주의 수난사적 접근을 통해 제주의 곳곳에서 자행된 언어절의 광폭狂暴 그 실상을 공식 역사의 수면 위로 꺼내는 도정에서 주목한 이들 증언의 존재와, '구연적 재현'이 함의하는 재현적 진실로서 이들 '4·3증언서사'의 실재는 중요한 차이가 있다. 전자의 경우 4·3의 수난사를 입증하는 역사적 실증을 보완 및 구성하는 사료적 가치의 성격이 중요하다면, 후자에서는 '구연적 재현'을 4·3사건의 피해 당사자로서 하위주체의 언어(여기에는 입말을 이루는 언어의 분절적 표현뿐만 아니라 웅얼거림, 표정, 몸짓, 한숨, 침묵 등 각종 비분절적 언어의 표현과 비언어적 표현 등을 아우르는 다양한 형식의 언어, 그리고 은연중 툭 터져 나오는 노래 등)를 직접 표현하

---

13   4·3 당시 남편 또는 아들의 부재가 주는 가족공동체의 파괴에 직면하여 이른바 홀어멍이 삶의 전방위에서 감당해야 할 것은 이 같은 예외적 한계 상황에서도 여전히 작동하고 있는 가부장중심의 억압과 이를 현실적으로 기민하게 활용할 수밖에 없는 억척 여성으로서 젠더적 모습을 벼려야 한다는 사실이다. 여성학 연구자 김은실은 이것을, "4·3의 공적 담론은 제도적이고 남성적이다"(김은실, 앞의 글, 327쪽)고 묘파한다.

는 연행성演行性에 주목함으로써 하위주체 스스로 4·3의 수난사를 응시하면서 그것을 자기 존재의 현존으로 재구성하는,[14] 그리하여 과거사를 재현하는 데 머물지 않고 당시 불가항력적이라고 체념해버린 그 과거사가 깊게 남긴 상처를 스스로 치유할 수 있는 인간의 자기 존엄을 발견하도록 한다. 다시 말해 '4·3증언서사'의 '구연적 재현'에 하위주체가 직접 동참하는 것은 언어절의 광폭에 짓눌렸던 존재로부터 그 언어절의 폭압을 자기의 '구연적 재현'의 작업 속에서 대상화 및 객관화함으로써 폭압의 과거사와 그 트라우마로부터 비로소 해방되는 정동의 어떤 지경에 이르게 된다.

이와 관련하여, 흥미로운 것은 '4·3증언서사'에서 꿈꾸기 형식을 빌린 '구연적 재현'이다.

동척회사에서 풀려나 마을로 돌아오자마자 어머니는 병생이 언니 신체를 찾으러 갔어. 아기와 같이 총에 맞아 죽어있는 언니를 가문다리에 잘 묻어두고, 우리는 소식 없는 큰 오라방을 기다리며 살고 있었어. **내가 12살쯤 됐을 무렵, 하루는 꿈에 병생이 언니가 찾아온 거야.** 아기를 안고 우리 집 입구에 서

---

14 각주 9에서 4·3에 대한 구술 서사의 주요 연구 성과들 중 김성례는 제주의 무교(굿과 무속 신화)와 구술사의 방법론적 고찰을 논의하는데, 여성주의 구술사에 대한 외국 연구자의 "과거 경험의 기록인 생애사와 달리 생애 이야기는 자기 경험의 표현으로서 여성 구술자의 주체성이 현재의 시점에서 재구성되는 창작물의 성격을 갖는다"(Patai, Daphne, *Brazilian Women Speak : Contemporary Life Stories*, New Brunswick : Rutgers University Press, 1988, p.8; 김성례, 위의 책, 278쪽 재인용)는 점을 주목함으로써 이 글에서 필자가 주목하는 '4·3증언서사'를 '구연적 재현'의 재현적 진실을 추구하는 4·3문학의 문제의식으로 살펴보는 데 학문적 뒷받침을 하고 있는 것으로 생각된다.

서 "어머니"하고 불러. "아이고 언니, 어떻게 왔어?" 반가운 마음에 뛰어나갔 더니 언니는 그냥 웃기만 해. "이제 애기 걸을 수 있어?" 가문다리에서 죽은 둘 째 조카는 걷지도 못하는 물애기였거든. 언니가 애기를 마루에 내려놓자 내가 쓰지도 못하는 왼손으로 탁탁탁탁 박수를 치면서 "이레 오라. 이레 오라" 조카 를 불렀어. 애기가 봉삭봉삭 웃으며 걸어오더니 내 품에 폭 안기는 거야. "나 이 제 갈게. 애기 이레 주라" 그리곤 **내가 17살쯤 됐을 때 우리 어머니 꿈에 언니가 다시 한번 찾아왔어.** "어머니, 우리 근호 열네 살 되면 나 호끔 옮겨서 천리해줍 서", "아이고 기여, 나 해주마" 우리 어머니, 깜짝 놀라 꿈에서 깼다는 거야. 다 음 해가 우리 큰조카 근호가 14살 되는 해였거든. 우린 가문다리에 묻어뒀던 병생이 언니 천리를 해다 회천에 다시 묻었어. 그리곤 지금까지 한 번도 꿈에 찾아오지 않는 걸 보면, 이젠 편안하신 거겠지?강순덕; 강조-인용, 이하 동일**15**

강순덕의 증언은 제주시 봉개동에 자리한 4·3평화공원의 상징 조형 물인 모녀상과 관련돼 있다. 강순덕은 자신이 12살 때 꾼 꿈과 17살 때 어머니가 꿨던 꿈 두 사례를 들려주는데, 어제 꾼 꿈인 듯 아주 상세히 꿈 의 장면 하나하나를 실감있게 재현한다. 두 살배기 딸과 함께 토벌대의 총에 맞아 죽은 강순덕의 올케 병생이 언니가 꿈속에서 "걷지도 못하는 물애기"를 살아 있는 가족에게 맡긴다. 그리고 어린 강순덕은 4·3 당시 머리를 다친 후유증으로 왼쪽 팔을 쓰지 못하는데도 불구하고 "왼손으 로 탁탁탁탁 박수를 치면서" 그 어린 조카를 따스한 품으로 안는다. 분명,

---

15   조정희, 「꿈 속에 찾아온 병생 언니, "이제 갈게. 우리 아기 주라"」, 『4·3과 평화』 39호, 제주4·3평화재단, 2020년 5월호, 59쪽.

4·3 당시 병생 언니와 갓난 조카는 함께 총에 맞아 죽었고, 봉개동 가문다리에 잘 묻어두기까지 하였다. 그런데 강순덕의 꿈에서 그들은 살아 있는 양 만났을 뿐만 아니라 조카에게 투박한 박수를 치는 사랑의 몸짓 신호 — 박수의 소리를 '짝짝짝짝'이 아닌 '탁탁탁탁'하는 음성상징어로 재현하고 있는 것을, 장애를 지닌 하위주체의 비언어적 표현이란 점에서 주시 — 를 보내더니 조카가 품에 안겨든다.

이 첫 번째 꿈의 재현에서 주목하고 싶은 것은, 우선 비통하게 죽은 병생 언니와 갓난 애의 원한을 해원解冤하고자 하는 산 자의 절실한 염원인 바, 그래서 꿈속에서나마 병생 언니와 갓난 애는 죽은 자의 모습이 아니라 생생히 산 자의 모습으로 현현되고 있다. 뿐만 아니라 4·3 시기 손상된 왼손을 애써 이용하여 사랑의 몸짓을 통해 조카가 강순덕의 품에 안기는 것이야말로 비록 4·3의 외상을 입었지만 죽은 자를 따뜻하게 보듬어 안음으로써 죽은 자와 산 자가 분리·고립·단절된 채 4·3의 상처가 영원히 응어리져 있도록 하는 게 아니라 4·3의 하위주체들갓난 애와 어린 장애 여성이 스스로 그 상처를 치유하도록 하는 길을 꿈속에서 내고 있다는 점은 가볍게 지나칠 수 없는 대목이다. 그런 후 강순덕의 17살 때 그의 어머니 꿈속에서 병생이 언니는 이제 진토가 된 당신의 유골을 옮겨달라는 부탁을 했고 그대로 실현한 후 다시는 꿈에 나타나지 않았다고 한다. 이 둘째 꿈을 통해 병생 언니의 해원은 이뤄진 것이다. 우리는 여기서 꿈의 실제 과학성 여부에 대한 시시비비를 가리기보다 강순덕이 들려주는 증언이 꿈의 형식을 빌려 4·3의 언어절의 수난사에 압도당하지 않고, 다시 말해 당시 십대의 장애 여성이 언제까지나 과거의 수난에 짓눌린 채 그것을 외면하든지 공식 역사에서 왜상歪像을 수용하는 게 아니라 병생 언니와 조카를 에 워싸고 있는 죽음정치necropolitics에 대한 저항을 수행하고 있다는 점을 주 목해야 한다.[16] 무엇보다 이 저항이 한층 소중한 것은 백발이 성성한 1940 년생 강순덕이 하위주체로서 '4·3증언서사'를 바로 '구연적 재현'으로 수 행하고 있는 현재성이다. 단순히 꿈을 타자에게 들려준다는 것 자체가 중 요한 게 아니라 꿈을 전달해주는 입말과 그 입말들 사이에 구사되는 장애 인 하위주체의 신체성으로 표현되는 비언어적 표현과 그에 부합하는 음 성상징어, 그리고 죽은 자와 산 자의 소통을 표현하는 대화체의 생동감 등 이 지닌 현재성이야말로 '4·3증언서사'가 사료적 가치는 물론, 이것을 아 울러 4·3의 역사적 진실에 대한 문학적 진실을 추구하는 노력이 국민국 가의 상상력으로 기념화 및 제의화하는 데 자족하는 게 아니라 국민국가 의 상상력으로 온전히 보증할 수 없는 하위주체의 재현적 진실을 촘촘히

---

16 이와 관련하여, 『4·3과 여성2, 그 세월도 이기고 살았어』에 채록된 '4·3증언서사'의 또 다른 꿈의 사례를 보면, 화북으로 피난할 무렵 아버지의 소식을 모르던 어린 여자 애가 아버지를 꿈에서 만났는데, 그 아버지는 배가 몹시 고프다고 밥을 달라고 재촉하 는 꿈을 꿨다. 꿈 얘기를 들은 어머니는 점쟁이를 찾아가더니 남편이 어느 냇가에서 죽었다는 점술을 들은바, 실제로 남편은 그렇게 죽음을 맞이했다는 것이다(송순자의 증언, 157쪽). 그런가 하면, 택시 뒷좌석에 타고 있는 아버지와 함께 제주시 산지포구 동부두 가장 동쪽 끝으로 들어가다가 택시 뒷좌석을 보니 아버지가 사라졌는데, 택시 에서 내린 순간 사라졌던 아버지가 집채만한 파도에 쓸려 가버리는 꿈을 꿨다고 한다. 그래서 아버지는 4·3수형인 행불자로서 한국전쟁 무렵 바다에서 수장(水葬)된 것으 로 아버지의 죽음을 애도하고 아버지의 부재로 인한 상처를 이렇게 달래기도 한다(정 봉영의 증언, 26~27쪽). 이들 '4·3증언서사'의 구체적 서사의 전개는 다르지만, 4·3 당시 광폭 속에서 억울한 죽음을 맞은 망자는 꿈속에서 살아 있는 가족과 일상의 모습 으로 만나고 헤어지면서 산 자는 망자의 해원 의식을 치르면서 망자와 친밀한 관계의 복원을, 바로 '구연적 재현'의 도정에서 발견한 재현적 진실의 힘으로 수행한다.

창조적으로 재구再構하고 있다는 것을 보여준다.

이처럼 4·3사건의 하위주체가 재현하는 '4·3증언서사'는 '구연적 재현'을 통해 언어절의 무간지옥에 대한 창조적 저항의 현재성을 수행하고 있다.

3. 하위주체의 '구연적口演的 진실'과 저항의 정동

4·3의 하위주체가 '구연적 재현'을 하는 가운데 자주 상기하고 힘주어 강조하곤 하는 대목이 있다. 앞서 살펴보았듯이, 언어절의 무간도의 지옥 속에서도 하위주체로서 여성은 토착 제의인 제사와 굿을 수행하면서 4·3의 예외적 한계 상황을 그들만의 방식으로 견뎌나갔던 것이다. 이 토착 제의를 수행하는 것은 4·3 당시에만 한정되지 않는다. 4·3사건으로 인해 1957년 한라산 금족령이 풀린 후에도 4·3의 하위주체들은 그 무간도의 지옥에 대한 창조적 저항의 현재성을 수행하는 그들만의 오래된 미래의 방식으로 토착 제의를 수행한다.

일제시대 '당오백 절오백'이라고 해서 팽나무에 못가게 하니까 송당 사람들은 심방무당집을 다녔어. 4·3사건이 나니까 이젠 그 당 오름을 아예 가지 못한다고 하니, 심방집에서만 대접을 하다가, 그때가 김찬호 아버지가 이장할 때라. 육지 토벌대 대장이 와서 "이장님, 나가 이상한 꿈을 봐수다"고 해. "어떤 꿈을 봤느냐"고 하니까 막 하얀 할머니가 딱 치마를 벌리고 서서서는 폭도들 오는데 "마조신들 한틴 절대 못 들어, 너네 들민 다 죽여불켜!"(마조신 들한테는 절대 들어오지 못한다. 너희들 들어오면 다 죽는다)하면서 돌아가라고 하니까, 폭도가 오다가 돌아가는 꿈을 꾼 거라. 그 토벌대 대장이 와서 꿈에 본 걸 눈에 보듯이 말하면서 "나 꿈 어떻습니까?" 하니까, 찬호 아버지가 "옛날부터 송당 본향당은 할머니 당"이라고 말하면서 그 당 내력을 쭉 말해준거라. "여기 이러러한 할머니가 있습니다. 잘 대접하세요" 하니까 한 번 심방집에 가서 대접을 해보고 그 토벌대 대장이 너무 신기해 했뎬. 그러더니, **토벌대 대장이 "아이고, 거기 가서 굿을 하십서!"** 그때부터는 본향당에 가서 굿을 할 수 있게 길을 터줬어. **4·3 때인데도 본향당에 가서 굿을 한 거라.**

그래서 송당은 폭도도 안 들고 넘어간 거라. 송당은 폭도 습격이 들지 않았주게. 송당 사람들은 본향당 할머니를 서운하게 하지 않으니까 마을에 폭도도 안 들었다고 믿주게.^{채계추}¹⁷

"항아리 밑에 돌을 들러봐라" 결국 이 말씀이 아버지가 남긴 마지막 유언이 된 거예요. 아버지가 돌아가신 뒤 동생들과 함께 항아리를 들춰보니, 돌 밑에 사락사락한 종이꾸러미가 하나 나와요. 펼쳐보니 돈이 들어 있었어요. 꾸러미 안에 축축하게 젖어있는 돈을 꺼내 며칠 말렸어요. 행여나 누가 볼까봐 작은 동생은 밖에 세우고 큰 동생은 안에 세우고, 솥뚜껑 위에 돈을 펼쳐놓고 불을 피워 말린 거예요. 솥뚜껑에 두어 번 말릴 정도면, 그 돈이 얼마나 됐겠어요? **그래도 그 돈을 아껴서 아버지 대소상을 치루고, 동생들과 함께 꿩마농,**

---

17   제주4·3연구소 편, 『4·3과 여성, 그 살아낸 날들의 기록』, 241~242쪽.

냉이를 캐다 판 돈으로 곤쌀 받아다 아버지 삭제며, 일 년에 네 번씩 제사 명절도 지내며 살아온 거예요. 돌이켜보면 아버지가 항아리 밑에 남겨준 그 돈이 씨앗돈이 되어 남편 없이 혼자서 밭도 사고, 애들도 키우며 오늘까지 잘 살아오고 있는 것 같아요. 지금도 내 수중에는 아버지가 남겨준 항아리 씨앗돈처럼, 절대 쓰지 않는 씨돈이 들어 있어요. 양농옥[18]

위 '4·3증언서사'는 문자적 재현으로는 온전히 담아낼 수 없는 '구연적口演的 진실'을 들려준다. 제주의 대지모신大地母神을 모시는 송당 본향당의 굿을 승인할 수밖에 없었던 토벌대 대장에 관한 구술과채계추, 4·3 당시 집단 학살터로 이송당하는 아버지에게 말을 듣고 아버지가 남긴 돈을 씨앗돈으로 하여 아버지 원혼을 위무하고 추도하는 일련의 제의대소상, 삭제, 제사 명절를 지내며 살아온 삶의 내력에 관한 구술양농옥에는, 표면상 당시 역사의 광풍에 대한 정치사회학적 인식은 드러나 있지 않다. 대신, 참혹한 어려운 시기를 여성 하위주체들이 일상 속에서 어떻게 살아왔는지를 말할 따름이다. 바로 여기에 우리가 주시할 '구연적 진실'이 그들의 말들 사이에 자리하고 있다. 4·3 당시 국가권력을 참칭하는 토벌대가 4·3혁명을 무차별 진압하는 과정에서 무고한 양민을 학살하는, 그래서 한라산 중산간 부락송당 마을도 해당의 원주민을 대한민국의 비국민非國民으로 배제하는 국민국가의 정치적 폭력이 자행되었음을 상기할 때, 송당 본향당의 굿이 4·3 당시뿐만 아니라 이후 지속적으로 연행되고 있다는 것은 송당이란

---

18   조정희, 「4·3과 증언」, 『4·3과 평화』 31호, 제주4·3평화재단, 2018년 5월호, 85쪽.

한 마을을 지켜냈고 송당의 신격神格과 그 제의를 무사히 보전하고 있다는 차원이 아니라 적성赤城/敵城 지대로 간주된 중산간 부락이 국민국가의 근대적 폭력으로 결코 완전히 소멸될 수 없다는 섬공동체의 삶의 욕망과 의지를 드러낸다.[19] 그리고 제주의 대지모신을 토착 제의의 위력으로써 근대적 폭력을 저지했다는 것은 4·3혁명이 비록 현실적으로는 국민국가의 근대적 폭력에 패배했지만 그 미완의 혁명이 지닌 가치가 섬공동체의 일상 속에 시나브로 스며들고 있다는 것을 말한다. 그런데 이러한 섬공동체의 일상이 비단 굿 외에도 다른 토착 제의대소상, 삭제, 제사, 명절 차례와 함께 여성 하위주체들에 의해 주도적으로 지속되고 있다는 것은 의미심장하다. 이것은 근대의 국민국가가 가부장중심의 남성 질서가 근간을 이루고 있는 데 반해 제주의 여성 하위주체들은 이 근대 가부장중심의 남성 질서를 답습 및 판박이하는 데 있지 않고 남자가 부재한 것을 대신하여 '가모장적家母長的, matriarchal 공간'[20]을 주도적으로 창출하고 그에 부합하는 토착 제의를 수행한다. 이것은 가부장중심의 남성 질서에 순응하고 이를 재현하는 게 결코 아니다. 그보다 근대의 폭력에 섬공동체의 바탕과 근간이 절멸되는 절체절명의 위기 속에서 제주 섬공동체의 여성 하위주체로서 저항의 정동[21]이 예의 토착 제의를 수행하는 것으로 인식하는 게 온당하다.

---

19 필자는 제주의 토착 제의인 굿이 지닌 정치사회학적 상상력을, 제주문학의 '구술적 연행'으로 구현하면서 '굿시' 및 '굿시론'이라는 독창적 시학을 정립하는 문무병의 시문학을 주목한다. 고명철, 「제주문학의 글로컬리티, 그 미적 정치성」, 『세계문학, 그 너머』, 552~557쪽.

20 김성례, 앞의 책, 281쪽.

21 이와 관련하여, 제주 해녀의 항일투쟁(1931~1932)은 일제 식민주의 지배에 대한 항일투쟁사에서 여성의 집단화된 조직투쟁을 전개했듯, "해방 후 3·1사건과 4·3항쟁

사실, 여성 하위주체가 토착 제의를 수행하는 저항의 정동이 '4·3증언서사'의 '구연적 재현'이 함의한 예의 '구연적 진실'에 맞닿아 있다면, 또 다른 저항의 정동으로서 구술하는 가운데 절로 떠올라 삽입되는 노래와 연관된 '구연적 상상력'이 수반하는 '구연적 진실'의 힘을 주목할 필요가 있다.

어디서 연락을 받아 한 일인지는 알 수가 없지만 어머니도 가고 언니들도 가뵈고 동네가 왈칵 갔어. 짚신을 끈으로 묶으면서 제주시 북초등학교까지 걸어서 가는 거라. 아이들은 동네에서 "우리는 싸웠다, 3·1운동에" 어쩌구 하는 노래를 부르면서 돌아다니고.

그날 갑산집 며느리박재옥 씨가 궐기대회 갔다가 죽었어. 마을에서 인민장을 크게 했어. 도두리서 행상 나갈 때는 중동마을에 노래 잘하는 여자가 선소리 하면서 상여 나가는 거를 아이들과 구경했던 생각이 나. 동네 사라들이 애석해하던 표정들이 선해. 그후 민밋줄이 죽는 일이 있어지마는 그게 첫 일이니까 기억이 선명하지. (…중략…)

내 생각에는 꼭 그때부터 불상사가 난 것 같아. 그때 달구노래도 들어진 것 닮아. 달구노래는 산 터 다지는 노래지. "어허 달구~"하면서 봉분이 무너니지 않게 잘 다져야 하는 거니까, 이제는 놉인부빌어서 하면 엉성하게 수왈수왈해서 무덤이 납작보말고동이 되어 버리고. 하지만 이젠 그런 일을 어떻게 직접

을 거치는 과정에서 제주도민의 저항성을 보여준 대표적 사례"(박찬식, 「제주해녀투쟁의 역사적 기억」, 이성훈 편, 『해녀연구총서 3』, 학고방, 2014, 485쪽)로 주목된다. 따라서 위 증언서사에서 보이는 여성 하위주체로서 저항의 정동은 4·3 시기에 갑자기 돌출한 게 아닌 제주 여성의 근대적 저항의 맥락으로 살펴야 한다.

1948년 4 · 3항쟁이 일어나기 전 1947년 3 · 1기념식에 참석한 11살의 여자애는 그날의 일들을 기억하는데, 주목할 것은 항쟁의 노래, 상여 선소리, 달구노래 등속과 함께 그날의 사건을 구술하고 있다는 점이다. 다시 말해 4 · 3항쟁을 촉발시킨 3 · 1기념식의 장면을, 여성 하위주체는 그 당시 불렸던 항쟁의 노랫말("우리는 싸웠다, 3 · 1운동에")을 생동감 있게 재현하고, 그 기념식에서 비운의 죽음을 맞은 마을 부녀자박재옥 씨의 장례식 장면은 상여 선소리를 통해 기억할 뿐만 아니라 위 구술의 정황상 박재옥 씨의 무덤 봉분을 다지는 달구노래의 노랫말("어허 달구~")을 의식의 수면 위로 떠올린다. 비록 위 세 노래노랫말가 서로 어떤 필연적 관계를 맺고 있는 것은 아니지만, 증언자의 개별 경험의 과거 속 파편처럼 산재해 있던 4 · 3항쟁 이전의 일들이 노래와 관련하여, 노래가 절로 동반할 수밖에 없는 어떤 연행성演行性이 과거 속 파편의 개별 경험과 연관된 정치사회적 맥락을 재구再構하도록 하는바, 이것은 개별 경험의 경계를 넘어 섬공동체의 역사문화적 정동에 교응하는 셈이다. 바로 이 같은 '구연적 재현'이 여성 하위주체의 '구연적 상상력'으로 수행되고 있는 것이다. 물론 여기에는 4 · 3항쟁이 또래 어린애들과 부녀자와 같은 하위주체를 아우를 수 있는 섬공동체의 저항의 정동을 나눠갖고 있는, 그래서 근대 국민국가의 강제된 정치사회적 문제의식과 다른 4 · 3항쟁/혁명의 그것을

---

22   제주4 · 3연구소 편, 『4 · 3과 여성, 그 살아낸 날들의 기록』, 각, 2019, 72쪽.

추구하는 '구연적 진실'을 간과해서 곤란하다.[23]

4. 동아시아의 탈식민 냉전에 대한 정치사회학적 상상력

하위주체의 '4·3증언서사' 중 4·3항쟁에 직접 연락병으로서 참여한 여성 항쟁주체의 다음과 같은 목소리는 탈식민 냉전에 대한 정치사회학적 상상력을 드러낸다. 조금 길지만, 그 목소리를 경청해본다.

아버지가 사람들에게 하는 소리는 안 된다고만 했어. ㉠ **이게 작은 일이 아닌데 제주도에서 일으켜 될 일이 아니라고, 항시 자제하고 있어라 했지.**

집에서 회의할 때면 올레 입구 팽나무에서부터 망을 보고 문 앞에 딱 풍채차양를 세워. 나는 창문 앞의 풍채를 만지는 척하며 엿듣지. 그때 우리 집에 이덕구도 다녔던 것 같고 오라리 허○○란 사람은 권총차고 긴 장화 신고 다녔어. 아버지에게 참 많은 사람들이 찾아왔어. (…중략…) 우리 아버지는 국제 정세까지 알기는 다 알았지만 절대 안 받아들였고, ㉡ **우리 조선은 연**

---

23 가령, 다음과 같은 '구연적 재현'은 4·3항쟁의 정치사회적 상상력을 숙고하도록 하기에 충분하다 : "원수와 더불어 싸워서 죽은 / 우리의 죽음을 슬퍼 말아라 // 깃발을 덮어오다 붉은 깃발을 / 그 밑에서 전사를 맹세한 깃발 // 무명지 깨물어서 / 붉은 피를 흘려서 // 태극기 걸어놓고 / 천세 만세 부른다 //
우리가 그런 노래를 부르고 있으면 어머니 친구가 집에 왔다가 걱정하는 목소리로 "무사(왜) 이런 노래 불럼시니(부르니), 이런 노래 부르민 심어간다(잡아간다), 그런 노래 부르지 말라. 아이들에게 야단쳤는데 그때가 사태나기 직전인 것 같아".(김연심, 앞의 책, 73쪽)

합국이 독립시킬 때 북은 소련이 가지고 남은 미국이 가지게 다 계획이 있는 일이다, 이거 뭐 이제 난일어난 일이 아니다, 일본 놈에게는 벗어났지마는 이제는 미국 속에 들어가는 거다, 나라는 두 동강이 나게 돼 있다 하셨어. 산 쪽에서 사람이 오면 "나는 그런데 발을 들일 입장이 못 된다"고 하며 활동은 안 해봤어. 혀를 쯧쯧 하며 대륙에서 일어나기 전에 이거 될 일이 아닌데 제주도 사람들이 나선다고 했지. 박헌영이가 제주도 운영을 많이 했지.

아버지는 어릴 때부터 우리에게 사상이란 걸 많이 얘기해줬어. 일본에서 전쟁을 할 때 원자폭탄을 터트려 우리나라 독립을 시키면 북쪽은 소련 줄 거고 남쪽은 미국이 가질 거라고 하는 소리를 들었어. 그때는 6·25 전이라 갈려지지 않은 건데, ⓒ **갈라지지 못하게 김구 선생을 잡아야 그래도 통일이 될 건데** 미국에서 이승만을 잡다 맡긴 거야. 이승만은 미국에서 공부한 것뿐이지 아무것도 모르는 사람이라 했지. 이승만은 절대 남과 북을 갈라놓을 거다. 그래서 5·10선거를 반대한 거 아닌가? 그렇게 갈라놓고 70년을 흘려놓았어.

ⓔ **나는 남북통일이라는 걸 진짜 원해.** 아직은 의복도 같고 언어도 같고 뭣 때문에 갈라놔? ⓓ **왜 통일하자는 걸 빨갱이라고 해?** 원인은 머리들 싸움이고 나는 이승만과 박정희가 갈라놨다고 봐. 박정희 얘기는 일본에서 들었어. 그 사람 야비한 사람이야. 일본 군인이었어. 그래서 조선 피를 많이 먹은 사람인데 또 조선으로 와서 권력 잡고 해 먹은 거야. 북쪽은 소련이 점령했지만 그쪽은 소련을 떼어냈잖아. 여기는 그냥 미국을 끌어안고 있으니 박정희가 16년이나 해 먹게 된 거잖아. ⓕ **아직까지 난 이런 말을 못하고 살았어.** 박정희라

면 치가 떨려. 양농옥[24]

위 증언에서 우리는 ㉠~㉮를 중심으로 여성 항쟁 주체가 4·3항쟁을 어떻게 이해하고 있는지를 헤아려볼 수 있다. 우선, 주목할 것은 이 항쟁 주체의 4·3항쟁에 대한 정세 파악과 그 정치사회적 상상력의 뿌리에는 아버지 존재가 있다는 사실이다. 이 아버지는 구술자의 다른 증언을 참조할 때 일제 식민 시기 고향을 떠나 일본에 가서 공장을 운영하며 조국 해방을 맞이하자마자 고향으로 귀국하였는데 4·3항쟁이 일어난 해 집단 학살을 당하였다.[25] ㉠, ㉡, ㉢에서 확연히 알 수 있듯, 구술자의 아버지는 일본이 제2차 세계대전에 패망하는 전후의 국제 정세를 나름대로 파악하고 있는바, 한반도를 비롯한 동아시아에 드리우기 시작한 미국과 옛 소련 중심의 냉전체제의 징후 속에서 민족분단이 이들 제국의 패권에 의해 현실화될 것을 심각히 우려한다㉡. 뿐만 아니라 이런 민족분단에 대한 래디컬한 저항으로 한반도의 남과 북의 정세와 동아시아를 에워싼 냉전체제에 대한 주도면밀한 이해와 전략적 접근 없이 자칫 섬공동체의 파국을 초래할 수 있는 민중봉기를 적극화하는 남로당 제주도당濟州島黨 항쟁 지도부의 혁명적 모험주의를 경계하기도 한다㉠[26]. 그러면서 전혀 가

---

24 제주4·3연구소 편, 『4·3과 여성2, 그 세월도 이기고 살았어』, 각, 2020, 104~105쪽.

25 이에 대해서는 각주 17에서 인용한 증언에서 자세히 살폈다.

26 4·3항쟁을 남로당 제주도당의 관점에서 연구한 양정심에 따르면, 4·3항쟁의 근간을 이루는 통일독립 민족국가를 세우고자 하는 정치적 테제와 별도로, 1948년 4·3항쟁 전후의 남과 북의 급박한 정세를 염두에 둘 때, 제주도당 항쟁 지도부의 무장투쟁을 주도한 신진세력들이 가진 대내외적 정세에 대한 낙관론과 오판이 초래한 혁명적 모험주의는 너무나 안일한 것이었다. (양정심, 『제주4·3항쟁』, 선인, 2008, 85~93쪽)

능성이 없지 않은 해방공간 당시 김구를 중심으로 한 남북협상파의 정치사회적 움직임을 중시한다ⓒ.[27]

여기서, 여성 하위주체의 여러 '4·3증언서사' 중 4·3항쟁을 동아시아의 냉전체제와 국제 정세 및 당시 남로당 제주도당의 동향을 포괄하고 있는 것은 주목할 만하다. 물론, 이것은 구술자의 아버지가 보인 정치사회적 입장으로 구술자의 입장을 고스란히 드러내는 것은 아니다. 하지만 이 증언이 무엇보다 소중한 것은 도당島黨 내부에서 4·3항쟁에 대한 혁명적 모험을 적극화하는 항쟁 지도부에 대해 이것을 경계하는 움직임이 있었다는 것이고, 당시 김구가 함의하는 남북협상을 통한 평화적 통일독립에 대한 정치적 기대를 가졌다는 사실이 여성 하위주체의 구술로 표면화된 것이다. 그리하여 구술자는 조국의 평화통일ⓔ,ⓓ을 담대하게 표방한다. 한국사회에서 평화통일을 말하는 게 어려운 일이 아니지만, 구술자가 남로당 제주도당원으로서 4·3항쟁주체였다는 점과 이를 에워싼 정치사회적 맥락ⓐ,ⓑ,ⓒ 때문에 "ⓕ 아직까지 난 이런 말을 못하고 살았어"가 증언하듯, 그는 자기 검열 속에서 침묵해온 것이다.

이와 관련하여, 4·3항쟁주체에 대한 또 다른 흥미로운 구술이 있다.

---

27 사실, 이 대목은 위에 인용된 구술만으로는 충분히 입증할 수 없다. 다만, ⓐ과 ⓑ을 종합해서 그 구술의 맥락을 당시 국내외 정세와 연관시켜 이해할 때, 제주도당의 신진세력에게는 밀렸지만 다른 정치적 입장을 가진, 달리 말해 김구로 대변되는 평화적 통일독립을 위한 남북협상파를 지지하는 세력도 제주도당 내부에 존재했다는 것을 짐작할 수 있다는 것은 위 '4·3증언서사'의 중요성을 방증하지 않을까. 4·3의 평화적 통일독립과 남북협상에 대한 논의는 최근 발표한 김재용의 「4·3과 남북협상의 평화적 통일독립」, 『김석범X김시종─4·3항쟁과 평화적 통일독립』(고명철 외 4인 공저), 보고사, 2021을 참조.

4·3항쟁을 전위에서 이끌었던 도당島黨 인민유격대 총책 이덕구1920~1949의 살아남은 가족 중 그의 외조카 강실[28]이 이덕구의 죽음과 연관한 생생한 증언이다.

나는 관덕정 앞에 전시된 덕구 외삼촌 시체 주위를 하루 종일 친구와 왔다 갔다 하고요. 사람들이 지나가면서 시체를 보는데 한 사람도 화내는 사람은 없었어요. '저 빨갱이, 잘 죽었구나!'라는 사람도 없었고요. **모두 침울한 표정으로 머리를 숙이고 예를 갖추고 지나갔지요.** 시체가 있던 곳에서 10미터 정도 가면 전신주가 있었어요. 거기에서 아주머니들이 합장하고 있는 걸 보기도 했어요.

시신은 하루 동안만 전시됐어요. 장마철인데 아침부터 매달아놓았기 때문에 저녁 무렵에는 냄새가 많이 났기 때문입니다. 경찰은 남수각에서 시신을 화장했어요. 그리고 아버지에게 그 사실을 알려주면서 "뼈라도 수습하라"고 말했어요. 다음날 아침 일찍 뼈를 담을 항아리를 준비해서 그곳으로 향했어요. 하지만 전날 내린 비로 거기는 강이 되어 있었지요. **뼈건 뭐건 전부 다 태평양으로 흘러가 버린 거예요.** 아버지는,

"아이고, 너는 정말로 깨끗하게 가버렸구나!"라고 탄식하며 오열하셨지요.강실[29]

---

28 이덕구의 누나 이태순의 아들 강실(1938~2015)은 일본 오사카에서 태어나 해방 전에 귀국하여 그의 외삼촌 이덕구를 가깝게 볼 수 있었다고 한다. 그는 다시 일본으로 밀항하여 자수성가를 했고 재일본제주4·3유족회 회장을 맡아 재일조선인으로서 4·3혁명의 미완의 과제를 해결하고자 분투하였다. 강실을 비롯한 이덕구 유가족이 들려주는 '4·3증언서사'에 대해서는 김경훈, 「이덕구 가족으로 살아남기」, 제주작가회의 편, 『돌아보면 그가 있었네』, 각, 2017, 250~313쪽 참조.

29 위의 책, 287~288쪽.

인민유격대 대장 이덕구의 시신이 내걸린 관덕정 주변에서 사람들은 그의 죽음을 비교적 차분히 애도했다고 한다. 대한민국 존립을 위태롭게 했다고 '빨갱이'로 매도된 채 국가권력에 의해 비운의 죽음을 맞은 혁명가의 시신을 제주 민중이 어떠한 시선으로 바라보았는가 하는 점이 강실의 증언을 통해 짐작하는 것은 그리 어렵지 않다. 그런데 위 구술에서 가볍게 흘릴 수 없는 것은, 그의 시신을 수습하지 못한 것을 두고, "뼈건 뭐건 전부 다 태평양으로 흘러가 버린 거예요"란 허탈한 넋두리가 시신이 감쪽같이 사라져서 시신마저 수습하지 못한 채 이렇다 할 장례도 치르지 못한 허망함에 머물지 않고, 오히려 혁명가 이덕구와 항쟁주체들이 못다 이룬 4·3혁명의 원대한 꿈 — 구미중심의 근대를 바탕으로 한 민족분단의 개별 국민국가가 아닌, 즉 제2차 세계대전 후 전지구적 냉전체제에 적응하는 분단국가가 아니라 식민주의의 완전한 극복 속에서 평화적 통일독립을 이룩한 나라세우기와 연관하여 '대안의 근대'를 창출하고자 한 미완의 혁명이 바다의 흐름처럼 계속 흘러가기를 산 자들이 염원하고 있는 문학적 상상력과 포개지고 있다는 점이다. 이것은 표면상 이덕구의 죽음을 증언한 것 이상의 4·3혁명의 과제가 4·3 당시에만 해당되는 게 아니라 태평양으로 흘러 재일조선인 사회에서 동아시아의 시계視界로 4·3혁명의 과제 해결을 수행하고 있는 것으로 구체화된다.[30]

---

30 이 같은 노력이 재일조선인 사회에서 가열차게 실천되고 있음을 우리는 『재일 1세의 기억』(오구마 에이지·강상중 편, 고민정·고경순 역, 문, 2008)에 실린 또 다른 '4·3 증언서사'에서 만날 수 있다. 이들 재인조선인의 '4·3증언서사'에서 특히 주목해야 할 것은 일본의 식민주의를 극복하고자 하는 탈식민주의는 물론, 제2차 세계대전 후 형성된 전지구적 냉전체제 아래 미일 안보체제와 무관할 수 없는 한반도와 동아시아

5. 후속 과제를 남겨두며

이 글은 서두에서 밝혔듯이, 4·3문학의 갱신을 위한 새 지평을 모색하기 위해 구미중심주의 근대를 표현하는 문자성 위주의 문자적 재현에 바탕을 이루는 텍스트중심의 문학성과 다른 구술성을 중시한 '구연적 재현'을 해내는 하위주체의 '4·3증언서사'에 초점을 맞춰 그것의 '구연적 진실'을 살펴보았다. 이 글의 결정적 한계로, 보다 다층적 삶을 고려한 하위주체들의 풍부한 '4·3증언서사'를 구술사口述史/事의 과학적 접근으로 궁리하지 못했다는 점이다. 여기에는 이에 대한 문제의식이 앞선 나머지 예의 방법론을 숙련하지 못한 필자의 능력의 부족함을 절실히 체감한다. 추후 구술사에 대한 문화인류학 및 사회학의 접근을 문학적으로 적극 섭취함으로써 4·3의 하위주체의 구술을 '4·3증언서사'의 시계視界로 한층 진전시킬 것을 기약해본다. 이와 관련하여, 라틴아메리카 문학에서 독자적 영역을 누리고 있는 '증언문학'과 비교문학적 탐구가 요구된다. 라틴아메리카 문학에서 원주민 하위주체의 객관현실을 '증언'으로서 재현하는 작업이 기존 서구의 낯익은 문자성 위주의 재현적 진실과 크게 다른 심급의 재현적 진실을 추구하는, 달리 말해 사회와 제도의 주변부에 존재론적 기반을 이루는 하위주체들이 인종, 종족, 젠더, 종교, 계급 등의 차별과 배제를 증언함으로써 국민국가의 상상력으로는 온전히 재현할 수 없는 것들을 구술성에 착목하여, '증언 장르'의 새 지평을 이룩했다는 것[31]

의 국제 정세에 대한 '비판적 주체(critical subject)'의 몫을 수행하면서, 분단체제의 해결을 위해 사회 여러 분야에서 각고의 노력을 보태고 있다는 사실이다.

은 필자가 이후 궁리할 '증언서사'의 '구연적 재현'을 통한 '구연적 진실'에 생산적 토의를 제공해준다.

끝으로, 문학적 차원에서 4·3의 하위주체의 '4·3증언서사'를 살펴보면서 아쉽고 안타까웠던 것은 구술자의 증언이 표준어를 중심으로 채록·표기되고 있는바, 표준어로 표기될 경우 표준어가 미치는 문자성의 파장에서 자유롭지 못하다. 새삼 강조할 필요가 없듯, 표준어와 근대 국민국가의 상상력 사이의 인력(引力)이 강해 '4·3증언서사' 자체뿐만 아니라 4·3의 하위주체를 구미중심의 근대 국민국가의 상상력으로 구속한 가운데 정작 '증언서사'로서 문학적 진실, 즉 '구연적 진실'의 힘을 약화할 수 있다. 따라서 표준어 중심의 문자성 위주의 표기를 지양하여 하위주체의 생동감 있는 정동의 구술성을 표기하는 것을 추구할 필요가 있다. 덧보태자면, 증언자가 구술하는 가운데 수반하는 아주 사소한 '구연적 재현'도 놓치지 않고 구술 속에 표현해야 한다. 왜냐하면, 본문에서 논의했듯, 구술자의 '구연적 재현'에는 (비)언어적 표현을 망라한 재현이 모두 소중한바, 특히 하위주체에게 이러한 '구연적 재현'은 필설로 다 할 수 없든지 아예 필설이 허락되지 않는 예외적 한계 상황을 하위주체만의 방식으로 '구연적 진실'을 드러낼 수 있기 때문이다. 이것은 문화인류학 및 사회학의 접근과 달리 (비)언어적 표현을 거느린 문학으로서 '구연적 상상력'에 미치는 구술성의 몫이 그만큼 크다는 것을 말한다.

---

31 라틴아메리카 문학의 '증언문학'에 대한 체계적이고 풍부한 논의는 우석균·조혜진·호르헤 포르넷 편, 『역사를 살았던 쿠바-우리 아메리카, 아프로쿠바, (네오)바로크, 증언서사』, 글누림, 2018 및 존 베벌리, 박정원 역, 『하위주체성과 재현』, 그린비, 2013 참조.

번역적 신체의 탄생과
마이너리티의 목소리

제주와 오키나와를 중심으로

김동현

1. 기억, 신체, 그리고 목소리

로컬의 기억은 어떻게 말해지는가. 이 질문에 답하기 위해서는 '로컬의 기억'과 '언어'에 대해서 먼저 살펴봐야 한다. '로컬' 혹은 '로컬적 사유'의 등장에는 다양한 맥락이 등장한다. 그 안에는 이른바 유럽 중심주의에 대한 반발과 제3세계로 대변되는 중심과 주변의 대립, 그리고 1960년대 흑인 민권운동 등을 위시로 한 식민주의적 차별에 대한 저항 등 복잡한 정황이 담겨 있는바 그것을 일괄하는 것 자체가 별도의 연구가 필요할 정도다. 하지만 로컬의 등장이 중심과 주변이라는 대립항의 설정이든 아니면 로컬과 로컬의 평등하고 대등한 관계를 상상하기 위한 세계사적 모색이었든 간에 로컬이라는 물음은 글로벌 자본주의의 등장으로 인한 로컬의 상실, 이른바 '장소의 상실'에 대한 염려에서 시작되었다. 예를 들어 월터 미뇰로나 엔리케 두셀의 작업들은 유럽/미국이라는 일극 체제가 초래한 폭력의 역사를 성찰하면서, 라틴 아메리카라는 로컬의 정체성을 규명하기 위한 작업이었다.[1]

한국적 상황에서 로컬에 대한 사유는 식민지 지배, 분단과 개발독재 시대라는 시간성 위에서 사유될 수밖에 없었는데 이른바 1930년대 지방주의 담론, 조선적인 것에 대한 사유가 무엇이었는지에 대한 탐구들을 시작으로 분단체제와 개발독재 시대를 거치면서 국문학 정전에 대한 해체와 재구성을 염두에 둔 로컬에 대한 사유 등이 전개되어 왔다.[2] 이는 근대성에 내재된 식민성을 탐구하는 동시에 그것의 폭력적 기원을 규명하기 위한 일련의 노력들이었다. 라틴 아메리카가 유럽 근대성에 내재된 식민성과 폭력성을 문제 삼았던 것처럼 로컬에 대한 사유는 중심의 폭

---

1   이와 관련해서는 엔리케 두셀, 박병규 역, 『1492년 타자의 은폐』, 그린비, 2011; 월터. D. 미뇰로, 이성훈 역, 『로컬 히스토리/글로벌 디자인』, 에코리브르, 2013 등을 들 수 있다. 엔리케 두셀과 월터 미뇰로의 작업들은 공통적으로 유럽 근대성을 식민성의 기원으로 인식하면서, 근대성 자체에 대한 폭력성을 성찰하고 있다. 엔리케 두셀은 1492년에 주목하면서 아메리카가 유럽에 의해 발견된 것이 아니라 "'동일자(유럽)'로 은폐되었다"라고 말한다. 그것은 결국 근대성이 라틴 아메리카라는 로컬을 지워버리는 폭력의 시작으로 가능했음을 강조하고 있는 것이다(『1492년 타자의 은폐』, 5쪽).

2   문학사에서 이른바 향토성이 적극적으로 문제가 되었던 시기는 1930년대이다. 식민지 시기 문학/문화 담론장에서 '일본-제국'의 영향력은 그 자체로 강력한 자장이었다. 하지만 제국의 영향력이 커지면 커질수록 조선적인 것에 대한 모색 역시 다양한 방식으로 전개되었는데, 이른바 조선을 일본이라는 국가 체제 안에 존재하는 하나의 지방으로 인식해야 한다는 지방론은 식민주의의 내부에 포섭되는 동시에 내부로 포섭될 수 없는 균열들을 동시에 드러내는 것이었다. 식민지 조선의 위치는 제국의 지방이 되기를 강요당하는 동시에 제국에 포섭되지 않는 지방색을 유지, 보존, 상상할 수 있는 또 다른 지점이 되기도 하였다. 문재원, 「1930년대 문학의 향토재현과 로컬리티」, 우리어문학회, 『우리어문연구』 35집, 2009, 403~404쪽.

력, 혹은 로컬과 로컬의 평등한 관계를 무력화하는 폭력을 염두에 두고 있다고 할 수 있다. 이는 로컬에 대한 사유가 근본적으로 반폭력을 전제하고 있음을 보여준다.

이는 '로컬의 기억'이 그 자체로, 기억되지 않았던 기억, 기억될 수 없었던 기억의 존재를 전제로 발화되고 있음을 보여준다. 즉 잊히거나, 잊히길 강요당했지만 분명히 존재했었던, 일종의 과거 존재에 대한 증명, 그리고 기억해야만 하고, 기억되어야 한다는 당위가 혼재되어 있음을 의미한다. 이처럼 '로컬의 기억'에는 존재의 확인과 전수/보존의 당위론이 복합되어 있다. 그것은 '로컬의 기억'이 단순히 과거의 기억을 확인하거나 증명하는 차원에 머무는 것이 아니라 현재적 차원의 욕망이 강하게 내재될 수밖에 없음을 보여준다.

그렇다면 '로컬의 기억'이 말해질 수 있는가를 따지는 것은 어떤 문제인가. 결론적으로 말하자면 그것은 기억이 필연적으로 언어를 경유할 수밖에 없음을 의미한다. 이는 로컬의 기억이 추상적 호명이 아니라 그것을 발화하는 신체들을 필요로 한다는 것을 뜻한다. 로컬의 기억이 말해지기 위해서는 말하는 신체들이 있어야 하며 이러한 신체들의 탄생은 필연적으로 언어적 재현의 과정을 거쳐야만 한다. 따라서 기억하기 위해서는 언어가 필요하며 말하지 않으면 기억되지 않는다.

기억이 언어를 경유함으로써 도달하고자 하는 것은 단순히 발화 그 자체가 아니다. 말해지지 않았던 기억을 말한다는 것은 말해질 수 없었던 기억의 억압, 그리고 억압의 주체와 대상의 관계 등을 드러내는 서사화의 과정이기도 하다. 기억은 하나의 서사가 됨으로써 폭력과 식민의 시간을 드러내고 증언한다.[3] 현기영과 오시로 다쓰히로, 메도루마 슌의 작품들이 소설이라는 허구적 재현물이 아니라 국가와 지역이 지나온 시간성에 주목하면서 지역의 기억과 은폐된 폭력의 문제를 증언하고 있다고 말할 수 있는 것도 바로 이러한 기억의 서사화 과정을 염두에 두고 있기 때문이다. 물론 기억의 서사화 과정이 문학적 서사화에 국한된 것은 아니다. 오히려 그것은 보다 많은 발화의 순간들을 포함하고 있는 모든 개별의 시간들이자 개별의 목소리들이라고 할 수 있을 것이다. 그러한 개별의 목소리들에 주목하는 것은 이른바 근대성의 억압과 식민성의 폭력을 동시에 사유하고자 하는 하나의 방법론이라고 할 수 있다.

그러므로 로컬의 기억을 말한다는 것은 서사화 과정을 통해, 존재했으나 존재하지 않았던, 혹은 존재하지 않는 것으로 치부되었던 개별의 시간과 그 시간을 말함으로써 주체를 확인하려는 목소리들과 공명하는 일이다. 이때 발화되는 목소리들을 '로컬의 목소리'들로 규정할 수 있을 것이다. 그렇다면 이 로컬의 목소리들은 과연 무엇인가. 이른바 비존재로 존재하던 시간과 기억을 말하는 목소리들은 어떤 언어로 말을 하게 되는 것인가. 우리가 목소리에 주목할 때 그것의 현재적 발화가 어떤 언어로 말해지고 있는가, 혹은 어떤 언어를 선택하고 있는가를 살펴볼 필

---

3 이때 서사는 단순히 과거의 사건을 표상하는 미디어(소설, 영화, 드라마 등)적 서사를 의미하지 않는다. 타자가 경험한 사건의 기억을 어떻게 공유할 것인가에 관련한 연구로는 오카 마리를 참조할 수 있다. 그는 홀로코스트와 제2차 세계대전 등의 사건들의 폭력성을 현재적 관점에서 어떻게 이해할 것인가를 염두에 두면서 과거의 사건을 재현한 서사적 구성물에 주목하여 서사적으로 재현되지 못한 잉여의 사건들을 언급하면서 기억하는 자와 기억당하는 자의 소외를 지적한 바 있다. 오카 마리, 김병구 역, 『기억·서사』, 소명출판, 2004, 57~73쪽.

요가 있는데 그것은 로컬의 언어가 제도화 이전의 언어이자, 제도화 외부에 존재하는 언어들이기 때문이다.

따라서 로컬 기억의 서사화는 기억의 외부, 제도-기억의 외부에 존재하는 것들을 '발견'하는 과정을 수반하게 된다. 이는 종종 폭력에 노출되었던 과거의 기억을 환기하는 수단으로 로컬 언어를 선택하는 것으로 나타난다. 즉 로컬 언어가 폭력의 현재적 억압을 증언하는 동시에 억압된 과거의 기억을 드러내기 위한 방법으로 활용되고 있음에 주목하는 것이다. 예를 들어 제주4·3문학에 있어서 제주어의 문제, 그리고 오키나와문학에 있어서의 우치나구치의 등장 등은 단순히 이국적 요소가 아니라 기억의 문제와 밀접한 관련을 맺고 있는 하나의 장치로 이해되어 왔다.[4]

이러한 논의들은 로컬을 사유하는 것이 로컬 언어의 발견뿐만 아니라 로컬 언어가 제도의 외부가 되어갔던 과정, 즉 지역의 신체들이 로컬 언어를 상실하게 되는 과정의 폭력성 또한 고려해야 할 필요가 있음을 지적하고 있다.

---

4   제주4·3문학에 있어서 제주어의 의미에 대한 연구로는 이명원, 정선태, 김동현의 연구를 들 수 있다. 이명원은 제주어(이명원은 논문에서 제주방언이라고 표현하고 있다. 이 글에서는 제주방언, 제주사투리라는 용어 대신 제주어로 사용하고자 한다.)가 "4·3을 전후한 제주의 비극적 역사를 상기시키는 언어적 코드"라고 말하고 있는 반면, 정선태는 표준어와 지역어의 대립구도를 일종의 내부식민지적 관계망에서 파악하고 있다. 김동현은 표준어 — 지역어의 구도를 보다 확장하여 4·3을 이념적 대결이 아닌 국가(표준어) — 지역어의 대결구도로 파악하고 있다. 이명원, 「4·3과 제주방언의 의미작용-현기영의 『순이삼촌』을 중심으로」, 『제주도연구』 제19집, 제주도연구회, 2001, 1~18쪽; 정선태, 「표준어의 점령, 지역어의 내부식민지화」, 『어문학논총』 27, 국민대 어문학연구소, 2008, 113~128쪽; 김동현, 「표준어/국가의 강요와 지역(어)의 비타협성-제주4·3문학에 나타난 언어/국가 문제를 중심으로」, 『한국민족문화』 57, 부산대 한국민족문화연구소, 2015, 93~115쪽.

기억하기 위해서는 기억하는 신체가 필요하고, 그때의 신체는 언어적 발화를 수행한다고 할 때 그 수행의 언어는 과연 어떻게 되는 것인가. 쉽게 말하자면 로컬의 기억은 로컬의 언어로'만' 말해질 수 있는가, 아니면 로컬의 언어로'도' 말해져야 하는가. 이것은 국민국가의 언어 체계 안에서 로컬 언어의 자리가 과연 무엇인가를 따지는 동시에 표준어/지역어의 긴장 관계 안에서 형성되는 로컬 기억이 무엇인지를 들여다보는 일일 것이다.

로컬의 기억들이 로컬의 언어로'만' 말해질 때 그것이 기억의 발화가 도달하고자 하는 서사화 전략을 효과적으로 수행할 수 있을 것인가. 아니면 로컬의 언어로'도' 말해질 때 가능해지는 것인가. 아니면 그 모두가 동시에 이뤄져야 하는 것인가. 쉽지 않은 문제이지만 로컬 기억의 발화가 결국 언어 문제와 긴밀하게 얽혀 있으며 이는 이른바 이중언어의 상황에 직면한 로컬 주체의 선택과도 관련이 있다고 할 수 있다.

어떤 언어를 선택할 것인가. 그리고 어떻게 말할 것인가. 이러한 문제는 결국 발화 대상을 '누구로 상정할 것인가와 관련된 문제라고 할 수 있다. 그리고 기억의 서사화를 통해 로컬 기억을 나눠가지고자 할 때 그것이 로컬 내부의 결속을 위한 것인지, 아니면 로컬을 억압해왔던 은폐된 폭력의 실체를 드러내는 것인지 구분하기도 쉽지 않다. 주목해야 할 것은 그 어떤 경우라 하더라도 신체에 각인된 언어를 바꾸는, 일종의 번역 과정이 수행된다는 점이다. 모어母語로서 각인된 지역어의 세계와 모국어母國語로서 학습된 국민국가의 언어, 표준어의 세계와의 대립이 하나의 신체 안에서 이뤄진다는 점에서 신체는 그야말로 언어의 전환이 이뤄지는 최일선의 현장이라고 할 수 있다. 즉 로컬 기억의 서사화는 제도 언어의 내부와 외부, 즉 국민국가의 언어 체계에 포섭된 지역 존재의 신체성 위에서 행해지는 대결의 장이다. 이러한 대결은 표준어/지역어의 대결뿐만 아니라 로컬 기억을 표준어로 발화함으로써 국민국가의 영토 안에 로컬을 기입하려는 시도를 둘러싼 욕망과 좌절을 동시에 포함하고 있다.

여기에서는 이러한 논의를 바탕으로 로컬 기억의 주체들이 어떻게 번역적 신체로 만들어지고, 그러한 신체성을 극복하기 위한 방식으로 어떻게 로컬 언어를 선택하는지를 살펴보고자 한다. 그리고 그러한 표준어와 지역어의 대결과 긴장 관계를 통해서 오키나와와 제주가 보여준 로컬적 상상력의 가능성이 무엇인지를 규명하고자 한다. 이를 위해 이 글에서는 오키나와의 방언 논쟁 등 여타의 사례들을 제주의 사례들과 겹쳐서 읽어나갈 것이다. 그것은 이러한 긴장 관계가 일국적 차원에서 진행되는 특수성의 소산이 아니라 국민국가의 억압적 체계 안에서 '필연적'으로 수행되는 보편적 식민성이라는 점에 주목했기 때문이다. 지역의 특수한 경험이 아니라 표준어로 대변되는 근대적 사유가 결국 식민성을 바탕으로 하고 있다는 점을 살펴봄으로써 그러한 폭력성에 대항하는 마이너리티의 상상력과 그것을 통한 연대의 세계성을 타진할 수 있다고 믿기 때문이다.

2. 언어 이전의 언어들과 제도화되는 목소리

서울올림픽을 앞두고 있었던 1988년 5월 『제주신문』에는 '학생들에 표준말 사용 교육 강화'라는 기사가 실린다. 기사의 내용은 간단하다. 원문을 그대로 옮겨본다.

> 제주도 교육위원회는 학생들에게 표준어 사용을 생활화하도록 문화공동체의식을 고취시키고 출신 지역 간 면학분위기를 증진시켜 화합의 교육목표를 달성하기 위해 표준어 사용 교육을 강화해나가기로 했다. 도교육위는 이에 따라 오는 14일까지 각 시군교육청 및 고등학교 학생들을 대상으로 표준어 사용실태를 파악하고 학교 현장에서의 표준어 사용 지도, 표준어 사용 운동의 사회확산을 내용으로 한 표준어 사용 지도 대책을 수립키로 했다. 도교위는 이와 함께 도내 각급학교 교사들의 교수용어 중 사투리 사용 실태도 조사한 후 표준어 사용과 국어 순화 방안을 마련, 장학협의에 활용키로 했다.[5]

인용된 기사에서 표준어 교육 강화라는 교육위원회의 방침은 역설적으로 교육 현장에서 '사투리' 사용이 만연하고 있음을 보여준다. 또한 '문화 공동체 의식의 고취'라는 목표는 표준어를 통한 공동체의 상상이 지역어의 배제를 전제로 하고 있으며 이러한 배제는 지역어를 순화의 대상으로 상정하고 있음을 드러낸다. 유럽에서 민족이라는 단일한 공동체를

---

5   『제주신문』, 1988.5.12, 7면.

상상하게 하는 데 있어서 언어가 기여했다는 사실을 염두에 둔다면[6] '문화 공동체'라는 교육 목표는 보편의 세계에 편입될 수 없는 로컬, 즉 공동체의 내부와 외부의 구분을 전제로 하고 있으며 이러한 목표의 달성을 위해 언어 문제를 중요하게 의식하고 있음을 보여준다. 즉 표준어 사용 여부가 '문화 공동체'의 일원이 되는 기준이라는 인식이다.

그런데 이 기사에서 보듯이 표준어 교육의 강화가 즉각적인 효력을 발휘하였는지는 따져보아야 한다. 기사의 내용에서도 확인할 수 있듯이 일선 학교 현장에서 이중언어의 생활이 광범위하게 이뤄지고 있지 않았다면 이러한 교육방침은 필요하지 않았을 것이다. 이중언어의 생활은 단지 교육을 받지 못한 학생들만의 문제가 아니었다. 교수자들의 사투리 사용 실태를 조사하겠다는 부분을 통해 알 수 있듯이 교사들 역시 이중언어의 상황에서 벗어나기는 쉽지 않은 일이었다. 이는 표준어 교육이라는 목표가 생각보다 어려운 과제라는 점을 보여준다.

제주에서 표준어 교육이 문제가 된 것은 이때만이 아니었다. 1960년대에도 표준어 교육의 문제가 대두된 적이 있을 정도로 이 문제는 지역 교육 현장에서 중요한 현안 중 하나였다. 20년이라는 시간이 지났는데도 불구하고 표준어 교육의 필요성을 '강화'해야 하는 지역의 처지는 과연 무엇을 의미하는가. 그것을 이해하기 위해서는 지역에서의 언어, 즉 표준어와 지역어에 대한 사유가 어떠했는지를 살펴볼 필요가 있다. 이를 잘 보여주는 것이 1967년 『교육제주』에 실린 한 편의 글이다. '표준어에

---

6   베네딕트 앤더슨, 서지원 역, 『상상된 공동체』, 길, 2018, 126~132쪽.

의한 언어생활을'이라는 제목의 글은 제주도 교육의 문제점을 지적하고 있는데, 가장 시급한 문제로 '국어의 통일'을 들고 있다.

제주도 국어교육에 있어서 가장 문제가 되어 있고 우선 먼저 다루어져야 할 문제가 무엇이냐에 대해서는 여러 가지 의견과 주장이 있을 것이다. **그러나 이 시점에서 먼저 다루어야 할 것은 무엇보다도 '국어의 통일' 문제이다.**

국어교육이 '말하기', '듣기', '쓰기', '읽기' 등으로 크게 나눌 수 있다면 그 중에서도 제주도 국어교육에서 문제가 되는 것은 우선 '듣기'와 '말하기'일 것이다. **왜냐하면 제주도는 다른 지역과 크게 다른 사투리방언을 생활어로 사용하고 있어서 다른 지방사람과의 대화의 교통交通이 잘 이루어지지 않기 때문이다.**

지난번 제주도 국어교사들의 모임이 있었을 때에도 여러 교사들이 방언 문제를 들고 나온 것을 생각하면 이 문제는 결코 새로운 문제가 아닌데도 좀처럼 쉽게 다루기가 곤란한 문제라고 생각된다.[7] (강조는 인용자, 이하 같음)

"국어의 통일"을 말하고 있는 대목에서 확인할 수 있듯이 지역에서 표준어와 지역어의 이중언어 생활은 일상적인 차원에서 이뤄지고 있다. "생활어"로서의 지역어의 존재를 말한다는 것은 그 자체로 지역이 이중언어의 상황에 놓여있으며 그것이 특수한 경우의 발화가 아니라 일상적 발화의 차원에서 수행되고 있음을 의미한다. 이러한 상황 속에서 문제가 되는 것은 '듣기'와 '말하기'의 영역과 '쓰기'와 '읽기' 영역에서 보여지

---

7   김영화, 「표준어에 의한 언어생활을」, 『교육제주』, 제주도교육위원회, 1967.9, 37 쪽.(이하 쪽수만 표시)

는 언어 생활의 낙차였다. '듣기-말하기'가 생활언어의 일상적 발화 안에서 이뤄진다고 한다면 '쓰기-읽기'는 표준어 발화를 상성하는 것이라고 할 수 있다. 즉 이중언어의 상황은 구술성과 문자성의 차이로 인한 것임을 확인할 수 있다. 구술성으로서의 지역어와 문자성, 기록으로서의 표준어의 관계망 안에서 의사소통의 문제는 상상된 청자, 이를테면 타자와의 관계성을 전제로 하고 있다. 제주어를 사용하는 것이 "다른 지방 사람과의 대화의 교통"에 문제가 된다는 것은 지역어로는 소통 불가능한 타자의 존재를 상정하고 있기에 가능한 지적이다. 이를 "다른 지방 사람"이라고 말하고 있지만 이것이 말 그대로 다른 '지방'을 상상하는 것이 아님은 분명하다. 그것은 표준어라는 단일한 공동체 내부에 존재하는 '지방'이며, 표준어 사용을 전제로 한 언어 공동체를 지칭한다. 사투리가 아니라 표준어 발화가 필요하고 표준어 교육의 필요성을 주장하는 이유도 바로 이러한 표준어 공동체로서의 소속과 관련된 문제이기 때문이다. 그런데 이 문제는 저자 스스로 토로하고 있듯이 '좀처럼 다루기 곤란한 문제'이다. 비교적 솔직한 이 고백의 의미가 무엇인지, 그리고 왜 그러한 고백을 하고 있는지를 확인하기 위해서는 이어지는 대목을 함께 살펴볼 필요가 있다.

그런데 이러한 사실을 잘 알고 있는 사람들도 심지어는 국어를 가르치는 교사들까지도 대부분 국어의 이중 생활을 하고 있다. 학교에서 학생들을 가르칠 때에는 표준어 쓰기를 장려하고 그렇게 가르치고 있으면서도 일단 그 시간을 벗어나 동료들 사이에 쓰는 말은 사투리를 쓰고 있다. 국어를 가르치고 있는 교사들이 이러할진데 일반 사람들이나 학생들은 말할 것도 없다. 그들 모두가 표준어와 사투리의 이중적인 언어생활을 하고 있다. 이것은 표준어를 써야 한다는 사실을 몰라서가 아니라 잘 알고 있으면서도 그렇게 하고 있다. **그것은 사투리가 혀에 굳어 있고 또 매일매일 듣고 있는 말들이 사투리이기 때문에 타성적으로 그렇게 되고 있는 것이다.** 그리고 사투리가 혀에 굳어 있는데 갑자기 표준어를 쓰게 되면 사람들 사이에 어떤 거리감을 느끼게 되고 친근미가 없기 때문에 친근감을 나타내기 위해 사투리를 쓰는 경우도 있다.38쪽

학생이나 교사들도 "국어의 이중 생활"을 하고 있는 상황에서 표준어 공동체의 일원이 되기위해서는 "혀에 굳어 있"는 언어를 버려야 하는 특별한 과정이 전제되어야 한다. 지역어와 표준어 사이에서 곤란한 상황을 토로하는 이유도 여기에 있다. 그것은 단순히 언어의 문제가 아니라 신체적 변화를 동반하는 문제이기 때문이다. 학생들뿐만 아니라 국어교사들까지도 '표준어/지역어'라는 이중 언어 생활을 하고 있는 상황에서 표준어를 제대로 구사하지 못하고 있는 이유를 "사투리가 혀에 굳어 있고 또 매일매일 듣고 있는 말들이 사투리이기 때문"이라고 말하고 있는 것은 바로 이러한 신체적 변화에 대한 어려움을 토로하는 것이다. "혀에 굳어 있"다는 말에서 확인할 수 있듯이 지역어는 단순히 추상적 기호로서만 존재하는 것이 아니라 신체에 각인된 언어였다. '쓰기'와 '읽기'로 대변되는 표준어의 세계가 추상적 기호체계라고 한다면 '듣기'와 '말하기'는 일종의 신체 언어로 작동하고 있는 것이다. 때문에 표준어 교육으로 국어의 통일성을 이뤄내야 한다고 주장하고 있는 이 글은 "혀에 굳어" 버

린 지역어를 버리고 추상적 기호체계인 표준어의 세계로 투항하는 일이 쉽지 않음을 역설적으로 보여주고 있다. 그렇다면 왜 이렇게 곤란한 문제에 매달려야 하는 것일까. 이 글에서는 그것에 대한 구체적인 사례로 전국 문예 현상공모를 들고 있다.

> 이따금씩 학생들을 상대로 한 전국적인 문예 현상 모집이 있을 때 시는 어쩌다 입선되는 경우가 있어도 산문에 있어서는 언제나 탈락하는 것은 무엇보다도 이곳 학생들이 어휘의 빈곤, 국어의 부정확 등에서 오는 것이 아닌가 생각될 때가 있다.39쪽

제주어를 사용하는 것이 전국 단위 문예 공모전에서 불리하다는 인식은 문학 언어가 될 수 없는 지역어의 존재를 의식하고 있음을 보여준다. 문학적 서사화에 적합한 언어는 표준어이며 지역어는 그 자체로 '어휘의 빈곤'과 '국어의 부정확'을 드러내는 표징이 되어 버린다. 이는 지역어가 서사화의 도구로 사용될 수 없으며 표준어만이 서사화의 과정을 담당할 수 있음을 인식하는 것이다. 서사화의 도구로 표준어가 사용될 수밖에 없다면 로컬의 기억은 표준어를 경유해야 하는데, 이러한 경유의 과정은 앞서 이야기했듯이 추상이 아닌 신체의 변화를 수반해야만 한다. 표준어와 지역어의 문제에 있어서 특히 교육계에서 표준어 교육의 필요성을 강조하는 것은 단순히 추상적 언어 표현만이 아니라 신체에 기입된 모어로서의 지역어에 대한 망각을 동반하는 일이었다. "표준어 쓰기를 의식적으로 권장해야"하고 "입에 배어 있는 사투리를 버"려야 한다는 것도 바로 이

때문이다. 이는 오랫동안 각인된 지역어 대신 표준어의 세계로 나아가기 위해서는 번역적 신체의 탄생이 전제되어야 한다는 점을 보여준다.

그것은 단순히 추상적 차원에만 그치는 것이 아니었다. 표준어에 대한 강박의 강도는 지속적이었고 체계적이었다. 앞서 보았듯이 1988년까지 학교 현장에서 표준어 교육은 강요되었다. '국어교육'의 문제로 표준어 교육의 필요성을 문제 삼은 것이 1967년이었다는 점을 생각해보자. 20년이 넘게 표준어 교육을 권장하고, 강화했음에도 불구하고 여전히 표준어 교육의 강화가 필요하다는 점은 표준어와 지역어의 이중 언어생활이 오랫동안 지속되어 왔고 그 위계에도 불구하고 지역어의 폐기가 쉽게 이뤄지지 않았다는 점을 의미한다. 그런데 이러한 표준어 교육의 강요가 단순히 언어 체계의 변화만을 의미하는 것은 아니었다. 표준어 체계에 포섭되는 것은 국민의 의무였고, 국민으로서의 마땅한 의무로 간주되었다.[8] 이는 표준어 담론이 '국민'임을 입증하는 폭력적 자기 증명의 수단으로 작용하고 있음을 보여준다. 이것은 지역어는 언어 이전의 언어들이라는 사실뿐만 아니라, 표준어라는 국어 제도로서 로컬의 목소리들이 발화되어가는 과정을 잘 보여준다. 그것을 번역적 신체의 탄생이라고 규정한다고 한다면 이러한 신체의 탄생이 과연 제주의 경우에만 국한되는 것일까.

---

8   김영화의 다음 대목은 그와 같은 표준어 교육의 의미를 잘 보여준다. "이것은 같은 나라의 국민으로서 대단히 부끄러운 일이고 국민 감정의 통일을 가져오지 못하게 하는 커다란 요인이다. 따라서 표준어를 정하고 표준어로 국어를 통일시켜야 한다는 것이 우리나라의 국어정책으로 알고 있고 또 그렇게 되어야 할 것이다." 김영화, 앞의 글, 38쪽.

3. 번역적 신체와 언어의 외부에 존재하는 기억들

오키나와에서 표준어/공통어로서의 일본어와 오키나와 방언의 문제
는 1879년 소위 류큐처분으로 거슬러 올라간다. 류큐처분 이후 학교에
서 표준어 교육이 보급되기 시작하면서 표준어와 오키나와어가 나란히
표기된 교과서가 사용되기도 했으며, 1900년대 들어서면부터는 학교 수
업에서 표준어 교육이 본격화되면서 일상언어를 금지하고 규제하는 '방
언찰'이 등장하기에 이른다.[9] 특히 1972년 일본 복귀 이후 학교 현장에
서는 학력 저하를 막기 위한 방안으로 표준어 교육이 강화되기도 하였
다.[10]

이처럼 오키나와에서 표준어와 오키나와어의 관계는 대단히 오래된
문제였다. 가장 대표적인 것이 1940년대 야나기 무네요시에 의해 촉발
된 방언논쟁이라고 할 수 있다.[11] 당시 논쟁은 표준어와 지역어를 둘러싼

---

9   近藤健一郎,「近代沖繩における方言札の出現」,『方言札-ことばと身体』, 社會評論社,
     2008, 31~39쪽.
10   김은희,「지역어 부흥운동의 일한 비교 연구-오키나와와 제주의 경우」,『일본학보』
     제83권, 한국일본학회, 2010, 15쪽.
11   당시 방언 논쟁을 간략하게 정리하면 다음과 같다. 1940년을 전후로 해서 오키나와
     민예에 관심을 가졌던 야나기 무네요시는 민예협회 회원들과 오키나와를 방문하게
     된다. 오키나와 현지에서 표준어 교육이 강도높게 이뤄지고 있는 현실을 목격한 야
     나기 무네요시와 회원들은 오키나와 방언을 금지하는 오키나와 현지의 표준어 정책
     에 대해 비판적인 목소리를 내기 시작한다. 야나기 무네요시의 주장은 공용어인 표준
     어도 중요하지만 그 지방의 역사적 배경에서 발생한 방언 역시 중요한 언어 자원이라
     는 지적이었다. 이러한 야나기 무네요시의 공개 지적에 대해서 오키나와 내부에서는
     표준어 교육이 필요하다고 맞섰다. 오키나와 방언 논쟁에 대해서는 당시 황민화 정책
     이 강력하게 전개되고 있었던 '제국주의적 상황'을 고려할 필요가 있다. 신나경,「로컬

오키나와 외부와 내부의 긴장 관계를 상징적으로 보여준다. 본토의 지식인 그룹이 오키나와 방언의 특수성을 옹호하면서 표준어 장려운동의 문제를 지적하는 데 비해 오키나와 내부, 특히 오키나와현 관계자들은 표준어의 필요성을 주장하고 나선 장면은 표준어/지역어의 관계뿐만 아니라 본토국가와 지역의 관계에 대한 규정을 둘러싼 다양한 목소리들의 대결이기도 하였다.[12]

이러한 긴장 관계는 추상적 기표를 둘러싼 대결만이 아니었다. 특히 제도교육 현장에서 이뤄진 표준어 교육은 신체에 각인된 모어의 흔적을 지우는 과정이기도 하였다. 표준어/지역어의 대립의 최선전이자, 표준어의 위계가 직접적으로 발현되었던 장소는 앞서 제주의 경우에서 확인할 수 있듯이 학교였다. 나카자토 이사오仲里効는 1950년대 후반 오키나와 한 학교의 예를 들면서 '표준어 장려 주간'에 담임 교사가 표준어 사용을 위해 유념해야 할 점이 무엇인지를 훈계하고 그것을 표어로 작성하도록 하는 장면을 언급하고 있다. 이 장면에서 흥미로운 것은 교실 벽에 붙여진 표어들, 이를테면 '공통어는 일본인의 의무', '방언은 진학에 불리'라고 적힌 표어들의 존재. 표준어 학습의 결과물들이 시각적으로 전시

언어와 민족문화―야나기 무네요시의 오키나와방언논쟁을 중심으로」, 『일어일문학』 46, 대한일어일문학회, 2010, 418~422쪽.

12 이에 대해서 손지연은 이를 오키나와어의 존폐를 둘러싼 대립이 아니라 본토가 상상하는 오키나와, 그리고 오키나와가 본토에 대해 가지는 관계성을 둘러싼 "중요한 시험대"였다고 말하고 있다. 즉 야나기 무네요시를 위시로 한 일본 민예협회 관계자들의 오키나와어에 대한 가치 부여가 다분히 일본 민족문화의 우월성을 강화하기 위한 배려의 차원이며 이는 오히려 표준어/방언의 위계를 보다 더 선명하게 드러내고 있음을 지적하고 있다. 손지연, 「일본 제국 하 마이너리티 민족의 언어 전략―오키나와(어) 상황을 시야에 넣어」, 『일본사상』 제30집, 한국일본사상사학회, 2016, 151~154쪽.

되고 있는 교실은 표준어와 지역어의 식민주의적 위계가 일상적 차원에서 확인되는 현장인 동시에 표준어와 지역어 사이에서 모어와 모국어의 차이와 균열을 신체적 차원에서 경험해야 하는 전장이나 다름없었다. 그러한 전장의 충실한 지휘관은 바로 교사들이었다. 표어에 나타난 언어들은 학생들의 언어가 아니었다. 그것은 "교사들의 말투를 충실하게 베낀 것"[13]이었으며 지역어-신체가 표준어를 모사模寫하는 과정에서 발화된 것들이었다. 표준어를 의무로 받아들이고, 표준어 교육이 진학을 위해 필요한 학습의 과정이라고 이해하는 문장들은 교사들의 언어표준어를 학생들이 신체에 기입하였음을 확인하는 표징이었다.

이러한 모사는 불완전한 오키나와어의 발음을 버리고 신체적 번역을 통해 매끈한 표준어의 세계로 진입함으로써 가능했다. 이는 지역어-표준어 사이의 번역을 수행하는 번역적 신체의 탄생의 순간이기도 하였다. 언어의 문제가 신체적 차원에서 수행되고 있다는 점은 학교에서의 표준어 교육이 단순히 언어 습득이 아니라 언어를 통한 주체의 문제와도 밀접한 연관을 맺고 있음을 의미한다.

학교에서 표준어 교육이 치밀하게 전개되었던 이유는 표준어를 통한 국민통합을 목표에 두었기 때문이었다. 표준어 교육은 국민통합을 위한 교육적 실천이었다. 이러한 교육적 실천의 과정에서 중요한 역할을 담당했던 것은 교육계였다. 1962년에 설치된 국민교육 분과의 설치와 강도 높은 표준어 교육은 표준어 교육의 최일선에 교육계가 자리잡고 있음을

13　仲里効, 近藤健一郎 編, 「飜譯的身體と境界の憂鬱」, 『方言札-ことばと身体』, 社會評論社, 2008, 126~127쪽.

보여준다. 국민교육 분과가 국민통합을 위한 장치로서 작동하면서 "표준어화가 국민화"인 동시에 "국민화가 일본인화"였다고 말하는 것에서 알수 있듯이 표준어 교육은 국민적 주체, 일본인이라는 주체를 어떤 언어로 자각할 것인가라는 문제와도 깊은 관련이 있다.[14] 때문에 '표준어화=국민화'의 과정은 일본인이라는 주체의 이식 과정이었다. 이러한 이식의 과정은 실제 발음의 교정 등 신체에 각인된 지역어의 흔적을 버리면서 가능해지게 되는데 이는 언어와 주체의 문제가 식민주의적 맥락에서 이해되어야 함을 보여준다. 이것을 나카자토 이사오는 "번역적 주체"라는 말로 설명을 하는데 이는 지역어-표준어의 경계에서 어떤 언어를 '선택'할 것인가의 문제는 지역어와 표준어를 일대일로 대응하는 문제가 아니라 지역어의 세계를 표준어의 세계로 변환하는 번역의 문제라는 점을 명확하게 보여준다.

표준어 교육이 이뤄지는 교실은 파농의 표현을 빌리자면 "식민화된 사람"이 "문명화된 나라의 언어"와 대면하는 현장이었으며 표준어/지역어에 대한 진화론적 인식의 내재화를 확인하는 장이었다.[15] 제주어를 "덜 발달된 언어"[16]라고 인식하거나 오키나와어를 '표준어에 비해 진보가 늦어진 언어라고 보는 인식'[17]은 이러한 진화론적 언어관의 뿌리가 얼마나 깊은 것인가를 보여준다. 이런 점에서 오키나와와 제주에서 벌어졌던 표

---

14   仲里効, 앞의 글, 140쪽.
15   프란츠 파농, 노서경 역, 『검은 피부, 하얀 가면』, 문학동네, 2014, 18쪽.
16   김영화, 앞의 글, 40쪽.
17   城間得栄, 「言語의 社會性」, 『沖縄日報』, 1940.1.18; 신나경, 「로컬언어와 민족문화」, 『일어일문학』 46, 대한일어일문학회, 2010, 421쪽에서 재인용.

준어 교육의 지향점은 국민화라는 목표를 달성하기 위한 표준어 교육의 이식이었다. 오키나와에서의 표준어 교육은 이른바 '조국 복귀'라는 역사적 상황과 결부되면서 적극적인 동화의 수단으로 활용되었다. 일본 복귀 이후 표준어 교육이 국민의식의 고양과 육성이라는 국민화 교육과 동일시되면서 학교 현장에서의 표준어 교육은 미국 점령 하의 오키나와 문제성을 부각하는 방식으로 작동하기도 한다. 이는 미국을 가해자로 간주하고 일본의 피해자성을 강조하는 방식인 동시에 오키나와전투의 가해자인 일본의 책임을 효과적으로 소거하는 수단이 되기도 하였다.

오키나와와 제주의 사례는 표준어와 지역어의 위계가 단순히 특정 지역의 특수한 상황이 아니라는 사실을 보여준다. 표준어를 통한 문화공동체 의식의 고취이든, 표준어를 통한 국민화의 수행이든 제주와 오키나와에서 행해졌던 표준어 교육은 식민주의의 내면화 과정과 발화 주체의 문제를 동시에 바라볼 필요가 있음을 시사한다.

표준어의 문제가 단순히 언어 선택의 문제가 아닌 세계의 대체라고 할 때 언어를 발화하는 지역의 신체는 곤혹스러운 상황에 직면할 수밖에 없다. 앞서 제주의 경우에서 살펴보았던 것처럼 이중언어 생활은 그 자체가 표준어의 세계로 진입하는 매우 "곤란한" 것이 되고 만다. 그것은 표준어와 지역어의 관계가 단지 기표의 대체가 아니라 세계의 대체이며 지역어와 표준어의 번역이 수행되는 신체의 문제이기 때문이다. 하지만 신체의 변화가 늘 성공적이었던 것일까. 표준어로 대체될 수 없는 언어들의 결락은 과연 없었던 것이었을까. 지역어와 표준어가 일대일로 대체될 수 없는 것이라고 한다면 그러한 번역 불가능성으로 남아 있는 언어들은 과연 어떻게 되는 것일까.

이러한 문제를 살펴보기 위해서 1장에서 살펴보았던 기억의 문제를 상기해보자. 언어의 문제가 중요한 이유는 로컬의 기억들이 그것을 경유해야만 하기 때문이다. 언어를 통해 발화될 때 기억은 비로소 기억될 수 있다. 그때의 기억은 단지 과거에 일어났던 어떤 사건을 기억한다는 의미에만 국한되지 않는다. 그 사건이 놓여있었던 시간의 맥락 안에서 사실이 서사화되는 과정을 기억하는 것이다. 그렇기에 기억은 현재와 과거를 동시에 호명할 수 있으며 그렇게 호명된 과거는 현재적 맥락에서 다시 해석되는 것이다. 테사 모리스 스즈키의 말을 변주해서 이야기한다면 '사실로의 사건'과, '해석으로서의 사건', 그리고 '동일화로서의 사건'이 동시에 기억의 장場 안으로 들어오는 것이다.[18] 즉 기억의 서사화란 사실의 해석과 동일화가 언어를 통해서 재현되는 과정이다. 따라서 이러한 서사화는 표준어/지역어라는 언어의 위계, 그리고 국민국가의 기억과 로컬 기억이라는 기억의 내부와 외부에 대한 (무)의식적 선택이 작용할 수밖에 없다. 언어와 기억의 문제를 동시에 바라봐야 하는 이유가 여기에 있다. 기억을 서사화하기 위해 어떤 언어를 선택할 것인가의 문제는 언어 외부에 존재하는 언어, 기억의 외부에 존재하는 기억을 어떻게 말할

---

18 테사 모리스 스즈키는 미디어에 재현된 과거의 기억들을 통해서 기억이 어떻게 역사화되고 있는가를 논의하면서 '해석으로서의 역사'와 '동일화로서의 역사'라는 개념을 사용하고 있다. 즉 역사적 사건을 재현하는 것에 내재된 과거에 대한 해석과 그렇게 해석된 과거가 미디어(소설, 영상미디어 등)을 통해 기억을 공유하면서 동일한 기억의 형성을 구축하게 되고 있음에 주목하고 있다. 테사 모리스 스즈키, 김경원 역, 『우리 안의 과거—Media, Memory, History』, 휴머니스트, 2006, 33~42쪽.

것인가라는 물음에 대한 답변이다. 발화 언어의 선택 자체가 타자성을 의식하는 일이기 때문이다. 그리고 이러한 언어와 기억의 문제는 중심과 로컬 사이에서 벌어지는 배제와 포섭의 자장 안에서 벌어지는 다양한 목소리들을 생산해낸다. 이른바 오키나와문학에서 오키나와어를 문학언어로 구현하고자 하는 시도들, 그리고 제주문학에서 제주어를 통해 국가폭력의 참상을 고발하려는 시도들은 이러한 긴장 관계의 소산이었다고 할 수 있을 것이다.

이러한 시도들은 번역적 신체가 되어야만 했지만 여전히 외부에 존재하는 기억들을 의식하면서 로컬의 기억을 서사화하려는 전략적 선택이었다고 볼 수 있다. 그렇다면 이러한 시도들의 구체적 양상들은 어떻게 나타나게 되는 것인가. 그리고 그러한 기억의 서사화를 통해서 언어와 기억의 외부들은 어떻게 말해지게 되는가.

4. 마이너리티의 목소리와 번역적 신체의 자각

앞선 논의를 바탕으로 사키야마 다미崎山多美의 『운주가 나사키ぅんじゅが、ナサキ』와 현기영의 「해룡 이야기」를 검토해 보자.[19] 사키야마 다미는 1988년 단편 「수상왕복水上往復」을 발표한 이후 이 작품이 제101회 아쿠

---

19 분석 텍스트는 『일본 근현대 여성문학 선집』 17(사키야마 다미, 손지연·임다함 역, 어문학사, 2019)과 「해룡이야기」(현기영, 『순이삼촌』, 창비, 2006)이다. 앞으로는 쪽수만 표기하기로 한다.

타가와상 후보에 오르면서 오시로 다쓰히로, 마타요시 에이키, 메도루마 순 등 남성 작가와 다른 자신만의 독특한 문학 세계를 펼쳐 보이고 있는 작가이다. 특히 그는 '시마고토바島ことば', 섬말을 작품 안에서 적극적으로 배치하면서 표준어의 세계로 포착되지 않은 로컬의 기억을 실험적인 방식으로 그려내고 있다. 또한 음성언어를 소설에서 그대로 노출하는 다양한 시도를 통해 작품 안에서 언어의 문제를 적극적으로 사유하고 있는 작가라고 할 수 있다.

『운주가 나사키』는 7편의 에피소드로 구성된 연작 소설로 주인공 '나'에게 어느 날 정체불명의 파일이 배달되고 '나'가 파일의 기록들을 찾아 나서게 되면서 만나게 되는 기이한 일들을 그리고 있다. 소설의 첫 대목은 주인공이 낯선 목소리를 듣는 것에서 시작된다. 그 목소리는 "여기저기 이상한 일본어가 섞인" 소리8쪽이며 "소나기처럼 하늘의 갈라진 틈새로 갑자기 쏟아질 때도 있지만", 집안 구석구석에 "몇십 년이고 몇백 년이고 그곳에 쌓여 정체되어 있다 흘러나오는" 소리이기도 하다.7쪽 낯선 목소리의 등장에도 '나'는 놀라지 않는다. 목소리의 질문에 거리낌 없이 대답을 하기도 한다. 목소리의 등장에 이어 '나'는 정체를 알 수 없는 "빡빡머리 남자"가 배달한 꾸러미를 받고 그것을 열어보게 된다. 거기에는 '기록z', '기록y', '기록x'라고 기록된 파일들이 담겨 있다. 정체불명의 목소리와 배달물의 등장은 이후 '나'가 파일의 기록들을 찾는 여정으로 이어진다. 도입부만 보면 이 소설이 현실과 환상의 경계를 넘나드는 판타지적 요소로 구성되어 있다고 볼 수도 있다. 하지만 이어지는 내용을 살펴보면 그것은 단지 비현실적인 방식을 차용하는 것이 아님을 확인할

수 있다.[20]

'기록z'에 '묘지에 서라'라는 구절을 확인한 주인공이 실제 묘지를 찾아가고 해변에서 정체불명의 사람들과 함께 춤을 추는 「해변에서 지라바를 춤추면」이나 낯선 집에서 젊은 여성을 만나 그의 사연을 듣게 되는 「가주마루 나무 아래에서」, 그리고 오키나와를 상징하는 Q마을의 이야기를 담고 있는 「Q마을 전선a」, 「Q마을 전선b」, 「Q마을 함락」의 작품들에서 일관되게 확인되는 것은 언어화되지 못한 언어, 서사의 대상이 되지 못하는 기억들의 호명이다. 「가주마루 나무 아래에서」에 낯선 여자를 만난 '나'는 그녀의 이야기를 받아 적는 존재가 된다. 기이한 일은 그러한 받아쓰기의 사명을 여자도 이미 알고 있다는 사실이다. 여자는 '나'를 만나자마자 "이제 슬슬 이야기를 시작해볼까. 당신 그것 때문에 왔잖아, 이곳에. 내 얘기를 듣고 쓰기 위해"38쪽라고 이야기한다. 여자의 지적에 '나'는 아무런 이의도 제기하지 않는다. '나'는 그저 "고개를 숙인 채 볼펜을 굴리"면서 "여자가 말하는 '아무래도 상관없는' 이야기를 받아 적기 위해, 열심히 받아 적"을 뿐이다.40쪽 그런데 이러한 받아쓰기는 언어에만 국한되지 않는다. 집안 내력을 이야기하던 여자가 사라진 직후에 검정 양복 차림의 남성이 치루를 찾으면 등장한다. 남성은 '나'를 치루라고 말

---

20 이에 대해 소명선은 이를 일본문학의 전통안에서 일종의 이계(異界)의 재현이라고 바라보면서 사키야마 다미가 이계의 존재들, 즉 죽은 자들과 만남을 그려내는 것이 오키나와 현재의 문제를 바라보려는 문학적 전략이며 오키나와전투의 증언이 불가능해지고 있는 상황에서 죽은 자의 목소리를 직접 듣고자 하는 서사적 방식이라고 분석하고 있다. 소명선, 「사키야마 다미의 『당신의 정』론-기억의 계승을 위한 문학적 상상력」, 『동북아문화연구』 제52집, 동북아시아문화학회, 2017, 301~310쪽.

하며 축하의식이 준비되었다면서 '나'의 손을 잡아끈다. 목숨 축하의식이 벌어지는 장소가 "바다를 마주 보는 깎아지른 절벽을 코앞에 둔, 울퉁불퉁한 암반으로 이뤄진 꽤 널찍한 광장"44쪽이라는 설정에서 알 수 있듯이 이 장면은 오키나와전투 당시 벌어졌던 히메유리학도유격대의 비극을 떠올리게 한다.

> 피골이 상접한 어깨선. 대나무 마디 같은 손과 발. 광대뼈가 튀어나오고, 숯검댕이를 발랐나 싶을 정도로 꾀죄죄한 얼굴에, 눈알만이 희번덕거리며 빛나고 있다. 모두 아사 직전의 말라비틀어진 모습. 선두에 선 덩치 큰 인물은 제멋대로 자란 머리에 턱수염을 기르고, 닳아빠진 헐렁한 바지를 입고 있다. 해골이 옷을 걸친 듯한 모습. 그 외에는 모두 치루와 비슷한 또래로 보이는 여자미야라비들이었다.44~45쪽

아사 직전의 모습을 한 사람들은 정장차림의 남자의 신호를 시작으로 목숨 축하의식을 한다. '나'는 난데없는 축하의식의 연유를 묻지만 아무런 대답도 듣지 못한다. 그런데 갑자기 서른 명의 여성들이 "즉흥연기를 갑자기 강요당한 것처럼 난잡하게, 가슴을 뒤로 젖히고 몸을 쥐어뜯으며 몸부림"을 친다. 이 난데없는 몸짓을 바라보면서 '나'는 "전하고 싶은 것이 있다면, 말로 해주세요. 부디, 부디, 그렇게 해주세요"라고 외친다.8쪽 하지만 영문을 알 수 없는 몸짓은 계속되고 그들은 '나'를 치루라고 부르면서 "당신은 치루라는 사실을 분명하게 자각해야" 한다고 말한다. '나'와 소녀, 그리고 서른 명의 여성들이 동일시되는 이런 장면은 이후에

이어지는 "아픔 나누기"라는 구절에서 확인할 수 있듯이 고통을 나눠 갖는 것이 기억의 전승을 위해 필요한 일임을 의미한다. 오키나와전투에서 희생당한 여성들의 죽음을 기억하기 위해서는 그들의 아픔을 몸으로 나눠 가져야 한다는 설정은 과거를 어떻게 현재적 관점에서 기억할 것인가를 서사적으로 모색하는 시도라고 할 수 있다.

여기서 주목할 것은 기억의 전승이 언어로만 전해지는 것이 아니라는 점이다. 언어로 전할 수 없는 기억들, 그것을 사키야마 다미는 '지라바'와 '묵숨 축하의식'이라는 신체 언어로 발견하고 있다. 이러한 신체 언어들은 사키야마 다미가 소설 속에서 구현하는 시마고토바島ことば의 재현이 단지 표준어와 지역어라는 기표의 대결이 아니라는 점을 잘 보여준다. "모스부호"같은 "드, 드드, 드드드드,"105쪽 같은 소리들, "기곳, 고곳곳 기기깃, 기보보보보, 고기고보보보오"121쪽 같은 울부짖음마저도 서사에 기입된다. 언어의 외부에 존재하는 몸짓, 비명, 울부짖음까지도 서사화될 때 표준어와 지역어의 대립을 가능하게 하는 표준어의 외부는 사라져 버린다. 이러한 서사 전략은 지역어를 표준어의 내부에 기입함으로써 지역어의 가능성을 실현하려는 시도가 아니라 오히려 내부와 외부를 구분하는 힘 그 자체를 무화시켜버림으로써 새로운 서사적 기억을 창출하려는 시도들이라고 할 수 있다. 그런 점에서 본다면 이른바 실험방언의 구사 혹은 인물 간 대화를 오키나와어로 표현하려는 문학적 시도들에 비해 사키야마 다미의 방법론이 지역어로 사유할 수 있는 가장 먼 지점까지 나아가고 있다. 사키야마 다미가 언어 외부의 존재를 적극적으로 호명함으로써 내부와 외부의 구분을 소거시키고 있다면 현기영은 표준어와 지역

어의 문제를 어떻게 인식하고 있을까.

현기영의 「해룡이야기」는 4·3 당시 어머니가 목숨을 부지하기 위해 서북출신 토벌군과 '뜨내기 살림'을 차린 사실에 상처를 입은 중호라는 인물을 통해 제주4·3의 비극을 그려내고 있는 작품이다. 소설 속에서 '해룡'은 전설 속에서 섬을 노략질하면서 여인들을 약탈해갔던 왜구를 상징한다. 중호는 해룡이 목숨을 담보로 어머니를 차지했던 서북 출신의 토벌군이라고 생각하면서 섬의 전설에서 왜구를 초월적 존재인 해룡으로 묘사하는 것을 일종의 자격지심이라고 여긴다. 가해자인 서북이 아니라 피해자인 어머니에게 쏟아졌던 분노와 반감 대신 해룡으로 상징되는 가해자의 진상을 정면으로 마주하려는 중호의 다짐은 소설 속에서 "증오가 보복이 되지 않기 위해서, 용서하기 위해서, '용서하지만 잊지 않기 위해서'"라고 서술된다. 소설은 고향을 외면하고 살아온 중호가 고향으로 본적으로 옮길 것까지 다짐하면서 끝이 난다. 흥미로운 것은 중호의 고향에 대한 반감이 사투리 구사 여부로 나타난다는 점이다. 모처럼 연락을 해온 친구가 사투리로 이야기를 건네자 중호는 "제주도 차조떡에 묻은 팥고물같이 제주도 사투리가 덕지덕지 묻어 있는 저 촌놈의 말투"133쪽라고 생각한다. 그런데 중호의 사투리에 대한 반감은 역설적으로 신체에 기입된 사투리의 존재를 드러내게 만드는 힘으로도 작용한다. 그것은 친구의 사투리를 들으면서 자신도 모르게 사투리를 구사할지도 모른다는 "위태로운 곡예를 보는 것처럼", "마음이 조마조마해지는"일이기도 하였다.133쪽 "대 종합상사의 판매부장"으로 서울에서 번듯하게 출세한 중호지만 몸에 밴 사투리의 기억은 지울 수 없었다. 중호의 서울살이는 "사람이 서울식으로 닳고 닳아져"가는 과정이자 "촌스러운 고향 사투리를" 버리고 "남다른 정열로 서울말을 익"혀야 하는 표준어 학습의 시간이었다.147쪽 그것은 "서울말만 배운 게 아니라 눈칫밥 먹으며 서울말로 비굴하게 아첨하는 법까지 터득"하는 것이었다.147쪽

하지만 이러한 표준어 학습이 신체에 기억된 모어-지역어의 존재를 모두 지워버릴 수는 없었다. 신체에 기입된 지역어와 학습된 표준어의 혼돈은 중호가 고향 친구들과의 술자리에서 표준어와 지역어를 뒤섞어 표현하는 것으로 표현되기도 한다.

중호도 한참 벼르고 벼르다가 사투리 한마디 중얼거려본다는 게 그만 혀가 고드래떡같이 굳는 바람에 낭패를 보았다. 전자회사 다니는 고창석이보고 "어디 살암서?" 할 것을 "어디 사니?" 하는 서울말과 섞갈려서 그만 "어디 살암니?" 하는 우스꽝스런 말이 되어 나와 주위를 온통 웃겨놨던 거였다.135쪽

표준어와 제주어가 한꺼번에 구사되는 이 장면은 표준어 학습이 이뤄진다고 하더라도 이중언어의 상황은 여전할 수밖에 없음을 보여준다. 표준어 교육을 강화해야 한다면서 교사들의 사투리 사용 실태를 조사하겠다는 교육위원회의 방침에서도 확인할 수 있듯이 표준어 학습은 몸으로 각인된 모어를 학습된 언어로 대체하는 신체적 번역의 과정을 동반해야 하는 과정이었다. 표준어 교육의 강화, 혹은 '서울말'의 습득이 이중언어 상황, 즉 표준어의 외부에 존재하는 목소리마저 지워버리기는 쉽지 않았다. 이는 「순이삼촌」에서 "서울말 일변도의 내 언어생활이란 게 얼

마나 가식적이고 억지춘향식이었던가"라는 반성으로 이어지면서 표준어를 구사하는 언어 생활을 "표절인생"[49쪽]이라고 규정하는 것까지 나아가게 한다. 제주4·3을 기억하기 위해서 지역어를 발견하는 과정이 필요했던 것처럼 지역의 신체는 표준어라는 이중언어의 상황을 신체적 감각으로 인지하지 않으면 안 되었던 것이다.

이처럼 사키야마 다미와 현기영은 언어의 문제를 예리한 감각으로 작품 속에서 드러내고 있는데 이러한 언어감각은 단지 표준어의 외부에 존재하면서 표준어의 외연을 풍성하게 하는 지역어가 아니라 지역어의 독자성을 신체적 감각으로 환기하고 있음을 보여주고 있다. 이러한 감각은 결국 표준어의 세계로 포섭될 수 없는 마이너리티의 목소리를 발견하는 서사적 전략이었다고 할 수 있다.

5. 나가며

2007년 제주어 보전 및 육성 조례가 제정되었다. 이 조례에서는 '제주어'를 "제주특별자치도에 거주하는 사람들에 의해 사용되는 언어 중에서 도민의 문화 정체성과 관련 있고, 제주 사람들의 생각이나 느낌을 전달하는 데 쓰는 전래적인 언어지역"이라고 규정하고 있다. '제주어'라는 표현에서 알 수 있듯이 표준어와 다른 지역어의 존재, 그리고 로컬 정체성을 드러내는 언어로서의 가치를 부여하고 있다. 이러한 인식은 당시 시대 상황과 무관하지 않다.

제주도는 2002년 국제자유도시로 지정되고 2006년에는 특별자치도가 되었다. 제주도는 '특별자치'라는 새로운 제도의 도입을 계기로 제주방문의 해2006년, 제주 민속문화의 해2007년를 지정하기도 했다. 특히 2006년에는 국립국어원, 국립민속박물관과 공동으로 '제주 지역어의 유네스코 세계무형문화유산 등재'를 위한 업무 협약도 체결한다.[21] '제주어 보전 육성 조례'는 이처럼 지역어에 대한 관심이 한껏 고조되던 시기에 제정되었다.

2010년 제주어가 유네스코 소멸 위기의 언어로 등록되면서 제주어에 대한 지역의 관심은 더욱 커지게 되었다. 제주어 조례의 개정과 제주어 보전을 위한 정책들이 쏟아져 나오기 시작했다. 지역 언론뿐만 아니라 중앙 언론에서도 소멸 위기에 처한 제주어를 특집으로 다루는 기사들도 나오기 시작했다. 이러한 사회적 분위기를 반영하듯 제주어 보전을 위한 민간 단체가 꾸려지기도 했다.

당시 사회적 분위기는 방언이나 사투리가 아닌 지역어의 존재를 자각하고 지역어의 가치에 주목하는 것이 지역민의 입장에서는 당연한 의무이자 책무로 여겨졌다. 그런데 이러한 의무와 책무의 자각은 역설적으로 오랫동안 고착되어온 표준어와 지역어의 위계를 드러내는 것이었다. 보존과 육성이라는 제도적 지원이 존재하지 않으면 소멸할 수도 있다는 위기감이 오히려 지역어에 대한 가치의 자각으로 이어진 것이다. 이는 표준어 정책의 모순을 드러내는 동시에 지역에서의 표준어 교육의 효과

---

21   문순덕, 「제주어의 활용과 보존방안」, 『제주발전포럼』 37호, 제주발전연구원, 2011, 57쪽.

를 보여주는 것이기도 하다.

제주어 보전의 필요성을 인식하는 지역 주민들의 회고에서 발견할 수 있는 것은 일선 교육 현장에서 강압적인 표준어 교육으로 인한 불쾌감이었다. 학교에서 제주어 사용을 금지하는 것은 그 자체로 표준어와 지역어의 위계를 일상적 차원에서 확인하는 일이었다.[22] 지역어의 소멸의 과정과 원인을 주목하지 않고 소멸 위기라는 현상에만 주목하는 것은 표준어와 지역어의 관계, 특히 지역에서의 언어를 둘러싼 지역의 지난한 고투를 외면하는 일인지도 모른다.

또한 '현상'만을 문제삼는 것은 표준어/지역어의 관계를 특수성의 차원에서 인식하게 만든다. 표준어와 지역어의 위계는 특정한 지역에만 국한되는 문제가 아니다. 그것은 지역의 문제인 동시에 언어를 통한 세계 인식이라는 언어 일반의 문제이기도 하다. 그런 점에서 제주에서 행해진 표준어의 강요와 지역어의 망각은 지역의 문제만이 아니다. 그동안 표준어와 지역어의 위계에 관해서는 일국적 차원에서 여러 논의들이 있어왔다. 하지만 언어의 위계가 언어 일반의 문제라고 가정한다면 이는 일국적 차원에만 국한되는 것이 아니다. 제주어 보존이 필요하다면서도 과거 강압적인 표준어 교육의 문제를 지적하는 인터뷰에서 알 수 있듯이 표준

---

22 제주어보전회 허성수(69) 이사장은 "표준어 교과서로 공부를 하다 보니 학교에서 제주어 사용을 금지했다. 선생님이 교단에서 사투리를 사용하면 장학 지도에서 주의를 받았고 학생들도 선생님에게 지적을 받았다. 그러다 보니 제주 사투리는 저급한 언어라는 인식이 생기고 사용하지 말아야 할 언어가 됐다. 제주에 아이들이 흥미를 갖도록 하기 위해 선물도 주고 만화도 만들어보고 별짓을 다하지만 반응이 없다"며 안타까워했다. 「시한부 생명 제주어 향후 10년에 달렸다」, 『주간 조선』, 2012.7.15.

어의 습득은 단순히 언어에 국한된 것이 아니고 언어를 발화하는 신체를 표준화하도록 훈육하는 과정이기도 하였다. 그리고 이러한 훈육의 과정은 종종 '국민 통합'이라는 이유로 합리화되기도 하였다. 그런데 이러한 '국민통합'이라는 상상의 과제는 그 자체로 실현 불가능한 지대를 생산해 낼 수밖에 없다. 그동안 제주와 오키나와문학에서는 획일화되고 매끈한 표준어의 세계로 포착되지 않는 지역어의 지대를 만들어왔다.

오키나와인을 일본국민으로 만들기 위한 방안으로 발견된 것이 표준어 교육이었다. 방언찰로 상징되는 강제된 표준어 교육은 국민만들기의 일환인 동시에 환상으로서의 일본을 오키나와에 이식하는 과정이었다. 모어와 모국어의 불일치를 겪으면서 오키나와인들은 섬의 언어를 버리고 표준어를 신체에 기입해가지 않으면 안 되었다. 제주에서도 1960년대 이후 불기 시작한 표준어 교육은 표준화된 국민이라는 일상화된 신체의 강요였다.

절멸 수준의 제주4·3의 피바람이 끝나고 난 뒤 제주인들은 반공국가의 국민임을 스스로 증명하지 않으면 안 되었다. 이러한 폭력적 자기증명의 수단으로서 작용했던 것이 바로 표준어 담론이었다. 표준어 문제는 오키나와와 제주에서 모두 논쟁의 대상이 되었다. 오키나와 방언 논쟁이 오키나와인들 스스로 오키나와어를 일본이라는 균질성을 실현하기 위해 지양해야 하는 대상으로 여겼다면 제주에서 역시 제주 방언은 억압되어야 할 대상으로 간주되었다. 제주 방언을 사용하는 것은 국민으로서 부끄러운 일이었다. 제주 방언은 그 자체로 곤혹스러운 대상이었다. 제주 방언을 사용하는 일은 "부끄러운 일"이었다. 그 부끄러움의 정체는 제주 방언이 비국민의 징표였기 때문이었다. "사투리가 혀에 굳어버린" 제주 방언의 신체성을 스스로 포기할 때 비로소 '국민'의 자격을 얻을 수 있었다. 신체에 각인된 방언의 존재를 버리기 위해서라도 '표준어 교육'은 필요했다. 이는 오키나와 방언 논쟁에서 볼 수 있듯이 국민국가라는 상상의 공동체가 방언이라는 미개어를 버리고 문명의 언어인 표준어를 신체에 기입해 가는 과정을 통해 구성되어 갔음을 보여준다.

오키나와와 제주에서 벌어졌던 방언논쟁은 지역어라는 신체에 표준어라는 외부의 언어를 기입해 가는 번역적 신체의 탄생으로 이어진다. 번역적 신체의 탄생이라는 폭력적 상황 속에서 오키나와와 제주문학은 지역어의 새로운 가능성을 문학 작품을 통해 구현하고, 번역적 신체를 거부함으로써 기꺼이 마이너리티의 목소리의 대변자이고자 했다.

김정한 소설의 소수자 의식과 동아시아 민중 연대

하상일

1. 머리말

지금까지 한국현대문학사는 김정한의 소설에 대해 낙동강을 중심으로 한 지역적 장소성을 바탕으로 제국과 식민의 기억, 국가의 근대적 폭력을 넘어서는 농민문학, 민중문학, 민족문학으로서의 뚜렷한 이정표를 남겼다고 정리했다. 특히 1935년 '카프' 해산 이후 모더니즘 문학이 전방위적으로 확산되는 가운데 발표된 김정한의 등단작 「사하촌」『조선일보』, 1936년은 "단절된 카프 전통의 복원"[1]을 기대할 만한 의미 있는 문학사적 결과라고 평가되었다. 임화가 1930년대 중반 신예 소설가들을 평가하는 자리에서 정비석과 김동리를 "낭만적 반동"이라고 비판했던 것과는 달리, 김정한의 소설을 "건전하고 시대를 노기怒氣를 띠고 내려다보는 듯한 정신의

---

1   최원식, 「90년대에 다시 읽는 요산」, 『작가연구』 제4호, 1997 하반기, 9쪽.

산물"[2]이라고 하면서 "호기적好奇的인 기대를 두어"[3]본다고 했던 데서 잘 알 수 있듯이, 그의 소설은 1930년대 모더니즘의 유행에 편승했던 젊은 문학인의 태도와는 일정하게 거리를 두는 리얼리즘의 성격을 뚜렷이 보여주었다. 「사하촌」 이전에 발표된 그의 첫 소설 「그물」이 프로문학 계열 잡지 『문학건설』1932년 2월에 게재되었다는 사실에서만 보더라도, 김정한의 소설은 사라진 카프의 정신을 잇는 리얼리즘 소설의 가능성으로 평가받기에 충분했던 것이다. 이러한 평단의 기대와 믿음은 김정한이 울산에서의 초임 교사 시절 관여했던 조선인교원연맹 조직 사건1928년, 일본 와세다대학 유학 시절 재일 조선인 유학생 중심으로 결성한 동지사同志社 조직 활동1931년, 방학을 맞아 일본에서 잠시 귀국했다가 가담했던 양산 농민봉기 사건1932년 등으로부터, 그의 소설이 자신의 실제적 경험에 기초한 실천적 운동의 결과였다는 데 대한 신뢰와 무관하지 않았을 것이다.

일제 말과 해방을 거치면서 친일 여부와 절필 문제를 둘러싼 논란은 여전히 쟁점으로 남아 있지만, 1966년 「모래톱 이야기」를 발표하며 문단에 재등장한 김정한의 소설적 지향은 해방 이전의 상황과 본질적인 면에서는 크게 다르지 않았다. 해방의 감격으로 식민과 제국의 실체는 분명 사라졌지만, 그것을 올바르게 청산하지 못한 데서 비롯된 국가 권력의 모순과 근대화라는 이름으로 자행되었던 국가 폭력의 양상은 여전히 그의 소설을 비판적 리얼리즘의 세계로 이끌어냈던 것이다. 특히 그

---

2   임화, 「방황하는 문학정신-정축(丁丑) 문단의 회고」, 임화문학예술전집 편찬위원회 편, 『임화문학예술전집 3 - 문학의 논리』, 소명출판, 2009, 204쪽.
3   임화, 「소화(昭和) 13년 창작계 개관」, 위의 책, 254쪽.

의 소설은 해방 이전과 이후 역사적 모순의 연속성에 특별히 초점을 두었는데, 일본이 미국으로 대체되고 친일 계급이 자본가, 국회의원 등과 같은 유력자로 바뀐 것에 불과한 지배 권력 구조의 영속성을 더욱 첨예하게 부각했다는 사실을 주목할 필요가 있다. 따라서 1960년대 이후 김정한의 소설 속 인물들은 식민지 하위주체로서의 농민이라는 제한적 범주를 넘어서, 노인, 여성, 도시빈민, 한센인 등 중심 권력으로부터 소외되고 억압된 주변부 민중의 삶을 사실적으로 담아내는 소수자 의식을 더욱 문제적으로 드러냈다. 결국 해방 이후 김정한의 소설은 중심 권력으로부터 고통받는 주변부 소수자들의 궁핍한 현실이라는 근본 배경에 있어서는 해방 이전과 전혀 달라진 점이 없었다. 오히려 이러한 지배 권력으로부터의 소외와 차별이 국가의 근대화로 인해 파생된 자본의 독점과 맞물려 더욱 교묘하고 치밀해졌다는 점에서, 1960년대 이후 김정한의 소설은 토지 소유에 한정된 경제적 차원을 넘어서 정치적이고 사회적인 불평등 문제로까지 심화되었다고 할 수 있다.

이런 점에서 본고는 김정한의 소설에서 중심 권력으로부터 소외된 위치에 있는 소수자들의 의식과 행동에 주목하고자 한다. 이는 농민 혹은 민중으로 대변되어 온 식민지 계급구조의 희생자들이 1960년대 이후 근대화의 이면에 은폐된 국가 권력의 지배 구조 안에서 어떻게 그 희생을 영속화할 수밖에 없었는지를 밝히는 데 주된 목적이 있다. 그리고 이러한 소수자 의식이 특정 국가와 민족에 대한 혐오와 비판에 목표가 있는 것이 아니라, 인간으로서 누려야 할 최소한의 가치와 행복을 공유하는 아주 근본적인 세계관에 바탕을 두고 있음을 확인하는 데 있다. 즉 김정한의 소설에서 지역적 로컬리티Locality에 기반한 구체적 역사의 증언은 인물과 사건의 전형성에 기초한 보편적 서사의 실현에 목표가 있었다는 사실과, 이러한 로컬리티의 서사 전략은 중심 권력으로부터 극심한 차별과 소외를 겪었던 역사적 모순 현장을 사실적으로 보여주기 위한 엄밀한 과정이었다는 것이다. 따라서 그의 소설에서 로컬리티의 실현은 국가나 민족의 차원을 넘어서 인간 해방과 평화의 장소성이라는 보다 근본적인 세계관으로 접근할 필요가 있는데, 이러한 보편적 이해는 그의 소설을 "단순한 민족주의를 넘어 한일 관계를 새롭게 사유하"[4]는 동아시아적 시각의 해석적 근거가 될 수 있다.

이런 점에서 김정한의 소설을 지역주의적이고 민족주의적으로만 접근하는 것은 표층적인 해석의 반복을 크게 벗어나지 못하는 결과가 되고 만다. 그에게 있어서 지역과 민족을 거점으로 한 로컬리티의 실현은 휴머니즘에 토대를 둔 보편적 세계성을 구현하기 위한 가장 기본적인 토대였다. 물론 이러한 소설 의식은 국가와 민족을 넘어선 사유의 확장이 현실적으로 불가능했던 시대 상황 탓에 소재적으로든 주제적으로든 아주 선명하게 실현되었다고 보기는 어렵다. 그의 소설이 이와 같은 현실적 한계를 넘어서 동아시아적 시각을 구체화할 수 있었던 것은 1960년대 중반 한일협정과 베트남 파병에 대한 비판적 대응에서부터였는데, 1970년대 중반 오키나와라는 거울을 통해 위안부와 강제징용이라는 제국의 기억을 다시 불러냈던 것도 이러한 문제의식의 결과였다. 이때부터 김정한은 대

---

4   최원식, 앞의 글, 23쪽.

동아공영권이라는 제국의 시선에 철저하게 희생되었던 아시아의 식민지 현실을 공동체적 시각에서 바라봄으로써, 국가와 민족을 넘어선 민중 연대의 차원에서 주변부 소수자들이 겪어야만 했던 역사적 모순의 연속성을 비판적으로 서사화하는 데 주력했다. 그의 소설에서 미완성작으로 남아 있는 「잃어버린 산소」가 지역적 장소성을 넘어 '남양군도'[5]로 그 배경을 확장된 것도, 「평지」에서 베트남 참전 용사인 아들과 연관지어 땅의 소유를 둘러싼 갈등을 부각한 것도, 「수라도」에서 일제 말 보국대, 징용, 위안부의 현실을 보르네오댁, 뉴기니댁과 같은 택호로 호명되는 여성의 현재와 연결시킨 것도 결국 이러한 문제의식의 결과이다. 이런 점에서 본고는 두 번째 과제로 김정한 소설의 소수자 의식이 동아시아 민중 연대로 확장되는 지점을 주목해서 살펴보고자 하는데, 이는 김정한 소설 연구에서 지역적 로컬리티의 문제가 보편적 세계성을 구현하는 서사 전략과 만나는 지점에 대한 새로운 문제제기가 될 것으로 기대한다.

---

5   1914년부터 제2차 세계대전 종전(1945)까지 일본의 통치를 받은 중서태평양 지역의 632개 섬을 지칭한다. 동서로 약 4,900km, 남북으로 약 2,400km의 해역에 흩어져 있다. 사이판, 팔라우는 현재 열대 휴양지가 됐지만, 당시에는 일본이 설탕을 얻기 위한 사탕수수 재배지 및 남태평양 진출을 위한 전략적 거점으로 이용했다. 제2차 세계대전이 발발하면서 일본은 군사시설 건설 및 농장 개척을 위해 수많은 조선인을 강제로 동원했다. 김호경 외, 『일제 강제동원, 그 알려지지 않은 역사』, 돌베개, 2010, 312쪽. 김정한의 소설 「잃어버린 산소」는 남양군도의 중심부에 있는 축 제도(Chuuk Islands)가 배경인데, 당시 일본인들은 트루크 제도(トラック諸島)라고 불렀다. 소설 속 지명인 '트라크섬', '하루시마(봄섬)', '나쯔시마(여름섬)', '월요도', '화요도' 등은 현재까지도 사용되는 이곳의 지명을 그대로 따른 것이다. 축 제도 섬들은 현재 동쪽은 '春島', '夏島', '秋島', '冬島'의 四季諸島로, 서쪽은 '月曜島', '火曜島', '水曜島', '木曜島', '金曜島', '土曜島', '日曜島'의 七曜諸島의 명칭을 사용하고 있다. 조성윤, 『남양군도-일본 제국의 태평양 섬 지배와 좌절』, 동문통책방, 2015 참조.

2. 주변부 소수자로서의 민중의 현실과 근대화의 희생자들

해방 이전 김정한의 소설 속 인물은 대부분 제국의 그늘 아래 고통받는 가난한 민중으로서의 식민지 백성의 모습이었다. 특히 민중의 최소한의 삶의 기반인 토지 문제가 생활과 생존의 중심에 놓여 있었는데, 이는 식민지 수탈의 가해자와 피해자라는 이원적 대립 구조로 선명하게 드러났다. 김정한의 첫 소설 「그물」에서 마름의 횡포에 고통받는 소작인 '또쭐이'와 위선적 사회주의자로서의 지식인 비판과 맞물려 마름의 횡포에 맞서는 「항진기」의 '두호'가 그 피해자의 위치를 선명하게 보여주었고, 그의 대표작 「사하촌」에서는 '성동리'와 '보광리'라는 대립적 장소를 설정하여 식민지 농촌 사회의 권력적 불평등과 친일 불교의 폐단에 대해 구조적으로 비판했다. 그리고 이러한 대립 구조에서 김정한은 언제나 권력자의 편이 아닌 민중의 편에서 식민지 하위주체인 주변부 소수자들의 상처와 고통을 대변하는 계급의식을 드러냈다.[6] 또한 이러한 식민지 수탈 구조가 토지의 문제에만 한정된 것이 아니라 인간으로서의 최소한의 윤리마저 무참히 무너뜨리는 결과로 이어지는 현실을 비판하기 위해, 「옥심이」에서 남성적 시선에 의해 왜곡된 '옥심이'의 삶을 초점화하거

---

6 이에 대해 구모룡은, 김정한의 소설 속 민중은 "오늘날 소수자, 사회적 약자, 하위주체 (subaltern) 등으로 그 개념이 이월되면서 재인식될 수 있을 것"이라고 하면서, "요산의 민중문학은 이제 하위주체의 문학이 된다"라고 보았다. 그리고 "신자유주의적 세계화로 자본과 국가로부터 소외되는 하위주체는 더욱 늘어날 것"이므로, "'따라지'들을 천착해온 요산의 문학은 이제 하위주체에 대한 탐문으로 나아가야 한다"는 점을 강조했다. 「21세기에 던지는 김정한 문학의 의미」, 『창작과비평』 가을호, 2008, 373~374쪽.

나, 「기로」에서 권력 구조가 성적 침탈로 이어지는 모순된 현실을 '은파'라는 식민지 여성 주체의 행동을 통해 부각하기도 했다.

물론 김정한의 소설에서 이러한 소수자 의식은 해방 이전에만 국한된 것은 결코 아니었다. 1960년대 중반 문단에 재등장한 이후에도 식민과 제국의 기억을 소환하는 가운데 주변부 소수자로서 민중의 형상은 더욱 구체적으로 서사화되었으며, 근대화라는 권력적 욕망을 위해 무조건적 희생을 강요당했던 민중의 모습은 이전보다 훨씬 더 처참하게 그려졌다. 그의 재등단작 「모래톱 이야기」를 시작으로 「평지」, 「굴살이」, 「독메」, 「산거족」 등 대부분의 소설이, 주변부 소수자로서 민중들이 겪어야만 했던 근대적 국가 폭력을 역사적 연속성의 시각으로 비판했던 것이다. 이처럼 해방 이전과 이후 김정한의 소설을 관통하는 핵심적인 주제는, 부당한 권력이 인간의 기본적 인권마저 유린하는 모순된 현실에 대한 비판에 있었다. 그것이 해방 이전에는 식민지 권력으로 초점화되었다면, 해방 이후에는 국가 권력으로 대체되었을 뿐 근본적인 구조에 있어서 큰 차이를 보이지 않은 데 대한 문제제기였던 것이다. 이런 점에서 김정한 소설의 일관된 주제의식은, 제국과 식민의 기억이 국가와 자본의 전횡으로 그 모양만 바뀌었을 뿐 민중들의 삶은 여전히 고통받는, 그래서 해방 이후에도 사실상 식민지 역사를 되풀이하는 것과 다를 바 없는 신식민지적 구조에 대한 비판에 있었음에 틀림없다.[7]

---

7 김정한은 자신의 '창작노트'에서 "역사를 과거의 일로서만 묻어 버리지 않고 현재와 긴밀한 관련을 맺어보고 싶었다"라고 했는데, "작가 스스로 과거와 현재를 의식적으로 단절시키려는 듯한 경향을 나는 아주 싫어한다고 잘라서 말한 것을 보면 역사의 인과관계를 예리하게 투시하는 신념의 작가"로서의 김정한의 역사의식을 분명하게 확인

김정한의 소설에서 식민지 수탈 구조와 국가의 근대적 폭력이 그대로 이어지는 지점은 「모래톱 이야기」와 「평지」에서 연속적으로 확인할 수 있다.

조마이섬은, 몇백 년, 아니 몇천 년 갖은 풍상과 홍수를 겪어 오는 동안에, 모래가 밀려서 된 나라 땅인데, 일제 때는 억울하게도 일본 사람의 소유가 되어 있다가, 해방 후부터는 어떤 국회의원의 명의로 둔갑이 되었는가 하면, 그 뒤는 또 그 조마이섬 앞강의 매립허가를 얻은 어떤 다른 유력자의 앞으로 넘어가 있다든가 하는 ─ 말하자면, 선조 때부터 거기에 발을 붙이고 살아온 사람들과는 무관하게 소유자가 도깨비처럼 뒤바뀌고 있다는, 섬의 내력을 적은 글이었다. 「모래톱 이야기」, 3권, 12~13쪽[8]

옛날 일인들의 소유로서 '휴면법인재산'인가 뭔가가 되어 있는 그 평지밭들이, 별안간 '농업근대화'의 물결을 타고 어떤 유력자에게로 넘어간다는 소문이 마침 자자했기 때문이었다. 「평지」, 3권, 69쪽

인용문은 해방 이전과 이후 민중들의 삶터인 땅의 소유가 그곳에서 살아가는 사람들의 의지와는 전혀 무관하게 자본과 권력에 의해 어떻게 휘둘려 왔는가를 여실히 보여주는 부분이다. "선조 때부터 거기에 발을

할 수 있다. 박철석, 「김정한의 삶의 양식」, 요산 김정한 선생 고희기념사업회 편, 『요산 문학과 인간』, 오늘의문학사, 1978, 103쪽.
8   조갑상 외, 『김정한 전집』 3권, 작가마을, 2008. 이하 김정한의 소설 인용은 모두 이 책에서 했으므로 각주는 생략하고 제목, 권수, 쪽수만 표기함.

붙이고 살아온 사람들"로서 누릴 수 있는 권리는 아무것도 없고, 오로지 "조마이섬 앞강의 매립허가"나 "농업근대화" 같은 자본과 결탁한 국가 주도의 개발 정책이 최우선이었을 뿐이다. 따라서 토지의 소유 변경이라는 중차대한 결정을 내리는 과정에서 "나라 땅"을 매매하는 공식적 절차이므로 합법적이라고 강조하는 국가 권력의 태도는, 인간으로서 누려야 할 최소한의 질서를 유지하고 보호해야 할 법이 오히려 인간을 관리하고 통제하는, 사실상 합법을 가장한 불법적 악행이 아닐 수 없다. 하지만 이와 같은 국가의 폭력 앞에서 민중의 현실은 언제나 권력으로부터 소외당한 주변부 소수자의 위치에 있을 수밖에 없었으므로, 부당한 권력에 맞서 생존을 지키려는 이들의 절박한 호소와 몸짓은 위법적 행위로 낙인되는 악순환을 거듭할 뿐이었다. 그 결과 「모래톱 이야기」에서 '갈밭새 영감'의 투쟁은 살인죄 누명으로 감옥살이를 하는 상황으로 이어졌고, 「평지」에서 '허생원'은 폭행죄로 구류를 살고 나와 특수농작물 단지로 변한 평지밭을 불태워버리는, 그래서 "'법률'에 가서는 농민은 약한 것"3권, 79쪽이라는 불가항력을 재확인하게 될 뿐이었다. 김정한 소설의 결말이 "대체로 주인공이 벌여오던 있어야 할 삶이 꺾이고 좌절된 상태를 보여주는 것"처럼, "사회의 부조리가 득세하고 비리가 선의善意를 짓눌러 파멸의 상태를 드러내는"[9] 소극적 투쟁밖에 보여주지 못했던 것은 바로 이러한 현실적 한계를 직시한 데서 비롯된 결과가 아닐까 싶다.

이처럼 김정한의 소설은 언제나 권력자의 반대편에 선 소수자의 시

---

9   김중하, 「요산 소설에 대한 단상 몇 가지」, 요산 김정한 선생 고희기념사업회 편, 앞의 책, 140쪽.

선으로 역사와 현실을 비판적으로 들여다보고자 했다. 그리고 이러한 비판적 서사를 통해 너무도 완고한 권력에 의해 포섭된 현실의 모순을 타개하는 의미 있는 방향을 찾을 수 있기를 기대했다. 이러한 문제의식이 해방 이후 친일 유산을 올바르게 청산하지 못한 우리 역사의 모순이 친일 권력의 영속성으로 이어진 데 대한 비판에 초점을 두었음은 분명하다. 하지만 이보다 더 중요하게 생각한 문제는, 민족과 국가라는 틀 속에 갇힌 담론적 차원을 넘어 지배 권력에 대한 저항이라는 계급적 불평등 해소에 있었음을 간과해서는 안 된다. 「사하촌」에서 "일본서 탄광밥 먹다 온 까막딱지 또출"[1권, 62쪽]로부터 들은 소작쟁의에 대한 얘기와 보광리의 횡포에 맞선 성동리 사람들의 집단행동을 서사화한 것이나, 「수라도」에서 위안부로 끌려갈 위험에 처한 '옥이'와 사위 '박서방'을 혼인시킴으로써 봉건적 계급의식을 넘어선 인간 평등의 실현을 보여준 데서, 그리고 「산서동 뒷이야기」에서 일본인 '이리에쌍'과 '박수봉'의 관계를 민족과 국가의 경계를 넘어 농부와 소작인으로서의 동지적 연대로 결속시켜 농민 투쟁에 함께 참여하게 한 것은, 김정한 소설의 민족문학적 특징이 농민문학, 민중문학, 계급문학적 바탕 위에 있었다는 점을 분명하게 말해준다. 실제로 김정한은 "내 일생의 운명을 결정지은 중대한 원인"[10]으로 '양산 농민봉기사건'을 언급하기도 했는데, 농민들의 피해 조사와 농사조합 재건 등에 개입하다 옥고를 치르면서 일본 유학까지 그만두어야 했던 경험이 자신의 인생을 결정하는 중요한 사건이었음을 직접적으로

---

10   김정한, 『낙동강의 파수꾼』, 한길사, 1985, 83쪽.

밝힌 것이라는 점에서 특별히 주목된다.

　이런 점에서 김정한은 주변부 소수자로서 민중들이 겪어야 하는 불평등이 개인의 문제 때문이 아니라 식민과 제국의 폭력에 의해 철저하게 왜곡된 결과이며, 이러한 왜곡된 시선이 해방 이후에도 국가의 근대적 폭력으로 계속해서 이어지는 현실을 절대로 용납할 수 없었다. 더군다나 이러한 국가 권력의 횡포가 한 개인의 삶을 극단적 나락의 세계로 내몰아버림으로써, "동물원이 된다는 터에서 쫓겨나는 인간은 필연 거기에 살게 될 동물들보다도 더 처참한 모습"「굴살이」, 3권, 241쪽이 되는 비인간적 상황을 결코 묵인할 수 없었다. "황폐한 모래톱—조마이섬을 군대가 정지를 하고 있다는 소문"「모래톱 이야기」, 3권, 40쪽이 한낱 소문에 불과한 것이 아니라 1960년대 이후 개발 독재의 서슬퍼런 현실이었다는 점에서, 그의 소설은 근대화의 폭력에 희생된 소수자들의 삶을 집요하게 파고드는 실천적 서사에 더욱 주력했던 것이다.

　　윤 서방의 이러쿵저러쿵 하는 말을 종합해 보면, — 그의 처가댁, 즉 점이의 수양아버지 강 노인 댁의 산소가 있는 독메가 구포에 사는 어떤 사업가에게 팔리게 되었다는 것이다. 물론 강 노인 댁의 산소 일대는 강 노인 개인의 산판이었지만 독메의 대부분은 국유 임야인데, 그 국유 임야를 불하받는 사업가가 그 산 전체를 자기들의 가족묘지로 하기 위해서 나머지 개인 소유까지 적당한 시세로써 사들이려던다는 것이었다.「독메」, 4권, 20쪽

　　그들이 법원에 제출했던 '소유권 반환소송'은 결심공판이 일시 보류되었

기 때문에 다행히 황거칠 씨의 수도시설은 '즉시파괴'의 운명을 면했지만 대신 바로 그 수원우물 가까이까지 땅이 깊이 파헤쳐지고 있었다. 만약 거기까지 외양간이 들어선다면 수도용 우물 – '마삿등' 사람들의 식수에까지 지장이 올 것은 명약관화한 일이었다.

(…중략…)

황거칠 씨는 순순히 단념할 수는 없었다. 백성을 마소보다 못하게 다루는 법과 권력이라면 지기가 싫었다. 그는 이미 어떤 각오가 되어 있는 듯한 말눈치였다.

"덮어놓고 법을 지키는 게 그렇게도 소중하거든 독립운동을 하다가 돌아간 사람들의 무덤까지 모조리 파헤쳐 보라지!"

수정암 뒷산 공사장에서 발파 소리가 메아리쳐 올 때마다 황거칠 씨는 더욱 화가 치밀었다. 마치 그의 산수도의 우물이 온통 내려앉는 듯한 기분이었다. 「산거족」, 4권, 146~147쪽

그가 살던 곱은돌이와 그곳 문전옥답들이 골프장으로 둔갑한 것은 근대화를 지향하는 국가의 체면을 위한 만부득이한 처사라 하자. 그러나 '식량증산'은 말로만 내세우는 국책인지, 냉정재 밑 넓은 들녘이 '수출산업'을 빙자한 소위 재벌들의 명의로 슬쩍슬쩍 넘어가게 된 것은 도무지 알 수 없는 일이었다. 더구나 최초로 정부로부터 공장부지용으로 매입인가를 받을 때는 불과 기천 기만 평이었는데 실제 그들이 사들인 면적은 그것의 몇 배 몇십 배씩이나 된다는 것, 그리고 이 농토들이 거의 그렇게 팔리고 난 다음에야 건설부 고시 4백 6십 몇 혼지 뭔지로 뒤늦게야 공업 용지로 책정되었다는 것이 일반

인에게 알려졌다는 사실(송노인은 이것을 건설부가 재벌이란 사람들에게 눌렸거나 아니면 서로 짜고 한 일일 거라고 믿고 있다), 게다가 논밭을 팔아넘긴 사람들로 보아서는 어차피 뺏길 땅이니(사실 토지 수용령에 의해서 그렇게 된 예가 많았으니까) 공장이 서면 아이들 취직을 시켜준다는 바람에 더러는 시가보다 오히려 싸게 팔았다는 얘기 등…… 암만해도 아리숭한 점이 많았다.「어떤 유서」, 4권, 215쪽

「독메」는 3·1운동 때 일제와 맞서 싸운 희생자가 "진주·하동 다음 셋째"로 많고 "다른 지방에는 잘 없는 '3·1 독립운동 기념비'까지 서 있"12쪽는 김해와, "아직 햇구멍도 채 안 막혔는데 곳곳에 네온과 샨데리아가 찬란하게 일렁거"리는, "강 건너 구포"27쪽의 대비 속에서, '점이'의 수양아버지 '강 노인' 댁의 산소가 있는 독메가 구포 지역의 사업가에 팔리면서 벌어지는 사건이 주요 내용이다. 이는 김정한 소설의 핵심 주제인 토지의 소유를 둘러싼 이권의 개입과 그로 인해 증폭되는 갈등이 주요 서사라는 점에서 특별히 새로운 점은 없다. 다만 이러한 토지 문제를 조상이나 가족의 전통을 상징적으로 표상하는 산소山所와 연관 짓고 있는 점이 해방 이전의 소설과는 다소 차이를 보인다. 독메이 소유권이 유력자에게 넘어가면서 점이의 수양어머니 '녹산댁'의 매장 허가가 나올지 말지에 대한 논란이 또 다른 이야기의 중심을 차지하는 것과, "독립운동을 하다가 돌아간 사람들의 무덤"에 대한 "'마샷등' 사람들"의 자존심을 유독 강조하는 「산거족」의 '황거칠'의 태도에서도, 토지 소유와 개발에 관한 문제가 가족가 조상의 산소 문제와 연결되어 있음을 확인할 수 있

다. 또한 1970년대 말 작품으로 추정되는 미발표작 「잃어버린 산소」에서도, 표제에서 분명하게 드러나듯이 조상의 무덤이 있는 산소의 소유를 둘러싼 해방 이후의 갈등이 중심 내용일 것으로 추정된다.[11] 이러한 갈등의 부각은 "근대화를 지향하는 국가의 체면"이 개발 독재로 이어지면서 "수출산업'을 빙자한" 막대한 희생을 농민과 민중들에게 무조건 강요했던 국가 폭력이, 민족 정신과 가족 전통마저 아무렇지 않게 훼손했음을 고발하고자 한 데 있다.[12] 특히 이러한 과정에서 주변부 소수자로서 농민이나 도시 빈민들이 겪어만 했던 상처와 고통은 극단적인 결말로 이어지고 있어 상당히 문제적이다. 「어떤 유서」의 송 노인은 골프장 건설로 자신이 평생 살아온 '곱은돌'이 개발되면서 강제로 쫓겨났을 뿐만 아니라, 공업단지 조성과 농업진흥공사의 전천후 사업 등으로 경지 정리 공사가 실시되어 막대한 피해를 입기도 했다. 그 결과 근대화로 농토가 황폐화되는 것을 더이상 지켜볼 수 없어 농약을 먹고 스스로 목숨을 끊는 극단적 선택을 하고 만다. "내가 죽거든 내 땅을 뺏은 '오리엔탈 골프장'이나 농진공사 ××사업소에 묻어 달라"226쪽고 쓴 그의 유서는, "백성을 마소보다 못하게 다루는 법과 권력이라면 지기가 싫었"던 '황거칠'을 비롯

---

11 이에 대한 자세한 내용은, 하상일, 「김정한의 미발표작 「잃어버린 山所」연구」, 『국어국문학』 제180호, 국어국문학회, 2017.9.30, 561~588쪽 참조.

12 1960년대 농업정책은 '농민 부재'의 불균형 정책으로, 농민 이익은 국가 권력의 예속성과 계급성에 의하여 노골적으로 억압·은폐되었으며, 농민은 국가 안보와 경제 성장이라는 미명하에 침묵과 굴종을 강요받았다. 또한 농촌에서는 여전히 지역 유지·관료들이 지배력을 행사하고 있었고, 농촌의 빈곤과 소외를 견디지 못한 수많은 농민들이 이농하여 도시로 몰려들어 열악한 도시 빈민층으로 편입되었다. 박재범, 「김정한 소설의 진보담론 연구」, 『현대소설연구』 36집, 한국현대소설학회, 2007.12, 150쪽에서 재인용.

한 근대화의 희생자들이 공통적으로 내뱉는 마지막 목소리였다. 그럼에도 불구하고 국가 주도의 근대화는 "건설부가 재벌이란 사람들에게 눌렸거나 아니면 서로 짜고 한" 온갖 비리로 농토가 하루아침에 공업 용지로 바뀌는 부정부패를 조장하기만 할 뿐, 그리고 "공장이 서면 아이들 취직을 시켜준다는 바람에 더러는 시가보다 오히려 싸게 팔았다는 얘기"에서처럼 자본의 축적이나 개인의 영달 같은 현실적인 이득에 대한 세속적 계산만이 만연되었을 뿐, 평생을 살아온 가족과 조상의 삶터에 대한 인간적 존중이나 그곳 사람들의 생존권 침해에 대한 어떠한 윤리적 판단도 처음부터 고려사항이 아니었다.

김정한의 소설에서 근대화의 희생자들은 땅의 문제에만 국한되지 않는다는 점에서 더욱 문제적이다. 1960년대 후반 김정한의 소설은 인간의 생명을 지켜내는 질병의 문제와 이를 치유하는 과정에서 주변부 소수자들이 겪어야 했던 차별과 소외를 쟁점화했다. 아이를 낳고 젖이 붙어 위급 상황에 빠진 아내가 인간을 치료하는 병원이 아닌 가축병원 수의사에게 수술을 받을 수밖에 없었던 안타까운 이야기를 담은 「축생도」, 장질부사에 걸린 어머니를 간호하기 위해 전염병동인 제3병동에 들어온 '강남옥'이 자신도 장질부사에 감염된 채 어머니의 죽음을 맞이하는 가난한 가족사의 아픔을 그린 「제3병동」, 음성 나환자 수용소 '자유원'과 부랑아 수용소 '희망원'의 갈등을 매개로 나환자들의 집단 거주지인 '인간단지'를 조성하려는 '우중신'과 이를 파괴하려는 자본가 '박원장'의 대립을 다룬 「인간단지」는, 인간의 근원적 윤리 파탄에 대한 비판을 집중적으로 서사화한 소설이다. 이를 통해 김정한은 "제길 근대화 두 번만 했으면 집까지 뺏

어갈 거 앙이가!"「평지」,69쪽라고 분노했던 '허생원'의 목소리처럼, 국가 주도의 근대화 정책이 인간의 행복을 위한 필요충분조건이 되기는커녕 '집'이라는 최소한의 생존 조건마저 처참하게 무너뜨리는 국가 폭력의 모순을 강하게 비판했다. 즉 근대화의 모순과 역설이 우리 사회의 양극화를 더욱 노골화함으로써, '3등 인간 취급당하는' '전염병동'과 같은 격리 사회가 점점 당연시되는 현실을 적나라하게 보여주었던 것이다. 따라서 김정한은 주변부 소수자로서 제국의 폭력과 근대화의 희생이 맞물리는 지점을 해소하기 위해 작가로서 가져야 할 근본적인 고민과 성찰을 하지 않을 수 없었다. 이러한 문제가 식민의 유산으로부터 이어진 역사적 모순과 한계에서 비롯된 것임을 더욱 분명하게 직시함으로써, 식민지 하위주체로서 소수자의 계급의식을 역사적으로 재인식하는 방향으로 나아가고자 했던 것이다. 1960년대와 1970년대의 경계에서 김정한의 소설이 민족과 국가의 경계를 넘어 동아시아 민중 연대의 가능성을 고민하는 구체적인 변화를 보였던 이유는 바로 이러한 문제의식에서 비롯된 결과였다.

3. 민족과 국가의 경계를 넘어선 동아시아 민중 연대의 가능성

지금까지 살펴봤듯이 김정한의 소설은 제국의 기억과 국가의 근대적 폭력에 철저하게 희생당한 민중들의 이야기에 초점을 두었다. 그리고 이러한 민중 주체의 시각은 민족과 국가라는 경험적 토대 위에서 지역적 장소성의 구체화를 통해 서사화된 것으로 논의되었다. 이러한 평가는 김정한의 소설 전반을 꿰뚫는 핵심을 정리한 것이란 점에서 분명 타당한 해석이다. 그런데 이제는 한 걸음 더 나아가 그의 소설이 국가와 민족을 넘어서 동아시아적으로 시야를 넓히고자 했던 가능성에 대해서도 주목할 필요가 있다. 김정한의 소설에서 두드러진 지역적 기표는 특정한 장소나 공간으로서의 한정된 소재 차원에 머무르는 것이 아니라 식민주의의 왜곡된 추상성과 보편성을 비판적으로 성찰하는 동아시아 역사의 공동체적 공간으로서 더욱 의미가 있음을 기억해야 하는 것이다. 그의 소설은 지역적 문제의식이 동아시아적 시각과 맞물리는 지점에서부터 식민지 하위주체로서 민중의 현실을 극복하는 국제주의적 연대의 가능성을 열어내고자 했다. 물론 이러한 문제의식은 1970년대에 와서야 그의 소설에서 구체적인 서사로 부각되는 것이 사실이지만, 처음부터 김정한의 소설을 관통하는 서사적 토대의 한 축을 차지했다고 볼 여지도 있다. 그의 초기작 「사하촌」에서 성동리 농민들이 야학당에 모여 보광사에 차압 취소와 소작료 면제를 탄원하러 가는 집단행동이, '또쭐이'에게 일본 탄광에서의 소작쟁의에 관한 이야기를 들었던 사실과 전혀 무관하지 않다는 데서, "비록 암시되는 정도에서 그치는 한계는 있지만 농민들의 주체적 자각과 자발적 저항에 있어서 또쭐이가 들려주는 일본 탄광 이야기를 통해 '국제주의적 민중연대'의 가능성을 읽어낼 수도 있는 것이다.[13] 이처럼 일본의 소작쟁의에 대한 김정한의 관심은 그의 소설이 일본에 대한 인식을 어떻게 하고 있었느냐에 대한 집중적인 논의의 필요성을 제기

---

13   구모룡, 「21세기에 던지는 김정한 문학의 의미」, 앞의 책, 364쪽.

하기도 한다. 동래고보 시절 동맹 휴교로 경찰서에 구금되었을 때 일본인 교장 후지다니藤谷의 도움으로 풀려났던 경험이나, 일본 와세다대학 유학 시절『학지광』편집에 참여하면서 사회주의 유학생들과 교류했던 실제적 경험으로부터, 한일 관계를 단순한 대립적 시각이 아닌 상대적이고 중층적인 시각에서 바라보고자 했던 김정한 소설의 가능성을 조심스럽게 유추해 볼 수 있는 것이다.

김정한의 소설에서 "한일 관계를 새롭게 사유하고 있는", 즉 "한일 민중 연대의 경험"[14]을 소설화한 대표적 작품은 「산서동 뒷이야기」이다. 이 소설은 앞에서 언급한 대로 김정한 스스로가 자신의 운명을 결정지은 근거가 되었다고 고백한 '양산농민봉기사건'을 배경으로 한다는 점에서 더욱 문제적이다. 낙동강 하구의 조선인 빈촌인 명매기 마을의 실제 배경이 현재 양산 남부동이라는 사실과, 소설 속에서 '박수봉'과 '이리에쌍' 두 주인공이 수해를 겪은 갑술년 일본인 부재지주들의 지세와 소작료 징수에 반대하는 투쟁에 앞장선 것, 그리고 그들이 "산서동이 선 지 바로 이태 뒤" "ㄹ군 농민봉기사건" 「산서동 뒷이야기」, 4권, 184쪽에 가담했다가 경찰서에 갇히는 사건을 통해, 김정한의 실제적 삶과 소설 속 주인공의 일치를 그대로 보여준다.

산서동에서 박수봉 씨를 비롯해서 농조에 관계했던 사람들은 모조리 경찰에 끌려갔다. 일본인인데도 불구하고 '이리에쌍'도 물론 체포되었다. 뿐 아

---

14   최원식, 앞의 글, 23쪽.

니라 그와 박수봉씨는 다른 사람이 풀려나온 뒤에도 오래도록 경찰에 갇혀 있었다.

"'이리에'란 자는 나쁜 사상 가진 노미여, 일본서도 그러다가 쫓겨났단 말이다."

심지어 일본인 순경들까지 산서동 사람들을 보고 '이리에쌍'을 이렇게 욕했다. 그러나 산서동 사람들은 순경들이 그런다고 '이리에쌍'을 결코 나쁜 사람이라고 생각하지 않았다. 그와 박수봉 씨가 풀려 나왔을 때는 오히려 온 부락민이 그들을 위로하는 잔치까지 벌였다. 물론 요즘 선거 때 곧잘 벌어지는 그 따위 탁주 파티와는 질이 달랐다.

아무튼 이 ㄹ군 농민 봉기사건을 계기로 해서 그는 단 한 사람뿐인 일본인 가담자로 산서동만이 아니라 전 군에 널리 알려졌다. 해방 후 그가 일본으로 돌아갈 때 일부 지방 농민들이 그를 부산 부두까지 전송을 한 것도 실은 이러한 여러 가지 일들이 있었기 때문이었다.「산서동 뒷이야기」, 185쪽

「산서동 뒷이야기」는 일제 말 낙동강 주변의 한 마을을 배경으로 '박수봉'으로 대표되는 조선인 농부와 일본인 농부 '이리에쌍'을 통해 한일 관계의 대립을 넘어선 민중의 공동체적 연대를 잘 보여준다. 일본과 일본인에 대한 편견과 저항에 사로잡혀 있을 수밖에 없었던 일제 말의 상황 속에서, 일본인임에도 불구하고 조선 농민들의 편에서 일제의 부당한 횡포에 맞서 함께 싸웠던 이리에쌍의 모습은, "다 같이 못사는 개펄 농사꾼이지 민족적인 차별감 같은 건 서로 가지지 않"183쪽는 한일 관계의 새로운 가능성을 보여주기에 충분했던 것이다. 즉 "나도 논부의 아들이요,

소작인의 아들이란 말이요. 그래서 못살아 이곳에 나와 봤지만, 소작인의 아들은 오데로 가나 못사루긴 한가지야!"184쪽라고 항변한 이리에쌍의 목소리에는, 일본인과 조선인이라는 편견과 차별을 넘어서 농부와 소작인으로서의 계급적 동질성이 더욱 선명하게 부각된다. 식민지 하위주체로서 가난한 농민이 감당해야 하는 상처와 고통은 한국과 일본의 경우가 전혀 다르지 않다는 사실을 예상하게 하는 것이다. 따라서 김정한은 이 소설을 통해 주변부 소수자로서의 민중적 계급의식에 대한 올바른 각성을 촉구하는 기본 전제하에, "강렬한 민족주의의 충돌을 넘어서 민중에 기초한 국제적 연대의 가능성을 탐구"15하고자 했다. 이는 해방 이후 식민지 권력이 국가 권력으로 대체되는 과정에서 친일 잔재의 청산이 가해자로서의 일본에 대한 비판에 가장 중요한 방향성이 있었다는 사실을 명확히 하면서도, 식민의 상황을 벗어났음에도 불구하고 주변부 소수자로서의 계급적 불평등은 여전히 해소되지 않은 민중의 현실을 더욱 심각한 문제로 인식했음을 말해준다. 해방 당시 신의주고보에 재직하고 있었던 후지다니 교장을 "3·8선까지는 이북의 동래고보 출신들이 보호하고 3·8선에서는 이남의 동래고보 출신들이 인계해서 부산에서 곱게 배태워 보내드린"16 사실을 연상시키듯, 해방 후 일본으로 돌아가는 이리에쌍을 각별한 마음으로 보내주었던 산서동 농민들의 모습은 김정한의 일본 인식에 내재된 심층적 측면을 이해하는 중요한 실마리를 제공한다.

---

15   최원식, 앞의 글, 23쪽.
16   김정한·최원식(대담), 「그 편안함 뒤에 대쪽」, 『민족문학사연구』 제3호, 창작과비평사, 1993, 291쪽.

즉 협력과 저항의 관점에서 제국의 시선과 민중적 시선을 철저하게 구별해야 한다고 본 것인데, 이러한 문제의식이「오키나와에서 온 편지」를 통해서는 해방 이후 근대적 국가 폭력에 희생된 민중들의 현재적 상황과 연결되어 소수자 의식과 동아시아적 시각이 만나는 민중 연대의 가능성을 더욱 구체적으로 보여주었다.

막순이란 년이 괜스레 돌아가신 아버지의 얘길 꺼내자,

"머 광산사고로 돌아가셨다고? 산일은 언제부터 했는데 — ?"

하야시 노인은 갑자기 눈을 커다랗게 뜨시더군요. 그리고 내 얼굴을 뚫어지듯 내려다보는 것 같았습니다.

나는 솔직히 말을 해주었지요.

"어릴 때부터랍니다. 열여섯 살 때라던가요. 징용으로 북해도에 끌려가서 북탄北炭이라던가 어딘가 하는 탄광에서 처음으로 버럭통도 지고, 막장일도 배웠답니다. 그때 일본 사람들은 한국 노동자들을 머 '다꼬'문어새끼라고 불렀다지요? 한국인 합숙소를 '다꼬베야'문어수용소라 하고요."

들은 풍월로 이렇게 대답했더니,

"머 북해도? 다꼬베야?"

하야시 노인은 눈이 더욱 휘둥그레지면서 느닷없이 내 거칠어진 손을 덥석 쥐다 말고, 자기 방으로 횡 돌아가더군요. 그리고 한참 동안 방에서 나오지 않았어요.

(…중략…)

그때 마침 내처 기가 죽어 있는 내 표정을 눈치 챈 다께오 씨가 가까이 오더니,

"봇진쌍복진이, 걱정 필요 없어."

하고 모든 걸 털어놓습데다. ― 그의 아버지 하야시 노인 역시 젊었을 때 북해도의 탄광에서 막장일을 했다나요. 그런 기억이 되살아났기 때문에 아버지 얘기에 별안간 어떤 충격을 받아서 그랬을 거라고요. 듣고 보니 그런 것 같기도 하죠.

아닌 게 아니라, 그런 일이 있고부터 하야시 노인은 광부들의 딸인 우리들에게 한결 친절한 태도를 보였습니다.

"제국일제 말년에 국민 징용령이 발표되고부터 십육 세 이상 오십삼 세까지의 한국인 노무자가 70여만 명이나 일본에 끌려왔다지만, 적어도 그 중 2십만 명가량은 아마 북해도 탄광들이나 땅굴 파는 일에 동원됐을 거야. 봇진이 아버지도 틀림없이 그 중의 한 사람이었을 거야. 어쩜 나와도 만났을는지도……"

하야시 노인은 이틀 전과는 아주 달리 담담한 어조로 당시의 일을 이야기해주었습니다. 「오키나와에서 온 편지」, 4권, 275~276쪽

「오키나와에서 온 편지」는 일본의 내부 식민지인 오키나와 미군 기지 반환 투쟁에 참여하고 있는 일본인 남성 '다께오'와 국가의 근대화 정책 일환으로 오키나와 사탕수수 농장에 계절노동자로 인력 수출된 한국인 여성 '복진', 그리고 국가의 외화벌이로 팔려 온 한국인 고아와 일본군 위안부 출신 '상해댁'의 우연한 만남을 매개로, "한국과 일본의 관계, 민족주의와 국제주의에 관한 생각거리를 제기"[17]한 상당히 문제적인 작품이다.

---

17   이상경, 「한국문학에서 제국주의와 여성」, 강진호 편, 앞의 책, 247쪽.

우리나라 소설사에서 일본군 위안부의 현실을 직접적으로 증언한 첫 번째 작품[18]이거니와, 김정한의 소설 배경이 낙동강을 중심으로 한 지역적 장소성을 넘어 동아시아의 공간으로 확대된 것도 사실상 처음이었다. 게다가 "어느 평론가가 나를 두고, 체험하지 못한 것은 잘 못 쓰는 사람이라고 평한 글을 읽고 꽤 알아맞힌 말이라고 생각했다"[19]라는 직접적인 언급에서처럼, 경험적 서사를 넘어 증언과 기록[20]의 서사라는 소설 쓰기 방식을 시도한 것도 새로운 지점이었다. 이 소설은 「산서동 뒷이야기」의 박수봉과 이리에쌍의 관계 설정과 흡사하게 한국인 복진의 아버지와 일본인 다께오의 아버지 '하야시'가 북해도 탄광 노동자라는 공통의 경험을 가졌다는 사실을 통해, 식민과 제국의 기억이 조선인의 상처로만 남아 있는 것이 아니라 일본의 내부 식민지인 오키나와인의 상처와도 겹쳐 있음을 보여주고 있어 주목된다. 일제 말 조선인 강제징용의 역사를 말하는 하야시가 복진의 아버지에 대해 "어쩜 나와도 만났을는지도"라고 말하는 대목에서, 다께오와 복진의 현재가 일본과 한국이라는 민족과 국가의 경계를 넘

---

18 「수라도」에서도 일제 말 일본군 위안부의 현실을 언급하기는 했지만, '상해댁'이라는 구체적인 인물을 등장시켜 직접적으로 문제 삼은 것은 「오키나와에서 온 편지」가 처음이라고 할 수 있다.

19 김정한, 「진실을 향하여―문학과 인생 ①」, 『황량한 들판에서』, 황토, 1989, 69쪽.

20 1961년 6월 5·16 군사정변으로 부산대학에서 해직된 김정한은 1965년 복직하기 전까지 『부산일보』 상임논설위원으로 활동했다. 이때 그는 언론인으로서의 이점을 최대한 활용하여 오키나와의 신문 매체를 두루 섭렵했고, 당시 오키나와 현지에 특파원을 파견하여 「오키나와 속 한국」이라는 연속 기사를 쓴 『매일경제』를 비롯하여 『경향신문』, 『동아일보』, 『조선일보』 등에 게재된 오키나와 계절노동자에 관한 기사를 충분히 접할 수 있었을 것이다. 이에 대한 자세한 내용은, 하상일, 「김정한 소설과 아시아―베트남, 오키나와, 남양군도」, 『한민족문화연구』 제68집, 한민족문화학회, 2019.12, 109~110쪽 참조.

어서 제국의 희생이었던 광부의 아들과 딸이라는 동질적 연대감으로 이어지고 있음을 강조하고 싶었던 것이다.[21] 이처럼 김정한의 소설은 1970년대 중후반부터 경험의 서사를 넘어서 증언과 기록의 서사를 포괄하는 동아시아 민중 연대의 가능성에 대해 깊은 관심을 가졌는데, 그가 남긴 미완성 미발표작 「잃어버린 산소」[22]에서 이러한 관계는 주인공 '학수'와 일본인 군인 '후지다'의 대화를 통해서도 그대로 드러난다.

"박 군, 아버지가 안 계시다지?"

후지다는 난간에 허리를 기대며 물었다. 내처 눈두덩을 끔뻑끔뻑하면서.

---

21 물론 오키나와인 다께오의 태도에서 식민지 조선에 대한 왜곡과 차별의 시선이 여전히 내재되어 있음을 간과해서는 안 된다. 오키나와인으로서가 아니라 제국 일본인으로서의 무의식을 드러낸 다께오의 태도에서, "일본 내국식민지 오키나와에서 모처럼 열린 독특한 민중의 연대의 가능성은 민족주의 또는 나라 사이의 경계라는 애물에 걸려 좌초하고 말았"고, "일제 식민지 시대에 존재하였던 식민자 일본(오키나와) — 피식민자 조선인의 구조가 인식상에서 여전히 존재하고 있"음을 확인할 수 있는 것이다. 이에 대해서는, 최원식의 「오키나와에 온 까닭」(『제국 이후의 동아시아』, 창비, 2009, 175~176쪽)과 조정민의 「오키나와 기억하는 전후」(『일어일문학』 45, 대한일어일문학회, 2010.2. 336~337쪽) 참조.

22 김정한의 미발표작은 「잃어버린 山所」이외에도 완결된 단편 2편, 미완성 장편소설 여러 편을 포함하여 200자 원고지 4,200여 장에 이른다. 이에 대한 개략적인 설명은, 황국명, 「요산 김정한의 미발표작 별견」(〈요산 김정한 선생 탄생 100주년 기념 학술발표대회〉, 한국문학회, 2008.12.13.)에서 처음 소개되었고, 제20회 요산문학축전 심포지엄에서 5편의 논문으로 발표되었다. 손남훈, 「요산 미발표작 「새앙쥐」, 「遺産」 고찰」; 하상일, 「식민지의 연속성 비판과 동아시아적 시각의 확장─김정한의 미발표작 「잃어버린 山所」와 일제 말의 '남양군도(南洋群島)'」; 김성환, 「피난지 부산의 현실을 향한 시선─『세월』, 『난장판』의 경우」; 박대현, 「5·16 군사정권과 김정한 소설의 내적 모랄의 양상─미발표작 『갈매깃집』을 통해 본 내적 분열과 자기 검열에 대하여」; 김경연, 「김정한 미발표 장편 자전소설 연구─식민지 근대의 기억과 자기 재현의 정치학」.

"야."

학수는 서슴없이 말했다. 그저 누구에게서 들은 게로구나 싶었을 따름이었다.

"일찍 돌아가셨나."

"야."

"몇 살 때?"

"난 아버지 얼굴도 잘 모릅니다."

치근치근한 놈이다 싶었다.

"나와 비슷하군. 나는 세 살 때 어머니를 여의었어. 만주서."

후지다는 목소리가 별안간 낮아졌다. 학수는 곧 그러한 그의 마음속을 촌탁해 보았다.

"그럼 고향에는 어머니 혼자 계시는구먼."

후지다는 학수를 다시 돌아보았다.

"야."

학수는 내처 예사롭게만 대답했다.

"그러나 나보다 낫네."

후지다는 담배를 한 대 피어 물더니

"나는 아버지도 죽었어. 만주사변 때 제자리서 출장해서 말이다. 전쟁이란 건 무서운 거야. 우리도 언제 어디서…… 아무튼 우린 다 때를 잘못 타고 났어!"

그는 방금 피어 물었던 담배를 물 위로 던져버리고 바다 쪽을 향해 돌아섰다. 호호한 달빛이 바다를 향해 넓게 펼쳐 보였다.

'우리'란 말과 '때'란 단어가 학수의 기억 속에 스미듯 하며 그로 하여금 후지다에게 별안간 어떤 친근감 같은 것을 느끼게 했다.(「잃어버린 山所」[23])

일제 말 지원병을 피하기 위해 근로보국대에 지원한 주인공 학수가 남양군도로 끌려가는 배 위에서 자신의 가족에 대해 스스럼없이 물어보는 후지다를 보면서 "치근치근한 놈"이라고 경계하는 태도에는, 제국의 폭력을 일상적으로 경험한 데서 비롯된 한일 관계의 무거운 편견이 내면화되어 있다. 그래서 후지다의 물음에 "내처 예사롭게만 대답했"던 학수와는 달리, 후지다는 어린 나이에 일본 제국의 희생양이 되어 남양군도 트라크섬 비행장 건설에 강제 징용되는 어린 학수를 연민의 시선으로 바라보았다. 물론 이러한 태도는 조선인 학수에 대한 연민과 동정도 있었지만, "전쟁이란 건 무서운 거야. 우리도 언제 어디서…… 아무튼 우린 다 때를 잘못 타고 났어!"라는 말처럼, 비록 일본인이지만 제국의 전쟁에 동원되어 언제 죽을지도 모르는 위험 속을 살아가고 있는 자신의 삶에 대한 한탄이 짙게 투영되어 있는 것도 사실이다. 하지만 후지다는 만주사변으로 부모를 모두 잃은 자신의 상처와, 어머니와 헤어져 남양으로 끌려가는 학수의 현재적 상황에 막연한 동질감을 느낌으로써 '우리'라는 공동체적 정서에 흔들리게 된다. 그리고 후지다에 거리를 뒀던 처음의 태도와 달리 학수 역시 "'우리'란 말과 '때'란 단어"에 이끌려 "후지다에게 별안간 어떤 친근감 같은 것을 느끼게" 된다. 일제 말 강제징용과 위안부

---

23 인용문은 현재 요산문학관 전시실에 소장된 원고에서 발췌한 것으로, 200자 원고지 분량 225쪽에 달하는 내용의 일부분이다.

의 현실을 남양군도의 트라크섬이라는 구체적인 장소를 배경으로 생생하게 전하는 이 소설은, 김정한의 작품 가운데 일제 말 제국주의 폭력의 실상을 가장 직접적이고 사실적으로 증언한 작품이다. 그런데 이러한 서사의 참혹함을 전하기에 앞서 남양군도로 가는 배 위에서 우연하게 이루어진 후지다와 학수의 만남을 통해 김정한은 어떤 작가적 메시지를 담고자 했던 것일까. 「산서동 뒷이야기」의 '이리에쌍', 「오키나와에서 온 편지」의 '하야시 노인', 그리고 이 소설의 일본인 군인 '후지다'는, 자신들의 국가인 일본의 제국주의를 위해 강제적으로 희생당한 민중의 표상이라는 점에서, 일제 말 식민지 권력과 해방 이후 국가 권력에 희생된 우리 민중의 모습과 크게 다르지 않다는 사실을 분명하게 보여주고자 한 의도가 두드러진다. 물론 민족과 국가의 경계를 넘어서 이들 간의 관계를 무조건 동질적으로 보는 것은, 자칫하면 한일 간의 역사적 쟁점을 의도하지 않게 왜곡하는 다소 위험한 결과로 흐를 소지가 있음을 경계해야 한다. 하지만 해방 이후 김정한 소설의 일관된 주제인 진정한 의미에서의 친일 청산 과제는, 민족과 국가의 경계를 넘어 권력에 의해 일방적으로 도구화되고 수단화된 한일 민중들의 공통된 현실에 특별히 주목할 필요가 있다. 김정한의 소설에서 1960년대 낙동강을 중심으로 전개된 지역적 로컬리티의 서사가 1970년대로 넘어오면서 동아시아적으로 확대되어 간 것은 바로 이러한 국제적 민중 연대의 가능성을 모색하기 위한 과정이었다고 할 수 있다. 그의 소설에서 지역은 특정 장소나 공간에 한정된 일국적 시야를 넘어서 식민과 제국의 기억을 공유하는 아시아 민중들의 공동

체적 연대를 실현하는 전략적 장소로서 새롭게 부각되었던 것이다.[24]

4. 맺음말

　지금까지 김정한의 소설에 대한 연구는 식민과 제국의 폭력에 노출되어 있었던 낙동강 주변 토착 민중들의 궁핍한 생활상에 초점을 두고 있었다. 그리고 해방 이후 이러한 식민의 유산이 국가 주도의 개발 독재로 이어지면서 주변부 소수자로서 민중의 삶을 차별하고 소외시키는 근대화 정책의 허위성을 신랄하게 비판하는, 해방 이전과 이후의 역사적 모순의 연속성에 특별히 주목하였다. 이러한 평가는 식민지 근대가 강요한 왜곡된 보편주의를 넘어서 지역적 구체성에 바탕을 둔 소수자 의식을 핍진하게 담아낸 김정한 소설의 핵심 주제를 명확히 정리한 것임에 틀림없다. 하지만 이와 같은 그동안의 시각은 김정한을 '낙동강의 파수꾼'으로 불러온 데서 알 수 있듯이, 그의 소설을 지역적 장소성에 가두는 협소한 관점을 반복 재생산했다는 데서 명백한 한계가 있는 것도 사실이다.

24　제2차 세계대전 이후 신생 독립국 지도자들이 국가 재건을 위해 공통적으로 내세운 아젠다가 '근대화'였다는 사실과, 국가 주도 경제개발이라는 근대화 과정에서 무수히 많은 민중들의 희생, 고통, 차별, 억압이 이루어졌다는 점에서, 아시아, 아프리카, 라틴아메리카 신생 독립국 민중들의 주변부 소수자로서의 삶은 그대로 일치한다. 따라서 김정한의 소설에서 지역적 로컬리티의 구체성은 농민의 희생을 댓가로 전개되는 경제개발이나 근대화 과정의 모든 기만성과 식민성, 그리고 폭력성을 표상하는 '세계의 모든 공간'으로서의 특수성과 보편성을 지니고 있기도 하다. 이러한 관점에서의 논의는, 한수영, 「김정한 소설의 지역성과 세계성」, 『사상과 성찰』, 소명출판, 2011, 313쪽 참조.

김정한의 소설에서 낙동강을 비롯한 부산 경남 지역의 구체적 장소성은 자신이 평생 살았던 경험적 장소의 구체화라는 점에 기인하지만, 이러한 지역적 기표는 제국과 국가의 폭력에 희생된 민중의 현실을 핍진하게 그려내려는 리얼리티의 전략일 뿐이었다. 즉 김정한의 소설에서 지역적 로 컬리티의 실현은 근대화의 허위성에 포섭된 국가주의의 폭력과 모순을 가장 구체적으로 보여주기 위한 것으로, 이러한 근대적 국가 폭력에 철 저하게 희생당하고 소외당한 민중들의 차별과 고통을 생동감 있게 담아 내는 가장 실제적인 근거였다고 할 수 있다. 그리고 이러한 지역적 특수 성은 식민과 제국의 기억을 경험적으로 공유한, 민족과 국가의 경계를 넘어선 아시아를 비롯한 제3세계 국가 민중들의 차별과 고통을 환기하는 보편적 장소로서의 의미도 아울러 지니고 있었다.

본고는 이러한 문제의식에서 김정한 소설의 근본 토대인 농민 혹은 민중의 시각에서 식민지 하위주체로서의 소수자 의식을 중점적으로 살펴보고, 이와 같은 주변부 소수자에 대한 억압과 차별이 국가 주도의 근대화 정책으로 이어지는 과정을 통해 식민과 제국의 역사적 모순이 영속화되었음을 비판적으로 논의했다. 이는 제국의 기억이 근대화의 희생으로 그대로 대물림된 것으로, 권력과 자본의 교묘한 결합이 차별과 소외를 더욱 가속화함으로써 주변부 소수자로서 민중의 현실은 식민지 시대보다 더욱 가혹한 상황에 직면했다. 따라서 1960년대 문단 재등장 이후 김정한의 소설은 식민지 수탈의 상징인 토지 문제라는 제재에 한정되지 않고, 도시빈민, 여성, 한센인 등 인간의 보편적 인권이 미치지 못하는 사각지대에까지 특별한 관심을 기울였다. 그리고 제국의 폭력이 근대화의 희생으로 이어진 역사적 모순의 결정적 이유가 식민지 유산을 올바르게 청산하지 못한 데 있음을 더욱 분명하게 직시함으로써, 1970년대에 들어서면서부터 한일 관계를 새롭게 사유하는 「산서동 뒷이야기」, 「오키나와에서 온 편지」와 같은 문제적 소설을 발표했다. 이때부터 그의 소설은 낙동강 혹은 부산과 경남이라는 제한된 지역적 장소성을 넘어 소설의 배경을 동아시아적으로 확장하기 시작했는데, 이러한 소설 배경의 확대는 일본 혹은 일본인에 대한 대립적 관계 설정만으로는 식민지 유산을 근본적으로 치유할 수 없다는 변화된 인식의 결과이다. 즉 식민과 제국의 기억을 경험적으로 공유한 아시아 민중들의 공동체적 인식 속에서, 국가 주도의 근대화에 저항하는 동아시아 민중 연대의 가능성을 새롭게 열어나가고자 했던 것이다. 이러한 시도는 해방 이후 식민과 제국의 근거가 사라졌음에도 불구하고 주변부 소수자로서 민중의 현실은 전혀 달라지지 않았다는, 그래서 지배와 피지배의 암묵적 구조 속에서 식민지 유산을 등에 업은 권력이라는 절대악이 여전히 군림하고 있음을 비판했다. 즉 제국의 폭력이 국가의 폭력으로 대체되었을 뿐 권력과 민중의 관계는 사실상 그대로 이어져 있다는 역사적 모순의 확인으로부터, 해방 이전과 이후를 관통하는 가장 본질적인 문제가 주변부 소수자로서의 민중의 현실을 직시하는 데 있음을 말하고자 한 것이다. 앞으로 김정한의 소설에서 지역적 로컬리티의 실현을 민족과 국가의 경계를 넘어 동아시아적으로 읽어야 하는 이유도 바로 여기에 있다.

참고문헌

1부_ '반폭력'으로 읽는 오키나와문학

국가폭력의 전후적 기억, 국가폭력을 내파하는 문학적 상상력
　　　　　　　　　　　　-메도루마 슌과 오시로 다쓰히로의 대비를 통해 | 손지연
目取真俊, 「平和通りと名付けられた街を歩いて」, 『沖縄文学全集』9巻, 国書刊行会, 1990.
＿＿＿＿, 『群蝶の木』, 朝日新聞社, 2001.
＿＿＿＿, 「一月七日」, 『魚群記』(目取真俊短篇小説選集1), 影書房, 2013.
＿＿＿＿, 「沖縄の文化状況の現在について」, 『けーし風』13号, 1998.12.
＿＿＿＿, 『ヤンバルの深き森と海より』, 影書房, 2020.
目取真俊・仲里効, 「行動すること, 書くことの磁力」, 『越境広場』4号, 2017.12.
大城立裕, 『普天間よ』, 新潮社, 2011.
＿＿＿＿, 「神島」, 『大城立裕全集』9, 勉誠出版, 2002.
新川明, 「『主体的出発』ということ-大城立裕氏らの批判に応える」, 『沖縄文学』2号,
　　1957.12.
＿＿＿＿, 『沖縄・統合と反逆』, 筑摩書房, 2000.
가노 미키요, 손지연 외역, 『천황제와 젠더』, 소명출판, 2013.
고명철, 「'해설' 문학적 보복과 문학적 행동주의」, 메도루마 슌, 곽형덕 편, 『메도루마 슌 작
　　품집1 어군기』, 문, 2017.
오시로 다쓰히로, 손지연 역, 「후텐마여」, 김재용 편, 『현대 오키나와문학의 이해』, 역락, 2018.
＿＿＿＿＿＿＿＿＿, 「신의 섬」, 『오시로 다쓰히로 문학선집』, 글누림, 2016.
조정민, 『오키나와를 읽다』, 소명출판, 2017.

'전후'의 폭력에 맞서는 마이너리티의 기억과 투쟁
　　　　　　　　　　　　-오키나와문학과 재일조선인문학을 중심으로 | 곽형덕
곽형덕 편역, 『오키나와문학 선집』, 소명출판, 2020.
김석범, 김환기・김학동 역, 「한국어판 『화산도』 출간에 즈음하여」, 『火山島1』, 보고사, 2015.
다카하시 후지타니, 『총력전 제국의 인종주의』, 푸른역사, 2018.
손지연, 『전후 오키나와문학을 사유하는 방법-젠더, 에스닉, 그리고 내셔널아이덴티티』,
　　소명출판, 2020.

송혜원,『재일조선인 문학사』를 위하여-소리 없는 목소리의 폴리포니』, 소명출판, 2019

재일에스닉잡지연구회 역,『오사카 재일 조선인 시지 진달래 가리온』, 지식과 교양, 2016.

ヂンダレ研究会 編,『「在日」と50年代文化運動-幻の詩誌『ヂンダレ』『カリオン』を読む』, 人文書院, 2010.

久保田淳ら,『岩波講座 日本文学史 第15巻・琉球文学, 沖縄の文学』岩波書店, 1996.

金石範,『金石範作品集 1』, 平凡社, 2005.

武山梅乗, 加藤宏,『戦後・小説・沖縄文学が語る「島」の現実』, 鼎書房, 2010.

新川明,「戦後沖縄文学批評ノート-新世代の希うもの)」,『流大文學』7, 1954.

仲程昌徳,「「ソロの驟雨」と「黒ダイヤ」をめぐって-インドネシアへの進駐・再訪・居住」『日本東洋文化論集』, 琉球大学法文学部紀要(18), 2012.

_____,『アメリカのある風景沖縄文学の一領域』, ニライ社, 2008.

W. E. B. Du Boi, *The Souls of Black Folk*, A. C. McClurg & Co., Chicago, 1903.(The Project Gutenberg EBook)

반폭력의 방법으로서의 기억과 목소리
-사키야마 다미의『해변에서 지라바를 춤추면』을 중심으로 | 조정민

가야트리 차크라보르티 스피박 외, 태혜숙 역,『서발턴은 말할 수 있는가?-서발턴 개념의 역사에 관한 성찰들』, 그린비, 2013.

로즈메리 잭슨, 서강여성문학연구회 역,『환상성-전복의 문학』, 문학동네, 2001.

마타요시 에이키, 곽형덕 역,『긴네무 집』, 글누림, 2014.

사키야마 다미, 손지연・임다함 역,『해변에서 지라바를 춤추면』, 어문학사, 2019.

소명선,「사키야마 다미의『당신의 정』론-기억의 계승을 위한 문학적 상상력」,『동북아문화연구』제52집, 2017.

조정민,「일본어 문학의 자장과 전후 오키나와의 문학 언어」,『일본학보』제110집, 2017.

崎山多美,『うんじゅが、ナサキ』, 花書院, 2016.

本橋哲也,『ポストコロニアリズム』, 岩波新書, 2005.

成田龍一,『「戦争経験」の戦後史』, 岩波書店, 2010.

https://rikkyo.repo.nii.ac.jp/

http://www.news-paper.co.kr/news/articleView.html?idxno=26562

오키나와와 베트남의 '경이로운 현실'과 그 반폭력의 세계 | 고명철

가와미츠 신이치, 이지원 역,『오키나와에서 말한다』, 이담북스, 2014.

개번 매코맥·노리마쯔 사또꼬, 정영신 역, 『저항하는 섬, 오키나와』, 창비, 2014.

고명철, 「베트남전쟁 안팎의 유령, 그 존재의 형식」, 『푸른사상』 여름호, 2018.

_____, 「오키나와에 대한 반식민주의로서 경계의 문학」, 『탐라문화』 49호, 제주대학 탐라
　　문화연구원, 2015.

곽형덕, 「마야요시 에이키 문학에 나타난 '타자'와의 교섭 과정」, 오키나와문학연구회 편,
　　『오키나와문학의 힘』, 글누림, 2016.

_____, 「아시아·아프리카 작가회의와 일본」, 『일본학보』 제110권, 한국일본학회, 2017.

권헌익, 박충환·이창호·홍석준 역, 『베트남전쟁의 유령들』, 산지니, 2016,

김성례, 『한국 무교의 문화인류학』, 소나무, 2018.

메도루마 슌, 「대담-내 조국의 상처로 인해 나는 작가가 되었다」, 계간 『아시아』 가을호, 2018.

_____, 곽형덕 역, 『어군기』, 문, 2017.

_____, 유은경 역, 『브라질 할아버지의 술』, 아시아, 2008.

_____, 『물방울』, 문학동네, 2012.

문승숙·마리아 혼 편, 이현숙 역, 『오버 데어』, 그린비, 2017.

바오닌, 하재홍 역, 『전쟁의 슬픔』, 아시아, 2012.

반 레, 「갈대 숲을 빠져 나오다」, 계간 『아시아』 가을호, 2009.

_____, 「무엇이 베트남인가」, 계간 『황해문화』 가을호, 2002.

비엣 타인 응우옌, 김희용 역, 『동조자 1, 2』, 민음사, 2018.

_____, 부희령 역, 『아무것도 사라지지 않는다』, 더봄, 2019.

사키야마 다미, 조정민 역, 『달은, 아니다』, 글누림, 2018.

소명선, 「사키야마 다미의 '달은 아니다'론」, 『일본문학연구』 50집, 동아시아일본학회, 2014.

_____, 「사키야마 다미론」, 『동북아문화연구』 38집, 2014.

신욱희·권헌익 공편, 『글로벌 냉전과 동아시아』, 서울대 출판부, 2019.

아라사키 모리테루, 김경자 역, 『오키나와 이야기』, 역사비평사, 2016.

_____, 정영신 외역, 『오키나와 현대사』, 논형, 2008.

오세종, 손지연 역, 『오키나와와 조선의 틈새에서』, 소명출판, 2019.

오시로 사다토시, 손지연 역, 「아이고 오키나와」, 『지구적 세계문학』 가을호, 2019.

와타나베 요시오, 최인택 역, 『오키나와 깊이 읽기』, 민속원, 2014.

우노 하르바, 박재양 역, 『샤머니즘의 세계』, 보고사, 2014.

유해인, 「트라우마로 자기치유서사로서의 '전쟁의 슬픔'」, 『문학치료연구』 49집, 한국문학
　　치료학회, 2018.

이부영, 『한국의 샤머니즘과 분석심리학』, 한길사, 2012.

전용갑, 「신환상성, 마술적 사실주의, 아메리카의 경이로운 현실」, 『중남미연구』 33권 1호,
　　한국외대 중남미연구소, 2014.

조정민, 『오키나와를 읽다』, 소명출판, 2017.

하재홍, 「대담-"내가 왜 살아남았을까?"-베트남의 시인 '반레' 인터뷰」, 계간 『실천문학』 가을호, 2001.

호사카 마사야스, 정선태 역, 『쇼와 육군』, 글항아리, 2016.

반년간 『지구적 세계문학』 가을호, 2014.

역동하는 섬의 상상력
- 오키나와·타이완·제주 소설에 나타난 폭력과 반폭력의 양상 | 김동윤

1. 기본 자료

고시홍, 「도마칼」, 『대통령의 손수건』, 전예원, 1987.

大城貞俊, 「慶良間や見いゆしが」, 『島影』, 人文書館, 2013.

林雙不, 「黃素小編年」, 許俊雅 編, 『無語的春天-二二八小說選』, 玉山社, 2003.

2. 단행본

메도루마 슌, 안행순 역, 『오키나와의 눈물』, 논형, 2013.

아라사키 모리테루, 백영서·이한결 역, 『오끼나와, 구조적 차별과 저항의 현장』, 창비, 2013.

오세종, 손지연 역, 『오키나와와 조선의 틈새에서』, 소명출판, 2019.

이승훈 편저, 『문학상징사전』, 고려원, 1995.

제주4·3사건진상규명및희생자명예회복위원회, 『제주4·3사건진상조사보고서』, 2003.

제주특별자치도, 『개정증보 제주어 사전』, 2009.

3. 논문

문경수, 「4·3과 재일 제주인 재론(再論)-분단과 배제의 논리를 넘어」, 『4·3과 역사』 19, 제 주4·3연구소, 2019.

신정호, 「타이완의 현대사 전개와 2·28문학」, 『인문과학연구』 제30집, 성신여자대학교 인 문과학연구소, 2012.

오시로 사다토시, 박지영 역, 「강제집단사의 진실」, 『지구적 세계문학』 제15호, 글누림, 2020.

이학로, 「2·28사건에 대한 기억과 타이완 현대사」, 『경주사학』 42, 경주사학회, 2018.

최말순, 「대만의 2·28항쟁과 관련소설의 역사화 양상」, 『식민과 냉전하의 대만문학』, 글누 림, 2019.

鈴木智之, 「[解說]死者とともにある人々の文學」, 大城貞俊, 『樹響』, 人文書館, 2014.

시선의 정치학과 내부식민지의 탄생-1962년 산업박람회를 중심으로 | 김동현

『동아일보』,『경향신문』,『조선일보』,『대한매일신보』

권명태,「'재일조선인'과 한국사회 – 한국사회는 재일조선인을 어떻게 '표상'해 왔는가」,『역사비평』, 역사비평사, 2007.

권혁희,『일본 박람회의 '조선인 전시'에 대한 연구 – 1903년 제5회 내국권업 박람회와 1907년 도쿄권업박람회를 중심으로』, 서울대 석사논문, 2007.

김동현,「'재일제주인'의 소환과 동원의 수사학」,『동악어문학』 68, 동악어문학회, 2016.

_____,「제주 해녀 표상의 사적(史的) 변천 연구」,『한국언어문화』 제66집, 한국언어문화학회, 2018.

김명주,「지넨 세이신『인류관(人類館)』에 있어서의 '조선' 표상 연구」,『비교일본학』 48집, 한양대 일본학국제비교연구소, 2020.

김보현,「박정희 정부시기 경제개발 5개년 계획의 수정에 관한 연구 – 계획 합리성인가? 성장 숭배인가?」,『경제와 사회』, 비판사회학회, 2019.

남기웅,「1929년 조선박람회와 '식민지 근대성'」,『동아시아문화연구』 43, 동아시아문화연구소, 2008.

메도루마 슌, 안행순 역,『오키나와의 눈물』, 논형, 2013.

사법신문사,『해방10주년 산업박람회 사진첩』, 1955.

신지영,「과학이라는 인종주의와 복수의 지방화」,『동악어문학』 61, 동악어문학회, 2013.

요시미 슌야, 이태문 역,『박람회근대의 시선』, 논형, 2004.

이병국,『신사조』 제1권 6호, 신사조사, 1962.7.

전인권,『박정희 평전』, 이학사, 2006.

정진성·김백영·정호석,『'모국공헌'의 시대』, 한울엠플러스, 2020.

최정희,「해녀」, 재경제주도민회,『탐라』 7호, 1970.

타다 오사무, 이영진 역,『오키나와 이미지의 탄생』, 패러다임북, 2020.

한국산업진흥회,『5·16 1주년 기념 산업박람회 특별판 산업연감 1962』, 1962.

홍태영,「민족주의적 통치성과 국민 만들기 – 해방 이후 남한에서 반공과 경제개발 주체로서 국민의 탄생」,『문화와 정치』 6(2), 한양대 평화연구소, 2019.

김정한 소설에 나타난 '남양군도'의 제국주의와 폭력의 양상 | 하상일

권주혁,『베시오 비행장 – 중부태평양전쟁』, 지식산업사, 2005.

_____,『핸더슨 비행장 – 태평양 전쟁의 갈림길』, 지식산업사, 2001.

김도형,「중부태평양 팔라우 군도 한인의 강제동원과 귀환」,『한국독립운동사연구』 제26집, 독립기념관 한국독립운동사연구소, 2006.6.

김정한, 『사람답게 살아가라』, 동보서적, 2000.

_____, 『황량한 들판에서』, 황토, 1989.

남경희, 「1930~40년대 마이크로네시아(Micronesia) 지역 한인의 이주와 강제연행」, 국민대 석사논문, 2005.

조갑상 외편, 『김정한 전집』 1~5권, 작가마을, 2008.

조성윤, 『남양군도 – 일본제국의 태평양 섬 지배와 좌절』, 동문통책방, 2015.

하상일, 「김정한 소설과 아시아 – 베트남, 오키나와, 남양군도」, 『한민족문화연구』 68집, 한민족문화학회, 2019.12.

한수영, 「김정한 소설의 지역성과 세계성 – 문단 복귀 후의 김정한 소설의 문학사적 의미」, 『사상과 성찰』, 소명출판, 2011.

황국명, 「요산 김정한의 미발표작 별견」, 『요산 김정한 선생 탄생 100주년 기념 학술발표대회 자료집』, 한국문학회, 2008.12.13.

2부_ '소수자'로 읽는 오키나와문학

오키나와 공동체 자립 담론의 향방

–오시로 다쓰히로의 「신의 섬」·「후텐마여」를 중심으로 | 김동윤

곽형덕 편역, 『오키나와문학 선집』, 소명출판, 2020.

김동현, 「편입의 욕망과 저항의 미학 – 오시로 다쓰히로의 「신의 섬」과 제주4·3소설을 중심으로」, 『한민족문화연구』 68, 한민족문화학회, 2019.

김미영, 「오키나와 문제에 관한 오타 마사히데(大田昌秀)의 정치사상과 정책 연구」, 경희대 박사논문, 2021.

_____, 「오키나와인의 내셔널 아이덴티니 인식에 관한 연구 – 오키나와 근대 지식인의 저작을 중심으로」, 경희대 석사논문, 2014.

모리 요시오, 김용의·김희영 역, 『전후 오키나와의 평화운동 – 민중들의 삶과 저항』, 민속원, 2020.

박정이, 「오시로 다쓰히로『소설 류큐처분』과 '공문서'」, 『일본학』 43, 동국대 일본학연구소, 2016.

_____, 「오시로 다쓰히로『소설 류큐처분』의 장 구성 의미」, 『일본문화연구』 60, 동아시아일본학회, 2016.

_____, 「오키나와 문화 정체성의 지속과 변용 – 『소설 류큐처분』과 『템페스트』 비교분석」, 『일본어교육』 85, 일본어교육학회, 2018.

손지연, 「국가폭력의 전후적 기억, 국가폭력을 내파하는 문학적 상상력 – 메도루마 슌과 오시로 다쓰히로의 대비를 통해」, 『일본학보』126, 한국일본학회, 2021.

_____, 『전후 오키나와문학을 사유하는 방법 – 젠더, 에스닉, 그리고 내셔널 아이덴티티』, 소명출판, 2020.

손지연·김동현, 「개발과 근대화 프로젝트 – 제주와 오키나와가 만나는 방식」, 『한림일본학』 36, 한림대 일본학연구소, 2020.

오시로 다쓰히로, 손지연 역, 「신의 섬」, 『오시로 다쓰히로 문학 선집』, 글누림, 2016.

_____, 「오키나와에서 일본인으로 산다는 것」, 『제주작가』 73, 제주작가회의, 2021.

_____, 「후텐마여」, 김재용 편, 『현대 오키나와문학의 이해』, 역락, 2018.

오카모토 게이토쿠, 심정명 역, 「'오키나와에서 사는' 사상 – '도카시키(渡嘉敷)섬 집단자결사건'이 의미하는 것」, 김재용 편, 『지구적 세계문학』 16, 소명출판, 2020.

_____, 「'일본 국가'를 상대화하는 것」, 김재용 편, 『지구적 세계문학』 16, 소명출판, 2020.

오키나와타임스 편, 김란경·김지혜·정현주 역, 『철의 폭풍』, 산처럼, 2020.

진필수, 「오키나와 일본복귀론의 재검토 – 미군기지 문제의 신화와 친일세력의 부활」, 『로컬리티 인문학』 22, 부산대 한국민족문화연구소, 2019.

한동균, 「오키나와 문제와 일본 평화주의 정체성의 변천 – 본토와의 갈등을 중심으로」, 연세대 석사논문, 2020.

大城立裕, 『同化と異化のはざまで』, 潮出版社, 1972.

新川明, 『反国家の兇區』, 現代評論社, 1971.

黒古一夫 編, 『大城立裕 文学アルバム』, 勉誠出版, 2004.

남양군도의 오키나와인에 관한 표상과 서사

– 오시로 사다토시의 「팔라우의 푸른 하늘」을 중심으로 | 조정민

스튜어트 홀, 임영호 편역, 『스튜어트 홀의 문화이론』, 한나래, 1996.

이수열, 「근대일본과 미크로네시아 – 문화교섭의 관점에서」, 『동북아문화연구』, 2011.

조성윤, 『남양섬에서 살다 – 조선인 마쓰모토의 회고록』, 당산서원, 2017.

조수미, 「소수자 내셔널리즘과 성찰성 – 오사카의 오키나와 디아스포라를 중심으로」, 『東亞研究』, 2016.

조정민, 『오키나와를 읽다 – 전후 오키나와문학과 사상』, 소명출판, 2017.

今泉裕美子, 「南洋庁の公学校教育方針と教育の実態-1930年代初頭を中心に」, 『沖縄文化研究』, 1996.

_____,「南洋群島の日本の軍隊」,『帝国支配の最前線-植民地』, 吉川弘文館, 2015.

_____,「南洋興発㈱の沖縄県人政策に関する覚書-導入初期の方針を中心として」, 『沖縄文化研究』, 1992.

_____,「日本統治下ミクロネシアへの移民研究-近年の研究動向から」,『沖縄県史料 編集室紀要』, 2002.

大城貞俊,『大城貞俊作品集(上)島影』, 人文書館, 2013.

西原文雄,「国策としての拓殖移民」,『沖縄県史第7 各論編6 移民』, 厳南堂書店, 1974.

石川達三,『赤虫島日誌』, 東京八雲書店, 1943.

小林茂子,『砂糖と移民からみた「南洋群島」の教育史』, 風響社, 2019.

矢原忠雄,『南洋群島の研究』, 岩波書店, 1935.

赤嶺秀光「南洋移民は幸福だったか」,『けーし風』第32号, 2001.

井上亮『忘れられた島々-「南洋群島」の現代史』, 平凡社, 2015.

仲程昌徳,『もう一つの沖縄文学』, ボーダーインク, 2017.

_____,『南洋群島の沖縄人たち-附・外地の戦争』, ボーダーインク, 2020.

後藤乾一,『近代日本の「南進」と沖縄』, 岩波現代全書, 2015.

해방과 점령, 전후와 냉전의 교차
─시모타 세이지의 『오키나와섬』을 중심으로 | 곽형덕

고야마 히로타케, 최종길 역,『전후 일본의 공산당사 - 당내 투쟁의 역사』, 어문학사, 2012.

마루카와 데쓰시, 장세진 역,『냉전문화론』, 너머북스, 2010.

정영신,「오키나와 복귀운동의 역사적 동학 - 동화주의의 형성과 전환, 비판을 중심으로」, 『한림일본학』 23, 한림대 일본학연구소, 2013.

최종길,「냉전의 전개와 일본공산당의 혁명노선 변경」,『일본근대문학연구』 68, 한국일본근 대학회, 2020.

하타노 스미오, 심정명 역,『샌프란시스코 강화조약 체제와 역사문제』, 제이앤씨, 2014.

李芒,「霜多正次論-沖縄三部作・その他」,『文化評論』 26, 新日本出版社, 1963.

霜多正次,『沖縄島』を書いたころ」,『文学入門』リアリズム研究会, 飯塚書店, 1965.

_____,「インタビュー沖縄と私の文学, 聞き手津田孝」,『文学評論』 117, 1971.

_____,『霜多正次全集1』, 霜多正次全集刊行委員会, 1997.

_____,『霜多正次全集4』, 霜多正次全集刊行委員会, 1999.

_____,「日米共同声明と沖縄県民」,『前衛』, 日本共産党中央委員, 1970.

成田千尋,『沖縄返還と東アジア冷戦体制-琉球/沖縄の帰属・基地問題の変容』, 人文書院, 2020.

小原元,「『沖縄論』」,『新日本文學』12(11), 新日本文學會, 1957.

野添文彬,「サンフランシスコ講和における沖縄問題と日本外交ー「残存主権」の内実をめ
　　ぐって」,『沖縄法学』46, 沖縄国際大学法学会, 2018.

平良好利,『戦後沖縄と米軍基地ー「受容」と「拒絶」のはざまで1945~1972年』, 法政大学出
　　版局, 2012.

일본외무성 홈페이지(검색일 : 2021년 4월 1일)

https://www.kr.emb-japan.go.jp/territory/senkaku/question-and-answer.html

마이너리티의 언어와 신체-사키야마 다미에서 한림화까지 | 손지연·김동현

김동윤,『기억의 현장과 재현의 언어』, 각, 2006.

김동현,「표준어의 폭력과 지역어의 저항」,『욕망의 섬 비통의 언어』, 한그루, 2019.

나카자토 이사오, 손지연·임다함 역,「여행하는 파나리, 파나스의 꿈-사키야마 다미의 이
　　나구」,『일본 근현대 여성문학 선집(17) 사키야마 다미』, 어문학사, 2019.

사키야마 다미, 손지연·임다함 역,『일본 근현대 여성문학 선집 17-사키야마 다미』, 어문
　　학사, 2019.

오카 마리, 김병구 역,『기억·서사』, 소명출판, 2004.

제주특별자치도,『개정 증보 제주어 사전』, 2009.

조정민,「반(反)폭력의 방법으로서의 기억과 목소리」,『한민족문화연구』70, 한민족문화학
　　회, 2021.

피에르 부르디외, 김현경 역,『언어와 상징권력』, 나남출판, 2014.

한림화,『The Islander-바람섬이 전하는 이야기』, 한그루, 2020.

崎山多美,「オキナワンイナグングァヌ·パナス」,『ムイアニ由来記』, 砂子屋書房, 1999.

_____,『うんじゅが, ナサキ』, 花書院, 2016.

_____,「「シマコトバ」でカチャーシー」, 今福竜太編,『21世紀の文学 2 「私」の探求』, 岩波書
　　店, 2002.

仲里効,「旅するパナリ·パナスの夢」,『悲しき亜言語帯ー沖縄·交差する植民地主義』, 未来
　　社, 2012.

澤亜里子,「崎山多美の文体戦略」,『しまぐとぅばルネサンス』(沖縄国際大学公開講座 26), 沖
　　縄国際大学公開講座委員会, 2017.

탈식민 냉전 속 동아시아 하위주체의 '4·3증언서사' | 고명철

4·3도민연대 편, 『늑인』, 각, 2018.

고명철, 「4·3문학, '대안의 근대'를 찾아」, 『문학의 중력』, 도서출판b, 2021.

_____, 『세계문학, 그 너머』, 소명출판, 2021.

고성만, 「4·3 과거청산과 '희생자'」, 『탐라문화』 38호, 제주대 탐라문화연구소, 2011.

권헌익, 정소영 역, 『전쟁과 가족』, 창비, 2020.

김경훈, 「이덕구 가족으로 살아남기」, 제주작가회의 편, 『돌아보면 그가 있었네』, 2017.

김동윤, 「4·3문학 연구의 현황과 과제」, 제주대 평화연구소 편, 『제주4·3연구의 새로운 모색』, 제주대 출판부, 2013.

김성례, 『한국 무교의 문화인류학』, 소나무, 2018.

김유경, 「제주4·3생존자들의 정신적 외상 연구」, 『노인복지연구』 73권 1호, 한국노인복지학회, 2018.

김은실, 「4·3홀어멍의 "말하기"와 몸의 정치」, 『한국문화인류학』 49권 3호, 한국문화인류학회, 2016.

김재용, 「4·3과 남북협상의 평화적 통일독립」, 고명철 외, 『김석범X김시종 – 4·3항쟁과 평화적 통일독립』, 보고사, 2021.

박찬식, 「제주해녀투쟁의 역사적 기억」, 이성훈 편, 『해녀연구총서 3』, 학고방, 2014.

송혜림, 「감정의 재의미화와 기억의 해방」, 『한국민족문화』 70집, 부산대 한국민족문화연구소, 2019.

신욱희·권헌익 편, 『글로벌 냉전과 동아시아』, 서울대출판문화원, 2019.

양정심, 『제주4·3항쟁』, 선인, 2008.

오구마 에이지·강상중 편, 고민정·고경순 역, 『재일 1세의 기억』, 문, 2008.

오드 아르네 베스타, 옥창준 역, 『냉전의 지구사』, 에코리브르, 2020.

우석균·조혜진·호르헤 포르넷 편, 『역사를 살았던 쿠바 – 우리 아메리카, 아프로쿠바, (네오) 바로크, 증언 서사』, 글누림, 2018.

유철인, 「구술된 경험읽기 – 제주4·3관련 수형인 여성의 생애사」, 『한국문화인류학』 37권 1호, 한국문화인류학회, 2004.

제주4·3연구소 편, 『4·3과 여성, 그 살아낸 날들의 기록』, 각, 2019.

_____, 『4·3과 여성2, 그 세월도 이기고 살았어』, 각, 2020.

조정희, 「4·3과 증언」, 『4·3과 평화』 31호, 제주4·3평화재단, 2018.

_____, 「꿈 속에 찾아온 병생 언니, "이제 갈게. 우리 아기 주라"」, 『4·3과 평화』 39호, 제주4·3평화재단, 2020.

존 베벌리, 박정원 역, 『하위주체성과 재현』, 그린비, 2013.

허호준, 『4·3, 미국을 묻다』, 선인, 2021.

호미 바바, 류승구 역,『국민과 서사』, 후마니타스, 2011.
Walter Lafeber, *The New Empire*, Cornell University Press, 1998.

번역적 신체의 탄생과 마이너리티의 목소리−제주와 오키나와를 중심으로 | 김동현

『제주신문』, 1988.5.12.

김동현,「표준어/국가의 강요와 지역(어)의 비타협성 − 제주4・3문학에 나타난 언어/국가 문제를 중심으로」,『한국민족문화』57, 부산대 한국민족문화연구소, 2015.

김영화,「표준어에 의한 언어생활을」,『교육제주』, 제주도교육위원회, 1967.9.

김은희,「지역어 부흥운동의 일한 비교 연구 − 오키나와와 제주의 경우」,『일본학보』제83권, 한국일본학회, 2010.

문순덕,「제주어의 활용과 보존방안」,『제주발전포럼』37호, 제주발전연구원, 2011.

문재원,「1930년대 문학의 향토재현과 로컬리티」,『우리어문연구』35집, 우리어문학회, 2009.

베네딕트 앤더슨, 서지원 역,『상상된 공동체』, 길, 2018.

사키야마 다미, 손지연・임다함 역,『일본 근현대 여성문학 선집(17) 사키야마 다미』, 어문학사, 2019.

소명선,「사키야마 다미의『당신의 정』론 − 기억의 계승을 위한 문학적 상상력」,『동북아문화연구』제52집, 동북아시아문화학회, 2017.

손지연,「일본 제국 하 마이너리티 민족의 언어 전략 − 오키나와(어) 상황을 시야에 넣어」, 한국일본사상사학회,『일본사상』제30집, 2016.

신나경,「로컬언어와 민족문화」,『일어일문학』46, 대한일어일문학회, 2010.

엔리케 두셀, 박병규 역,『1492년 타자의 은폐』, 그린비, 2011.

오카 마리, 김병구 역,『기억・서사』, 소명출판, 2004.

월터. D. 미뇰로, 이성훈 역,『로컬 히스토리/글로벌 디자인』, 에코리브르, 2013.

이명원,「4・3과 제주방언의 의미작용 − 현기영의『순이삼촌』을 중심으로」, 제주도연구회,『제주도연구』제19집, 2001.

정선태,「표준어의 점령,지역어의 내부식민지화」,『어문학논총』27, 국민대 어문학연구소, 2008.

테사 모리스 스즈키, 김경원 역,『우리 안의 과거 − Media, Memory, History』, 휴머니스트, 2006.

프란츠 파농, 노서경 역,『검은 피부, 하얀 가면』, 문학동네, 2014.

현기영,「해룡이야기」,『순이삼촌』, 창비, 2006.

近藤健一郞,「近代沖繩における方言札の出現」,『方言札−ことばと身体』, 社會評論社, 2008.

仲里効,「瘢覇的身體と境界の憂鬱」, 近藤健一郎 編,『方言札ーことばと身体』, 社會評論社, 2008.

김정한 소설의 소수자 의식과 동아시아 민중 연대 | 하상일

구모룡,「21세기에 던지는 김정한 문학의 의미」,『창작과비평』, 2008.

김정한,『낙동강의 파수꾼』, 한길사, 1985.

_____,『황량한 들판에서』, 황토, 1989.

김정한·최원식(대담),「그 편안함 뒤에 대쪽」,『민족문학사연구』제3호, 창작과비평사, 1993.

김중하,「요산 소설에 대한 단상 몇가지」, 요산 김정한 선생 고희기념사업회 편,『요산문학과 인간』, 오늘의문학사, 1978.

김호경 외,『일제 강제동원, 그 알려지지 않은 역사』, 돌베개, 2010.

박재범,「김정한 소설의 진보담론 연구」,『현대소설연구』36호, 한국현대소설학회, 2007.12.

박철석,「김정한의 삶의 양식」, 요산 김정한 선생 고희기념사업회 편,『요산문학과 인간』, 오늘의문학사, 1978.

이상경,「한국문학에서 제국주의와 여성」, 강진호 편,『김정한』, 새미, 2002.

임화,「방황하는 문학정신정축(丁丑) 문단의 회고」, 임화문학예술전집 편찬위원회 편,『임화문학예술전집 3 - 문학의 논리』, 소명출판, 2009.

____,「소화(昭和) 13년 창작계 개관」, 임화문학예술전집 편찬위원회 편,『임화문학예술전집 3 - 문학의 논리』, 소명출판, 2009.

조갑상 외,『김정한 전집』1~4권, 작가마을, 2008.

조성윤,『남양군도일본제국의 태평양 섬 지배와 좌절』, 동문통책방, 2015.

조정민,「오키나와가 기억하는 '전후'」,『일어일문학』45집, 대한일어일문학회, 2010.2.

최원식,「90년대에 다시 읽는 요산」,『작가연구』제4호, 1997.

_____,「오키나와에 온 까닭」,『제국 이후의 동아시아』, 창비, 2009.

하상일,「김정한 소설과 아시아 - 베트남, 오키나와, 남양군도」,『한민족문화연구』68집, 한민족문화학회, 2019.12.

_____,「김정한의 미발표작 '잃어버린 산소' 연구」,『국어국문학』180집, 국어국문학회, 2017.

한수영,「김정한 소설의 지역성과 세계성」,『사상과 성찰』, 소명출판, 2011.

황국명,「요산 김정한의 미발표작 별견」,『요산 김정한 선생 탄생 100주년 기념 학술발표대회 자료집』, 한국문학회, 2008.12.13.